mdv

Harry Thürk

Die Stunde der toten Augen

Roman

Mitteldeutscher Verlag

Im Andenken an meine ehemaligen Kameraden Willy Forster, Erich Stein, Werner Häddicke, Oswald Menges, Walter Zech, Kurt Weidling und Helmut Kindler, die gefallen sind, in dem Irrtum befangen, Helden zu sein, und deren Draufgängertum und Verwegenheit einer besseren Sache wert gewesen wären als der, für die sie kämpften.

Die Namen der handelnden Personen in diesem Buch sind frei erfunden. Wo sich eine Ähnlichkeit mit lebenden Personen ergibt, ist sie absolut zufällig. Die geschilderten Ereignisse sind keine Fiktion. Sie spielten sich in ähnlicher Weise, wie sie in diesem Buch dargestellt sind, im letzten Jahr des Zweiten Weltkrieges an einer Stelle der sowjetisch-deutschen Front ab, die durch Masuren verlief. Die Namen der im Verlauf der Handlung erwähnten Ortschaften wurden ebenfalls vom Autor geändert.

ISBN 3-354-00811-3

Die Männer

Die Maschine flog sehr hoch. Sie befand sich weit über den Wolken, und das Geräusch ihrer Motoren war auf der Erde nicht mehr zu hören. Es war eine umgebaute Junkers, eingerichtet, acht Soldaten mit leichter Gefechtsausrüstung zu befördern. Sie war mit einer Schiebetür versehen; denn die acht Soldaten verließen die Maschine an Fallschirmen.

Draußen war Nacht. Die tiefe unendlichkeitsträchtige Schwärze des sterngesprenkelten Himmels. Die Wolken waberten wenige hundert Meter über der Erde, zäh, verfilzt zu einer stumpfen, grau schimmernden Masse. Es war eine Neumondnacht, und außer dem unsteten Geflacker der Sterne gab es kein Licht. Es gab nur die leere, angsteinflößende, finstere Stille, vom Motorenlärm der Maschine zerrissen, sonst nichts. Die Männer in der Maschine wußten das. Sie konnten nicht nach draußen blicken; denn die Maschine hatte keine Fenster. Aber sie wußten trotzdem, was sie erwartete, wenn sie sich aus der Schiebetür schwangen: die paar hundert Meter Fall durch den lautlosen, immer wieder unbekannten Raum, der zwischen der Erde und dem Gewebe der Nachtwolken lag. Und dann die Erde.

In der Maschine war es eng. Der Raum war nur von einer schwach bläulich schimmernden Sicherheitslampe erhellt. Er war angefüllt von den Ausdünstungen der Männer, von dem schweißigen Geruch ihrer Körper, dem ihres Lederzeuges und des Tabakrauches, den ihre Bekleidung angenommen hatte. Acht Männer saßen nebeneinander auf den schmalen Längsbänken, die Körper ein wenig vorgebeugt, gekrümmt in dem Gurtwerk der Fallschirme. Auf den Köpfen die topfartigen Helme, mit gescheckter Tarnleinwand

überzogen, vollführten zuweilen nickende Bewegungen, denn die Männer hatten die Riemen am Kinn und hinter den Ohren noch nicht festgezogen. Zwischen den Knien lagen die Hände, regungslos, wie abgestorben, oder unruhig, ziellos bewegt. Sie trugen sehr kleine, kurze Maschinenpistolen quer über der Brust, über dem Tarnanzug, der ebenso gescheckt war wie der Überzug des Helms. Es waren leichte, Spielzeuggewehren ähnelnde kurzläufige Waffen, italienische Berettas, die gegen Schmutz und Nässe nicht halb so empfindlich waren wie die deutschen Maschinenpistolen. Keine andere Waffe war sonst an den Männern zu erkennen. Sie hatten die Handgranaten in den Hosentaschen verstaut und die Pistolen in den Innentaschen der Tarnanzüge. Andere Taschen bargen Patronen und Schokoladenriegel, Zündkabel und Verbandpäckchen, Drahtspulen und schnell wirkende Schmerztabletten.
Nur einer der Männer trug keine Maschinenpistole. Zwischen seinen Füßen stand der Behälter mit den Sprengladungen. Den hatte er zur Erde zu bringen. Es waren Sprengkörper, die man mit einem Vorschlaghammer hätte bearbeiten können, ohne Gefahr zu laufen, daß sie explodierten. Ein absolut sicheres Sprengmittel, das erst wenige Minuten vor der beabsichtigten Zündung durch die Kombination mit einer winzigen, länglichen Kapsel in hochexplosiven Zustand versetzt wurde. Der Mann wußte das. Einmal hatte er, als es keine andere Möglichkeit gab, eine Ladung dieses Sprengstoffes vermittels eines zwölfzölligen Nagels an einen Brückenpfosten geschlagen, bevor er die Sprengkapsel einsetzte. Er war Spezialist auf diesem Gebiet, und seine Kameraden wußten, daß eher der Himmel einstürzen würde, als daß eine Sprengladung versagte, die dieser kleine, schmalgliedrige Oberkellner aus dem Hotel Stadtkrone in Stuttgart anlegte.
Die Gesichter der Männer waren von einer stumpfen Teilnahmslosigkeit gezeichnet. Es waren die Gesichter von jungen, kräftigen Soldaten, für diese Nacht mit Ruß ge-

schwärzt, damit es keine hellen Flecke gab, wenn sie irgendwo, ein paar Meter von einem feindlichen Posten entfernt, lagen und darauf lauerten, ihn zu überwältigen. Man konnte ihre Züge nicht erkennen. Sie sprachen nur wenig miteinander. Es gab nicht viel zu sprechen. Die Aufgaben waren verteilt. Jeder wußte, was er zu tun hatte. Sie hatten eine Woche lang an einem Sandkasten das Gelände kennengelernt, in das sie abgesetzt wurden, sie hatten alle Einzelheiten des gefährlichen Unternehmens dutzendmal exerziert, sie kannten aus den Luftaufnahmen der Aufklärer jede Bodenerhebung, jeden Wasserlauf und jedes Versteck in dem Gelände, das sie anflogen. Sie waren gut genährt und ausgerüstet. Sie beherrschten alles, was nötig war, um ein Unternehmen wie dieses auszuführen. Sie beherrschten nicht nur ihre eigenen Waffen, sondern auch die, mit denen der Gegner ausgerüstet war. Sie waren im Kraftfahren und im Funken ausgebildet, in der Technik des Sprengens und im Minenlegen. Sie beherrschten ein halbes Dutzend verschiedener Methoden zu töten. Mit der Maschinenpistole und mit dem Kappmesser, das in der Wadentasche steckte, mit der Pistole und mit der Kante der flachen Hand.

Die Brücke, die sie anflogen, lag nur wenige Flugminuten hinter der erstarrten, in der schmutzigen, herbstlich feuchten Erde vergrabenen Front an der alten Grenze Ostpreußens und Polens. Man schrieb das Jahr 1944, und es waren noch zwei Monate Zeit bis Weihnachten. Die Armeen lagen sich in den Schützenlöchern gegenüber. Verhaltend, Atem schöpfend und zum nächsten Schlag ausholend, die Rote Armee; vom Rückzug müde geworden, angeschlagen, nervös die Verteidigung organisierend, auf den nächsten Anprall sich gefaßt machend, die deutsche.

Die Brücke war eine massive, alte Konstruktion aus Steinquadern und Beton. Auf dem Schienenweg über ihren Pfeilern rollten die Transporte bis nahe an die Front heran. Schützendivisionen und Panzerbataillone. Plateauwagen mit Fahrzeugen und Salvengeschützen, Material, Munition

und Menschen. Die Züge rollten Tag und Nacht, denn es gab kaum noch deutsche Flugzeuge, die sie hätten angreifen können. Sie rollten bis zu einer schnell eingerichteten Entladerampe nahe der Front und verschwanden von hier in den tiefen Wäldern. Der Sturm kündigte sich an, und dieses Flugzeug mit den acht Männern war einer der vielen Versuche, den Beginn des Sturmes hinauszuzögern. Es war wie eine Rakete, die man in eine Unwetterwolke schießt in der Hoffnung, das niederprasselnde Unwetter aufzuhalten.
Die Maschine war weit hinter der deutschen Front auf einem Feldflughafen aufgestiegen. Der Pilot kannte diese Art von Flügen. Er flog sehr hoch und überquerte die Front. Dann flog er eine weite Strecke über das russische Hinterland, bevor er die Maschine wieder auf Gegenkurs brachte. Die Peilanlage gab an, daß er in einigen Minuten über der Stelle sein würde, an der er die Männer abzusetzen hatte. Er winkte dem Funker und sagte in das Kehlkopfmikrophon: »Fertigmachen!« Dann drosselte er die Motoren, bis sie nur noch schwach blubbernd liefen, und ließ die Maschine langsam abwärts gleiten.
Der Funker kroch durch das Schott in die Kabine. Er traf die Männer dabei an, wie sie die Karabinerhaken ihrer Reißleinen in das Drahtseil hakten, das durch die Kabine lief. Sie standen in einer Reihe hinter der noch geschlossenen Schiebetür. Der Unteroffizier überprüfte, ob alle Haken am Seil befestigt waren. Dann trat er als erster an die Schiebetür.
»Morgen nacht, zwei Uhr!« sagte der Funker zu dem Unteroffizier. »Punkt zwei Uhr zündet ihr die Signallichter an. Ihr hört uns ja. Außerdem wird klares Wetter sein. Seht euch den Platz an, damit keine Klamotten herumliegen. Und wenn ihr Verwundete habt, macht Bahren und schnallt sie darauf fest. Der Einstieg liegt ziemlich hoch.«
Der Unteroffizier nickte. Sein geschwärztes Gesicht blieb unbewegt. Er war ein großer, in der Tarnkleidung etwas plump wirkender Mann.

In diesem Augenblick kam aus der Hupe an der Kabinendecke der erste, langgezogene Summton. Der Funker riß die Schiebetür auf. Der Luftzug zerrte an der Kleidung der Männer. Er fuhr in die Kabine und erfüllte sie mit dem frischen, kalten Atem der Nacht. Der letzte in der Reihe sagte zu seinem Vordermann: »Verflucht kalt sind die Nächte schon ...«
Dann kam der zweite Ton der Hupe. Die Maschine glitt wenige hundert Meter über der Erde dahin. Der Unteroffizier sprang als erster. Die Nacht verschluckte ihn ohne einen Laut. Die Männer drängten zum Ausstieg, mit der einen Hand über dem Kopf den Karabinerhaken an der Stahltrosse mit sich ziehend. Eine Viertelminute nach dem Ton der Hupe war die Kabine leer. Der Funker schloß die Schiebetür wieder. Die Maschine glitt noch einige Zeit weiter mit halber Kraft, aber dann brachte der Pilot die Motoren wieder auf Touren und zog die Maschine steil hinauf in die Wolken, höher und höher.
Draußen an den dunklen Seidenglocken der Schirme baumelten die acht Männer. Die Erde kam näher. Es war still unten. Eine ebene Fläche mit Gebüsch und herbstkahlem Laubwald. Die Männer sanken lautlos der Erde entgegen, den Aufprall erwartend. Jeder der acht wußte, daß bis zur kommenden Nacht, wenn die Maschine sie zurückholte, einige von ihnen tot sein würden.

Die Stunde der toten Augen

Thomas Bindig lag zusammengekrümmt zwischen zwei dichten Akaziensträuchern. Sie standen an einer Böschung, und die Böschung lag einen Steinwurf von den Bahnschienen entfernt, dort, wo die Schienen auf die Brücke liefen. Er atmete leise, mit geöffnetem Mund, und seine Zahnreihen hoben sich schimmernd weiß von dem rußdunklen Gesicht ab. Er lag still und wartete. Die Erde war gefroren. Über den abgefallenen Blättern der Sträucher lag eine hauchdünne Schicht Reif. Es war windstill, und die Sterne waren sehr hell. Bindig schnallte mit langsamen, behutsamen Bewegungen die Riemen des Stahlhelmes auf. Er hob den Helm vom Kopf, legte ihn vorsichtig neben sich auf die Erde und rückte ein paarmal daran herum, bis der Helm so lag, daß er nicht durch eine unvorsichtige Bewegung ein Geräusch verursachen konnte. Dann schob er ebenso langsam den Ärmel der Tarnjacke zurück und sah auf die Uhr. Das Zifferblatt leuchtete mattgrün. Der Sekundenzeiger glitt von Zahl zu Zahl. Er muß noch zehnmal den Weg um das Zifferblatt machen, dachte Bindig, dann ist es soweit. Dann muß ich vorn an der Brücke sein, dort, wo der letzte Busch steht. Und nachdem der Zeiger zehnmal seinen Weg genommen hat, werde ich dort sein, und dann wird der eine Posten von der Mitte der Brücke bis zu dem Strauch gehen. Er wird nur zwei oder drei Meter von mir entfernt umkehren, um zur Mitte der Brücke zurückzulaufen, wo er sich mit dem zweiten Posten trifft, der den gleichen Weg nach der anderen Seite geht. Und dort, an einem ebensolchen Busch, hockt Zado und wartet auf ihn. Es ist nicht schlimm heute nacht. Es ist bei-

nahe leichter, als es in anderen Nächten war. Er hob das Messer auf, das er auf den Boden vor sich hingelegt hatte. Es war das übliche Kappmesser der Fallschirmjäger, mit dem breiten Holzgriff und der dünnen, leicht eingefetteten Klinge. Bindig hatte sie an beiden Seiten angeschliffen, haarscharf und ohne die winzigste Scharte. Es war die Waffe für diese Nacht. Die Pistole steckte in der Innentasche der Tarnjacke.
Noch zehnmal über das Zifferblatt, dachte er. Und an der anderen Seite der Brücke liegt Zado. Der Artist. Der Mann mit der Raubvogelnase und der Narbe über der Stirn, von einer Schlägerei in Hamburg. Er stellte sich vor, wie der andere dort drüben lag und ebenso lauerte wie er. Zado, dachte er, der Artist, der gewesene. Er hieß Zadorowski, aber keiner nannte ihn so. Sie nannten ihn Zado, und er war von Anfang an bei der Kompanie. Vier Jahre länger als Bindig. Er war in Kreta dabeigewesen und in Sizilien. Er war ein alter Fuchs, und er hatte im Varieté als Messerwerfer gearbeitet und als Bodenakrobat. Bindig dachte an ihn, während er sich langsam darauf vorbereitete, die letzten Meter bis zu dem äußersten Busch zu kriechen. Er dachte an den Artisten Zado, der sein Abitur in der Schublade hatte liegenlassen wegen der Liebhaberei mit den Messern und dem unwiderstehlichen Reiz, den die Bühnenbretter auf ihn ausgeübt hatten. Er stellte sich vor, wie Zado jetzt ebenso wie er, das Messer in der Hand, in die Nähe des Postens kroch, und er wußte, daß Zado den Russen geschickt und umsichtig töten würde, lautlos und sicher.
Die Brücke spannte sich über einen Flußlauf, der in einer tiefen Bodensenke lag. Es war nur ein schmaler Fluß, aber der Einschnitt in das Gelände war sehr tief, und dadurch ähnelte die Brücke beinahe einem Viadukt. Die Schienenstränge glänzten matt im Sternenlicht. Bindig sah zu, wie die Posten von den Enden der Brücke zur Mitte gingen, wo sie sich trafen, ein paar Worte wechselten und dann umkehrten, um wieder bis zum Ende der Brücke zu patrouil-

lieren. Sie gingen, in Mäntel gehüllt, mit dem Gewehr auf dem Rücken. Es waren kleine, schwarze Gestalten mit Pelzmützen. Von weitem sah es aus, als wandelten sie auf einem unsichtbaren Pfad, der quer über den Himmel an den Sternen vorbeilief.

Der Soldat auf der anderen Seite der Brücke kroch bereits auf den Posten zu. Er bewegte sich mit der Routine seiner jahrelangen Soldatenzeit auf einen Fleck unter einem Baum zu, der am Kopf der Brücke stand. Er ließ den Posten zur Mitte der Brücke gehen und wieder zurückkehren. Immer, wenn der Posten ihm den Rücken drehte, kroch er weiter vorwärts. Bis er den Baum erreicht hatte, hinter dessen Stamm er sich hinhockte. Er hatte beobachtet, daß der Posten jedesmal um den Baum herumging, wenn er seine Runde von neuem aufnahm. Beim nächsten Mal, dachte Zado. Wieviel Menschen werde ich eigentlich noch töten müssen, bevor ich wieder meine Messer werfen kann? Er hörte den Posten mit dem anderen sprechen. Er ist noch ein junger Bursche, dachte er. Er wird wieder dieses verfluchte, erschrockene Kindergesicht haben, wenn er stirbt. Ich kann bald keine Toten mehr sehen und keine Sterbenden. Ich sehe sie in jeder Nacht. Wenn ich bei einer von diesen dickbeinigen Dorfhuren liege, sehe ich die Leichen, und dann kichert das Mädchen und knabbert von meiner Schokolade, weil sie weiß, daß ich eine Stunde nichts sagen und nichts tun werde. Es ist der Ekel. Aber es ist nicht der Ekel allein. Es ist viel schlimmer. Man darf nicht so oft daran denken. Man hat keine Wahl mehr. Aus einem fahrenden Zug kann man nicht springen. Man bricht sich das Genick dabei. Man muß bis zur Endstation mitfahren. Es ist ein verdammt abschüssiger Weg bis zu dieser Endstation. Da kommt der Posten. So sieht ein Mensch aus, der in der nächsten Minute sterben wird. Und ich muß ihn schon allein deshalb töten, weil an der anderen Seite der Brücke Bindig hockt, denn wenn ich ihn nicht töte, dann wird er Bindig töten, und Bindig werde ich nicht im Stich lassen, weil er der einzige ist, der weiß, daß mich die Gesichter der Leichen quälen, und weil er schweigt und ich weiß, daß es ihm nicht anders geht. Er verglich noch einmal die Zeigerstellung der Uhr mit der Zeit, die er Bindig eingeprägt hatte. Es ist richtig, dachte er. Er faßte das Messer und brachte den Körper in eine Stellung, die einer gespannten Sprungfeder glich. Er war ganz ruhig dabei und bewegte die Augenlider nicht mehr, bis er den Schritt des Postens vernahm. Dann hörte er ihn leise vor sich hin summend auf den Baum zukommen.

Bindig hockte hinter dem Busch und betrachtete den Boden vor seinem Versteck. Er war gefroren, aber es war grasbewachsener Boden, auf dem keine dürren Zweige lagen, kein Laub, nichts. Als die Posten sich in der Mitte der Brücke getroffen hatten, sah Bindig auf die Uhr. An den zehn Umdrehungen des Sekundenzeigers fehlte noch eine. Die Uhr war zuverlässig. Es war eine große Spezialuhr mit Stoppeinrichtung. Bindig verdeckte die blanke Schneide des Messers mit der flachen Hand. Der Posten kam langsam näher. Es war ein untersetzter Mann, der seine Pelzmütze keck auf die linke Seite gezogen hatte. Er trug weiter nichts als das Gewehr mit dem aufgepflanzten Bajonett. Daß sie ihre Posten immer mit dem Gewehr stehen lassen, dachte Bindig. Immer haben sie dieses lange Gewehr mit dem Vierkantbajonett. Die Maschinenpistole ist besser. Eine kurze Waffe ist überhaupt besser. Was will er schon mit dem Gewehr? Damit ist er viel zu langsam.

Er sah ihm direkt ins Gesicht, in ein breites, grobknochiges Gesicht mit einer lustigen Stupsnase. Zado und ich, dachte Bindig, während der Posten sich ihm näherte, sie haben uns darauf spezialisiert. Wie den Oberkellner auf das Sprengen. Wir sind eine Truppe von Spezialisten. Im Töten und im Zerstören. Ob wir uns einmal wieder daran gewöhnen werden, daß es das nicht mehr gibt? Einmal, wenn alles vorbei ist?

Der Posten hustete leise. Er hatte die Hände in den Manteltaschen vergraben. Bindig sah, daß er das Koppel über dem Mantel trug. Das ist gut, dachte er. Wenn sie es unter dem Mantel tragen, ist man unsicher mit dem Messer. Sie haben dicke Lederkoppel. Der Posten blieb ein paar Schritte vor dem Busch stehen und drehte sich um. Er schlug die Stiefel aneinander und ging seinen Weg zurück. Bindig erhob sich, ohne ein Geräusch zu verursachen. Er machte schnell einen Schritt an dem Busch vorbei und dann einen nächsten und noch einen. Er lief nicht; er ging schnell, mit großen Schritten, lautlos auf den dicken Gummisohlen, bis er im Rücken des Postens war. Er sprang ihn nicht an. Er legte ihm den linken Arm um den Hals und stieß mit dem rechten zu. Es war die schnellste, sicherste und leiseste Art zu töten, die er erlernt hatte. Das Messer zerriß dem Posten die Niere, und der Mann sank mit einem erstickten Schnaufer zu Boden. Bindig fing ihn geschickt auf, und dann nahm er ihm ebenso geschickt das Gewehr von der Schulter. Er zog dem Toten den dicken, braungrauen Mantel aus und warf ihn sich über. Er war ihm ein wenig zu groß, aber darauf kam es jetzt nicht an. Mit ein paar schnellen, federnden Schritten lief er an den Platz zurück, wo sein Stahlhelm lag. Er holte ihn und hängte ihn an das fremde Koppel über den Mantel. Dann setzte er die Pelzmütze des Toten auf und warf sich dessen Gewehr über die Schulter.

Auf der Brücke hatte man eine gute Aussicht ins Land. Aber es war nirgendwo ein Lichtschein zu entdecken, außer dem schmalen Streifen, der aus dem Fenster des Bahnwärterhäuschens fiel, das ein paar hundert Meter hinter der Brücke am Bahndamm lag. Dort schliefen die übrigen Soldaten des Postenkommandos. Bindig ging nicht schneller und nicht langsamer auf die Mitte der Brücke zu, als der Posten gegangen war. Als er die ersten Schritte gemacht hatte, sah er Zado von der anderen Seite herankommen. Er erkannte ihn sofort am Gang. Zado hatte den Gang eines Eintänzers. Er war nicht zu verwechseln. Ihm

paßte der Mantel des anderen Postens. Nur die Pelzmütze schien ihm zu groß zu sein. Sie erkannten sich beide, denn sie trugen die Gewehre jetzt beide mit dem Lauf nach unten; als sie sich vergewissert hatten, daß die Läufe der Gewehre nach unten zeigten, gingen sie einander schnell entgegen. Sie trafen sich in der Mitte der Brücke, wo sich die beiden Posten immer getroffen hatten.
»Junge«, sagte Zado langsam, »mit vierzig Jahren werden sie uns in ein Irrenhaus stecken, wenn das noch eine Weile so weitergeht. Das kann kein Mensch aushalten.«
Bindig antwortete nichts. Er blickte dorthin, wo der Unteroffizier mit den anderen liegen mußte, und dabei hob er eine Hand. Unten in den Büschen, jenseits der Bahnlinie, blinkte für den Bruchteil einer Sekunde der Lichtpunkt einer Taschenlampe auf. »In Ordnung«, sagte Zado, »komm ...«
Sie verließen, auf den Schwellen der Bahngleise gehend, die Brücke und bewegten sich auf das Versteck der anderen zu.
»Manchmal«, sagte Zado leise, »manchmal habe ich Angst, daß ich in einem solchen Augenblick einfach aufstehe und zu so einem Posten sage: ›Hier bin ich!‹« Er hielt den Kopf gesenkt, und die Pelzmütze rutschte ihm in die Stirn. Er schob sie ärgerlich nach hinten. Bindig antwortete nichts.
»Aber es hat eben keinen Zweck«, sagte Zado, »ich weiß es. Es hat keinen Zweck; man bringt es nicht fertig.« Er ging mit gesenktem Kopf weiter neben Bindig her. Der biß sich auf die Lippen und sagte nichts. Es hatte keinen Sinn, etwas zu sagen. Das alles war nicht zu ändern. Es war so, wie Zado es sagte. Man durfte nicht daran denken und mußte auf das Ende warten. Man war Soldat, und man hatte zu tun, was einem befohlen wurde. Diese Einsätze hinter der Front waren nicht angenehm. Aber es gab nicht viel Auswahl, und die Leute, die in den Schützenlöchern hockten und auf die T 34 warteten, waren nicht besser dran. In dem einen Jahr, das Bindig bei der Kompanie verbrachte, hatte er gelernt,

was es hieß, Soldat des Führers zu sein. Es hieß, daß man innerhalb der Gattung Mensch einen besonderen, untergeordneten Platz einnahm. Daß man über seine Handlungen nicht nachzudenken hatte und auch nicht über die Zukunft und die Vergangenheit. Wenn man das fertigbrachte, fehlte einem nichts. Aber es war schwer, das fertigzubringen. Es gab Augenblicke, in denen man bereit war, das zu tun, von dem Zado eben gesprochen hatte. Doch da stieg dann die Angst auf. Die Ungewißheit. Und wenn man Ruhe hatte und sich einem die Gedanken aufdrängten, dann war man mit einemmal ein jämmerliches Häufchen, ein Gemisch von Mut und Angst, von Zuversicht und Mißtrauen, von verlorenen Illusionen und jämmerlicher Ratlosigkeit. Man war ein haltloses Bündel Knochen, Muskeln und Sehnen vor dem kalten Kaleidoskop toter Augen, die den getöteten fremden Soldaten gehörten.

Sie gingen an dem Posten vorbei, den Bindig getötet hatte. Zado legte den Kopf eigentümlich schief, um ihn anzusehen. Bindig ging plötzlich schneller. Es drängte ihn, an dem Toten vorbeizukommen. Er brachte es nicht fertig, ihn anzublicken. Die Kehle war auf einmal zu eng. Sie ließ den Atem nicht mehr passieren, es war, als schlösse sie sich, als lege sich ein Druck auf die zuckenden Muskeln des Herzens.

Die Leere, in die er tauchte, war ganz plötzlich da. Im Kopf erhob sich ein feines Singen. Der schwarzseidene Vorhang fiel vor den Augen, und der Sternenhimmel begann langsam zu kreisen. Die Knie knickten ihm ein, und er stolperte. Aber Zado fing ihn auf, bevor der Lauf des Gewehres die Erde berührte. Er packte ihn und hielt ihn aufrecht; er wußte, daß er ihn jetzt hier nicht zusammenbrechen lassen durfte. Es war zu früh, zusammenzubrechen. Er nahm ihn und schüttelte ihn. Er riß ihn am Ohr und schlug ihm ins Gesicht, bis der Körper sich wieder straffte. Während er ihn losließ, griff er unter den Mantel und holte aus der linken Wadentasche eine kleine Metallflasche mit Kognak. Er schraubte sie auf und hielt sie Bindig vor die Nase.

»Da … sauf!« sagte er. »Wir haben noch viel vor heute nacht!« Bindig trank das scharfe Getränk, und er spürte, wie es ihm brennend durch die verschlossene, zusammengepreßte Kehle rann. Die Tränen traten ihm in die Augen, und er begann durch den trüben Schleier der Tränen wieder den Nachthimmel zu sehen, die kahlen Bäume und die Sträucher und den mattsilbernen Schienenstrang. Er wischte sich mit dem Ärmel des Mantels über das Gesicht. Der Mantel roch nach Holzrauch und Schmieröl, und die Nachtluft, die Bindig tief einatmete, war plötzlich wieder klar und kalt. Er gab Zado die Flasche zurück und sagte leise: »Danke.«

»Geht's wieder?« erkundigte sich der andere.

Bindig nickte. Er faßte den Riemen des Gewehres fester und merkte, daß der Boden unter den Füßen wieder fest war. »Es geht«, sagte er heiser. Er stieß den Atem aus in einer grauen, zerflatternden Wolke, die sich in der Kälte der Luft auflöste. »Es war der Tote«, sagte er. »Als ich es tat, war ich ganz ruhig. Aber jetzt … es ist immer so. Du weißt, daß ich keine Memme bin. Aber nachher packt es mich immer so …« Zado ging mit seinen tänzelnden Schritten neben ihm her. Er nahm auch einen Schluck aus der Flasche, bevor er sie einsteckte. Er dachte: Der Schnaps ist das einzige, was hilft. Der ganze Krieg ist ein Gemisch von Todesangst und Ekel und Schnaps. »Reiß dich zusammen«, sagte er. »Es sind nur die Nerven. Es sind diese verfluchten Nerven. Aber es gibt keinen Menschen ohne Nerven. Ohne Beine kannst du leben. Ohne Nerven nicht. Und nicht ohne Schnaps.«

Sie kletterten den Bahndamm hinab. Vorsichtig wichen sie einem Haufen leerer Konservenbüchsen aus, der zwischen dem Gebüsch und dem Bahndamm lag. Alte, verrostete Büchsen.

»Meinst du, daß du es machen kannst?« fragte Zado. Er sah Bindig von der Seite an und dachte: Dieser verdammte Ruß! Man kann nicht einmal sehen, ob sein Gesicht bleich ist. Man weiß nicht, ob er nicht vielleicht umfällt, wenn wir die Tür von diesem Bahnwärterhäuschen aufstoßen. Es ist eine unsichere Sache. Man muß genau wissen, ob man sich auf ihn verlassen kann. Es war, als hätte Bindig seine Gedanken erraten. Er schüttelte leicht den Kopf, und er wirkte wieder sehr sicher, als er sagte: »Hab keine Angst. Es ist vorbei. Es geht immer schnell vorbei. Richtig schlimm wird es erst, wenn wir zu Hause sind.«

»Zu Hause?« sagte Zado mürrisch, aber zufrieden, weil der Tonfall in Bindigs Stimme seine Zweifel beseitigte. »Zu Hause schlafen die jungen Mädchen mit den alten Möpsen, weil wir so lange wegbleiben ...«

»Im Dorf, meine ich. In Haselgarten.«

»Im Dorf ...«, brummte Zado angeekelt, »das ganze Dorf kotzt mich an.«

Die Taschenlampe des Unteroffiziers blinkte noch einmal auf und wies ihnen den Weg. Die anderen lagen dicht beisammen in einer Mulde, zwischen kniehohem Gebüsch. Der Unteroffizier erhob sich, als die beiden heran waren. Er sah ihnen in die Gesichter und fragte kurz: »Alles klar?«

»Alles klar«, sagte Zado. »Wie viele stecken in dem Häuschen?«

»Vier Mann«, sagte der Unteroffizier.

Er führte die Gruppe länger als vier Jahre. Sie kannten ihn. Die ganze Kompanie wußte, daß in Wirklichkeit er das Kommando über die Kompanie hatte, nicht der Leutnant mit dem Kindergesicht und der Kriegsschulweisheit. Er hatte seine eigene Art, mit den Männern umzugehen, und diese Art war in der Heeresdienstvorschrift nicht vorgesehen. Unteroffizier Timm übersah Disziplinlosigkeiten, wenn die Männer im Dorf lagen. Er schützte sie und verschaffte ihnen Ruhe. Er hatte auf alles, was der Leutnant oder die Leute vom Stab an den Männern auszusetzen hatten, nur immer eine Antwort: »Fliegen Sie das nächste Mal mit. Danach sprechen wir weiter über meine Leute.« Damit brachte er jeden zum Verstummen, ganz gleich, welchen

Dienstgrad er hatte. Er tat das nicht um der Gerechtigkeit willen. Er tat es, weil er vielleicht wenige Tage später wieder auf die Männer angewiesen sein würde. Und weil er sie zu dem gemacht hatte, was sie waren, und weil er auf das Ergebnis seiner Erziehung stolz war.
Zado öffnete den Mantel und gab einem der anderen das Gewehr. Dann schlug er die Ärmel des Mantels um, damit er seine Hände besser bewegen konnte. Während er die Pistole aus der Tasche zog und sie mit dem dünnen, geschmeidigen Riemen um das Handgelenk festband, sagte er zu dem Unteroffizier: »Vier Mann? Dann schlafen sie immer nur vier Stunden zwischen den Wachen. Ein verflucht strammer Dienst!«
»Sei froh, daß es nicht mehr sind«, sagte der Unteroffizier. »Sie haben eine Karbidlampe brennen, aber sie schlafen.« Er blickte Bindig an, der, dem Beispiel Zados folgend, seine Pistole am Handgelenk befestigte.
»Was war da vorn los?« fragte er. »Es sah so aus, als ob du hinfallen wolltest. Dabei kann das Gewehr losgehen ...«
»Er ist gestolpert«, antwortete Zado, »diese Schwellen sind bei der Dunkelheit kaum zu sehen. Aber ich habe ihn aufgefangen.«
Timm nahm ihnen die Gewehre ab und ihre Stahlhelme. Er musterte sie kritisch, und dann sagte er: »Los, gehen wir. Wir müssen das schnell erledigen. Wenn ein Zug kommt, müssen Posten auf der Brücke sein.«
Während sie sich gebückt durch das Buschwerk auf das Bahnwärterhäuschen zu bewegten, merkte Bindig, daß sie nur sechs waren, und er erinnerte sich daran, daß die anderen zwei inzwischen an dem Häuschen standen. Es kann nichts passieren, dachte er. Es ist alles genau ausgeklügelt. Wenn das in dem Häuschen vorbei ist, haben Zado und ich Ruhe bis morgen nacht. Alles Weitere machen die anderen.
Timm ging zwischen ihnen. Er zog sie dicht zu sich heran und erklärte ihnen im Gehen: »Das Häuschen hat an jeder Seite ein Fenster. Man könnte es einfach von draußen ma-

chen, durch die Fenster. Aber das ist zu laut. Zwei werden an den Fenstern stehenbleiben. Wenn ihr Pech habt, werden sie schießen. Aber ihr dürft kein Pech haben. Man weiß nicht, ob nicht doch irgendwo einer was hört. Übereilt euch nicht. Macht erst die Tür zu, wenn ihr drin seid. Sie sind verschlafen. Sie werden euch in den Mänteln und in den Mützen nicht gleich erkennen. Das sind die entscheidenden Sekunden für euch.«

Die anderen umstanden das Häuschen, als Zado und Bindig die Tür aufstießen und eintraten. Sie lauschten, die Pistolen in den erhobenen Händen. Timm hatte den einen Soldaten vom Fenster weggeschoben und sich selbst dort aufgestellt. Er sah die beiden eintreten in ihren braunen Mänteln, mit den Pelzmützen über den geschwärzten Gesichtern. Er beobachtete ihre Bewegungen und die Bewegungen der Schläfer. Er hatte die Pistole in der Hand, aber er brauchte sie nicht. Die Schüsse in dem Häuschen knallten kurz und trocken. Sie waren ein paar Meter weiter nicht mehr zu hören. Als Timm sich von dem Fenster abwandte, dachte er: Sie sind die besten Pistolenschützen aus dem ganzen Haufen. Tadellose Soldaten hat Deutschland hervorgebracht. Sie beißen sich nicht einmal auf die Lippen, wenn sie töten. Jung und kalt. Sie töten wie die Schlächter.

Der Oberkellner aus Stuttgart stieg zunächst in das Flußbett hinab. Er untersuchte die Brückenpfeiler, beklopfte sie prüfend und stieg dann wieselflink wieder die Böschung hinauf. Oben lagen die anderen. Zado und Bindig patrouillierten so, wie es die beiden Posten zuvor getan hatten, über die Brücke. Sie hatten die Kragen der Mäntel hochgeschlagen, und über ihren Pelzmützen schimmerten die dünnen, scharfkantigen Bajonette. An der Brücke lagen alle anderen außer einem, den sie bei dem Bahnwärterhäuschen zurückgelassen hatten.

Der Oberkellner ging auf Timm zu und sagte: »Ziemlich massiv. Wir müssen zwei Pfeiler absprengen.«

»Reicht das?« fragte Timm.
Der kleine Soldat zog die Schultern hoch. Er hatte den Stahlhelm abgelegt, und auch die anderen umstanden ihn mit bloßen Köpfen.
»Wenn wir sie möglichst hoch absprengen und dabei noch was unter die Schienen packen, gibt es ein ziemlich großes Loch«, sagte der Oberkellner, »aber lange wird es nicht vorhalten. Sie werden es in einer Woche repariert haben.«
»Eine Woche ist sehr viel Zeit.«
»Ja«, sagte der Soldat, »wenn wir mehr Sprengstoff hätten, würden wir ihnen das Ding so zusammensprengen, daß sie das Kreuz darüber schlagen könnten.«
Er wickelte das Seil auf und schnallte sich den breiten ledernen Gurt um den Leib. Dann befestigte er den flachen Karabinerhaken des Seils an dem Ledergurt und stieg auf die Brücke hinaus. An dem Gurt hingen ein paar Werkzeuge, die er brauchte. Zu dritt gingen sie mit dem Seil in den Fäusten hinter ihm her und ließen ihn über den Rand der Brücke hinab, das Seil festhaltend und sein Ende an einer der Stahlschwellen des Bahngleises befestigend. Der kleine Oberkellner war geschickt wie eine Katze. Man hörte ihn kaum. Nur ab und zu gab es ein leises, schnarrendes Geräusch, ein Klirren von Metall auf Stein. Er verständigte sich mit den drei anderen durch kurze Zurufe, und sie gaben so viel von dem Seil frei, daß er um den Pfeiler herumklettern konnte. Timm ging mit dem letzten Soldaten zu dem Bahnwärterhäuschen. Als sie nach einer Weile zurückkamen, schleppten sie eine Zeltplane voll Handgranaten und Munition heran, die sie in dem Häuschen zusammengelesen hatten. Sie hatten die Zeltplane gerade im Schatten der Büsche niedergelegt, als in der Ferne das rollende Geräusch eines Zuges hörbar wurde.
Die drei auf der Brücke knüpften das Seil fest um die Schwelle und verschwanden hinter den Büschen. Der Oberkellner blieb an seinem Seil hängen. Er war wütend, weil seine Arbeit unterbrochen wurde. Er hämmerte wei-

ter an dem Gestein herum, und es war gar nicht gefährlich, daß er es tat, denn von der Brücke aus konnte ihn niemand sehen, und der Zug würde so viel Geräusch machen, daß die Schläge seines Hammers darin untergingen. Zado und Bindig blieben an den Enden der Brücke stehen, die Gesichter abgewandt, die Mantelkragen hochgeschlagen. Sie standen so, daß sie vom Zug aus jeder sehen, aber niemand ihre Gesichter erkennen konnte. Es war ein Transport Fahrzeuge. Die endlose Schlange der Wagen glitt hinter der ohne Licht fahrenden Lokomotive heran, klirrend und klappernd. Auf den Plateauwagen standen festgezurrt die Autos. Schwere, dick bereifte Fahrzeuge, solche mit Planendach und andere, von deren Rücken sich die Läufe der Salvengeschütze drohend unter den Planen abzeichneten. Ein paar Spähwagen und Bulldogs.
Bindig stand an der Stelle, wo zuvor der tote Posten gelegen hatte. Er behielt die Hände in den Manteltaschen und fühlte zwischen den Fingern den zerkrümelten Machorka und das zusammengefaltete Zeitungspapier. Sie rauchen dieses schreckliche Zeug, dachte er, sie wickeln es in Zeitung und ziehen den Qualm in die Lunge. Sie müssen Lungen wie die Adler haben. Er zog den Kopf tief in den hochgestellten Kragen und wandte das Gesicht ein wenig zur Seite, als die Lokomotive heran war. Der Heizer hing mit dem Oberkörper zum Fenster heraus und winkte im Vorbeifahren. Er hatte nur ein Hemd ohne Ärmel an, und man sah seine weiße Haut. Bindig machte eine unbestimmte Bewegung mit dem Kopf, ohne die Hände aus den Taschen zu nehmen, und dann schlug er die Schuhe zusammen wie einer, dem es auf Posten kalt geworden ist. Er war jetzt ganz ruhig. Er sah dem Zug nach, wie er über die Brücke rollte. Eine Weile noch stand die weiße Qualmwolke über dem Wald, in dem der Zug hinter der Brücke untertauchte, dann zerflatterte sie, und das Rollen der Räder verlor sich in der Nacht. Timm trat aus den Büschen. Die drei anderen eilten wieder auf die Brücke. Timm blieb neben Bindig stehen

und sagte: »Das war der letzte. Bis zum nächsten müssen wir es schaffen.«
»Und dann?«
»Weg«, sagte Timm. Er verzog das Gesicht, als störe ihn der Ruß. Timm war ein Mensch, der selten lachte. Lustig hatte ihn von den Männern noch keiner gesehen.
»Da drüben in den Wald«, sagte er. »Es sind zwölf Kilometer. Dazwischen liegen ein paar von diesen Seen. Ein bißchen Sumpf. Da ist weiter nichts los. Es ist eine ganz verlassene Gegend. Kein Haus. Nichts. Die Wiese liegt zwischen zwei Seen mit einem bißchen Wald an den Ufern. Wir werden gegen Morgen dort sein und den Tag über schlafen.«
Er blieb neben Bindig stehen, ohne ein Wort mehr zu sagen. So, als habe er zuviel gesprochen. Er sah den drei Männern auf der Brücke zu, und die Muskeln in seinem geschwärzten Gesicht bewegten sich leicht dabei.
»Gibt es Karten?« erkundigte sich Bindig. Er hatte von der Übung in Erinnerung, daß Karten ausgegeben werden sollten, damit zur Not jeder für sich allein den Weg zu dem Platz finden konnte, an dem die Maschine sie abholte.
Timm zögerte einen Augenblick. Dann sagte er: »Ja. Es gibt Karten. Den anderen habe ich sie schon gegeben. Für dich und Zado habe ich sie noch.«
Er griff in die Tasche und brachte zwei Ausschnitte von einer Generalstabskarte zum Vorschein. Sie waren nicht größer als ein Blatt der Frontzeitung, und sie waren zusammengefaltet. Er drückte sie Bindig in die Hand und sagte: »Gib die eine Zado, wenn du deine Runde wieder aufnimmst.« Während er noch einmal in die Tasche griff und sich eine Zigarette anbrannte, sagte er: »Bei Feindberührung sofort zu vernichten. Vergiß das nicht.«
Bindig nickte. Timm hatte die Angewohnheit, sie immer wieder an die selbstverständlichsten Dinge zu erinnern. Selbstverständlich mußten die Karten vernichtet werden.
Er sah Timm zu, wie der an der Zigarette sog
»Ob ich mir auch eine anbrenne?« fragte er unschlüssig.

Timm machte mit der freien Hand eine zustimmende Bewegung.
»Rauch doch!« forderte er Bindig auf. »Wenn den Kleinen an der Brücke niemand sieht, dann sieht die Zigaretten auch niemand. Hast du welche mit?« Er machte eine Bewegung nach seiner Tasche. Aber Bindig sagte schnell: »Laß nur, ich habe welche.«
Die ersten Züge an der Zigarette versetzten ihn in eine seltsam gehobene, zuversichtliche Stimmung. Immer wieder war das so: Eine Zigarette, zu einer bestimmten Zeit geraucht, konnte aus einem schlappen Mann einen gespannten, sprungbereiten machen.
Timm trat nahe an ihn heran und sagte gedämpft: »Es ist interessant, diese Stelle liegt so weit hinter der Front, daß sich niemand mehr hier herumtreibt. Sie haben alles kurz hinter der Front liegen. Weiter zurück ist nichts. Wer weiß, wie weit nichts ist. Nichts, mit Bahnlinien dazwischen, auf denen ihre Züge fahren, und Straßen mit Autos. Als wir angriffen, machten wir es genauso. Sie wissen schon, was sie wollen: Alles nach vorn, die Panzer und die Geschütze und die Autos und die Orgeln. Und dann rollen sie los und kümmern sich nicht um das, was hinter ihnen ist. Sie preschen nur vorwärts. Was sie hinter sich lassen, fällt sowieso zusammen ...«
Von der Brücke kam ein klirrendes Geräusch. Dann zogen die drei Soldaten den kleinen Oberkellner auf den Damm. Er hielt sich nicht eine Sekunde auf. Er ging sofort weiter, bis er am zweiten Pfeiler angelangt war, und die drei Soldaten ließen ihn wieder hinab.
»Eigentlich sind sie gar nicht so dumm ...«, sagte Bindig. Timm sah ihm ins Gesicht.
»Wer?«
»Die Russen.«
Der Unteroffizier zog bedächtig an der Zigarette, bevor er sagte: »Das kannst du mir sagen. Aber sonst niemandem. Grundsätzlich!«
»Jawohl«, sagte Bindig. Er lachte leise, aber Timm beach-

tete es nicht. Er tippte ihm auf die Schulter und sagte: »Geh zu der Zeltbahn. Zwischen den Handgranaten liegen drei Flaschen Wodka. Von denen in der Bude dahinten. Eine davon nimmst du für dich und Zado. Sauft sie gegen Morgen, wenn euch kalt wird – und erst wenn ihr am Ziel seid. Und eßt ein paar Kekse dazu.«

Als Bindig mitten auf der Brücke wieder mit Zado zusammentraf, merkte er, daß dieser leicht zitterte. Er stand zusammengekrümmt zwischen den Schienen, den Kopf eingezogen.

»Was ist?« fragte er ihn.

»Kalt«, sagte Zado, »verflucht kalt.«

Er gab ihm die Flasche. Zado steckte sie wortlos ein. Er nahm auch die Karte unbesehen und hörte dabei nicht auf, mit den Zähnen zu klappern. Plötzlich schüttelte er sich und stampfte ein paarmal mit den Füßen auf den Steinschotter zwischen den Schienen. Er schüttelte sich wie ein naß gewordener Hund, und nachdem er sich beruhigt hatte, sagte er einigermaßen verständlich und ohne mit den Zähnen zu klappern: »Ich habe ein verdammt unsicheres Gefühl. Ich werde froh sein, wenn wir diese gottverfluchte Brücke hinter uns haben.«

Er blickte nachdenklich auf die Zigarette, die Bindig in der hohlen Hand hielt.

»Gib mir eine«, bat er dann, »vielleicht werde ich nach der Zigarette wieder ein richtiger, mutiger Germane.«

Es gelang ihm kein Scherz, und er wußte selbst nicht weshalb. Er hatte nur einen Gedanken: Weg von dieser Brücke und von den sechs Leichen! Es war nicht das erstemal, daß er solche Gedanken hatte. Er war daran gewöhnt, daß sie immer wieder auftauchten, und immer, wenn sie kamen, zermürbten sie ihn.

Die drei Soldaten zogen den Oberkellner wieder auf den Damm. Er reckte sich ein paarmal, dann hakte er das Seil vom Gurt ab und öffnete die Schnalle. Sie sahen, daß er die

Drähte von den Sprengladungen mit auf den Damm hinaufgezogen hatte. Es dauerte einige Minuten, dann hatte er zusammen mit den anderen ein Stück des Untergrundes der Schienen tief ausgehöhlt. Einer schleppte die Handgranaten heran. Sie packten sie unter die Schienen und verdämmten sie. Der Oberkellner lauschte mit schief gelegtem Kopf. Der Schweiß stand ihm auf der rußigen Stirn, und seine Hände waren von der Arbeit an den Pfeilern zerschunden. Als Bindig zu ihm trat, sagte er heiser: »Wir lassen es den nächsten Zug selbst machen ...« Er raffte schnell die Drähte zusammen und machte sich daran, die Zündung vorzubereiten. Er hatte sein eigenes System, das in keiner Sprengvorschrift zu finden war. Er arbeitete mit einer winzigen Batterie. Aber die Batterie war nur ein Zubehör. Entscheidend war die Art, in der er seine Sprengung anlegte. Er nannte es »einen Haufen machen«. Es war sein absolutes Geheimnis, weshalb er die Ladung manchmal unter der Lokomotive und manchmal erst mitten unter dem Zug detonieren ließ. Es richtete sich danach, ob der Zug auf einem erhöhten Bahndamm fuhr oder auf ebenem Land. Er kannte sich in den Wirkungen aus und berechnete die Ladung geradezu aufs Gramm genau. Er hatte einen Sprenglehrgang bei den Pionieren mitgemacht, und als er danach wieder zur Kompanie zurückkam, brachte er in einem verschlossenen Briefumschlag seine Beurteilung mit, in der Timm las, daß er für Sprengaufgaben völlig ungeeignet sei. Timm setzte ihn trotzdem ein, und nach dem ersten Einsatz wußte er, daß der Oberkellner besser sprengen konnte als der Leiter des Lehrgangs bei den Pionieren. Er lag auf dem Bauch und befestigte die Zündleitungen. Es dauerte lange, ehe er sich endlich erhob und noch einmal alles mit einem Blick überflog. Er maß noch einmal die Entfernung von den beiden Pfeilern zu der Stelle, wo die Handgranaten lagen, und das Ergebnis schien ihn zu befriedigen. Dann drehte er sich kurzentschlossen zu den anderen um und rief: »Los! Fertig! Fort jetzt!«

Timm führte sie bis an den Waldrand im Norden der Brücke. Es war ein verfilzter Mischwald. Wenn man ein paar Schritte gemacht hatte, war man nicht mehr zu sehen. Es gab neben der Bahnlinie einen Weg, der frontwärts führte. Aber sie nahmen diesen Weg nicht. Sie suchten sich, immer zu zweit aufbrechend, kleine, versteckte Pfade, die zu den Seen führten, zwischen denen die Maschine sie abholen würde. Nach einigen Minuten war es am Waldrand still geworden. Die Männer waren verschwunden. Nur Bindig und Zado hockten, den Rücken an eine mächtige Buche gelehnt, vor dem Wald. »Die letzten«, sagte Zado mißmutig, »wie immer!« Er langte in die Tasche und zerbrach einen Schokoladenriegel in zwei Teile. Bindig nahm die Hälfte, und Zado sagte: »Wenn wir sie wieder mit nach Hause nehmen, fressen sie sowieso bloß die Weiber.« Er redete oft von Frauen, aber es gab in dem Dorf, in dem sie lagen, nur eine einzige. Eine dunkelhaarige Frau, die nicht sehr groß war, aber eine kräftige, wohlgebaute Figur hatte. Sie lebte auf ihrem Hof, und es hieß, daß sie Witwe sei. Bei ihr war nur ein junger, taubstummer, schwachsinniger Knecht. Als sie in das Dorf eingezogen waren, hatten sie die Frau vorgefunden. Irgend jemand hatte sie einmal gefragt, ob sie im Dorfe gewesen wäre, als die Russen es besetzt hatten. Sie hatte geantwortet, das sei ihr erspart geblieben, aber sie hatte es in einer solchen Art gesagt, daß sich die Männer zuflüsterten, sie wäre nicht zu haben, sie triebe es wohl mit dem schwachsinnigen Knecht. Manchmal fuhren die Männer mit irgendeinem Lastwagen ein paar Kilometer weiter westlich in eins der Dörfer, die noch bewohnt waren. Dort gab es Mädchen. Verdorbene, durch das Hin und Her der Front aus der Bahn geworfene junge Dinger, habgierig und geschäftstüchtig. Es gab dort Frauen, die ihre Töchter für einen Sack Zucker dem Furier des Regiments anboten, und solche, die es für ein paar Büchsen Fisch taten.
Zado kaute die Schokolade wie Brot. Als er sie aufgeges-

sen hatte, nahm er die Zigarette, die Bindig ihm zusteckte. Sie rauchten, die Lichtpünktchen der Glut in der hohlen Hand verbergend. Aus dem Wald kam ein feines Singen. Ein leichter Wind hatte sich erhoben und ließ die kahlen Zweige hin und her schwanken. Die Sterne flackerten unruhig, und die Luft roch nach Frost.

»Wenn dieser verfluchte Zug bloß bald käme, damit wir abhauen können ...«, brummte Zado. Er zitterte nicht mehr. Er trug jetzt wieder den Stahlhelm und die Maschinenpistole, ebenso wie Bindig. Aber sie hatten die Mäntel der Posten anbehalten und die Pelzmützen auf die Stahlhelme gesetzt. Die Mäntel konnte man in dieser Nacht noch brauchen.

»Ich habe schon Angst vor zu Hause ...«, sagte Bindig leise. »Dann kommen sie alle wieder, und man sieht ihre Augen. Es ist immer das gleiche. Man wird sie nicht los. Ich glaube, wir werden sie das ganze Leben nicht mehr loswerden ...«

»Das ganze Leben ...«, sagte Zado müde; »wer weiß, wie lange das noch dauert. Wir haben kein Leben mehr. Wir sind nur noch Leichen auf Urlaub. Fang bloß nicht jetzt an, über das Leben nachzudenken, ich habe nicht mehr viel Schnaps.«

Bindig hob ruckartig den Kopf und lauschte. Zado beobachtete ihn mit einem kleinen Lächeln.

»Der Zug ...«, sagte Bindig.

Zado nickte. »Ich weiß. Ich habe ihn schon längst gehört. Laß ihn kommen.«

Sie konnten die Brücke deutlich sehen. Es war eine schöne Brücke. Das Sternenlicht hauchte einen matten Schimmer über die Steinquadern. Sie erhob sich inmitten des buschbewachsenen Landes wie ein Zierat, den ein Riese verloren hatte und der einfach liegengeblieben war, hier zwischen den Akazien und Buchen. Der Zug schob sich wie eine gefährliche, schwarze Schlange heran. Er kam aus dem Hinterland. Plateauwagen mit Panzern. Ein Panzer hinter dem anderen. Immer das gleiche Modell. Klobige T 34 mit waagerecht gekurbelten Geschützen. Sie lagen wie unbeholfene Kolosse auf den Waggons, scheinbar unfähig, sich zu bewegen. Wie tote Urzeittiere mit traurig gesenkten Rüsseln, die mitten in der Bewegung erstarrt waren, erfroren.

»Mein lieber Mann«, flüsterte Zado, »das hat sich gelohnt heute. Dieser Zug, und dann die Brücke ...«

Sie drückten ihre Zigaretten aus. Die Lokomotive fuhr auf die Brücke. Sie erhoben sich automatisch und traten zwischen die Bäume, verloren aber die Brücke nicht aus dem Blick, sie sahen sie ebensogut wie zuvor.

Der Oberkellner aus Stuttgart hatte eine winzige Verzögerung in die Sprengladungen eingebaut. Die Lokomotive fuhr über die Stelle, an die er den Kontakt gelegt hatte. Aber sie fuhr unbeschadet weiter und zog noch den zweiten, dritten, den vierten Wagen über den Kontakt. Dann schlugen aus den beiden mittleren Pfeilern die Flammen, und Bruchteile von Sekunden später rollte der Luftdruck der Explosion heran, das krachende Gepolter vor sich hertreibend. Die Rechnung des Oberkellners ging genau auf. Der Zug rollte weiter, während der Sprengstoff die Pfeiler zerriß. Dann entstand plötzlich mitten auf der Brücke ein riesiges Loch, und die hinteren Wagen neigten sich in dieses Loch. Die anderen, die bereits über die Stelle hinweg waren, wurden zurückgezerrt. Die Handgranaten rissen die Schienen unter den Rädern der Waggons weg, und die schweren Kolosse hatten mit einemmal keinen festen Grund mehr. Sie schoben sich taumelnd, knirschend und kreischend zusammen, legten sich auf die Seite, kippten unendlich langsam, einer nach dem anderen, einer den anderen ins Verderben ziehend, einer den anderen mit sich reißend. Das Poltern der aufeinanderprallenden Panzer erschütterte die Luft. Klatschend und mit donnerndem Getöse, sich überschlagend, rutschten sie die Böschung hinab und schlugen auf dem Grund des Flusses auf. Die Lokomotive bäumte sich auf. Ihr Kessel explodierte mit einem Schrei, der an einen menschlichen Laut erinnerte. Qualm,

Wasserdampf und Feuerschein vereinigten sich über dem gewaltigen Trümmerhaufen, das klare, kalte Gesicht der Nacht beschmutzend, Funken stoben auf und verglommen rasch auf ihrem Flug gegen die unbeteiligten Sterne.
Es wurde nicht still. Das Zischen des Dampfes hielt an. Ein feines Zischen, das sich mit dem Singen des Windes vermischte, kraftlos wie der letzte Atemzug eines Sterbenden.
Bindig fühlte sich am Ärmel nach hinten gezogen. Zado hatte die Maschinenpistole in der Hand. Er war bereit zum Aufbruch. »Jesus Maria«, sagte er flüsternd, »Jesus, Maria und Josef, was dieser Knirps mit einem Koffer Sprengstoff anrichtet! Sie werden Wochen brauchen, bis sie das alles aufgeräumt haben ...«
Sie tasteten sich an den Bäumen vorbei, die Augen langsam an die Dunkelheit des Waldes gewöhnend.
»Er weiß genau, was er macht«, flüsterte Zado. »Er hat es so angelegt, daß der Zug nicht ganz hinunterstürzen konnte, denn sonst hätten sie den Haufen in ein paar Stunden weggeräumt und ... Los, nimm du die Karte. Irgendwo kommt da noch eine Landstraße, die wir überqueren müssen ...«

Klaus Timm hatte kein gutes Gefühl in dieser Nacht. Er hatte manche Nacht hinter der Front verbracht und sich zuweilen tagelang im Rücken der kämpfenden Truppen herumgetrieben. Er hatte Kreta erlebt und Sizilien. Und er hatte viele solche Aufträge ausgeführt wie diesen heute nacht. Aber er hatte kein gutes Gefühl, als er mit den fünf Soldaten nach dem Waldrand ging, der die letzte Stelle war, von der aus man die Brücke sehen konnte. Es war alles zu glatt gegangen heute nacht. Es war jede Einzelheit so abgelaufen, wie sie im voraus berechnet war. Das war nie ein gutes Zeichen. Es gab keinen Einsatz dieser Art, bei dem nicht irgend etwas anders lief, als es vorausgesehen war. Möglich, daß die Sprengladung, die der Oberkellner noch unter die Reste des auf der Brücke hängenden Zuges gelegt

hatte, nicht zündete. Timm rief die Männer zusammen, bevor sie sich quer durch den Wald auf den Weg machten. Er hockte sich zwischen sie, und er war wieder der alte Timm, der Mann, der genau weiß, was er macht, und der keine Vorschrift achtet, wenn es darauf ankommt, den eigenen, besseren Kopf und den besseren Instinkt gegen den der anderen auszuspielen. Er reichte eine Schachtel Zigaretten herum, und die Männer zündeten sich die Zigaretten an der winzig kleinen Flamme seines Feuerzeuges an.
»Nachher raucht ihr nicht mehr«, sagte er beiläufig. »Ihr wißt nicht, was rechts und links von euch liegt.«
Er war sich gewiß, daß die Männer dieses Gebot einhalten würden; denn er sorgte dafür, daß seine Anordnungen niemals so unbequem waren, daß sie Unwillen hervorriefen.
‚Ich habe es mir überlegt«, sagte er dann, die Asche von der Zigarette mit dem kleinen Finger abstreifend, »wir werden alle unsere Karten vernichten. Bis auf eine. Die nehme ich.« Er wartete die Reaktion ab, aber sie war nicht anders, als er es erwartet hatte. Wieder begann er darüber nachzudenken, daß heute alles viel zu glatt ging. Die Soldaten zogen die Kartenblätter hervor, aber bevor sie sie ihm gaben, prägten sie sich genau den Weg ein, den sie zu nehmen hatten. Es war einfach, den Weg zu finden. Alle Pfade in diesem Wald führten zu seinem nördlichen Rand. Dorthin mußten die Männer gehen. Und von da ab begann ein unübersichtliches, mit Gehölz und Buschwerk bewachsenes Gelände, in dem die beiden Seen lagen, zwischen denen sie hindurchmußten. Das Gelände änderte sich auch später nicht. Lediglich eine Straße gab es hier. Die mußten sie überqueren. Danach ging es zwischen Gehölzen und Buschwerk weiter, Kilometer um Kilometer, immer nordwärts, bis der nächste See vor ihnen lag. Hinter diesem See war eine weite, ebene Fläche. Da würde das Flugzeug landen. Es war einfach, dorthin zu finden. Man brauchte sich nur die Richtung einzuprägen. Der kleine Oberkellner gab Timm zuerst seine Karte. Er legte sie ihm auf das Knie und

brummte: »Jetzt sind Sterne da, und morgens sieht man, wo Norden ist.«
Timm nickte. Er sammelte die Blätter ein und begann sie in kleine Schnitzel zu zerreißen. Er scharrte mit dem Messer eine Grube in die Erde und verbarg die Papierschnitzel darin. Die Männer rauchten gelassen ihre Zigaretten weiter. Die Spannung der letzten Stunden war noch nicht von ihnen gewichen. In diesem Zustand waren sie einsilbig und gereizt.
»Paßt auf«, sagte Timm, sich erhebend, »wir müssen los. Bald kann der nächste Zug kommen. Wenn es irgendwo etwas gibt, müßt ihr auf mich achten. Wenn es ganz überraschend kommt, müßt ihr ihnen meine Leiche abnehmen. Die Karte habe ich zusammengefaltet in der linken Hand. Streichholzschachtelgröße. Dauert es länger als eine halbe Minute, dann habe ich sie inzwischen unten.« Die Soldaten nickten. Einer sagte halblaut: »Guten Appetit!« Timm drückte den Stummel aus und tippte nachlässig an den Helmrand.
Der Oberkellner sagte: »Wir werden um deine Leiche nicht bloß wegen der Karte kämpfen. Aus der Karte können sie noch lange nicht sehen, wo die Maschine landen wird. Aber du hast die Signallichter in der Tasche.«
»Die habe ich«, erwiderte Timm, während er die Maschinenpistole vor die Brust zog und mit dem Zeigefinger der rechten Hand in den Abzug fuhr; »und sauft nicht den ganzen Wodka!«
Er ging allein. In solchen Fällen ging er immer allein und kümmerte sich nicht darum, ob die anderen Schwierigkeiten hatten. Jeder mußte selbst fertig werden. Das war Timms Erziehung, und die stand nicht in der Dienstvorschrift. In der Dienstvorschrift stand, daß sich der Trupp nach beendeter Aktion geschlossen und unter Timms Führung zurückzuziehen hatte auf Position X. Aber die Männer wußten, daß es richtig war, einzeln zu gehen. Einer konnte Pech haben. Gingen sie zusammen, hatten alle an-

deren mit ihm Pech. Und warum soll gerade ich der eine sein, der Pech hat? dachte jeder der Soldaten.
Timm hörte die Explosion, als er schon ein weites Stück Weg zurückgelegt hatte. Er bewegte sich auf einem schmalen Pfad, der beinahe schnurgerade nach Norden lief. Es war ein bemooster Waldpfad, auf dem die Füße kaum ein Geräusch verursachten. Timm verstand es, auf solchen Pfaden zu gehen. Er setzte die Füße vorsichtig auf, niemals sofort mit der ganzen Sohle und auch nicht in der üblichen Art, mit dem Absatz zuerst. Er trat mit der Außenkante der Sohle auf, und auf diese Art ging er zwar wie ein betrunkener, krummbeiniger Reiter, der stundenlang auf seinem Gaul gesessen hat, aber er spürte jedes kleine Ästchen sofort und konnte dann das Gewicht auf den anderen Fuß verlagern und den knackenden Holzstückchen ausweichen.
Man muß immer wach sein, dachte er, auf solchen Touren muß man immer wach sein, man darf keine Sekunde schlafen. Das kann das Leben kosten. Überhaupt heute. Es ist ein verfluchtes Gefühl, wenn alles so reibungslos abgeht! Wenn einer von diesen vier aus dem Bahnwärterhäuschen zurückgeschossen hätte, dann läge jetzt nicht dieser Druck auf meiner Brust. Dann würde mein Finger im Abzug der Maschinenpistole nicht zittern. Und er zittert nicht nur vor Kälte.
Die Explosion klang dumpf. Aber der Donner ließ ahnen, daß sie ihren Zweck erreicht hatte. Timm blieb ein paar Sekunden lauschend stehen.
Er konnte die Sterne durch die dürren Baumkronen sehen. Die Nacht war kalt, klar und still. So kurz vor dem ersten Schnee sind die Wälder immer still, dachte Timm. Er lauschte, aber es kam kein Geräusch mehr von der Brücke. Vor ihm auf dem Pfad stand stellenweise verdorrtes, sehr hohes Waldgras. Es ist ein Pfad, den selten einer gegangen ist in der letzten Zeit. Wenn trockenes Waldgras niedergetreten wird, richtet es sich nicht mehr auf, dachte er. Er ging mit angespanntem Gesicht weiter. Es war mehr ein halbge-

bücktes Schleichen, denn ab und zu hingen Äste über den Pfad, die er nicht berühren wollte. Wenn ich in diesem Tempo weitergehe, bin ich in zwei Stunden am See, dachte er. Ob än der Straße was los ist? Die Aufklärer sagen: nur wenig Fahrzeuge. Er ging mit federnden Gelenken weiter. Einen Kilometer, noch einen. Und noch einen und einen weiteren.

Das Mädchen, an das er dachte, lebte in dem Nest, in dem der Regimentsstab untergebracht war. Keine Hiesige, eine aus Breslau. Eine Lehrerin, die sich in den Kopf gesetzt hatte, ein Dutzend Kilometer hinter der Front Kinder zu unterrichten, die nachts neben den gepackten Koffern der Eltern schliefen. Sie war nichts Besonderes, aber sie schlief nicht mit jedem, und das war immerhin in diesen Zeiten ein achtbarer Grundsatz. Timm hatte sich in sie verlieben müssen, bevor sie ihn über Nacht bei sich behielt. Man muß sich anzupassen verstehen. Morgen werde ich dem Furier ein paar Tüten von diesem rosa Puddingpulver abschwatzen, dachte er, jedesmal erzählt sie mir, wie wunderbar Pudding schmeckt, wenn er richtig zubereitet ist. Mit Rosinen und Mandeln. Und mit Zitronenstückchen. Ob sie Rosinen hat? Mandeln? Zitronen hat der Furier auch nicht. Aber Puddingpulver hat er ein halbes Auto voll. Sie hatten es irgendwo auf dem Rückzug mitgenommen, weil nichts anderes da war. Vielleicht ist er froh, wenn er was davon los wird. Diesmal werde ich drei Tage bei ihr bleiben. Es läßt sich machen. Der Leutnant wird ja sagen. Ihm geben sie das Ritterkreuz, wenn wir die Russen hier an dieser Kante so stoppen, daß sie nicht zum Angriff kommen. Und wer macht die Arbeit? Timm! Also wird Timm drei Tage bei der Lehrerin Hannelore rosa Pudding essen. Mit oder ohne Rosinen. Ich werde ihr überhaupt …

Er warf sich blitzschnell hin und blieb eine endlos lange Zeit ohne Bewegung liegen. Aber es schien nur so, als ob er sich nicht bewegte. Er hatte die Maschinenpistole im Anschlag und lauerte darauf, daß ihn jemand anrief, daß ein

Gewehrschloß knackte. Es ereignete sich nichts. Da zog Timm unendlich langsam die Oberschenkel an den Leib und richtete sich so weit auf, daß er über die Büsche hinweg die Lichtung sehen konnte.
Eigentlich war es keine Lichtung, sondern nur eine Stelle im Wald, an der die Bäume sehr weit standen. Es gab auf mehrere hundert Meter nur dünne Stämmchen und Büsche. Timm hatte weiter nichts gesehen als das kurze, dicke Rohr eines Sturmgeschützes.
Er blieb regungslos an der Außenseite des Waldpfades liegen. Er rührte sich kaum dabei, als er mechanisch die zusammengefaltete Karte zum Mund führte. Er biß und kaute darauf herum, während seine Augen weit geöffnet auf das Fahrzeug starrten, das ihm die Breitseite zukehrte. Er erkannte es sofort als ein sowjetisches Geschütz. Es war gedrungener gebaut als die deutschen Geschütze. Das Rohr war kurz, konisch und dick. Es war waagerecht gekurbelt, in Ruhestellung. Timm erkannte jetzt auch die Raupenketten und das Heck des Fahrzeuges mit den Auspufftöpfen. Und er sah, daß es nicht allein hier stand. Es war nicht abgeschossen, vergessen, kein Wrack mit rostenden Stahlplanken. Es war eins von vielen Geschützen, die zwischen den Bäumen parkten. Timm konnte sie sehen. Sie standen nicht weit voneinander entfernt, manche gegen Fliegersicht mit Reisig abgedeckt. Es waren ein Dutzend oder mehr. Man konnte sie nicht alle sehen, und es war zu vermuten, daß ein Teil von ihnen noch weiter entfernt im Dunkel unter den Bäumen parkte. Sie standen ungeordnet da, und Timm übersah die Lage sofort. Es war eine Bereitstellung. Eine Batterie oder auch zwei oder drei, die hier in Abrufstellung lagen. Neues Material aus dem Osten, für den kommenden Angriff zusammengezogen, aber noch weit von der Front entfernt. So weit wie der Angriff vom heutigen Tag.
Es rührte sich nichts bei den Fahrzeugen. Nirgends war ein Posten zu sehen, sosehr Timm seine Augen anstrengte. Er

kaute erregt auf dem ekelhaft schmeckenden Papier des Kartenblattes, bis er fühlte, daß es nur noch aus einem Brei von Papierfasern bestand. Da ließ er es aus dem Mund gleiten und schob es vorsichtig unter das Laub. Er spürte, wie der Schweiß auf seinem Rücken eiskalt wurde. In die Lenden kroch ein ziehendes, sich bis in die Oberschenkel fortpflanzendes Gefühl. Timm hatte Angst vor dem Posten, den er nicht sah und der doch irgendwo stehen mußte, zwischen den Bäumen versteckt, ihn regungslos beobachtend. Er biß sich schmerzhaft in die Lippe, als er merkte, daß seine Hände zitterten. Du darfst nicht die Nerven verlieren, Junge, sagte er sich. Er redete es sich ein und bemühte sich, die Hände stillzuhalten und des Gefühls in den Lenden Herr zu werden. Du mußt ganz ruhig bleiben, Timm. Wenn er dich gesehen hat, dann wird er über kurz oder lang doch schießen, oder er wird dich anrufen. Wenn er dich gesehen hat! Aber warum soll er dich gesehen haben? Vielleicht schläft er unter seinem Baum. Vielleicht haben sie gerade abgelöst. Übrigens hätte er dich längst angerufen, wenn er dich gesehen hätte. Unsinn! Er hat dich nicht gesehen! Er wird dich auch nicht sehen. Denn wenn du ihn kommen hörst, wirst du still auf der Erde liegenbleiben wie ein Baumstumpf. Er bewegte sich nicht. Er starrte nur geradeaus, und er fühlte, wie ihm der Schweiß unter dem Helm hervorrann.

Er kann dich aber doch gesehen haben, überlegte er wieder. Er kann dich gesehen haben und dich jetzt ganz genau in seinem Visier haben. Er kann abwarten, mit dir spielen, weil er genau gesehen hat, wer du bist. Er kann grinsend hinter einem solchen Baum hocken und dich beobachten, du entgehst ihm nicht. Sie haben gute Augen. Und sie hören gut. Mag sein, daß sie nach Knoblauch stinken und nach Machorka, aber sehen und hören können sie. Mach dir nichts vor, Timm, er sitzt hinter seinem Baum und lauert. Und er wird dich töten. Es gibt keinen Zweifel, er wird dich töten, aber erst dann, wenn er sicher ist, daß du allein bist, oder überhaupt erst dann, wenn er es für richtig befindet. Er läßt dich zappeln wie die Maus in der Falle. Er will dich nervös machen, es gelingt ihm auch. Er läßt dich hier liegen, bis du irrsinnig bist vor Angst und aufspringst, und dann knallt er dich ab wie der Jäger ein auffliegendes Rebhuhn.

Es war, als bliebe das Blut in seinen Adern stehen, als wäre sein Körper mit einemmal nicht mehr warm und lebendig, sondern eiskalt, starr. Dann schüttelte ihn der Frost, und er strengte sich vergeblich an, die Hände ruhig zu halten. Er hatte längst den Finger aus dem Abzug der Maschinenpistole nehmen müssen. Er biß die Zähne zusammen, denn er meinte, daß das Geräusch bei ihrem Aufeinanderklappen bis an das Sturmgeschütz zu hören sein müsse. Um ihn herum war es still. Es regte sich nichts. Das war es, was Timm nervös machte. Wenn in diesem Augenblick auf der Lichtung vor ihm die Soldaten durcheinandergerannt wären, wenn die Scheinwerfer sich in das Walddunkel gefressen hätten und die aufs Geratewohl abgefeuerten Gewehrschüsse durch die Büsche neben ihm geprasselt wären, dann wäre Timm ruhig gewesen. Die Stille war es, die ihn ängstigte. Er lag am Rand des Waldpfades auf dem Bauch und biß sich die Lippe blutig. Erst als einige Minuten vergangen waren, spürte er plötzlich den Schmerz in der Lippe. Er sagte sich, diese Lippe wird Hannelore nicht gefallen. Und im gleichen Augenblick, als er sich das sagte, wußte er, daß er das Schlimmste überwunden hatte.

Er schöpfte tief Luft und lauschte in den Wald hinein. Mit Befriedigung stellte er fest, daß seine Hände wieder sicher wurden. Aber gleichzeitig begann ihn der Gedanke an die anderen Männer zu bewegen. Er wußte, daß es ihnen ebenso gehen würde wie ihm. Diese Bereitstellung der Sturmgeschütze hatten die Aufklärer nicht entdeckt. Sie war ein Hindernis, das man nicht voraussehen konnte. Die Aufklärer hatten diesen Wald für absolut sicher gehalten. Timm überlegte, wie sich die anderen Soldaten seiner

Gruppe verhalten würden, wenn ihnen das gleiche zustieß wie ihm. Ob sie überhaupt die Geistesgegenwart besitzen würden, stillzubleiben, oder ob sie vielleicht die Bereitstellung erst zu spät entdeckten?
Er spürte mit einemmal seine Glieder wieder. Das war ein Zeichen dafür, daß er wieder fähig zum Handeln war. Timm ist wieder da, dachte er grimmig, Timm lebt noch! Er spürte die Wodkaflasche in der Hosentasche und wunderte sich, daß sie nicht zersprungen war. Sie haben dickes Glas, dachte er. Dann legte er behutsam wieder den Finger in den Abzug der Maschinenpistole. Er machte eine einfache Überlegung: Wenn der Posten dich im Visier hat, wird er dich so oder so abknallen. Hat er dich nicht im Visier, dann wird er dich aufspüren, wenn du hier noch lange herumliegst. Also: Deine Chance ist es, zu verschwinden. Es ist die letzte Chance, und es ist nicht gewiß, daß du Glück hast, aber du mußt die Probe machen.
Er hatte nicht die Absicht, zurückzukriechen, um die anderen zu warnen. Sie mußten ein Stück hinter ihm sein, aber sie waren auf anderen Wegen gegangen. Er dachte nur an sich, und er bewegte sich unendlich langsam auf dem Waldpfad rückwärts. Er kroch ein paar Zentimeter, einen Viertelmeter und einen halben, einen Meter und noch einen. Es geschah nichts. Der Wald blieb ruhig, und die Sterne flackerten ebenso unbeständig weiter wie zuvor. Timm kroch, sich dabei das salzige Blut von der aufgebissenen Lippe leckend. Er kroch weiter und weiter, und schließlich war er so weit gekrochen, daß er das Sturmgeschütz nicht mehr sehen konnte. Es war dunkel, und der Pfad vor ihm lag nur wenige Meter im dünnen Sternenlicht, das durch die Baumkronen fiel. Weiter hinten erhob sich die Dunkelheit wie eine stumpfe Mauer, und Timm dachte: Dort hast du vor ein paar Minuten noch gelegen, und keiner hat geschossen. Es gibt keinen, der dich gesehen hat. Er verhielt und lauschte. Dann erhob er sich auf die Füße und nahm die Maschinenpistole unter den Arm. Er lief wie auf Kom-

mando, mit katzenhafter Behendigkeit, lautlos, mit großen, ungleichmäßigen Sprüngen. Er brachte einige hundert Meter zwischen sich und den Platz, an dem die Sturmgeschütze standen, und er blieb erst keuchend stehen, sich duckend, erstarrt wie eine Bildsäule, als aus dem Gebüsch seitlich des Pfades plötzlich eine Stimme halblaut seinen Namen rief.

Zado hatte Bindig plötzlich seitwärts zwischen das Geäst gezogen, einen Finger dabei auf den Mund legend, er hatte ein feines Gehör, und die tappenden Laute von Timms Gummisohlen waren ihm nicht entgangen. Sie sahen ihn den Pfad entlanghetzen und wußten, daß etwas geschehen war. Als sie ihn angehalten hatten, zogen sie ihn zu sich in den Schutz der Büsche, und Timm keuchte flüsternd: »Fort! Sie haben da vorne ...«

»Ruhig ...«, flüsterte Zado, »ganz ruhig, Klaus. Haben sie dich gesehen?«

»Nein«, gab Timm zurück, »aber wir kommen nicht vorbei. Die anderen auch nicht. Sie haben eine Batterie Sturmgeschütze mitten im Wald stehen, und sie werden ...«

Die Geschoßsalve einer Maschinenpistole zersägte seinen Satz. Sie war ganz plötzlich da, weit entfernt, aber doch nicht so weit, daß sie bedeutungslos gewesen wäre. Es war das trockene, bellende Geknatter einer russischen Waffe, ein langer Feuerstoß und nach einer sekundenlangen Pause ein weiterer, kürzerer, dem vorerst Stille folgte.

Die drei hockten im Gebüsch neben dem Pfad. Zado hatte Timm, noch während die Maschinenpistole bellte, tiefer zwischen das Astwerk gezerrt. Sie lauschten ein paar Sekunden. Es geschah nichts. Die Nacht war wieder still. Aber die Stille war trügerisch, jeder der drei wußte es. Der Posten, oder einer der Posten, war gewarnt; irgendeiner der anderen Männer war ihm in die Hände gelaufen. Bindig knöpfte die Tasche der Kombination auf und nahm die beiden Handgranaten heraus. Er prüfte die Zünder oberflächlich und befestigte die beiden eiförmigen, geriffelten Stahlkörper dann an einer Schlaufe des Koppels. Er ließ den bereits aufgeknöpften russischen Mantel von der Schulter gleiten und nahm die Pelzmütze vom Helm. Er tat es nicht sonderlich schnell, gerade so, wie man etwas tut, was ebenso unbequem wie notwendig ist. Er zog den Lederriemen des Helmes fest und überzeugte sich, daß die erste Patrone des Magazins in der Kammer der Maschinenpistole lag. Zuletzt nahm er die Pistole und entfernte das Magazin. Er hatte in dem Bahnwärterhäuschen vier Schüsse abgegeben. Die Patronen fehlten in dem Magazin. Er griff in die Tasche und nahm vier Patronen, die er lose eingesteckt hatte. Er füllte das Magazin auf und schob es dann in die Pistole zurück; dann lud er die Waffe ebenfalls durch und sicherte sie nicht mehr.

Als er damit fertig war, sagte er leise zu den beiden anderen: »Wollen wir hier liegenbleiben?«

Aber er bekam keine Antwort, denn im gleichen Augenblick explodierte dort, wo vorher die Maschinenpistole gebellt hatte, eine Handgranate, und ein paar harte russische Stimmen riefen sich unverständliche Worte zu. Eine Trillerpfeife ertönte dazwischen, und dann fielen ein paar einzelne Schüsse.

Es war, als erwache Timm aus einer Erstarrung, als die Trillerpfeife ertönte. Er hörte sie und hatte im gleichen Augenblick das Bild vor sich, das sich dort bot. Ein Zugführer, der seine Leute ansetzt, den Wald zu durchkämmen. Timm erhob sich automatisch. Er spürte mit einemmal, daß er wieder der alte war. Er legte sich die Maschinenpistole zurecht und zwängte seinen Oberkörper durch die Zweige. Auf dem Pfad war nichts zu sehen. Er winkte den beiden und trat hinaus. Sie folgten ihm. Sie hasteten hinter Timm den Weg zurück, den sie gekommen waren. Wieder fielen hinter ihnen Schüsse. Aber sie galten nicht ihnen. Sie waren weit entfernt von dem Platz, an dem geschossen wurde. Es waren einzelne Gewehrschüsse, hallend und scharf, dazwischen Feuerstöße aus Maschinenpistolen. Timm hielt

im Laufen inne und lauschte zurück. Dann sagte er leise: »Das war eine Beretta.«
Er sagte es so, als habe er bis zu diesem Augenblick noch daran geglaubt, daß die Schießerei zufällig oder versehentlich entstanden sei und seine Soldaten unentdeckt geblieben wären. Es klang wie eine traurige Feststellung.
»Sie müssen weiter rechts von mir gegangen sein«, sagte er. »Ich habe es mir gedacht. Die Sturmgeschütze stehen hintereinander. In der Dunkelheit sind sie nur durch einen Zufall zu entdecken.«
Die Beretta schoß noch immer. Sie gab kurze, sparsame Feuerstöße ab. Die anderen Waffen bellten bösartig, in langgezogenen, einander übertönenden Salven. Timm sagte nichts, aber er wußte, daß dort nur einer der Männer lag und sich verteidigte. Entweder waren die anderen tot, oder sie hatten diesen einen aufgegeben. Es war schwer zu entscheiden, ob sie damit richtig gehandelt hatten.
»Was willst du?« erkundigte sich Zado. Timm deutete in die Richtung, aus der sie gekommen waren, und sagte schnell: »Zurück bis an den Waldrand, und dann immer am Waldrand entlang nach Osten, bis wir aus diesem Tohuwabohu heraus sind.«
Zado nickte. Sie hasteten weiter, und das Geknatter der Schüsse hinter ihnen wurde von Minute zu Minute schwächer. Dann hörte die Beretta auf zu schießen.
»Aus!« sagte Zado heiser. »Er hat ziemlich lange ausgehalten.« Aber in diesem Augenblick begann viel weiter links ebenfalls eine Beretta zu schießen, und in ihre Feuerstöße mischten sich die dumpf klingenden Explosionen von Handgranaten.
Timm verzog das Gesicht. Er sah aus, als habe er Schmerzen. Aber die anderen sahen es nicht. Timm überlegte, ob von den Männern noch einer übrigbleiben würde. Es ist die beste Gruppe aus dem ganzen Haufen, dachte er. Die jungen Kerle sind die Besten. Und sie knallen sie mir einen nach dem anderen ab.

Sie hatten den Waldrand schnell erreicht. An der Brücke rührte sich nichts. Aber in der Luft lag eine feine Spur von Rauch. Timm begriff, daß der Kessel der Lokomotive explodiert war.
Sie bewegten sich im Rücken des Waldes nach Osten und machten einen großen Bogen, der sie weit von der Stelle wegführte, an der die Sturmgeschütze standen, aber auch weit von den Seen weg, zwischen denen die Maschine sie abholen sollte. Timm hatte sich die Karte genau eingeprägt. Er ließ Zado und Bindig ihre Kartenblätter ebenfalls vernichten, und sie marschierten weiter, sich nach den Sternen orientierend. Sie betraten unbekanntes Gebiet, das weder auf dem Kartenblatt noch in dem Sandkasten zu sehen gewesen war, den sie beim Stab für diesen Einsatz aufgebaut hatten. Nach einer Stunde hörten sie keine Schüsse und keine Handgranaten mehr. Sie kamen in die Nähe der Straße, die sie kreuzen mußten, und auf der Straße fuhren Autos mit angehängten Geschützen. Es waren kurze Kolonnen, dazwischen flitzten kleine, wendige Stabsfahrzeuge. Nach einer halben Stunde gelang es ihnen, die Straße zu überqueren. Der Wald auf der anderen Seite verschluckte sie, und sie marschierten viele Kilometer in diesem Wald weiter nach Osten, bevor sie wieder nordwärts abbogen.
Vor ihnen lag buschiges, unübersichtliches Gelände, flach und langweilig. Timm hatte am Handgelenk einen winzigen Kompaß baumeln. Er führte die beiden anderen sicher. Er war gewiß, der Gefahr entronnen zu sein. Sie hatten eine weite Strecke zwischen sich und den Platz der Schießerei gelegt. Hier war das Gebiet, das hinter jeder Front immer am wenigsten beaufsichtigt war. Das Gebiet zwischen den Stellungen und den Etappenorten. Die leichte Artillerie stand weiter vorn, die schwere war viele Kilometer östlich stationiert. In diesem Gebiet spielte sich das Leben nur auf den Straßen und Wegen ab. Die Wälder waren still.
Als der Morgen graute, hatten die drei den großen Bogen beinahe vollendet. Sie waren müde und hungrig. Ihre

Schritte waren schlapp, und Timm wußte, daß ihre Aufmerksamkeit nachgelassen hatte. So, wie sie jetzt waren, würden sie am hellen Tage in eine russische Kolonne hineinlaufen. Er beeilte sich, vorwärts zu kommen, und trieb sie an, bis er die Wasserfläche des Sees in der Morgendämmerung erkennen konnte. Da ließ er sie zurück und begann, den Landeplatz zu suchen. Er fand ihn und überzeugte sich davon, daß er brauchbar war. Er mußte alle Kräfte zusammennehmen, als er auf einen einzeln stehenden Baum kletterte, um die Gegend zu überblicken. Er konnte weit ins Land sehen, aber solange er auch Ausblick hielt, er bemerkte nichts, was sich bewegte, nichts, was seine Aufmerksamkeit erregt hätte. Auf dem Rückweg fand er eine Mulde im Boden, die mit Gestrüpp überwuchert war. Er stieg hinein und stellte fest, daß sie drei Leuten Platz bieten würde. Da holte er die beiden anderen nach, führte sie zu der Mulde und sagte: »Legt euch hin und schlaft. Ich wecke euch, wenn ich müde bin.«

Thomas Bindig erwachte, als es bereits spät am Abend war. Er fühlte die Kälte in all seinen Gliedern und hob langsam den Kopf. Der Helm lag neben ihm, und der Lauf der Maschinenpistole zeigte genau in sein Gesicht. Er schob ihn gedankenlos beiseite und richtete sich auf. Die Zweige der Sträucher, zwischen denen er lag, hingen ihm ins Gesicht. Er bewegte die erstarrten Finger, und dann hörte er neben sich die Stimmen. Es war Timm, der sich mit Zado unterhielt. Er sah sie im gleichen Augenblick, sie hockten am Rand der Mulde und starrten auf die Ebene zwischen den Seen hinaus. Er konnte nicht verstehen, was sie sagten, und aus ihrem seltsamen Benehmen konnte er nicht klug werden. Sie beachteten ihn nicht, als er zu ihnen kroch, und er hockte sich neben Timm und fragte: »Warum habt ihr mich so lange schlafen lassen?« Timm antwortete nicht auf die Frage. Er reckte den Kopf und sagte leise zu Zado: »Wir müssen ihn holen. Er sitzt mitten auf dem freien Feld.

Wenn er sich eine Zigarette anbrennt, wird man es bis Moskau sehen ...«
»Was ist?« erkundigte sich Bindig. Er fühlte sich ausgeschlafen und erfrischt. Nur ein wenig durchgefroren.
»Wir sollten immer ein Glas mitnehmen«, sagte Zado. »Du siehst, daß man es manchmal braucht. Ob er der einzige ist, der davongekommen ist?«
»Möglich«, antwortete Timm. »Jedenfalls ist es der Kleine. Er muß etwas abgekriegt haben ...«
Bindig konnte die Gestalt nicht erkennen. Er strengte seine Augen an, aber er sah an der Stelle, wo die anderen die Gestalt sitzen sahen, nur einen dunklen Brocken auf der Erde liegen. Es war schon zu dunkel, um mehr zu erkennen.
Zado blickte ihn an und fragte: »Ausgeschlafen?«
»Ihr habt mich den ganzen Tag schlafen lassen ...«, sagte Bindig vorwurfsvoll. »Was war los?«
»Nichts. Bis vorhin, als der Kleine auftauchte.«
Es war der Oberkellner aus Stuttgart. Sie hatten ihn schon von weitem gesehen, wie er, an den Saum der Büsche gedrückt, die den See umgaben, heranschlich. Sie hatten ihn beobachtet, aber nicht angerufen, weil sie nicht wußten, ob er verfolgt wurde. Doch offensichtlich wurde er nicht verfolgt. Er war ein paar hundert Meter von ihrem Versteck zu Boden gefallen und liegengeblieben. Ein dunkles Bündel, mit einem Stahlhelm bedeckt, das Gesicht noch rußgeschwärzt von der letzten Nacht.
Als Zado an ihn herankroch, hob er blitzschnell die Maschinenpistole, doch er ließ sie sofort wieder sinken, einen erstaunten, angstvollen Ausdruck in seinem schmutzigen Gesicht. Er riß den Mund weit auf, aber er brachte nur ein heiseres Krächzen über die Lippen. Seine Augäpfel waren rot geädert, die Lider verschwollen. Die Lippen zuckten wie bei einem Kind in den Sekunden, die einem quäkenden Weinen vorangehen. Er blickte Zado mit irren Augen an. Er zitterte am ganzen Körper. Zado legte ihm die Hand auf

den Ellbogen und sagte ruhig: »Kleiner ... ich bin's! Komm! Noch ein Stückchen ...«
Da erst sah er das Blut. Er packte schnell zu und besah sich die Wunde. Der Oberkellner stöhnte und knirschte mit den Zähnen. »Ruhig ...«, sagte Zado leise, aber energisch, »ganz ruhig, Kleiner, sonst wird Vati böse!«
Es hatte ihm den linken Oberarm aufgerissen. Die Tarnjacke war bis zum Handgelenk blutig und wies an der ganzen linken Leibseite dunkle, feuchte Flecke auf. Oben, unweit der Schulter, war sie zerrissen. Das Unterzeug war blutverkrustet. Die Wunde war groß. Sie hatte schmutzige, zerfranste Ränder. Zado sah auf den ersten Blick, daß der Knochen nicht verletzt war. Es war eine riesige Fleischwunde, eine Splitterwunde, kein Geschoß. »Handgranate?« erkundigte er sich.
Der Verletzte stöhnte. Als Zado die Stoffetzen von der Wunde nahm, öffnete er den Mund und wollte einen Schrei ausstoßen. Aber Zado verband nicht den ersten Verwundeten. Er hielt ihm die flache Hand auf den Mund, und der Mann brachte nichts weiter heraus als ein dumpfes Gurgeln.
»Ruhig ...«, sagte er wieder, »gleich ist's vorbei. Dann kommt bald die Tante Ju, und wir fliegen heim zu den Mädchen ...«
Er sah, daß im Ärmel ein Verbandpäckchen hing. Der Verletzte mußte es sich selbst umgewickelt haben, aber es hatte nicht fest genug gesessen und war verrutscht. Zado riß sein eigenes Verbandpäckchen auf und legte es auf die Wunde. Es reichte nicht aus, denn der Splitter hatte einen großen Fleischfetzen herausgerissen. Zado band den Mull provisorisch fest, und dann sagte er zu dem Verletzten: »Ganz ruhig jetzt. Da vorn ist ein Versteck. Ich bringe dich hin. Hast du Schmerzen?«
Der Oberkellner stöhnte. Aber die Verletzung war nicht so schwer, daß er nicht hätte gehen können. Als Zado ihn aufheben wollte, richtete er sich von selbst auf und stellte sich auf die Füße.

»Komm«, forderte Zado ihn auf, »halt dich an mir fest.« Er hob sich den Arm des Soldaten über die Schulter. Der Mann torkelte. Er muß unheimlich viel Blut verloren haben, dachte Zado. Wie er es nur gemacht hat, daß sie ihn nicht erwischt haben?

Sie brachten ihn zwischen den Büschen unter und verbanden ihn. Sie steckten ihm die Schokolade, die er in den Taschen hatte, in den Mund und fütterten ihn mit den stockig schmeckenden Kraftkeksen. Dann gaben sie ihm ihre Schmerztabletten. Es waren winzige, weiße Perlen, die bitter schmeckten. Aber sie waren so stark, daß sie den unerträglichsten Schmerz für einige Zeit milderten und erträglich machten. Sie steckten ihm die Tabletten in den Mund, und Timm hielt ihm die Wodkaflasche an die Lippen, die er noch immer in der Hosentasche hatte. Der Oberkellner trank, als wäre es Wasser. Er spülte die bitteren Tabletten mit dem scharfen Schnaps hinunter und legte dann den Kopf zurück. Die drei anderen saßen schweigend dabei. Aber er sprach erst, nachdem die Tabletten gewirkt hatten. Er räusperte sich und sagte mit schmerzverzerrten Mundwinkeln: »Gebt mir noch Wodka …«

Timm hielt ihm die Flasche hin. Der Verletzte richtete sich auf und nahm die Flasche mit der rechten Hand. Er trank, ohne abzusetzen, und als er Timm die Flasche zurückgab, mochte er mehr als einen Viertelliter getrunken haben.

»Junge, du wirst blau sein wie eine Strandhaubitze«, sagte der Unteroffizier. Aber der Verletzte schüttelte den Kopf.

»Die Schmerzen. Das Zeug ist gut gegen Schmerzen«, sagte er heiser. Dann verlangte er eine Zigarette. Er verdeckte die Glut mit der hohlen Hand und starrte vor sich hin. Timm hielt noch immer Ausschau am Rande der Mulde. Nach einiger Zeit sagte der Verletzte leise: »Du brauchst dir nicht die Augen anzustrengen, Klaus. Es kommt keiner mehr. Die anderen vier sind tot.« Er senkte den Kopf und zog an der Zigarette.

»Alle?« fragte Timm. »Oder ist noch einer verwundet? Vielleicht kommt noch einer! Du bist auch gekommen!«
»Nein!« sagte der Verletzte. »Es kommt keiner mehr. Sie sind tot. Sie sind bereits begraben. Ich habe gesehen, wie sie sie begraben haben.«
Er sprach mit schwerer Zunge, als bereite ihm das Sprechen Schmerzen. Er war matt und ausgeblutet. Nur der Schnaps hielt ihn aufrecht.
»Ihr seid in die Bereitstellung hineingelaufen?« fragte Timm. »Sie war verflucht gut versteckt. Ich habe sie auch erst im letzten Augenblick gesehen.«
Der Verletzte nickte. Dann ließ er sich wieder zurückfallen und sprach liegend, ohne die anderen anzusehen, weiter.
»Ich war allein. Ich war hinter den anderen. Nicht auf dem gleichen Weg, aber nicht weit davon weg. Ich habe es genau gesehen. Die beiden vor mir standen mit einemmal vor dem Posten. Er schoß sofort. Sie erschossen ihn, aber es war noch ein zweiter da, und der war versteckt. Der erschoß sie beide. Dann war das ganze Lager wach. Aber sie kümmerten sich nicht um die Toten. Sie suchten zuerst den Wald ab. Die beiden anderen von uns kamen auf die Schüsse hin zu uns gelaufen. Sie wollten uns helfen. Aber das war ihr Fehler. Es dauerte eine halbe Stunde, dann war das Gefecht entschieden. Tot. Alle.«
Er legte sich auf die Seite und schloß die Augen. Die anderen sagten nichts. Es war dunkel geworden. Der Himmel war klar wie am vorangegangenen Tag. Die Sterne waren noch blaß, aber sie nahmen von Minute zu Minute an Leuchtkraft zu. Es war still hier zwischen den Seen. Am Nachmittag hatte es ab und zu in der Ferne Motorengeräusche gegeben, aber sie waren nur leise und undeutlich hörbar gewesen. Irgendwo, auf der Straße, spielte sich der Verkehr ab.
»Wenn ich nur wüßte, ob sie noch suchen«, sagte Timm leise. Er dachte bereits an die Maschine, die hier landen würde. Gewiß, es würde schnell gehen, und sie würden we-

nige Minuten später wieder in der Luft sein. Aber es war ungewiß, ob sich nicht irgendwo zwischen den Seen Streifen herumtrieben.

»Nein«, sagte der Verletzte, »sie suchen nicht mehr. Sie haben damit aufgehört. Bis Mittag haben sie gesucht. Dann haben sie aufgehört. Sie haben nur die Posten verdoppelt.«

»Und du?« erkundigte sich Timm. »Wie hast du es angestellt, daß sie dich nicht erwischt haben? Wie hast du das alles sehen können, ohne daß sie dich fanden?«

Der Verletzte bewegte leicht den linken Arm. Er verzog wieder das Gesicht dabei, und Timm fragte: »Tut es noch weh? Willst du noch Tabletten?«

»Es geht«, sagte der Verletzte, »den Tag über war es schlimmer. Sie haben mich nicht gesehen. Ich ging hinter den anderen. Als es knallte, stieg ich auf einen Baum. Ich war weit zurück, aber dann, als ich oben war, zogen sich die anderen zurück, bis beinahe unter meinen Baum. Ich habe dort oben gehockt, und unten schossen sie einander tot. Es ging hin und her. Von uns waren es Becker und Flix. Sie schossen ihre Magazine leer, aber hübsch langsam, so daß es lange vorhielt, was sie an Munition in den Taschen hatten. Zuletzt hatten sie nur noch die Pistolen. Und dann die Messer. Aber dazu kamen sie nicht. Die Russen hatten sie eingekreist, und sie hatten keine Chance mehr. Sie deckten sie mit Handgranaten zu, und das war das Ende. Mittag haben sie alle vier begraben. Tot. Aus.«

»Und du?« fragte Timm.

Der Verletzte hob den Kopf. Seine Augen glänzten. Er hat Fieber, dachte Bindig, er wird in ein paar Stunden einen Schüttelfrost haben und niemand mehr kennen.

»Ich?« sagte der Verletzte. »Ich habe in meinem Baum gehangen und nichts getan. Ich war froh, daß sie mich nicht sahen. Sie hatten diese verfluchten schwarzen Teufelskappen auf. Panzermänner. Kerle wie Bäume. Sie haben Becker und Flix begraben und die anderen beiden auch. Die hatten sie ein Stückchen weiter links erwischt. Der

Wald war voll von diesen Teufelskappen. Sie ließen keinen Winkel aus, aber sie fanden nichts mehr. Ein Glück, daß sie keinen Hund hatten. Ein einziger lumpiger Köter, und ich wäre jetzt nicht hier ...« Er verstummte und ließ den Kopf wieder sinken. Das Fieber begann ihn zu schütteln. Timm hielt ihm wieder die Wodkaflasche hin. Er spürte, wie die Zähne des Verletzten an den Flaschenhals schlugen.
»Junge«, sagte Timm, »wenn wir nach Hause kommen, werden sie uns anscheißen, weil wir vier Mann verloren haben!«
»Aber die Brücke ist nicht mehr«, sagte Bindig, »das sollen sie uns erst nachmachen. Die Brücke war kein Kinderspiel.«
»Sie haben sie begraben«, flüsterte der Verletzte im Fieber.
»Gib ihm Schnaps«, forderte Zado.
Timm hielt ihm wieder die Flasche hin. Er sagte: »Hattest du den Weg im Kopf? Hast du gleich gefunden?«
Er bekam keine Antwort. Der Verletzte schluckte. Lange Zeit später flüsterte er: »Die Maschinenpistole ist von Flix. Er hat sie beim Zurücklaufen verloren. Er war schon angeschossen und lief ganz krumm. Im Bauch, glaube ich. Ich habe sie heute nachmittag aufgehoben, als ich davonschlich ...«
Er preßte die Zähne aufeinander. Das Fieber schüttelte ihn. »Jesus Maria, gib ihm Schnaps!« sagte Zado. »Gib ihm Schnaps, die Maschine kommt erst in ein paar Stunden.«
Bindig brannte Zigaretten an und gab jedem eine. Der Verletzte rauchte hastig, in langen, tiefen Zügen. Die Zigarette wurde feucht in seinen Fingern, so schwitzte er.
»Was war das?« fragte Bindig, auf den Oberarm deutend. »Handgranaten?«
»Ja ...«, hauchte der Verletzte. Die Zähne schlugen aufeinander, während er sprach. »Sie warfen diese verfluchten Handgranaten, und die Splitter surrten mir um die Ohren. Es war ein großer Splitter, das Blut tropfte von oben herunter auf die Erde. Und ich konnte das Verbandpäckchen

nicht erreichen, ich mußte mich festhalten. Mit einer Hand. Und abwärts auch. Es ist … Habt ihr noch was von diesen beschissenen Tabletten?«

Als es Zeit war, daß die Maschine auftauchte, sagte Zado zu Timm: »Jetzt fehlt weiter nichts, als daß die Maschine nicht kommt …« Timm hatte die Leuchtzeichen aufgestellt. Er hockte neben Zado am See und wartete auf das Motorengeräusch, um die Magnesiumfackeln anzubrennen. Gut, daß ich sie bei mir hatte und nicht einer der anderen, dachte er. Die Junkers würde umkehren und heimfliegen, wie ich diese Piloten kenne.
Es war kalt geworden. Die Luft war frostklar und frisch. Jetzt, in der Dunkelheit, schienen die Geräusche von der Landstraße näher gerückt zu sein. Aber es waren nicht viele Geräusche. Ab und zu ein einzelnes Fahrzeug, dann wieder eine kurze Kolonne. »Wenn die Maschine nicht kommt, baue ich mir hier eine Hütte und jage Enten«, sagte Zado. »An diesen Seen gibt es immer Enten. Ich schieße Enten und bringe sie dem russischen Kommissar. Vielleicht verschafft er mir eine Flugkarte nach Deutschland.«
Er wartete darauf, daß Timm grinste, aber Timm grinste nicht. »Scheiße!« sagte er schließlich mürrisch. »Wir sind der traurigste Haufen der gesamten großdeutschen Wehrmacht. Es gibt keinen traurigeren Haufen mehr als uns. Wenn es noch ein Vierteljahr so weitergeht, werden sie uns bis auf den letzten Mann verheizt haben. Sie denken, wir paar Leute können das schaffen, was die ganze Armee nicht geschafft hat.«
»Was?« fragte Timm zerstreut.
»Die Russen aufhalten«, sagte Zado. »Die Russen aufhalten und Stalin gefangennehmen. Kurz vor Berlin. Vielleicht in Berlin, vor der Scala.«
„Noch sind sie nicht in Berlin«, sagte Timm dumpf.
»Aber sie werden bald dort sein«, sagte Zado. »Neulich haben sie ein Flugblatt abgeworfen, da schrieben sie, daß sie

Berlin erobern werden und den Nationalsozialismus zerschlagen und die Kriegsverbrecher zerschlagen und die Gefangenen aus den Konzentrationslagern befreien und die Demokratie einführen werden. Sie haben sich eine Menge vorgenommen. Weißt du, was Kriegsverbrecher sind? Oder was Demokratie ist?«
»Nein«, sagte Timm kopfschüttelnd, »ich bin Soldat. Und du solltest über solchen Unsinn lieber dein Maul halten.«
»Ich weiß nicht«, sagte Zado, »es geht mich ja nichts an, aber neulich haben sie ein Flugblatt abgeworfen, da stand ein Gedicht drauf. Der Führer kann es nicht einmal mit Weibern, stand da. War schön gereimt. Der Dichter soll mal in Berlin gelebt haben ...«
»Ich kenne keine Dichter«, sagte Timm, »ich bin Soldat, und mir ist es egal, ob es der Führer mit Weibern kann oder nicht. Solange Krieg ist, wird gekämpft. Wenn er vorbei ist, werden wir eine andere Aufgabe bekommen.«
»Wenn du dann noch lebst«, sagte Zado. »Es sieht nicht danach aus. Wenn die an den Sturmgeschützen ihre Satanskappen aufsetzen und in Richtung Berlin abrauschen, dann sind wir dagewesen.«
»Spekuliere nicht so viel«, sagte Timm, »du verstehst davon nichts. Und nimm dich in acht, wenn du deine Flugblattweisheiten ausplauderst. Es heißt nicht jeder Timm. Manche heißen anders, und die wissen auch, wo die Feldgendarmerie wohnt.«
Zado holte aus der Wadentasche die Blechflasche mit dem Kognak. Er hielt sie Timm hin und sagte: »Da, trink einen Schluck. Es ist eine verfluchte Zeit. Man hockt hier an diesem See und weiß nicht, was man von der Welt halten soll. Und das von Hitler und den Weibern habe ich nur zu dir gesagt.«
Timm trank. Er wischte sich den Mund mit der flachen Hand ab und gab Zado die Flasche zurück. »Guter Schnaps«, sagte er. »Manchmal bin ich Klaus Timm. Aber manchmal

bin ich auch für die Kampfmoral in meinem Zug verantwortlich, Zado. Vergiß das nicht.«
»In Ordnung, Klaus«, sagte Zado, »ich werde dir keinen Ärger machen. Ich werde die Schnauze halten, bis alles vorbei ist, und dann werden wir vielleicht erfahren, was Demokratie ist und was Kriegsverbrecher sind und ob es der Führer mit Weibern konnte oder nicht. Ist in Ordnung.«
Timm hob ruckartig den Kopf. Er lauschte ins Dunkel und drehte den Kopf nach allen Seiten, um das schwache Geräusch aufzufangen, das in der Luft war. Es kam näher und wurde lauter. Timm sah nach der Uhr. Der kleine Zeiger stand auf der Zwei. Es war die Junkers. Timm hetzte los und zündete die Lichter an der einen Seite an, während Zado sie an der anderen Seite in Brand setzte. Die Maschine zog eine Kurve, glitt abwärts und setzte auf. Sie wendete sofort und schob sich wieder in Startposition. Es ging alles wie einexerziert vor sich. Sie schleppten den Verletzten zum Einstieg. Er phantasierte, als sie ihn anhoben, und begann laut zu schreien. Sie achteten jetzt nicht mehr darauf, denn das Motorengeräusch der Maschine war ohnehin laut genug, um alles in der Gegend aufmerksam zu machen. Sie beeilten sich nur, in die Maschine zu kommen. Der Funker schob die Tür hinter ihnen zu. Die Magnesiumfackeln brannten noch, als der Pilot den Motor wieder auf Touren laufen ließ. Die Maschine startete mühelos. Sie rumpelte ein paar hundert Meter über den Boden, dann hob sie sich und zog über den See zur Linken davon. Unten brannten langsam die Magnesiumfackeln aus. Vier kleine, immer winziger werdende Lichtpunkte.
»Was ist los?« fragte der Funker, derselbe, mit dem sie eingeflogen waren. »Nur noch vier Mann?«
»Sie haben sie begraben ...«, brabbelte der Verletzte. Er lag auf dem Boden der Maschine. Sie hatten ihm ein paar Fetzen untergeschoben. Er fieberte jetzt stark. Über dem Ruß auf seinem Gesicht standen die Schweißtropfen.
Die anderen drei saßen abgekämpft auf den Bänken. Sie

hatten die Waffen abgelegt und die Stahlhelme abgeschnallt. In der Maschine roch es nach Treibstoff und Schmieröl. Es war eine alte, längst ausgediente Maschine. Aber sie flog ruhig und zuverlässig. Nicht sehr schnell und nicht wendig. Nur eben ein Flugzeug, das sich von der Erde erheben konnte.
»Eure Aufklärer haben uns das eingerührt«, sagte Timm mit einemmal gereizt zu dem Funker. »Einen Dreck haben sie gemacht, aber nicht aufgeklärt. Sehen nicht mal eine Kolonne von Sturmgeschützen im Wald! Die vier gehen auf euer Konto, auf euer Pilotenkonto und auf euer Beobachterkonto mit Schokakola und Tee in Thermosflaschen und gelben Schals und dicken Siegelringen!«
Der Funker schüttelte betroffen den Kopf. Er sagte: »Es tut mir leid. Vielleicht war wirklich einer von uns daran schuld. Aber vielleicht waren auch die Russen daran schuld. Ihr denkt immer, das sind Nippesfiguren oder Trottel. Aber die wissen auch, wie man Krieg führt. Manchmal sind sie schlauer als wir ...«
»Manchmal ...«, sagte Timm, »manchmal habe ich den Eindruck, daß ausgerechnet ihr Schlipshelden uns erzählen wollt, was die Russen können. Das wissen wir selber. Besser als ihr ...«
Der Funker zog sich zurück, ohne noch ein Wort zu sagen. Er flog nicht zum erstenmal eine solche Gruppe und wußte, wie die Nerven dieser Leute aussahen, wenn man sie abholte. Er schob das Schott hinter sich zu und ließ die Männer allein.
»Sie haben sie begraben ...«, phantasierte der Verletzte, »und ihr seid schuld daran! Ihr habt sie umgebracht! Ihr!« Er schrie, aber es klang schwach in dem Gedonner des Motors. Timm ließ den Kopf wieder sinken und starrte auf seine Schuhspitzen. Seine Finger krümmten sich auf den Knien.
»Ruhig!« sagte Zado zu dem Verletzten. »Ganz ruhig, Kleiner! Jetzt bist du gleich zu Hause. Dann kommen die Karbolmäuschen und geben dir jeden Abend einen Gute-

nachtkuß, und wenn du die Flosse wieder bewegen kannst, bekommst du ein Extrazimmer mit Damenbedienung, früh, mittags und abends, und zum Kaffee dreimal, solange du kannst. Die schönsten Damen aus dem ganzen Hauptverbandplatz, blonde und schwarze und rothaarige, was du willst, hygienisch einwandfrei und sehr liebevoll! Sie werden dir den Hintern einpudern und die Nase putzen, und wir werden jeden zweiten Tag kommen und dir Schnaps bringen, damit du in Stimmung bist, wenn sie abends frisch gewaschen in deinem Zimmer erscheinen. Und jetzt halt die Schnauze und schlaf, sonst machst du uns noch alle verrückt, wir haben keine Schmerztabletten mehr.«
Er fühlte, wie irgend etwas in ihm zu zittern begann. Er kannte das, es war immer so. Die Nerven, dachte er, es geht wieder los. Um seinen Kopf schien ein eiserner Ring zu liegen, der ihm das Gehirn zusammenpreßte. Er begann, mit den Knien zu wippen.
»Ihr alle ...«, keuchte der Verletzte am Boden, »ihr habt sie erschossen! Mich wolltet ihr auch erschießen ... Aber mich nicht! Nicht mich, ihr Hunde ... Ich sprenge euch ... in ... die ...« Er richtete sich auf mit fiebrig glänzenden Augen. Er stützte sich auf den gesunden Arm dabei und glotzte die anderen an. Aus der Brusttasche zog er eine zerdrückte Zigarette und steckte sie zwischen die Lippen. Dann zog er die Streichhölzer aus der Tasche und versuchte, mit einer Hand die Zigarette anzubrennen. »Nicht rauchen!« sagte Timm ärgerlich. »Bist du verrückt? Die ganze Kabine ist voller Benzindunstl« Er sah, daß der Verletzte ihn nicht beachtete und weiter mit der Zündholzschachtel hantierte. Er zerbrach ein Hölzchen und fischte ein weiteres aus der Schachtel heraus. »Gib Feuer«, bat der Verletzte gereizt. »Gib mir Feuer, du Schweinl«
»Leg dich hin«, sagte Timm leise, »gleich sind wir da, dann kannst du rauchen.«
»Feuer!« schrie der Verletzte. »Du Schwein sollst mir Feuer geben, oder ich schieße dich zusammen!«

Bindig sah Zados zitternde Hände. Er nahm den Verletzten bei der Schulter und sagte ihm sanft ins Ohr: »Wart doch bloß, bis wir aus der Maschine sind! Leg dich hin ...«

Aber der Verletzte stieß ihn zurück und sprang mit einer unwahrscheinlichen Kraftanstrengung auf die Füße. Er nestelte mit der rechten Hand an der Pistolentasche und schrie: »Das Schwein soll mir Feuer geben! Ich schieße ihn zusammenl Ich schieße ihm ... in die Fresse ...«

Er hatte die Pistolentasche schon offen und zog die Waffe heraus. Aber er konnte sie nicht auf Timm anschlagen, denn der war aufgesprungen und schlug mit dem Kolben der Beretta gegen das Handgelenk des Verletzten. Der ließ die Pistole mit einem Schmerzensschrei fallen und stürzte sich auf den Unteroffizier. Die anderen sprangen auf und versuchten, ihn beiseite zu drängen. Timm brauchte sie nicht. Er schlug den kleinen Soldaten hart ins Gesicht. Es war ein kurzer, klatschender Schlag, und der Mann heulte auf. Dann stieß Timm ihm die Faust unter den Brustkorb, und er klappte zusammen. Es war, als sei alle Kraft, die er eben aufgeboten hatte, verpufft. Er krümmte sich auf dem Boden der Kabine zusammen, und Tränen begannen über sein Gesicht zu laufen. Er schluchzte, als Bindig ihn packte und wieder auf die Fetzen legte, aber er wehrte sich nicht mehr. Der Funker schob das Schott auf und rief: »Landung in drei Minutenl«

»Sie haben sie begraben ...«, wimmerte der Verletzte schluchzend. Timm nahm die Pistole vom Boden auf und steckte sie ein. Die Maschine glitt tiefer, auf den Flugplatz zu.

Das Dorf

Das Dorf hieß Haselgarten. Es lag einige Kilometer hinter der Front und hatte knapp drei Dutzend Häuser. Sie standen dicht beieinander, um eine gewundene, zerlöcherte, morastige Straße gruppiert, deren Schlamm zu bizarren Formen gefroren war. Nur ein einziges Gehöft lag einige hundert Meter vom Dorf entfernt. Ein nicht sehr großer Hof mit einer an das Haus gebauten Scheune und einem hohen Holzzaun. Dazwischen, weit sich dehnend, war die Ebene. Sie umfing das Dorf.
Flach wie eine Schiefertafel lag die Ebene da, von winzigen Bächen durchschnitten. Der Wald hatte nicht die scharfen Grenzen wie in anderen Landstrichen. Er wuchs wild, scheinbar zügellos. Ließ da eine struppige, buschverfilzte Zunge ins Land laufen, dort eine Gruppe dürrer Lärchen sich Baum für Baum verlieren. Dazwischen gab es weite Äcker und schmale, zerfurchte Wege, ab und zu einen Grenzstein oder einen Brückensteg. Da und dort eine Erhebung, ein flacher Hügel. Sonst nichts. Nur die sanften Kurven des Waldes am Rande der frosterstarrten Ebene und die Krähen darüber mit ihrem heiseren Schrei. Es gab in diesem Dorf keine Bewohner mehr außer der Frau in dem Gehöft abseits des Ortes. Es gab sie und ihren Knecht, und es gab in den Häusern die Soldaten der Frontaufklärungskompanie, ihre Waffen und Geräte, ihre Bekleidung und Verpflegung. Zwischen den Häusern standen die Fahrzeuge. Die Fahrer hatten sie bis weit über die Achsen in die Erde eingegraben, hatten ihnen Zweige und Tarnnetze übergeworfen, sie auf hunderterlei verschiedene Art unsichtbar zu machen versucht. Es waren kleine, geländegän-

gige Schützenpanzerwagen mit Gummipolstern über den Ketten und kantig abgeschrägten Aufbauten, Lastwagen und schnelle, wendige Personenwagen für den Kompaniechef. Ein paar hundert Meter vor dem Dorf lagen die rostigen Gerippe einer Batterie deutscher Flakgeschütze. Die T 34 hatten sie damals überrollt, als die Rote Armee überraschend versuchte, ihre Front über das Dorf hinaus vorzuschieben. Es war ein örtlicher Angriff gewesen, und einige Tage lang war es hin- und hergegangen, bis einige schnell zusammengezogene deutsche Regimenter den Vorstoß aufgefangen und zurückgeschlagen hatten. Seitdem war das Dorf wieder in deutscher Hand, und die Front befand sich einige Kilometer ostwärts. Aber hinter den Flakgeschützen lagen noch die geborstenen Kolosse der beiden T 34, die das deutsche Nachhutkommando aus den Fenstern der Dorfhäuser mit Panzerfäusten abgeschossen hatte.
Der Boden auf den Äckern vor dem Dorf war unter der gefrorenen Kruste zerwühlt und mit Granattrichtern bedeckt. In den Dreck eingefroren waren Ausrüstungsstücke von Soldaten, Patronenhülsen, kurze Rohre von abgeschossenen Panzerfäusten. Es war ein ödes, geschundenes Stück Land, das selbst die gelbliche Wintersonne nicht freundlicher erscheinen lassen konnte.
Bis auf die Soldaten war das Dorf tot. Es verkroch sich hinter seinen niedergebrochenen Zäunen und den zertrampelten Gärten. Die Fenster der verödeten Häuser waren dunkle Höhlen, in denen das Grauen hockte. Manchmal schlug der Wind einen Fensterflügel klirrend gegen die Mauer, oder ein Zauntor bewegte sich knarrend. Die Dunghaufen waren überfroren, weiß bereift. In den Scheunen hatten sich Ratten eingenistet, die wie graue Blitze über die Tennen huschten. Es gab ein paar Tauben, die verloren auf halb eingestürzten Dächern hockten, aber es gab ihrer nicht mehr viele, denn die Soldaten schossen nach ihnen, und sie hatten Übung im Töten. Sie hausten in den wenigen heil gebliebenen Häusern oder in den Kellern der

Ruinen. Sie schliefen oder dösten über wochenalten Zeitungen. Sie spielten alle Spiele, die man mit Karten spielen kann, und waren nicht sehr laut, denn ihre Zoten waren verbraucht, riefen kein Gelächter mehr hervor. Gelächter gab es höchstens dann, wenn einer oder mehrere aus einem der Dörfer zurückkamen, die weiter hinten lagen, wo es noch Mädchen gab, von denen man den Kameraden erzählen konnte. An bestimmten Tagen zogen die Soldaten in kleineren Gruppen hinaus in das Gelände um das Dorf herum, übten sich im Schießen, in der geräuschlosen Fortbewegung auf der gefrorenen Erde, in vielem, was nicht in Vergessenheit geraten durfte während des stumpfen Einerleis der dörflichen Tage und Nächte. Zuweilen wurde dann eine Gruppe zusammengestellt und auf ein Fahrzeug verladen. Die Soldaten ließen alles zurück, was ihnen gehörte. Ihre Soldbücher und ihr Geld, die Briefe von den Frauen und den unbekannten Mädchen, die Bilder ihrer Kinder, ja selbst die pornografischen Fotos aus der Zeit in Holland und Frankreich. Sie zogen als Namenlose fort, weiter nach hinten, in die Nähe eines Flugplatzes, wo sie in einer Gegend trainiert wurden, die der Stelle aufs Haar angeglichen worden war, über der sie abgesetzt werden sollten. Sie übten hundertmal an einem Sandkasten ihren bevorstehenden Einsatz, sie krochen die Strecken, die sie nach dem Absprung zurückzulegen hatten, ebensooft, sie übten sich darin, Puppen aus Stroh anzuspringen und mit dem Messer zu töten, sie exerzierten mit Sprengladungen und Brandflaschen, sie schliefen ein paar Tage im Freien, ohne Decken, so wie sie es später tun würden. Dann empfingen sie alles, was sie brauchten. Die Waffen und die konzentrierte Verpflegung, die Kekse und die Zitronenschnitten, die Schokolade und die Pervitintabletten. Wenn sie abflogen, hatten sie Angst und zitterten. Aber wenn die Maschine sich erhob, begann diese Angst langsam zu weichen. Sie verschwand bei den meisten der Männer, wenn sie den fremden Boden berührten. Ihre Nerven glichen angespannten Stahlsaiten, aber sie wurden zu quälenden, elektrisch geladenen Drähten, wenn die große Spannung nachließ, wenn sie auf dem Rückweg waren, wenn sie wieder landeten oder wenn sie durch die Frontlinien gekrochen waren und alles hinter sich hatten. Das alles lief unter dem nichtssagenden Namen »Spähtrupp« ab, und niemand anderes als die Ic-Offiziere der Heeresgruppen wußten genau, wie das Handwerk der Frontaufklärungsverbände aussah.

Über die Landstraße, die auf das Dorf Haselgarten zulief, knatterte ein Motorrad. Als es im Dorf hielt, stieg der Soldat, der zusammengekauert auf dem Sozius gehockt hatte, umständlich ab, reckte seine Glieder und tippte leicht an die Mütze. Er trug die gescheckte Jacke über dem Uniformrock, hatte die Mütze weit ins Genick geschoben und einen weißen Wollschal nachlässig um den Hals geschlungen. An der Hüfte baumelte ihm eine Pistole in einer abgewetzten Ledertasche. Er war glattrasiert und hatte einigermaßen saubere Fingernägel unter den Lederhandschuhen. Er stieß ein paarmal mit den Füßen auf die gefrorene Erde und sagte dann mit einem Lächeln um die Mundwinkel: »Der Obergefreite Zadorowski dankt fürs Mitnehmen.«
Er zog eine gefüllte Zigarettenschachtel aus der Hosentasche und hielt sie dem Fahrer hin. Der zog sich den Handschuh aus und griff zu. Er nahm mehrere Zigaretten und sagte: »Ihr Brüder habt wenigstens immer was zu rauchen.«
»Haben wir«, stellte Zado sachlich fest, »aber dafür habt ihr Stabsmelder immer die Weiber in der Nähe. Auch nicht zu verachten. Brauchst du Feuer?«
»Nein«, sagte der Fahrer, »ich muß weiter zu diesem beschissenen Gefechtsstand von der Infanterie. Die Telefonleitung ist hin, und die merken es nicht mal. Hast du schon die Blonde von unserem Zahlmops gesehen?«
»Habe ich.« Zado nickte. Er überlegte eine Sekunde lang

und nahm dann eine Zigarette aus der Schachtel und zündete sie an. »Klasse!« sagte er, den Rauch durch die Nasenlöcher stoßend. »Hat einen Brustkorb wie die Königin von Saba auf den Zigarettenschachteln.«
»Ja«, sagte der Fahrer, »aber sie läßt keinen ran. Nicht einmal unseren Furier, und der hat nicht bloß Verpflegung zu bieten. Der war mal dafür bekannt, daß er jede herumkriegte.«
Zado sah sich auf der Dorfstraße um. Sie war leer. Er stieß den Rauch aus und sagte: »Schläft wahrscheinlich mit dem Zahlmops. Das hat man öfter.«
Der Fahrer schüttelte den Kopf. Es war ein kleiner, gedrungener Soldat, der wie eine Baumwanze auf dem Sitz der Maschine hockte. »Eben nicht«, erklärte er Zado, »der Zahlmops schläft jede Nacht bei der Frauenschaftstante. Wir passen nämlich auf.«
»Gut«, sagte Zado grinsend. »Sonst habt ihr ja auch weiter nichts zu tun. Aber eine Frauenschaftstante so dicht an der Front? Hat die vielleicht den Treck verpaßt?«
»Ich weiß nicht. Sie hält den Dorfweibern immer Reden. Außerdem hat sie Krampfadern, ich habe es gesehen.«
»Sie sollte etwas dagegen tun. Ich habe Leute gekannt, die an Krampfadern gestorben sind. Und wer schläft nun wirklich bei der Blonden?«
»Niemand«, sagte der Fahrer. Es klang beinahe traurig. »Sie läßt keinen ran.«
»Sie wartet auf den Kommandierenden General«, sagte Zado bissig, »sie will eine gute Partie machen. Das ist verständlich. Solche sind teuer, von denen soll man lieber die Finger lassen. Man soll sich nur mit Mädchen abgeben, die solide Preise machen. Laß dir sagen, Deutscher, an der Blonden ist auch nicht mehr dran als an den Schälweibern in der Küche. Wenn die Weiber erst im Bett liegen, haben alle dieselben dämlichen Gesichter.«
Der Fahrer verzog die Lippen. Dann lachte er leise und spuckte aus. Er dachte an die Blonde, und er haßte sie

während dieses Lächelns wegen ihrer Starrköpfigkeit. Er sagte, ein Auge dabei leicht zukneifend: »Wenn du wüßtest, was ich ihr an den Hals wünsche ...«
»Du bist ein schlechter Mensch«, sagte Zado. Er schüttelte den Kopf und lachte. »Gott straft die schlechten Menschen!«
»Gott ist bei Stalingrad gefallen ...«, brummte der Fahrer.
»Ich weiß!« nickte Zado. »Er hat uns seinen Vertreter zurückgelassen. Und die Vorsehung. Damit wir den Krieg nicht verlieren.« Er sah nach der Uhr an seinem Handgelenk und sagte: »Ich will dich nicht fortjagen, Deutscher. Aber in einer halben Stunde kommt die Nähmaschine und besichtigt die Stellungen. Du wirst lachen, aber die schießt auf Meldefahrer. An deiner Stelle würde ich mich jetzt davonmachen ...«
Der Fahrer nickte und hielt ihm die Hand hin. Er bedankte sich für die Zigaretten, und Zado wies den Dank mit der Geste eines Millionärs zurück. Während der Fahrer die Maschine antrat, fragte er ihn: »Fährst du morgen wieder diesen Weg?«
Der Fahrer bewegte unbestimmt die Schultern. »Wieso? Bist du morgen wieder bei uns hinten?«
»Leider«, sagte Zado höflich, »ich habe es der Dame aus dem kleinen Haus hinter der Schule versprechen müssen.«
»Ich kann dich schon mal schnell heimfahren«, sagte der Fahrer grinsend. »Die Dame aus dem kleinen Haus hinter der Schule hat einen Leberfleck über dem Nabel.«
»Sehr richtig«, bestätigte Zado ungerührt, »um diesen Leberfleck handelt es sich.« Der Fahrer drehte den Gasgriff und ließ den Motor ein paarmal aufheulen. Dann warf er den Gang ein, und während er die Kupplung losließ, rief er zurück: »Sag mir Bescheid, dann fahre ich dich heim.«
»Gemacht!« brüllte Zado ihm nach. Dann ging er mit seinem tänzelnden Schritt hinter dem davonbrausenden Motorrad die Dorfstraße hinab.

Der Schützenpanzerwagen stand, halb in die Erde eingegraben, an der Rückseite des letzten Hauses von Haselgarten. Es war ein kleines, buntscheckiges Fahrzeug, mit Stahlplatten beplankt. Vorn zwei Räder, hinten den gummigepolsterten Kettenantrieb. Über dem Turm mit der Zweizentimeterkanone war die Funkantenne ausgefahren. Der Wagen hielt die Funkverbindung mit der Division aufrecht. Er war Tag und Nacht besetzt, aber die Funksprüche für die Kompanie waren spärlich. Wenn überhaupt gesendet wurde, dann waren es Einsatzaufträge, verschlüsselte Befehle, eine bestimmte Anzahl von Männern zum Divisionsstab in Marsch zu setzen. Das Fahrzeug hatte auch eine Funkverbindung zur Hauptkampflinie, aber sie wurde nicht benutzt. Die Welle, auf der sich der Verkehr zwischen der Hauptkampflinie und der Division abspielte, war für den Funkwagen unwichtig. So blieb lediglich die Aufgabe, Befehle der Division entgegenzunehmen und an den Kompaniechef weiterzuleiten. Der wohnte in einem der kleinen Bauernhäuser. Er war ein schmächtiger, bartloser junger Mann mit blonden Augenbrauen, der sich kaum um den Dienst kümmerte. Er überließ das lieber den Unteroffizieren. Nur wenn es Entscheidungen zu fällen gab, die er zu verantworten hatte, griff er in den Dienstbetrieb ein. Leutnant Alf war ein Mann mit wenig Fronterfahrung. Aber sein Onkel war der Ic der Division, und ihm verdankte er diese Stellung, in der er lediglich die Aufsichtsperson spielte. Er war noch nie hinter den russischen Linien gewesen, aber das störte die Männer nicht. Sie waren daran gewöhnt, daß nie ein Offizier mitflog.
Um den Wagen herum war die Erde zertrampelt und festgefroren. Es war schwere, tiefbraune Erde. Als sie noch weich gewesen war, hatten die Männer die Gruben für die Fahrzeuge ausgehoben. Es hieß, daß sie nötig wären, wenn Flieger den Ort angriffen. Aber es waren noch keine Flieger dagewesen, seit die Kompanie in diesem Dorf lag. Gelegentlich kurvte einer der langsamen Doppeldecker über

dem Gelände, und dann erstarb alles Leben zwischen den Häusern. Doch es schien, als gäbe es hinter den russischen Linien zu dieser Zeit kein anderes Flugzeug als diese surrende, altmodisch anzusehende Maschine.
Ein paar hundert Meter seitwärts von dem an die Wand des letzten Gebäudes geschmiegten Funkwagen lag das einzelne Gehöft inmitten der Wiesen und Gebüsche. Es lag beinahe versteckt in einer kleinen Mulde, man konnte nur das obere Stockwerk und die Dächer sehen. Der Zaun darum war hoch, die Latten ohne Spalt. Stellenweise waren sie ausgebessert, man sah es von weitem an den hellen Flecken.
Das hat der Schwachsinnige gemacht, dachte Thomas Bindig, er hat den Zaun ausgebessert, man kann es sehen. Ob er Tischler ist? Oder Zimmermann? Oder ob er seit der Geburt nichts hört und nicht sprechen kann und seine Sinne nicht beieinander hat? Man kann das nicht wissen. Es gibt Leute, die sind die Hälfte ihres Lebens normal, und dann erleben sie irgend etwas, wovon sie den Verstand verlieren. Er hat dazu die Sprache und das Gehör verloren. Im Krieg? Kaum, denn für den letzten war er zu jung. Da war er überhaupt noch nicht geboren. Und in diesem wird es wohl nicht gewesen sein, denn dann hätten sie ihn in einem Heim behalten. Solche Leute lassen sie nicht aus den Lazaretten weg. Es ist nicht gut, wenn die Menschen sehen, wie einer aus dem Krieg zurückkommen kann. Die Frau scheint ihn gut zu behandeln. Sie scheint ein ruhiger Mensch zu sein, geduldig. Ob sie ein Verhältnis mit ihm hat? Ihr Mann ist gefallen, heißt es. Ob er ihn vertritt? Die Frau sieht gut aus. Gar nicht wie eine Bäuerin. Eher wie eine Lehrerin aus der Stadt. Nur daß sie gröbere Hände hat. Kein Wunder, daß die Soldaten ihr nachblicken, wenn sie sich im Dorf sehen läßt. Selten genug tut sie das. Sie hat ein kluges Gesicht. Und Augen von einer seltsam bräunlich-grünen Färbung.
Bindig hockte auf dem Ledersitz im Funkwagen und starrte

durch die geöffnete Luke zu dem einsamen Gehöft hinüber. Er hielt eine Zigarette in der Hand, an der ein langer Aschestumpf hing. Er hatte die Kopfhörer angelegt, aber nicht das Funkgerät war eingeschaltet, sondern das Radio. Bindig hörte Musik. Es war ein Konzert vom Sender Breslau, die Musik klang blechern und verzerrt, aber Bindig lauschte ihr mit der Hingebung des Menschen, der die Musik liebt und sie entbehren muß. Die Bilder glitten vor seinen Augen vorbei, aber sie verwischten immer mehr, und dafür sah er immer deutlicher das Bild der Frau aus dem einsamen Gehöft. Ihre seltsam gefärbten Augen und ihren ruhigen Gang, ihr gerafftes Haar und immer von neuem ihre Augen. Er fuhr erst auf, als draußen an die Stahlplanken des Wagens geschlagen wurde. Verstört zog er die Kopfhörer ab, und im gleichen Augenblick erschien Zados Gesicht vor der Luke. Zado warf einen Blick in den Wagen, nickte dann und brummte: »Dachte ich es mir doch ... in eine Ecke verkrochen und die Kopfhörer dran! Warst du den ganzen Tag hier?«
»Ja«, sagte Bindig, »bis vor einer Stunde habe ich geschlafen, und dann bin ich hier eingestiegen.«
»Geschlafen?« sagte Zado kopfschüttelnd. »Du wolltest doch nachkommen. Warum bist du nicht gekommen? Da war noch ein ganz annehmbares Mädchen ...«
Bindig verzog das Gesicht, während er das Radiogerät abstellte. Er legte die Kopfhörer auf den Kasten und richtete sich auf. Während er durch die Luke kletterte, sagte er langsam: »Ich habe ein wunderbares Konzert gehört. Manchmal braucht man eben gar kein Mädchen.«
Zado grinste und schob sich die Mütze weit ins Genick. Dann sagte er augenzwinkernd: »Du und deine Konzerte. Laß das nicht den Chef hören oder Timm. Die erklären dich für einen gefährlichen Menschen, wenn du Konzerte hörst. Übrigens habe ich zwei Büchsen Rindsrouladen mitgebracht.«
»Von der Division?«

»Von einer Dame!« sagte Zado. »Von einer Dame, die mit dem Schreiber befreundet ist. Was hältst du davon?«
Zado war wieder der alte. Es schien, als habe ihm der letzte Einsatz nichts angehabt. Als wäre es nur ein Spazierflug gewesen. Bindig betrachtete ihn nachdenklich. Er wußte, daß Zado niemals oder nur selten spüren ließ, was er dachte. Er ließ sich nichts anmerken, und es mochte auch sein, daß er härter war als die anderen. Manchmal ist er undurchsichtig, dachte Bindig. Manchmal weiß man nicht, woran man bei ihm ist.
»Die Rouladen werden wir essen ...«, sagte er nebenhin, »aber wir müßten ein paar Kartoffeln dazu haben. Hast du eine Ahnung, ob irgendwo Kartoffeln herumliegen?«
Zado winkte gelangweilt ab. »Die Kartoffeln sind Nebensache. Aber ich möchte diese Rouladen wenigstens von einem vernünftigen Teller essen, nicht aus dem stinkenden Blechgeschirr.«
Er wandte den Kopf und blickte zu dem einsamen Gehöft hinüber. Es lag still unter den aufgebauschten Wolken, die sich langsam zu einer grauen Decke zusammenschoben.
»Es sieht so aus, als ob die dort Feuer haben«, sagte er. »Was hältst du davon, wenn wir bei ihnen essen? Kartoffeln werden sie auch haben.«
»Es ist anzunehmen«, sagte Bindig nachdenklich. »Aber ob sie es machen? Wo hast du die Rouladen?«
»Im Quartier«, erklärte Zado. »Laß mich das nur machen.«
Er ließ Bindig stehen und ging mit schnellen Schritten in das Dorf, um die Büchsen mit dem Fleisch zu holen. Bindig lehnte sich an die Panzerplatten und brannte sich eine Zigarette an. Als Zado schon ein Stück von ihm entfernt war, rief er ihm nach: »Sag dem Funker, daß er wieder zu seinem Wagen kommen soll!«
Zado war bereits zwischen den Häusern verschwunden, als auf der Straße, die in einiger Entfernung an dem einsamen Gehöft vorbeiführte, ein Fahrzeug auftauchte. Es war ein Volkswagen, der mit hoher Geschwindigkeit auf das Dorf

zufuhr. Er bremste unmittelbar vor Bindig, und eine Hand mit einem braunen Lederhandschuh winkte dem Gefreiten. Eine außergewöhnlich hohe Stimme rief aus dem Wagen: »Kommen Sie her!«
Als Bindig den Befehl hörte, wußte er sofort, daß diese Begegnung unangenehm ausgehen würde. Er hatte ein feines Gefühl für den Tonfall einer Stimme, und die Stimme aus diesem Auto gefiel ihm nicht. Sie reizte ihn zum Widerspruch.
»Ich habe dienstfrei!« rief er zurück. »Vielleicht bemühen Sie sich selbst her.« Es klang herausfordernd. Die Tür des Autos öffnete sich schwungvoll. Der Mann, der ausstieg, war von hünenhafter Gestalt. Er trug die Abzeichen eines Oberfeldwebels auf der fleckenlosen Uniform. Auf der Brust, an der silbernen Kette, hing das Amtsschild der Feldgendarmerie. Bindig sah es und richtete sich langsam auf, während der Oberfeldwebel auf ihn zukam. Er zog unwillkürlich die Tasche mit der Pistole griffbereit, aber da war der Oberfeldwebel schon bei ihm angelangt, und seine hohe, heisere Stimme bellte wütend: »Wie heißen Sie?«
»Bindig.«
»Herr Oberfeldwebel!« schrie der andere.
»Nein«, sagte Bindig seltsam ruhig, »ich heiße nur Bindig, nicht ›Herr Oberfeldwebel‹!«
Der andere sah ihn ein paar Sekunden lang entgeistert an. Dann kniff er die Augen in seinem runden, blaurasierten Gesicht zusammen und sagte bedrohlich leise: »Wenn Sie nicht gleich Ihre Knochen zusammennehmen und sich wie ein Soldat betragen, erleben Sie, daß ich unangenehm werde.«
Bindig ließ diese Warnung unbeachtet. Er lehnte sich wieder an die Panzerplatte des Funkwagens und sagte gelassen: »Sie sollten sich daran gewöhnen, daß Sie hier nicht in der Etappe sind, sondern an der Front. Hier wird nicht vor jedem Fatzken strammgestanden.«
Der Oberfeldwebel riß die Augen weit auf und wiederholte mit gerunzelter Stirn: »Fatzke? Sagten Sie Fatzke?«

»Fatzke!«
»Fallschirmjäger?«
Bindig deutete mit dem Daumen auf das Kriegsverdienstkreuz an der Uniform des Oberfeldwebels und sagte: »Sie sollten Ihren Nichteinmischungsorden hier vorn lieber abnehmen. Man wird Sie auslachen.«
»Ich habe Sie gefragt, ob Sie Fallschirmjäger sind.«
»Ja«, sagte Bindig lächelnd, »beunruhigt Sie das?«
Der andere sah ihn kalt an. »Wir kennen euch. Wir wissen, daß ihr der verkommenste Haufen in dieser Gegend seid. Aber wir kriegen euch! Wo liegt euer Kompaniechef?«
Bindig machte eine unbestimmte Handbewegung. Er wies mit dem Kopf nach dem Dorf und sagte: »Dahinten …«
»Los!« befahl der Oberfeldwebel. »Einsteigen! Zu eurem Kompaniechef!«
Bindig schüttelte den Kopf. Dann sagte er, sich aufrichtend: »Nein. Ich steige nicht gern zu fremden Leuten ins Auto. Ich gehe lieber zu Fuß.«
Er setzte sich nach dem Dorf zu in Bewegung, und dem Oberfeldwebel blieb nichts weiter übrig, als ihm zu folgen. Er winkte dem Fahrer, hinterherzufahren. Der Fahrer war ein Unteroffizier. Er sah Bindig böse an, als dieser an seinem Wagen vorbeiging.

Leutnant Alf hatte geschlafen. Er erschien, nur mit der Hose und der Uniformjacke bekleidet, mit bloßen Füßen in der Tür des Hauses, das ihm als Quartier diente. Als er Bindig neben dem Oberfeldwebel sah, zog er erstaunt die Augenbrauen hoch und fragte, bevor der Oberfeldwebel etwas sagen konnte: »Was ausgefressen, Bindig?«
Bindig nahm eine sehr stramme Haltung an und antwortete schnell: »Nein, Herr Leutnant. Aber der Herr wollte Sie sprechen.« Alf sah mißtrauisch von einem zum anderen. Er ahnte, was sich abgespielt hatte, und nahm die Meldung des Oberfeldwebels schweigend entgegen.

»Meine Leute sind den Umgang mit der Feldgendarmerie nicht gewohnt«, sagte er kurz. »Was wünschen Sie von mir, Oberfeldwebel?«
»Die Disziplinlosigkeit dieses Menschen grenzt an Meuterei!« erklärte dieser. »Ich bestehe auf einer Meldung des Vorfalls.«
Alf knöpfte sich die Jacke zu. »Das ist Ihre Sache«, erklärte er gereizt. »Was wollen Sie hier?«
»Ich habe einen Vorführungsbefehl für den Obergefreiten Gerhard Bachmann bei mir. Der Genannte befindet sich bei der dritten Kompanie in der Schützenstellung. Ich muß ihn abholen und erbitte dazu einen Mann von Ihnen, der mich in die Stellung führt.«
»Sie wissen nicht, wo die Kompanie liegt?« erkundigte sich Alf. Er sah über den Oberfeldwebel hinweg und erblickte auf der anderen Straßenseite Zado, der mit zwei Konservenbüchsen in der Hand unbeteiligt an einem halb niedergebrochenen Zaun lehnte.
»Nein«, sagte der Oberfeldwebel, »den Standort der Kompanie kenne ich nicht.«
Um diese Zeit war es an der Front still. Es konnte noch eine halbe Stunde dauern, bis die Granatwerfer der Russen mit ihrem Abendsegen begannen. Bis dahin gab es vorn nur vereinzeltes Gewehrfeuer, aber das war bis hierher nicht zu vernehmen.
»Zado!« rief Alf über die Straße.
Der Angerufene setzte behutsam die Konservendosen auf die Erde. Dann richtete er sich wieder auf und rief zurück: »Herr Leutnant?« Er hatte alles gehört, was zwischen Alf und dem Oberfeldwebel gesprochen worden war.
»Ich brauche den Melder!« rief Alf.
Zado kam mit ein paar schnellen Schritten über die Straße und baute sich so korrekt vor Alf auf, wie der es noch niemals erlebt hatte.
»Der Melder ist zur Division unterwegs, Herr Leutnant!« meldete Zado. »Wegen der Post ...«

»In Ordnung.« Alf nickte. »Dann einen anderen Mann, der die Feldgendarmerie zum Gefechtsstand der dritten Kompanie führen kann.«
Zado reckte sich, und der Oberfeldwebel nahm das von der Seite her mit einem befriedigten Blick zur Kenntnis.
»Mache ich selbst, Herr Leutnant. Ich kenne die Stellung.«
»Steigen Sie ein. Fahren Sie mit«, sagte Alf. »Bindig sofort zu mir!«
Der Oberfeldwebel legte die Hand an die Mütze und bedankte sich. Alf winkte ab.
»Bitte Herrn Oberfeldwebel, meinen Stahlhelm holen zu dürfen!« bat Zado mit ernstem Gesicht.
»Genehmigt!«
Zado streifte Bindig mit einem Blick, während er kehrtmachte und über die Straße lief. Er kniff ein Auge dabei zu.
Als der Wagen abgefahren war, sagte Alf zu Bindig: »Was ist los, Bindig? Die Nerven?«
»Nein. Nicht die Nerven«, sagte Bindig. »Ich bin Soldat, aber ich bin kein Dienstmädchen für diese Greifer.«
Alf wiegte den Kopf. Er hatte an diesem Abend noch die Briefe an die Frauen der vier Gefallenen vom letzten Einsatz zu schreiben. »Bindig«, sagte er leise, »Sie sind ein guter Soldat. Aber wenn Sie so weitermachen, werden Sie eines Tages an einer Buche am Straßenrand baumeln. Der Oberfeldwebel wird Meldung erstatten.« Er sah ihn mit einem Blick an, der beinahe ärgerlich war. »Bindig, es ist unrühmlich, solche Gefechte zu überstehen, wie Sie sie überstanden haben, und danach an einer Buche zu baumeln.« Bindig senkte den Kopf. Er sagte nichts. Er dachte: Es ist unrühmlich, aber es ist das, was uns bleibt. Es ist der Schlußpunkt hinter allem, was wir tun. Ein verdammt unrühmlicher Schlußpunkt.
»Legen Sie sich schlafen«, riet ihm Alf, sich abwendend, »rennen Sie nicht hier herum wie ein Amokläufer. Hauen Sie ab. Ich werde mit dem Oberfeldwebel sprechen, wenn er zurückkommt.«

Zado war erregt, aber er brachte es fertig, die beiden Feldgendarmen nichts davon merken zu lassen. Er täuschte sie so gut, daß die beiden ihn für das Muster eines Soldaten hielten.
Sie waren kaum zehn Minuten gefahren, als der Oberfeldwebel sich an ihn wandte und sich nach Bindig erkundigte. Zado sah angestrengt durch die Windschutzscheibe und antwortete nicht sofort auf die Frage. Die Dämmerung senkte sich über das Land, und der Wagen näherte sich den Artilleriestellungen. Ab und zu war ein Geschütz zu sehen, eine abgestellte Protze oder ein Stapel Granaten. Die Front war beängstigend ruhig an diesem Abend. Weiter links war ein dumpfes Murren zu hören, dort schoß die russische Artillerie bereits. Zado wußte, daß diese Ruhe nichts Gutes verhieß. Solange die Russen mit ihren Siebzehnzwo und den Granatwerfern Streufeuer schossen, war nichts zu befürchten. Immer aber, wenn es ein langes Schweigen gab, folgte ein Feuerüberfall, an dem sich außer den leichten Geschützen die Raketenwerfer beteiligten. Dann kochte die Erde, und es gab keine Hoffnung, lebend zu entrinnen, wenn man in den Feuerschlag hineingeriet. Zado drehte sich halb um und sprach den Oberfeldwebel an. Er sagte sachlich: »Ich empfehle, jetzt den Stahlhelm aufzusetzen, Herr Oberfeldwebel. Man fühlt sich viel sicherer damit, und es ist möglich, daß die Russen gegen Abend ein paar Koffer herüberschicken.«
Der Oberfeldwebel folgte der Aufforderung sofort. Er schnallte den Riemen unter dem Kinn sehr fest, und Zado dachte bei sich, der Helm wird ihn spätestens in zehn Minuten so drücken, daß er Kopfschmerzen bekommt.
»Sie fragten nach Bindig«, sagte er dann. Der Oberfeldwebel nickte eifrig. »Das ist ein schwieriger Fall, Herr Oberfeldwebel«, sagte Zado nachdenklich. »Er geht allein, mit einer Handgranate und dem Messer, ein MG-Nest an. Er hat Auszeichnungen. Ein Soldat, wie er im Buche steht. Aber unlängst schlug er sich mit einem Kameraden, der

einen streunenden Hund erschoß. Er schlug ihn halbtot. Am Abend weinte er darüber. Das ist Bindig.« Der Oberfeldwebel bastelte am Riemen des Helmes. Ich werde dir noch mehr erzählen, dachte Zado, ich werde es zuerst so versuchen. Er war sich klar darüber, daß sein Versuch erfolglos bleiben konnte, aber er machte ihn.

»Sieht gar nicht so gewalttätig aus«, bemerkte der Oberfeldwebel interessiert. »Sieht beinahe aus wie ein langgewachsener Gymnasiast.«

»Ist er auch!« bestätigte Zado. »Aber er war der beste Schüler bei der Nahkampfschule. Er kennt sich aus. Wenig Muskeln, dafür Schnelligkeit und Härte. Und anatomische Kenntnisse. Das ist äußerst wichtig.«

»So ...«, sagte der Oberfeldwebel, »ein Schläger. Ein aufrührerischer Schläger. Der Mann ist ein Meuterer, weiter nichts. Ein harmlos aussehender Meuterer!«

Zado tat bestürzt. Er tat so, als käme ihm die Bemerkung des Oberfeldwebels völlig überraschend. »Bindig ein Meuterer?« Er schüttelte energisch den Kopf. »Da muß ein Irrtum vorliegen! Ich kenne Bindig sehr lange. Er ist ein Mensch, auf den man sich völlig verlassen kann. Er hat ...«

»Ja, ja ...« Der Oberfeldwebel winkte ab. »Wir haben da unsere Erfahrungen. Wir kennen unsere Leute. Hinter ihrer Abneigung gegen die Feldgendarmerie verbirgt sich in den meisten Fällen ihre negative Grundeinstellung. Wir werden diesen Bindig übermorgen ebenso vorführen, wie wir heute diesen Gerhard Bachmann vorführen. Wir kennen unsere Leute! Von hundert, die wir vorführen, kehren zwei zu ihrer Einheit zurück. Das ist der Beweis dafür, daß wir unsere Leute kennen.«

Zado schwieg eine Weile. Sie fuhren langsam einen Weg entlang, der sich durch buschbewachsenes Wiesengelände hinzog. Ein paar eingestürzte Unterstände lagen an der rechten Seite. Verrostete Blechkisten, zerquetschte Kartuschen, Fetzen von Zeltplanen.

»Wir nähern uns dem Gefechtsstand der vierten Kompa-

nie«, sagte Zado. »Ich werde mich hier gleich erkundigen, wo die dritte jetzt ihren Gefechtsstand hat.«
Es war ein unerhörtes Wagnis, mit diesem klapprigen Volkswagen bis an den Gefechtsstand heranzufahren. Jeden Augenblick konnte die Artillerie mit der Beschießung einsetzen. Es war hoffnungslos, dann den Wagen wieder heil nach hinten zu bekommen.
Aber Zado hatte seinen Plan bei den letzten Worten des Oberfeldwebels bereits geändert. Er sah ein, daß er mit vernünftigen Worten nichts erreichen würde. Innerhalb weniger Minuten hatte er eine grausame Entscheidung getroffen. Sie fiel ihm leicht, weil es sich um Bindig handelte. Bei jedem anderen hätte er sich taub gestellt, aber bei Bindig war das etwas anderes. Er hing an Bindig. Und Bindig war verloren, wenn der Oberfeldwebel ihn vorführen ließ, das wußte Zado. Er war schon verloren, wenn dieser Oberfeldwebel und sein Fahrer überhaupt wieder zu ihrer Dienststelle zuruckkehrten. Zado sagte sich, daß er in der nächsten halben Stunde handeln mußte, wenn er den Freund retten wollte. Er setzte alles auf eine Karte. Während der Wagen auf einen Waldrand zufuhr, der sich kilometerweit vor ihnen erstreckte, gleichsam das Hinterland von der Front trennend, sagte er zu dem Oberfeldwebel: »Ich empfehle, hier am Waldrand zu halten. Ich laufe dann die paar hundert Meter bis zur vierten Kompanie und lasse mich einweisen. Dort werden sie mir auch ungefähr sagen können, wo dieser Bachmann liegt. Da brauchen wir nicht lange herumzusuchen. Es wird ohnehin in der nächsten Viertelstunde finster sein, und dann dürfte der Abendsegen von den Russen kommen. Vielleicht schaffen wir es bis dahin.«
»Wäre vernünftig«, kam von hinten die Stimme des Oberfeldwebels. »Hoffentlich liegt der Kerl nicht gerade im ersten Loch ...«
»Hoffentlich!« gab Zado zurück, während der Wagen hielt und er sich ans Aussteigen machte. »Ich werde mit der Dritten telefonieren und mich genau erkundigen.«

»Fixer Bursche«, stellte der Oberfeldwebel fest, nachdem Zado verschwunden war, »diese Fallschirmjäger sind ein gefährlicher Haufen. Man weiß nicht genau, was sie überhaupt treiben. Jedenfalls haben sie irgendein Kommando von großer Wichtigkeit. Und dann solche Subjekte wie dieser Bindig. Der kann einen ganzen Zug solcher Leute versauen wie diesen hier!«
»Eine ganze Kompanie«, bestätigte der Fahrer.

Zado hastete auf dem Waldweg vorwärts. Er kannte die Gegend genau. Er wußte, wo die dritte Kompanie lag, aber er hoffte nur, beim Gefechtsstand der vierten Kompanie noch den Meldefahrer von der Division zu treffen. Mit einem Male wurde der Wald lichter. Das Unterholz war dünn, und man konnte Hunderte von Metern weit sehen bis zum jenseitigen Rand des Waldes, wo sich wieder buschiges Wiesengelände anschloß, in dem die Stellungen lagen. Neben dem Weg hielten leichte Troßfahrzeuge einer Granatwerfereinheit. Die Mannschaften standen herum und rauchten. Zado eilte an ihnen vorbei, ohne sie zu beachten. Als er bereits auf Sichtweite an den Unterstand herangekommen war, in dem sich der Gefechtsstand befand, hörte er das Motorrad des Melders. Er lief schneller. Vor dem Unterstand erkannte er den Fahrer, der soeben langsam wendete, um zurückzufahren.
Er erblickte Zado im ungewissen Dämmerlicht und stoppte die Maschine.
»Was willst du hier?« erkundigte er sich kopfschüttelnd. »Hier gibt's keine Weiber ...«
Zado winkte unmutig ab. Er mußte zuerst einige Male tief atmen, er war zu schnell gelaufen.
»Fährst du zurück?« fragte er.
»Ja. Wird Zeit. Ich möchte hier nicht eins auf die Rübe kriegen.«
»Du kannst mir einen Gefallen tun«, sagte Zado erregt.
Der andere sah ihn verwundert an und stellte den Motor

ab. »Was ist?« fragte er. »Willst du mit heimfahren? Setz dich drauf.«
»Das auch«, sagte Zado, »aber ich muß vorher noch zur dritten Kompanie.«
»Da läufst du erst hierher?« grinste der Melder. »Du weißt doch, daß die viel weiter links drüben liegen. Setz dich drauf, ich fahre dich hin. Aber ich mache das nicht umsonst. Was bietest du?«
»Du sollst dich nicht beklagen«, erklärte Zado. »Du kriegst von mir alle Zigaretten, die ich noch habe, und fünf Schachteln Schokolade.«
»Schön«, sagte der Melder, »aber wie viele Zigaretten sind das?«
»Zehn Schachteln«, antwortete Zado, »anständige. Korfu rot. Ein paar Zigarren sind auch noch da.«
»Die kannst du selbst rauchen«, sagte der Melder grinsend, »aber so viele Zigaretten will ich dir gar nicht abnehmen. Hast du nicht noch ein paar von euren Pervitintabletten?«
»Klar«, antwortete Zado sofort, »eine ganze Handvoll. Wenn du die willst, kannst du sie haben. Aber du brauchst mich gar nicht zur dritten Kompanie zu fahren. Ich brauche dein Krad, weiter nichts. Und das für zehn Minuten. Du kannst hier warten. Dann fahren wir zusammen heim. Einverstanden?« Der Melder schob den Helm ins Genick und kratzte sich über der Stirn in seinem Haar. Er verzog sein Gesicht und kniff ein Auge dabei zu. Dann sagte er: »Was steckt denn da wieder hinter?«
»Reg dich nicht auf!« sagte Zado. »Ich bin schon mehr auf dem Krad gefahren als du.«
»Und warum soll ich dich denn nicht fahren?«
»Weil ich keinen dabei brauchen kann.«
»Sag mir lieber, was los ist, dann kannst du gleich abfahren.«
Zado bedeutete ihm mit ein paar ungeduldigen Handbewegungen, abzusteigen, und der Melder bequemte sich kopfschüttelnd dazu. Er war ein schwerfälliger, gutmütiger Han-

noveraner, und Zado war ihm nicht unsympathisch. Er sah erstaunt auf, als Zado sagte: »Es ist weiter nichts los, als daß ein paar Kumpels in Gefahr sind. Die will ich raushauen!«
»Mit meinem Krad?«
»Deinem Krad passiert nichts. Nun mach schon!«
Der Melder stieg ab und überließ Zado kopfschüttelnd das Rad. »Du bist ein verrückter Hund«, sagte er belustigt, »du bist der verrückteste Hund zwischen Ostpreußen und Moskau ...«
»Geh einstweilen den Waldweg zurück!« rief ihm Zado noch zu, bevor er abfuhr. »Ich nehme dich dann schon auf!« Er lachte, und der Melder setzte sich, immer noch kopfschüttelnd, in Bewegung. Zado ließ die Maschine laufen. Er gab so viel Gas, daß er auf dem holprigen Waldweg mit einer geradezu verwegenen Geschwindigkeit dahinschoß. Er berauschte sich an dem Tempo. Er verdrängte die Gedanken damit. Zado konnte jetzt keine Gedanken brauchen. Er bereitete sich nüchtern und umsichtig darauf vor, die beiden Männer in dem Volkswagen zu töten.

Als er das Fahrzeug erreicht hatte, erklärte er dem verwunderten Oberfeldwebel: »Sie haben den Melder abgeschossen, und es ist keiner da, der die Maschine zurückbringt. Ich bin der einzige, der sie fahren kann ...«
Er wendete und setzte einen Fuß auf den Boden.
»Hören Sie, Herr Oberfeldwebel«, begann er, »die Dritte liegt hier drüben, einen halben Kilometer weiter links. Ich habe telefoniert. Der Bachmann hält sich in der Nähe des Gefechtsstandes auf, Sie brauchen ihn nicht zu suchen. Sie werden dort erwartet.«
Der Oberfeldwebel nickte befriedigt. Er stieg ein, und bevor er den Schlag zumachte, rief ihm Zado zu: »Halten Sie sich immer hinter mir!«
Er fuhr hundert Meter in den Wald hinein und bog dann in einen schmalen Seitenweg nach links ab. Als die beiden Fahrzeuge einige Minuten gefahren waren, lichtete sich der

Wald vor ihnen. Es war dunkel geworden, und sie mußten langsam fahren. Hinter dem Waldrand war nichts zu erkennen. Das Land lag beängstigend still unter dem wolkenverhangenen Himmel. Hier an dieser Stelle hatte die Frontlinie eine sackartige Einbuchtung. Der Waldrand verlief in einem großen, offenen Bogen, und dazwischen lagen einige hundert Meter freies Feld. Zado wußte das. Er wußte noch mehr. Die freie Ebene, die zwischen den beiden Waldspitzen lag, war Niemandsland. Auf diesem kleinen Fleckchen Erde lagen mehr als hundert sowjetische Minen. Sie lagen schon monatelang in der Erde, aber man hatte sie nicht geräumt, weil die Erde gefroren war. Man nahm lieber die Front ein paar hundert Meter zurück. Zado kannte das Minenfeld. Jeder, der hier eingesetzt war, kannte es. Es waren Minen, von denen ein kleines Drähtchen bis einige Zentimeter über die Erde führte. Das löste die Zündung aus, wenn es berührt wurde. Die Minen waren gefährlich. Sie detonierten selbst bei diesem hartgefrorenen Erdboden. Zado wußte, daß es starke Ladungen waren. Sie würden einen Lastwagen zerreißen. Er hielt an der Waldspitze an und rieb sich die Augen. Der Volkswagen fuhr neben ihn, und der Oberfeldwebel erkundigte sich: »Na, sind wir da?«

»Dort drüben ...«, erklärte Zado, »da unmittelbar an dieser Waldspitze liegt die Dritte. Sie können ruhig über das Feld fahren, die Russen liegen tiefer und haben keine Einsicht in das Gelände.« Er atmete unhörbar auf, als der Oberfeldwebel befriedigt nickte. Hastig sagte er: »Machen Sie aber besser kein Licht an, man kann nie wissen ... Ich muß jetzt umkehren. Der Melder hatte die Tasche voll Zeug, das zur Division muß. Sie haben mir eingeschärft, wie ein Wilder abzurauschen ...«

»Brechen Sie sich nicht das Genick«, sagte der Oberfeldwebel gönnerhaft. Er reichte ihm eine Schachtel Zigaretten aus dem Wagenfenster und sagte: »Nehmen Sie zwei, und vielen Dank.«

»Bitte«, sagte Zado heiser, »bitte, Herr Oberfeldwebel. War eine Selbstverständlichkeit.«
Er fuhr ein Stück in den Wald hinein und hielt dort an. Er ließ den Motor laufen und sah zurück. Der Volkswagen fuhr mit surrendem Motor auf die freie Fläche hinaus. Dort gab der Fahrer Gas, und das Fahrzeug brauste mit hoher Geschwindigkeit davon. Aber es kam nicht weit. Das Gesurr des Motors ging plötzlich in einer schmetternden Detonation unter, deren Stichflamme für Bruchteile von Sekunden das Gelände beleuchtete.
Zado sah im Schein der Detonation, wie der Wagen auseinandergerissen wurde. Bevor es wieder still wurde, klatschten ein paar Blechteile irgendwo auf den Boden. Ein Stück Metall schlug gegen einen Baumstamm. Dann war es still. Kein Laut, kein Schmerzensschrei, nichts. Zado lauschte eine Minute und noch eine. Dann hörte er von der anderen Waldseite her Stimmen, aber das waren Soldaten von der dritten Kompanie, die durch die Explosion aufmerksam geworden waren. Sie würden nichts finden, das wußte Zado. Die russischen Minen ließen von einem so leichten Fahrzeug nichts weiter übrig als den Explosionskrater und ein paar geschwärzte Blechfetzen. Vielleicht eine abgerissene Hand oder einen Fuß. Das würde alles sein. Er ließ die Maschine anfahren und jagte sie in halsbrecherischem Tempo zurück. Auf dem Rücken spürte er den Schweiß, der im scharfen Fahrtwind langsam erkaltete. Er traf den Melder unweit der Stelle, an der der Volkswagen ihn erwartet hatte. Als er vom Fahrersitz stieg, sagte er mit trockener Kehle: »Zu spät. Ich habe sie nicht mehr erwischt. Sie sind in die Minen gefahren.«
»Ich habe es gehört«, sagte der Melder teilnahmslos, »welche von uns?«
»Ich weiß nicht«, gab Zado zurück, »ein Oberfeldwebel und ein Unteroffizier. Sie fragten mich nach dem Weg zur Dritten, und ich sagte ihnen, daß da vorn die Minen wären,

aber sie fuhren dann doch drauflos, und ehe ich mit dem Rad hinterherkam, waren sie schon drin.«
»Pech«, sagte der Melder. Er stieg auf und bedeutete Zado mit einer Kopfbewegung, sich auf den Soziussitz zu hocken. »Laß uns hier verschwinden. Mir kommt diese Stille heute abend nicht geheuer vor …«
Sie waren hundert Meter gefahren, als Zado das Rollen hinter der Front der Russen hörte. Es war ein dumpfes, grollendes Geräusch, das dem Ton mehrerer großer Trommeln glich, die in einem monotonen Rhythmus geschlagen wurden. Zado beugte sich nach vorn und schrie dem Fahrer ins Ohr: »He, sieh zu, daß du aufdrehst, es geht los!«
Aber es war zu spät. Die erste Lage Granaten schlug in den Wald. Sie krepierte zwischen den Bäumen, mit einem hellen Geflacker der einzelnen Einschläge. In das Geprassel der niedergerissenen Äste mischte sich das bösartige Jaulen der Splitter, die von den Stämmen abprallten. Der Meldefahrer trieb die Maschine vorwärts, aber soviel er auch an Geschwindigkeit aus ihr herausholte, es war zu spät, dem Feuer zu entfliehen. Der Melder wußte das. Er suchte mit den Augen den Wegrand ab, und plötzlich bremste er so scharf, daß Zado beinahe von seinem Sitz fiel. Neben dem Weg lag einer der alten, verfallenen Unterstände des Granatwerferzuges. Die Stämme, die ihn gegen direkte Volltreffer schützen sollten, waren durcheinandergeraten, wahrscheinlich hatte irgendeine andere Einheit, die vorbeigezogen war, Brennholz gebraucht. Aber es blieb der Einstieg in die mehr als zwei Meter tiefe, modrig stinkende Grube. Zado begriff sofort, was der andere wollte. Er sprang von seinem Sitz und trat ein paarmal mit großer Wucht gegen die Wand des Einstieges. Binnen einiger Sekunden hatte er das Loch so erweitert, daß der Melder die Maschine hindurchschieben konnte. Als die nächste Lage Granaten in den Wald schlug, waren die beiden noch dabei, in den Unterstand zu verschwinden, die dritte Lage jedoch schlug ein, als sie bereits in dem Loch untergetaucht waren.

Die Russen schossen mit den üblichen Siebzehnzwo, aber bereits nach der ersten Lage gurgelten die Werfergranaten dazwischen. Die Siebzehnzwo kämmte das Waldstück ab; sie begann an der Vorderkante, die sich bei Tage von drüben aus gut anmessen lassen mußte. Sie schossen die erste Lage genau fünfhundert Meter hinter diese Vorderkante, dorthin, wo sie die Gefechtsstände vermuteten. Die zweite Lage schlug ein paar hundert Meter hinter dieser Stelle ein, genau dort, wo sich in diesem Augenblick die befinden mußten, die aus den gefährdeten Gefechtsständen und Munitionsbereitstellungen zurückliefen, um das Feuer weiter hinten abzuwarten. Sie hatten ein klug ausgerechnetes System in ihrem Feuer. Man spürte sofort, daß sie keinen Angriff vorbereiteten, denn sie ließen die Kampflinie beinahe völlig in Ruhe. Sie wußten, daß um diese Zeit das Abendessen nach vorn kam. Es befand sich nach ihren Berechnungen jetzt gerade in der Nähe der Gefechtsstände. Dort zerschlugen sie es. Dann kamen die Munitionsbereitstellungen an die Reihe, dann die Werferstellungen und zuletzt die Artillerie. Dazwischen immer wieder das Waldstück, wo alle die Zuflucht suchten, die sich weder bei den Gefechtsständen noch bei den Werfern oder der Artillerie aufhalten wollten.

Während die Granaten mit dem ihnen eigenen, schmetternden Krach barsten und ihre kreischenden Splitter durch das Gewirr der Baumäste sandten, explodierten die Werfergeschosse, die die Soldaten am meisten fürchteten, mit dumpfem, trockenem Knall. Die Werfergeschosse waren nicht zu hören. Sie waren ganz plötzlich da, über ihnen in der Luft, fielen vom Gipfelpunkt ihrer Flugkurve fast senkrecht herab und verstreuten eine Unmenge winzigkleiner Splitter sehr flach über dem Erdboden. Dagegen gab es kaum eine Deckung, wenn man nicht gerade in einem Loch hockte. Die Werfergeschosse waren überall. Beim Aufschlag erzeugten sie kleine, grelle Flämmchen, die sofort erloschen. Sie erfüllten die Luft mit ihrem Gegurgel

und dem Zirpen der winzigen Stahlsplitter. Die Granateinschläge nahmen sich gegen sie beinahe wie plumpe, ungefährliche Riesen aus.
Der Meldefahrer hatte die Maschine so in das Einstiegloch des Unterstandes geschoben, daß sie nahezu verdeckt wurde. Dahinter, im Dunkel, an die rissige, mit Wurzeln verstrüppte Wand gedrückt, hockte er selbst. Er hatte sich nicht hingelegt, sondern nur zusammengekauert, als hielte er es für besser, den Körper so klein wie möglich zu machen. Zado hockte neben ihm, die Beine angezogen, nach der Öffnung starrend. Dort zuckten unablässig die Lichter der Explosionen auf, grell, wenn sie in der Nähe lagen, oder schwach, wenn sie weiter entfernt waren. Manchmal verschmolzen die einzelnen Detonationen sekundenlang zu einem einzigen, unablässigen Dröhnen und Krachen. Dann zog Zado unwillkürlich den Kopf ein. Er war nicht an Artilleriefeuer gewöhnt. Es hatte ihn selten erwischt. Einesteils fühlte er sich in dem Unterstand sicher, aber andererseits befürchtete er, daß eine der Granaten plötzlich in die Decke schlagen konnte. Dann werden sie von uns ebensowenig finden wie von den beiden mit ihrem Volkswagen, dachte er.
Der Melder bewegte sich. Er ruckte mit dem Oberkörper hin und her wie eine Maus, die vor ihrem Loch hockt. Dann kam er mit seinem Gesicht Zados Ohr nahe und sagte so laut, daß Zado es im Gepolter der Einschläge gerade noch verstehen konnte: »Jetzt hätten wir schon zu Hause sein können ... wenn du nicht hinter diesen beiden Trotteln hergefahren wärst ....«
Er ließ sich wieder zusammensinken und hielt die Hände ängstlich vor das Gesicht. Vor dem Unterstand krepierte mit kreischendem Ton eine Granate. Für einen Augenblick war das Loch hell erleuchtet. Zado sah, daß vor ihm, auf der festgestampften Erde, ein abgebrochenes Seitengewehr lag. Es war ein deutsches. Es war verrostet, und der Griff war in den Boden getreten.
Noch ehe das Schlaglicht der Granate erlosch, klirrte ein

Splitter ins Gestänge der Maschine. Der Melder seufzte auf: »Fehlt noch, daß sie mir die Mühle zerschießen ... dann kann ich zur Infanterie marschieren ...« Nach einer Weile fügte er vorwurfsvoll hinzu: »Und alles deinetwegen ...«

Zado antwortete ihm nicht gleich. Er dachte an die beiden, die in das Minenfeld gefahren waren. Es ist eigentümlich, sagte er sich, man kann töten, ohne sein Gewissen zu belasten. Er wußte schon jetzt nicht mehr, wie die beiden ausgesehen hatten. Er hatte sie beinahe vergessen. Es würde ihn auch nichts weiter an sie erinnern. Er hatte sie getötet, darüber gab es keinen Zweifel. Ebensowenig darüber, daß es nötig gewesen war, sie zu töten, wenn Bindig, dieser Hitzkopf, nicht zu irgendeiner Strafeinheit kommen sollte. Aber was lag schon an ihrem Tod? Zado versuchte, den Unterschied herauszufinden zwischen den drei Russen, die er beim letzten Einsatz getötet hatte, und diesen beiden Männern. Es gab diesen Unterschied. Allein die Qual der Erinnerung bewies es. Bei diesen beiden Männern würde es keine Qual geben. Sie waren tot. Gut. Sie waren so tot, als wären sie neben Zado an dem Geschoß irgendeines fremden Scharfschützen gestorben, nicht an der Mine, über die er selbst sie berechnend und kalt geschickt hatte.

Er duckte sich unter dem nächsten Einschlag und schüttelte unwillig die Erdklumpen aus dem Genick. Er hatte sich an das Feuer gewöhnt. Er hatte nicht geglaubt, daß es so schnell gehen würde, aber jetzt störte es ihn kaum noch. Es konnte einschlagen, dann war es aus. Oder durch das Gestänge der Maschine hindurch konnte ein Splitter ihm den Hals zerreißen, das Gesicht. Egal. Man konnte es nicht ändern.

Er griff nach einer Zigarette. Während er sie anrauchte, erinnerte er sich an den Melder. Er gab ihm ebenfalls eine Zigarette. Der Mann brannte sie mit zitternden Händen an. Sein Gesicht war schweißüberströmt, Zado konnte es im Schein des Feuerzeuges sehen.

»Rauch!« sagte er. »Wenn die mit ihrer beschissenen Schießerei aufhören, fahren wir gemütlich heim.«
»Sie zerschießen mir die Maschine ...«, sagte der Melder. »Sie zerschießen mir die Maschine, und ich muß zur Infanterie ...«
Sie werden nicht nach den beiden suchen, dachte Zado. Auf das Minenfeld können sie sowieso nicht, und übrigens ist die Sache auch sonnenklar: Die beiden wollten sich den Weg abkürzen und sind auf die Mine gefahren. Sie hatten vergessen, daß ich sie davor gewarnt hatte. Ich war ja schon auf dem Heimweg, denn sie entließen mich, als sie den Weg nicht mehr verfehlen konnten, und ich fuhr mit dem Melder weiter. Ich sah sie verkehrt fahren und wollte sie noch retten, aber es war zu spät, sie waren schon mittendrin. Unvorsichtige Burschen. Wer wird da schon etwas anderes vermuten. Schlimmer, wenn sie irgendwo hier im Wald lägen mit einer Pistolenkugel im Kopf. Aber so – kein Mensch wird argwöhnisch werden. Es ist ein ganz natürlicher Vorfall. Das gibt es hundertmal und öfter. Ob es deshalb so leicht gewesen ist? Oder weil es um Bindig ging? Zado zog an der Zigarette und blickte versonnen auf das Einstiegsloch. Die Einschläge lagen jetzt weiter entfernt. Das Feuer wanderte nach hinten. Die flackernden Lichter waren schwächer, sie erhellten die Gegend um den Unterstand nicht mehr.
»Wenn bloß die Maschine nicht kaputt ist ...«, sagte der Melder. »Ich habe keine Lust zur Infanterie ...«
Ob Bindig Angst hat? fragte sich Zado. Er wird keine Angst haben. Es wird ihm egal sein, was sie mit ihm machen. Bei Licht besehen, können sie uns gar nicht mehr erschrecken. Mit nichts. Wir sind an das Schlimmste gewöhnt. Vielleicht ist die Strafkompanie dagegen eine Erholung. Vielleicht. Es ist nicht gewiß, denn es ist von dort noch keiner zurückgekommen. Aber immerhin ist es möglich. Ich werde Bindig nichts davon sagen, daß ich die beiden in die Minen gelotst habe. Es ist gut, wenn es niemand außer mir weiß. Bindig

würde nie ein Wort davon verlauten lassen, das ist sicher. Aber ich werde es ihm trotzdem nicht sagen. Sonst bildet er sich dauernd ein, daß er sich erkenntlich zeigen muß. Unsinn, erkenntlich zeigen! Er soll lieber lernen, die Schnauze zu halten und sich zu beherrschen. Ein Feldgendarm, mit dem man Streit bekommt, muß fünf Minuten später tot sein, oder man ist selber ein toter Mann. Das muß er endlich einsehen, der liebe Bindig. Es ist nicht der erste Feldgendarm, der an dieser Kante umgelegt wurde. Es gibt zu viele von ihnen hier herum. Schörner hat hinter jeden Soldaten einen Feldgendarm gestellt. Bloß in der Luft hat er keine. Dafür aber auf den Flugplätzen. Hinten, in den Dörfern, surren sie mit Volkswagen herum wie die aufgescheuchten Hummeln. Hitler hat gesagt, das letzte Bataillon, das nach diesem Krieg marschiert, wird ein deutsches sein. Voraussichtlich wird es aus Feldgendarmen bestehen.

»Gib mir noch eine Zigarette …«, bat der Melder. Er rückte an Zado heran. »Wenn bloß an der Maschine nichts kaputt ist! Am schlimmsten ist es, wenn der Tank und die Leitungen was abgekriegt haben. Der Zylinder geht von Splittern kaum kaputt, aber das andere Zeug …«

Zado gab ihm eine Zigarette und lehnte sich zurück. Dabei sagte er: »Ich glaube, es nimmt ab. Die Spucker haben schon aufgehört.« Es stimmte. Die Granatwerfer schwiegen. Nur die Siebzehnzwo schossen noch. Aber auch ihr Feuer wurde schwächer. Zwischen den einzelnen Einschlägen, die weit entfernt lagen, hörte man Verwundete schreien. Zado dachte wieder an die beiden in dem Minenfeld. Sie sind unerhört schnell gestorben, dachte er. Sie wissen nichts mehr von diesem Feuer. Sie haben überhaupt nichts gewußt. Ihnen wäre es zu gönnen gewesen, ein paar Stunden mit aufgerissenem Leib im Wald zu liegen. Er schüttelte den Kopf. Wie leicht es einem fällt, solche wie diese zu töten, dachte er. An die beiden Russen, die in der Bahnwärterbude schliefen, werde ich noch monatelang denken müssen. Aber an die …

»Du …«, erinnerte ihn der Fahrer, »das mit den Zigaretten brauchst du nicht zu machen. Ein paar Schachteln genügen. Und eine Schachtel Schokolade. Ich will dich nicht ausnehmen. Schließlich kostete es mich ja nichts, als ich dir die Maschine gab. Aber ein paar von den Pervitintabletten … wenn ich manchmal in der Nacht fahre. Sie geben uns keine. Wenn es nach unserem Chef geht, kannst du auf dem Sattel einschlafen, Hauptsache, die Meldung kommt an …«
»Du bekommst welche«, versprach Zado, »ich werde dir eine ganze Handvoll geben, denn ich nehme die Dinger niemals, und wir bekommen bei jedem Einsatz frische.«
Als das Feuer verstummte, schoben sie die Maschine wieder auf den Weg. Sie hörten Fahrzeuge durch den Wald brummen. Hin und wieder rief irgendwo eine Stimme nach dem Sanitäter. Weiter rechts rumorten noch kleinere Kaliber. Von dort kam auch vereinzeltes Gewehrfeuer. Dazwischen stiegen Leuchtkugeln über den Wald und segelten langsam wieder abwärts. Der Meldefahrer trat die Maschine an. Er horchte ungläubig auf den Motor, der sofort störungsfrei lief. Er suchte mehrere Minuten nach der Stelle, an der der Splitter aufgeschlagen war, den sie gehört hatten, aber er fand nichts.
»Zu dunkel!« schrie er Zado ins Ohr. »Wird nicht viel gewesen sein. Jetzt aber nichts wie fort!«
Sie fuhren an einer Kette von Fahrzeugen vorbei, die langsam heranrollten. Es waren Mannschaftswagen. Über die Sitze waren Bahren gelegt.
»Muß ganz schön 'reingehauen haben …«, rief Zado, aber der Fahrtwind riß ihm die Worte vom Mund, und der Melder hörte sie nicht.
Er gab zuerst dem Melder die Zigaretten und die Pervitintabletten, als sie im Dorf angelangt waren. Erst danach meldete er sich bei dem Leutnant. Das Gesicht Alfs war im Grunde ein Kindergesicht. Nur fehlte ihm die Naivität eines Kindergesichts. Alf konnte nicht verbergen, daß er ein berechnender Mensch war, es stand auf seinem Gesicht

geschrieben, in seinen Augen. Es war eine Art Berechnung, wie man sie öfter antrifft: ein Mensch, der sich selbst grenzenlos offen eingesteht, daß seine Anlagen und seine erworbenen Fähigkeiten nicht ausreichen, das zu erfüllen, wofür man ihn bestimmt hat. Ein Mensch, der aus diesem Grunde die Klaviatur der sanften Verbindlichkeit so lange geübt hat, bis er sie mit raffinierter Sicherheit beherrschte und mit ihrer Hilfe die Wechselfälle, die sich aus dem Mißverhältnis zwischen seinen Fähigkeiten und seinen Aufgaben ergaben, zu meistern verstand, je nach den Umständen ungestüm oder zögernd, manchmal scharf oder mit scheinbarer Nachsicht, die nichts weiter war als in Berechnung umgemünzte Unfähigkeit. Er verbreitete um sich eine Atmosphäre behaglicher Gutherzigkeit. Er verbreitete sie sehr bewußt, und gerade deshalb merkte selten jemand, daß es nur Berechnung war.

Alf war einer von den Offizieren, die auf diese Art mit ihren Soldaten umgingen. Sie genießen bei der ihnen unterstellten Truppe den Ruf eines gemütlichen, großherzigen Vorgesetzten, der klug genug ist, über kleine Widersetzlichkeiten und Abweichungen von der Dienstregel hinwegzusehen, und sich nicht in Dinge einmischt, die von den Soldaten gern unter sich ausgemacht werden. Er verstand es, seine Unteroffiziere und Feldwebel so einzusetzen, daß niemals jemand auf die Idee kam, er hätte nicht alle Fäden in der Hand. Aber in Wirklichkeit hatte er nichts weiter in der Hand als ein paar gehorsame Unterführer, die sich von ihm abhängig fühlten und danach trachteten, ihm angenehm aufzufallen, weil sich daraus Vorteile für sie selbst ergaben. Dieses Verhältnis übertrug sich in gewisser Weise auf die einfachen Soldaten, die ebenfalls bestrebt waren, nicht den Unwillen ihrer Unteroffiziere zu erregen, weil daraus Unbequemlichkeiten erwuchsen. Auf diese Weise regierte sich die Kompanie eigentlich von selbst und doch nicht von selbst, sondern das Verhältnis der einzelnen Dienstgrade zueinander war bestimmt durch die außerge-

wöhnliche Art ihres Einsatzes und die betont lockere Auffassung vom Leben zwischen den dicht oder weniger dicht aufeinanderfolgenden Fronteinsätzen.
Es war eine eigenartige Einheit, diese Frontaufklärungskompanie. Beim Regimentsstab hatte man sie zwar nicht vergessen, aber man beachtete sie kaum. Sie hatte ihre Aufgaben, und damit war die Sache auf der richtigen Bahn. Die Division beurteilte den Wert und die Kampfmoral der Kompanie nach den Erfolgen, die bei den Einsätzen errungen wurden. Dort sah man sich die Leute an, die zum Einsatz kommandiert wurden. Man überprüfte sie auf ihre Gefechtstauglichkeit und auf ihre Zähigkeit und Ausdauer. Man stellte ihnen im Rahmen der Vorbereitung bestimmter Einsätze kleine Aufgaben und maß so ihren Wert. Das war genau besehen die einzige Verbindung, die die Einheit mit der übrigen Welt der Militärmaschine besaß. Es gab niemanden, der dieser Kompanie etwas zu befehlen hatte, außer dem Divisionsstab und dem Kompaniechef. Es gab niemanden, der sie kontrollierte, außer dem Ic der Division, und der hielt nicht viel von Kontrollfahrten, die in den Frontbereich führten. Die Truppe aber hatte laut Armeebefehl im unmittelbaren Bereich der Front stationiert zu sein. Dieser Befehl galt weniger der Stärkung der Front an der betreffenden Stelle, denn es bestand die Anweisung, daß die Kompanie nur auf höheren Befehl in der Hauptkampflinie eingesetzt werden durfte. Er galt vielmehr der Verbindung der Kompanie mit dem täglichen Kampfgeschehen an der Front. Die Männer sollten den Klang der Artillerieduelle, das Pfeifen der Geschosse und das Heulen der Tiefflieger nicht aus den Ohren verlieren. Ihre Nerven sollten die Hochspannung behalten, die nötig war, wenn sie eingesetzt wurden. Ihre Nerven, ihr ganzer Organismus durften nicht der absoluten Ruhe ausgesetzt werden, weil jene Ruhe nach Meinung der Armeeführung die Trägheit in ihnen wecken würde, die Angst vor dem nächsten Flug, mit einem Wort, die Unzuverlässigkeit.

Leutnant Alf saß an einem roh zusammengezimmerten Tisch in der Stube des Hauses, das dem Kompaniestab als Unterkunft diente. Er hatte den Federhalter in der Hand und schrieb an den Briefen, die den Frauen der vier Gefallenen den Tod ihrer Männer mitteilten. Als Zado eintrat, nickte er nur, und an einem Satz weiterschreibend, fragte er beiläufig: »Na, alles in Ordnung?«
Er schrieb den Satz zu Ende und hob den Kopf, denn ihm war aufgefallen, daß Zado allein zurückkam und der Oberfeldwebel, der über Bindig Meldung erstatten wollte, nicht dabei war. Er sah in ein verschmutztes, von Anstrengung gezeichnetes Gesicht, als er aufblickte. Er wollte verwundert fragen, was es gegeben habe, aber Zado hatte schon den Mund geöffnet und berichtete ihm, daß die beiden Gendarmen auf die Minen gefahren waren. Er berichtete von dem Feuerüberfall und seinem Versuch, die beiden Gendarmen zu warnen, als er merkte, daß sie den falschen Weg einschlugen. Er erzählte das alles so sachlich und ruhig, daß selbst Alf nicht ahnte, was wirklich vor sich gegangen war.
Er kannte Zado und wußte, was er von ihm zu halten hatte. Erst nachdem Zado geendet hatte, kam er auf den Gedanken, daß es zwischen dem Zusammenstoß Bindigs mit den Gendarmen und ihrem plötzlichen Tod eine Verbindung geben könnte. Alf überlegte. Er sagte sich, daß die beiden Gendarmen tot waren und nicht mehr sprechen konnten. Er beschloß, diese Angelegenheit auf sich beruhen zu lassen. Es war die bequemste Art, mit ihr fertig zu werden. Er stand auf und trat an Zado heran. Der nahm im gleichen Augenblick wieder diese außerordentlich korrekte Haltung an, die Alf sonst bei ihm nicht gewohnt war. Das bestärkte ihn in seiner Ansicht, daß Zado etwas zu verbergen hatte. Irgend etwas.
Er sagte sarkastisch: »Warum spielen Sie mit einemmal den Paradesoldaten, Zado? Hat der Tod der beiden Feldgendarmen Ihre Disziplin so plötzlich verändert, oder was sonst?«

Zado biß sich auf die Unterlippe. Er wußte, daß er einen Fehler begangen hatte. Er hätte sich ohrfeigen mögen. Du bist doch noch nicht borniert genug für solche Sachen, sagte er sich. Du hast dafür gesorgt, daß diese beiden Greifer nicht zurückkommen, aber du bist selbst noch nicht ganz damit fertig geworden. Alf ist klüger, als er aussieht. Und du hast es ihm leichtgemacht. Es wird sich zeigen, was Alf für ein Mensch ist. Er sah den Offizier an.

Alf griff in die Tasche und hielt Zado das geöffnete Zigarettenetui hin. Es waren gute Zigaretten. Er sagte leise: »Bitte.« Es war nichts aus seiner Stimme herauszuhören, kein Mißtrauen, keine Mißbilligung, aber Zado wußte trotzdem, daß er Alf unterschätzt hatte. Er nahm die Zigarette und beeilte sich, Alf ein brennendes Zündholz hinzuhalten. Eine Weile standen sie sich gegenüber und rauchten schweigend. Zado blinzelte in die trübe Petroleumlampe, die die Stube erhellte. Sie war im Vergleich zu der übrigen Einrichtung geradezu ein Luxusgegenstand. In der Stube standen nur noch ein paar Kisten, die Alfs Gepäck enthielten, ein Stuhl und eine ziemlich rostige Eisenbettstelle, die unter Verwendung einiger Matratzen und Decken in eine Schlafstatt verwandelt worden war.

Er hält nichts von Komfort, dachte Zado, ich habe Quartiere von Offizieren gesehen, die Salons glichen. Vielleicht ist er zu faul, sich Zeug zusammenzuholen. Oder er will seine Genügsamkeit demonstrieren. Wer weiß das? Zado blickte angestrengt auf ein über der Bettstelle schief an der Wand hängendes Bild, das einen blühenden Kirschbaum vor einem idyllisch gelegenen Bauernhaus zeigte. Es war ein billiger, fliegenbeschmutzter Druck, verblichen und verfärbt.

Er ist unordentlich, dachte Zado. Er hat wahrscheinlich immer jemanden gehabt, der sein Zeug in Ordnung hielt. Wenn er es allein machen muß, läßt er alles liegen, wie es liegt. Ein Muttersohn, der Krieg führt. Ein Pennäler, der seit der Kriegsschule den Endsieg in der Tasche zu haben

glaubt. Man weiß nicht, was man von ihm halten soll. Solche Menschen können einem das Genick brechen.
Alf streifte die Asche von seiner Zigarette. Er ließ sie achtlos auf den Fußboden fallen. Der Fußboden war unsauber. Abgebrannte Zündhölzer lagen herum und zertretene Zigarettenreste. Zado stellte plötzlich fest, daß er immer noch den Stahlhelm auf dem Kopf hatte. Er nahm ihn verwirrt ab und strich sich das Haar zurecht.
»Haben Sie sich davon überzeugt, daß die beiden tot sind?« erkundigte sich Alf. Er hatte sich auf die Kante des Tisches gehockt und sah Zado an.
Der sagte außerordentlich ruhig: »Jawohl, Herr Leutnant. Ich habe mich davon überzeugt, daß sie tot sind. Es wird aber leider nicht möglich sein, ihre Überreste zu bergen. Sie wissen, das Minenfeld ...«
»Ich weiß«, unterbrach ihn Alf, »dieses Minenfeld war ein sehr glücklicher Zufall, nicht wahr, Zado?«
»Ich verstehe nicht, Herr Leutnant«, sagte der vorsichtig.
»Nicht nötig«, sagte Alf, »ich meine, es ist nicht nötig, daß Sie meine Gedanken verstehen. Was halten Sie eigentlich von Feldgendarmen im allgemeinen?«
Zado spürte, daß ihm der Schweiß auf die Stirn trat. Er ärgerte sich, daß er den Stahlhelm abgenommen hatte. Alf würde den Schweiß sehen. Er beschloß, diesem Gespräch eine andere Wendung zu geben. Es war ein Versuch, Alf zu täuschen, und er fing es einigermaßen geschickt an. Nicht geschickt genug, um Alf wirklich zu täuschen.
Er sagte freimütig: »Ich halte nichts von der Feldgendarmerie, Herr Leutnant. Ich halte sie für überflüssig.«
Alf lächelte. Er blickte Zado eine Weile wohlwollend an und sagte: »Diese Auffassung teilen Sie offensichtlich mit Bindig. Habe ich recht?«
»Ich weiß nicht genau, wie Bindig darüber denkt«, sagte Zado vorsichtig.
»Aber ich!« bestätigte ihm der Leutnant. »Und vor allem die beiden Feldgendarmen, die Sie geführt haben, die wissen das

ganz genau. Sagen wir: Sie wußten es, denn ein Toter weiß nichts mehr. Er kann auch nichts mehr aussagen. Er kann niemand mehr etwas tun und nichts veranlassen. Der Tod hat seine guten Seiten, wenn man es so betrachtet.«
Zado atmete auf. Er fühlte sich in diesem Augenblick ein wenig sicherer, weil er nun wußte, woran er mit Alf war. Er sagte nachdenklich: »Das ist eine philosophische Frage, Herr Leutnant. Ich habe das bißchen Philosophie aus meiner Schulzeit beinahe vergessen ...«
»Sagen Sie das nicht!« korrigierte ihn Alf. »Sie bilden sich nur ein, es vergessen zu haben. Philosophie ist nichts, was man vergißt. Es ist wie eine Substanz, die ins Blut geht. Man trägt sie in sich und kann sie nicht mehr verlieren. Alles, was man tut, ist auf dieser Philosophie gewachsen. Auch bei Ihnen. Und auch wenn Sie das nicht zu wissen vorgeben, Zado.«
»Es ist möglich, Herr Leutnant«, gab Zado zu, »ich bin in diesen Dingen nicht sehr bewandert.«
Alf lächelte breit. Er steckte eine Hand in seine Hosentasche und sagte freundlich: »Sie machen sich schlechter, als Sie sind, Zado! Sie sind doch ein Mensch mit guter Schulbildung. Sie sind doch ein intelligenter Mensch. Ein sehr intelligenter sogar. Dazu kommen Ihre militärischen Fähigkeiten. Und die Eigenschaft, blitzschnell richtige Entschlüsse zu fassen. Oder ist das nicht so?«
Zado blinzelte in das Licht der Petroleumlampe. Er sagte bescheiden: »Ich weiß nicht, ob meine Entschlüsse immer richtig sind, Herr Leutnant. Ich kann das nicht so recht beurteilen.«
»Aber ich!« sagte Alf. Er richtete sich auf und sprach weiter. »Manchmal muß man sich sehr schnell für irgend etwas entscheiden. Sie haben sich beispielsweise heute sehr schnell dafür entschieden, die beiden Feldgendarmen zu führen. Glauben Sie nicht, daß dieser Entschluß richtig gewesen ist?«
»Ich glaube, er war richtig«, sagte Zado, »der Melder war

unterwegs, und ich hatte Zeit, den Oberfeldwebel und den Unteroffizier zu führen.«

Alf griff sich an die Stirn, als habe er Kopfschmerzen. Er lächelte wieder.

»Ach ja, der Melder«, sagte er, »das war auch ein solcher Zufall. Dieser Zufall und der, daß es vorn noch das Minenfeld gibt, diese beiden Dinge haben vermutlich Bindig davor bewahrt, zu einer Strafkompanie versetzt zu werden.«

»Ich verstehe nicht, Herr Leutnant«, sagte Zado ruhig.

Alf nickte. Er lächelte nicht mehr, aber sein Gesicht war nicht erregt. Es war gleichgültig.

»Sprechen Sie mit Bindig darüber«, sagte er kurz. Dann ließ er ein paar Minuten verstreichen, bevor er das nächste Wort sprach. »Zado«, sagte er, während er dem Obergefreiten ins Gesicht sah, »Sie sind länger bei dieser Kompanie als ich, Sie sind Obergefreiter, ich Leutnant. Achten Sie darauf, daß Sie diesen Krieg nicht als Leiche, an einem Baum hängend, beenden. Sie sind auf dem besten Wege dazu.« Er machte eine kleine Pause. Dann sagte er: »Fertigen Sie einen Bericht an, auf welche Weise die beiden Feldgendarmen ums Leben gekommen sind. Geben Sie den Ort und die Zeit an. – Weshalb sind Sie so schmutzig?«

»Der Abendsegen«, erwiderte Zado. »Es erwischte mich auf halbem Wege. Ich fuhr mit dem Melder vom Divisionsstab.«

»Geben Sie mir diesen Bericht noch heute. Er braucht nicht lang zu sein.«

»Jawohl, Herr Leutnant!« sagte Zado. »Ich verstehe Ihre Andeutungen nicht, Herr Leutnant. Es muß ein Mißverständnis ...«

»Kann man an die Stelle herankommen, wo das Fahrzeug hochging?«

»Nein, Herr Leutnant.« Zado wischte sich Schweißtropfen von der Stirn. »Ich bin mir nicht bewußt, weshalb ich an einem Baum ...«

»Gehen Sie jetzt«, sagte Alf, »merken Sie sich: Ich lege kei-

nen Wert darauf, daß meine Kompanie den nächsten Mann stellt, der vom Standgericht verurteilt wird. Haben Sie mich verstanden?«
Zado bestätigte das nicht, und Alf entließ ihn trotzdem. Zado verließ das Haus und dachte: Der will Oberleutnant werden. Noch bevor der Krieg aus ist. Die Pension erhöht sich dadurch. Er steckt in der Klemme. Es ist gut, das zu wissen. Es beruhigt. Er stolperte in die Dunkelheit hinaus und suchte das Haus, in dem sein Quartier war. Er fand Bindig nicht. Da beschloß er, sich zu waschen und dann nach dem einsamen Gehöft zu gehen. Er pumpte auf dem Hof Wasser in einen Eimer und trug ihn in das Haus. Bindig hat die Fleischbüchsen mitgenommen, dachte er. Ich muß mich beeilen, er wird auf mich warten.

Ich komme nicht wieder, rothaariges Nachtgebet

Er lehnte an einem Gartenzaun, ein nicht sehr großer, flinker Junge mit stark gekrümmter Nase. Er trug das Haar sehr kurz, und seine Knie waren zerschunden, die kurze Hose ließ es erkennen. Er schaute über die Gärten hinweg, dorthin, wo die Stadt begann. Sie begann mit Reklameaufschriften von Persil und Rama-Margarine. Er sah dorthin, als warte er auf jemand, aber über die Wiese mit dem ausgedörrten Gras kam niemand. Auch auf dem Weg zwischen den Gärten war niemand zu sehen. Um diese Zeit machten die Frauen das Mittagessen fertig, und die Männer arbeiteten. Es war heiß. Werner Zadorowski überlegte angestrengt, ob es sich lohne, noch vor dem Mittagessen zum Bach hinabzulaufen. Er entschied sich dafür, es erst nach dem Mittagessen zu tun. Es gab Ärger zu Hause, wenn er zu spät kam.

»Komm«, sagte er zu einem der Jungen, die ihn umstanden, »wir machen es noch mal. Jeder drei Würfe.« Er griff in die Hosentasche und zog ein Fünfpfennigstück heraus. Er warf es in die Luft und fing es geschickt wieder auf.

»Ich setze fünf Pfennig. Was setzt ihr?«

Die Jungen setzten Veilchenpastillen und klebrige Drops in schmutzigem Papier. Das Mädchen blieb auf dem Gras hocken und blinzelte Werner an.

»Du nicht?« fragte er sie.

Es war ein kleines, dürres, rothaariges Mädchen. Sechste Klasse wie er. Sie saß in der Bank vor ihm. Manchmal blickte er eine ganze Stunde lang nur auf ihren Rücken und nicht auf den Lehrer an der Tafel. Sie hatte einen schmalen Rücken, und ihr Haar hing weit herab wie eine entflammte

Fackel. Das Mädchen hieß Franziska. Sie war sauber angezogen und gewaschen. Sie hatte die Augen einer Siebzehnjährigen.

»Ich gucke zu«, sagte Franziska.

Er verzog das Gesicht und nahm das Messer aus der Tasche. Einer der anderen befestigte das Bild an der Rückwand der Gartenlaube. Er tat es sehr gewissenhaft, mit Stecknadeln, die er einer flachen Blechschachtel entnahm. Es war ein Reklamebild aus einer Packung Francks Kaffee. Unter dem Kopf des ernst blickenden Mannes stand der Name Carl Peters. Auf der Rückseite war zu lesen, weshalb man ihn auf ein Reklamebild druckte, aber das hatten die Jungen nicht gelesen.

»Es hängt schief«, bemängelte Werner, »und etwas zu hoch.«

Nach ein paar Minuten hing das Bild richtig. Sie hatten alle ihre Messer herausgenommen. Ein halbes Dutzend Jungen mit einem halben Dutzend verschiedener Messer. Mit Sandpapier glänzend geriebene Taschenmesser, Küchenmesser.

Werner hatte das schönste Messer. Es hatte eine Mark gekostet. Die hatte er mit Botengängen verdient. Er nahm das Messer und ließ es in der Sonne blinken. Es war scharf geschliffen, und vom Griff hingen zwei lange rote Bänder herab. Er wog es in der Hand und sagte: »Werft ihr zuerst. Drei Würfe, jeder zählt. Die mit Treffern machen noch eine Runde.«

Er hockte sich neben Franziska, während die anderen sich ein paar Meter von dem Bild entfernt aufstellten und die Messer schleuderten. Er brauchte nicht um sein Fünfpfennigstück zu fürchten, die anderen konnten nicht mit ihren Messern umgehen. Ein Zufall konnte ihm Pech bringen, aber dieser Zufall war selten. Die anderen Jungen hofften darauf, aber ihre Hoffnungen blieben unerfüllt. Einer traf den Rand des Bildes. Es war das einzige Messer, das dem Mann auf dem Bild überhaupt hätte gefährlich werden

können. »Ah …«, sagte Werner, sich erhebend, »legt mal die Drops schön zusammen!«
Das Mädchen sah ihm mit gesenktem Kopf zu. Sie war die einzige, die mit den Jungen spielte. Sie lief hinter Werner her, alle wußten es, aber keiner wagte etwas zu sagen. Werner verstand keinen Spaß, wenn es um das Mädchen ging. Er stellte sich vor der Bretterwand auf, dort, wo auch die anderen gestanden hatten. Das Mädchen ließ den Blick nicht von ihm. Sie hielt den Kopf tief gesenkt und beobachtete den Jungen mit ihren flinken, dunklen Augen.
»Aufgepaßt!« sagte Werner halblaut. Er holte aus. Das Messer schwang durch die Luft, mit einer kreisenden Bewegung. Er hielt es auf besondere Art, den Zeigefinger an der Klinge liegend. Als er es fliegen ließ, zuckte es wie ein Blitz auf die Bretterwand zu, die beiden roten Bänder flatterten an seinem Heft. Es blieb zitternd stecken. Der Kopf des Mannes auf dem Bild war heil, aber einen Fingerbreit vor den Augen des Mannes stak die Klinge. Werner holte es, ohne ein Wort zu sagen, wieder zurück. Der Junge, der als einziger das Bild getroffen hatte, sagte halb bewundernd, halb ärgerlich: »Wie du das bloß machst, daß es immer steckenbleibt …«
Werner erwiderte nichts. Das Messer zuckte zum zweitenmal in die Bretterwand. Hinter der Laube flog ein Vogel auf. Das Mädchen hörte das Geräusch, aber es nahm den Blick nicht von dem Bild mit dem Messer.
»Schulter«, sagte Werner kurz, als er das Messer herauszog. Die anderen prüften das Ergebnis mißtrauisch. Das Messer saß dort, wo sich in den Schultern der Anzüge die Wattepolster befinden. »Die Drops hast du gewonnen …«, sagte einer kleinlaut. Werner beachtete ihn nicht. Er warf das Messer zum drittenmal, und bevor er es warf, wog er es liebevoll in der Hand. Es war ihm mehr wert als seine beiden Indianerbücher und das Fernglas, das der Vater ihm gegeben hatte, als er zehn Jahre alt geworden war. »Aufgepaßt«, rief er lachend, »jetzt stirbt er!«

Das Mädchen Franziska öffnete den Mund ein wenig. Sie hatte kleine spitze Zähne. Sie fuhr mit der Zunge über die Lippen und sah dabei das Messer fliegen.
»So!« sagte Werner und steckte die Hände tief in die Taschen. Er ließ zuerst die anderen das Bild betrachten, dann ging er selbst nahe genug heran. Der Junge, der das Bild auch getroffen hatte, sagte anerkennend: »Gewonnen. Zwei Treffer.« Er hielt ihm die Drops hin. Werner nahm sie und rümpfte die Nase dabei. Er hielt Franziska die Hand hin und sagte: »Da, nimm das Zeug. Ich esse das nicht.«
Das Mädchen nahm gehorsam die Süßigkeiten und erhob sich. Es ging zu der Bretterwand und blieb schweigend davor stehen, die Hand mit den Drops vom Körper abhaltend.
»Im Hals«, sagte einer der Jungen. »Ob der davon tot ist?«
Werner zog das Messer aus dem Holz und wischte es ab. Während er es in die Hosentasche steckte, sagte er nachlässig: »Und ob der tot ist. Da, wo das Messer traf, ist die Halsschlagader. Der stirbt ganz schnell. Ihr könnt ihn gleich noch begraben ...«
Die Jungen lachten und redeten durcheinander. Einer nahm das Bild ab und wollte es wegwerfen. Aber Franziska nahm es ihm aus der Hand. Still und ohne eine Gebärde steckte sie es in die Tasche ihrer Spielschürze.
»Im Kopf wäre es besser gewesen«, sagte einer der Jungen, »so im Auge oder so ...«
Werner blickte wieder dorthin, wo die Stadt begann. In dem Haus mit der Persil-Reklame wohnte er. Ein Stockwerk über Franziska. »Du Dummer ...«, sagte er nachsichtig, »als ob ein Messer durch Knochen geht! Der Kopf ist aus Knochen, da kommst du mit dem Messer nicht durch. Halsschlagader ist das einzig richtige ...« Er sah Franziska an und fragte sie: »Hast du schon Hunger?« Sie schüttelte den Kopf, aber es war nicht sehr überzeugend. »Gehen wir essen«, schlug Werner vor. Er überlegte einen Augenblick, dann fragte er die anderen: »Kommt ihr am Nachmittag mit zum Fluß?«

Sie hatten nichts Besseres vor. Es waren Ferien.
»Gut«, sagte Werner und lachte, »in einer Stunde. Holt noch die anderen zusammen. Mal sehen, wenn die von der Mauerstraße am Fluß sind, vermöbeln wir sie wieder anständig ...«
Sie zerstreuten sich, als sie heimgingen. Werner streckte die Hand aus und sagte zu Franziska: »Komm, Rotschwänzchen ...« Das Mädchen schlug ihm beleidigt auf die ausgestreckte Hand. Aber sie ging neben ihm her. Sie war kleiner als er, und ihr rotes Haar flammte in der Sonne.

Als er sechzehn Jahre alt war, schenkte sein Vater ihm ein Fahrrad. Er machte das sehr feierlich. Der alte Zadorowski war Steuerinspektor. Die Frau war ihm vor zwei Monaten gestorben, und nun war er mit dem Sohn allein. Es war zu weit vom Steueramt bis in die Wohnung am Stadtrand, und Zadorowski kam zum Mittagessen nicht nach Hause. Er gab dem Jungen Geld, damit er sich jeden Mittag etwas zu essen kaufen konnte. Werner kam um die Mittagszeit aus dem Gymnasium nach Hause. Dann schnitt er sich von dem Brot in der Büchse ein paar Scheiben ab, kratzte Margarine darüber und aß sie. Dazu trank er den kalten, schwarzen Kaffee vom Morgen. Das Geld behielt er. Ein halbes Jahr später hatte er genug beisammen, um ein Fahrrad zu kaufen. Er ging in das nächste Geschäft und kaufte das schönste Damenfahrrad. Er fuhr es ein paar Häuser weiter, dorthin, wo der Junge wohnte, der damals mit dem Messer auch das Bild getroffen hatte. Der Junge lernte Schlosser. Er verdiente schon Geld, und er ging ziemlich großzügig damit um.
»Paß auf, Max«, sagte Werner, »ich stelle dieses Fahrrad bei dir ein. Es gehört Franziska. Wenn dich jemand fragt, gehört es dir oder deiner Schwester, und ihr borgt es Franziska.«
»Ist es geklaut?« erkundigte sich der Junge.
»Nein«, sagte Werner, »gekauft.«
»In Ordnung«, erklärte Max, »hast du eine Zigarette?«

Werner hatte eine. Sie rauchten, und Max sagte anerkennend: »Die Franziska wird ein hübsches Mädchen. Eine Brust hat sie …«

Es wurde Mai. Sie lagen irgendwo unter rosa blühenden Bäumen in einem Wäldchen, weit von der Stadt entfernt. Die Berge erhoben sich über ihnen. Sie waren allein. Die Fahrräder lagen abseits. Es war Sonntag, sie waren hinausgefahren, um miteinander allein zu sein.

»Du wirst fortgehen, und ich werde mich einsam fühlen ohne dich …«, sagte Franziska. Sie sah aus wie eine Zwanzigjährige. Sie hatte noch immer das lange rote Haar. Es fiel über ihre Schultern. Er spielte mit diesem roten Haar, und seine Hand glitt unter ihre geöffnete Bluse. Die Haut ihrer Brüste war weich.

»Ich werde immer mal zu Hause sein«, sagte er. Es klang gepreßt. Er streichelte ihre Brüste.

»Dein Vater hat gesagt, er sähe es nicht gern. Er wolle versuchen, es dir noch auszureden. Er hat es zu meiner Mutter gesagt.«

Er öffnete ihre Bluse ganz und küßte ihre Haut.

»Ich werde dir schreiben«, sagte er leise, »und ich werde immer mal zu Hause sein. Ich werde aus Berlin schreiben und aus Amsterdam und Paris. Aus der ganzen Welt …«

Sie streichelte sein Gesicht. Ihre Finger spielten mit seinem Haar. Sie sah seine Augen über ihrem Gesicht. Ein paar halbgeöffnete, glänzende Augen.

»Du …«, sagte sie, »du darfst keine andere haben, wenn du fort bist, hörst du? Keine andere außer mir …«

Er antwortete nicht. Er umfing ihren Körper. Dieser Körper war biegsam und heiß. Die Haut war glatt und seidenweich.

»Warte nur …«, flüsterte er. »Einmal werde ich zurückkommen, und dann werde ich mein Auto vor dem Haus parken. Dann fahren wir zusammen aus. Wenn es soweit ist, werden wir heiraten, und du wirst mich immer begleiten …«

Ihr Körper strebte dem seinen entgegen. Sie biß ihn in die Lippen, aber er spürte es nicht. Er sah ihre Augen. Bräunlich mit einem roten Schimmer.
Sie hat die seltsamsten Augen der Welt, dachte er. Sie ist schön. Wenn sie noch einige Jahre älter ist, werden die Leute ihr nachsehen. Sie wird sich gut anziehen können. Elegant.
Eine Blüte taumelte durch die Luft und blieb in ihrem Haar hängen. Blütenprinzessin, dachte er. Blütenprinzessin mit dem Flammenhaar und den brennenden Augen. Blütenprinzessin, Flammenhaar, Franziska, die Blütenprinzessin …
»Du …«, hauchte sie, »das darf niemand wissen … niemand! Nur wir beide. Niemand außer uns. Es ist unser Geheimnis …« Ihre Körper lagen verschlungen auf dem Gras, und die Blüten segelten aus den Baumkronen.
»Du bist meine Blütenprinzessin …«, flüsterte er ermattet. Sie hatte feuchte Augen und sehr rote Lippen. Er küßte sie wieder. Abends, als sie heimfuhren, sagte er lachend zu ihr: »Warte nur, einmal wirst du keine Kleider mehr zu nähen brauchen und keine Mäntel. Du wirst mit mir im Auto reisen. Nach Paris, nach Rom, überallhin, wo ich bin …«

Als er das Abitur in der Tasche hatte, fuhr er nach Berlin. Er brauchte zwei Tage, bis er einen Impresario gefunden hatte, der begriff, was aus diesem jungen Mann zu machen war. Der Impresario schenkte ihm einen Kognak ein. Werner nippte daran und lachte. »Nicht soviel trinken, davon bekommt man unsichere Hände …«
Der Impresario blätterte in seinem Katalog. Diesen Mann konnte er überall unterbringen. Dieser Mann war ein guter Griff.
»Wo haben Sie das gelernt?« wollte der Impresario wissen.
»Ich habe es mir selbst beigebracht«, sagte Werner, »immer ein bißchen geübt. Schon als Kind. Ich hatte Spaß daran. Messer waren meine Leidenschaft. Und im Turnen war ich immer gut.«

»Ich habe eine Partnerin für Sie«, erklärte der Impresario, »bei der Karloff-Truppe. Auserlesenes Programm. Kommt für beste Häuser in Frage. Die Dame, die ich meine, tritt mit dem Jongleur auf. Sehr schwierige Nummer. Macht sich ausgezeichnet. Ich werde sie für morgen herbestellen. Wo übernachten Sie?«
Werner übernachtete in einer kleinen Pension. Er griff den Vorschuß des Impresarios nicht an. Er besuchte ein Kino und ging früh schlafen. Am Morgen erinnerte er sich, nichts gegessen zu haben. Er lächelte und dachte an Franziska. Blütenprinzessin mit dem Flammenhaar ...
Die Partnerin kam pünktlich. Eine üppige Blonde mit tänzelndem Gang.
»Madame Doris ...«, stellte der Impresario sie vor. Dann wandte er sich an sie und erklärte: »Der Herr ist neu in der Branche. Eins von diesen Naturtalenten, die man alle hundert Jahre einmal findet. Gehen wir in den Saal ...«
Werner warf das Messer nach der Wand. Der Impresario hatte eine Frauengestalt mit Kreide auf die Bretter gezeichnet. Die Zeichnung war plump, und Madame Doris lächelte nachsichtig. Sie war die Tochter eines Schusters aus Bochum.
»Gut«, sagte sie, als Werner die Messer geworfen hatte. »Was können Sie noch?«
Der Impresario griff nach einer Matte, aber Werner fiel ihm in den Arm.
»Ich mache es ohne Matte!«
Sein Körper war trainiert. Er hatte all das tausendmal geübt. »Bodenakrobatik ist immer gut«, meinte Madame Doris, »so als Zwischendarbietung. Uns fehlt so was. Es wird Ihre Gage erhöhen, Herr ... Wie war doch gleich Ihr Name?«
Der Impresario bot wieder Kognak an, als sie im Büro saßen. Madame Doris verlangte einen neuen Vertrag. Der Impresario nickte. Er schrieb ihn aus, während Madame Doris sich mit Werner unterhielt. Sie blickte ihn unver-

wandt dabei an. Ihre Augen waren etwas entzündet. Sie hatte sehr braune Fingerkuppen, obwohl sie die Zigaretten nur bis zur Hälfte rauchte. Fünf Stück in einer Stunde, Memphis, aus einer Blechschachtel. Sie lachte. Sie schlug Werner gut gelaunt auf das Knie.
»Was wird, wenn Sie mir ein solches Messer durch die Kehle jagen, Monsieur Artist?«
Ich werde ihr keins durch die Kehle jagen, dachte Werner. Ich werde es so werfen, daß es genau einen halben Zentimeter neben der Haut im Holz steckt.
»Dann sind Sie tot«, sagte er trocken. Er griff nach dem Kognakglas und hob es ihr entgegen. Der Impresario tippte, mit dem Rücken zu ihnen, auf seiner Schreibmaschine.
Madame Doris blinzelte Werner zu. »Sie scheinen gar nicht so schüchtern zu sein, wie Sie aussehen!« rief sie lachend. Sie verschluckte sich an dem Kognak und mußte husten.
»Komme gleich!« ließ sich der Impresario hören.
»Vergessen Sie nicht die Versicherung!« krächzte Madame Doris. Der Mann gab keine Antwort. Er tippte unentwegt weiter. Als der Vertrag fertig war, einigten sie sich auf den Termin, zu dem Werner mit seiner Arbeit beginnen sollte. Die Truppe beendete in zwei Wochen ihr Programm. Dann machte sie einige Zeit Pause, um das neue Programm zusammenzustellen.
»In zwei Wochen müssen Sie hier sein«, sagte der Impresario. Werner nickte. Madame Doris reichte ihm lächelnd die Hand. Er verbeugte sich. Er war gut erzogen. Als er zu Hause ankam, holte er Franziska aus der Schneiderei ab und ging mit ihr in ein Kaufhaus. Er kaufte ihr von dem Vorschuß ein Kleid, einen Mantel und ein Paar Schuhe. Zwei Wochen später fuhr er ab. Sein Vater schüttelte den Kopf. Er war zu schwach, den Sohn von seinem Vorhaben zurückzuhalten. Außerdem war der Vertrag unterschrieben. Der alte Zadorowski hatte ihn mit unterschreiben müssen. Er hatte es ebenso kopfschüttelnd getan.

Madame Doris stand, von den Scheinwerfern grell angeleuchtet, an dem Brett in der Manege, und die Messer zuckten auf sie zu. Sie rührte sich nicht. Sie schloß auch nicht die Augen. Zadorowski warf sicher. Bei ihm gab es keine Verletzungen. Die gab es eher noch bei dem Jongleur, wenn ihm bei der Probe ein Stapel Teller vom Stab rutschte.
Werner warf die Messer sehr ruhig. Das Haus war bis auf den letzten Platz besetzt. Karloff im Wintergarten. Berlin gab etwas aus für ein gutes Varieté.
Übermorgen geht es auf Tournee, dachte er. Zum erstenmal. Nach Paris. Ob Paris wirklich so schön ist wie in den Prospekten? Er warf das letzte Messer. Gute, auf ein Milligramm ausgewogene Messer. Es blieb zitternd in dem Brett stecken, ein paar Millimeter über dem blonden Scheitel von Madame Doris. Werner ließ die Arme sinken und verbeugte sich vor dem Publikum. Der Beifall rauschte auf. Madame Doris trat von dem Brett weg und verbeugte sich ebenfalls. Sie trug ein äußerst knapp sitzendes Trikot, mit Goldpailletten bestickt. Sie hat einen Körper wie ein Vamp, dachte Werner. Dora Budelmann aus Bochum. Er verbeugte sich nochmals und griff nach der Hand von Madame Doris. Die Hand drückte die seine sehr stark. Der Scheinwerfer schwenkte herum. Die Leute tobten. Während er die Messer geworfen hatte, war es still gewesen wie in einem Totenhaus. Nun lärmten die Leute. In der ersten Reihe saßen ein paar Offiziere. Sie klatschten, indem sie die zusammengerollten Programmhefte gegen die Handflächen schlugen. Aufgeblasenes Pack, dachte Werner. Er verbeugte sich noch einmal und verließ die Manege. Das Publikum beruhigte sich sehr langsam. Der Messerwerfer war Klasse.
Madame Doris erschien, mit einem lose übergeworfenen Bademantel, in seiner Garderobe. Sie schloß geräuschlos die Tür und hockte sich in einen Sessel. Sie roch nach Puder; sie war noch nicht abgeschminkt. Aus der Tasche des Bademantels nahm sie eine Kognakflasche. Auf dem Toilet-

tentisch standen Gläser. Sie waren benutzt, aber Madame Doris goß den Kognak hinein, ohne sie auszuwaschen.
»Prost, Kleiner«, sagte sie gut gelaunt. »Morgen haben wir Ruhe. Und dann noch drei Tage Reise, und wir sind in Paris. Wollen wir heute abend einen trinken?«
Werner wischte sich die falschen Koteletten ab und sagte wenig interessiert: »Du trinkst doch schon! Willst du die ganze Nacht durchsaufen?«
»Nein«, sagte die Frau, »Murmeln spielen.«

Als sie Paris hinter sich hatten, reisten sie nach Kopenhagen, von da nach Budapest und von da nach Wien. Den Winter über gastierten sie in London und Dublin. Als es Frühling wurde, reisten sie nach Rom. Von da nach Amsterdam.
Werner logierte sich bei einer Tänzerin ein, die ein Halbblut war. Sie spielte ihm malaiische Schallplatten vor und traktierte ihn mit blauem Bols.
»Nicht so viel, Meisje«, sagte Werner, »dieser Schnaps ist nicht der beste ...«
In Stockholm lud ihn der Besitzer eines Kinotheaters ein, in dem sie gastierten. Sein Sohn warf auch Messer. Der Sohn ging um acht Uhr zu Bett, und der Theaterbesitzer rüstete sich zu einer Reise. Er nahm seine Frau nicht mit, und sie lud Werner immer wieder ein.
Er lag neben ihr und sah zu, wie sie an einer Tonpfeife mit winzigem Kopf zog. Sie hatte einen schlaffen und trotzdem aufreizenden Körper. Sie roch nach einem Parfüm, das entfernt an den Duft von Zimtblüten erinnerte. Das ganze Bett roch danach, als Werner gegen Morgen einschlief. Er lag öfter in diesem Bett. Als der Hausherr von seiner Reise zurückkam, gastierte Werner in Brüssel. Die Tournee näherte sich ihrem Ende. Karloff kehrte heim nach Berlin, um auszuruhen, ein neues Programm zusammenzustellen, erneut das Publikum zu begeistern. Madame Doris saß in dem gleichen Eisenbahnabteil wie Werner.

Der Zug ratterte auf den Schienen zwischen Hannover und Berlin.
»Was für ein Auto wirst du kaufen?« erkundigte sich Madame Doris. Werner antwortete ihr nach einigem Überlegen: »Einen Hansa.«
»Schöner Wagen. Wirst du mich auch mal mitnehmen?«
»Vielleicht.« Er steckte eine Zigarette an. Er verdiente gut. Er warf Messer und machte Bodenakrobatik. Im letzten halben Jahr hatte er eine Anzahl Salontricks einstudiert. Die Karloff-Truppe brauchte einen Illusionisten. Er beherrschte zwölf Tricks. Sie würden keinen Illusionisten anstellen. Sie würden Werner nehmen. Werner würde dreifache Gage beziehen. Er erinnerte sich, daß er aus Kopenhagen nicht an Franziska geschrieben hatte. Ihr werde ihr nichts von Kopenhagen erzählen, dachte er. Ich werde ihr überhaupt nichts erzählen. Das Mädchen ist zu gut, als daß man ihr erzählt, wie die Welt aussieht.

Sie empfing ihn am Bahnhof, und sie küßten sich, bis der Bahnsteig menschenleer war. Dann sagte er belustigt: »Rotschwänzchen, wir müssen durch die Sperre!« Sie schlug ihm leicht auf die Lippen, so wie immer, wenn er Rotschwänzchen gesagt hatte. Er beschloß, es nicht mehr zu tun.
Der Vater lag im Hospital. Er lag schon ein Vierteljahr. In einem hellen, luftigen Einzelzimmer. Werner besuchte ihn noch am selben Tag
»Ich muß mit Ihnen reden ...«, begann der Arzt. Er machte ein ernstes Gesicht und nahm Werner beiseite. Er legte ihm seine Hand auf die Schulter. Er war ein alter Arzt, er hatte graues Haar und müde Augen.
»Krebs!« sagte er. »Es ist hoffnungslos, Herr Zadorowski. Ihr Herr Vater wird noch eine Zeit leben, aber er wird unser Haus nicht mehr verlassen. Er bewohnt unser schönstes Zimmer. Er fühlt sich wohl darin. Wir werden dafür sorgen, daß er ohne Schmerzen stirbt. Er hat auch jetzt keine Schmerzen. Wir geben ihm Morphium.«

Die Operation hatte nichts mehr genutzt. Sie hatten ihm den Leib geöffnet und sogleich wieder zugenäht. Sie hatten ihm am zweiten Tag nach der Operation ein Holsteiner Schnitzel gegeben, und der alte Zadorowski war in dem festen Glauben, über den Berg zu sein. Er machte Pläne, als Werner bei ihm saß. Werner ertrug es nicht länger als eine Stunde.
Er kaufte den Hansa, einen funkelnagelneuen, violett gespritzten Wagen. Die Leute in der Straße hielten ihn für einen Millionär. Er holte Franziska ab, am anderen Tag. Er parkte vor der Näherei, in der sie arbeitete, und vom Lehrmädchen bis zum Meister lag alles über die Fensterbretter gebeugt, als sie abfuhren. Er hatte zwei Wochen Ruhe. Franziska nahm Urlaub, und sie fuhren in den Schwarzwald. Fischbach und Kuckucksrufe, wenn die Sonne sank. Die Bäche mit Forellen und dunkle Tannen vor den Fenstern.
Zum erstenmal wieder dieser biegsame Körper mit der milchweißen Haut! Er ließ das Haar durch seine Finger gleiten. Franziska hatte feuchte Augen. Es fiel ihm auf, daß sie nicht fragte, ob er eine andere Frau gehabt hatte. Sie war sehr still, und er dachte: Sie heißen Madame Doris oder Meisje oder Franziska.
»Was hast du die ganze Zeit getrieben?« fragte er.
»Pläne gemacht«, erwiderte sie, »Pläne für uns zwei. Und gespart. Ich habe achthundert Mark gespart.«
»Du bist eine gute Partie!« meinte er lachend. Und er fütterte sie mit Bananen und Orangen. Er kaufte ihr Kleider und Schuhe. Er stieg in den teuersten Hotels ab, und sie verbrauchten eine Menge von dem Geld, das er gespart hatte. Als er sie wieder verließ, sagte er ihr: »Ich werde dir eine Vollmacht schreiben. Wenn Vater stirbt, wirst du alles verkaufen, was uns gehört. Außer dem, was in meinem Zimmer ist. Das nimmst du zu dir. Vater wird nicht mehr lange leben.«

Der alte Zadorowski starb, als Werner in Sofia gastierte. Sie waren auf Balkantournee. Die Nachricht kam an einem Abend, an dem Werner mit einer schwarzhaarigen Opernsängerin verabredet war. Sie hieß Melinda, und er sagte ihr nichts davon, daß sein Vater gestorben war. Er schickte Geld heim. Es waren ansehnliche Summen, denn Werner lebte sparsam, soweit er sich nicht mit Frauen abgab. Manchmal suchte er solche Frauen, die ihn freihielten. Er erinnerte sich ungern an Franziska. Seine Stimmung sank, wenn er einem Mädchen mit rotem Haar begegnete.
Als sie heimkehrten, kündigten die Blätter an, daß die Karloff-Truppe ein Sensationsprogramm zusammenstelle. Es war zwar kein Sensationsprogramm, aber es war sehr gut. Sie hatten einen Polen dabei, der auf einem Drahtseil, vier Meter über dem Boden, Rad schlug. Es war im Jahr neunzehnhundertneununddreißig. Sie pfiffen den Polen im Wintergarten aus. Die Pfiffe kamen aus einer Ecke des Saales, dort saßen mehr als hundert Leute, die einer dem anderen aufs Haar ähnlich sahen.
Der Pole hieß Edward. Er war jung, und er weinte, als er in seiner Garderobe saß. Werner tröstete ihn. Er holte eine Flasche Mampe und trank sie mit ihm zusammen aus. Sie verließen das Haus so, wie sie waren, in dunklen Anzügen, mit Puder und Schminke auf den Gesichtern, schwankenden Schrittes. Werner randalierte, und der Pole war still, mit traurigen, versonnenen Augen. Sie schliefen irgendwo am Kurfürstendamm in einem Zimmer, das zwei Huren bewohnten, die auf gute Kundschaft eingerichtet waren. Am Morgen verkündete der Manager ihnen, daß sie mit dem Programm nach Hamburg reisen würden.

Die Zeitungen erklärten, daß Deutschland den Osten brauche und Polen nicht in der Lage sei, sein Land ordentlich zu verwalten. Edward sagte nichts dazu. Er sagte nur einmal zu Werner: »Wenn mein Vertrag abläuft, mache ich

nicht weiter. Ich reise zurück nach Warschau. Ich fühle mich wie ein Hase unter Hunden.«
Werner tröstete ihn mit Mampe, aber Edward blieb bei seiner Absicht.
Edward war nicht dabei, als Werner in Hamburg ausging. Er landete im »Zillertal«, und es waren noch mehr Artisten dort. Sie saßen alle zusammen in einer Nische an einem Tisch und lärmten.
Der Mann, mit dem Werner Streit bekam, trug kein Parteiabzeichen. Er setzte sich zu ihnen an den Tisch und bestellte Wein. Dann hielt er eine Rede, denn er war schon stark betrunken. Er sagte: »Was meint ihr, Jungens, wie wir diesen Polacken die Jacke vollhauen! Wenn sie nicht nachgeben, spielen wir in drei Wochen in Warschau das Deutschlandlied!«
Er hob sein Glas und verschüttete die Hälfte des Weines, bevor er es an die Lippen brachte. Er saß neben Werner. Er schüttete Werner den Wein auf die Hose.
»Hör auf!« sagte Werner ärgerlich. »Geh nach Hause, du bist voll!«
»Wir werden das Deutschlandlied in Warschau spielen!« grölte der Betrunkene.
»Ja«, sagte Werner, »ist ja gut. Hau ab!«
»Das Deutschlandlied ...«, grölte der Mann.
Die anderen beachteten ihn nicht. Aber Werner sagte boshaft: »Ihr mit eurem Deutschlandlied! Ein einziger polnischer Seiltänzer ist mehr wert als euer beschissenes Deutschlandlied und der ganze Reichstag dazu ...«
Der Mann schlug zuerst. Er traf zwar nicht, aber er stürzte sich auf Werner, und der drückte ihm sein Weinglas ins Gesicht. Er drückte es ihm auf den Mund, um seine Augen nicht zu verletzen. Der Mann torkelte zurück und stieß an den nächsten Tisch. Er nahm von dort eine halbvolle Sektflasche und warf sie nach Werner. Er brüllte dabei, man solle den Staatsverräter greifen. Werner ging auf ihn zu und schlug ihm die Faust in den Magen. Er tat es nicht des

Deutschlandliedes wegen und nicht, weil er noch immer an Edward gedacht hätte. Er hatte das nur so hingesagt. Der Mann sackte zusammen, und Werner schleifte ihn aus dem Lokal. Er ließ ihn dort liegen und beging den Fehler, sich wieder an den Tisch zu setzen, an dem er gegessen hatte. Sie vernahmen ihn, aber er hatte Glück. Die Reichskulturkammer verhängte ein befristetes Auftrittsverbot über ihn. Sein Rechtsanwalt wurde zur Gestapo bestellt. Als er zurückkam, riet er Werner: »Sie haben eine Chance. Melden Sie sich freiwillig zum Militär. Sie entgehen allen Weiterungen dadurch. Die Sache verläuft im Sande, und wenn der Krieg vorbei ist, wird alles vergessen sein.«
»Krieg?« fragte Werner.
»Ja. Krieg«, sagte der Rechtsanwalt, »es kann sich nur noch um Tage handeln.«

Er meldete sich zu den Fallschirmjägern. Die suchten Leute. Sie nahmen ihn sofort, und er bekam noch vierzehn Tage Frist, bis er einrücken mußte. Auf dem Einberufungsschreiben stand der Ort Stade. Werner nahm das alles so gleichgültig zur Kenntnis, als handle es sich um eine neue Tournee.
Er war lange nicht bei Franziska gewesen, und sein Gefühl sagte ihm, daß er die Treue dieses Mädchens überschätzt habe. Als er das letztemal bei ihr gewesen war, war sie ein Mädchen gewesen, das ihn liebte. Nur ihn. Als er jetzt wieder zu ihr kam, fand er ein Weib. Sie erschien ihm fremd, aber er sagte nichts. Er nahm das Weib, und er fühlte, wie die letzte Saite in seinem Herzen, die er sich hatte erhalten wollen, zersprang. Es schmerzte ihn, und er dachte: So wie du jetzt bei ihr liegst, haben andere bei ihr gelegen. So wie du sie küßt, haben andere sie geküßt. Er meinte den Geruch der anderen zu spüren, ihre Pomade zu atmen. Es hatte ihm nie etwas ausgemacht, bei keiner anderen. Nur bei Franziska. Er begriff, daß er dieses Mädchen geliebt hatte.

»Was machst du mit dem Wagen?« fragte das Mädchen.
»Verkaufen«, sagte er einsilbig.
Sie glitten wieder zueinander. Es war eine schwüle Augustnacht.
»Du wirst gar nicht müde ...«, sagte er.
Sie lachte leise. Dann flüsterte sie: »Du warst lange nicht bei mir.«
Er schluckte, aber er sagte nichts. Nach einer ganzen Weile sagte er: »Es ist ein Unsinn, wenn ein Mann von einer Frau verlangt, daß sie ihm treu bleibe. Es ist ein Unsinn ...«
Sie lachte wieder. Sie hatte eine wohlklingende, tiefe Stimme. »Man soll das nicht verlangen«, sagte sie, »weder als Mann noch als Frau. Das Leben ist sehr kurz. Jeder Tag zählt. Man weiß nicht, was morgen ist. Man soll überhaupt nicht so viel nachdenken. Es nimmt einem die Lust an der Sache ...«
Du hättest dich zu jeder beliebigen Hure legen können, dachte er, es wäre nicht anders gewesen. Du hättest in Hamburg bleiben können oder in Berlin. Du hättest dir das denken können. Ein Mädchen ist ein Mädchen. Sie sind alle gleich. Ob sie Madame Doris heißen oder Meisje oder Franziska. Man träumt, daß sie sich unterscheiden, aber sie unterscheiden sich nicht. Höchstens äußerlich. Sonst sind alle gleich. Und man ist selber so. Dieses Leben ist ein Misthaufen, und wir sind die Maden, die darauf herumkriechen. Es ekelt einen an. Aber man kann es nicht ändern. Die Träume der Jugend sind ausgeträumt. Das Mädchen mit dem Flammenhaar gibt es nicht mehr. Blütenprinzessin mit dem Flammenhaar. Hure mit den geschmeidigen Gliedern. Mit dem Parfüm unter den Achseln. Franziska stand aus dem Bett auf und öffnete das Fenster. Die Nachtluft wehte herein, und er sah die Silhouette ihres Körpers vor dem blassen Sternenhimmel. Sie neigte sich über ihn, nackt, wie sie war, und er erinnerte sich, wie sie früher die Decke über sich gezogen hatte, wenn sie sich nur aufrichtete.
»Morgen werde ich abfahren«, sagte er nachdenklich. Sie

setzte sich zu ihm auf den Bettrand. Er sah ihre Nacktheit nicht. Sie berührte ihn nicht mehr.

»Ich werde dir schreiben«, versprach sie, »und ich werde auf dich warten. Wenn der Krieg vorbei ist, wirst du wieder arbeiten, und dann kaufen wir ein neues Auto. Wirst du mich dann heiraten?«

Blütenprinzessin, dachte er, Blütenprinzessin mit dem Flammenhaar. Hure mit roten Loden. Er fühlte, wie sein Körper schlaff und ohne Spannung war. Als habe man ihm sämtliche Sehnen durchschnitten.

»Leg dich zu mir ...«, sagte er. »Wir wollen schlafen.«

»Wenn du wiederkommst, werden wir heiraten, ja?« drängte das Mädchen.

»Wiederkommen ...« Er sah auf ihre spitzen Brüste und die feine Linie des Halses.

»Ich werde nicht wiederkommen«, sagte er, »ich weiß es, daß ich nicht wiederkommen werde. Ich gehe nicht auf Tournee, sondern in den Krieg. Komm, leg dich zu mir. Es ist das letztemal. Die letzte Stunde, die wir zusammen sind. Die letzte Liebe und das letzte Nachtgebet.« Er rückte beiseite, und sie legte sich neben ihn. Sie war still. Er roch den Duft ihres Haares und hörte ihren Atem. Ihre Glieder waren heiß. Er spürte das alles in einer tiefen Traurigkeit, die er bisher nicht gekannt hatte. Er fühlte keinen Zorn auf sie. Er war sich nicht einmal klar, ob es wirklich Enttäuschung war.

»Du wirst dir andere suchen müssen«, sagte er brutal. »Andere können auch zärtlich sein. Andere haben auch Autos und Geld. Ich werde nicht wiederkommen, ich weiß es. Ich werde nicht wiederkommen, mein kleines Nachtgebet, rothaariges ...«

Er rieb sich mit dem halbwegs sauberen Handtuch den Körper trocken. Dann zog er die Uniform wieder an, die er zuvor gesäubert hatte. Er trug das Waschwasser hinaus und goß es im Bogen über den Hof. Die Stube war voller Sol-

daten. Ein paar von ihnen schliefen auf den Strohschütten am Boden. Andere hockten um die Lampe herum und spielten Karten.
»Zwanzig!« sagte einer. Er blinzelte Zado zu, als wolle er ihm versichern, daß er dieses Spiel auf jeden Fall gewinnen werde. Die Waffen hingen an Nägeln, die in die Wände geschlagen waren. Die Stube war verqualmt. Zado hockte sich an einen aus Birkenstämmen zusammengezimmerten Tisch und schrieb in einer Viertelstunde den Bericht über den Tod der beiden Feldgendarmen. Dann holte er aus seinem Gepäck noch eine Schachtel Schokolade und ein paar Zigaretten. Er fand ein Päckchen Kekse und nahm auch das mit. Als er auf die Uhr sah, zog er die Augenbrauen hoch; er mußte sich beeilen. Er sprang über die Straße und gab den Bericht ab, den er geschrieben hatte.
Alf nahm ihn entgegen, ohne etwas zu fragen. Er sagte nur: »In Ordnung, Zado. Schlafen Sie sich aus.«
Zado streifte die gescheckte Tarnjacke über. Er schnallte das Koppel mit der Pistole um und verließ seine Unterkunft. Dann ging er die Dorfstraße entlang, an dem Schützenpanzerwagen vorbei, nach dem einsamen Gehöft. Die Front war still. Es wurde nur ganz selten mit kleinen Kalibern geschossen. Am Horizont flackerten weiße Lichter. Sie schießen Leuchtkugeln, dachte Zado, sie sind nervös. Sie belauern einer den anderen.

Die Frau

In der Stube war es merkwürdig still. Die Worte tropften zäh, gleichsam zögernd in den Raum. Es war, als bestünden sie aus einer dickflüssigen Masse, die sich schwer von den Lippen löste. Nichts war lebendig, nur die Augen der drei Menschen. An der Wand tickte eine Kuckucksuhr. Sie war aus schwarzem Holz, an der einen Kante ein wenig beschädigt, die Zeiger hell über dem dunklen Zifferblatt, auf dem die Zahlen kaum noch zu erkennen waren.

Die Fenster waren verhängt, obwohl die Petroleumlampe nur einen trüben rötlichen Schein abgab, der nicht weiter reichte als über den Tisch hinweg und alles übrige im Halbdunkel ließ. Es war eine einfache Küche. Der Ofen mit dem träge flackernden Feuer hinter der durchbrochenen Tür. Der Tisch aus rohem Holz, weißgescheuert im Laufe der Jahre. Ein paar Stühle, ebenso weißgescheuert. Ein Schrank, dessen Elfenbeinlack rissig war. Über dem Herd hingen ein paar metallene Küchengeräte. Es war alles einfach und sauber. Von jener nach frischer Milch, nach Stalldunst und Kartoffelbrodem riechenden Sauberkeit.

Thomas Bindig bewegte ein wenig die Hände, die er auf den Oberschenkeln liegen hatte. Er spürte, daß seine Handflächen schwitzten. Was ist mit dir? fragte er sich. Ist es dieses seltsame, vergessene Leben, das dich unsicher macht? Ist es die Frau? Nur die Frau? Der Stumme?

Er blickte die Frau an. Sie saß ihm gegenüber, auf dem Stuhl hinter dem Tisch, unter dem Fenster. Ihre Augen waren auf den Herd gerichtet. Bindig sah sie lange an, und die Frau spürte den Blick, aber sie wandte ihre Augen nicht vom Herd ab. Es waren große, bernsteinfarbene Augen, die selbst im matten Licht der Petroleumlampe schimmerten. Sie gaben dem vollen, ovalen Gesicht etwas Mütterliches, Madonnenhaftes. Ein Eindruck, der noch verstärkt wurde durch das straff zurückgekämmte, glänzende schwarze Haar mit dem Scheitel in der Mitte des Hauptes und dem Knoten, zu dem die langen Strähnen im Nacken geschlungen waren. Bindig erinnerte sich, daß in den Bewegungen der Frau eine seltsame, ruhige Ausgeglichenheit gelegen hatte. Er war gekommen, und sie hatte ihm die Tür geöffnet, mit großen, weit offenen Augen, in denen er ein wenig Angst zu spüren geglaubt hatte. Sie war vorausgegangen, und er sah noch immer ihren Körper vor sich. Sie trug nicht die Kleidung der Bauern. Nicht jene schwarzen, verwaschenen Röcke, sondern ein billiges, enganliegendes Kattunkleid. Sie ist eine Frau, dachte Bindig, kein Mädchen. Eine Frau, die dreißig Jahre alt sein mag. Sie scheint keine Kinder gehabt zu haben, aber ihre Bewegungen sind die Bewegungen einer Frau, die Mutter gewesen ist. Ihr Körper ist reif und voll. Sie ist zehn Jahre älter als ich. Warum starre ich sie so an? Was ist an diesen Augen?

Er hatte wenig mit Bauern zu tun gehabt. Er kannte sie nicht und nicht ihre Art. Aber diese Frau hier war weniger Bäuerin als Frau. Bindig hatte nur die zarten, feinnervigen Stadtgeschöpfe in der Erinnerung. Sie hatte er bewußt gesehen und erlebt. Diese Frau war die erste Bäuerin, die ihm begegnete, wenn er davon absah, daß er manchmal in einem Quartier gelegen hatte bei Bauern, die er kaum wahrnahm, kaum in ihrer Art erfaßte, bevor er wieder weiterzog.

Vor ihm auf dem Tisch standen die beiden Fleischbüchsen. Die Frau hatte genickt und das Feuer im Herd angefacht. Er hatte ihr gesagt, daß man auf Zado warten müßte, und sie hatte wiederum genickt. Er entsann sich, daß es nicht unfreundlich ausgesehen hatte. Eher verständnisvoll. Aber

auch mit jener spürbaren Andeutung, daß man auf keinen Fall angenehm überrascht sei von dem unerwarteten Besuch. Bindig fühlte die Flasche mit dem Schnaps in seiner Hosentasche. Er hatte sie noch nicht ausgepackt. Er wußte keinen anderen Ausweg, als auf Zado zu warten. Zado war mit den Feldgendarmen unterwegs. Was daraus werden sollte? Egal, sie werden Anzeige erstatten, und vielleicht werden sie mich verhören. Ich werde meine Antworten besser überlegen. Wenn es nichts nutzt? Ich kann nicht aus dem Himmel in die Hölle kommen. Höchstens aus einer Hölle in die andere. Er spürte eine eigenartige Gleichgültigkeit gegen diese Gedanken. Sie berührten ihn nicht mehr. Er sah nur die Frau vor sich, und während er sie anblickte, dachte er an nichts anderes. Er richtete sich auf und sagte: »Sie haben noch Kühe?«
»Ja«, sagte die Frau nach einer Weile. Sie sagte es gedehnt, aber ohne Ausdruck. »Zwei Kühe.«
Er merkte, daß sie den Knecht dabei ansah.
»Die Russen haben sie Ihnen nicht genommen?«
Der Knecht hockte auf einer Fußbank am Ofen. Ein großer, breitschultriger Mensch, blond. Das Gesicht wäre schön gewesen, wenn es nicht diesen schlaff geöffneten, feuchten Mund gehabt hätte. Er vernachlässigte sich. Er hatte lange Bartstoppeln. Seine Augen waren mild, verständnislos. Er sah von Bindig zu der Frau und wieder zu Bindig, immer denselben Weg nahm sein Blick. Er folgte allem, was in der Stube geschah, ohne es zu verstehen. Seine langen, kräftigen Arme hingen schlaff herab. Bindig hatte ihm eine Zigarette gegeben. Der Knecht hatte sie mit einem hungrigen Aufblitzen in den Augen geraucht. Dann hatte er gehen wollen. Er war schon bis an die Tür geschlurft, mit schleppenden, geräuschvollen Schritten, aber die Frau hatte ihn zurückgehalten. Sie hatte ihn wieder zu der Fußbank gewiesen, und er hatte sich hilflos grinsend dort niedergelassen.
»Es ist kalt draußen«, hatte die Frau gesagt, »soll er sich

ein bißchen wärmen. In seiner Kammer ist es auch kalt.«

Bindig hatte ihr zugestimmt. Er dachte: Wir werden ihm auch etwas von dem Fleisch geben. Er wird Hunger haben. Er scheint nur ihr Knecht zu sein, nicht ihr Geliebter.

»Die Russen ...«, sagte die Frau langsam, »waren einen Tag und eine halbe Nacht in unserem Dorf. Dann mußten sie zurück. Sie hatten keine Zeit, sich mit den Kühen zu befassen.«

»Auch nicht mit Frauen?« fragte Bindig leise. Er spürte sofort den Blick der Frau. Es war wieder einer dieser Blicke ohne jeden Ausdruck.

»Auch nicht mit Frauen«, sagte sie und schwieg wieder.

Bindig preßte seine Hände an die Schenkel. Er rieb den Schweiß von den Handflächen.

»Sie haben Glück gehabt«, sagte er. »Es gibt Frauen, die nicht dieses Glück hatten.«

Die Frau bewegte die Schultern. Was Bindig sagte, schien sie nicht sonderlich zu berühren. Sie erhob sich und sah nach dem Feuer. Es brannte jetzt sehr kräftig.

»Wir könnten das Fleisch aufsetzen«, sagte sie, erwartete aber anscheinend keine Antwort, denn sie nahm aus einem Eimer, der neben dem Ofen stand, einige Kartoffeln und schälte sie mit geschickten Händen. Dann tat sie die Kartoffeln in einen Topf, stellte ihn auf den Herd und trocknete sich die Hände. Sie trug keine Schürze. Bindig sah, daß sie keinen Ring am Finger hatte. So wie sie jetzt am Herd stand, erschien sie ihm sehr jung. Beinahe mädchenhaft. Das Feuer beleuchtete von unten her ihr Gesicht. Diese Frau ist wie ein Verwandlungskünstler, dachte Bindig, nur ihre Augen kann sie nicht verwandeln, die bleiben so glänzend, wie sie sind. Diese Augen werden sich in meinen Träumen wiederfinden. Die Augen und die ganze Frau. Es war nicht gut, daß ich hierhergegangen bin. Die Frau wird mir keine Ruhe lassen.

»Warum sind Sie nicht geflüchtet?« fragte er zusammenhanglos. »Sie sind der einzige Mensch, der noch in diesem Dorf wohnt. Man weiß nicht, was morgen ist. Vielleicht wäre es besser gewesen, wenn Sie das Dorf verlassen hätten ...«

Als sich die Frau wieder an den Tisch setzte, nahm sie eine der Büchsen mit dem Fleisch in die Hand und drehte sie hin und her. »Wollen Sie beide Büchsen öffnen?« fragte sie.

»Beide«, sagte Bindig, »nicht nur mein Kamerad und ich wollen essen. Sie werden mit uns essen. Werden Sie hier im Dorf bleiben?«

»Ich habe keinen Büchsenöffner«, sagte die Frau, »wir haben nie aus Büchsen gegessen. Kann man sie so aufbekommen?«

»Geben Sie her«, forderte Bindig. Er war ärgerlich. Er sprach nicht gern zu Leuten, die seine Worte nicht hören wollten. Er zog das Kappmesser aus der Wadentasche, ließ die Klinge vorschnellen und stach mit dem Messer in das weiche Blech am Rand der Büchse. Aus dem Riß quoll eine bräunlich-rote Flüssigkeit. Bindig wollte weiterschneiden. Er setzte auch dazu an, aber im gleichen Augenblick hielt er inne und nahm die Hand von dem Messer. Die Frau beobachtete ihn mit wachen Augen. Sie blickte von seinem Gesicht auf das Messer und wieder auf sein Gesicht.

»Was ist?« fragte sie beunruhigt. »Sind Sie nicht gesund? Ihr Gesicht ... es ist ganz weiß ...« Sie kam um den Tisch herum auf ihn zu und konnte eben noch die Büchse auffangen. Bindig raffte sich auf. Er sah weder die Frau noch den Stummen. Nichts, was in der Küche zu sehen war, nahm er noch wahr. Er sah nur den Riß in dem Blech und die rötlich-braune Flüssigkeit, die ihm unter dem Messer entgegenquoll. Mit ein paar torkelnden Schritten taumelte er auf die Tür zu und machte sie auf. Im Flur stieß er einen Eimer um, dann war er auf dem Hof. Die beiden waren hinter ihm.

»Jakob ... schnell!« rief die Frau. Sie nahm den Knecht beim Arm und eilte hinter Bindig her. Sie erwischten ihn

auf dem Hof, aber sie konnten ihn nicht halten, er schüttelte sie ab. Hinter der Scheune, an die Mauer gelehnt, erbrach er sich. Die beiden hörten ihn, kamen aber nicht näher. Sie blieben auf dem Hof stehen und warteten. Bindig preßte die Hände auf den Leib. Er fühlte den Schweiß auf dem Rücken eiskalt werden. Er stand nicht mehr sicher auf den Beinen, aber die Mauer der Scheune hielt ihn aufrecht. Es dauerte lange, bis er das Messer nicht mehr sah und die Wunde mit dem hervorquellenden Blut. Er hockte sich müde und zerschlagen auf einen Stein hinter der Scheune und legte den Kopf in die Arme.
Die Nacht war kalt. Sie war sternklar wie die letzten Nächte, und Bindig sah wieder den Russen vor sich, an der Brücke. Er hörte seinen Schritt und sah ihn fallen, er sah den Mantel mit dem Blutfleck, dort, wohin er gestochen hatte. Alles drehte sich in seinem Schädel. Die Nahkampfschule und der Einsatzunterricht. Er wußte es so deutlich, als habe eben erst Klaus Timm erklärt: »... und dann in die Niere. Über das Koppel, das Messer ein wenig mit der Spitze nach unten. Bis zum Griff, in einem Zuge durchstechen, dann ein bißchen drehen, und es ist vorbei. Das überlebt keiner. Keine Angst, er schreit nicht! Er stöhnt höchstens einmal auf, aber nicht laut. Man packt ihn mit dem linken Arm um den Leib und läßt ihn langsam zu Boden sinken. Nicht fallen lassen! Das gibt Geklirr! Sie haben manchmal allerhand Zeug in den Taschen. Und die Gewehre scheppern. Das kann euer Tod sein. Los, ran an die Puppe! Bindig, was gibt's draußen vor dem Fenster zu sehen? Hier ist die Musik! Los, Bindig, ran an die Puppe! Ich will einen einwandfreien Stich sehen!«
Er hörte alles, und er sah den Russen an der Brücke, er sah den Russen an dem Munitionslager, den Russen vor der Funkstation, den am Flugplatzrand. Er sah sie alle und ihre Gesichter. Und dann sah er wieder das Messer. Dasselbe. Es steckte in dem Riß in der Fleischbüchse.
Ich bin ein Feigling, sagte er sich. Ich vertrage nichts mehr.

Seit diesem letzten Mal an der Brücke vertrage ich überhaupt nichts mehr. Ich habe das Messer sorgfältig gereinigt und die kleine Scharte ausgeschliffen. Das Messer ist einwandfrei, aber ich tauge nichts mehr. Ich übergebe mich, wenn ich eine aufgeschnittene Fleischbüchse sehe.
Er erhob sich langsam und ging über den Hof. Er wollte die Bilder loswerden. Im Flur wischte der Knecht den Inhalt des umgekippten Eimers auf. Es war Schweinefutter gewesen. Sie haben auch Schweine, dachte er. Sie sind reich. Sie brauchen unsere Fleischbüchsen nicht. Und trotzdem werden sie das Zeug allein essen müssen.
Der Knecht kroch auf dem Fliesenfußboden herum und grinste ihn an. Die Frau erschien in der Tür und sah ihm fragend entgegen. Zum erstenmal glaubte er so etwas wie Anteilnahme in ihren Augen zu sehen.
»Verzeihen Sie«, sagte er unsicher, »ich habe Schaden angerichtet. Verzeihen Sie, bitte ...«
Die Frau gab die Tür frei und ließ ihn wieder in die Küche eintreten.
»Kommen Sie«, sagte sie, »Sie sind nicht gesund. Sie haben zu lange das Soldatenessen gehabt und zuviel geraucht dabei, und wer weiß, was noch ... Setzen Sie sich, ich mache Ihnen einen Tee, der Ihren Magen in Ordnung bringt ...«
Sie hatte einen Topf in der Hand. In der anderen eine Tüte mit Kräutern. Sie setzte den Topf mit Wasser auf den Herd und forderte Bindig erneut auf, sich zu setzen. Er blieb unschlüssig in der Mitte des Raumes stehen und sah der Frau zu.
»Was machen Sie?« fragte er.
»Tee«, erwiderte sie, »aus bitteren Kräutern. Wermut. Er macht Sie in zehn Minuten gesund. Es ist das Beste für den Magen ...«
Er trat zu ihr und legte seine Hand leicht auf die Tüte mit den Kräutern.
»Lassen Sie das«, bat er, »ich brauche keinen Tee. Es ist

nicht der Magen. Lassen Sie den Tee!« Er war noch immer sehr bleich im Gesicht.
»Sie sind jung«, sagte die Frau mit einem Ton von Mitleid in ihrer Stimme, »Sie sind zu jung für diesen Krieg. Er wird Ihnen nicht nur den Magen ruinieren. Sie sind zu jung dafür.«
Er nahm ihr die Tüte aus der Hand und setzte sich wieder an den Tisch. Sie ging hinter ihm her und hockte sich auf die Kante ihres Stuhles, die Hände unschlüssig im Schoß gefaltet.
»Mag sein, daß ich zu jung dafür bin«, sagte er heiser, »aber es gibt Leute, die jünger sind als ich. Verzeihen Sie, daß ich Ihnen Ungelegenheiten bereite ...«
Die Frau lächelte. Er sah zum erstenmal ein Lächeln auf ihrem Gesicht. Er nahm es wahr wie eine Offenbarung. Er starrte sie an, und sein Blick hing an ihren Lippen, als sie sagte: »Sie sind so höflich, als wären Sie kein Soldat, sondern ein Diplomat. Ich mag Höflichkeiten nicht. Höfliche Menschen möchten andern immer etwas vormachen. Sie sind nicht ehrlich. Sie denken: ›Stirb!‹, während ihre Augen sagen: ›Ich bin Ihnen sehr zu Dank verbunden.‹ «
Er sah sie eine Weile an, dann sagte er: »Ich wünsche Ihnen nicht, daß Sie sterben. Ich habe keinen Grund dazu.«
»Verzeihen Sie«, bat die Frau, »ich wollte Sie nicht beleidigen. Ich sagte Ihnen nur, wie ich darüber denke. Übrigens sind Sie viel zu jung, um schon zwei Gesichter zu haben. Wer Sie ansieht, weiß alles von Ihnen.«
Sie erhob sich rasch und ging an den Herd. Das Wasser in dem kleinen Topf kochte. Sie nahm Kräuter aus der Tüte und streute sie in das kochende Wasser. Dabei sagte sie bestimmt: »Jetzt werden Sie diesen Tee trinken. Er wird Ihnen helfen. Wenn Ihr Kamerad kommt, werden Sie essen können. Haben Sie lange nichts Richtiges gegessen?«
»Wo ist mein Messer?« fragte er plötzlich. Er fühlte, daß er die Schwäche überwunden hatte. Die Frau stieß die Tür auf und winkte dem Knecht. Er trat mit schlaffen, herabhängenden Armen ein, mit schlurfendem Gang. Wie ein Nacht-

wandler. In der einen Hand hielt er die Fleischbüchsen. In der anderen das Messer. Die Büchsen waren geöffnet. Das Messer war gesäubert, und die Klinge blinkte. Er trat an den Tisch und setzte die Büchsen ab. Dann hielt er Bindig grinsend das Messer entgegen. Er verbeugte sich dabei.
»Hat er die Büchse mit meinem Messer geöffnet?« fragte Bindig die Frau. Der Knecht blieb, unbeteiligt grinsend, am Tisch stehen. »Sicher«, sagte die Frau, »wir haben keinen Büchsenöffner.« Sie deutete auf die Büchsen, dann auf das Messer und machte dabei ein paar schnelle Handbewegungen, die das Öffnen der Büchse andeuten sollten. Der Knecht blickte sie aufmerksam an, aber dann schüttelte er plötzlich energisch den Kopf. Aus seinem Mund kamen ein paar gurgelnde, kehlige Laute. Er gestikulierte wild mit den Händen und lief in den Hausflur. Von dort brachte er ein altes deutsches Seitengewehr und deutete an, daß er die Büchsen mit diesem Instrument geöffnet habe. Die Frau nickte ihm gutmütig zu.
»Ist gut, Jakob, ist gut …« Sie winkte ihm, und er schlurfte wieder dorthin, wo er zuvor gesessen hatte. Seine Augen leuchteten im Scheine des Herdfeuers. »Er hat sie mit dem alten Ding aufgebracht«, sagte sie zu Bindig. »Wahrscheinlich hat er sich auf Ihr Messer nicht verstanden.«
Bindig steckte das Messer wieder in die Wadentasche. Dabei sagte er: »Das war sein Glück. Sonst hätte das Fleisch keinem von uns geschmeckt.«
Die Frau stellte eine Tasse Tee vor ihn hin. »Trinken Sie!« forderte sie ihn auf. »War das Messer sehr schmutzig?« Bindig stand auf. Er griff dabei in die Hosentasche, wo die Schnapsflasche steckte. Es war Hennessy. Sie hatten ihn in irgendeinem Verpflegungslager gestohlen, denn Hennessy gab es nur für Offiziere. Er zog die Flasche heraus und riß die Zinnkapsel ab. Er hielt Jakob die Flasche hin und sagte dabei leise: »Aufmachen!« Er deutete es dem Knecht an, und der nickte eifrig.
»Das Messer war nicht schmutzig, liebe Frau«, sagte Bin-

dig, »aber ich habe damit vor drei Tagen einen Russen erstochen. Und zuvor fünf oder sechs andere. Ich habe es jedesmal danach sauber abgewischt und gereinigt. Auch gestern. Und jetzt können Sie diesen Tee wegnehmen. Er wird meinem Magen nicht helfen, denn es ist nicht mein Magen, dem geholfen werden müßte.«
Der Knecht hatte mit ein paar geschickten Griffen die Flasche entkorkt. Er hielt sie Bindig hin und sah ihn dabei an, als habe er einen Kranken vor sich, um dessen Genesung er besorgt sei.
»Gefangene Russen?« fragte die Frau.
»Nein«, sagte Bindig. Er nahm die Flasche. »Ich bitte Sie um drei Gläser«, sagte er. Während die Frau in dem Schrank nach Gläsern suchte, sagte er: »Keine gefangenen Russen. Freie Russen. Rotarmisten. Soldaten. Mit Gewehren über der Schulter. Zehn Kilometer hinter ihrer Frontlinie oder etwas mehr, ich weiß es nicht mehr so genau. Es ist Krieg, liebe Frau, und wie Sie sehen, bin ich nicht zu jung dafür.«
Er goß die Gläser bis an den Rand voll. Dann winkte er dem Knecht. Der schlich zögernd näher, aber Bindig munterte ihn freundlich auf: »Nun trink schon einen mit! Wer weiß, wie lange du noch lebst!«
Er hielt sein Glas der Frau entgegen. Sie griff langsam nach dem, was er vor sie hingestellt hatte.
»Auf was sollen wir trinken?« fragte sie. »Man weiß nicht, auf was man trinken soll ...«
»Trinken wir auf diesen Tag«, sagte er, sie anblickend. Ich habe lange keine Frau mehr lächeln sehen. Trinken wir darauf.«
Der Knecht Jakob schlurfte mit seinem Glas in die Ofenecke zurück. Er hielt es mit beiden Händen fest umklammert, als fürchte er, es könnte ihm wieder genommen werden. Er setzte sich und trank den Kognak in kleinen Schlukken. Bindig sah ihm zu und machte eine Bewegung, die andeutete, daß er schnell austrinken solle. Der Knecht

trank gehorsam das Glas aus. Bindig ging zu ihm und goß es noch einmal randvoll. Dann drückte er ihm eine Packung Zigaretten in die Hand und sagte: »Trink und rauch! Mancher Schwachsinnige ist klüger als die normalen Menschen.« Er sah nicht das Aufflackern in den Augen der Frau. Es dauerte nur eine Sekunde, und daher entging es ihm. Der Knecht grinste idiotisch und leckte an dem Glase.

»Er wird heute gut schlafen«, sagte Bindig. Er fühlte, daß er jetzt reden mußte, viel reden, Unsinniges, nur, um überhaupt etwas zu sagen, nur, um nicht noch einmal an die Gesichter erinnert zu werden.

»Er ist ein guter Mensch«, sagte die Frau, »ein treuer Mensch. Ich wüßte nicht, was ich ohne ihn anfangen sollte.«

Bindig goß sein Glas noch einmal voll. Er trank es in einem Zuge aus und sagte: »Man sieht, daß er ein guter Mensch ist. Aber man sieht es beinahe bei jedem Menschen, daß er gut ist. Nur wenn man Soldat ist, hat man es nicht zu sehen. Da ist die Geschichte einfacher. Die Guten tragen Feldgrau, die Bösen Erdbraun mit Sowjetstern.«

Er ließ sich auf den Stuhl fallen, in der einen Hand das Glas, in der anderen die Flasche. Der Knecht schnalzte mit der Zunge. Er verdrehte die Augen dabei.

Die Frau strich sich leicht mit der Handfläche über das glattgescheitelte Haar. Sie blickte mit einem Ausdruck des Staunens auf Bindig. Auf dem Herd brodelte das Wasser über den Kartoffeln.

»Sie sind sehr jung«, sagte die Frau versonnen. Sie strich sich noch einmal über das Haar und ließ die Hand auf der Stirn liegen. »Mein Gott, wie jung Sie noch sind. In Ihrem Alter sollte man seine Arbeit tun und am Abend mit einem Mädchen spazierengehen. Tanzen. Man sollte …«

»Man sollte …«, sagte Bindig. »Was man nicht alles sollte! Aber die Welt ist eingeteilt in solche, die mit Mädchen spazierengehen, und solche, die sich gegenseitig totschießen. Ich gehöre zu den letzteren … Daran ist nichts zu

ändern. Wenn wir gesiegt haben, wird das alles vergessen sein ...«
»Wenn wir gesiegt haben ...«, sagte die Frau, »dann werden Sie ein angesehener Mann sein. Vielleicht Offizier. Und dann werden Sie Kinder haben, und Sie werden ihnen Ihr Messer zeigen und sagen ...«
Bindig sah sie an, und sie schwieg. Sie senkte den Blick und schob ihr Glas unschlüssig auf dem Tisch hin und her.
»Nach dem Sieg«, sagte Bindig heiser, »man weiß noch nicht, wer ihn davontragen wird, aber nach dem Sieg jedenfalls, dann werde ich vielleicht nicht mehr leben. Es ist sehr wahrscheinlich, daß ich dann nicht mehr leben werde. Und wenn ich doch leben sollte, dann werde ich durch die Straßen laufen, durch die Städte, und ich werde eine Frau suchen, die wie Sie aussieht, die Augen hat wie Sie und eine Stimme wie Sie. Eine Frau, deren Lächeln mich an Sie erinnert ... Verzeihen Sie, bitte, vergessen Sie das. Wir wollen noch ein Glas trinken und nicht mehr davon sprechen ...« Er schenkte ihr ein, und sie sah, daß seine Hände zitterten.
Sie strich wieder über ihr Haar, obgleich es glatt und ordentlich gescheitelt lag. Ohne ihn anzublicken, sagte sie: »Wir trinken zuviel. Wir sagen dabei Dinge, von denen wir morgen nichts mehr wissen wollen.«
»Wir?« fragte Bindig.
»Ja, wir«, sagte die Frau leise. »Sie und ich. Wir.«
Sie hörten beide, daß die Hoftür knarrte. Die Frau hob den Kopf und nickte dem Knecht zu. Der erhob sich und setzte das geleerte Schnapsglas auf den Fußboden. Er öffnete die Tür und winkte unbeholfen nach draußen. Auf dem Flur gab es ein polterndes Geräusch, dann einen Fluch. Zado erschien in der Tür. Er hielt sich eine Hand an die Stirn. Er hatte sich in der Finsternis an einem Querbalken gestoßen.
»Die Treppe ...«, sagte die Frau bedauernd, »sie ist so dumm gebaut ...«
»Gottverflucht bis in die Puppen! Verzeihung! Grüß Gott am Abend und frohe Weihnachten allerseits!« Zado pol-

terte in die Küche. Er hielt eine Hand noch immer an die Stirn und reichte die andere der Frau.
»Zadorowski«, sagte er, »Obergefreiter. Rückgrat der Armee. Vater und Mutter waren anständige Leute, der Sohn wurde Soldat.«
Er sah sich um und entdeckte die Gläser auf dem Tisch und die Flasche. Da glitt ein Lächeln über sein Gesicht. Er drückte die Frau wieder auf ihren Stuhl und sagte mit einem befreiten Aufatmen: »Kinder, wie ich mich freue, endlich unter normalen Menschen zu sein! Ich hatte Beklemmungen, gnädige Frau! Ich sah Sie im Dorf, und Sie machten nicht den Eindruck einer Frau, die einen Schnaps mit uns trinkt. Ist noch einer für mich da, Kleiner?«
Noch während Zado das erste Glas leerte, überlegte er sich, daß er Bindig doch sagen mußte, was aus den Feldgendarmen geworden war. Er würde es ihm auf seine Weise sagen. Die Frau saß dabei. Man wußte nicht, was für eine sie war. Er betrachtete seinen Kameraden, und er betrachtete auch die Frau, während er trank. Diese Frau war eigenartig. Sie sprach nicht viel. Sie zeigte sich weder erfreut noch verärgert durch das Auftauchen der beiden Soldaten. Ist sie so, oder tut sie nur so? fragte sich Zado.
Er sah, daß Bindig hinter der Frau herblickte, als sie zum Herd ging, um das Essen zu bereiten. Es war ein sonderbarer Blick. Bindig sah ihr nach, als sei er sehr nachdenklich über die Frau. Nicht so, wie ein Soldat hinter einer Frau herblickt, wenn er ein paar Monate keine Frau gesehen hat. Nicht hungrig nach der Frau. Aber auch wieder nicht so, als ginge ihn die Frau nichts an. Zado kannte diese Art, einer Frau nachzublicken.
Er ließ den Alkohol durch die Kehle rinnen und dachte: Bindig ist verliebt. Es ist kaum zu glauben, dachte er, aber es ist so, es ist keine Täuschung. Er erinnerte sich an die Nacht an der Brücke. Sie hatten über Mädchen gesprochen, er entsann sich. Bindig hatte selten irgendwo ein Mädchen gehabt. Er hatte auch nie viel darüber gesprochen. Aber

jetzt ließ sein Gesicht keinen Zweifel darüber, was in ihm vorging. Dieser Junge gehört nicht hierher, dachte er. Er gehört am Sonnabendmittag mit einem Blumenstrauß und klopfendem Herzen vor ein Mädchenpensionat.
»Hören Sie …«, rief er der Frau am Herd zu, das Glas absetzend, »wir machen Ihnen sicher viel Arbeit. Seien Sie uns nicht böse deshalb. Wir sind die besten Söhne Großdeutschlands. Wir siegen augenblicklich zwar nicht, aber wir haben trotzdem Hunger …«
Die Frau wandte ihm das Gesicht zu. Sie sagte: »Schon gut. Ich mache das schon.«
Sie sagte nicht, ob sie es gern oder ungern machte. Sie ließ nicht erkennen, was sie von ihrem Besuch hielt.
»Wir werden vorschlagen, daß Ihnen das Kriegsverdienstkreuz verliehen wird …«, lachte Zado.
Die Frau gab leise zurück: »Gottbewahre! Ich brauche keine Orden!«
»Sie würden auch keinen bekommen«, sagte Zado. »Wenn Sie Zahlmeister wären, ja. So nicht. Rechnen Sie sich zu den vielen namenlosen Helden, die in unwandelbarer Treue der großen Idee unseres Führers zum Siege verhelfen. Wenn es auch nur dadurch ist, daß Sie uns ein Abendbrot kochen.«
Der Knecht saß auf seiner Bank am Ofen und wiegte grinsend den Kopf. Er schielte nach der Flasche, aber Zado merkte es nicht.
»Grinse nicht!« sagte er zu dem Knecht. »Du kannst froh sein, daß du nicht kv. bist. Sie hätten einen strammen Soldaten aus dir gemacht. Manchmal wäre ich froh, wenn ich so blöde wäre wie du.«
Die Frau lehnte sich mit dem Rücken an den Herd. Ihre Augen blickten unentwegt auf Zado, als sie fragte: »Wie lange sind Sie Soldat?«
»Seit Kriegsanfang«, gab Zado sachlich zurück.
»Und niemand hat bisher gemerkt, wogegen sich Ihr Spott richtet?«

»Sie sind die erste«, antwortete Zado. »Wenn Sie wollen, können Sie daraus auf die geistigen Qualitäten meiner Vorgesetzten Schlüsse ziehen.«
»Oder auch darauf, wie gut Sie es verstehen, für gewöhnlich den Mund zu halten.«
Zado goß, ohne zu antworten, Schnaps in sein Glas. Er nahm es in die Hand und erhob sich. Er ging auf die Frau zu und blieb vor ihr stehen. Sie sah ihm entgegen, und er glaubte, etwas wie Spott auf ihrem Gesicht zu lesen.
»Hören Sie«, sagte er langsam, »was würden Sie jetzt lieber tun: hier sitzen und sich mit dem abfinden, was ist, ein bißchen hoffen und ein bißchen Furcht haben, oder zu meinem Kompaniechef gehen und ihm sagen: Scheren Sie sich mit Ihren Soldaten fort von hier! Scheren Sie sich heim! Wir wollen nicht hier zwischen Panzern und Granattrichtern hausen, sondern wir wollen Weizen anbauen und Mohn. Wir wollen nichts mit diesem ganzen Kram zu tun haben! Hauen Sie ab! Sie und die ganze Armee! Ich, die Frau aus dem letzten Gehöft von Haselgarten sage das, und ich stehe dafür ein, Herr Leutnant!«
Die Frau sagte, ohne Zado dabei anzublicken: »Ich kenne Ihren Leutnant nicht.«
»Er heißt Alf und wohnt im Gehöft Nummer zwölf. Gehen Sie zu ihm. Jetzt gleich. Wir werden hier auf Sie warten. Sagen Sie ihm das, was ich gesagt habe oder was Sie sonst wollen. Wir werden warten, bis Sie zurückkommen.«
»Sie würden sehr lange warten müssen«, sagte die Frau langsam, »es gibt Dinge, die man tun kann, und es gibt welche, die man nicht tun kann, wenn man zurückkommen will.«
»Sehr zum Wohl!« sagte Zado, das Glas erhebend. Er führte es zum Mund und trank es in einem Zuge aus. Dann sagte er: »Sie haben eine vernünftige Auffassung von der Welt. Und von mir verlangen Sie, daß ich eine unvernünftige haben soll? Glauben Sie nicht, daß auch ich zurückkommen möchte?«
»Ich glaube es«, sagte die Frau leise, »aber an der Front

sterben jeden Tag ein paar hundert Leute, die genauso denken wie sie.«
»Ein paar tausend«, verbesserte Zado sie. »Ich kann Ihnen auch sagen weshalb. Der Tod, der unerwartet und schnell eintritt, ist bequemer als der, den man als unabänderliche Folge einer bestimmten Tat voraussieht. Wenn das umgekehrt wäre, dann hätte dieser Krieg keine drei Tage gedauert. Weil es aber so ist, wird er so lange dauern, bis einer der beiden Seiten die Puste ausgeht. Wer dann noch lebt, wird zurückkommen. Vielleicht. Sicher ist heutzutage nichts.«
Die Frau wandte sich wieder dem Herd zu. Sie schob den Topf mit den Kartoffeln an die Seite und wendete das Fleisch in der Pfanne.
Bindig sprach sie an. Er war still sitzen geblieben und hatte kein Wort gesagt. Jetzt aber glaubte er etwas sagen zu müssen. »Seien Sie ihm nicht böse«, bat er die Frau, »er regt sich leicht auf. Er meint es nicht so ...«
Die Frau wandte sich um und nickte. Ihr Gesicht war von einem Ausdruck beherrscht, der eine seltsame Mischung von Verstehen und Nachdenklichkeit, Ablehnung und Zutraulichkeit darstellte. »Ich weiß schon ...«, sagte sie, »ich weiß, wie es gemeint ist. Ihr seid eigenartige Soldaten. Ich habe immer geglaubt, Soldaten wären anders. Ich scheine mich getäuscht zu haben.«
»Ist Ihnen diese Erkenntnis unangenehm?« fragte Zado.
»Ich weiß nicht«, antwortete die Frau, »sicher gibt es Soldaten verschiedener Art.«
»Vielleicht haben wir Ihre heiligsten Gefühle verletzt«, sagte Zado mit einem Grinsen, »vielleicht sind Sie ein Mensch, der Helden um sich herum braucht. Es tut mir leid, wenn das so ist ...«
Die Frau sah ihn an und schüttelte den Kopf. »Es ist nicht so«, sagte sie leise, »ich brauche keine Helden. Ich weiß gar nicht, was dazu gehört, ein Held zu sein. Vielleicht gibt es das, was ich mir unter einem Helden vorstelle, gar nicht. Ich hätte nichts dagegen, wenn es auf der ganzen Welt viel we-

niger Geschrei um Helden gäbe, dafür mehr Ruhe und gesunde Männer, die einen Acker umbrechen können und eine Frau ...« Sie verstummte und wandte sich schnell wieder dem Herd zu.

Zado ging schweigend zum Tisch zurück. Er goß alle Gläser voll, auch das des Knechtes. Seine Augen waren stumpf, als er zu der Frau sagte: »Sie haben eine einfache Art, das Leben zu sehen. Auch die Menschen. Es würde mich interessieren, wofür Sie uns halten ...«

Die Frau nahm das Glas, das er ihr entgegenhielt. Sie sagte, ohne nachzudenken: »Für Leute, die andere töten, um nicht selbst getötet zu werden.«

Zado hob das Glas und trank. Die Frau nippte an dem Kognak und stellte das Glas vorsichtig auf den Tisch zurück. Sie begann, Teller sauberzuwischen und Bestecke auszulegen. Sie winkte dem Knecht, er solle die Küche verlassen. Sie wies auf die Tür, und dann legte sie den Kopf auf eine Handfläche und schloß die Augen dabei. Der Knecht nickte eifrig und wollte sich entfernen. Aber Zado verfolgte diese Art Verständigung verwundert und sagte: »Was ist denn? Warum lassen Sie ihn nicht mitessen?«

»Es ist Ihr Essen.«

»Gut«, sagte Zado, »und es reicht für vier Leute.«

»Aber er ist nur der Knecht ...«

»Hören Sie«, sagte Zado zu ihr, »dieser Mann wird einmal der einzige sein, der bei Ihnen bleibt, wenn wir fort sind. Er wird noch bei Ihnen sein, wenn hier schon längst die Russen eingezogen sind. Geben Sie ihm vorher ruhig noch ein bißchen was zu essen ...«

Bindig hatte dem Knecht zugewinkt, sich wieder auf die Bank zu setzen. Er tat es linkisch und gleichsam widerstrebend.

»Die Russen waren schon einmal hier«, sagte die Frau.

»Ich weiß«, erwiderte Zado, »und sie werden wiederkommen. Sie werden dann länger bleiben.«

»Meinen Sie, daß sie wiederkommen?«

»Ja. Ich kann Ihnen nur das Datum noch nicht genau sagen. Aber statt dessen kann ich Ihnen sagen, daß sie mit T 34 kommen werden und mit den neuen Stalinpanzern, mit Orgeln und Sturmgeschützen. Sie werden ausgezeichnete Granatwerfer mitbringen und Leute, die damit umgehen können. In den Taschen werden sie Machorka und Sonnenblumenkerne haben und Zeitungspapier. Sie werden an mich denken, liebe Frau, und Sie werden feststellen, daß ich richtig vorausgesagt habe. Ich habe das nämlich alles schon sehr schön geordnet stehen sehen, was einmal hier anrollen wird. Wenn Sie zu dieser Zeit noch hier sein sollten, werden Sie Gelegenheit haben, meine Angaben zu kontrollieren.«
»Möchten Sie ein paar Kirschen essen?« fragte die Frau.
»Kirschen?«
»Ja. Eingemachte Kirschen.«
»Ich esse gerne eingemachte Kirschen«, sagte Zado, »mein Kamerad auch. Denn wir essen alles gern, was nicht in der Feldküche gekocht wird. Aber wir können Sie nicht ausplündern ...«
Die Frau verließ schweigend die Küche. Zado blickte nachdenklich auf die Tür, die sich hinter ihr geschlossen hatte.
»Mein Gott ...«, sagte er dann zu Bindig, »wie hat es diese Frau nur angefangen, so zu sein, wie sie ist?«
»Wir hätten schon eher einmal zu ihr gehen sollen«, sagte Bindig.
»Komm!« forderte Zado den Knecht auf. Er wußte, daß der Mann ihn nicht verstand, daß in seinem Hirn nichts war, was ihm die Gabe verliehen hätte, den Sinn der Dinge zu erfassen, die sich um ihn herum abspielten. Aber er sagte zu ihm: »Komm, trink noch einen, ehe sie zurückkommt. Wer weiß, wie lange du noch lebst, alter Junge ...« Er hielt ihm das gefüllte Glas hin, und der Knecht rollte die Augen, als er es nahm.
Die Frau betrat die Küche wieder. Sie brachte ein Glas Kirschen mit und öffnete es. Zado sah ihr gedankenlos zu,

ohne etwas zu sagen. Dann erinnerte er sich mit einemmal an die beiden Feldgendarmen. Er sagte zu Bindig: »Was hast du dir dabei gedacht, als du mit den beiden Kettenhunden Krach angefangen hast?«
»Nichts. Sie haben sich angestellt, als hätten sie mir was zu sagen.«
»Solche Leute legen dich schneller um, als du glaubst.«
»Möglich. Aber sie sollen sich nicht so anstellen, wenn sie mal nach vorn kommen ...«
»Sie haben es Alf gemeldet.«
»Ja. Sie werden mich vielleicht dieser Tage vorführen. Was tut's schon? Sollen sie mich ruhig vorführen, sie können mir nichts nachweisen.«
»Sie werden dich nicht vorführen«, sagte Zado. Er sah Bindig dabei an und stellte sein Schnapsglas auf den Tisch neben den Teller. Die Frau folgte ihrem Gespräch, aber sie gab nicht zu erkennen, daß es sie interessierte. Sie hantierte am Herd, und der Knecht leckte genießerisch an seinem Glas.
»So?« fragte Bindig. »Aber es wäre mir auch egal gewesen.«
»Es wäre dir nicht egal gewesen, Junge«, sagte Zado, »du hast jetzt sehr viel Mut, aber das ist gar kein Mut, es ist nur Angst. Wenn sie dich einmal in den Fingern haben, ist es aus, das weißt du genau. Tu nicht so, als ob es dich kaltließe. Aber sie werden dich nicht vorführen, du hast noch einmal Glück gehabt. Sie sind beide tot.«
Die Frau briet noch Speckstücke in der Pfanne. Sie zischten auf dem Feuer.
»Sie sind tot?« fragte Bindig. Er sah Zado mißtrauisch an.
Der nickte. »Ja. Sie sind tot. Sie sind vorn an der Waldecke, zwischen den beiden Gefechtsständen, auf eine Mine gefahren.«
Bindig blieb eine Weile stumm. Erst dann schüttelte er den Kopf und sagte: »Sie sind in das Minenfeld gefahren? Allein? Ich denke, du warst dabei? Ich denke, du hast sie geführt? Ist dir dabei nichts passiert? Oder ...«

»Sie sind auf die Mine gefahren«, sagte Zado, »und ich habe aus einiger Entfernung zugesehen. Mir konnte gar nichts passieren.«
»Dann hast du sie ...«
»Ich habe sie bis zu dem Minenfeld begleitet«, unterbrach ihn Zado, »sie sind weitergefahren. Was sollte ich dagegen tun?«
»Ich verstehe«, sagte Bindig mit trockener Kehle. Es klang heiser und gepreßt. Er streckte Zado die Hand hin, aber der übersah sie.
»Wenn du wieder einem Kettenhund begegnest, dann überlege dir gefälligst, mit wem du es zu tun hast«, sagte er barsch zu Bindig. »Es ist nämlich möglich, daß ich einmal nicht in der Nähe bin. Und es wäre verdammt schade, wenn sie dich aufhängten.«
Bindig schwieg. Die Frau brachte das Essen zum Tisch. Sie teilte es aus und stellte zu jedem Teller eine kleine Schale mit Kirschen.
»Sie sind ohne Zucker eingekocht«, sagte sie entschuldigend. »Es gab keinen. Hoffentlich schmecken sie Ihnen.«
»Und Alf?« fragte Bindig. »Was sagt Alf?«
»Er wird nichts sagen«, erklärte Zado gelassen, »er weiß, daß er uns braucht, und er wird nichts sagen. Er wird froh sein, daß es so gekommen ist.«
»Beide tot«, sagte Bindig. »Das ist eine Überraschung.«
»Ja. Beide tot, damit ein Dummkopf am Leben bleibt.« Er erinnerte sich an die Frau und drehte sich nach ihr um. Sie schloß die Herdtür. Zado sagte: »Verzeihen Sie, liebe Frau, wir hatten Sie eben ganz vergessen. Sie haben keinen Zucker, sagten Sie?«
»Nein«, gab die Frau zurück, »hoffentlich schmecken die Kirschen Ihnen auch ohne Zucker.«
»Wir haben einen Küchenbullen«, sagte Zado, »der hat ein paar Säcke Zucker stehen. Wir werden Ihnen davon etwas herschleppen, wenn Sie nichts dagegen haben ...«
Die Frau wehrte ab. Sie setzte sich zu Tisch, und auch der

Knecht wurde aufgefordert, sich an den Tisch zu setzen. Die Frau blickte die Männer an und sagte: »Ich hoffe, es schmeckt Ihnen. Vergessen Sie die beiden Toten dabei und alles andere auch.«
Zado nahm sein Besteck auf und nickte ihr zu. Sie betrachtete Bindig mit einem seltsamen, versonnenen Blick, der Zado sagte, daß diese Frau nicht so spröde und abweisend war, wie sie äußerlich erschien. Er machte sich über sein Essen, und er hörte dabei Bindig leise zu der Frau sagen: »Ich habe sehr viel Glück heute abend. Ich habe Sie kennengelernt, und nun weiß ich außerdem noch, daß mich in den nächsten Tagen nicht die Feldgendarmerie holen wird. Ich habe wirklich sehr viel Glück …«
»Und einen zuverlässigen Freund«, gab die Frau zurück. Zado tat, als höre er es nicht. Nach einer Weile begann er das Essen zu loben.

Es fror wieder stark in den Nächten. Der Himmel blieb blank und voller unruhig flackernder Sterne, die spät verlöschten, weil die Nächte lang waren.
Die Luft war klar und kalt. Durch diese klare, kalte Luft grollte der Lärm von der Front heran, tags und auch nachts. Die Front wurde von Tag zu Tag bewegter. Es schien, als beabsichtige sie, noch nicht in den Winterschlaf zu sinken. Sie erwachte gleichsam zu einem geräuschvollen, gefahrverheißenden Leben. Morgens, wenn noch der Dunst über den Äckern lag und das Tageslicht fahl war, weil die Sonne fehlte, kroch das Gedonner der leichten Geschütze von der Front bis nach Haselgarten. Um diese Zeit schoß die Rote Armee gezieltes Feuer. Keine gewaltigen Schläge, keine großen Kaliber, nur eine Art Störungsfeuer, das oft Stunden andauerte. Manchmal setzte es für längere Zeit aus. Dann aber, nach Minuten, manchmal nach einer halben Stunde, schob sich grollend und rumpelnd die nächste Serie Granaten heran. Die Infanteristen in den Erdlöchern hoben um diese Zeit nicht die Köpfe. Sie duckten sich und

rauchten, dösten in den beginnenden Morgen. Von deutscher Seite antworteten nur selten ein paar vereinzelte Schüsse. Es war kaum leichte Artillerie vorhanden. Zuweilen schalteten sich ein paar Sturmgeschütze ein, die irgendwo gut gedeckt standen. Aber sonst blieb es auf deutscher Seite ruhig

Kurz bevor die sowjetische Artillerie zu schießen aufhörte, fingen die Zweizentimeterkanonen an zu bellen. Tagsüber und auch in der Morgendämmerung schossen sie keine Leuchtspur. Man sah nicht die wirren Linien und Kurven der sich überkreuzenden Feuerbälle, und eigentlich hörte man nur den Abschußlärm, denn die kleinen Geschosse verschwanden fast lautlos in der weichen Erde, wenn sie nicht irgendwohin, weit in die Luft pfiffen.

Stellten die Zweizentimeterkanonen ihren Lärm ein, dann begannen fast automatisch die sowjetischen Schützen aus ihren Löchern zu schießen. Meist mit Maschinenpistolen und mehr um des Lärms willen, als um Treffer zu erreichen. Dafür war der Abstand zu groß und die Tragweite der kleinen Geschosse zu gering. Die Deutschen antworteten mit vereinzeltem Gewehrfeuer, mit Gewehrgranaten, von denen auf rätselhaften Wegen ein paar Kästen nach vorn gekommen waren. Sie schossen auch zuweilen einmal eine Panzerfaust ziemlich ziellos nach der Gegenseite ab und freuten sich, wenn sie wenigstens detonierte. Später merkte man deutlich den Zeitpunkt, wenn der Kaffee in die Stellungen gebracht wurde. Das geschah etwa um die gleiche Zeit auf beiden Seiten der Front. Es wurde ruhiger. Hier und da noch ein Schuß, aber sonst nichts. Auch den ganzen Vormittag über ereignete sich kaum etwas, bis auf gelegentliches Artilleriefeuer. Erst am Nachmittag wurde das Feuer wieder spürbar. Hier und da streute die sowjetische Artillerie ganze Geländeabschnitte ab, setzte ein paar Dutzend Granaten auf engsten Raum und beobachtete die Wirkung oder die Bewegung, die der Überfall auslöste. Man tastete einander ab. Die langsamen Doppeldecker mit dem roten Stern und dem röchelnden Motor schaukelten über die Front, und die Beobachter schossen aus langsam tackernden Maschinengewehren, die auf Drehkränze montiert waren, zur Erde. Es kam auch vor, daß sie Bomben warfen. Sie taten das, indem sie die Explosivkörper mit den Händen anpackten und über die Bordwand fallen ließen. Sie trafen selten etwas, aber dennoch waren diese längst für den Schrotthaufen reifen Flugzeuge unangenehm. Man hörte sie erst, wenn sie bereits sehr nahe waren. Ihr Motorengeräusch täuschte den Lauscher, weil die Maschinen äußerst langsam flogen. Das machte sie zu gefährlichen Nachtschwärmern. Die modernen Maschinen, die während des Vormarsches über den sich zurückziehenden deutschen Kolonnen dahingebraust waren, schienen weit von der Front entfernt auf sicheren Flugplätzen zu stehen. Sie wurden nur selten eingesetzt. Es war, als spare man sie auf für den nächsten Angriff.

Wenn es an der Front für eine Weile still war, konnten die Infanteristen die Motorengeräusche hinter den sowjetischen Linien hören. Es war ein ständiges Kommen und Gehen von Fahrzeugen. Aber sie kamen fast nie in Sichtweite. Immer nur hörte man ihre Motoren, und man wußte nicht, ob es stets die gleichen Fahrzeuge waren oder ob es sich um endlose Kolonnen handelte, die Material, Munition, Truppen und Verpflegungen bis in die Nähe der Erdstellungen heranschleppten.

Am Nachmittag schossen sich die Granatwerfer für den Abend ein. Man kannte das. Drei Schuß und dann noch drei. Manchmal wiederholt es sich. Dann wußten die Infanteristen, daß sich eine Stalinorgel einschoß. Zuweilen konnte man dann beobachten, daß Spaten hervorgeholt wurden und ein emsiges Arbeiten einsetzte. Die Männer wühlten sich weiter in die Erde. Sie wühlten horizontale Gänge von ihren Schützenlöchern aus in das Erdreich, um möglichst weit darin verschwinden zu können, wenn die Orgeln anfingen zu schießen.

Das geschah meist in der Abenddämmerung. Ganz plötzlich kam von weit hinter den sowjetischen Erdlöchern ein rollender, dumpfer Laut. So, als würden einige Dutzend Landsknechtstrommeln zugleich geschlagen. Man hörte die Granaten der Orgel nicht. Man vernahm erst im letzten Augenblick ein gurgelndes Zischen, aber dann krepierten die Geschosse auch bereits. Sie fielen immer eng beieinander auf ein kleines Stück Gelände und wühlten es um. Nicht sehr tief, denn die Zünder waren so eingestellt, daß die Geschosse nur wenig ins Erdreich eindrangen. Sie krepierten oberhalb der Erdoberfläche und schickten einen verheerenden Schwall von Splittern dicht über dem Boden dahin. Man konnte dem Feuerschlag einer Orgel nur selten entgehen. Deshalb zogen sich viele Infanteristen um die Zeit, da die Orgel schoß, aus ihren Stellungen zurück bis an den Waldrand, um dem Feuer zu entgehen.
Die Orgeln schossen nicht lange. Sie wechselten drei- oder viermal ihren Standort und schwiegen dann wieder. Die Granatwerfer setzten das Feuer fort. Die Artillerie mischte sich ein, manchmal mit den Siebzehnzwo, aber dann flaute es wieder ab, und in der Dämmerung zogen die Perlenschnüre der Zweizentimeterkanonen dicht über der Erde dahin.
Wenn es Nacht wurde, begann die Zeit der Spähtrupps. Sie kamen von beiden Seiten, und sie wurden ebenso von der einen wie von der anderen Seite abgefangen, aufgerieben, zersprengt oder verpaßt. Dabei kam es zu örtlichen Schießereien. Das war die Zeit der Leuchtkugeln, die im steilen Bogen aufstiegen, zerbarsten, an Fallschirmen niederschwebten und die Gegend in ihr kaltes, weißes Licht tauchten.
Gelegentlich grollte weit hinter den sowjetischen Linien ein paarmal ein schweres Geschütz auf. Kaliber achtundzwanzig oder schwerer. Es setzte ein paar Granaten in die ersten Dörfer hinter den deutschen Linien und schwieg dann wieder.

Während man auf der deutschen Seite die Verwundeten barg und die Toten auf Zeltbahnen nach hinten schleifte, machte bei den Infanteristen, die ihre Zigaretten in den hohlen Händen verbargen, wie jeden Tag das Gerücht die Runde, daß eine Division Flak eingetroffen sei. Zum Erdkampf kommandiert. Die Artilleristen würden die Schützenlinien verstärken. Sie würden aber auch ihre Kanonen aufstellen, damit es endlich ein Gegengewicht zu der weit stärkeren sowjetischen Artillerie gäbe.
Die Flakartilleristen mit ihren Kanonen trafen nicht ein. Es war nicht daran zu denken, aber das Gerücht hielt sich hartnäckig, und die Offiziere taten nichts, es zu zerstreuen. Sie hatten genug zu tun, alle anderen Gerüchte zu zerstreuen, die unter den Männern die Runde machten und die gefährlicher waren als jenes von der Flakartillerie, das immerhin noch eine Art Hoffnung auslöste, die beinahe angenehm war.
Wegen eines solchen Gerüchtes erschien an einem Abend, der in Haselgarten verhältnismäßig ruhig verlief, Oberst Barden bei seinem Neffen, dem Leutnant Alf.
Barden war ein großgewachsener, breitschultriger Mann. Er hatte etwas Väterliches an sich, und in der Tat verkehrte er mit Untergebenen stets gern auf eine joviale, begütigende Art, was ihm manche Sympathien sicherte. Er hatte stark ergrautes Haar und die Angewohnheit, Zigarren zu rauchen. Manchmal zündete er eine Zigarre sechs- oder siebenmal an, weil sie ihm immer wieder ausging. Das war jedoch nicht der schlechten Qualität der Marketenderzigarren beim Divisionsstab zuzuschreiben, sondern eher der Gedankenlosigkeit des Obersten, der es einfach vergaß, an den Glimmstengeln zu ziehen, und sie statt dessen zwischen den einwandfrei gepflegten Fingern hielt, während er mit jemand redete oder Aufzeichnungen machte.
Er begrüßte seinen Neffen, indem er ihn umarmte und ihm lebhaft auf die Schultern klopfte. Er konnte Alf recht gut leiden, und Alf wußte das. Diesem Umstand verdankte Alf, wenngleich nicht seine Karriere als Offizier, so doch die

verhältnismäßig ungefährliche Aufgabe, eine Truppe zu kommandieren, ohne selbst an einer Gefechtshandlung teilzunehmen. Barden nahm vom Rücksitz des Fahrzeuges ein in Pergamentpapier eingewickeltes Päckchen, klemmte es unter den Arm und schob Alf in sein Quartier, nachdem er den Fahrer angewiesen hatte, den Wagen in Deckung zu fahren und sich in der Nähe aufzuhalten.

»Bubi«, sagte er lächelnd, »erzähle mir, wie es dir geht!« Er nannte Alf stets Bubi. Er wußte seinen richtigen Vornamen nicht einmal, denn jeder in der Familie hatte Alf immer nur so angeredet, weil er der Jüngste gewesen war. Alf stellte zwei Kognakgläser auf den Tisch und griff nach einer Flasche, die in der Nähe seiner Schlafstelle stand. Aber Barden rief erschrocken: »Laß um Himmels willen dieses Gesöff, wo es ist! Hier, nimm das! Der Rest von einer Kiste Martell ...« Er wickelte die Flasche aus dem Papier. Es kamen noch ein paar Packungen mit Zigaretten zum Vorschein, die Barden ebenfalls Alf zuschob, eine Blechbüchse mit englischem Kaffee und eine Pralinenschachtel.

»Du scheinst noch ganz gut versorgt zu sein, Onkel«, sagte Alf, während er die Zinnkapsel von der Kognakflasche abzog. Barden beobachtete ihn schmunzelnd. Der Junge sah gut aus. Bubi hatte immer gut ausgesehen. Ein Wunder, daß er noch nicht verheiratet war. Barden war sich nicht sicher, ob Alf überhaupt ein Mädchen hatte.

»Kaffee«, sagte Alf und nahm die Büchse in die Hand, um die Beschriftung zu lesen, »Beutekaffee! Ich habe seit einem Vierteljahr keinen richtigen Kaffee mehr getrunken.«

Barden nickte. Dann sagte er vorwurfsvoll: »Warum meldest du dich nicht? Es ist immer etwas Kaffee für Offiziere da. Man muß sich nur darum kümmern. Oder nimmt dich deine Aufgabe hier so in Anspruch?«

Alf überhörte die Ironie. Er tippte nur mit dem Finger gegen die Blechdose und sagte: »Beutekaffee. Was würden wir trinken, wenn wir nicht zufällig gegen England Krieg führten?«

Der Oberst lachte breit auf. Er lehnte sich auf dem Stuhl zurück, den er eingenommen hatte, und öffnete die Knöpfe seines Uniformrockes. Er trug ein paar Auszeichnungen von 1914, und das Kriegsverdienstkreuz von der Zeit her, als er Lehrer an der Kriegsschule gewesen war.
»Du hast dich ziemlich spartanisch eingerichtet«, stellte er nach einem Rundblick in der Stube fest. Alf quittierte diese Bemerkung mit einem Nicken. Er goß den Kognak in die beiden Gläser und verkorkte die Flasche wieder. Dann brannte er sich eine Zigarette an.
Barden beobachtete ihn dabei und sagte: »Kannst du dich erinnern, wo du deine erste Zigarette rauchtest?«
Alf nickte bedächtig. Er hob sein Glas und sagte: »Die erste Zigarette, ja, das war bei dir. Pohlmann war dabei. Er hustete, und du klopftest ihn auf den Rücken. Er ist im September gefallen. In Holland.«
Sie tranken. Alf ließ das aromatische Getränk langsam durch die Kehle rinnen, kostete seinen Geschmack aus, bedächtig genießend.
Barden kippte es hinunter und schüttelte sich. Dann griff er nach einer Zigarre, und während er sie umständlich beschnitt, sagte er vor sich hin: »Zu Hause ist alles in Ordnung. Ernestine wird Weihnachten heiraten. Deswegen komme ich unter anderem auch zu dir. Hast du Lust dabeizusein?«
»Ich habe meinen Urlaub gehabt.«
»Und vertrödelt, ohne zu heiraten«, nickte Barden gelassen. »Es läßt sich aber machen. Eine Woche: Ich denke, wir fahren gemeinsam …«
Ernestine war Bardens Tochter. Alf erkundigte sich mit gerunzelter Stirn: »Wie alt ist sie eigentlich?«
»Zwanzig«, gab Barden zurück.
»Ein bißchen früh«, meinte Alf.
Barden sagte: »Ich sehe es lieber, wenn sie heiratet. Die beiden stecken schon lange genug zusammen. So etwas darf man nicht allzulange anstehen lassen.«

»Es ist der Hauptmann vom Luftgau, nicht wahr?« wollte Alf wissen.
Barden nickte. »Ja. Ehrlicher Kerl. Goldrichtig für Ernestine. Wird nach dem Krieg wieder Pilot bei der Lufthansa.«
»Nach dem Krieg ...«, sagte Alf und goß erneut die Gläser voll. »Ich glaube, nach dem Krieg wird er so alt sein, daß er nicht mehr als Pilot fliegen kann.«
Barden sah ihn eine Weile lang nachdenklich an. Dann überzog sich sein Gesicht mit einem abfälligen Grinsen.
»Mein lieber Junge«, sagte er betont, »die strategischen Fähigkeiten unseres Gefreiten reichen nicht mehr für lange aus. Der Krieg geht schneller zu Ende, als wir denken.«
»Vielleicht auch anders, als wir denken.«
»Darüber kann man nur Vermutungen anstellen. Sie fallen nicht sehr ermutigend aus, wenn man die Sache nüchtern genug betrachtet und wenn man ein bißchen hinter die Kulissen blicken kann ...«
Alf hob das Glas und trank. »Mich quält die Vorstellung, daß wir eines Tages unsere Pistolen abschnallen und sie einem sibirischen Kommissar überreichen.« Er brannte eine neue Zigarette an und hielt Barden das Streichholz hin, weil er sah, daß dessen Zigarre bereits wieder erkaltet war.
»Unser Gefreiter ...«, sagte Barden, nachdenklich den Rauch zur Decke blasend. »Versuche dir vorzustellen, was geschehen wäre, wenn die Bombe von Stauffenberg ihn erwischt hätte ...«
»Dann wärst du mit deinen Englischkenntnissen vermutlich heute nicht Ic bei unserer Division, sondern Verbindungsoffizier bei den verbündeten englischen Truppen und hättest dein Quartier entweder in Paris oder bereits in Moskau.«
Barden zog nachdenklich an der Zigarre. Er war ein gedankenloser Raucher, er zog so lange an der Zigarre, bis das glühende Ende zentimeterlang war und der Rauch brandig schmeckte.

»Versuche es dir vorzustellen ...«, sagte er versonnen, »alles hätte so kommen können, und nun ... Ach, laß uns davon aufhören. Ernestines Hochzeit wird im Schwarzwald sein. Wir werden ein paar schöne Tage haben.«
»Schwarzwald im Winter«, sagte Alf, »das könnte mir guttun. Hoffentlich komme ich hier weg. Ich bin skeptisch.«
»Es wird gehen«, sagte Barden gelassen. »Übrigens mußt du nicht denken, daß deine Kompanie wichtiger ist als irgend etwas anderes auf der Welt.«
Alf verzog das Gesicht. Er sah den Onkel lächelnd an, so verbindlich, wie er das nur konnte, und dann sagte er: »Das weiß ich längst, und ich bin felsenfest davon überzeugt. Aber ich unterstehe dem Ic der Division.«
Sie tranken sich zu und lächelten dabei. Barden schüttelte sich wieder. Seine Zigarre stank.
»Ehe ich es vergesse«, sagte er, »wir haben jetzt einen nationalsozialistischen Führungsoffizier. Walte Gott, daß du ihn nie kennenlernst! Er beauftragte mich, mit dir über die Geschichte von den Bordellen zu sprechen ...«
»Bordelle?« erkundigte sich Alf interessiert.
»Ja, Bordelle. Es gibt das Gerücht, daß der Russe dicht hinter der Front Wohnwagen stehen hat, die als Bordelle dienen.«
»Ausgezeichnet«, sagte Alf, »ich werde es meinen Männern sagen für den Fall, daß sie einmal während eines Einsatzes das Bedürfnis haben ...«
»Hör zu«, unterbrach Barden ihn, »die Geschichte geht noch weiter ...«
Alf gelang es nicht, zu schweigen. Er fragte mit einem zugekniffenen Auge: »Will wohl der Herr NSFO mal mit auf Einsatz gehen, wegen dieser Wohnwagen?«
Barden lachte. Wenn der Junge zwei Kognaks getrunken hatte, wurde er spaßig. »Nicht doch!« sagte er, »Du vergißt, daß wir bei der Division mit weiblichem Personal besser versorgt sind als du bei deiner Kompanie! Die Geschichte hat einen anderen Haken. Ob es diese Wohnwagen gibt oder nicht, weiß ich nicht. Jedenfalls gibt es das Gerücht

darum, und dieses Gerücht will der Herr NSFO auf äußerst geschickte Weise umdrehen.«
»Umdrehen?«
»Ja. Und zwar so, daß es ein für uns positives und für die Russen gefährliches Gerücht ist. Mit einem Schlage.«
»Darauf bin ich gespannt. Wenn ich vorschlagen dürfte: Landser bekommen während Benutzung der Damen unverhofft glühendes Eisen in Form von Sowjetstern aufgedrückt. Dazu der Hinweis, daß die Sowjets keine Brandbinden haben ...«
Barden lächelte nachsichtig. »Der NSFO ist auf eine viel bessere Idee gekommen.«
»Ich höre!« sagte Alf. »Vielleicht Genickschuß beim Küssen?«
Barden lächelte wieder sehr nachsichtig. Er sagte mit gerunzelter Stirn: »Du bist zu früh Offizier geworden, Bubi. Du hast keine Vorstellung von einem leichten Mädchen. Da wird nicht geküßt. Nicht einmal gesprochen. Wenigstens nicht viel. Und nun paß auf ...«
»Schade ...«, sagte Alf. »Ich hatte mir das so schön ausgedacht mit dem Genickschuß ...«
»Ja. Also dieses Gerücht wird umgedreht. In deinem Bereich hast du dafür zu sorgen, daß es unter die Leute kommt. Die Frauen in den ominösen Wohnwagen sind Deutsche. Das ist der Dreh!«
Alf kippte einen Martell und fragte dann verständnislos: »Deutsche?«
»Ja ...« Barden lachte. »Grandioser Einfall! Verschleppte deutsche Frauen. Aus den paar Dörfern, die die Russen in Ostpreußen besetzt haben, und von sonstwoher. Jeder Infanterist wird seine persönliche Ehre darin sehen, sie zu befreien! Guter Einfall, was?« fragte er, als Alf nichts sagte. Er sah seinem Neffen forschend ins Gesicht.
Aber der schüttelte den Kopf und sagte langsam: »Ich kann nicht behaupten, daß mir diese Geschichte gefällt. Sie ist mir zu primitiv.«

Barden zuckte die Schultern.
»Und blödsinnig!« sagte Alf.
»Ich streite das nicht ab«, sagte Barden, »ich übermittle dir nur eine Anweisung des NSFO.«
Nach einer Weile sagte Alf: »Du unterschätzt meine Leute. Sie treiben sich zu oft hinter den Russen herum. Sie kennen sich aus. Man kann ihnen nicht mit solch idiotischen Dingen kommen. Sie sind keine Parteianwärter.«
Barden setzte seine erkaltete Zigarre wieder in Brand. Er tat es mit einem ironischen Lächeln. Dabei sagte er: »Junge, du begehst einen Fehler. Du hältst mich für den NSFO. Ich bin aber nur der Ic. Und diese Geschichte ist nicht meine Erfindung, sondern die des NSFO.«
»Ich werde sie ignorieren. Ich habe keine Lust, diese Geschichte zu kolportieren.«
»Darüber verlange ich von dir keine Entscheidung«, sagte Barden verbindlich. »Das ist nicht mein Ressort.«
Barden setzte seinem Neffen auseinander, was sich in den letzten Wochen im Divisionsstab verändert hatte. Die Einsetzung des Führungsoffiziers hatte manches mit sich gebracht, womit zuvor niemand gerechnet hatte. Aber das betraf vorerst wenigstens nur den Divisionsstab, nicht die Kompanie, und Alf hörte es, ohne besonders beunruhigt darüber zu sein. Wöchentliche politische Schulungen. Abendunterricht für Offiziere. Nationalsozialistisches Gedankengut. Die Umwandlung der Wehrmacht zu einer politischen Truppe.
Das würde seine Zeit dauern, sagte sich Alf. Und überdies war die Front hier recht dünn. Kein Mensch wußte, ob die Stellungen beim nächsten Angriff zu halten waren. Dann würde sich der neue NSFO vielleicht von selbst aus dem Staube machen. Alf war überzeugt davon, obwohl er nicht wußte, ob es sich um einen fronterfahrenen Mann handelte oder nur um einen Parteitheoretiker in Uniform. Man würde sehen.
»Wie sieht es aus, Onkel?« erkundigte er sich schließlich

nach der allgemeinen Lage. »Wir sind hier abgeschlossen, wie man nur abgeschlossen sein kann. Wenn es nicht im Radio den Soldatensender West gäbe, wüßten wir überhaupt nicht, was in der Welt geschieht.«
Barden war ein Mann, der im Stab als zuverlässiger Offizier galt. Er besaß Kenntnisse, das machte ihn wertvoll. Und er verstand es, seine Meinung über die Dinge, die ihn umgaben, für sich zu behalten. Das machte ihn bei seinen Vorgesetzten beliebt. Trotzdem gab es wohl im Stab keinen anderen Offizier, der die Lage, in der sich die Truppe befand, so genau kannte und gleichzeitig so nüchtern einschätzte wie er. Barden hatte keine Illusionen. Er war ohne Pathos und ohne nennenswerte Hoffnungen auf eine Besserung der Kriegslage. Er war das, seit er an der Ostfront stand. Zuvor hatte er sich für den Krieg nur von der theoretischen Seite her interessiert. Manchmal hatte er kleine militärpolitische Abhandlungen für die »Wehrmacht« geschrieben.
Aber das lag lange zurück. Er war ein vorsichtiger Mensch und hatte sich in den Junitagen betont neutral verhalten, als ein alter Kamerad aus dem ersten Weltkrieg ihn etwas umwunden, aber immerhin verständlich genug danach befragt hatte, was er zu tun gedenke, wenn sich ein Teil des gehobenen Offizierskorps dazu entschließe, Hitler abzusetzen und Staatsgeschäfte und Kriegführung selbst in die Hand zu nehmen. Der Gedanke daran war Barden nicht unsympathisch gewesen. Er versprach sich davon sogar einiges und versicherte seinen Kameraden strengstes Stillschweigen und größte Sympathie. Aber er betonte ebenso bestimmt, daß er sich nicht in der Lage fühle, an dieser Auseinandersetzung aktiv teilzunehmen. Barden war ein kluger Mann. Er beurteilte die Lage zu nüchtern, als daß er den Leuten vom Offizierskorps eine Chance gab. Er kannte die scharfen Zähne der Parteimaschine, und er entschied sich dafür, nicht zum Märtyrer zu werden.
Als er nun mit seinem Neffen über die wirkliche Lage an

der Front sprach, tat er das, indem er sich an alles erinnerte, was sich ereignet hatte, bis die Heere zum Stehen gekommen waren. Der Herbst dieses Jahres war im gewissen Sinne entscheidend für den weiteren Verlauf des Krieges gewesen. Er war vorüber. Nun kam der Winter. Barden dachte zurück.

Im August durchbrach die Rote Armee die dünnen deutschen Sicherungen an der ostpreußischen Grenze. Beiderseits der Stadt Memel rückten ihre Kolonnen bis zur Ostsee vor. Das hieß für die deutsche Kurlandarmee: »Abtrennung.«

Den August hindurch spitzte sich aber gleichzeitig die Lage auf dem Balkan derartig zu, daß man damit rechnen mußte, auch beträchtliche Teile der dort besetzten Länder in Kürze zu verlieren. So kam es auch. Rumänien erklärte Deutschland den Krieg, und die Rote Armee griff an. Bald darauf wälzte sich das deutsche Heer auf seinem Rückzug durch Ungarn. Aber dennoch standen die Teile der Roten Armee, die unter dem Oberbefehl von Rokossowski und Tscherniakow sich zum Angriff auf Ostpreußen vorbereiteten, Deutschland am nächsten. Hier schien sich zu entscheiden, was in den nächsten Monaten geschah. Und es entschied sich auch.

Im September schloß Finnland Frieden mit der Sowjetunion. Bereits Anfang Oktober griff die Rote Armee Ostpreußen zum zweiten Male an. Sie brach gestärkt und unwahrscheinlich gut ausgerüstet aus ihren Stellungen hervor. Sie nahm Goldap und marschierte auf Gumbinnen zu. Sie griff nicht nur hier an, sondern auch im Bereich der Heeresgruppe Nord, die sie auf dem schmalen Festlandstreifen zwischen der Ostsee und der Rigaer Bucht zusammendrängte. Unter Aufbietung aller vorhandenen Kräfte gelang es schließlich, den sowjetischen Angriff noch einmal zum Stehen zu bringen. Aber das änderte nichts daran, daß sich die Rote Armee in Ostpreußen befand und daß es sich nur um eine verhältnismäßig kurze Zeit handeln konnte,

bis sie erneut antrat, um endgültig zum entscheidenden Schlag auszuholen.
Die moralische Verfassung der deutschen Truppen war schlecht. Zudem mangelte es an Menschen. Die Divisionen wurden mit oberflächlich ausgebildetem Ersatz aufgefüllt. An die Stelle von erfahrenen Soldaten des Landkrieges traten Flieger und Matrosen, Verwaltungsangestellte aus den Stäben und Volkssturmmänner, die der Kampftaktik und den Erfahrungen der sowjetischen Soldaten nichts entgegenzusetzen hatten. Dazu gab es wenig Material. Es schien, als verfüge Deutschland über keine Flugzeuge und Panzer mehr. Man sah nur selten schwere Artillerie. Das vorhandene Material aber war abgenutzt, überholungsreif. Die Geschütze waren ausgeleiert, und aus den Munitionsfabriken in Deutschland kamen Patronen an die Front, die aus lackiertem Blech bestanden. Sie blieben in den Gewehren stecken, verklemmten die Schlösser. Die Fahrzeuge waren ohne Ersatzteile. In den wenigen Werkstätten gab es nicht einmal Ersatzteile für die letzte Konstruktion der deutschen Rüstungsindustrie, den »Tiger«. Man kratzte das Letzte zusammen, und die nationalsozialistischen Führungsoffiziere überboten sich gegenseitig in der Erfindung zugkräftiger Durchhalteparolen. Immer wieder wurde das unbedingte Vertrauen auf den Führer und den Endsieg gefordert. Es gab Soldaten, die gegenteiliger Meinung waren, und an den Bäumen entlang der ostpreußischen Landstraßen hingen die Leichen der ersten Deserteure. Irgendwoher kamen immer wieder die vielversprechenden Nachrichten von neuen, unerhört schlagkräftigen Waffen, die in Kürze die Lage grundsätzlich zugunsten Deutschlands ändern würden. Von den Soldaten, die an der Invasionsfront im Westen gekämpft hatten, kannte mancher diese Gerüchte längst. Sie hielten sich hartnäckig, waren wie ein Stückchen aufgeschwemmtes Holz, das einen schiffbrüchigen Nichtschwimmer durch eine kochende Brandung tragen soll.
Inzwischen waren die Fronten erstarrt. Es schien, als

sammle die Rote Armee noch immer Menschen und Material für ihren Angriff, und es schien, daß die riesigen Strecken, die zwischen ihrem Standort und ihren Versorgungsbasen lagen, die Zeit für die Heranführung von Reserven verlängerten. Abgesehen von den wenigen örtlich begrenzten Angriffen, die es ab und zu gab, lagen sich die Heere abwartend gegenüber, als ob sich der Krieg in Ostpreußen und an seinen Grenzen für eine kurze Weile zum Schlaf niedergelegt hätte.
Barden wußte, wie das Erwachen aus diesem Schlaf aussehen würde. Durch seine Hände wanderten die Meldungen der Aufklärungskompanie, die sein Neffe führte. Er wertete diese Meldungen aus und entschied im Einvernehmen mit dem Chef der Heeresgruppe über die Aktionen, die unternommen wurden, um den gegnerischen Aufmarsch im Hinterland zu stören.
Er wußte, wie gering die Chance war, dadurch etwas an den bevorstehenden Ereignissen zu ändern, aber er hütete sich davor, es irgendeinem anderen Menschen einzugestehen außer sich selbst.
»Du hast jetzt neunzehn Mann im Einsatz ...«, sagte er zu Alf.
Der nickte. »Neunzehn. In vier verschiedenen Gruppen. Es ist das erstemal, daß so viele Leute zugleich im Einsatz sind.«
Barden überlegte eine Weile. Dann sagte er: »In absehbarer Zeit werden wir weitere zwei Gruppen anfordern. Ein Großeinsatz.«
»Mit zwei Gruppen?«
»Ja. Aber beide Gruppen gemeinsam.« Er dämpfte seine Stimme, obgleich nicht die geringste Befürchtung bestand, daß jemand ihr Gespräch mithörte. »Wir setzen eine Anzahl Wlassow-Leute hinten mit ein. Freiwillige. Sie haben bereits ihre Ausbildung hinter sich.«
»Wlassow?« erkundigte sich Alf. »Ist das der übergelaufene Russe?«

Barden nickte. »Er hat nichts zu sagen. Man hat ihn ziemlich kaltgestellt. Aber er hat eine Menge Russen an sich gezogen, für diese Aufgaben sind sie zu verwenden. Ein Teil wird sicher drüben die Uniformen ausziehen und sich aus dem Staube machen, aber es werden immer noch genug übrigbleiben.«
»Wofür?«
Barden beschnitt eine neue Zigarre. Er ging mit seinen Zigarren um wie mit völlig wertlosen Gegenständen. Als wüßte er nicht, daß es teure Importen waren, die sich der Stabsmarketender nur auf Umwegen beschafft hatte und die ohnehin bald zu Ende gingen.
»Wofür?« wiederholte er. »Für verschiedene Dinge. Du darfst nicht vergessen, daß diese Leute Russen sind. Sie sprechen die Sprache und kennen sich in den Gepflogenheiten der Armee gut aus.«
»Mein Gott«, sagte Alf, »glaubst du, das wird den Krieg entscheiden?« Er blickte den Onkel an, aber der lächelte ihm gemütlich ins Gesicht, an seiner Zigarre paffend.
»Natürlich nicht«, sagte er, »im übrigen werden sie verhältnismäßig unbedeutende Aufgaben bekommen. Aber immerhin tragen sie Uniformen der Roten Armee und sind nicht so leicht zu erkennen. Wenn sie auch nichts entscheiden, so richten sie doch Verwirrung an. Allerdings, wie ich die Russen kenne, wird sie diese Verwirrung nicht weiter stören.«
»Das sagst du mir heute, und morgen wirst du ihnen schildern, wie sehr von ihrem Einsatz der Endsieg abhängig ist.«
»Soll ich lieber als Kompaniechef zur Infanterie nach Gumbinnen gehen? Es gibt genug Leute, die auf meinen Posten als Ic lauern ...« Barden paffte ein paar Rauchwolken in die stickige Luft des Zimmers. Alf sah nachdenklich auf die Kognakflasche. Barden nahm die Zigarre aus dem Mund und sagte leise: »Junge, du mußt dir darüber klar sein, daß uns gegenüber dreißig Schützendivisionen liegen und zwölf verschiedene Panzerverbände. Die Artillerie will ich dir gar

nicht aufzählen. Aber bis der Russe angreift, wird sich diese Zahl noch erhöhen. Was glaubst du, was sich hier abspielt, wenn es losgeht?«
Alf griff nach einer Zigarette. Als sie brannte, stand er auf und ging ein paar Schritte in der Stube hin und her. Barden konnte sein Gesicht jetzt nicht mehr erkennen, denn die Petroleumlampe, die an der Wand hing, war zu tief angebracht. Er hörte ihn nur sagen: »Gibt es irgendeinen Anhaltspunkt für den Beginn des Angriffs?«
Barden zog die Stirn in Falten. Er strich sich leicht über sein lockeres, stark gelichtetes graues Haar und sagte dann: »Nach dem, was wir bis jetzt wissen, wird der Angriff noch eine Weile auf sich warten lassen. Ich meine den Großangriff. Den werden die Russen kaum noch im alten Jahr anlaufen lassen. Sie sind vorsichtig. Sie brauchen offenes Wetter. Das heißt Kälte und Schnee. Das ist ihre Zeit. Gestern sind Leute von dir zurückgekommen. Sie haben festgestellt, daß in den Bereitstellungen Schlitten eingetroffen sind. Wenn sie ihre Schlitten in die Bereitstellungen bringen, heißt das, daß sie mit Schlitten fahren wollen. Noch liegt kein Schnee. Vor Weihnachten wird es auch keinen geben. Danach wird der Angriff kommen. Wir werden gerade noch rechtzeitig von Ernestines Hochzeit zurück sein, um ihn zu erleben …«
»Vielleicht ist es der letzte, den wir erleben …«, sagte Alf aus der Dunkelheit.
Barden schwieg. Nach langer Zeit sagte er: »Es wird zuvor noch eine Anzahl kleinerer Plänkeleien geben. An ein paar Stellen werden die Russen versuchen, günstigere Ausgangspositionen zu gewinnen.« Er deutete mit dem Daumen der Hand, die auch die Zigarre hielt, nach der Tür. Es war eine unbestimmte Geste. Dann sagte er: »Sie werden es hier in dieser Gegend auch noch einmal versuchen. Es liegen Anzeichen dafür vor.«
Alf sagte: »Sie waren ja schon einmal bis über Haselgarten hinaus. Damals …«

»Ja«, unterbrach ihn Barden, »sie werden es wieder versuchen. Wie ich die Dinge sehe, werden wir ihnen nichts Wesentliches entgegensetzen. Wir werden sie nur abbremsen, nicht zurückschlagen.«
»Du meinst, wir haben nicht die Kräfte dazu?«
»Es werden andere Dinge gespielt. Alles, was wir noch tun werden, ist, die Russen so lange zu bremsen, bis die Amerikaner weit genug in Deutschland sind. So sehe ich das. Verstehst du?«
»Ich verstehe. Und meine Kompanie?«
»Man wird sie zurücknehmen. Sie ist zu schade als Prellbock. Noch wird sie gebraucht. Man wird sie zurückverlegen, wenn es losgeht. Aber es sieht so aus, als ließe das noch ein bißchen auf sich warten.« Er war kein Trinker, und der Alkohol setzte ihm zu. Er würde am Morgen furchtbare Kopfschmerzen haben, aber das war ihm jetzt gleich.
Auf der Straße vor dem Haus rollte eine Kolonne Fahrzeuge zurück. Munitionswagen. Die Motoren brüllten in die Nacht, und Alf, der mit gesenktem Kopf am Tisch stand, stellte sich die Gesichter der Fahrer vor. Schlecht rasiert, ungewaschen, über das Lenkrad gebeugt, mit angestrengten Augen die Dunkelheit absuchend, die durch die schmalen Lichtstreifen der Tarnscheinwerfer kaum erhellt wurde. Zigaretten in den Gesichtern. Glimmende Punkte in der Finsternis. Schweißgeruch und Tabaksqualm.
»Die Russen haben jetzt auch Radargeräte ...«, sagte Barden.
»Im Schwarzwald ...«, murmelte Alf. »Ernestine heiratet im Schwarzwald. Mein schwarzer Anzug wird mir nicht mehr passen. Ich werde in der Uniform erscheinen müssen ...«

Eine Messe lesen

Während sich Zado sehr sorgfältig wusch, überlegte er, was das Mädchen gesagt hatte.
Er war den ganzen letzten Abend bei ihr gewesen, die Nacht hindurch und den folgenden Tag. Erst in der Dämmerung war er nach Haselgarten zurückgekommen. Er hatte sich zuvor bei Alf abgemeldet. Der hatte ihn verpflichtet, nicht länger als bis zur Dämmerung zu bleiben, und Zado war zur abgemachten Zeit wieder im Dorf gewesen. Er hatte in der Unterkunft niemand vorgefunden außer einem Obergefreiten, der dafür bekannt war, daß er zwischen den Einsätzen nur stundenweise nüchtern war und im übrigen ständig schlief, weil er sich von seinem Lager auf der Strohmatratze am Boden nur erhob, um weiterzutrinken, bis er wieder umsank. Der Mann war harmlos. Er redete viel, wenn er trank, aber er war gemütlich. Er lag auf einer Strohmatratze und sah aus glasigen Augen zu, wie Zado eine große Schüssel mit Wasser hereinholte und sie auf den Ofen stellte. Die Stube, in der sie lagen, war einmal die gute Stube der Bauernfamilie gewesen. Sie hatten die Möbel ausgeräumt und in die Scheune gestellt. Die Matratzen hatten sie nebeneinander auf dem Fußboden ausgelegt. So gab es mehr Platz in der Stube. Sie lagen zu sechs Mann darin, mit ihrem Gepäck und einer Anzahl Gegenständen, die zum täglichen Gebrauch bestimmt waren: die Waschschüssel, ein paar große Töpfe, eine Kaffeekanne mit einer gestrickten Wärmemütze, Eßbesteck, das aus sechs verschiedenen Häusern zusammengesucht war, Decken, alte Gardinen, die sie zum Putzen der Waffen benutzten, und ein Wetzstein, den Zado in der Küche irgendeines Hauses

entdeckt hatte. In der Nähe des eisernen Ofens stand auf der Erde ein Grammophon mit einem riesigen Schalltrichter. Zuerst war nur das Grammophon dagewesen. Den Schalltrichter hatten sie später hinter den Häusern auf einem Gerümpelhaufen gefunden. Kraftfahrer hatten ihn als Benzintrichter benutzt. Er stank noch jetzt danach. Aber der Apparat spielte. Die Männer hatten ein paar Platten aufgetrieben. Es waren alte Lieder aus Großmutters Zeiten, aber irgendeiner hatte später aus dem Ort, in dem der Stab lag, ein halbes Dutzend neuer Platten mitgebracht. Die spielten sie abwechselnd. Es gab keinen, der sie nicht schon auswendig kannte.

Als das Waschwasser warm war, stellte Zado die Schüssel auf einen Stuhl und zog sich aus. Der andere in der Ecke sah ihm unbewegt zu. Zado rieb sich den Oberkörper ab, dabei leise vor sich hin pfeifend. Das Mädchen hatte etwas von Liebe gesagt.

Der Obergefreite in der Ecke griff nach der Flasche. Es war Bols, und er stammte noch aus Holland. Der Obergefreite besaß noch eine halbe Kiste dieser Flaschen. Er hatte sie selbst gestohlen. Als sie Harderwijk räumten, war er mit einem Kraftfahrer zum Verpflegungslager gefahren, um für die Kompanie einen Zentner Brot, einen Viertelzentner Butter, ebensoviel Käse, zweitausend Zigaretten und hundert Flaschen Bols zu empfangen. Die Posten hatten um diese Zeit nicht mehr genau aufgepaßt, und der Obergefreite hatte zusammen mit dem Kraftfahrer zwei Kisten Bols zusätzlich aufgeladen. Nachher hatten sie geteilt. Die halbe Kiste, die er noch besaß, war der Rest seines Anteils. Er war nicht geizig, und aus diesem Grunde stahl ihm auch keiner etwas von dem Bols. Man brauchte ihm nur zu sagen, daß man eine Flasche haben wolle, und man bekam sie. Aber es gab besseren Schnaps als diesen Bols, und daher hielt sich der Rest in der Kiste des Obergefreiten ziemlich lange. Der Kraftfahrer hatte die Kiste heimlich auf seinem Wagen von Holland bis nach Haselgarten gefahren.

Manchmal kam er, und dann trank er mit dem Obergefreiten gemeinsam eine Flasche aus. Die beiden waren seit der Ausbildung befreundet.
»Da!« grunzte der Obergefreite. Zado blieb keine Zeit, zu überlegen, was der Betrunkene wollte. Er sah die Flasche auf sich zufliegen und mußte sie auffangen. Sie glitt ihm beinahe aus der Hand, denn seine Handflächen waren glatt von der Seife. Aber er fing sie, indem er sie an den Körper preßte, und dann nahm er einen Schluck und warf sie zurück.
»Schnall die Pistole ab«, grunzte der Obergefreite, »man wäscht sich nicht mit umgeschnallter Pistole ...«
Zado kniff ein Auge in seinem Raubvogelgesicht zu und riet dem Obergefreiten: »Sauf nicht so viel. Wenn sie dich wieder einsetzen, wirst du keine sichere Hand haben.«
»Pistole ...«, brummte der Mann. »Geladen und gesichert ... hi ... ein Idiot ... damit geht er baden ...«
Das Mädchen war nicht mehr sehr jung. Eine von den Frauen, die niemand besaßen, der an ihnen interessiert war. Keine Familie, keinen Mann. Nur Soldaten.
Zado hatte ihr etwas zu essen mitgenommen. Ein paar Rationsbüchsen Mulifleisch, ein Brot in Zellophan, ein paar Dosen Ölsardinen. Alles aus der Offiziersküche. Zado war einer der wenigen, mit denen der Koch pokerte. Für solche Leute stand immer etwas herum. Zado ließ den Koch gewinnen. Wenn er mit dem Koch pokerte, betrachtete er es als persönliches Pech, einen Flush zu haben. Man mußte den Koch gewinnen lassen. Dann geriet er in Stimmung und rückte Sachen heraus, die knapp waren. Zigaretten und Schokakola waren mehr wert als ein paar lumpige Markscheine, die man verlor.
»Alles keine Soldaten mehr ...«, lallte der Obergefreite. Er setzte die Flasche an und trank wieder. Er war vor zwei Tagen vom Einsatz zurückgekommen. Die anderen gingen gern mit ihm zusammen, denn er besaß Kräfte wie ein Bär. Einmal hatte er einen Verletzten achtzehn Kilometer auf dem Rücken getragen und gerettet. Der Mann hatte schon

mit der Mündung der Beretta im Mund in einem Gebüsch gelegen, und der Obergefreite war der letzte gewesen, der an ihm vorbeizog. Er nahm ihn mit … Er setzte die Flasche ab und rülpste wohlig. Dann griff er nach einer Zigarette und sah zu, wie Zado seine Haut trockenrieb.
»Paß auf, daß du nicht explodierst …«, grinste Zado. Der Obergefreite winkte lässig mit der Hand. Er kam dabei mit dem glühenden Ende der Zigarette an seinen Arm. Die Funken stoben, aber der Mann schien das nicht zu merken.
Wir müssen immer beieinander bleiben, hatte das Mädchen gesagt. Es war dunkel gewesen, und im Zimmer hatte es nach einem Parfüm gerochen, das Zado kannte. Sie hatten einen Ballon davon in irgendeinem holländischen Parfümladen entdeckt und mitgenommen. Der Ballon war zuletzt beim Stab gelandet, und die Offiziere hatten es für sich in Bierflaschen abgefüllt. Es hatte eine Zeit gegeben, zu der man bereits auf der Straße des Ortes, in dem der Stab lag, riechen konnte, welches Haus er besetzt hatte. Es hatte wenig Sinn, sich darüber den Kopf zu zerbrechen, wer dem Mädchen wohl das Parfüm geschenkt hatte.
»Vielleicht verändert sich die Front nicht mehr«, hatte das Mädchen gesagt, »dann bleiben wir immer zusammen, und wenn der Krieg vorbei ist, wohnst du bei mir. Es wird sehr schön sein …«
Zado hatte mit ihrem Haar gespielt. Er liebte dieses volle, schwere Haar. Er hatte sie nicht angesehen, nur ihre Stimme hörte er. Diese Mädchen waren in dunklen Zimmern besser zu ertragen als in hellen. Er erinnerte sich nicht mehr genau an das, was er ihr geantwortet hatte. Aber er wußte, daß er ihr Hoffnungen gemacht hatte. Es gab nicht sehr viele Mädchen in diesem Dorf. Es war gut, wenn man wußte, zu wem man gehen konnte, wenn wieder ein Einsatz vorüber war.
Dieses Mädchen hatte etwas Mütterliches. Wenn er müde war, zog sie ihm Schuhe und Strümpfe aus. Sie kleidete ihn

aus und legte alles ordentlich zusammen. Sie bügelte seine Hosen und wusch seine Hemden. Sie war nicht besonders schön. Nicht einmal besonders verdorben. Nur lebte sie in einem Dorf, das von der Wehrmacht besetzt war.
Zado rieb sich nachdenklich das Haar trocken. Auf dem Fußboden stand neben der Waschschüssel eine kleine Pfütze. Sie ist einsam, dachte Zado, sie ist ebenso einsam wie wir. Sie hat angefangen, sich die Langeweile mit ihrem Körper zu vertreiben, und sie findet kein Ende mehr. Das ist es. Sonst nichts. Sie nennt das Liebe. Weiß man überhaupt noch, was man Liebe nennen soll? Vielleicht das, was sich zwischen Bindig und dieser Anna abspielen wird? Sicher wird es dazu kommen. Ist das dann Liebe?
Der Obergefreite quengelte: »Übermorgen geht's los ... ich weiß es ganz genau. Und sie werden mich wieder ... alles egal ... wenn der Bols alle ist ...«
»Dann bringst du dir eine Kiste Wodka von drüben mit, wie ich dich kenne«, sagte Zado. Er zog das Hemd an und griff nach der Uniform.
»Wodka ...«, lallte der Betrunkene angeekelt, »das ist Brennspiritus mit Flöhen ...« Er grinste: »Davon kriegt man den Tripper ... ins Gehirn ... und in die Backenzähne! Stell dir vor: Tripper in den Backenzähnen ...«
»Du bist ein Schwein«, sagte Zado sachlich. »Du solltest wenigstens einmal am Tag für eine halbe Stunde nüchtern sein, damit du begreifen kannst, daß du die übrige Zeit besoffen gewesen bist.«
Der Obergefreite gehörte zu Timms Zug. Wenn sie zwischen den Einsätzen Dienst machten, dann erschien Timm ein paar Stunden zuvor und nahm dem Obergefreiten die Flasche weg. Ein paar Stunden genügten, daß er dienstfähig wurde. Timm behandelte ihn wie ein krankes Kind. Wenn er damit keinen Erfolg hatte, brüllte er ihn an. Das half immer, denn der Obergefreite hatte das Gemüt eines Kindes.
Er sah Zado schief an und bettelte: »Nicht doch Schwein ... du kannst nicht sagen ...«

Zado erinnerte sich wieder an das Mädchen. Er sah es so vor sich, wie es in dem Bett lag, und über dem Bett, an der Wand, hing ein kleiner, gläserner Weihwasserkessel mit einem Engel darüber. Er war leer, denn das Zimmer, in dem das Mädchen wohnte, gehörte ihr nicht, und überdies war das Mädchen nicht religiös genug, um den Kessel wieder mit Weihwasser zu füllen. Sie benutzten ihn als Aschenbecher, und es war schön, in der Dunkelheit zu liegen, einen Zigarettenstummel in das durchsichtige Gefäß zu werfen und zu beobachten, wie er langsam verglomm. Himmel, dachte Zado, wie lange wird es dauern, und sie werden sich die Perlen von den Rosenkränzen als Knöpfe an die Kleider nähen! Wenn es das Mädchen nicht gäbe, würde ich auch saufen, dachte Zado. Immer, wenn es kein Mädchen gab, habe ich gesoffen. Und ich würde es auch jetzt tun. Sie hatte ihm ihre Lebensgeschichte erzählt. Ein blaßvioletter Bilderbogen, von einem Pfuscher gezeichnet. Die Tochter eines Bäckers aus Goldap. Die Eltern auf der Flucht bei einem Fliegerangriff getötet. Die Wehrmacht nahm das Mädchen weiter mit. Und sie sorgte auch für sie. Man ließ sie in der Küche helfen. Sie bekam das Essen dafür. Nachdem der Küchenbulle sie gehabt hatte, brachte sie sogar gelegentlich Zigaretten und Schokolade nach Hause. Später das Parfüm. Ein parfümierter Bilderbogen. Zado fuhr in seine Schuhe und dachte angeekelt an die aufgeschwemmten Finger des Küchenbullen. Die Pokerkarten klebten an diesen Fingern, als wären sie mit Kleister bestrichen. Er erinnerte sich, daß er schon oft an diese Finger gedacht hatte. Er hatte dann überlegt, ob es möglich war, daß diese Finger ein klebriges Gefühl auf der Haut des Mädchens zurückgelassen hatten. Er hockte auf seiner Matratze und schnürte die Schuhe zu. Zado, dachte er, was wird aus dir? Eine Frau? Diese? Unsinn. Du wirst jede Nacht glauben, ihre Haut klebe noch von den Fingern des Küchenbullen. Und eine von zu Hause? Du wirst jede Nacht den Rekruten vor dir sehen, der es mit

ihr trieb, während du hier an deinem Fallschirm baumeltest.
»Ich habe dich sehr lieb«, hatte das Mädchen gesagt. Sehr leise und so, daß man es ihr glauben konnte.
Die auswechselbare Liebe, dachte Zado. Die Liebe der kämpfenden germanischen Rasse. Die Liebe zwischen den klebrigen Fingern des einen und den entzündeten Pickeln des anderen. Die Liebe des Jahres neunzehnhundertvierundvierzig und später. Die Liebe der Helden unserer Zeit. Über was man nicht alles nachdenkt, sagte er sich. Aber es ist nichts daran zu ändern. Sie haben es geschafft. Sie haben die Männer zu Helden gemacht und die Frauen zu Huren.
»Hör mal, du Stint!« sagte er unvermittelt zu dem Obergefreiten. »Wo sind eigentlich die anderen hin?«
Der Betrunkene grinste über das ganze Gesicht. Er rollte die Augen und griff, als wäre er durch Zados Frage aufgewacht, wieder nach der Flasche. »In der Kirche ...«, lallte er glucksend. Er nahm einen Schluck und wischte sich den Mund. »Alle in der Kirche. Mosek an der Spitze, hi! Aber nicht ... beten ...« Da streifte Zado sich die Tarnjacke wieder über und setzte die Mütze auf. Der Betrunkene kicherte hinter ihm her, als er den Raum verließ.

Er hörte die Musik schon, als er sich der Kirche näherte. Er blieb stehen und lauschte einen Augenblick ungläubig. Die Kirche stand am Rande eines kleinen Platzes, mitten im Dorf. Ihre Mauern waren von Ranken bewachsen. Ein altes, ehrwürdiges Bauwerk. Der Glockenstuhl war zerstört, obgleich die Glocke noch unversehrt hing. Eine Granate war in den Turm gefahren, hatte ihn stark beschädigt und auch einen Teil des Daches aufgerissen, so daß die Dachziegel unordentlich umherlagen.
Wenn der erste Schnee kommt, wird er durch dieses Loch hindurchfallen, dachte Zado. Er hörte jetzt ganz deutlich die Orgel spielen. Die Orgel war also nicht getroffen worden. Er stieg die Stufen hinauf und öffnete langsam die Tür.

Sie quietschte leise in den Angeln, aber sie ließ sich leicht öffnen. Es war dunkel, bis auf die trübe Flamme eines Hindenburglichtes, das auf den Stufen zum Altar brannte. Um dieses Licht herum hockten etwas mehr als ein Dutzend Männer. Sie hatten den Läufer, der die Treppen hinaufführte, so zusammengelegt, daß jeder davon ein Stück als Sitzunterlage abbekam. Zado bemühte sich, auf das Licht zuzugehen, aber es war dunkel in der Kirche, und er stieß sich an den Holzbänken, bis er sich zum Mittelgang durchgearbeitet hatte. Er stolperte über einen zusammengeschobenen Teppich und fluchte laut. Es wurde ihm erst jetzt bewußt, daß diese Situation in der Kirche von Haselgarten eigenartig war. Er erinnerte sich nur noch schwach, wie eine Kirche ausgesehen hatte, in der er als Kind gewesen war. Und jetzt, in diesem Dorf, bei sinkender Nacht mit einem Dutzend Soldaten vor dem Hauptaltar. Um ein Hindenburglicht geschart. Das mutete gespenstisch an, irrsinnig. Die Orgel auf der Empore begann »Heimat, deine Sterne« zu spielen.
Einer der Soldaten, die auf den Stufen hockten, hatte Zado erkannt und rief gedämpft: »Zado ... Komm her, wir haben deinen Schnaps hier!«
Es hatte Genever gegeben. Es gab öfters Genever, denn die Kompanie hatte in Holland selbst geholfen, allen Genever, der erreichbar war, in die Fahrzeuge der Division zu verladen. Nun wurde er ausgegeben. Es war klares, scharfes Zeug. Zado trank es nur, wenn er nichts anderes hatte. Als er auf den Soldaten zuging, der ihn gerufen hatte, erkannte er, daß es Paniczek war. Einer aus Rybnik, der kein Wort Deutsch lesen und schreiben konnte. Einer, der in die Grube eingefahren war, ohne sich darum zu kümmern, ob die Leute ihn für einen Polen oder für einen Deutschen hielten. Bis die Deutschen kamen und Paniczek merkte, daß es die »Rzeczpospolita« nicht mehr gab. Da entdeckte er, daß ab seiner Großmutter alle Vorfahren deutsch gewesen waren, und er brauchte nicht zum Amt wegen der

Volksliste. Paniczek war Reichsdeutscher, der zwar nicht lesen und schreiben, dafür aber in beiden Sprachen sehr abwechslungsreich fluchen konnte und zuweilen zum Spaß seiner Freunde Markstücke zwischen Daumen und Zeigefinger krumm bog. Er war ein hünenhafter Kerl mit breiten Schultern und Händen wie Sandschaufeln. Er hatte die Kräfte eines Stieres, aber er war so gutmütig, daß es den anderen schon keinen Spaß mehr machte, ihn zu hänseln.
»Komm ...«, forderte er Zado auf, als dieser bis zu ihm getappt war.
»Was macht ihr denn hier?« erkundigte sich Zado verständnislos. »Seid ihr verrückt oder nur besoffen?«
»Alles!« grinste Paniczek. »Verrückt und besoffen auch. Hier hast du Schnaps. Schnaps ist da und Musik.«
Er hielt Zado die Flasche hin, und der nahm sie. Er sah, daß sie zur Hälfte gefüllt war. Ein halber Liter Schnaps bedeutete, daß es in spätestens drei Tagen den nächsten Einsatz gab.
Die Orgel dröhnte noch einmal auf, und dann verklang der letzte Ton. Der Spieler setzte zum nächsten Stück an. Er ließ das Instrument voll tönen, so daß es den großen Raum der Kirche mit seinem Klang ausfüllte. Er spielte: »Ich weiß, es wird einmal ein Wunder geschehn ...« Ein paar von den Soldaten, die auf den Altarstufen hockten, sangen mit. Es waren rauhe, kehlige Stimmen, etwas heiser.
»Ihr seid verrückt«, sagte Zado, »ihr könnt doch nicht in der Kirche Musik machen. Und saufen ...«
»Setz dich hin und halt die Schnauze«, sagte Paniczek, »setz dich hin, du Katholik, und sauf. Aber halt die Schnauze.«
Das Hindenburglicht beleuchtete die Gesichter der Männer, die auf den Stufen saßen. Es waren die gleichen Gesichter wie immer. Es war nichts Besonderes in ihnen. So, als säßen sie nicht in einer Kirche, sondern um ein Lagerfeuer zwischen zwei Seen in Masuren.
»Ich bin kein Katholik«, sagte Zado, während er sich neben Paniczek hockte, »aber es wird sicher welche geben. Gibt es

denn keinen, der euch von dieser Schnapsidee hätte abhalten können?«
Der Hüne klopfte ihm auf die Schulter. »Sauf, Zado. Musik und Schnaps sind das halbe Leben. Die andere Hälfte ist Scheiße. Es gibt keine Katholiken mehr. Und keinen Pfaffen, der diese Kirche behütet. Bald wird es die ganze Kirche nicht mehr geben. Das Dach ist schon kaputt. Dann wird die Orgel nicht mehr spielen, und die andere Hälfte vom Leben wird auch noch Scheiße sein. Und wir vielleicht tot ...«
Die Musik rauschte durch das Gewölbe. Mosek war ein guter Spieler. Sie hatten ihn schon oft zum Stab geholt, wenn sie dort ein Fest feierten. Mosek war beliebt. Er spielte einen Swing, und die Töne hüpften aus dem Instrument, überschlugen sich und erklangen voll und schön in der ausgezeichneten Akustik des Kirchenbaues.
Sie spielen Swing in der Kirche, dachte Zado. Er riß den Korken aus der Flasche und nahm einen langen Zug. Eigentlich war nichts dabei. Paniczek hatte recht. Wer weiß, wie lange die Kirche noch stand. Es war dieses riesengroße »Wer weiß«, womit man alles begründen konnte, was geschah. Die langgezogenen Orgeltöne brachten seine Trommelfelle zum Schwingen. Es war, als säße er auf der Empore, zu nahe an der Orgel. Er blickte nach der Decke und sah die Sterne durch das zerfetzte Dach. Es roch noch immer nach Weihrauch in der Kirche. Sie war wohl wochenlang nicht benutzt worden, und das Loch im Dach war ebenfalls Wochen alt. Aber der Geruch des Räucherwerks hatte sich erhalten. Er kam von jedem Stück Mauer und von jeder der Holzbänke, aus den Läufern und aus den golddurchwirkten Decken, die auf dem Altar lagen. Die Christusfigur stand noch dort, und das flackernde Licht spielte darauf. Die Farben leuchteten nicht, dafür war das Licht zu schwach. Das Blut an den Nägeln, die durch die Füße geschlagen waren, erschien ebenso schwarz wie die Falten des Lendentuches und die Dornenkrone auf dem

Haupt des Gekreuzigten. Um das Licht herum glimmten die Zigaretten. Zado schüttelte den Kopf und lehnte sich zurück. Mosek spielte »Sing, Nachtigall, sing«, und die Soldaten summten andächtig mit. Die Sterne in der Lücke im Dach flimmerten unruhig.
Zado versank in dieser gespenstischen Atmosphäre, bis Paniczek ihn plötzlich anstieß und fragte: »Warum saufst du nicht? Sauf doch! Gibt nicht alle Tage Schnaps und Musik!«
»... als der Liebste mich besessen ...«, sagte einer der Männer. Zado erkannte Klaus Timm an der Stimme, Timm, dachte er. Das läßt er sich nicht entgehen. Das ist was für Timm. Genever und Weihrauch, und der Jesus am Kreuz, im Schein des Hindenburglichtes, und dabei »... als der Liebste mich besessen«.
Wir sind alle sentimental, dachte er. Wir sind wie die alten Jungfern, wenn es uns packt. Wir sind keine Männer mehr. Sentimentale Waschlappen, perfekt im Töten und im sachkundigen Anlegen von Sprengungen. Und ein Schmarren bringt uns zum Heulen. Wir gäben allesamt den Inhalt für ein Museum ab, in dem die Deutschen des zwanzigsten Jahrhunderts für die Nachwelt zur Schau gestellt werden. Die Russen würden heute noch ohne Artillerie und Panzer angreifen, wenn sie wüßten, wer in unseren Uniformen steckt.
Die Orgel brach jäh ab, und Moseks Stimme rief von der Empore im breiten, gemütlichen Dialekt des Rheinländers herunter: »Bringt mir was Schnaps, Jungens!«
Sie brachten ihm Schnaps und auch dem anderen, der den Balg trat. Sie brannten ihm eine Zigarette an und steckten sie ihm zwischen die Lippen. Sie waren großartige Kameraden, denn es war Schnaps von ihrem Schnaps, und es war eine Zigarette von ihren Zigaretten. Sie hockten da und summten mit, und wenn er etwas Lustiges spielte, hellten sich ihre Gesichter auf, und sie lächelten einander zu und schlugen sich auf die Schenkel. Mosek spielte »Anna Marianna«, und Klaus Timm grölte plötzlich laut: »Spiel was

Schräges, nicht diesen alten Fetzen!« Aber einer von den anderen verlangte sofort: »Weiterspielen! Das ist mein Lieblingslied!« Zado trank wieder. Er merkte, wie ihm der Genever langsam zu Kopfe stieg. Es ist ein verdammtes Zeug, dachte er. Morgen werde ich einen Brummschädel haben. Ich hätte lieber von dem Besoffenen eine Flasche Bols mitnehmen sollen.
Er merkte, daß der Schnaps ihn in Stimmung brachte, und sagte grinsend zu Paniczek: »Wenn der jetzt ›Deutschland, Deutschland über alles‹ spielt, was machen sie dann? Stehen sie auf und heben die Hand, oder knien sie und schlagen sich an die Brust?«
Der Hüne lachte behäbig auf und stieß mit seiner Flasche an die Zados. Er grunzte dabei: »So gefällst du mir, Zado!«
Zado wußte nicht mehr genau, wie viele Lieder Mosek gespielt hatte, als sich die Tür der Sakristei öffnete und einer mit dem Messebuch in der Hand heraustrat. In der anderen Hand hielt er ein zweites Hindenburglicht.
»Kein Wein mehr«, sagte er zu den anderen, »den hat der Herr Pfarrer mitgenommen. Bloß die Bibel hat er uns dagelassen.« Er hockte sich zu den anderen und blätterte in dem Buch. Und die Orgel tönte weiter, und die Sterne flimmerten dort, wo das Dach geborsten war.
»Diese Bibel«, sagte der Soldat mit erhobenem Zeigefinger, »die hat es in sich!« Er drückte seine Zigarette auf dem Läufer aus und begann vorzulesen.
»Jetzt liest er auch noch eine Messe ...«, brummte Zado. Er hatte viel von dem Genever getrunken und hatte sich an die Kirche und die Orgel, an den Weihrauchduft und die Christusfigur gewöhnt.
»Dies ist das Buch von des Menschen Geschlecht«, las der Soldat mit erhobenem Finger, »da Gott den Menschen schuf, machte er ihn nach dem Gleichnis Gottes. Und schuf sie, ein Männlein und ein Fräulein, und segnete sie und hieß ihren Namen Mensch, zur Zeit, da sie geschaffen wurden. Und Adam war hundertunddreißig Jahre alt und zeugte

einen Sohn, der seinem Bilde ähnlich war und hieß ihn Seth. Und lebte danach achthundert Jahre und zeugte Söhne und Töchter. Daß sein ganzes Alter ward neunhundertunddreißig Jahre – und starb. Seth war hundertundfünf Jahre alt und zeugte Enos …«
Einer der Männer lachte laut auf, und der Leser unterbrach sich. »Hundertundfünf Jahre alt und zeugte Enos!« grölte Timm. »Stellt euch vor, was der mit dreißig gemacht hat! Oder mit fünfundzwanzig! Das waren noch Zeiten!«
»Da hatten sie alle sieben Weiber …«, sagte ein anderer, »ich hab's irgendwo gelesen. Die Juden hatten alle sieben Weiber. Und damals gab's nichts als Juden auf der Welt. Könnt ihr euch das vorstellen?«
»Diese Bibel ist gut«, sagte der Vorlesende, »ich werde sie mitnehmen. Sie ist beinahe so interessant wie ein Dreißig-Pfennig-Roman.« Er vertiefte sich wieder in das Buch, und die anderen begannen, sich gedämpft über ein Bordell in Amsterdam zu unterhalten, an das sie sich alle noch erinnerten, weil es dort ein Zimmer mit einem Filmapparat gegeben hatte. Mit acht Lagerstätten und einem Filmapparat und einer Leinwand an der Stirnseite des Raumes.
»Hör mal …«, wandte sich Paniczek an Zado, »willst du dir eine Flasche Schnaps verdienen?«
Zado schaute geringschätzig und antwortete: »Ich habe noch ein paar im Gepäck. Besseren, als du hast.«
»Aber trotzdem«, beharrte der andere, »Schnaps kann man nie genug haben. Willst du?«
»Was?«
»Du sollst mir was schreiben und kriegst eine Flasche Schnaps. Guten deutschen.«
Paniczek wandte sich manchmal an einen der anderen, wenn er etwas zu schreiben hatte. Ein Urlaubsgesuch, eine Meldung oder wie damals, als Zado ihm geholfen hatte, eine Anweisung nach Hause, daß irgendein Janek Streletzki das Zimmer von Paniczek ausräumen, alles verkau-

fen und ihm das Geld schicken solle. Paniczek konnte nicht schreiben, er hatte es nie gelernt.
»Was soll ich dir schreiben?« fragte Zado. »Ein Urlaubsgesuch?«
»Nein. Nicht Urlaubsgesuch. Andere Sache.«
»Was für eine Sache?«
»Komm mit. Oder willst du noch Musik hören?«
»Ich höre seit einer Viertelstunde keine Musik mehr«, sagte Zado und erhob sich, »meine Ohren sind voll Schnaps.«
Sie gingen den Mittelgang entlang, diesmal ohne sich zu stoßen, weil sich ihre Augen an das Dunkel gewöhnt hatten.
Sie gingen trotzdem langsam, und Mosek begann »Lilli Marlen« zu spielen, und sie hörten Klaus Timm grölen: »... werd' ich bei der Laterne stehn ...« Dann schlug die Tür hinter ihnen zu, und die Kälte der Nacht fiel sie an. Sie stolperten die Stufen hinab, und die Musik klang dünn hinter ihnen her.
An der Front rollte der Donner ferner Geschütze. Das Dorf lag dunkel. Die Schritte knirschten auf dem gefrorenen Boden. Paniczek schlug den Kragen der Tarnjacke hoch und sagte: »Du brauchst nicht viel zu schreiben. Bloß ein bißchen. Einen Brief, kleinen. An ein unbekanntes Mädchen ...«
»Eh ...«, sagte Zado, »du und ein unbekanntes Mädchen. Wo hast du die aufgegabelt?«
Paniczek legte ihm freundschaftlich die Hand auf die Schulter. Er hauchte ihm eine Wolke Schnapsdunst ins Gesicht und sagte treuherzig: »Ein schönes Mädchen. Viel zu schön für unbekannt. Sie haben mir heute mittag ein Päckchen von ihr gegeben. Ein schönes Mädchen ...«
»Hast du ein Bild von ihr?«
»Fünf Stück. Große Bilder.«
»Ich werd' verrückt«, sagte Zado. »Zum Schluß wird aus diesem Krieg noch eine Ehevermittlung!«

Paniczek zeigte ihm das Päckchen, als sie in dem Hause angekommen waren, das sie bewohnten. Zado rückte die Schnapskiste des betrunkenen Obergefreiten in die Nähe des Ofens, stellte die Petroleumlampe auf und holte einen Bogen sauberes Papier aus seinem Rucksack. Er hockte sich auf den Fußboden und schrieb. Er hatte eine saubere Handschrift, und er wußte, wie man Briefe schreiben muß. Paniczek zeigte ihm alles, was in dem Päckchen gewesen war, und er gab ihm zu lesen, was das Mädchen geschrieben hatte. Er holte die Flasche Schnaps und noch eine andere, halbvolle, und hockte sich neben Zado. Er legte ihm eine Packung Zigaretten hin und nahm die Mütze ab, als fände eine Feier statt.

In dem Päckchen waren zwei Paar Socken und drei Taschentücher gewesen, die Zigaretten, die vor Zado lagen, eine Tafel erstaunlich guter Schokolade und ein grün-gelb gemusterter Seidenschal. Das Mädchen schrieb einen langen Brief, und sie erzählte dem unbekannten Empfänger, daß sie aus dem gleichen Stoff, von dem der Schal gemacht war, ein Kleid habe. Ihr Vater habe den Stoff aus Frankreich geschickt. Er sei ein leitender Angestellter bei der IG-Farben in Frankfurt, und er reise oft ins Ausland.

»Wo ist das, Frankfurt?« fragte Paniczek.

»Am Main«, sagte Zado und las weiter.

»Aha, am Main.« Paniczek nickte.

Das Mädchen schrieb, daß sie siebzehn Jahre alt sei und daß sie sich auf das Abitur vorbereite. Sie erlebe alle Taten der Soldaten so intensiv mit, daß sie es als ihren persönlichen Wunsch betrachte, wenigstens einem einzelnen hin und wieder eine Freude zu machen. Sie würde ihn auch im Urlaub einladen, denn sie führten zu Hause ein gastliches Haus, und ihre Schulkameradinnen würden staunen, wenn einmal ein Soldat zu ihr auf Besuch käme und sie mit ihm ausginge. Ob der Empfänger Orden habe? Wer er überhaupt sei? Er solle unbedingt schreiben, und er solle sich

etwas zu Weihnachten wünschen, sie würde es schon beschaffen. Ob er blond wäre?
»Jesus Maria«, grinste Zado, »ein Glück, daß du wenigstens blond bist!«
»Ich habe auch Orden«, sagte Paniczek zögernd. »Das Mädchen spielt Klavier ...«
»Du wirst sie kaum begleiten können«, sagte Zado bissig. »Aber vielleicht brauchen sie in ihrer Villa nach dem Krieg mal einen Portier.«
Er besah sich die Fotografien. Es waren Aufnahmen von einem sehr jungen, aber bereits erstaunlich entwickelten Mädchen, das gute Kleider vom letzten Schnitt trug und moderne Korksohlenschuhe. Sie hatte ein nichtssagendes Gesicht, aber Paniczek fand es schön. Besonders auf dem einen Bild, auf dem das Mädchen an einem Klavier saß, in einem Kleid, das sehr viel von ihren Schultern frei ließ.
»Sie braucht keine Angst zu haben, daß ihr das Kleid herunterrutscht ...«, brummte Zado, »na, wir werden ihr einen Brief hinschreiben, über den sie sich freut!«
Jung und verwöhnt, dachte Zado. Ein Töchterchen in der Pubertät. In einer gepflegten Villenviertelpubertät. Man könnte zum Helden werden, wenn man sich überlegt, daß man für so was Soldat spielt!
Er starrte auf den Briefbogen, auf den er geschrieben hatte: »Mein liebes, unbekanntes Mädchen!«, und sah das Haus vor sich, wenn morgens das Dienstmädchen an das Zimmer des jungen Fräuleins klopfte. Und dann sah er, wie sich das Mädchen im Bett aufrichtete und nach dem Wetter schaute. Wie es einen Flunsch zog und sich aus dem Bett rekelte. Wie es in einem sauber gekachelten Badezimmer unter der Brause stand, eine dicht abschließende Badekappe auf dem sauber ondulierten Haar. Er sah es ein Kleid auswählen. Mit Bedacht und mit viel anerzogenem Geschmack. Und ein paar passende Schuhe dazu. Strümpfe. Er sah es die Fingernägel maniküren und schließlich seinen Kakao trinken, ein paar Honigbrötchen essen und dann in

der Schule sitzen, ein wenig uninteressiert schon, halb erwachsen. Er sah es durch die Straßen bummeln, mit leichtfüßigem, graziösem Schritt, und er sah es an den Knöpfen des Radios drehen und einen jungen Tanzstundendandy mit ihr tanzen. Und die Stunden daheim, wenn sie die Langeweile plagte. Den abgekauten Federhalter, wenn sie an den unbekannten Soldaten schrieb, und Rilkes Gedichte auf dem Nachttisch, neben einer angeknabberten Schokoladentafel und einem Flakon »Cat noir«, den der Vater aus Paris geschickt hatte. Und dann blickte er zur Seite und sah Paniczek andächtig neben sich hocken.

Und er sagte: »Jesus Maria, Panje, das hätte ich bald übersehen: Sie trägt ja ein Kreuz an dem Kettchen um den Hals!«

»Katholisch«, brummte Paniczek.

Der betrunkene Obergefreite in der Ecke hob den Kopf und rülpste. »Ist die Kirche schon aus?« fragte er.

Zado antwortete: »Sie ist eingefallen. Jesus hat den Finger bewegt.« Dann begann er zu schreiben. Er schrieb eine Zeile um die andere. Paniczek beobachtete ihn mit wachen Augen und bot ihm eine Zigarette nach der anderen an.

»Was schreibst du ihr nur alles?« erkundigte er sich unsicher. »Du mußt mir das vorlesen ...«

Der Betrunkene kicherte: »Ein Kerl wie Samt und Seide ...«

Zado griff nach der Flasche. Er schrieb dem Mädchen, das Barbara hieß, alles, was er immer hatte irgendeiner Frau schreiben wollen und doch keiner geschrieben hatte. Seine Sehnsucht und seine Hoffnung, sein Bedürfnis nach Liebe. Er schrieb alles, was man einem solchen Mädchen schreiben mußte. Die alte, glatte Geschichte von der unerschütterlichen Standhaftigkeit des deutschen Soldaten, von seiner Siegesgewißheit und von seinem Mut, den keine Angst trübte. Er schrieb von den Träumen in den kurzen Nächten und von den Stunden, in denen die Artillerie die Schützenlöcher umwühlte, wenn Menschen starben, Fahrzeuge hell-

auf brannten und die Geschosse die Finsternis durchsiebten. Er schilderte ihr die Salven der Stalinorgeln und das Heulen der Do-Werfer und das Geprassel der Flieger-MGs, die rasselnden Ketten der Panzer und den kurzen, trockenen Knall der Handgranaten. Die Worte flossen aus seiner Feder und formten sich zu einem Gemälde, dessen Düsternis ebenso trügerisch war wie seine grelle Prägnanz. Es war ein Brief, in dem kein Wort von Liebe sprach, und es war doch ein Liebesbrief von jener Eindringlichkeit, die das Herz der jungen Mädchen dieser Zeit bezauberte.
Paniczek saß still und trank nur ab und zu. Er schob Zado immer wieder die Zigaretten hin.
In seiner Ecke grunzte der Obergefreite: »Denen gefällt's in der Kirche … hi … beten!«
Draußen war ganz plötzlich Sturm aufgekommen. Noch während Zado schrieb, überlegte er instinktiv, daß dieser Sturm Schnee ankündigte. Er hörte das Stöhnen vor den verhängten Fenstern und das Klappern der Hoftore. Morgen, beim Dienst, werden sie uns die weißen Tarnjacken verpassen, dachte er. Dann werden sie Farbe bringen, und es wird ein paar Stunden freigeben, damit wir die Helme und die Koppel und das andere Zeug weiß streichen. Er schrieb von Weihnachten und davon, daß es vermutlich keinen Urlaub geben würde. Und daß er keinen besonderen Wunsch habe, nur den, daß sie an ihn denken möge, wenn der Lichterbaum brennt. »Noch drei solche Briefe, und sie läßt sich ferntrauen«, sagte er zu Paniczek, als er zu Ende geschrieben hatte, »sie wird das so lange lesen, bis sie dich so vor sich sieht, wie sie dich gern haben möchte, und dann wird sie überzeugt sein, daß du so bist, und sie wird zum Standesamt gehen, und du wirst deinen Topf aufsetzen und zu Alf marschieren. Händedruck, Unterschrift, zwei Zigarren, Flasche Schnaps, und du bist Ehemann, paß auf, es wird so kommen!«
Paniczek machte einen versunkenen, trübsinnigen Eindruck. Er hatte den Kopf gesenkt und hob ihn nicht. Erst

als Zado ihm den langen Brief vorgelesen hatte, blickte er ihn an und sagte leise: »Das hast du sehr schön gemacht. Ich danke dir.« Nach einer Weile schüttelte Paniczek traurig den Kopf und sagte: »Ich weiß nicht, ob das überhaupt geht mit dem Mädchen. Es ist eine schlimme Sache. Wenn du fällst, dann bin ich für dieses Mädchen gefallen, denn niemand wird wieder so einen Brief schreiben können. Und wenn ich falle, dann kannst du ihr so weiterschreiben wie bisher, und du kannst sie heiraten.«
Zado nahm einen langen Zug aus der Flasche. Er trat seinen Zigarettenstummel aus und wandte dann Paniczek sein scharfgeschnittenes Raubvogelgesicht mit der gebogenen Nase zu. »Hör zu«, sagte er kalt, »du bist ein bedauernswerter Idiot. Du liegst hier in diesem Dreck, und übermorgen wirst du wieder springen, und wer weiß, ob sie dich nicht erwischen oder ob du irgendwo liegenbleibst und verreckst. Oder ob dich irgendwas anderes erwischt. Und dieses Mädchen sitzt daheim, zwischen Klubsesseln und Weingläsern und Kleiderstoffen aus Paris. Und du bist ein armes Schwein, das Krieg führt und nichts davon hat als die Möglichkeit zu krepieren. Und das Mädchen lebt in einer ganz anderen Welt. Glaubst du, sie kann sich vorstellen, was uns hier bewegt? Glaubst du, sie wird dich jemals verstehen, auch wenn sie wirklich darüber hinwegsehen sollte, daß du weder lesen noch schreiben kannst und ein armes Schwein bist? Glaubst du, daß dieses Mädchen jemals im Leben einen Menschen begreifen wird, der so viel Dreck und Eiter und Blut und Läuse und schreiende Männer und Angst und Feigheit gesehen hat wie wir? Du wirst mit ihr zusammen sein, und ihr werdet aneinander vorbeireden. Du wirst dich in dieser Welt der Klubsessel und Kleiderstoffe nicht zurechtfinden. Keiner von uns wird es jemals wieder lernen, es sei denn, er belügt sich und er denkt an gar nichts mehr, was einmal gewesen ist. Du wirst immer einer sein, der an Blut denkt, wenn er Sekt trinkt. Du wirst an die letzte Hure denken, wenn du bei diesem Mädchen schläfst.

und wenn sie klug ist, wird sie es merken. Ihre ganze lächerliche Welt mit dem Klavier und den Schulbüchern und den Pralinenschachteln wird dir vorkommen wie ein Narrenhaus, wenn du zurückdenkst. Und du wirst herumlaufen wie einer, dessen Verstand ausgehakt hat. Du wirst das große Kotzen kriegen, wenn du dich jemals wieder vor einer Dame verbeugen sollst und ihr die Hand küssen, denn du wirst den zerschossenen Unterleib der Alten sehen, die wir nach dem Fliegerangriff bei Gumbinnen fanden, und anstatt des Parfüms wirst du den Gestank der Därme riechen, die dem Pionier aus dem Leib hingen, der auf die Mine gelatscht war. Und hinter den lächelnden Salongesichtern wirst du die Fratzen der Angst sehen und die Fratzen der Gier wie damals, als die beiden deutschen Weiber in Apeldoorn unserem Wagen nachliefen und wir sie über die Planken zogen und sie Angst hatten, daß im nächsten Moment der Jabo, der über uns kreiste, seine Bombe genau auf unseren Wagen werfen würde. Weißt du noch, wer ihnen zuerst den Rock hob? Das wirst du dann immer sehen, und es wird keine Möglichkeit geben, es zu vergessen, oder du mußt saufen, und du wirst selbst im Delirium noch schreien: ›Tiefflieger von links!‹ – Das sind wir, Junge, und die anderen sind wie deine Barbara. Belüg dich, wenn dir wohl genug dabei ist. Und sauf, wenn dir das Kotzen hochkommt. Aber was wir sind, das haben sie aus uns gemacht, und die Hände, in denen du das Messer hattest, werden in jeder Dunkelheit leuchten, in der du ein Mädchen streichelst. Danke Gott, den es nicht gibt, wenn du den Krieg überlebst. Oder danke ihm lieber nicht, denn du wirst kein Mensch mehr sein unter denen, die in den Villen am Stadtrand gelebt haben, zwischen Klavieren, auf denen sie ›Lilli Marlen‹ spielten, und zwischen Kleidern aus Paris. Du wirst entweder ein Kommunist werden wie die, die neunzehnhundertachtzehn aus dem Krieg heimkamen und die Soldatenräte gründeten, oder du wirst an deinen eigenen Gedanken verfaulen. Das ist die Auswahl. Und nun überleg

dir selber, ob sich die Liebe zu dem Mädchen Barbara lohnt oder nicht.« Der Sturm rüttelte an der Haustür. Er fuhr heulend unter die Dachsparren und winselte in den Kaminen.
»Oh …«, stöhnte der Betrunkene. »Oh … Zado … sauf!«
»Du bist ein eigenartiger Mensch …«, sagte Paniczek zu Zado.
»Ich bin ein Verrückter«, antwortete er. Er besah sich noch einmal die Fotografien des Mädchens. »Aber ich bin nicht als Verrückter geboren worden. Auch nicht eingezogen.«
Er hielt inne. Da war das Porträt des Mädchens. Und da war um ihren Hals ein schmales Kettchen mit einem Kreuz daran. Zado nahm noch einmal den Briefbogen und überlegte. Dann sagte er zu Paniczek: »Ich habe was vergessen.«
Er schrieb einen Nachsatz unter den Brief. Er las ihn Paniczek vor: »Eben waren wir alle in der Kirche. Es gibt hier in unserem Dorfe eine. Sie ist halb zerstört, aber es wurde eine Messe gelesen. Es ist ein seltsames Gefühl gewesen, in einem Gotteshaus ehrfürchtig zu verweilen, dessen Dach von Granaten zerrissen ist und dessen Altar von Splittern getroffen wurde. Man sieht die unendlich fernen Sterne durch das geborstene Dach, und man weiß um die Unendlichkeit dieser Welt. Man hört das Wort des Priesters, und man schaut auf das Kreuz und ist gebannt von der Kraft des geheiligten Ortes. Und die Front grollt, und über dem geborstenen Dach zucken die Leuchtkugeln. Aber das Wort des Herrn übertönt alles und verleiht Kraft und Glauben. Man fühlt, wie die Weihe dieses Augenblickes einen erhebt und mit fortnimmt. Nie habe ich eine Messe so tief empfunden wie diese.«
»So«, sagte er, »hier hast du deinen Brief. Werde glücklich mit deiner Barbara. Die Flasche Schnaps kannst du wieder mitnehmen. Ich brauche sie nicht.«
»Hi …«, grinste der betrunkene Obergefreite, »hi … Schnaps braucht er nicht … war in der Kirche …«
Draußen schwoll das Geheul des Sturmes an. Er trieb be-

reits jetzt Schnee mit sich, der gegen die Fenster klatschte, in großen, nassen Flocken.
»Eine Messe gelesen …«, sagte Paniczek mit großen Augen.
Die Tür flog auf, und einer von denen aus der Kirche torkelte in den Raum. »Scheiße, es schneit …«, brüllte er.
Der Betrunkene in seiner Ecke kicherte, eine Hand an der Flasche. »Es schneit … es schneit Scheiße … hi …«

Sternentanz

Die Pistole, die Thomas Bindig besaß, war eine Achtunddreißig. Er hatte sie neu empfangen und selbst eingeschossen. Noch kein anderer Mensch als er hatte jemals mit der Pistole geschossen. Es war eine von den neuen Pistolen, die es noch nicht lange gab, und sie war besser konstruiert als die Nullacht mit ihrem veralteten Kniegelenk, das den Rückstoß noch verstärkte, anstatt ihn zu dämpfen. Sie war geschickter und treffsicherer.

Sie war leichter als die Nullacht. Sie lag besser in der Hand. Und man konnte sie geladen in der Hosentasche tragen, ohne besonders gefährdet zu sein, denn es bedurfte eines kräftigen Druckes auf den Abzug, um sie zu spannen, gleichzeitig die erste Patron aus dem Magazin in den Lauf zu transportieren und danach ebenfalls noch mit diesem einzigen Druck auf den Abzug den Schuß auszulösen. Das hieß, daß man sie völlig sicher, ungespannt und trotzdem jede Sekunde feuerbereit in der Tasche tragen konnte. Es war eine schnelle Pistole.

Selbstverständlich konnte man sie auch spannen. So, daß man den Schuß danach jederzeit, nach Auslösung der Taschensicherung, abfeuern konnte. Oder man ließ die Patrone nur in den Lauf gleiten, ohne den Schlagbolzen zu spannen. Dann mußte man, um den Schuß auslösen zu können, einen kleinen Spannhebel mit dem Daumen zurückbiegen. Bei einiger Übung ging das sehr schnell. Es gab Leute, die auf diese Art besonders gern schossen, wenn es auf diesen einen Schuß ankam, wenn sie vor einem Ziel standen, das nur einen einzigen Schuß zuließ, der über alles entschied. Die Achtunddreißig war eine Waffe, die man nicht

gern wieder aus der Hand gab, wenn man sie erst einmal besaß.
Wenn Bindig Zeit hatte, dann nahm er die Pistole und ging irgendwohin, um zu schießen. Er gehörte nicht zu denen, die Kerben in den Griff schnitzen. Aber er hatte mit seiner Achtunddreißig bereits sechs Menschen, einen toll gewordenen Stier und vier Hühner getötet. Geschossen, mit der Absicht zu töten, hatte er auf die gleiche Zahl von Lebewesen. Diesem Umstand, besonders der Tatsache, daß er auf nicht mehr als sechs Menschen gezielt hatte mit der Absicht zu töten, verdankte er es, daß er noch am Leben war. Er war sich immer darüber klar gewesen, daß es für ihn den Tod bedeutete, auf einen Menschen zu zielen, zu schießen und ihn nicht zu treffen. Das war die einfache Philosophie der Leute von der Aufklärungskompanie. Schießen, wenn es nötig war. Und töten, wenn man schoß. Oder selbst getötet werden.
Das Seltsame an dieser Philosophie war, daß sie niemand erfunden oder in der Instruktionsstunde gelehrt, sondern daß sie sich einfach ergeben hatte. Wer ihren Sinn nicht begriff oder wer einen Fehler machte, dessen Name tauchte zum letzten Male in dem Brief auf, den Leutnant Alf an die Angehörigen schrieb. Obwohl Bindig seine Pistole virtuos beherrschte, unterließ er es nicht, gelegentlich zu üben. Er tat das oft auch einfach aus Freude an den Treffern, die er feststellen konnte, und deshalb, weil die Feststellung der Treffer ihm Sicherheit und Selbstvertrauen gab.
An jenem Mittag, nachdem er sein Essen, ein Gemisch von Sauerkraut, Kartoffeln, Gulaschklumpen und salziger Bratensoße verzehrt hatte, begab er sich mit der Pistole und einigen Pappschachteln voll Patronen zu einer Stelle, die hinter einem verlassenen Haus lag. Er hatte dienstfrei. Zado war bei seinem Mädchen. Bindig wußte nicht recht, was er beginnen sollte, und so entschloß er sich, das Porträt des ehemaligen Reichspräsidenten Hindenburg, das er in einem leeren Haus von der Küchenwand genommen hatte,

unter den Arm zu klemmen und es auf dem gefrorenen Misthaufen im Rücken des Hauses so aufzustellen, daß es aus einer gewissen Entfernung etwa die Größe eines menschlichen Kopfes hatte.
Der Tag war sonnig, aber kalt. Aus einigen der Häuser stiegen kleine Rauchfahnen auf. Sie standen kerzengerade in der Luft. Der Hall der Schüsse war weithin zu hören. Bindig stand vor dem Misthaufen und schoß ein Magazin nach dem anderen leer. Die Treffer befriedigten ihn. Der Kopf des ehemaligen Reichspräsidenten wies eine stattliche Anzahl von Löchern auf. Als auf dem Kopf nicht mehr zu kontrollieren war, welcher Schuß welches Loch gerissen hatte, zielte Bindig in die weißen Ecken des Bildes, links und rechts über dem Kopf.
Er drückte gerade Patronen in ein leeres Magazin, als er spürte, daß von rückwärts jemand auf ihn zukam. Mit der Pistole in der einen Hand und dem halbvollen Magazin in der anderen drehte er sich um und sah Alf entgegen.
Der Leutnant kam heran und blieb neben ihm stehen, die Hände in die Seiten stemmend.
»Was machen Sie denn hier?« erkundigte er sich mit einem flüchtigen Blick auf das Bild am Misthaufen.
»Ich übe mit der Pistole«, antwortete Bindig freundlich. Er hielt nicht viel von Alf, aber immerhin noch mehr als von der Feldgendarmerie.
Der Leutnant sah zuerst Bindig an, dann das Bild, dann Bindigs Pistole und sagte kopfschüttelnd: »Manchmal könnte man glauben, ihr wäret allesamt übergeschnappt. Haben Sie getrunken?«
»Nein, Herr Leutnant«, sagte Bindig unsicher, »wir schießen so wenig scharf, aber man muß doch seine Waffe beherrschen, und ...«
»Mann!« unterbrach ihn Alf. »Meinetwegen können Sie Tag und Nacht schießen. Aber nicht auf dieses Bild!«
Bindig blickte nach dem Misthaufen und zurück auf Alf. Der beobachtete ihn und schüttelte wieder den Kopf. Bin-

dig wußte nichts zu sagen. Er öffnete unschlüssig den Mund und schloß ihn wieder.
»Wissen Sie nicht, wer dieser Mann ist?« fragte Alf. »Haben Sie acht Jahre lang in der Schule gefehlt?«
»Hindenburg, Herr Leutnant«, sagte Bindig, »es ist Hindenburg. Natürlich kenne ich ihn.«
»Sie kennen ihn nicht«, sagte Alf, »sonst würden Sie nicht auf ihn schießen. Wissen Sie, daß Hindenburg Ostpreußen vor dem Einfall der Russen bewahrt hat? Daß er die Russen bei Tannenberg so geschlagen hat, daß sie sich heute noch nicht ganz davon erholt haben?«
»Jawohl, Herr Leutnant«, sagte Bindig gehorsam. »Aus der Hand Hindenburgs hat der Führer das Vermächtnis übernommen, Deutschland zu einer stolzen, mächtigen Nation zu machen.«
Alf verzog das Gesicht, aber er lachte nicht. Er sah Bindig an und sagte: »Sie sind ein Idiot, Mann! Wollen Sie den Rest des Krieges lieber in einer Strafkompanie verbringen, oder was wollen Sie eigentlich? Begreifen Sie nicht, daß Sie eine der erhabensten Gestalten deutscher Geschichte gröblich beleidigen, indem Sie dieses Bild auf einen Misthaufen stellen und danach schießen?«
Bindig antwortete nicht.
»Gab es denn in diesem verdammten Dorf kein anderes Bild, wonach Sie schießen konnten?«
»Jawohl, Herr Leutnant«, sagte Bindig.
Der Offizier trat nahe an ihn heran. Dabei sagte er leise: »Bindig ... werden Sie nicht ulkig. Wenn Sie absolut draufgehen wollen, dann vergessen Sie beim nächsten Einsatz, Ihre Reißleine einzuhängen. Das ist ein schmerzloser Tod. Aber versuchen Sie es nicht auf diese Tour.«
»Ich habe mir nichts dabei gedacht, Herr Leutnant«, sagte Bindig leise, »ich hätte ebensogut eine Zwölferscheibe nehmen können, aber es war keine da.«
»Was sind Sie von Beruf?« erkundigte sich der Leutnant.
»Bibliothekar.«

»Bibliothekar sind Sie?«
»Jawohl, Herr Leutnant.«
»Wo haben Sie gearbeitet?«
»In einer städtischen Bibliothek.«
»Und dann Kriegsfreiwilliger?«
»Jawohl.«
Alf schnackelte mit den Fingern. »Sie haben sich den Krieg anders vorgestellt, nicht wahr?«
»Ich weiß nicht ...«, sagte Bindig, unschlüssig, was Alf von ihm wollte. Aber der ließ ihn nicht weiterreden.
»Was für Schulbildung haben Sie?«
»Gymnasium bis zur Tertia.«
»Hm ...«, machte Alf, »und dann haben Sie Bücher verkauft?«
»Ausgeliehen, Herr Leutnant.«
»Ja, richtig, ausgeliehen. Sie hätten Offizier werden können. Sie können es jetzt noch. Warum lassen Sie diese Möglichkeit aus?«
Er stellte die Frage nicht sehr ernsthaft, und es schien, als erwarte er auch keine Erklärung, denn er sah Bindig nicht einmal dabei an.
Bindig sagte: »Ich glaube, ich tauge nicht zum Offizier, Herr Leutnant. Und dann ... es gibt in meinem Beruf Möglichkeiten, vorwärtszukommen ...«
»Sie müssen es wissen.« Alf nickte uninteressiert. »Sie verstehen von Pistolen anscheinend mehr als von den Gestalten der deutschen Geschichte.«
»Die Achtunddreißig ist eine herrliche Pistole ... Ich habe schon verschiedene Pistolen ausprobiert. Die alte Nullacht, die Walther, eine belgische FN, eine kanadische und eine russische. Aber die Achtunddreißig hat mir am besten gefallen.«
»Das ist Ansichtssache«, sagte Alf. Er wies auf den Misthaufen und forderte Bindig auf: »Schaffen Sie mir ja das Bild dort weg. Danken Sie Gott, daß ich hier Kompaniechef bin und nicht ein anderer. Und jetzt habe ich eine Frage an Sie.«

»Jawohl«, sagte Bindig.
»Sie kennen Naumann?«
»Den Obergefreiten Naumann, jawohl.«
»Sie waren das letztemal mit ihm zusammen im Einsatz. Wie war das genau mit ihm? Erzählen Sie mir das noch einmal.«
Naumann war der Oberkellner aus Stuttgart. Der Mann, der die Brücke gesprengt hatte und der davongekommen war, als die anderen in die Bereitstellung der Sturmgeschütze hineinliefen. Der Mann, der auf dem Rückflug hysterisch wurde und dem Timm die Pistole aus der Hand geschlagen hatte.
Als Bindig dem Offizier alles noch einmal erzählt hatte, schüttelte der den Kopf.
»Naumann ist wieder zurück. Er hat sich bei mir gemeldet. Man hat ihn als gesund entlassen. Überanstrengte Nerven, das war alles, was die Ärzte feststellten. Aber der Mann gefällt mir nicht. Er war früher anders. Würden Sie wieder mit ihm eingesetzt werden wollen?«
»Warum nicht?« antwortete Bindig prompt. »Er war immer in Ordnung. Durchdrehen kann jeder mal.«
»Darum geht es nicht«, sagte Alf, »so ein Mann kann eine ganze Aktion gefährden!«
»Ich wußte nicht, daß er zurück ist«, sagte Bindig.
»Er ist vor einer Stunde gekommen. Sprechen Sie mit ihm. Und sagen Sie mir danach Ihre Meinung, ob man ihn morgen abend mit einsetzen kann.«
Das war Alfs Art, die Kompanie zu befehligen. Er ließ die Soldaten im Zweifel darüber, ob er sich aus Unsicherheit mit ihnen beriet oder ob das seine Methode war. Er sprach nicht mehr von dem Hindenburgbild. Er sagte überhaupt nichts mehr darüber. Auch nicht über die Sache mit den beiden Feldgendarmen. Es gab wenige, die aus ihm klug wurden. Aber die Folge davon war, daß die Soldaten ihn für gerecht und gutmütig hielten. Und auf diese Weise hielt er die Disziplin in einer Einheit aufrecht,

in der sie nur schwer aufrechtzuerhalten war. Die Kompanie wäre ihm einfach aus den Fingern geglitten, wenn nicht seine Art, sie zu führen, den Männern das trügerische Gefühl eingegeben hätte, die größtmögliche Freiheit zu besitzen.

Bindig reinigte seine Pistole sorgfältig. Er lud die beiden Magazine wieder, wobei er jede Patrone, die er einschob, peinlich mit einem Lappen abwischte. Als er fertig war, machte er sich auf den Weg, den Oberkellner zu suchen. Er fand ihn in dem Haus, das seine Gruppe bewohnte. Er hockte dort in der Küche auf der Ofenbank und kaute Brot. Neben ihm stand ein Topf mit einer trüben Flüssigkeit, die entfernt an Kaffee erinnerte. Der Oberkellner kaute Brot und schluckte abwechselnd von dem Kaffee.

»He ...«, rief Bindig, »du bist wieder da! Hab' ich's doch gesagt, daß du es bei den Karbolzwergen nicht lange aushältst! Wie war's?«

Der Angeredete hielt ihm die Hand hin. Er machte ein unglückliches Gesicht, aber in den Augen glomm ein verborgenes Feuer. Bindig konnte sich nicht erinnern, das jemals an dem Oberkellner wahrgenommen zu haben, außer vielleicht damals in der Maschine, als der Oberkellner auf Timm schießen wollte. Aber da war es sehr dunkel gewesen.

»Sie haben mich genäht und mir Spritzen gegeben«, murmelte er. Es war, als spräche er zu jemand, der nicht vor ihm stand wie Bindig, sondern den er sich nur vorstellte. So wie mancher Selbstgespräche mit einer Person führt, die in der Realität nicht existiert und die er darum nicht mit großer Lautstärke anredet.

»Spritzen«, sagte Bindig, »haben sie geholfen?«

»Die Haut ist zusammengewachsen«, sagte der Oberkellner, »es ging sehr schnell.« Er bewegte den Arm und fügte hinzu: »Kopfschmerzen habe ich. Jeden Tag werden sie schlimmer. Dagegen können sie nichts machen. Oder sie wollen nicht. Kein Mensch glaubt mir, daß ich Kopfschmer-

zen habe. Es ist, als hätten sie mir in den Kopf geschossen. So, daß man von außen kein Loch sieht. Schweine.«
»Du solltest dir vom Sani was geben lassen«, riet ihm Bindig. Aber der andere machte nur eine müde Handbewegung.
»Ich brauche nichts mehr«, sagte er leise. Dann senkte er seine Stimme zu einem tonlosen Flüstern. »Ich brauche nur noch eine Fahrkarte nach Hause. Ich habe die Schnauze voll. Ganz voll!« Er fuhr sich mit der Hand ans Kinn, und seine Augen leuchteten auf dabei.
Bindig kannte ihn so nicht. Er fragte sich, ob die Ärzte im Lazarett wirklich nicht herausgefunden hatten, was mit dem Oberkellner los war. Er versuchte, aus ihm herauszubekommen, ob es die Kopfschmerzen waren, die ihn in diese Verfassung gebracht hatten, oder ob er einfach die Belastung durch die Einsätze nicht mehr ertrug. Er sagte vorsichtig: »Demnächst sind wir wieder dran. Vielleicht schon morgen, übermorgen. Dann bleiben wir zusammen.«
Aber der kleine Oberkellner sah ihn nur mit einem ausdruckslosen Blick an und antwortete gepreßt: »Ich gehe nicht mit. Ich bin krank. Kranke Leute kann man nicht auf Einsatz schicken.«
»Das nicht«, sagte Bindig, »aber sie haben dich entlassen. Das bedeutet, daß du gesund bist. Wie willst du Alf klarmachen, daß du krank bist?«
Der Oberkellner trank mit einer müden Bewegung den Rest des dünnen Kaffees aus. Er warf den Topf achtlos hinter sich auf die verdreckte Herdplatte. So, als beabsichtige er, niemals mehr etwas zu trinken. Dann stand er auf und legte Bindig die Hand auf die Schulter. Er war vollständig bekleidet, hatte die Tarnjacke an und das Koppel mit der Pistole darübergeschnallt. Nur die Mütze lag auf der Ofenbank.
»Bindig …«, sagte er müde, aber mit einem gefährlichen Leuchten in seinen Augen, »als ich im Lazarett zu mir kam, war die Wunde schon genäht. Ich spürte sie nicht einmal mehr. Nur den Kopf. Als wühle mir jemand mit einer Gar-

tenschaufel darin herum. Ich habe geschrien. Da gaben sie mir Spritzen. Dann sagten sie, ich solle aufhören zu simulieren. Und es riß in meinem Kopf, daß ich nicht aus den Augen gucken konnte. Hast du schon einmal so was gehabt? Nein, sonst würdest du es wissen. Es ist schlimmer als jede Verwundung. Sie gaben mir keine Spritzen mehr. Sie brauchten Platz. Sie bekamen täglich ein paar Dutzend Leute von vorn. Alle mit Splittern von Granatwerfern. Und ich krümmte mich in meinem Bett, aber sie glaubten mir nicht, daß ich Schmerzen hatte. Bis auf eine Schwester. Die gab mir Pervitin. Zuerst das, was ich noch in der Kombination hatte, vom Einsatz. Dann welches vom Lazarett. Und dann entließen sie mich. Und jetzt bin ich hier. Ich hatte in meinem Gepäck noch sechs Pervitintabletten. Davon habe ich heute früh drei genommen und jetzt eben die anderen drei. Heute abend werde ich nicht mehr wissen, was ich tue. Dann werde ich mich entweder erschießen, oder ich werde zu feige dazu sein, und dann werde ich vor Schmerzen irrsinnig. Ich halte keine Schmerzen aus. Ich weiß es. Diese Brücke dahinten war die letzte. Ich werde keine mehr sprengen.«
Bindig stand ratlos vor ihm. Er spürte die Hand auf seiner Schulter und merkte, daß der Mann hastig atmete. Das konnte das Pervitin sein. Er hatte kleine Schweißtröpfchen auf der Stirn. »Geh zum Sani«, sagte er, »laß dir noch was geben. Vielleicht wird es dann besser.«
»Ich war beim Sani«, sagte der Oberkellner. »Pervitin gibt's nur, wenn wir auf Einsatz gehen.«
»Nimm was anderes.«
»Keinen Zweck. Bis Abend reicht es.«
»Es ist möglich, daß Zado noch was von dem Zeug hat. Geh mal bei ihm vorbei, wenn er kommt. Ich suche dir auch noch was zusammen. Ich habe das Zeug immer mit zurückgebracht. Habe viel davon verschenkt, aber es muß noch was dasein.
Der Oberkellner winkte müde ab. Diese Müdigkeit stand

in einem seltsamen Gegensatz zu dem krankhaften Wachsein der Augen. Er nahm die Hand von Bindigs Schulter und sagte: »Du bist ein guter Junge. Aber es hat keinen Zweck. Ich bin fertig. Sie haben mich fertiggemacht. Vielleicht wäre es besser gewesen, wenn ich damals in der Bereitstellung krepiert wäre. Oder wenn ich einfach vom Baum heruntergeschossen hätte.«
»Sie hätten dich heruntergeschossen«, sagte Bindig überzeugt.
Der Oberkellner sagte: »Dann hätten sie mir eine Arbeit erspart. Und viel Schmerzen.«
»Du bist verrückt«, sagte Bindig. »Fertig sind wir alle. Aber wir sind doch keine Schlappschwänze.«
»Das haben sie mir im Lazarett auch gesagt«, erklärte der Oberkellner. Er nahm eine Zigarette aus der Tasche und brannte sie an. Seine Finger zitterten dabei. Es stimmte, daß dieser Mann ein Wrack war. Früher oder später würde jeder von ihnen ein solches Wrack sein. Warum quälte er ihn überhaupt noch mit seinen Ratschlägen?
»Hör mal«, sagte er, »geh zu Alf und sag ihm das alles. Vielleicht kann er was für dich tun.«
»Zwecklos«, sagte der Oberkellner, »sie sind alle egal. Timm, die Ärzte, Alf. Alle egal.«
»Aber wenn du Alf nicht Bescheid sagst, wird er dich morgen zum Einsatz schicken.«
»Er kann mich schicken«, sagte der Oberkellner, »aber ich werde nicht gehen. Ich nicht mehr.«
Bindig schüttelte ratlos den Kopf. Er hätte dem anderen gern geholfen, aber er wußte nicht wie. Er sagte nur: »Ich suche ein paar Tabletten für dich. Ich bringe sie dir 'rüber.«
Naumann dankte ihm gleichgültig. Er hielt die Zigarette in den zitternden Fingern, und als Bindig ging, sagte er zu ihm: »Wir haben zu viele Brücken gesprengt. Zu viele Leute umgelegt. Zu viele Feuer gemacht und zu viele Explosionen. Wir hatten nicht den Mut aufzuhören, als es noch Zeit war. Jetzt ist es zu spät.«

Bindig ging zuerst in die Stube, in der er schlief. Er nahm aus seiner Kombination eine kleine Blechschachtel und schüttelte den Inhalt in die Handfläche. Es waren neun kleine weiße Tabletten. Als er damit in die Unterkunft kam, in der der Oberkellner lag, fand er ihn nicht vor. Er legte die Tabletten auf die Pritsche und schrieb einen Zettel, daß sie für ihn seien.

Er nahm sich vor, zu Alf zu gehen und ihm zu erklären, wie es um den Oberkellner stand. Aber er schob es noch auf, obwohl er nicht recht wußte warum.

Er vergaß es endgültig, als er plötzlich auf der Dorfstraße die Frau aus dem einsamen Gehöft gehen sah. Sie hatte ein schweres, gestricktes Tuch um die Schultern geworfen. Unter dem Arm trug sie eine Glasscheibe, und Bindig fragte sich erstaunt, woher sie wohl die Scheibe habe, denn es gab nicht mehr viel Scheiben im Dorf. Man mußte lange suchen, bis man eine fand, die nicht zerschlagen war. Er lief ihr ein Stück nach und rief.

Erst als die Frau sich umwandte, wurde er sich bewußt, daß er »Anna!« gerufen hatte.

»Sie sind es!« sagte die Frau erstaunt. Sie gab sich keine Mühe, gleichgültig zu erscheinen. Sie lächelte. »Es ist lange her, daß mich jemand mit meinem Namen gerufen hat.«

Er war atemlos von dem Lauf hinter ihr her. Er würgte heraus: »Verzeihen Sie; Sie sagten Ihren Namen, und jetzt ... ich wußte nicht ...«

Sie standen allein, dort, wo das Dorf zu Ende ging. Sie lehnte sich an eine der Bänke, auf denen früher die Milchkannen der Bauern gestanden hatten, die morgens von den Molkereifahrzeugen geholt wurden. Sie sagte: »Es ist schön, daß Sie sich meinen Namen gemerkt haben. Ich dachte, Sie würden wieder einmal kommen ...«

Er spürte mit einem Male sein Herz klopfen. Er sah sie an, und sie erwiderte den Blick mit einem Lächeln. Er glaubte, sich zu irren, denn er hatte alles andere erwartet, nur nicht dieses Lächeln.

»Sie haben eine Scheibe geholt?« fragte er verwirrt. »Warum haben Sie mir nichts gesagt? Ich hätte Ihnen geholfen ...«
Sie sagte: »Ich habe sie aus einem Kellerfenster genommen. Bei uns in der Küche ist eine entzweigegangen. Heutzutage kann man wohl so etwas tun. Es wird kaum jemand hierher zurückkommen und diese Scheibe suchen.«
Er bewegte unbestimmt die Schultern. Er wollte sagen, daß in diesem Dorf vielleicht überhaupt kein Stein auf dem anderen bleiben würde, wenn erst einmal die Front aufwachte und der Krieg weiterging. Aber er sagte das nicht, sondern: »Eigentlich wollte ich Sie heute besuchen. Nun habe ich Sie getroffen ...«
Irgend etwas an der Frau kam ihm verändert vor. Sie schien nicht mehr so abweisend zu sein wie damals, nicht mehr so auf Abstand bedacht. Aber er war nicht sicher, ob er sich nicht irrte. Er hörte die Frau sagen: »Warum kommen Sie nicht? Wo ist Ihr Kamerad?«
»Fort. Beim Divisionsstab.«
»Dann kommen Sie. Kommen Sie mit.« Sie lächelte wieder dabei. Er sah sie ein paar Sekunden lang stumm an. Sie war nichts weiter als eine Frau, die lächelte. Sie stand vor ihm, an das Holz gelehnt, die Scheibe unter dem Arm, und sah ihn an. Eine Frau mit einem reifen, vollen Körper und einer Stimme, die angenehm klang Er begriff im gleichen Augenblick, er hätte längst wieder zu ihr gehen sollen. Er entschied sich schnell.
»Warten Sie, ich muß nur meinem Zugführer sagen, wo ich bin. Warten Sie, bitte!«
Er lief davon, und die Frau blickte ihm nach. Als er zwischen den Häusern verschwunden war, legte sie die Glasscheibe vorsichtig auf die Bank und blickte auf die gefrorene Dorfstraße. Ihre Lippen wurden zu einem schmalen Strich.
Bindig stürzte atemlos in Timms Quartier. Der Unteroffizier saß an einem zerkratzten Tisch und las in einer Zei-

tung. Die Stube war stark geheizt, und er war in Hemdsärmeln. Bindig blieb in der Tür stehen und legte die Hand an die Mütze, aber Timm drehte sich nur halb um, sah ihn an und forderte ihn auf: »Machen Sie die Tür zu! Es wird kalt!«

Bindig atmete tief und sagte: »Herr Unteroffizier, ich möchte mich für heute abend abmelden.«

»Abmelden?« fragte Timm. Er drehte sich auf seinem Schemel um und sah Bindig an. »Wohin?«

»Ich bin eingeladen worden.«

»Wohin?«

Warum soll ich es ihm nicht sagen? dachte Bindig. Warum eigentlich nicht? Ich brauche mich nicht zu schämen.

»Zu der Frau, die in dem Gehöft hinter dem Dorf wohnt«, sagte er.

Timm blinzelte ihn an und musterte ihn vom Kopf bis zu den Schuhen. Dann fragte er beinahe gemütlich: »Zu der Frau, die in dem Gehöft hinter dem Dorf wohnt? Eingeladen?«

»Jawohl«, sagte Bindig.

»Hm!« machte Timm. »In Ordnung. Wie heißt die Frau?« Er grinste, als er bemerkte, wie Bindig die Röte ins Gesicht schoß. Er wartete ein paar Sekunden, aber Bindig konnte nichts sagen. Dann lachte Timm laut auf.

»Sie sind richtig! Geht zu einer Frau schlafen und weiß nicht, wie sie heißt! Sie fangen an, mir zu gefallen!«

»Ich gehe zum ...«, setzte Bindig an. Aber Timm unterbrach ihn, noch immer lachend: »Schon gut! Wir haben alle mal angefangen! Hauen Sie ab!«

»Für den Fall, daß ...«, setzte Bindig wieder an. Aber Timm winkte mit der Hand ab.

»Morgen früh. Vorher werden Sie hier nicht gebraucht.« Mit einem Male wurde er wieder ernst und sagte: »Sie sind übermorgen mit dabei. Bereiten Sie sich darauf vor. Nutzen Sie die Zeit. Morgen gibt es keinen Nachturlaub mehr.«

»Jawohl«, sagte Bindig heiser, »danke, Herr Unteroffizier.«

Als er gegangen war, trat Timm ans Fenster und sah ihm nach. Es war noch eine Scheibe in dem Fenster, und die war viermal gesprungen. Timm preßte das Gesicht an das Glas und blickte hinaus. Er sah Bindig die Dorfstraße entlangeilen.
Als er verschwunden war, zündete sich Timm nachdenklich eine Zigarette an. Er blies den Rauch in die stickige Luft des überheizten Raumes und sagte halblaut: »Bindig ...« Er erinnerte sich an die Nacht, als er durch das Fenster in das Bahnwärterhäuschen gesehen hatte. Er sah Bindig und Zado durch die Tür eintreten, mit ihren geschwärzten Gesichtern, die Russenmäntel an und die Pelzmützen auf den Helmen. Er hörte die Schüsse, und dann sagte er: »Zwei Millionen Soldaten, die so sind wie dieser Bindig, und der Krieg wäre gewonnen. Kalt wie eine Hundeschnauze und rot im Gesicht, wenn man deutsch von einer Frau redet. Das ist Material. Zwei Millionen davon ...«

Bindig trug die Scheibe, die Anna aus einem der zerstörten Häuser genommen hatte, nach dem Gehöft. Er sprach nicht viel. Er ging nur neben ihr her und sah sie zuweilen an.
Dann half er Jakob, die Scheibe zurechtzuschneiden und einzusetzen. Der taubstumme, schwachsinnige Knecht hatte irgendwo ein Taschenmesser mit einem Stahlrädchen aufgetrieben. Er schnitt die Scheibe mit viel Geschick, nachdem er die Scherben der alten aus dem Rahmen entfernt hatte. Schließlich paßte er sie ein, und dann brachte er aus dem Schuppen ein paar schmale Leisten und eine Säge herbei. Die Scheibe mußte mit Leisten befestigt werden, weil kein Kitt aufzutreiben war. Bindig ging ihm zur Hand, und insgeheim bewunderte er die Geschicklichkeit des Mannes. Sie setzten den Fensterrahmen wieder ein, als es schon dämmerte. Anna zündete den Docht der Petroleumlampe an und zog die schweren, dunklen Vorhänge zu, damit kein Lichtstrahl nach draußen drang. Dann kümmerte Jakob sich um das Vieh, und sie half ihm, es zu füttern.

Aber sie ließ es nicht zu, daß Bindig mit in den Stall ging, um zu helfen. Sie bat ihn, in der Küche zu bleiben und auf das Essen zu achten, das auf dem Herd stand.
Es dauerte lange, bis die beiden aus dem Stall zurückkamen. Bindig sagte nichts, als sie Jakob zuerst zu essen gab und ihn bat, sich ein wenig zu gedulden. Der Knecht löffelte mit einem seltsam ernsten Gesicht seine Suppe. Es war nicht sein übliches Gesicht, jene ewig grinsende, idiotische Grimasse. Anna hantierte schweigend mit dem Geschirr. Sie schnitt Brot für Jakob ab. Es war flaches, schwärzliches Brot, selbstgebacken aus Mehl, das nichts taugte. Aber es war Brot, und die Frau behandelte es wie ein Heiligtum. Der Knecht aß wenig. Er erhob sich bald vom Tisch und begab sich in seine Kammer über der Küche. Er grinste Bindig an, als er sich vom Tisch erhob, und bewegte ein paarmal den Kopf hin und her, aber er hatte bereits in der Tür wieder ein ernstes, fremdes Gesicht. Bindig beobachtete diesen Wechsel interessiert. Er gab sich Mühe, es nicht merken zu lassen, aber die Frau mußte seinen Blick aufgefangen haben. Sie sagte schnell: »Er ist müde heute. Es hat viel Arbeit gegeben.«
Bindig nickte. Versonnen sah er der Frau zu, wie sie sich zwischen dem Herd und dem Tisch bewegte. Er war verwundert darüber, daß sie fast ununterbrochen sprach. Über irgendwelche belanglose Dinge, auf die er ebensolche belanglose Antworten gab. Damals, als er mit Zado bei ihr gewesen war, hatte Anna nur wenig gesprochen. Heute war sie anders, sie brachte es fertig, über eine Nichtigkeit zu lachen, und es war ein schönes, klangvolles Lachen, bei dem ihre Augen blitzten.
»Sie müssen sich noch einen Augenblick gedulden ...«, bat sie ihn plötzlich. Als sie zurückkam, trug sie anstatt des Rockes und der Leinenbluse ein buntes Kleid. Sie hatte helle, durchbrochene Schuhe angezogen und ihr Haar sorgfältig zurückgekämmt. Sie sah aus wie ein junges Mädchen, das sich für den Sonntag geschmückt hat.

»Oh …«, sagte Bindig überrascht, »Sie sind …«
Sie kam auf ihn zu. Wieder wie ein junges Mädchen, die Arme auf dem Rücken verschränkt. Sie drehte sich vor ihm und fragte mit seitwärts geneigtem Kopf: »Mein bestes Kleid. Gefällt es Ihnen?«
Er war sehr unsicher, als er sagte: »Ausgezeichnet … Sie müßten es jeden Tag tragen …«
Die Frau hatte ihn überrascht. Er wollte es nicht zeigen, aber sie wußte es selbst gut genug. Sie war ebenso unsicher wie er und verbarg ihre Unsicherheit hinter vielen nichtssagenden Worten, hinter ihrem klingenden Lachen und dem Glanz ihrer Augen. Sie verbarg ein Gefühl dahinter, das sie selbst noch nicht genau kannte. Es gelang ihr so gut, daß er schließlich sagte: »Sie sind eine Verwandlungskünstlerin! Ich habe nicht geglaubt, daß Sie überhaupt lachen können.«
Da ließ sie die Arme sinken und sagte leise, so wie sie sonst immer gesprochen hatte: »Wie lange habe ich keinen Gast gehabt, für den es gelohnt hätte, ein gutes Kleid anzuziehen …«
Er nickte. Dieses Dorf war ein totes Dorf. Das Leben in seinen Mauern war kein wirkliches Leben. Eines Tages würde es in Haselgarten nichts mehr geben als geschwärzte Mauerreste und Granattrichter. Er zweifelte nicht daran, und er mußte die Worte herauswürgen.
»Wenn der Krieg vorbei ist, dann werden Sie oft Gäste haben. Ich hoffe, daß ich dann auch einmal kommen darf …«
An der Wand über dem Küchenschrank hing die alte, unansehnliche Kuckucksuhr. Ihre Zeiger hielten auf der achten Stunde. Die Klappe des Gehäuses öffnete sich, und der Kuckuck steckte achtmal seinen Kopf heraus; dabei gab es ein krächzendes, dem Kuckucksruf kaum ähnliches Geräusch.
Sie blickten beide nach der Uhr, und dann sagte Anna plötzlich: »Der Kuckuck hat gerufen. Es ist Zeit zum Essen! Wie lange dürfen Sie bleiben?«

»Ich …« Er stockte und überlegte schnell, bevor er weitersprach. Er sah das grinsende Gesicht Timms vor sich.
»Es ist bei uns nicht so genau«, sagte er, »ich habe Zeit. Wir sind …«
»Essen wir«, forderte ihn Anna auf. Sie trug die Speisen zum Tisch und setzte sich ihm dann gegenüber. Sie hatte Rauchfleisch mit Kraut gekocht. Als sie gegessen hatten, brachte die Frau eingemachte Kirschen auf den Tisch. Sie streute Zucker darüber und sagte: »Es wäre wirklich nicht nötig gewesen, daß Sie den Zucker brachten. Hoffentlich haben Sie keinen Ärger deshalb.«
»Was soll das schon für Ärger geben?« Er lachte. Sie sagte: »Jedenfalls danke ich Ihnen. Und eine Überraschung habe ich auch noch für uns …«
Es war mit einem Male so, als wäre er mit dieser Frau bereits seit Monaten bekannt. Als wären sie gute Freunde. Zunächst hatte Bindig das verwirrt, aber er überwand diese Verwirrung schnell.
Als Überraschung gab es eine Flasche Wein. Es war ein schwerer süßer Obstwein, und sie erzählte ihm, daß es früher im Dorf einen Bauern gegeben habe, der ihn selbst zog. Als Bindig ein Glas davon getrunken hatte, wußte er, daß dieser Wein gefährlicher war als der Genever, den sie gelegentlich bekamen. Er sagte ihr das, aber sie lachte nur. Sie füllte die Gläser aufs neue und trank ihm zu. Er merkte, wie ihre Bewegungen leichter, gelöster wurden. Sie hörte ihm zu, als er von dem Genever erzählte und davon, wie sie ihn in Holland auf die Fahrzeuge der Kompanie verladen hatten. Er erzählte von zu Hause und von der Kompanie. Von Zado und auch von der Geschichte mit dem Hindenburgbild.
»Er wird Ihnen zu Weihnachten keinen Urlaub geben. Und Ihr Mädchen wird umsonst warten«, sagte Anna. Sie hob das Glas und trank. Sie setzte es ab, als er sagte: »Ich habe Weihnachten ohnehin keinen Urlaub zu beanspruchen. Und ein Mädchen habe ich auch nicht. Also wird niemand warten.«

»Kein Mädchen«, sagte die Frau nachdenklich, »warum?«
»Das ist eine lange Geschichte. Keine sehr schöne.«
»Sie haben schöne Hände. Gar nicht wie ein Soldat …« Sie wich seinem Blick nicht aus. Sie sah ihn an. Aber es lag keine Herausforderung in ihrem Blick. Er war nachdenklich. Ein wenig traurig, wie Bindig meinte.
»Ihr Mann ist im Krieg?« fragte er. Eine Weile war es still. Dann schüttelte die Frau den Kopf.
»Ich habe keinen Mann mehr. Er ist tot. Gefallen, vor zwei Jahren.«
»Oh, verzeihen Sie, bitte …«
»Es ist nichts zu verzeihen«, sagte sie, »ich bin eine von den Frauen, die froh darüber sind, daß ihr Mann nicht mehr lebt.«
»Ich verstehe nicht. Warum?«
»Das ist auch eine lange Geschichte. Und ebenfalls keine sehr schöne. Schmeckt Ihnen der Wein?«
»Ausgezeichnet.«
»Dann trinken wir doch davon.«
Der Wein war anders als der Genever. Er machte keinen schweren Kopf. Er berauschte auf eine angenehme Art. Er ließ die Gedanken leichter fließen und die Lippen gesprächiger werden. Er ließ das Lachen aufklingen, und er brachte das Vergessen alles dessen, was um dieses Gehöft war, um das Haus, um die Stube, in der sie saßen.
»Morgen werde ich von Haselgarten weggehen«, sagte Bindig schließlich. Die Frau öffnete den Mund ein wenig. Ihre Frage klang beklommen. »Warum? Wohin?«
»Ich bin Soldat«, sagte er, »ich gehe morgen zum Einsatz.«
Die Frau blickte auf ihre Hände. Er hörte sie leise fragen: »Wie lange wird das sein? Lange?«
Er bewegte leicht die Schultern. Der Wein funkelte in den Gläsern. »Ich weiß nicht, vielleicht nur ein paar Tage. Wenn ich nach ein paar Tagen nicht zurück bin, werde ich nicht mehr kommen.«
»Das soll heißen …«

»Ja«, sagte er. »Genau das.«
»Sie müssen wieder hinter die russische Front?«
Er nickte. Warum sollte er es ihr nicht sagen? Sie war lange genug im Dorf und wußte, daß die Kompanie aus Fallschirmjägern bestand. Das übrige konnte sie sich denken. Und außerdem hatte ihr Zado bereits damals, als sie bei ihr waren, gesagt, was für eine Art von Soldaten sie waren.
»Es ist grausam ...«, hörte er sie sagen. »Man sitzt sich gegenüber und weiß nicht, ob man sich noch einmal sieht. Es ist, als hätten die Menschen vergessen, wie kostbar das Leben ist ...« Er trank hastig von dem Wein. Die Frau hob auch ihr Glas, aber sie trank diesmal nur wenig.
»Es hilft alles nichts!« versuchte er sie aufzumuntern. »Schließlich ist kein anderer da, der es uns abnimmt. Wir sind ganz allein dazu da ...«
Der Kuckuck krächzte wieder. Er zeigte die zehnte Stunde an. Sie aßen und tranken. Manchmal sprachen sie über irgendeine Belanglosigkeit. Dann wieder saßen sie nur still, und einer sah den anderen an, den Blick verschämt abwendend, wenn er sich mit dem des anderen traf.
Als die Frau sich einmal erhob und den Fenstervorhang beiseite schob, sagte sie leise: »Es schneit. Das ist der Winter.«
Bindig trat neben sie. Er duckte sich ein wenig, um unter ihrem erhobenen Arm hindurch, der den Vorhang hielt, hinausblicken zu können. Er berührte sie dabei. Er warf nur einen schnellen Blick auf die Schneeflocken, die im Lichtschein, der aus dem Fenster fiel, durcheinanderwirbelten. Er hatte gehofft, daß der erste Schnee noch ein wenig auf sich warten lassen würde. Einen Augenblick lang überlegte er, daß sie beim kommenden Einsatz Schneehemden tragen müßten. Es würde kalt sein. Und es gab Dinge, bei denen man die wärmenden Handschuhe würde ausziehen müssen.
Während er noch immer staunend spürte, daß die Frau seiner Berührung nicht auswich, hörte er sie sagen: »Wirst du zurückkommen?« Sie sagte es sehr leise, und er verstand sie

zuerst nicht. Er dachte über das »Du« nach, mit dem sie ihn anredete. Aber dann begriff er, daß sie hier in diesem Augenblick gar nichts anderes sagen konnte. Eine Frau, dachte er, und sekundenlang war er unschlüssig, was er nun tun sollte. Er hörte ihren Atem. Er spürte ihn im Nacken. Seine Schulter berührte noch immer leicht ihren Arm, der den Vorhang hielt. Die Flocken vor dem Fenster tanzten einen verwirrenden Reigen im matten Lichtschein. Das ist der Winter, dachte Bindig. Dann drehte er sich plötzlich um und sah sie an.

»Ich habe dich etwas gefragt«, sagte sie. Ihre Augen waren groß und dunkel. Sie blickte auf seinen Mund, nicht in seine Augen.

Er machte eine kleine Bewegung auf sie zu, aber sie wich ihm nicht aus.

»Ja«, sagte er langsam, »du hast mich gefragt, ob ich wiederkomme. Ich weiß das nicht.«

Die Frau ließ die Arme sinken. Er sah über sie hinweg, auf den Tisch, wo die Gläser standen. Dann legte er ihr zögernd die Hände auf die Schultern und zog sie an sich.

»Wie kann ich wissen, ob ich wiederkomme?« fragte er. Die Augen der Frau waren ganz nahe. Aber es war, als seien sie gar nicht so dicht vor ihm, als atme da nicht dieser halbgeöffnete Mund mit den vollen Lippen. So, als wäre alles unendlich weit entfernt und unerreichbar.

»Gut ...«, sagte sie schließlich. »Aber ich mußte es dir trotzdem sagen, daß ich dich wiedersehen will ...«

»Wiedersehen?« wiederholte er.

»Ja.« Sie war ihm mit einemmal ganz nahe. Sie drängte sich an ihn, und er spürte ihre Wärme. In ihrem Atem war noch der Wein, den sie getrunken hatte. Sie sagte: »Ja. Wenn du morgen früh von mir fortgehst, dann will ich wissen, daß du wiederkommst.«

Er wollte sie mit einer wilden, ungestümen Bewegung an sich pressen. Aber es wurde nichts als ein sanfter, lange währender Kuß. Dann strich sie ihm das Haar zurück. Er

spürte noch den Geschmack ihrer Lippen, als er sagte: »Ich kann mich jetzt ganz deutlich daran erinnern, wie ich dich zum erstenmal sah ...«
Sie legte ihm den Finger auf den Mund.
»Still ...« Als er verstummte, sagte sie nachdenklich: »Wie jung bist du. So jung – und viel zu schade für das alles, was sie mit dir machen ...
Er begriff sie nicht. Aber es war, als sei mit einem Male irgendein geheimer Mechanismus in ihm in Gang gesetzt worden. Er spürte wieder, daß er Sehnen besaß und Muskeln, und er spürte auch, daß sie gehärtet waren von den Bodenrollen und Klimmzügen, vom Aufprall auf der Matte unter dem Sprungturm und vom Ruck der Leinen, wenn der Schirm sich öffnete. Vom Kriechen auf dem gefrorenen Boden und von jenem klammernden Griff der Hände, die die Maschinenpistole gepackt hielten oder das Messer. Er spürte mit einem Male eine unbändige Kraft, und er nahm die Frau und hob sie auf seine Arme.
Sie wollte ihm Einhalt gebieten, aber es war nur eine schwache Geste. Sie wies auf den Tisch mit den Gläsern.
»Laß mich das abräumen, du ...«
Er lachte nur, während er sie quer durch die Küche trug. Er hatte alles vergessen, was um dieses Haus herum war, was morgen und übermorgen sein würde. Mit der Schulter stieß er die Küchentür auf. Er wußte nicht, wo die Schlafkammer lag. Aber er brauchte nicht danach zu fragen; sie flüsterte es ihm zu.

Die Kälte kroch durch die Ritzen der Fenster. Die Kammer war ungeheizt, und eigentlich war es gar keine Kammer, sondern ein geräumiges Zimmer. Es war nicht ganz dunkel, denn die beiden Fenster waren nicht verhängt, und von draußen fiel ein Schimmer von jener Helligkeit herein, die der Schnee verursachte. Wenn Bindig sich bewegte, spürte er den Körper der Frau. Sie lag so dicht an ihn geschmiegt, daß er ihren Atem hören konnte. Die Frau lag still, mit offenen Augen. Sie hatte das Deckbett bis hoch über die Brust gezogen und die Arme darunter verborgen. Bindig ertrug das Deckbett nicht. Er hatte es abgestreift. Die trockene Kühle des Zimmers tat seinem Körper wohl.

»Du wirst dich erkälten«, sagte die Frau leise, »die Stube ist kalt ...« Sie wollte seinen Körper bedecken, aber er hielt ihre Hand fest. »Mir ist nicht kalt.«

»Du wirst krank werden«, redete sie auf ihn ein. Sie richtete sich ein wenig auf und blickte ihm in die Augen. Er zog sie an sich und küßte sie.

»Nur noch ein paar Stunden ...«, flüsterte sie. Er strich über ihren Körper, und trotz seiner zerschundenen Handflächen spürte er die weiche, warme Haut. Sie ließ den Kopf an seine Schulter sinken und wiederholte: »Nur noch ein paar Stunden ...«

Es war, als wäre ihre Stimme meilenweit entfernt. Er hörte sie, wie er manchmal eine Stimme aus dem Radio des Funkwagens im Kopfhörer hörte. Aber die Frau war neben ihm. Sie lag leicht an ihn gelehnt, und er konnte den Hauch ihres Atems an seiner Brust spüren.

»Du ...«, sagte er, »Anna, wie war das eigentlich? Morgen oder übermorgen werde ich denken, es sei alles nicht geschehen, und ich habe nie bei dir gelegen ...«

»Es ist gut so«, sagte sie, »ich habe es gewollt, und du hast es gewollt. Es ist gut.«

»Willst du schlafen?« fragte er.

Sie antwortete nicht, und er sagte: »Vielleicht ist es das letztemal, daß wir beisammen sind. Wer weiß, was in den nächsten Tagen passiert ...«

Sie sagte nichts. Aber sie brachte ihren Körper so nahe an den seinen, daß er spürte, wie sein Blut schneller zu pulsieren begann.

»Es ist eine gute Erinnerung«, sagte er langsam, »wenn ich morgen an dich denke, wird es eine gute Erinnerung sein. Ich habe nicht viele gute Erinnerungen, und vielleicht gehe ich diesmal drauf, dann ist wenigstens ...«

»Still ...«, rief sie leise. »Sei still davon. Es passiert dir nichts!«
Er lachte, aber es klang wenig heiter. »Ich mache nicht gerade einen Spaziergang. Und die Russen schießen nicht mit Erbsen ...«
Er wußte selbst nicht, weshalb er das jetzt sagte, denn er hatte nie die Angewohnheit gehabt, vor einem Einsatz davon zu reden, daß es ihn erwischen könnte.
Anna, dachte er. Solche Gedanken kommen, wenn man plötzlich etwas entdeckt, um dessentwillen es sich lohnt zurückzukommen. Ich glaube, das kann einen zum Feigling machen.
Er sagte es ihr, und die Frau fragte nach einer Weile: »Warum müßt ihr nur immerzu Dinge tun, die keinen Sinn haben als höchstens den, euch zu töten?«
Es steckte noch alles in ihm, was sie ihm in der Schule eingebleut hatten und bei den Belehrungen in der Kompanie. Die Bilder aus den Illustrierten waren noch in seinem Kopf und das Geschwätz, für das die Rundfunkleute bezahlt wurden.
Er war lange genug mit Zado zusammen gewesen, hatte ein wenig von dessen Zynismus angenommen und sah alles etwas nackter, illusionsloser als früher. Aber Zados Zynismus hatte noch nicht viel mehr als ein paar wirre Striche auf der Karte seines Weltbildes gezogen.
»Es ist nichts sinnlos«, sprach er in die graue Dunkelheit hinein, »alles, was wir tun, hat einen Sinn. Wenn wir es nicht täten, dann würden die Russen Weihnachten in Berlin sein. Deshalb tun wir es. Es macht uns wenig Spaß, aber danach fragt uns keiner.«
»Ich weiß nicht«, sagte die Frau«, ich verstehe nichts davon. Nur so viel, daß alles nicht zu sein brauchte und du morgen früh bei mir bleiben könntest.«
»Es wäre schön. Aber es ist eben nicht so.«
»So seid ihr«, sagte sie, »Soldaten, weil es nicht anders geht. Weil ihr nicht den Mut habt, ihnen zu sagen, daß ihr keine

sein wollt. Und als Ersatz für diesen Mut bildet ihr euch ein, es mache euch Spaß.«
Er überlegte eine Weile, dann sagte er leise: »Ich glaube, es gibt sehr wenige, denen es Spaß macht. Und ob du willst oder nicht: Es ist Krieg, und der wird so lange dauern, bis entweder wir oder die anderen gesiegt haben.«
»Er wird so lange dauern, wie ihn die führen, denen es eigentlich keinen Spaß macht, ihn zu führen«, sagte die Frau. »Solche wie du und der andere.«
»Wenn wir die Russen nicht aufhalten ...«
»Willst du sie aufhalten?«
Er schwieg. Die Frau wartete auf seine Antwort, aber er betrachtete nachdenklich das Bett, in dem sie lagen. Es war ein Ehebett, und die linke Hälfte war zugedeckt. Hier hatte ihr Mann gelegen. Sie hatte ihm gesagt, daß er vor zwei Jahren gefallen wäre. Sonst nichts. Er strich leicht mit der Hand über die Steppdecke auf dem Bett des Mannes und fragte dann unvermittelt: »Ist er im Osten gefallen?«
Ihre Antwort klang abweisend. »Im Westen. In Paris.«
»Vor zwei Jahren?«
»Ja. Vor zwei Jahren.«
»Wie kann er denn vor zwei Jahren in Paris gefallen sein?«
Sie richtete sich ein wenig auf und sagte langsam: »Er ist überfahren worden. Tödlich.«
»Oh ...«, sagte er. »Ich hätte dich nicht daran erinnern sollen.«
Aber die Frau schüttelte den Kopf. »Es tut mir nichts. Er war schon ein paar Jahre für mich tot, bevor ihn das Auto überfuhr. Er hat mich bis aufs Blut gequält. Und dann hat ihn in Paris das Auto überfahren. Ein Lastwagen mit Wein für ein Kasino. Ich habe es von einem erfahren, der dabei war. Er lag besoffen auf der Straße, und das Auto überfuhr ihn.«
Einen Augenblick lang schwieg er bestürzt, dann fragte er sie: »Er hat dich gequält, sagst du?«
»Ja. Ich werde es dir einmal erzählen, wenn du wiederkommst. Heute ist die Nacht nur noch kurz.«

Nach einer Weile sagte sie in die Stille hinein: »Sie schickten mir von seiner Kompanie einen schönen Brief. Mit ihrem Beileid und mit ihrem Trost. Er habe in treuer Pflichterfüllung für Führer, Volk und Vaterland sein Leben geopfert. – In Paris, unter einem Auto voller Wein. Besoffen auf der Straße liegend.«
»Verzeihung«, sagte Bindig nochmals, »ich wollte dich wirklich nicht daran erinnern …«
Aber sie lachte leise. »Laß … es schmerzt nicht. Er starb als Held!«
Bindig sagte nichts mehr. Anna war eine von den vielen Frauen, die eine unglückliche Ehe geführt hatten. Das erklärte vieles. Man brauchte nicht weiter danach zu fragen, es gab hunderterlei Varianten solcher Ehen. Er hatte immer angenommen, daß es das nur in den Städten gäbe, aber das war offenbar Unsinn.
Es schien, als ob der Dämmer in der Stube um einen winzigen Schein heller geworden sei. Es ging auf den Morgen zu. Bindig sah es, als er einen verstohlenen Blick auf die Uhr an seinem Handgelenk tat. Aber die Frau hatte den Blick bemerkt. Sie richtete sich ein wenig auf, bis sie ihm voll ins Gesicht blicken konnte.
»Bist du ungeduldig? Möchtest du schon lieber wieder bei deinem Unteroffizier sein?«
Er antwortete nicht.
»Es wäre möglich …«, sagte sie leise, »dann werde ich dich nicht halten.«
»Hör zu …«, bat er sie nach einer Weile, »ich glaube, du bist der einzige Mensch, der mich halten kann. Du bist das einzige, was mich interessiert. Ich kann mich nicht erinnern, daß es das oft gegeben hat …«
Sie ließ die Finger über die Adern an seinem Hals gleiten. Er spürte die leise Berührung, und er sah dabei ihr Gesicht, und es erregte ihn. Ihre Augen waren dunkel und glänzend, und das aufgelöste Haar bedeckte in langen, gewundenen Strähnen ihre vollen, weißschimmernden Brüste. Seine

Augen tasteten die weichen Linien ihres Körpers ab. Er fand sie schön und kraftvoll, verlockend und mütterlich zugleich. Alles an ihr war wie aus einer Form gegossen. Das Gesicht und die Linie des Halses, die Brüste und die Muskeln an ihren Oberarmen, die Rundungen ihrer Hüften, ja überhaupt alles, gleich, ob es der Klang ihrer Stimme oder die Bewegungen ihrer Glieder waren, das Lächeln um ihre Mundwinkel oder das Spiel ihrer Finger, wenn sie ihm das Haar zurückstrich.

»Ich weiß es nicht genau, ob ich mich wirklich in dich verliebt habe«, sagte die Frau ganz nahe an seinem Ohr. »Ich glaube es, aber ich weiß es nicht genau. Die Zeit wird das beweisen ...«

»Die Zeit ...«, sagte er und griff nach ihr, »die Zeit und du, das paßt nicht zusammen. Die Zeit bin ich. Und ich bin heute zum letztenmal bei dir. Wer weiß, für wie lange.«

»Zum erstenmal ...«, hörte er die Frau flüstern, »und es geschieht dir nichts ...«

Es war eine Phrase, obwohl sie in diesem Augenblick nichts sehnlicher wünschte als das, was diese abgedroschene Phrase ausdrücken sollte. Aber sie sprach nicht zu Ende. Sie spürte seinen Mund und seinen Körper. Sie spürte seine Hände und seinen Atem. Hinter dem Schleier aus fallendem Schnee vor dem Fenster begannen die Sterne zu tanzen. Sie flackerten auf und verloschen, zogen glitzernde Kurven und verwirrende Bahnen. Es war, als sei der ganze Himmel in Bewegung geraten, als tanzten die Gestirne ungezügelt und wild plötzlich den sinnverwirrenden Rhythmus, den ein Mensch nur selten, meist in ganz jungen Jahren, wahrnimmt.

Sie dachte: Es ist Irrsinn, kein Stern ist zu sehenl Es schneit, und der Himmel hängt voller Schneewolken. Aber der Tanz der Gestirne nahm kein Ende. Und dann schmolz alles, was um sie und ihn herum war, zusammen und begrub sie, das Bett und das Zimmer, das Haus und das ganze

Gehöft und die eingeschneite Erde, die ganz leise bebte. Ein paar Kilometer östlich hatte eine Batterie früher zu schießen begonnen als sonst.

Als er sich am Morgen bei Timm zurückmeldete, empfing der ihn mit dem sachlichen Hinweis: »Laß dir vom Sani eine Protargolspritze geben.«
Das Gesicht Bindigs mußte keinen sehr zustimmenden Eindruck gemacht haben, denn Timm riet ihm: »Na klar, und nimm dir gleich eine Rolle von den roten Tabletten mit. Oder willst du mir erzählen, daß du die ganze Nacht Gewehr über vorm Hoftor gestanden hast?«
»Nein«, gab Bindig gereizt zurück, »ich habe mit dem Taubstummen Domino gespielt.«
»Hoffentlich nicht zu oft hintereinander!« grinste Timm gemütlich. Dann erklärte er einigermaßen ernst: »Ich glaube, wir müssen diesmal einen dicken Hund schlachten. Der Chef fährt mit zur Übung. Und fünfzehn Mann.«
»Fünfzehn Mann ...«, wiederholte Bindig gedankenlos. Er dachte an Anna. Er hätte Timm ins Gesicht spucken mögen. Aber er kannte Timm und wußte, daß es keinen Sinn hatte, sich gegen ihn aufzulehnen. Timm befehligte diese Kompanie. Und wer von Timm in die Hölle geschickt wurde, der kam nicht zurück.
Als Timm ihm sagte, daß der Wagen sie in einer Stunde nach dem Übungsgelände fahren würde, fiel Bindig ein, daß er seine Ausrüstung noch nicht gepackt hatte. Er beendete sein Gespräch mit dem Unteroffizier und lief in sein Quartier, wo er Zado antraf, der damit beschäftigt war, eine Büchse Marmelade auszulöffeln.
»He ...«, murmelte Zado mit vollem Munde, »ich dachte schon, du wolltest mit der Straßenbahn nachkommen!«
»Eigentlich wollte ich das auch«, sagte Bindig, »aber mein Fahrschein war abgelaufen. Hat es was zum Frühstück gegeben?«
In seiner Ecke kauerte der Obergefreite, der an diesem

Morgen nüchtern war. Er hatte ein mißmutiges Gesicht und leerte den Inhalt seiner Taschen auf seine Lagerstatt. Aus dem Häufchen von Briefen, Fotografien, Geld, Bleistiftstummeln und anderem Kram wählte er schließlich nur eine flache Pappschachtel mit drei Präservativen aus und verstaute sie in der Kombination. Dabei sagte er zu Zado mit einem Blinzeln: »Falls wir doch mal auf die Weiber stoßen, die sich die Russen eingefangen haben ... Die freuen sich vielleicht, wenn sie für eine halbe Stunde wieder einen Landsmann im Bett haben!«
Zado schluckte. »Du bist eben ein praktischer Mensch«, sagte er. »Aber du solltest die Geburtsurkunde mitnehmen, für den Fall, daß du eine findest, die du gleich heiraten möchtest.«
»Soldbuch ...«, überlegte der Obergefreite. Er nahm Zado ernst.
»Soldbuch ginge auch. Aber das müssen wir ja abgeben ...«
Er machte einen betrübten Eindruck, und Bindig holte tief Luft, während er dem Wortwechsel zuhörte.
»Vielleicht geht's auch mit der Erkennungsmarke«, meinte Zado.
Da knallte Bindig wütend seine Mütze auf den roh zusammengezimmerten Tisch. »Verflucht, hat's nun was zu essen gegeben oder nicht?«
Zado blieb ein paar Sekunden still auf seinem Strohsack hocken, den Löffel voll Marmelade unbewegt in der Hand. Dabei überzog sich sein Gesicht langsam mit einem breiten, gemütlichen Grinsen, und um seine Adlernase bildeten sich unzählige Falten. Schließlich steckte er den Löffel in die Büchse zurück und erhob sich. Dabei sagte er: »Zuerst die Straßenbahn verpassen und dann die anderen anscheißen. Hat dir denn die Anna nichts zu essen gegeben?«
»Woher weißt du, daß ich bei Anna war?«
»Von wem wußte denn Timm das?«
»Von mir.«
»Aha«, grunzte Zado, »und ich weiß es von ihm. Aber außerdem habe ich es dir angesehen. Hast du wirklich Hunger?«

»Ja«, sagte Bindig. »Ich ...«
Zado ging nach der Kiste, in der sie die Verpflegung aufbewahrten. Der Obergefreite sagte erst jetzt verschlafen zu Bindig: »Brüll doch nicht so!«
Zado brachte ein Brot und eine Büchse Butter zum Vorschein. Weiter holte er eine Büchse Marmelade hervor, eine vierkantige, harte Wurst und ein Päckchen Kekse.
»Eigentlich sollen wir das mitnehmen«, sagte er dabei, »es gibt nichts zu Mittag. Die Zigaretten und die Schokolade liegen unter deiner Kombi.«
Bindig fröstelte, während er sich umzog. Die neue Wäsche war feucht. Es war schlappes, grünes Zeug, angeblich mit einer Tinktur gegen Läuse behandelt. Aber man wußte, daß sich die Läuse sehr gern darin aufhielten. Während er in der Unterwäsche dastand, bestrich er mechanisch ein Stück Brot mit Butter und biß von der Wurst ab. Er hörte Zado sprechen, aber er folgte seinen Worten nicht, denn das Gesicht Annas war ihm noch zu gegenwärtig. Er erinnerte sich an jede ihrer Bewegungen und an jeden Laut, den sie in der vergangenen Nacht von sich gegeben hatte. Es schien ihm, als sähe sie ihn fortwährend mit ihren großen, schimmernden Augen an, und dann hatte er das unbändige Verlangen, seine Hände zu öffnen und ihren vollen, weichen Körper zu umfassen.
Anna, dachte er, sie müßten mit dem ganzen Unsinn Schluß machen und mich nach Hause schicken. Dann würde ich sie mitnehmen. Aus mir wird kein Bauer, aber sie würde sich in der Stadt wohlfühlen. Ich würde eine Frau haben und vielleicht langsam alles vergessen. Aber es sieht nicht danach aus. Und überhaupt: Timm hat gesagt, wir haben einen dicken Hund zu schlachten. Wer weiß, ob ich das mit heiler Haut überstehe. Und wenn, dann fängt bei der Rückkehr schon wieder die Überlegung an, wie es beim nächstenmal ausgeht.
»Junge, Junge ...«, hörte er Zado sagen, »wenn ich aus die-

ser ganzen Marmelade einen schönen Haufen mache, kann ein T 34 bis an den Turm drin versinken ...«
Nebenan zerriß plötzlich die Salve einer Maschinenpistole die Stille. Der Obergefreite reagierte nicht darauf, und auch Zado quetschte nach einer Weile zwischen den von der Marmelade verklebten Zähnen hervor: »Wohl einer übergeschnappt ... was?« Doch dann war Stimmengewirr auf der Straße, und eilige Schritte stapften durch den niedrigen Schnee.
Bindig konnte schnell noch die Schuhe zuschnüren und den Rock überwerfen. Dann hörte er Timm auf der Straße irgendeinen Befehl schreien und lief hinaus. Vor dem Nebenhaus standen ein paar Soldaten. Er fragte sie, was geschehen sei, aber sie deuteten nur mit einer Kopfbewegung nach dem Haus, ihn gleichsam auffordernd, selbst nachzusehen.
Es hielt ihn niemand auf. Auch Zado nicht, der hinter ihm war. Timm stand neben Alf in der Stube. Hinter ihnen, mit wütendem Gesicht, leise vor sich hin schimpfend, Paniczek, der das bunte Seidentuch in der Hand hielt, das er von dem unbekannten Mädchen aus Frankfurt geschickt bekommen hatte. Er hielt es vorsichtig an einem Zipfel zwischen den Fingerspitzen, denn es war über und über mit Blut und rötlichgelber Hirnmasse bespritzt. Auf den Dielen lag, ein wenig verkrümmt, der Körper des Oberkellners aus Stuttgart. Sein Kopf bestand nur noch aus dem Unterkiefer, an dem ein paar schlaffe Hautfetzen hingen. An einem Riegel des Fensters baumelte die Maschinenpistole. Der kleine Oberkellner hatte sich erschossen.
Timm drehte sich um und befahl: »Raus, los! Hier gibt's nichts mehr zu sehen!«
Bindig ging hinter Zado her, und Paniczek folgte ihnen. Der Leutnant ging mit Timm zur Schreibstube. Er hatte das Soldbuch des Toten in der Hand und ein paar Briefe, die er in seinen Taschen gefunden hatte.
»Wie hat der das bloß fertiggekriegt?« Zado sah Paniczek an.

Der bewegte unmutig die Schultern, noch immer sein Seidentuch mit den Fingerspitzen hochhaltend. »Er hat den Strick am Abzug festgebunden.«
»Und?«
»Und ... und ... Strick am Abzug, anderes Ende am Fenster, Lauf in die Schnauze und mit beiden Händen angepackt und nach hinten umkippen lassen. Kann jeder Idiot!«
»Macht aber nicht jeder«, sagte Zado. »Muß seinen Grund gehabt haben!«
Paniczek sah ihn wütend an.
»Er konnte sich woanders erschießen. Nicht ausgerechnet bei meinem Tuch, was von dem Mädchen ist und ganz neu, noch nicht einmal am Hals gehabt, der Idiotl«

Es war wie immer in den letzten Stunden, bevor sie das Quartier verließen. Bindig kannte diesen Zustand und fürchtete ihn. Aber er wußte so gut wie Zado oder wie jeder andere, daß nichts dagegen zu tun war.
Eine seltsame Unrast packte ihn. Er war nicht imstande, zwei Minuten hintereinander das gleiche zu tun oder auch nur auf dem gleichen Fleck zu sitzen. Was er auch anfing, es mißlang ihm. Dazu kamen eine Anzahl körperlicher Übel. In der Magengegend erhob sich ein Gefühl der Leere. Der Herzschlag wurde fühlbar schneller und unregelmäßiger, die Glieder vollführten wie von selbst allerlei fahrige, nervöse Bewegungen, und die Haut sonderte kalten Schweiß ab. Das alles wurde an diesem Morgen noch verstärkt durch den Selbstmord des kleinen Oberkellners. Der sonst gerade noch erträgliche Brechreiz war mit einemmal unangenehm aufdringlich, und der unnatürliche Druck in den Därmen riß nicht ab.
Zado stocherte noch eine Weile mit dem Löffel in der Marmeladenbüchse herum. Aber der Heißhunger, den er zuweilen nach einer Süßigkeit verspürte, war mit einem Male einem Gefühl des Ekels und der Übelkeit gewichen.

»Es fängt gut an«, sagte er zu Bindig, als sie draußen hinter dem Haus über der Latrine hockten. »Wenn's so weitergeht, kann Alf bald eine neue Kompanie zusammenstellen.«
Auf der Dorfstraße wurde gepfiffen, und dann rief Timm mit seiner blechernen Stimme: »Gruppen vier und sechs antreten !«
Vor dem Haus, in dem die Schreibstube untergebracht war, parkten ein Lastwagen und ein Schützenpanzer. Der Lastwagen war für die Mannschaften bestimmt, aber sie fanden nicht alle Platz. Es blieben ein halbes Dutzend übrig, unter ihnen auch Bindig und Zado.
Timm winkte ihnen: »Los ... 'rein da!«
Er zeigte auf den Schützenpanzer, und sie stiegen ein. Es war das Fahrzeug für Alf, denn inzwischen war heller Tag, und wenn Tiefflieger kamen, gab es in dem flachen Gelände keine Deckung. Alf stieg als letzter ein. Er trug eine Kombination. Die meisten der Soldaten erblickten ihn zum ersten Male darin.
Als sie eine Weile gefahren waren, sagte Zado zu Timm: »Wer wird jetzt die Sprengladungen anlegen, Herr Unteroffizier?«
Timm gab nicht gleich Antwort, aber an seiner Stelle sagte Alf: »Ein anderer wird sie legen.«
»Jawohl, Herr Leutnant«, sagte Zado, »aber ob der ihn ersetzen kann? Vom Sprengen verstand der Kleine nämlich verdammt viel ...«
»Unsinn!« Alf machte eine nachlässige Handbewegung. »Jeder einzelne ist zu ersetzen. In der deutschen Wehrmacht gibt es keinen Menschen, der nicht morgen ersetzt werden kann, wenn er heute fällt.«
»Jawohl, Herr Leutnant«, sagte Zado, und nach einer Weile nochmals: »Jawohl, das stimmt.«
Dann sah er Bindig an, und Bindig sah ihn an, und schließlich starrten sie beide auf die geriffelten Stahlplatten des Bodenbelages und schwiegen.

Die gemordete Harmonika

Die Einsatzübung war diesmal nur von kurzer Dauer. In einer Halle auf dem Flugplatzgelände war, den Luftaufnahmen eines Aufklärers entsprechend, das Einsatzgelände in verschiedenen Sandkästen nachgeformt worden. Ein Major, den sie noch nie zuvor gesehen hatten, erläuterte die Aufgaben, die von den drei Gruppen zu lösen waren. Dann zogen sie getrennt auf ein Übungsgelände, das annähernd dem Einsatzgebiet entsprach. Sie exerzierten zwei Tage, dann empfingen sie Ausrüstung und weiße Kleidung. Der Einsatzbefehl wurde ausgegeben, und Leutnant Alf fuhr, noch bevor die Maschinen starteten, zurück nach Haselgarten.

Fünf Männer starteten mit der Aufgabe, am Rande einer Verbindungsstraße Posten zu beziehen und ein Stabsfahrzeug abzufangen. Diese Aktion zielte auf die Gefangennahme eines Stabsoffiziers, weil man Informationen über die Angriffsabsichten aus ihm herausholen wollte.

Eine zweite Gruppe von fünf Männern, unter denen sich zwei Eisenbahner befanden, hatte die Besatzung des Befehlsstellwerks auf einer kleinen Bahnstation, an der sich zwei Strecken kreuzten, zu überrumpeln, mit dem Ziel, den Zusammenstoß zweier Transportzüge herbeizuführen.

Die letzte Gruppe schließlich, zu der auch Bindig und Zado gehörten und die von Timm geführt wurde, hatte ein unübersichtliches Waldgebiet nach einem gutgetarnten Munitionslager abzusuchen und nach Lösung dieser Aufgabe mit Hilfe der fünf Minen, die sie mitführte, eine Anzahl Fahrzeuge zu vernichten.

Es war zum erstenmal, daß zu gleicher Zeit drei Gruppen in verhältnismäßig geringer Entfernung voneinander zu solchen Aufgaben eingesetzt waren. Die Männer waren darüber verärgert, denn jeder wußte, daß nur eine Aktion Aussicht auf Erfolg hatte, an der möglichst wenig Personen beteiligt waren.
Es war eine kalte, klare Sternennacht, als sie starteten. Der Wind fegte dünnen, körnigen Schnee über den Flugplatz, und die Männer schlossen die Kombinationen und zogen dünne, seidene Kopfschützer unter die Helme. Sie hatten weiße Überkleidung angelegt. Helme und Lederzeug, Waffen und Ausrüstungsgegenstände waren mit weißer Farbe überspritzt. Die beiden Maschinen stiegen schnell auf einige tausend Meter Höhe und drehten dann ostwärts ab. Die drei Gruppen wurden dicht beieinander in einem einsamen Waldgebiet abgesetzt, in dem es eine Anzahl Seen und Wasserläufe gab.
Die Männer rollten schweigend ihre Schirme zusammen und verscharrten sie. Die Minen und ein paar andere Geräte wurden aus den Behältern genommen und verteilt. Dann tauchten die weißen Gestalten, die sich kaum von der Schneelandschaft abhoben, ins Dunkel unter den Bäumen. Es war kein Laut zu hören, und die buschbewachsene Schneefläche, auf der die Landung vor sich gegangen war, lag still wie zuvor. Aber der Himmel hatte sich mit einer schweren, tiefhängenden Wolkenschicht überzogen, und eine Stunde später fiel Schnee.

Wenn Bindig den Zweig, der vor seinem Gesicht hing, ein wenig beiseite zog, konnte er den Posten sehen, der unter dem »Pilz« stand. Es war ein kleiner untersetzter Soldat mit einem breiten, mongolisch anmutenden Gesicht und schrägstehenden Schlitzaugen. Er war nur einen schwachen Steinwurf von Bindigs Versteck entfernt, und Bindig war ihm nur deshalb nicht in die Arme gelaufen, weil der Mann eine dicke, mit Zeitungspapier gedrehte Machorka-

zigarette rauchte, deren Geruch Bindig früh genug wahrgenommen hatte.
Er war müde. In den letzten Stunden der Nacht war er nur langsam, Schritt für Schritt vorwärts gekommen. Der Schneefall war gegen Morgen geringer geworden. Dafür aber hatte die Kälte zugenommen. Und obwohl es hieß, daß die Kombination, die er trug, wasserdicht sei, fror er, denn es war zuviel Schnee auf dem Stoff geschmolzen und wieder erstarrt. Das Gewebe war steif und zäh. Bindig war versucht, aufzuspringen und durch ein paar schnelle, schlagende Bewegungen das ekelhafte Gefühl der Kälte wenigstens für ein paar Minuten zu vertreiben. Aber er blieb doch bewegungslos hinter dem schneebedeckten Ast liegen, denn da vorn stand der Posten, und dieser Posten war in einen dicken Steppmantel gehüllt, der ihn wärmte. Er trug eine Pelzmütze mit lose herabhängenden Ohrenklappen, und er war hellwach, man sah es an seinen Bewegungen.
Sie haben einen »Pilz« für ihn gebaut, dachte Bindig. Das tun sie da, wo sie sich für längere Zeit fest einrichten. Es ist also ein Posten, keine Streife. Aber bewacht er nun das Lager oder nicht? Denn wenn er einer von den Lagerposten ist, dann müßte man das Lager sehen können. Er zog den Zweig so weit fort, daß er einen Rundblick tun konnte. Aber hinter dem Posten war nichts weiter als dick verschneites lichtes Fichtengehölz. Nach einer Weile sah er, daß von dem »Pilz« ein schmaler Trampelpfad zwischen die Bäume führte. Er zog vorsichtig den Reißverschluß der Brusttasche auf und betrachtete die Karte. Es gab keinen Weg in dieser Gegend. Ein paar hundert Meter hinter der Stelle, wo der Posten stand, waren zwei große Kahlschläge verzeichnet, zwischen denen eine Straße verlief.
Das kann nur eine von diesen schmalen Landstraßen sein, überlegte er. Vielleicht nicht einmal das, sondern so etwas wie ein Waldweg, der ein wenig breiter ist als gewöhnlich. Und weshalb steht der Posten nicht an dieser Straße, son-

dern hier? Er war unschlüssig. Außerdem verspürte er Hunger, und das Verlangen nach einer Zigarette quälte ihn. Er zog einen Riegel Schokolade aus der Tasche und schob ihn in den Mund. Ich muß hier verschwinden, sagte er sich, hier ist weiter nichts als dieser Posten. Ich muß an die Straße, und wenn es in dieser Gegend überhaupt ein Munitionslager gibt, dann werden Fahrzeuge auf der Straße sein und dort hinfahren.

Langsam kroch er zurück. Er hatte die Maschinenpistole um den Hals gehängt und den Tragriemen so eng gezogen, daß die Waffe ganz dicht an seinem Körper lag. Als er weit genug von dem Posten entfernt war, daß er sich unbemerkt erheben konnte, nahm er sie in die Hand und bewegte sich weiter vorwärts. Aber er kam nicht weit, denn plötzlich hörte er Stimmen und sah, als er auf die Stimmen zukroch, daß wenige hundert Meter von dem Posten, den er zuerst entdeckt hatte, ein zweiter stand, der eben abgelöst wurde.

Um die Mittagszeit etwa befand er sich endlich unweit der Straße zwischen den beiden großen Kahlschlägen. Aber er hätte die Fahrzeuge nicht zu hören brauchen, die hier einzeln oder in Kolonnen fuhren, denn bereits als er die Kette der Posten umging, hatte er dort, wo die Fichten dünner standen, das Lager erkannt.

Es war ein großes, weit auseinandergezogenes Lager, das die beiden Kahlschläge rechts und links der Straße einbezog. Aber nirgendwo war über der Erde gebaut worden. Sie hatten vor dem Frost Gruben in der Erde angelegt, die nach oben mit Zweigen und Zeltbahnen abgedeckt waren. Nun hatte noch der Schnee alles zugedeckt, und es gab keine bessere Tarnung als diese weiße, unberührte Schneedecke. Selbst die Fotografie eines Nahaufklärers würde kaum Aufschluß darüber geben können, ob sich unter der Schicht der gefrorenen Kristalle eine militärische Anlage befand.

Bindig hatte sich genau orientiert, wo die Posten standen. Sie waren in einer Kette dicht beieinander in einigem Abstand von dem Lager aufgestellt, und die Wachmannschaften waren in Erdbunkern untergebracht, deren Einstiege am Waldrand unter den ersten Fichten lagen. Lediglich die Straße war belebt. Dort hielten Fahrzeuge. Einmal kam eine Kolonne geschlossener Lastwagen. Aus den Erdbunkern krochen ein paar Gestalten und schleppten Kisten von den Wagen fort. Bindig sah, wie sie ihre Lasten in vorbereitete Gruben legten und sie mit Zeltplanen und Schnee bedeckten. Es war eins der Lager, die Munition für die Offensive speicherten. Bindig zerbrach sich den Kopf, wie der Divisionsstab erfahren habe, daß dieses Lager hier zu suchen sei.

Es war jetzt nicht mehr so kalt wie in den Vormittagsstunden. Die Sonne war über Mittag hinaus, und stellenweise troff Schmelzwasser von den Bäumen. Aus dem Lager kamen Musikfetzen. Irgendwo mußte ein Radio spielen. Bindig hörte, daß gelegentlich eine Sopranstimme sang, aber er war zu weit entfernt, um die Worte zu verstehen.

Eigentlich hatte er hier nichts mehr zu tun. Er hatte das Lager gefunden und wußte auch, wie weit es sich ausdehnte. Er war in der Lage, das genau auf der Karte, die sie ihm mitgegeben hatten, einzuzeichnen. Das Lager erstreckte sich über die Fläche der beiden Kahlschläge, und die Straße wurde nur von Fahrzeugen befahren, die im Lager zu tun hatten. Er schätzte, daß es sich um Artilleriemunition handelte. Die Kisten waren ziemlich groß, und sie mußten auch schwer sein, denn die Soldaten schafften sie auf kleinen Schlitten zu den Gruben, in die sie versenkt wurden.

Eine primitive Art, Munition zu stapeln, überlegte Bindig. Aber er begriff, daß dieses Lager selbst bei genauer Kenntnis von der Luft her schwer zu vernichten war. Die Gruben lagen weit auseinander. Wenn eine Bombe zwischen sie fiel, konnte es sein, daß sie nur wenig Schaden anrichtete. Um das Lager empfindlich zu treffen, würde man einen Teppich von Bomben werfen müssen, und dann würde der Erfolg trotzdem gering sein.

Das ist es, was wir primitiv nennen, dachte Bindig. Es sieht so primitiv aus, daß man glaubt, sie tun es zum erstenmal in ihrem Leben. Aber sie wissen genau, weshalb sie es so tun und nicht anders. Sie sind die Praktiker dieses Krieges. Sie hatten gar keine Zeit, eine Theorie dafür auszuarbeiten. Sie mußten sich einfach wehren, und inzwischen haben sie so gut zuschlagen gelernt, daß ihre Praxis zur Theorie geworden ist. Auch zur Theorie des Aufstapelns von Artilleriemunition unweit der Stellungen schwerer Batterien. Und das sieht so aus wie hier. Mit langsamen, vorsichtigen Bewegungen zog sich Bindig ein wenig tiefer zwischen die Fichten zurück. Dort nahm er die Karte und zeichnete mit dem Stift eine dicke Linie um den Platz, an dem sich das Lager befand. Er trug noch die Standorte der Posten ein, die er gesehen hatte, und als er damit fertig war, überlegte er, wo er den Rest der Zeit verbringen konnte. Die Maschine kam um drei Uhr nachts, und die Stelle, an der sie die Gruppe aufnehmen würde, lag nur wenige Kilometer entfernt hinter dem Wald.

Als er die Posten hinter sich hatte, schlug er die Richtung auf den Waldrand ein, von wo er gekommen war. Er bewegte sich gebückt und sehr langsam vorwärts, oft längere Zeit still an die Schneedecke geschmiegt, lauschend und die Gegend, die vor ihm lag, absuchend. Als er mit einemmal eine Schrittspur vor sich sah, blieb er zunächst minutenlang bewegungslos liegen, bevor er näher kroch und die Fußtapfen untersuchte. Sie hatten sich tief in den weichen Schnee eingeprägt und stammten von Schuhen, wie er selber sie trug. Der Abdruck der Gummisohle war unverkennbar. Als er die Hand in die Vertiefung im Schnee legte, merkte er, daß die Spur frisch war. Der Schnee war an den Rändern noch locker. Er war, seit der Mann hier vorbeigegangen war, noch nicht gefroren. Es war eine Spur, die nicht älter war als eine halbe Stunde.

Eigentlich gab es keinen Grund, ihr zu folgen, aber Bindig folgte ihr trotzdem. Das Lager war gefunden. Wenn die Spur einem gehörte, der es noch immer suchte, dann konnte er ihm sagen, daß er sich die Mühe sparen soll. Und zu zweit war es möglich zu schlafen. Man war sicher, wenn der andere wachte und man selbst in der feuchten, halbgefrorenen Kleidung im Schnee schlief. Die Spur führte immer weiter vom Lager fort. Manchmal verlor sie sich auf einem Stück festgefrorenem Boden, aber es gelang Bindig immer wieder, sie zu finden. Als er beinahe den Waldrand erreicht hatte, blieb er plötzlich stehen und duckte sich instinktiv. Es war nichts zu sehen und kein Laut zu hören, aber er spürte trotzdem, daß sich ein Lebewesen in seiner Nähe befand. Auf dieses Gefühl war Verlaß, es hatte ihn noch nie betrogen. Er war sicher, daß jemand nahe war, aber das mußte nicht unbedingt der sein, dessen Spur er folgte.

Eine lange Zeit blieb er bewegungslos, an den dünnen Stamm einer Fichte geschmiegt, hocken. Er drehte den Kopf und lauschte. Es geschah nichts, Schließlich kroch er langsam weiter. Die Bäume standen hier lichter, und nach einigen hundert Metern lag eine kleine verschneite Lichtung vor ihm. Die Sonne stand schon ein wenig tiefer, und sie schien Bindig ins Gesicht, so daß er die letzten Bäume vor der Lichtung nur als Silhouetten erkennen konnte. Und dann sah er die Gestalt, die sich zwischen diesen Silhouetten bewegte. Sie glitt am äußersten Rand der Lichtung entlang und vermied es, die unberührte, deckungslose Schneefläche zu betreten. Bindig erkannte im gleichen Augenblick Timm. Er mußte sich bereits auf dem Rückweg befinden.

Bindig wußte nicht, ob er sich freuen sollte, ihn getroffen zu haben, oder ob er lieber allein weitergehen sollte. Aber er entschloß sich doch, Timm anzurufen. Er ließ ihn den gegenüberliegenden Rand der Lichtung erreichen, und dann blieb er noch eine Weile an der gleichen Stelle hocken, bis er sicher war, daß niemand Timms Spur folgte. Erst dann ging er ihm nach, und als er bis auf kurze Entfernung an ihn herangekommen war, rief er ihn leise an.

»Na ...«, begrüßte ihn Timm. »Eine Frau finden ist leichter als ein Munitionslager, was?«

Bindig zog die Karte aus der Tasche und hielt sie ihm hin.
»Hier ist das Lager. Die Kreuze sind die Posten.«
»Oho …«, machte Timm, »du hast es gefunden?«
»Alles.«
»Und keinen dabei umgelegt?«
Bindig schüttelte den Kopf. Sie hockten sich zwischen ein paar niedrige Fichten, und Timm besah sich genau die Eintragungen auf der Karte.
»Mann …«, brummte er dann, »das ist ja gleich nebenan!«
»Willst du es dir noch mal ansehen?« erkundigte sich Bindig. »Ich führe dich hin …«
»Danke.« Timm grinste. »Mir genügt der Anblick auf der Karte. Wie haben sie es angelegt?«
Bindig beschrieb es ihm. Timm nickte, und dann steckte er Bindigs Karte ein.
»Ist erledigt«, sagte er. »Und jetzt bist du wohl mächtig stolz, was?«
»Hunger habe ich«, antwortete Bindig ausweichend, »und eine Zigarette täte mir auch gut.«
»Bist nicht zufrieden, was?« fragte Timm »Konntest keinen umlegen, und das war nicht dein Fall. Kann ich verstehen. Aber wir beide machen heute noch ein paar Leichen, verlaß dich drauf !«
Er blinzelte Bindig zu, als habe er ihm eben ein besonders interessantes Vergnügen versprochen. Ein Ausdruck von Grausamkeit beherrschte in diesem Augenblick sein Gesicht.
»Ich habe Hunger«, sagte Bindig. Er zog den Verschluß der Hosentasche auf und entnahm ihr ein Päckchen mit konzentrierter Verpflegung, bestehend aus salzigen Keksen, gepreßtem Dörrobst, Fruchtschnitten, steinharter Trokkenwurst und Schokolade. Er aß ohne Appetit eins nach dem anderen. Die Fruchtschnitten schmeckten widerlich süß.
»Wenn sie bloß nicht so viel Zucker in das Zeug tun würden«, sagte er zu Timm, »die Hälfte wäre auch genug.«

»Zucker«, sagte Timm, »ist gut für Leute, wie wir es sind. Er ist gut für die Nerven.«
»Sie sollten ein paar Stücke Zucker in die Packung legen. Dieses Zeug kann man kaum genießen.«
»Iß du mal Zucker«, grinste Timm, »du hast ihn dir heute verdient. Und du wirst ihn noch für deine Nerven brauchen können.«
»Ich brauche aber keinen Zucker. Meine Nerven funktionieren mit Zucker ebenso wie ohne. Sie sollten ihn lieber den Zahlmöpsen geben bei der Division.«
»He ...«, lachte Timm leise, »der Herr Gefreite Bindig belieben auf die Zahlmöpse wütend zu sein! Ist mir ganz neu. Warum nimmst du eigentlich nie was zu saufen mit? Zusammen mit Schnaps läßt sich dieses Zeug nämlich ganz gut essen.«
»Ich trinke kaum Schnaps«, sagte Bindig.
»Klar, wenn's dein eigener ist Aber ich gebe dir was von meinem ab.« Er zog die kleine, flache Flasche aus der Wadentasche. Eine ebensolche, wie sie auch Zado stets in der Kombination trug. Bindig setzte sie an und spülte den Geschmack der Fruchtschnitten mit dem scharfen Getränk hinunter.
»Hast du keinen Hunger?« fragte er hustend Timm. Der schüttelte den Kopf. Er brannte sich eine Zigarette an und sagte: »Vorläufig nicht.« Er klopfte nachdenklich die Asche von der Zigarette, dann sprach er weiter.
»Ich habe mir mal angesehen, wie weit ihr alle mit Auszeichnungen seid. Man sollte das öfter tun. Es sieht gar nicht so schlecht aus. Wenn beispielsweise ein gewisser Bindig heute noch einen Nahkampf eingetragen bekommt, ist er reif für die bronzene Nahkampfspange. Was hältst du davon?«
»Hm ...«, machte Bindig unsicher. »Ich zähle das nicht so genau mit.«
»Aber ich.«
»Dann wird's wohl stimmen.«

»Es stimmt auch. Zado braucht noch drei Tage für die silberne.«
»Und du?«
»Du wirst vor Neid erblassen«, grinste Timm gemütlich, »aber mir fehlt genau noch der heutige Tag für die goldene.«
»Ach so«, sagte Bindig, »deshalb willst du heute noch was unternehmen. Ohne Befehl sozusagen ...«
»Erraten!« Timm kniff ein Auge zu und blinzelte ihn an, »du und ich. Wenn wir heimkommen, kann Alf uns zur Auszeichnung einreichen. Und deshalb werden wir jetzt von hier verschwinden und zusehen, daß wir noch ein bißchen in Schwung kommen.«
»Ohne die anderen?«
»Die anderen suchen inzwischen weiter nach dem Lager. Sie werden müde sein, wenn sie damit aufhören. Mit müden Leuten kann man keine Leichen machen. Aber wir beide schnappen uns jetzt die Minen, und dann ist Polen offen! Klar?«
»Meinetwegen.« Bindig sagte nichts dagegen, denn dieser gemütliche, spaßige Timm, der ihm hier im Wald hinter der sowjetischen Front gegenüberlag, würde sich spätestens morgen wieder in den verwandeln, der den Lebensfaden jedes einzelnen aus der Kompanie in der Hand hielt.
Ich hätte besser daran getan, ihm nicht zu folgen und ihn nicht anzurufen, dachte Bindig. Am besten wäre es gewesen, ich hätte mich irgendwo so lange verkrochen, bis es dunkel würde, und wäre dann zu unserem Treffpunkt gegangen. Damit wäre der Einsatz für mich erledigt gewesen. Nun bin ich dabei, was Timm immer auch ausheckt.
Mit einemmal erinnerte er sich an Anna. Er biß sich auf die Lippe und dachte an das, was Timm über die Nahkampfspange gesagt hatte. Es war ihm zuweilen schwergefallen zu töten, besonders in den letzten Monaten, weil die Art, in der die Leute von der Aufklärungskompanie töteten, ihn einfach an Mord erinnerte; weil er meinte, daß es einen Un-

terschied zwischen Soldaten und Mördern geben müsse. Aber es war ihm eigentlich nie schwergefallen, sein Leben aufs Spiel zu setzen. Sie hatten ihn dazu erzogen, daß es ihm nicht schwerfiel. Doch nun war dieses Gefühl da. Er hatte es zum erstenmal, ein lähmendes, bedrückendes Gefühl. Am liebsten hätte er sich irgendwo im Unterholz verkrochen, bis die Maschine kam.

Aber da saß Timm, und dessen Gesicht drückte die ganze eiskalte Gelassenheit aus, mit der er seinen Plan auszuführen gedachte. Dieses Gesicht vor ihm lächelte nicht mehr. Timm hatte viele Gesichter, aber er blieb immer der gleiche. Er war jetzt wieder der, den Bindig als Klaus Timm kannte und von dem er nicht wußte, ob er ihn verfluchen sollte oder lieben, weil er von ihm erzogen worden war, weil er von ihm das Töten gelernt hatte und hunderterlei andere Dinge, die es ihm bisher ermöglichten, das eigene Leben zu bewahren. Es war der Timm, den er von dem Bahnwärterhäuschen beim letzten Einsatz kannte, der aus der Maschine, der den kleinen Oberkellner zusammenschlug. Der Timm, dem beim Nahkampftraining mit der Puppe kein Stich gut genug saß. Das war Timm, und das war der Lehrer und der Gott und der Führer und die Mutter und manchmal der Kamerad. Bindig konnte ihn nicht lieben, weil es ihn vor ihm ekelte. Und er brachte es nicht fertig, ihn zu töten, weil er ihn fürchtete.

»Gehen wir ...«, hörte er ihn sagen.

Bindig nickte. Während er zusah, wie Timm die Zigarette ausdrückte, sagte er: »Den Posten vorhin habe ich nur ausfindig gemacht, weil er rauchte. Wer weiß, ob ich ihn bemerkt hätte, wenn ich nicht den Machorka gerochen hätte. Wir sollten in dieser Gegend lieber nicht rauchen ...«

»Komm«, forderte Timm ihn auf, »wir haben eine Stunde Weg bis dahin, wo die Minen versteckt sind.«

Als sie aus dem Wald heraus waren, wurde das Gelände ein wenig übersichtlicher. Es gab keine Ansiedlungen, nur ab und zu einen eingeschneiten Weg und in der Ferne die Land-

straße, von der zuweilen Motorengeräusch herüberkam. Es wurde wieder kalt, und der Himmel war klar. Irgendwo blieb Timm einmal stehen, zog sein Messer und schnitt damit ein paar Fichtenäste ab. Er nahm ein Stück Schnur aus der Tasche und band die Äste zusammen. Wenn er die Schnur in der Hand behielt und das Bündel Äste hinter sich über den Schnee schleifen ließ, verwischte es die Spur. Als sie an einem kleinen See vorbeigingen, dessen Oberfläche blank und schneefrei war, sagte er: »Bloß gut, daß die Kälte anhält. Sonst könnte keine Maschine landen ...«
Sie überquerten einen der Seen und hinterließen keine Spur auf dem vom Wind blankgefegten Eis. Am anderen Ufer ging Timm voraus und gab Bindig die Schnur mit den Ästen.
»Zieh sie hinter dir her. Von jetzt ab braucht kein Mensch mehr zu sehen, daß hier jemand gegangen ist.«
Eine Stunde stapften sie durch den Schnee, und es gab keinen Laut außer dem leisen Schleifen der Äste hinter Bindigs Rücken. Es war flaches, nur sanft gewelltes Land, durch das sie zogen. Die Wälder standen in der Ferne wie schneebedeckte Mauern, und das schräge Sonnenlicht ließ die Eisflächen der Seen rötlich aufleuchten.
Als es dämmerte, kamen sie bei dem Versteck an, in dem die Minen lagen. Es waren fünf kastenförmige Sprengkörper, die zusammengenommen etwa die Wirkung von zwei Tellerminen hatten. Timm gab Bindig zwei der Kästen und lud sich selbst die übrigen drei auf. Die Minen waren nicht schwer, und sie waren wie alles, was die Männer mitführten, weißgespritzt. Timm hielt sich nicht lange auf. Er drängte: »Los, wir wollen zusehen, daß wir an die Landstraße herankommen ...«
Der See, auf dem nachts die Maschine landen sollte, war mit einer dicken Eisschicht bedeckt. Sie war stark genug, das Flugzeug zu tragen, und der Wind hatte in der letzten Nacht den frisch gefallenen Schnee von der blanken Eisfläche geweht.

»Gut ...«, sagte Timm, als sie ein Stück am Ufer entlanggingen. »Sie machen schon immer die richtigen Landeplätze ausfindig.«
»Wenn das Tauwetter kommt, ist es damit vorbei«, meinte Bindig. »Dann kann hier keine Maschine mehr landen.«
»Dann machen wir es wie früher«, erklärte Timm, »wir gehen zu Fuß und machen uns eine Schleuse.«
Eine Schleuse machen hieß durch die Schützenlinien der Roten Armee die Front überqueren. Sie hatten das in der Vergangenheit einige Male gemacht. Die Schützenlinien der Roten Armee waren oft ziemlich locker angelegt. Meist gab es kein Stellungssystem, das aus Gräben bestand. Die Soldaten lagen in kleinen, tiefen Erdlöchern, die in weiten Abständen voneinander angelegt waren.
Bindig entsann sich an das letztemal, als sie auf diese Weise die Front überquert hatten. Zwei von ihnen waren, nachdem sich die Gruppe ungesehen durch die Etappe mit ihren Ansammlungen von Fahrzeugen und Trossen und durch die Artilleriestellungen hatte durchschleichen können, vorausgekrochen. Sie hatten die Soldaten in zwei benachbarten Schützenlöchern überfallen und geräuschlos umgebracht. So entstand eine Gasse, durch die sich die Gruppe ungesehen über die Frontlinie hinwegstehlen konnte. Noch während Bindig darüber nachdachte, hörte er Timm sagen: »Freu dich doch auf das Tauwetter! Da kannst du in den Löchern ab und zu wenigstens wieder einen umlegen und kommst auf deine Kosten!«

Sie hatten sich bis an die Straße herangearbeitet. Aber diese Straße wurde so stark befahren, daß es unmöglich war, mit den Minen an sie heranzukommen. Timm führte deshalb Bindig wieder ein Stück zurück, bis sie eine schmale, stark verschneite und wenig befahrene Waldstraße fanden, die von der Hauptstraße weg irgendwohin ins Hinterland führte.
»Das ist richtig«, sagte Timm zufrieden, »hier werden wir in

aller Seelenruhe ein Ding drehen, und sie werden es noch nicht einmal bis an die Hauptstraße hören!«
Rechts und links war dichter, an den Straßenrändern mit Büschen verfilzter Fichtenwald. Sie gingen, bis einige Kilometer zwischen der Hauptstraße und ihnen lagen, dann durchsuchten sie die Gegend nach verschiedenen Richtungen. Es hielt sich niemand hier auf. Doch in einiger Entfernung war plötzlich Motorengeräusch, und bald darauf tasteten sich die geschlitzten Scheinwerfer eines Fahrzeugs heran. Es war ein Lastwagen, der sich langsam in einer tief ausgefahrenen Spur auf dem verschneiten Fahrdamm vorwärts bewegte. Er keuchte an dem Versteck der beiden so nahe vorbei, daß sie den Fahrer in der Kabine sehen konnten.
»Schade«, brummte Timm, als das Fahrzeug verschwunden war, »der wäre richtig für uns gewesen. Das war ein Brokken ...« Er hatte einen kurzen, geraden Ast aufgelesen, an dem er die Minen befestigte. Er band eine neben der anderen fest und knüpfte um das Ende des Astes ein Stück jener dünnen, festen Schnur, mit der er am Nachmittag das Fichtenreisig zusammengebunden hatte. Dann trat er mit der Ladung auf den Fahrdamm hinaus und verbarg sie auf der gegenüberliegenden Straßenseite im lockeren Schnee. Als er zu Bindig zurückkam, hatte er die Schnur in der Hand. Sie zogen sich so weit in den Wald zurück, wie die Schnur reichte. Dann zog Timm die Schnur straff, machte sich ein Zeichen am Boden und sagte zu Bindig: »Sie liegt genau zwei Handbreit neben der Fahrtrinne. Wenn das nächste Fahrzeug kommt, ziehen wir die Schnur zwei Handbreit heran, und der Fall ist erledigt.«
»Wenn die Ladung zündet«, gab Bindig zu bedenken.
Aber Timm lachte leise: »Sie wird zünden. Ich habe in allen fünf Minen den Druckzünder scharf gemacht. Die Ladung reicht für einen Eisenbahnzug.«
Es war inzwischen sehr dunkel geworden, aber der Himmel war unbewölkt, und das Sternenlicht verlieh dem Schnee

einen matten Glanz. Wie immer, wenn es Nacht wurde, hörte man die fernen Geräusche deutlicher. Die Landstraße mit dem leisen Gedröhn der Automotoren schien näher gerückt zu sein. Das Gewummer einer Batterie, die ihr abendliches Störungsfeuer begann, ließ die Luft leise erzittern. Die beiden Männer lagen still in ihrem Versteck und lauschten. Nur einmal sagte Timm: »Hoffentlich kommt wenigstens etwas, wofür es sich lohnt, fünf Minen auszugeben …« Aber dann blieb es wieder still, und die Zeit verstrich. Bis plötzlich Motorengeräusch näher kam. Zuerst war es nur leise, und es hätte ebensogut weit drüben auf der Landstraße sein können. Aber dann wurde es lauter, und Timm richtete sich auf.
Er zischte Bindig zu: »Aufgepaßt! Es geht los!« Dann nahm er die Schnur, und Bindig streifte den Riemen, an dem die Pistole hing, über das Handgelenk. Es war ein einzelner Lastwagen, der sich durch den Schnee heranwühlte. Ein gedeckter Dreiachser, dessen schmaler Scheinwerferstrahl über den Boden tanzte. Bindig lauschte angestrengt. Es schien ihm, als käme von irgendwoher die Musik einer Ziehharmonika. Er flüsterte es Timm zu, und der nickte grinsend. Er hielt die Schnur straff in der Hand und beobachtete durch die Lücken im Geäst der Bäume, wie sich der Wagen langsam auf die Stelle zu bewegte, wo die Ladung unter der dünnen Schicht pulverigen Schnees lag, die Timm darübergestreut hatte.
Die jäh aufzuckende Stichflamme der Explosion erhellte für Sekundenbruchteile das Dunkel, und der Luftdruck fegte den Schnee von den Ästen. Eine Welle heißer, nach Pulver stinkender Luft fauchte über die geduckten Körper der beiden Männer. Ein paar dumpfe, klatschende Geräusche noch, dann war es still. Sie lauerten ein paar Sekunden auf einen Laut, der noch Leben verriet, aber es war nichts zu hören. Da erhoben sie sich und schlichen zur Straße.
»Lage peilen und ab!« flüsterte Timm heiser. Er hatte die Hände nachlässig in die Taschen vergraben, als wollte er

seine Sicherheit demonstrieren, daß es bei einer Sprengung, die er anlegte, keine Überlebenden gab. Er verzog spöttisch den Mund, als er sah, daß Bindig die Pistole entsicherte und schußbereit vor den Körper nahm. Aufgepaßt, dachte er, der Gefreite Bindig macht Ernst! Das überlebt niemand. Der Krach der Explosion hatte die unangenehme Spannung der letzten Stunden von ihm genommen. Es war, als sei er aus einer Erstarrung aufgewacht, er fühlte sich sicher und unbesiegbar. Er war Timm, der Mann, der diesen Lastwagen in die Luft gejagt hatte! Und es gab keinen ausdrücklichen Befehl dazu. Wohl hatte man ihnen die Minen mitgegeben, aber kein Mensch würde etwas sagen, wenn sie zurückkämen und erklärten, daß sie so lange nach dem Lager hätten suchen müssen und keine Zeit mehr für eine andere Aktion übrigbehalten hätten.
Timm sah befriedigt auf Bindig, der vor ihm herschlich, gewandt wie eine Katze, mit unhörbaren, geschmeidigen Bewegungen, die Waffe in der Hand. Timm war stolz auf ihn. Diesen Jungen habe ich erzogen, dachte er. An keinem anderen ist so deutlich zu sehen, was man aus einem Menschen machen kann, wenn man es versteht, wie an ihm. Er kam zur Kompanie und war so schüchtern, daß er kaum ein Wort herausbrachte. Heute aber ist er ein Mann. Das Blut hat es ihm angetan. Er gibt keine Ruhe, bis er töten kann. Diese Jungen, dachte Timm, die sind unser Material. Sie sind das, was wir aus ihnen gemacht haben, und es ist wahrlich nichts Schlechtes aus ihnen geworden.
Der Lastwagen war nicht ganz so groß wie der, den sie zuerst hatten vorbeifahren lassen. Es war ein geschlossener Studebaker, und die Explosion hatte ihn so demoliert, daß er nicht mehr zu gebrauchen war. Bis kurz vor dem Führerhaus waren die Motorhaube und der Motor weggerissen. Das Fahrzeug war hochgeschleudert worden und dann mit den Hinterrädern wieder aufgekommen. Dabei war die Ladefläche mit der darübergespannten Plane zusammengequetscht worden, und die Räder hatten sich an den ge-

brochenen Achsen waagerecht gedreht. Um den Wagen herum lagen Fetzen von Blech und Holz im Schnee.
Bindig blickte sich auf der Straße um. Es war ruhig. Er ging geduckt auf den Wagen zu und kletterte über das geborstene Metall, bis er in das zusammengequetschte Führerhaus blicken konnte. Die Scheiben waren gesplittert, und an den scharfen Zacken klebten dunkle Flecke. Es war das Blut des Fahrers und des Begleiters. Bindig warf einen Blick durch die zerbrochenen Scheiben und ließ sich herunter. »Aus«, sagte er zu Timm. »Hier gibt es nichts mehr zu tun.«
»Schlecht für dich«, antwortete Timm. Bindig drehte sich um und ging auf die andere Seite des Wagens. Er zog sich an der Kippwand der Ladefläche hoch und warf durch die zerfetzte Plane einen Blick in das Innere. Der Wagen war leer bis auf ein paar kleine Gegenstände, die verstreut umherlagen. Es mußte alles nach hinten herausgerutscht sein, denn die hintere Klappe war abgerissen, und die Ladefläche lag schräg nach hinten geneigt.
Als Bindig den leisen, stöhnenden Laut hörte, der mit einemmal hinter dem zerstörten Fahrzeug war, hatte Timm, der unten stand, schon einen Satz gemacht und stand vor dem Bündel, das einige Meter hinter dem Wagen im tiefen Schnee seitwärts der Fahrbahn lag. Er warf einen schnellen Blick darauf und dann steckte er gemächlich die Pistole wieder ein, die er gezogen hatte.
»Bindigl«
Der Angerufene war mit einem Sprung neben ihm, die Mündung seiner Waffe zeigte zur Erde, wo sich im lockeren Schnee etwas bewegte.
»Der ist fertig«, sagte Timm, »der wartet bloß noch auf dich. Das ist der Idiot, der Ziehharmonika gespielt hat ...«
Das Bündel am Boden war ein Mensch. Ein Soldat, den die Explosion der Mine aus dem Wagen geschleudert hatte. Er trug die Pelzmütze noch auf dem Kopf, und einen Augenblick lang fragte Bindig sich verwundert, weshalb sie beim Sturz nicht fortgeflogen war. Aber da sah er, daß die ver-

krümmt im Schnee liegende Gestalt ein Akkordeon vor der Brust trug. Es schien noch ganz zu sein, nur an der einen Seite war die Schlaufe gerissen, die über den Arm des Spielers gestreift war. Der Soldat am Boden bewegte sich stöhnend. Er versuchte, den Kopf zu drehen, damit er die beiden Männer sehen konnte, die vor ihm standen, und es gelang ihm nach vieler Mühe. Bindig ließ die Pistole sinken. Er wollte sich bücken und den Verletzten bequemer betten, er wußte in diesem Augenblick nicht, was sonst zu tun war. Aber da blickte der Soldat ihn aus zwei großen, dunklen Augen an, stieß einen gequälten Schrei aus und bewegte sich stärker. Es schien, als wolle er das Akkordeon abstreifen, aber es gelang ihm nicht, denn offenbar hatte er einige Brüche erlitten, als er von dem Wagen gestürzt war.
Timm trat nahe an ihn heran und stieß ihn mit dem Schuh in die Seite. »He, Iwan, Ruhe!«
Der Soldat bewegte mit einer unerhörten Anstrengung den Arm und tastete an die Hüfte. Er schob das Akkordeon ein wenig beiseite, aber es rutschte ihm wieder in den Weg.
»Der geht doch an die Pistole!« zischte Timm. Es klang höhnisch, erstaunt und gereizt. Bindig sah, daß der Soldat die Pistolentasche erreicht hatte, die an seiner Hüfte hing. Er konnte den Arm nur sehr langsam bewegen. Offenbar war an der Schulter etwas gebrochen. Er schrie nicht mehr, aber er murmelte leise Worte vor sich hin, heiser und fast flüsternd.
»Mach Schluß mit ihm«, forderte Timm Bindig auf, »der kriegt es sonst fertig und ballert in die Gegend.«
Der Soldat versuchte verbissen, die Tasche zu öffnen. Es gelang ihm auch nach vieler Mühe. Er hatte sich ein wenig aufgerichtet und mußte dabei starke Schmerzen verspüren, denn sein Gesicht war verzerrt. Es war ein sehr junges, bleiches Gesicht. Man hätte es schön nennen können. Bindig stand unbewegt und sah ihm zu. »Na los!« hörte er Timm drängen. »Gib ihm eine und laß uns abhauen. Setz ihm die Pistole an den Kopf, das ist nicht so laut.«

Der Soldat riß die Ledertasche auf und zog eine flache, langläufige Pistole hervor. Er konnte sie kaum in der Hand halten, sie fiel ihm in den Schnee, aber er hob sie wieder auf.
»Was der sich abmüht, bevor er stirbt!« sagte Timm. »Nun gib ihm eine, es wird Zeit ...«
Bindig starrte den Verletzten an, der unter Aufbietung aller Kraft versuchte, die Pistole zu heben. Sie glitt ihm immer wieder aus der Hand und fiel in den Schnee. Timm stand ruhig daneben. Er hätte mit einem Fußtritt die Waffe des Soldaten fortschleudern können, aber er tat es nicht. Er beobachtete grinsend die Anstrengungen des Mannes und behielt dabei beide Hände in den Hosentaschen, ohne eine Anstrengung zu machen, die den Schuß des Soldaten hätte verhindern können. Er wartete auf Bindig, und er wollte Bindig machen lassen, was hier zu tun war. Es bereitete ihm Spaß, dabei zuzusehen, und er wußte, daß Bindig schießen würde. Aber es dauerte ihm zu lange, und plötzlich sagte er rauh:
»Ich bin gespannt, ob du ihm bald eine gibst oder ob du wartest, bis er deinen Unteroffizier angeschossen hat!« Da sah Bindig, wie der Soldat den Finger krümmte. Er hatte die Pistole neben die Harmonika an die Brust gedrückt. Es mußte ihm so leichter fallen, den Schuß auszulösen. Er hatte sich ein wenig aufgerichtet, keuchend und stöhnend. Aus seinem Mund lief Blut in einem dünnen, dunklen Faden. Der Finger, der sich um das Metall krümmte, war mit einemmal die ganze Welt für Bindig. Er sah nichts anderes mehr, nur die mühsame Bewegung, die seinen Tod verursachen sollte, vielleicht auch den Timms. Da krümmte er den eigenen Finger mit einer schnellen Bewegung durch.
»Nerven hast du schon«, stellte Timm sachlich fest, »jetzt glaube ich dir, daß du keinen Zucker brauchst.« Er beugte sich über den Toten und nahm ihm die schmale Pistole aus der schlaff gewordenen Hand. Bindig stand hinter ihm. Er sah auf die Mündung seiner Waffe, aus der ein leichter Rauchfaden entwich.

Über die Mündung hinweg sah er den Rücken Timms, der sich über den Toten beugte. Er fühlte sich verraten, vergewaltigt, es ekelte ihn vor sich selber und vor Timm und vor der unbekannten Leiche im Schnee zu seinen Füßen. Es war, als hocke vor ihm ein Peiniger im Schnee, der wie ein giftiges Insekt fortwährend auf ihn einstach. Auf einen Wehrlosen. Er hörte Timm durch die Zähne pfeifen. Leise und zischend. Er hätte später nicht sagen können, ob er die Pistole in dem Augenblick auf den Boden oder auf Timms Rücken gerichtet hielt, als er den Unteroffizier plötzlich sagen hörte: »Mensch, das ist ein Weib.«
Es traf ihn wie ein Schlag, und er ließ die Hand mit der Pistole sinken. Es war, als habe man ihm alle Knochen zerschlagen. Er machte einen schwankenden Schritt vorwärts.
Und dann sah er das lange Haar.
Timm hatte die Pelzmütze mit einer Handbewegung weggefegt. Er nestelte an den Knöpfen der Steppjacke herum. Bindig wartete nicht, bis Timm der Frau die Uniform geöffnet hatte. Er wandte sich ab, aber er behielt dieses unglaubliche Bild trotzdem vor seinen Augen, wie der Unteroffizier über der erschossenen Frau hockte und ihr die Knöpfe über der Brust öffnete, mit harten, flinken Fingern. Er hörte Stoff zerreißen, während er dem Rand der Straße zustolperte, und dann hörte er, wie Timm anerkennend mit der Zunge schnalzte. Er steckte die Pistole ein. Er war kraftlos, zerschlagen. Es war, als läge mit einemmal die Müdigkeit aller Nächte seines Lebens in seinen Adern. Als gäbe es kein Leben und keine Energie mehr in ihm. Die Augen, in die er geblickt hatte, bevor er schoß, schienen nicht der Frau zu gehören, die hinter ihm im Schnee lag, sondern Anna. Er lehnte sich an einen Baum am Straßenrand und atmete schwer. Jeden Augenblick konnte ein anderes Fahrzeug die Straße entlangkommen. Dann war es zu spät, und man kam nicht mehr von hier fort.
»Los, komm schon!« rief er leise.
Ein Grunzen antwortete ihm. Dann waren Timms Schritte

da und seine heisere Stimme, die anerkennend sagte: »Mein lieber Mann, die wäre mir lebendig lieber gewesen. Gut gewachsen ...«
Sie tauchten zwischen den Bäumen unter. Als sie den ersten Schritt von der Straße weg machten, fiel hinter ihnen der Körper der getöteten Frau vornüber. Die Harmonika gab einen leisen, klagenden Ton von sich. Es war Bindig, als habe die Frau ihnen einen Fluch nachgeschrien.
Er sprach nichts. Er zog wortlos das Bündel mit den Ästen hinter sich her, bis sie an der Einflugstelle am See waren. Sie trafen die übrigen Soldaten ihrer Gruppe. Von den anderen beiden Gruppen war nichts zu sehen. Sie hockten sich unter die verschneiten Büsche und warteten. Timm setzte die Magnesiumlichter. Nach Mitternacht kamen noch zwei Mann von der Gruppe, die das Stellwerk überfallen hatte. Sie hatten Posten gestanden und waren unverletzt.
»Es war eine unheimliche Schießerei ... «, berichtete einer von ihnen. »Aber es wäre glatter Selbstmord gewesen, wenn wir auch noch hingelaufen wären. Zurückgekommen ist keiner mehr ...« Sie warteten, und von Minute zu Minute wurde das Gefühl der Unsicherheit stärker.
Es war wie immer. Die Nerven waren zum Zerreißen gespannt. Timm hockte schweigend unter seinem Busch und rauchte eine Zigarette aus der hohlen Hand. Von der Gruppe, die den Gefangenen hatte einbringen sollen, kam niemand zurück, bis das Motorengeräusch in der Luft war. Timm ließ die Landelichter anzünden. Er sagte kein Wort, als sie in die Maschine stiegen. Es war eine geräumige, einmotorige alte Junkers, mit der sie schon oft geflogen waren. Der Pilot gab Gas, noch bevor sie das Schott richtig verschlossen hatten.
»Du gefällst mir nicht«, flüsterte Zado Bindig zu, »was ist los? Krach mit Timm gehabt?«
»Nein.«
»Was habt ihr mit den Minen angestellt?«
»Ein Lastwagen!« sagte Bindig müde.

»Tote?«
»Eine Harmonika«, sagte Bindig leise. Er starrte auf den Boden der Kabine.
»Harmonika?« Zado rückte ganz dicht an ihn heran und boxte ihn mit dem Ellenbogen in die Seite. »Was ist los, Mann! Was ist mit dieser Harmonika? Bist du besoffen?«
»Eine Harmonika ...«, sagte Bindig langsam und sehr leise, »wir haben eine Harmonika getötet. Es war dunkel, aber ich glaube, sie hatte schwarze Augen ...«
»Du bist verrückt!« sagte Zado kopfschüttelnd. Er nahm den Helm ab und wischte den Schweiß aus dem Genick. »Du bist mit dem Kopf an einen Baum gerannt. Es scheint eine Eiche gewesen zu sein ... eine großdeutsche Eiche ...«
»Gib mir einen Schnaps«, bat Bindig.

Sie kamen nach Sonnenaufgang in Haselgarten an. Ein Lastwagen mit einer Handvoll müder Männer, deren Hände zitterten und deren Gesichter bleich und übernächtig waren.
Paniczek stolperte und fiel lang in den Schnee, als er vom Wagen sprang. Er blieb ein paar Sekunden liegen und erhob sich dann mühsam. Der Schnee schmolz auf seiner Stirn und an seinem Hals, und das Wasser lief ihm in den Kragen. Er torkelte wie ein Betrunkener auf die Unterkunft zu, ohne sich noch einmal umzublicken.
»Der ist auch fertig«, sagte Zado zu Timm.
Aber Timm ließ sich nicht auf ein Gespräch ein. Er sagte nur: »Haut euch hin und schlaft euch aus.« Dann ging er Alf entgegen, der die Dorfstraße herabkam.
Bindig warf die Maschinenpistole auf den Strohsack. Er schnallte den Helm ab, ließ ihn ebenfalls fallen und zog die steife Kombination aus. Er ließ alles liegen und steckte nur die Pistole ein. Dann wollte er das Quartier verlassen.
»Gehst du weg?« erkundigte sich Zado, der mit unter dem Kopf verschränkten Armen auf dem Strohsack lag.
»Ja.«

»Nimm das für sie mit«, sagte Zado, während er aus den Brusttaschen der Kombination ein paar Riegel Schokolade nahm und sie Bindig hinhielt.
»Danke, ich habe selbst noch welche.«
Zado richtete sich ein wenig auf und knurrte gereizt: »Nimm ihr das mit, verflucht! Ich weiß, daß Frauen gern Schokolade essen!«
Bindig steckte die Schokolade widerstrebend ein. Er wollte nur fort von hier. Es gab keinen anderen Gedanken in ihm. Er hörte Zado sagen: »Ich gebe dir Bescheid, wenn du hier gebraucht wirst ...« Dann schlug er die Tür hinter sich zu und ging die Straße hinab.
Er wollte durch das Tor in Annas Gehöft eintreten, aber das Tor war verschlossen. Er entsann sich, daß es hinter dem Hause, dort, wo sich der Gemüsegarten befand, einen Drahtzaun gab, der leicht zu überklettern war.
Ich werde sie überraschen, dachte er. Sie wird nicht glauben, daß ich schon zurück bin. Ich werde sie nicht erschrecken, ich will ganz einfach ihr Gesicht sehen, wenn ich so unerwartet vor ihr stehe.
Es war ein kalter, sonniger Tag. Der Schnee war noch frisch und leuchtete stark, und die Augen schmerzten, wenn man lange auf die glitzernde, weiße Fläche blickte. An der Front rührte sich nichts. Die Artillerie schwieg, und die Gewehrschüsse, die gewechselt wurden, waren hier nicht mehr zu hören. Es war die erwartungsvolle Stille des Morgens, in der sich noch nichts regt, obgleich die Sonne schon hoch steht.
Da hörte Bindig das Geräusch der Haustür. Sein Gesicht überzog sich mit einem Lächeln, als er sich an die Hauswand duckte und zum Hof hinübersah. Es waren Schritte dort. Er sah, wie Anna über den Hof ging. Sie trug Stiefel und hatte einen Mantel übergeworfen. Sie ging bis ans Tor, und dort drehte sie sich um. Sie trug einen Kartoffelsack in der Hand. Im selben Augenblick, als er begriff, daß sie dabei war, den Hof zu verlassen, hörte er ihre Stimme. Sie rief

nicht laut, aber so, daß Bindig es ohne Mühe verstehen konnte: »Wenn du Lust hast, könntest du den Schnee ein wenig vom Haus wegscharren! Aber laß darüber nicht das Feuer in der Küche ausgehen!«

Bindig lächelte über ihre Art, mit dem Taubstummen, der sie doch nicht verstehen konnte, zu sprechen. Er wollte sich erheben und quer durch den verschneiten Gemüsegarten über den Hof auf sie zulaufen, aber eine Stimme, die plötzlich auf Annas Worte Antwort gab, ließ ihn stehenbleiben, wo er war. Es war eine angenehme, tiefe Stimme, die einem Mann gehörte, den er nicht sehen konnte, und die Stimme antwortete: »Geh nur, ich werde alles machenl Und komm bald zurück!«

Er hatte diese Stimme nie gehört. Sie war fremd, und die Worte klangen eigenartig hart. Er sah, wie Anna am Hoftor hantierte. Der Riegel mußte sich verklemmt haben, denn mit einem Male kam vom Haus her Jakob, der taubstumme Schwachsinnige, über den Hof. Er ging aufrecht, nicht in jener schlaffen, schleppenden Haltung, die Bindig an ihm gewohnt war. Er zog mit einem energischen Griff den Riegel zurück und öffnete das Tor. Während Anna an ihm vorbeiging, sagte er laut und freundlich: »Auf Wiedersehen.« Dann schlug er das Tor zu und ging mit knirschendem Schritt wieder zurück über den Hof, bis er aus Bindigs Blickfeld verschwunden war.

Es wurde wieder still. Bindig senkte langsam den Kopf. Er fühlte sich nicht in der Lage, in das Haus zu gehen und aufzuklären, was dieses Geheimnis zwischen Anna und dem Knecht zu bedeuten hatte. In ihm war nur der hämmernde Gedanke, daß Anna etwas vor ihm verborgen gehalten hatte. Dieser Mann, der Jakob hieß, war nicht taubstumm und nicht schwachsinnig. Er war wie andere Männer. Wie er selbst.

Es verging eine Minute und noch eine. Bindig zögerte. Er fühlte, daß die Erregung der vergangenen Nacht noch nicht abgeklungen war, und dazu kam seine Verwirrung über das eben Erlebte. Er lag an der Hauswand, bis er plötzlich die Kälte durch die Uniform spürte. Es war, als verlieh ihm diese Kälte mit einemmal wieder das alte Maß an Kraft und Konzentration. Er erhob sich und ging auf den Hof. Er hatte jetzt den gleichen federnden Schritt wie nachts, als Timm ihn beobachtet hatte, während er zur Straße schlich. An der Hausecke blieb er noch einmal stehen. Mit einer gewandten Bewegung zog er die Pistole aus der Tasche, lud sie durch und ließ sie ungesichert in die Hosentasche gleiten. Bindig bog in den Hof. Er war leer. Mit ein paar schnellen Schritten überquerte ihn Bindig und betrat das Haus.

Er hörte vom Obergeschoß ein Geräusch und rief hinauf: »Hallo! Jakob!«

Es kam keine Antwort. Bindig wartete nicht länger. Er stieg die Treppe hinauf. Die Tür zu der Kammer des Knechtes war offen. Bindig konnte den Mann in der Kammer herumhantieren hören. Er stieß die Tür ohne zu zögern auf und blieb in der Öffnung stehen. »Hallo, mein Lieber ...«, sagte er nicht besonders laut.

Der Mann sah ihm ins Gesicht. Es war derselbe, den Bindig kannte, ein schlaffer Mensch mit leicht herabhängendem Unterkiefer und einem gutmütigen Grinsen in den hellen Augen.

Aber in diesen Augen war trotzdem etwas, von dem Bindig gewarnt wurde. Er ließ die Hand nachlässig in die Hosentasche fahren und sagte dann: »Hast du aufgepaßt, daß das Feuer nicht ausgeht, Jakob?«

Der Mann bewegte grinsend den Kopf. In der Kammer stand ein Bett. Man sah, daß es benutzt wurde. Dann waren da noch ein Schrank, ein altmodisches, ein wenig schiefes Möbelstück, ein kleiner Tisch, ein Stuhl und ein Nachtschränkchen.

»Den Schnee sollst du auch ein bißchen wegschaufeln«, sagte Bindig. Er sah den Mann wieder nur hilflos grinsen, und da stieg plötzlich die Wut in ihm auf. Er schrie ihn hei-

ser an: »Spiel mir nicht den Idioten vor! Ich weiß, daß du reden kannst und daß du nicht blöd bist!«
Er sah, wie der Knecht langsam seine Hände sinken ließ und wie in sein Gesicht ein ernster, verschlossener Ausdruck trat. Das war nicht mehr der schwachsinnige Jakob. Das war nicht mehr der grinsende Taubstumme. Das war ein Mann, den man ernst zu nehmen hatte.
»Was ist los mit dir?« fragte Bindig »Warum spielst du den Blöden? Was bist du? Ihr Mann? Ihr Bruder? Deserteur? Oder was sonst?«
Er wartete, aber der Mann antwortete nicht. Er ließ ihn nicht aus den Augen, aber er öffnete nicht den Mund.
»Sag, was los ist!« drängte Bindig ungeduldig. »Sag, was das hier zu bedeuten hat. Mehr will ich nicht wissen. Eher gehe ich nicht von hier weg, bis ich es weiß ...«
Er merkte um den Bruchteil einer Sekunde zu spät, daß der Knecht die Hand unter das Kopfkissen steckte. Er hatte nicht erwartet, daß dort eine Waffe versteckt lag. Er hatte überhaupt nicht damit gerechnet, daß der taubstumme Jakob ihn mit irgendeiner Waffe bedrohen könnte. Aber er war angesichts dieser Gefahr plötzlich wieder der Thomas Bindig, den Timm erzogen hatte. Der Knecht war die Strohpuppe für ihn, die er anzuspringen hatte, die er hundertmal bereits angesprungen hatte, aus allen Lagen und von jeder Seite. Er hatte die Pistole nicht aus der Tasche gezogen, als er sprang. Er prallte dem Knecht gegen die Brust und bohrte ihm das angezogene Knie in den Unterleib. Es war ihm, als höre er die Stimme Timms dabei, der ihn beobachtete. Timm rief: »Höher das Knie! Den Fuß weit nach hinten, das kostet die halbe Kraft! Waagerecht die linke Hand!«
Er hielt die linke Hand nicht waagerecht, denn er wollte den Knecht mit dem Schlag auf den Hals nicht töten. Er hielt sie senkrecht, so daß der Handteller flach auf seinen Hals schlug. Es war ein leichter, federnder Schlag, den er tausendmal hatte üben müssen, bis ihm der Schweiß aus

allen Poren des Körpers gebrochen war, bis er beim Sprung schwarze Ringe vor den Augen gesehen hatte und sich die Handkante an dem hölzernen Hals der Puppe blutig geschlagen hatte. Sie hatten sich Mühe gegeben, ihn zu erziehen, und es war Timm gewesen, der ihn erzogen hatte. Ein kritisch auf jede Bewegung achtender Klaus Timm, der am Rand der Matte gesessen hatte, ohne sich anmerken zu lassen, ob er mit den Leistungen des Soldaten Bindig zufrieden war oder nicht.

Die Hand, die den Knecht flach auf den Hals traf, war von Timm geführt. Es war ein Schlag, der selbst dem Unteroffizier ein beifälliges Zungenschnalzen entlockt hätte. Der Knecht stieß einen gurgelnden Laut aus. Sein Kopf prallte zurück und schlug gegen das Fensterkreuz. Eine Scheibe ging in Trümmer. Er hatte die Pistole, die unter dem Kissen lag, schon in der Hand gehabt, aber der Griff war nicht sicher genug gewesen, und Bindig schlug ihm mit solcher Gewalt auf das Ellbogengelenk, daß seine Finger kraftlos wurden und die Waffe ihm entglitt. Er krümmte sich unter dem Schmerz, den Bindigs Knie ihm verursacht hatte, und rang nach Luft. Bindig erwischte die Pistole. Er behielt sie in der linken Hand, zog mit der rechten die eigene Waffe und trat dann in die Tür zurück. Dabei sagte er: »Das konntest du dir ersparen. Was ist los? Was machst du hier?«

In diesem Augenblick warf er den ersten Blick auf die Pistole, die er in der linken Hand hielt, und sah die russischen Schriftzeichen auf dem Lauf und den eingestanzten Sowjetstern mit Hammer und Sichel. Wenn der Knecht in diesem Augenblick die Kraft gehabt hätte, sich auf ihn zu werfen, er hätte ihn mühelos überrumpeln können. Er hätte einen verwirrten, unvorbereiteten Gegner vor sich gehabt, denn Bindig starrte völlig verblüfft auf die Zeichen auf dem flachen Lauf der Pistole, und es dauerte lange, bis er sie sinken ließ und seine Reaktionsfähigkeit wiedergewonnen hatte. Doch der Knecht war nicht in der Lage, diese Se-

kunden auszunutzen. Er lehnte gekrümmt am Fenster und hatte die Augen geschlossen.
»Was ist das?« fragte Bindig heiser. »Russe? Wie kommst du hierher?«
Er bekam keine Antwort, und das stachelte seine Wut an. Er schrie so laut, daß er vor seiner eigenen Stimme erschrak: »Mach dein Maul auf, oder ich schieße dich so zusammen, daß dich nicht einmal deine Anna mehr erkennt!«
Da sprach der Mann das erste Wort. Er öffnete die Augen. Sie waren vom Schmerz gezeichnet, aber sie blickten Bindig kalt und ohne Furcht an. Es waren die gleichen Augen wie die der Frau an dem zerstörten Lastwagen in der Nacht. Sie waren nur hell. Aber es war ebensoviel Haß in ihnen.
»Es ist nicht meine Anna«, sagte der Mann, »sie hat nichts mit mir zu tun.«
»Nichts weiter, als daß du bei ihr untergekrochen bist«, sagte Bindig. Es fiel ihm schwer, das auszusprechen, und er hob deshalb seine Stimme und schrie: »Was bist du? Ein getürmter Ostarbeiter? Ein Russe? Was?«
Der Mann richtete sich ein wenig auf. Bindig bewegte leicht die Pistole.
»Na los«, drängte er, »ich warte nicht mehr lange. Du brauchst nicht zu überlegen, wie du mich überraschen kannst. Wer bei Klaus Timm Nahkampfschule mitgemacht hat, der weiß, wie man sich wehrt. Was ist mit dir? Du hast eine verflucht harte Aussprache. Du bist Russe, ja?« Nach einer Weile sagte der Mann am Fenster: »Ich bin stolz darauf.«
»Meinetwegen!« fiel Bindig rasch ein. »Und was machst du hier? Bist du getürmt? Von wo?«
Der Mann bewegte leicht den Kopf. Dabei sagte er: »Nichts von alledem trifft zu. Ich habe Ihnen nicht Rede und Antwort zu stehen, aber ich werde Sie aufklären, weil es um Anna geht. Oder weil es um sie gehen wird. Ich habe dieses Dorf miterobert und wurde hier in diesem Gehöft verwundet. Anna verband mich und schleppte mich ins Haus.

Als ich wieder zu mir kam, waren unsere Truppen zurückgegangen, und Ihre Kompanie zog in das Dorf ein. Das ist alles.«
Er sprach es in einem einwandfreien, ein wenig harten Deutsch. Sie blickten sich ein paar Sekunden lang schweigend an. Dann sagte der Russe: »Sie lieben Anna?«
»Das geht Sie nichts an.«
»Es geht mich nichts an«, erwiderte der Russe, »aber ich fühle mich verpflichtet, Ihnen zu erklären, daß mich mit Anna nichts weiter verbindet als der Umstand, daß sie mich bei sich aufnahm und pflegte und daß sie es später für richtig hielt, mich zu verbergen.«
»Sie sind Offizier?« fragte Bindig schnell. Er mußte irgend etwas fragen, der Russe verwirrte ihn.
»Das geht Sie nichts an«, war die Antwort.
»Es geht mich nichts an«, sagte Bindig, »aber es gibt Leute, denen werden Sie sagen müssen, wer Sie sind.«
Der Russe versuchte ein Lächeln. Es gelang ihm nicht, denn er hielt sich mühevoll aufrecht. Der Schmerz quälte ihn. »Ich verstehe Sie vollkommen«, sagte er ruhig. »Ich habe das geahnt, als Sie zum erstenmmal dieses Haus betraten. Schießen Sie mich nieder, oder bringen Sie mich zu Ihrem Kommandeur. Es kommt auf das gleiche heraus. Tun Sie, was Ihre Vorschriften von Ihnen verlangen.«
Eine Weile blieb es still. Bindig spürte, daß dieser Mann keine Gefahr mehr war. Aber da war ein anderer Gedanke, der aus seinen Worten entsprang und der Bindig unversehens vor eine Entscheidung stellte, der er nicht gewachsen war. Er lehnte sich an die Türfüllung und bemühte sich ängstlich, seine Unsicherheit zu verbergen. Er wußte mit einemmal, daß er an einem Kreuzweg stand, unfähig, sich zu entscheiden. Er blickte den Russen an, und es war ein haßerfüllter Blick. Seine Stimme klang brüchig, als er nach langer Zeit leise sagte: »Setzen Sie sich auf das Bett. Ich werde Ihnen nichts tun.«
Der Russe lächelte, als er sagte: »Ich werde Ihnen keine

Schwierigkeiten machen, wenn Sie mich zu Ihrem Kommandeur bringen.«
Da ließ Bindig die Pistole sinken und sagte in einem Ton, der das geringschätzige Lächeln vom Gesicht des Russen fortwischte: »Sie sind klug genug, um zu wissen, daß ich das nicht tun werde.«
»Ich verstehe nicht ...«, sagte der Russe.
»Doch, doch, Sie verstehen das sehr gut«, beharrte Bindig. »Sie sind ein Mensch mit Verstand. Und Sie wissen, daß ich Sie nicht zu meinem Kommandeur bringen kann, weil dieser Kommandeur Sie als den taubstummen Idioten Jakob kennt, der bei Anna lebt. Was geschähe mit einer Russin, die hinter der Front der Roten Armee einen deutschen Offizier verbirgt?«
»Ich kenne keinen solchen Fall«, sagte der Russe leise, »aber ich verstehe. Ihr Kommandeur wird uns beide an die Wand stellen, Anna und mich, wenn Sie ihm Ihre Entdeckung melden. Ich verstehe vollkommen.«
Bindig spürte den Hohn in den Worten. Aber er war ohne Energie. Er wartete darauf, daß irgend etwas geschah. Aber es geschah nichts. Der Russe sah ihn ruhig an und machte keine Bewegung dabei.
In Bindigs Kopf begann es zu dröhnen. Es war kein Schmerz. Es war eine summende Leere, die ihn aushöhlte. Er mußte sich anstrengen, die Pistole nicht fallen zu lassen. Der Russe verschwamm vor seinen Augen, das ganze Zimmer begann sich im Kreis zu drehen. Bindig hielt sich am Türpfosten fest und atmete kurz und schnell. Er wollte irgend etwas sagen, aber er brachte nichts Zusammenhängendes heraus. Nur ein paar Worte. »Wenn Sie ... ein Soldat ... und Anna ... es ist ... so ...«
Da war unten im Haus das Schlagen der Tür und die Stimme, die ihn zwang, sich noch einmal zusammenzuraffen. Die Stimme gehörte Anna. Sie rief: »Du, ich habe ein paar Kartoffeln gefunden! Komm, hilf mir, sie zu tragen!«
Bindig torkelte aus dem Zimmer.

Als er auf der Treppe stand, stieß die Frau einen leisen Schrei aus. Sie begriff erst, was geschehen war, als er ihr die beiden Pistolen hinhielt. Aber er war nicht mehr imstande, etwas zu sagen. Sie fing ihn auf, während der Russe sich langsam die Treppe hinabtastete, eine Hand gegen den Unterleib gepreßt. Die Frau sah ihm mit weit geöffneten Augen entgegen und fragte zitternd: »Er … was ist … hast du … Mein Gott!«

Der Russe half ihr, Bindig auf das Bett zu legen. Er half ihr, ihn auszukleiden und ihm den kalten Schweiß von der Haut zu reiben. Die Bewegungen fielen ihm schwer, aber er half so lange, bis Bindig unter dem Deckbett lag und Anna von irgendwoher ein feuchtes Handtuch geholt hatte, das sie ihm auf die Stirn legte.

»Mein Gott«, murmelte sie dabei, »Jesus, mein Gott …«

Aber der Russe sagte nur leise: »Es wird vorbeigehen. Es ist ein Fieber … er wird es überstehen …«

Allein mit dem Schlag meines Herzens

Immer wenn es Frühling wurde, hockte das Mädchen am Abend bei den Weiden am Fluß und sang vor sich hin. Sie war jung, aber sie war schon kein Kind mehr, und die Burschen sahen ihr nach, wenn sie über die Dorfstraße ging.

Sie war sechzehn, als sie zum letztenmal bei den Weiden saß. Sie trug den bunten, handgewebten Rock, der knapp bis über die Knie reichte, und das Haar fiel, zu zwei schweren Zöpfen geflochten, seidenschwarz über die weiße Bluse. Sie hockte bei den Weiden, als die Sonne unterging, und summte, und die Burschen flüsterten einander zu, daß sie es mit dem Kopf haben müsse.

Das war im Frühling, und im Sommer ging sie als Kindermädchen zu dem Zahnarzt nach Gumbinnen. Der Mann flößte ihr Vertrauen ein, und die Kinder machten wenig Arbeit, obwohl sie keine Mutter mehr hatten.

Es gab Bücher in den Regalen des Zahnarztes, und er gab sie ihr zu lesen. Und sie lernte moderne Kleider nähen und Bananen rösten und gestärkte Manschetten faltenlos bügeln und einen Staubsauger bedienen. Sie erfuhr, daß es Leute gab, die ihre Zähne mit Gold überziehen ließen, um ihren Reichtum zur Schau zu stellen, und andere, die mit einem zerknüllten Zettel von der Krankenkasse kamen.

Und sie wußte, daß die mit dem Gold sagten: »Ich wünsche so behandelt zu werden, daß ich absolut nichts davon spüre.«

Während die anderen die Mütze in der Hand drehten und beklommen murmelten: »Sie haben so viel Arbeit mit mir, Herr Doktor. Wenn ich Ihnen einmal etwas helfen könnte ... Ich bin Schlosser, aber ich verstehe auch was von Gartenarbeit, und jetzt, wenn der Herbst kommt ...«

Sie bewunderte ihn, weil er sich keine Frau mehr nahm und weil er an manchen Festtagen das Einkommen eines ganzen Monats dafür ausgab, ein paar Kindern, deren Eltern nichts verdienten, Anzüge und Schuhwerk zu schenken.

Ein Jahr lang verschloß sie am Abend, wenn sie in ihrer Stube zu Bett ging, die Tür, denn sie war ein junges Mädchen, und er war ein Mann. Aber als das Jahr um war, begriff sie, daß er nicht so war wie der Rechtsanwalt in der Villa nebenan, der sich das Dienstmädchen ins Bett holte, wenn seine Frau im Thüringer Wald im Rheumabad war. Da verschloß Anna die Tür nicht mehr, und es änderte sich nichts.

Ein Jahr später begrub sie ihren Vater. Die Mutter führte den Hof noch eine Weile weiter, aber ein paar Monate danach lag sie neben ihrem Mann auf dem Friedhof, und Anna verkaufte für ein Spottgeld das Land und das Haus. Sie führte weiter den Haushalt des Zahnarztes, denn außer einer Tante gab es im Dorfe niemand mehr, bei dem sie hätte bleiben können.

Sie kam ab und zu ins Dorf auf Besuch, und dann blieb sie bei der Tante, die eine alte, einfältige Frau war. Sie war es auch, die ihr den Mann aufschwatzte, den sie schließlich heiratete. Aber das war erst viel später.

»Anna«, sagte eines Abends der Zahnarzt zu ihr, »es tut mir leid, aber ich glaube, wir werden uns bald trennen müssen.«

Er war fort gewesen und trug noch Mantel und Hut. Er nahm Anna bei der Hand und führte sie zur Haustür. Irgend jemand hatte dort mit leuchtendweißer Farbe »Judenschwein, 'raus!« auf das Holz gepinselt.

»Ich verstehe gar nicht ...«, sagte Anna beklommen.

Der Zahnarzt führte sie wieder zurück ins Haus und sagte: »Wenn ich es nur verstünde! Ich habe diesen Leuten nichts

getan, und meine Eltern nicht und nicht meine Großeltern. Ich habe den Leuten ihr Gebiß in Ordnung gebracht, wie es andere auch tun. Jedenfalls nicht schlechter. Aber ich heiße David, und sie haben in ihrem Programm vorgesehen, uns auszurotten. Es wird besser sein, das nicht abzuwarten.«
Anna mochte nicht gern ins Dorf zurückkehren. Sie beschloß abzuwarten, was geschah. Aber das, was geschah, überstieg ihre Vorstellungen gründlich.
Sie stand in der Küche und putzte den Teekessel, als der erste Stein durch die Scheiben flog. Er hinterließ zwei faustgroße Löcher in den Doppelfenstern und polterte auf das Küchenbüfett. Dann kam noch einer und noch einer, und der dritte verletzte Anna an der Stirn, so daß sie nur halb bewußt erlebte, was weiter geschah.
Es waren Leute in Uniformen und in Zivilkleidern, die vor dem Haus tobten. Es waren Schulkinder, kleine, rotznäsige Jungen und Mädchen, die wieselflink Steine heranschleppten und sich freuten, weil es zum erstenmal in ihrem Leben erlaubt war, Fenster einzuwerfen. Sie taten es mit einer Mischung von kindlicher Freude und zunehmender Zerstörungswut. Die Erwachsenen schrien Beschimpfungen, sie erhitzten sich gegenseitig, und schließlich brachen sie in den Garten ein, einer den anderen anfeuernd.
Der Zahnarzt David hatte ein bleiches, verängstigtes Gesicht, und die beiden Kinder verkrochen sich weinend in der hintersten Stube. Er wollte Anna dazu bewegen, das Haus durch die Hintertür zu verlassen, aber es war schon zu spät, denn im Garten wimmelte es von tobenden Menschen. Es waren Alte und Junge. Sie schlugen die Tür ein und rissen die Bilder von den Wänden. Sie warfen die Blumenvasen gegen die Türen der Glasschränke und demolierten die Sprechzimmereinrichtung. Unter den künstlichen Gebissen, die sie grölend durch die Fensterscheiben warfen, war auch das, welches David erst vor ein paar Tagen für den Rechtsanwalt von nebenan angefertigt hatte. Aber er schien es ohnehin nicht abholen zu wollen, denn er

stand, mit einer abgebrochenen Zaunlatte bewaffnet, unweit der Haustür und brüllte im Chor der anderen: »Haut das Schwein, das jiddische! Haut ihn!«
Zuerst waren es einige von den Uniformierten, die ihn schlugen. Sie trugen hellbraune Hemden und Stiefelhosen von der gleichen Farbe, und auf dem Kopf hatten sie hohe Mützen, die entfernt an Starkästen erinnerten. Sie ohrfeigten David, der sich vergeblich zu schützen versuchte und der fortwährend beteuerte, nichts Unrechtes getan zu haben. Er blutete leicht an der Lippe, aber dann brüllte einer: »SA – ran!«, und da schnallten sie die Schulterriemen ab und prügelten mit dem Leder. Sie zerschlugen alles, was ihnen im Wege stand. Die Möbel und die Nippesfiguren, die Ampullen mit dem schmerzbetäubenden Mittel und die Wachsabdrücke fremder Gebisse. Sie zerschlugen Schränke und Tische und bearbeiteten David selbst so lange mit ihren Lederriemen, bis er am Boden lag, ohne sich zu rühren. Sie rissen den Kindern büschelweise die Haare aus und zerrten dem Mädchen, das ihr letztes Schuljahr absolvierte, die Kleider vom Körper. Sie jagten es nackt in den Garten und von da auf die Straße, bis dort ein Schutzmann eingriff. Er verabreichte dem Mädchen ein paar kräftige Ohrfeigen und stieß es in einen Lastwagen, der schon bereitstand und in dem das Mädchen ein Dutzend andere jüdische Bürger fand, die ihm halfen, seine Blöße zu bedecken.
Zuerst beachtete keiner der Tobenden Anna. Aber dann rief plötzlich der Rechtsanwalt, der inzwischen das Haus betreten hatte: »Da … da steht sie und flennt, die Judenhure!«
Er warf einen Topf nach ihr, der an die Wand polterte, und Anna, der die Angst plötzlich Mut verlieh, schrie ihn an: »Seien Sie still! Sie sind ein Lügner!«
Doch die Leute um sie herum grölten nur. Zuerst hatten sie nicht vermutet, daß dieses schwarzhaarige, schöne Mädchen in das Haus gehörte. Aber nun wandte sich ihre

Raserei gegen Anna, und die mit den Starkästen auf den Köpfen schwangen wieder die Schulterriemen. Als es ihr endlich gelungen war, aus dem Hause auszubrechen und durch den Garten in eine stillere Straße zu gelangen, blutete sie am ganzen Körper. Sie hielt über der Brust ihr Kleid zusammen, und ihr Haar flatterte aufgelöst, blutig, hinter ihr her, als sie wie gehetzt davonlief. Man verfolgte sie, und die Meute schrie im Chor »Judenhure! Judensau!«, so daß die Leute, an denen sie vorbeilief, aufmerksam wurden und mit Steinen nach ihr warfen.

Es war, als habe ein Taumel die Menschen gepackt und rasend gemacht. Die Schreie hallten durch die ganze Stadt, und die Scheiben prasselten. Als Anna die letzten Häuser weit hinter sich gelassen hatte und ihr niemand mehr folgte, sank sie zu Boden und weinte, bis ihr keine Tränen mehr kamen. Blutig und zerschlagen, wie sie war, kroch sie weiter. Irgendwo, abseits der Straße, wusch sie sich notdürftig an einem Bach. Sie wanderte Tag und Nacht, ohne zu essen und zu schlafen. Sie umging die Dörfer und rupfte Sauerklee aus, wenn der Hunger ihr in den Gedärmen wühlte. Der Klee stillte den größten Hunger, aber er konnte Annas Angst nicht vertreiben.

Bei Nacht schlich sie in ihr Heimatdorf, hohlwangig und wund am ganzen Körper. Mit einer Seele, die einem todwunden Tier glich. Die Tante nahm sie auf. Und ein paar Monate später verkuppelte sie das Mädchen an den Mann, den sie im Dorfe seit einiger Zeit nur den »Erbhofbauern« nannten. Dann legte sich die Tante ins Bett und starb noch vor der Hochzeit an einem Blutsturz im Gehirn.

Der Mann war groß und blond, und ihm gehörte der große Hof in Haselgarten, ein wenig abseits vom Dorf. Während er um Anna warb, war er immer nüchtern und gut. Er hörte sich an, was ihm Anna von Gumbinnen erzählte, und sagte nichts dazu. Sie kannte ihn nur oberflächlich, aber die Tante hatte ihr eingeredet, daß sie froh sein könnte, ihn zu

bekommen nach allem, was in Gumbinnen mit ihr passiert sei.
Er nahm das Geld von ihr, das sie aus dem Verkauf des elterlichen Hofes behalten hatte, und kaufte noch Land zu seinem Hof. Als er sie heiratete, feierte das halbe Dorf, und Anna weinte zum erstenmal heimlich in ihrer Stube, weil draußen am Gasttisch welche saßen, die ebensolche Uniformen trugen wie die Schläger damals in Gumbinnen.
Als die Gäste davontorkelten, war der Mann schon betrunken. Aber er trank mit den Knechten weiter, und sie grölten Lieder, die Anna nie gehört hatte. Sie schlich in die Schlafstube, aber sie fand keinen Schlaf, denn der Lärm drang bis zu ihr. Und als der Lärm zu Ende war, kam er.
Er nahm sie ohne Zärtlichkeit, grob und trunken. Er hauchte ihr den Schnapsdunst ins Gesicht und bereitete ihr Schmerzen. Aber sie verbiß den Schmerz und die Enttäuschung, und als alles vorüber war, zog sie ihm Hose und Stiefel aus.
Das war im Sommer, und im folgenden Frühling hatte sie eine Fehlgeburt. Er ließ sie nach Gumbinnen schaffen, und die Ärzte erklärten ihr, als sie aus der Klinik entlassen wurde, daß sie kein Kind mehr haben würde.
»Das habe ich nun von dir Judenhure!« begrüßte er sie, als sie nach Hause kam. Sie war noch schwach und hielt sich nur mühsam aufrecht. Aber er trieb sie in den Stall zu den Kühen, und sie arbeitete wie eine Magd.
»Jetzt habe ich einen Erbhof und keinen Erben«, tobte er abends, »aber das geschieht mir recht! Was nehme ich auch so eine, die dieser Zahnjidd verdorben hat!«
Er soff Tag und Nacht. Ein paar Nächte duldete er sie noch neben sich, aber dann jagte er sie am Abend in die Küche und nahm die Großmagd zu sich.
Anna versuchte, mit ihm zu reden. Er hörte sie nicht an. Sie schrie, und er schlug sie. Sie beschimpfte die Magd, aber da wurde er noch wütender. Als sie ihm drohte, sich von ihm scheiden zu lassen, lachte er sie aus: »Das wage nur! Dann

werd' ich deine Schweinereien mit dem Jidd anbringen! Sie werden dich zu ihm ins Lager sperren!«
Manchmal saß sie jetzt wieder an ihrem alten Platz bei den Weiden am Fluß. Aber sie sang nicht mehr. Und die Leute aus dem Dorf seufzten leise, wenn sie sie von weitem sitzen sahen.

Als sie ihn zum Militär eingezogen hatten, erwachte ihre alte Kraft wieder. Zuerst entließ sie die Magd und dann einen Knecht nach dem anderen. Sie behielt nur zwei Knechte, und mit ihnen schaffte sie die ganze Arbeit. Der Hof brachte wieder etwas ein. Sie zog mehr Vieh auf als früher. Die Leute im Dorf nickten zustimmend.
Er erfuhr, daß sie die Magd entlassen hatte, und da schrieb er ihr, daß er eines Tages heimkommen werde. Sie solle einstweilen ihre Koffer packen, und wenn der Jude noch am Leben sein sollte, dann werde er dafür sorgen, daß man sie zu ihm sperre. Das war einen Monat bevor die Nachricht von der Kompanie kam, er wäre in heldenhafter Pflichterfüllung gefallen. Und einen Monat später kam der Mann der Nachbarin auf Urlaub und erzählte ihr die Sache von dem Lastwagen mit dem Wein.
Die Nacht bevor die Rote Armee das Dorf eroberte, war eine der unruhigsten Nächte, die das Dorf jemals erlebt hatte. Es blieb niemand auf seinem Anwesen. Mit vollgepackten Leiterwagen verließen die Bauern ihre Höfe. Die beiden Knechte Annas waren längst fort, als der Parteibonze aus dem Dorf in aller Eile bei Anna erschien und ihr riet, schnell zu packen.
»Die Russen sind wie die Teufel! Sie werden hier einbrechen wie die Sintflut!«
Anna sagte nichts. Sie kannte die Russen nicht, aber der Parteibonze hatte die gleiche Uniform an wie die in Gumbinnen.
»Sie werden keinen Stein auf dem anderen lassen!«
Anna blickte zu Boden und erinnerte sich daran, daß

der Mann damals mitgetrunken hatte, als sie Hochzeit feierten.
»Und dann die Frauen ...«, flüsterte der Mann. Er kam vertraulich näher und legte ihr die Hand auf die Schulter. Er hatte ein faltiges, bräunliches Gesicht, und seine Zähne waren schwarz vom Tabak. Es stank, wenn er den Mund aufmachte. Er betrachtete Anna mit Augen, die mehr sagten als sein stinkender Mund. »Sie sind zu schade dafür ...«, flüsterte er. »Sie sind eine tapfere Frau. Ich bewundere Sie schon lange, wie Sie den Hof in Ordnung gehalten haben. Ist es Ihnen eigentlich nie einsam gewesen, so ganz ohne Mann?«
Er kniff ein Auge zu, und sie sah, daß seine Adern am Kopf angeschwollen waren.
»Ich habe bereits in einem Dorf weit im Westen Quartier gemacht«, flüsterte er. »Sie können ruhig ...«
Sie nahm langsam seine Hand von ihrer Schulter. Sie spürte, daß diese Hand feucht von Schweiß war.
»Es wird gut sein, wenn Sie jetzt gehen«, sagte sie ruhig, »ich habe noch eine Menge zu tun.«
»Ja, wollen Sie denn nicht ...«
»Ich weiß nicht. Ich werde es mir überlegen«, antwortete sie ihm.

Als die Truppen, die das Dorf verteidigten, sich zurückzogen, waren Annas Ohren halb taub von der Schießerei. Sie zitterte, denn sie hatte es nicht im Keller ausgehalten, und nun hörte sie das Gerassel der Panzerketten, und durch den Garten sah sie, wie in der Ferne die letzten Soldaten hinter den Bodenwellen verschwanden. Nur auf der Straße wurde noch geschossen. Ein paar der Soldaten konnten nicht zurück und verschossen ihre letzten Patronen. Die Russen waren bereits im Dorf, und sie riefen sich mit rauhen, kehligen Stimmen Befehle zu. Anna nahm das alles wahr, als sähe sie einem Film zu. Sie stand, in ihr Tuch gehüllt, an das Haus gelehnt und wußte nicht, was nun kommen würde.

Auf der Straße platzten schnell hintereinander ein paar Handgranaten. Eine heisere Stimme schrie laut: »Dawai ... Dawai!« Sie hörte das Wort zum erstenmal, und sie wußte nicht, was es hieß. Aber es jagte ihr einen Schauer über den Rücken, als sie es so hinter dem Bretterzaun hörte, der das Gehöft zur Straße abschloß. Dann prasselten Kugeln durch das Holz, und Anna duckte sich. Sie stopfte sich den Zipfel des Tuches in den Mund, um nicht aufzuschreien. Draußen wurde gekämpft, das begriff sie. Also mußten doch noch Soldaten im Dorf sein, die auf die Russen schossen.
Als die erste Handgranate auf dem Hof detonierte, warf sich die Frau flach auf die Steinfliesen des Hausflurs. Sie hörte das Poltern vom Tor her und vernahm auch den Fall, aber sie sah den Soldaten erst nach einiger Zeit, als sie den Kopf hob. Er lag im Hof und blutete aus der Schulter. Er bewegte sich nur sehr matt, und sein Stahlhelm scharrte dabei über den Boden. Die Maschinenpistole war ihm aus der Hand gefallen, als er über den Zaun setzte. Sie war im Hof aufgeschlagen, und der Kolben war abgebrochen.
Mit einem Male wurden die Geräusche schwächer. Die Schießerei verzog sich weiter auf das Dorf zu. Ein paarmal rasselten Panzer vorbei, dann war es still um das Gehöft. Da raffte sich Anna auf und lief quer über den Hof zu dem Russen, der ihr mit verbissenem Gesicht entgegensah und sich aufzurichten versuchte.
Sie prallte zurück, als er sie auf deutsch anschrie: »Weg da!« Aber sie sah auch, daß er bleich im Gesicht war und eine Menge Blut verloren hatte. Sie merkte, daß seine Kräfte nachließen und das Blitzen in seinen Augen schwächer wurde.
»Sprechen Sie denn Deutsch?« fragte sie ratlos.
»Weg da!«
»Sie sind verwundet ...«
»Rühren Sie mich nicht an«, warnte der Mann sie drohend, »ich habe noch genug Kraft, um zehn solche Faschisten wie Sie zu töten!«

Dann sank er zurück. Er war bewußtlos geworden.
Wie sie ihn ins Haus geschleppt hatte, konnte sie nachher nicht mehr genau sagen. Sein Blut beschmutzte ihr Kleid. Aber sie hatte nur den einen Gedanken, daß er nicht sterben durfte. Sie tat es, ohne zu überlegen, und sie hätte genau das gleiche getan, wenn dieser Verwundete nicht ein Russe, sondern ein Deutscher gewesen wäre. Sie zog ihn aus und verband seine Wunde an der Schulter. Es war ein großes, tiefes Loch; das Geschoß mußte ihn in dem Augenblick getroffen haben, als er sich auf den Holzzaun schwang. Es gelang ihr, das Blut zu stillen und den Soldaten für kurze Zeit ins Bewußtsein zurückzurufen. Aber er war zu sehr ausgeblutet, und von seinen Lippen kam nur ein undeutliches Lallen.
Als eine Patrouille später die Häuser durchsuchte und auch zu Anna kam, führte sie die Soldaten zu dem Verwundeten. Sie stellten Anna mißtrauisch mit dem Gesicht zur Wand auf und durchsuchten das Haus. Einer lief ins Dorf und holte einen Offizier, der ein paar Worte Deutsch verstand. Er verhörte Anna und fragte sie ein dutzendmal immer wieder dasselbe. Wie sie dazu gekommen sei, ihn zu verbinden und im Haus unterzubringen. Warum sie nicht geflüchtet sei. Wer ihr Mann wäre.
Der Offizier war ein Jude, und er sagte ihr das auch. Er beobachtete ihr Gesicht scharf.
»Ich habe einmal bei einem Juden gearbeitet«, sagte Anna leise. Sie stand noch immer an der Wand, aber nun mit dem Gesicht zur Stube, und sie sah den Offizier an. Zugleich sah sie den anderen auf dem Bett liegen und unruhig atmen, bei geschlossenen Augen.
»Bis sie ihm alles zerschlugen und ihn abholten, habe ich bei ihm gearbeitet«, sagte sie, »bis zur letzten Minute war ich bei ihm. Er war der einzige Mensch, der gut zu mir gewesen ist.«
Der Offizier biß sich auf die Lippen. Er sagte leise, wie um den Verwundeten nicht zu stören: »Bis zur letzten Minute.

Und dann hast du seinen Schmuck genommen und sein Geld und bist gegangen. Wir wissen alles.«
»Nein«, sagte sie. »Ihr wißt nicht alles.«
Aber er herrschte sie böse an: »Still! Ich habe noch keinen Deutschen getroffen, der für das geradestehen will, was die Deutschen verbrochen haben!«
Der Verletzte murmelte ein paar undeutliche russische Worte.
»Geben Sie ihm Wasser!« befahl der Offizier.
Er ließ einen Posten bei dem Verwundeten, denn sie konnten ihn nicht transportieren, und es waren noch keine Sanitätsautos im Dorf. Der Posten hockte sich neben das Bett und hielt die Maschinenpistole schußbereit in den Händen. Er beobachtete Anna, und wenn sie dem fiebernden Verwundeten Wasser gab, mußte sie zuerst selbst davon trinken.

Die Flieger kamen, zwei Stunden bevor die Deutschen das Dorf wieder angriffen. Sie heulten über die Felder und schossen auf alles, was sich bewegte. In der Ferne rumpelten ein paar Panzermotoren. Das waren deutsche.
Anna kam nie dahinter, ob sie den Verletzten einfach vergessen hatten oder ob es keine Möglichkeit gab, ihn fortzuschaffen. Der Posten machte eine drohende Gebärde und lief ins Dorf. Sie vermutete, daß er ein Fahrzeug holen wollte, das den Verletzten wegbringen sollte. Aber er kam nicht weit, denn die Flieger kreisten über der Straße, und auf halbem Wege zwischen Annas Gehöft und dem Dorf stieß eine der gescheckten Maschinen herab, und der Posten blieb am Straßenrand liegen. Zu dieser Zeit heulten schon die ersten Panzergranaten über das Gehöft hinweg und schlugen im Dorf ein. Ein paar Stunden lang tobte das Gefecht, aber die deutsche Einheit war stärker als die sowjetische, die das Dorf erobert hatte, und die nächste Patrouille, die in Annas Gehöft kam, war eine deutsche. Anna ging ihnen auf dem Hof entgegen. Sie glotzten sie an

wie ein Gespenst, und dann fragten sie nach Russen. Anna schüttelte den Kopf. Sie wagte es nicht, dem Führer der Patrouille in die Augen zu blicken, aber der faßte das wesentlich anders auf und verzichtete darauf, das Haus zu durchsuchen. Er sagte nur mitfühlend zu Anna: »Arme Frau, Sie haben bestimmt viel gelitten. Wenn Sie Hilfe brauchen, kommen Sie ins Dorf. Wir werden sehen, was wir tun können.«

Sie hatte nicht darauf geachtet, daß sie die Tür zu der Stube, in der der Verletzte lag, offengelassen hatte. Als die Patrouille verschwunden war und sie zu dem Russen zurückging, lag er mit offenen Augen da und fragte leise: »Warum haben Sie das getan? Wissen Sie, was das für Sie bedeutet?«

»Wollen Sie Wasser?« fragte sie ihn. »Ich habe Früchte im Keller und Kirschsaft. Wollen Sie?«

»Man wird Sie erschießen.«

»Schmerzt Ihre Wunde noch stark?« fragte sie.

»Die Leute im Dorf werden Sie anzeigen ...«

»Es ist niemand außer mir in diesem Dorf«, sagte sie eigensinnig. »Legen Sie sich hin, Sie dürfen sich nicht so anstrengen.«

Er betrachtete sie einen Augenblick lang, dann verlangte er: »Geben Sie mir meine Uniform. Wo haben Sie meine Uniform gelassen?«

Sie deutete auf den Schrank. »Es braucht nicht jeder gleich zu sehen, wer hier liegt.«

Sie brachte ihm seine Kleidung, und er zog aus einer Tasche die Pistole und steckte sie unter das Kopfkissen.

»Wann werden Ihre Leute zurückkommen?« erkundigte sie sich nach einer Weile. »Wie lange wird das dauern?«

»Ich weiß es nicht.«

»Sie sprechen so gut Deutsch. Man könnte Sie für einen Deutschen halten.«

»Ich habe einmal diese Sprache gelehrt«, sagte er langsam, »als noch kein Krieg war. Ich habe sie jungen, wißbegieri-

gen Menschen bei uns zu Hause beigebracht, damit sie Marx und Engels im Original lesen konnten.«
Sie sah ihn an. Sie sah, daß auf seiner Stirn Schweißtropfen standen.
»Wer sind Marx und Engels?« fragte sie.
Er antwortete nach einem langen Schweigen. »Es waren Deutsche«, sagte er, »vorhin habe ich geglaubt, Sie würden wenigstens ihre Namen kennen.«
»Nein«, sagte sie kopfschüttelnd, »ich kenne sie nicht. Wollen Sie nicht etwas essen? Sie müssen zu Kräften kommen.«
»Ich habe in meiner Tasche eine Handvoll Sonnenblumenkerne«, sagte er, »die können Sie mir geben. Wir Russen essen gern Sonnenblumenkerne.«
Sie gab sie ihm, aber er war zu schwach, die Kerne zu knacken. Sie fielen ihm aus der Hand, und als sie es sah, brach sie die Schalen mit den Fingern auf und steckte ihm die Kerne zwischen die Lippen.
Es war dunkel, und es gab keinen Strom. Aber sie hätte ohnehin kein Licht gemacht. Sie drängte ihm ein paar Früchte auf und Kirschsaft, mit Wasser verdünnt. Einmal fragte sie ihn: »Muß ich jetzt auch noch von dem Wasser trinken, bevor ich es Ihnen gebe?«
Er antwortete nicht. Er sah sie an, obwohl er in der Dunkelheit ihr Gesicht nicht mehr genau erkennen konnte.
Draußen war es stiller geworden. In der Ferne war der Donner von Geschützen zu hören. Das konnten die Panzer sein. Ab und zu leuchtete es am Himmel auf, wenn es eine größere Explosion gab. Es war still in der Stube.
»Wo werden Sie schlafen?« fragte er plötzlich. »Das hier ist Ihr Ehebett …«
»Ja, das ist mein Ehebett«, sagte sie, »und wenn ich müde werde, dann werde ich mich ein bißchen dort auf die andere Seite legen, neben Sie, damit ich höre, wenn Sie irgend etwas brauchen.«

»Damals, an jenem Abend«, sagte Anna leise zu Bindig, »da wollte ich es dir sagen. Aber dann habe ich es doch nicht gesagt. Ich weiß nicht warum. Ich wußte, daß du begreifen würdest, warum ich ihn aufnahm und nicht verriet. Aber ich habe es trotzdem nicht gesagt ...«
Sie hörten ihn oben in seiner Kammer hin und her gehen. Bindig richtete sich ein wenig auf. Er war schwach. Das Fieber war zurückgegangen, und seine Glieder hatten aufgehört, im Schüttelfrost zu beben. Er hatte Hunger, aber er sagte nichts, denn er wollte nicht, daß sie aufstand und ihm etwas zu essen holte. Er wollte sie jede Sekunde neben sich haben.
Zado hatte ihm Zigaretten und Schokolade gebracht. Er versuchte, eine Zigarette anzubrennen, und es gelang ihm auch. Das aufflackernde Streichholz beleuchtete sekundenlang sein Gesicht. Es war blaß, und um die Augen herum lagen tiefe Schatten. Aber das Hölzchen brannte nur wenige Sekunden. Als es wieder dunkel war, sagte Anna: »Du solltest schlafen. Schlafen ist gut. So lange schlafen, bis alles vorbei ist. Das Fieber und die Schwäche und der ganze Krieg überhaupt ...«

Sie hatten ihn nicht ins Lazarett geschickt. Wer in diesen Tagen ins Lazarett kam, der kehrte nicht mehr zu seiner alten Einheit zurück. War er geheilt, dann steckte man ihn irgendwohin, wo gerade ein paar Leute fehlten. Es gab keine Ordnung mehr, nur noch die Hast. Timm hatte eine einfache Rechnung aufgestellt. Wenn Bindig ins Lazarett kam, war er für die Kompanie verloren. Hatte er hier in Haselgarten ein paar Tage Ruhe, dann war es immerhin möglich, daß er sich ohne Zutun eines Arztes erholte, wenn nicht, dann konnte man ihn immer noch ins Lazarett schaffen, aber dann war der Verlust für die Kompanie nicht größer, als wenn man ihn gleich dorthin gebracht hätte.
Bindig erholte sich schnell. Sein Körper war auf Härte trainiert. Kaum waren drei Tage vergangen, da war Bindig

über den Berg. Er rauchte die Zigarette mit Genuß, und da wußte er, daß er es geschafft hatte. Aber er wußte nicht, was nun werden sollte. Die Gedanken zermarterten sein Gehirn. Er konnte niemandem sagen, was geschehen war, nicht einmal Zado. Er hatte nur Anna und sonst nichts mehr.

»Ich hatte Angst«, sagte die Frau leise. Sie lag still neben ihm in der Dunkelheit, die nur durch den hellen Schimmer, den der Schnee vor den Fenstern verursachte, etwas von ihrer zähen Schwärze verlor.

»Angst ...«, wiederholte er gedankenlos.

»Ja. Angst um mich und Angst, daß sie Georgi ausfindig machen würden.«

»Er heißt Georgi?«

»Georgi Warasin.«

Er blies den Zigarettenrauch in die Dunkelheit. Dann wandte er den Kopf und sah sie an. Über ihnen waren noch immer die Schritte des Russen.

»Wenn sie dahintergekommen wären, hätten sie ihn an die Wand gestellt, ihn und dich.«

Die Frau bewegte sich ein wenig. Bindig hörte, wie sie mit den Handflächen das Deckbett glattstrich.

»Ich habe es immer gewußt«, hörte er sie sagen, »aber ich hätte ihn um nichts in der Welt verraten. Es hat lange gedauert, bis seine Wunde geheilt war. Und ich habe manchmal gezittert, wenn welche von euch kamen. Ich hätte es bei Gott lieber gesehen, wenn es Russen gewesen wären ...

»Warum hast du das eigentlich getan?« fragte er.

»Warum?« Eine Weile war es ganz still. Dann sagte die Frau langsam und bedächtig: »Weil es genug Jammer auf der Welt gibt. Und weil ich kein Soldat bin, sondern eine Frau und es mir um jeden Menschen leid tut, der sterben muß, deshalb.«

»Es ist Krieg!« sagte er.

»Georgi hat mir einmal gesagt, diesen Krieg haben nicht die Russen gemacht, sondern die Deutschen. Hitler hat ihn gemacht. Und solche Jungen wie dich haben sie so lange belogen, bis sie nur noch den einen Ehrgeiz hatten, Helden zu sein. Das war damals, als ihr zwei bei mir gegessen habt. Als du die Büchse mit dem Messer öffnen wolltest. Damals sagte Georgi, es ist ein Jammer, was sie aus euch gemacht haben …«

»Ein Menschenfreund«, sagte Bindig, »ein Weiser, der alles versteht und alles verzeiht. Vielleicht möchte er mich aus lauter Mitleid adoptieren!«

»Du bist krank«, sie griff nach seiner Hand und hielt sie fest, »du solltest nicht streiten, sondern schlafen …«

»Ich bin nicht krank!« begehrte er eigensinnig auf. »Aber ich kann Leute nicht leiden, die mit Weisheit um sich werfen. Ich lasse mich nicht gern als ein kleines Kind behandeln, denn sie haben uns verdammt zeitig abgewöhnt, uns als Kinder zu fühlen!«

Sie widersprach ihm nicht, und auch er schwieg. Er drückte die Zigarette aus und starrte in die Dunkelheit. Dann fragte sie zögernd: »Du hast ihn geschlagen?«

»Ich habe verhindert, daß er auf mich schoß. Er ist zwar weise, aber mir ist es ziemlich egal, ob ein Weiser oder ein Narr auf mich schießt. Ich wehre mich gegen beide.«

»Mein Gott!« sagte sie. »Vielleicht wäre ich heimgekommen und hätte deine Leiche gefunden. Ich darf nicht mehr daran denken.«

»Du kannst ruhig daran denken!« Er lachte leise auf. »Und du brauchst keine Angst zu haben. Ich weiß zwar nicht sehr viel vom Leben und von der Welt. Nur das, was man in Büchern findet. Aber dafür kenne ich sieben verschiedene Arten, mit der bloßen Hand zu töten.«

»Wenn doch dieser Irrsinn ein Ende nähme«, sagte sie. »Man hat dieses bißchen Leben, und man weiß nicht, an welchem Tag sie es einem nehmen. Ein Dreck ist das ganze Leben gewesen. Und sie lassen einem nicht einmal diesen Dreck!«

Sie richtete sich auf und beugte sich über ihn. In der Dun-

kelheit konnte er die Umrisse ihres Körpers erkennen. Er spürte ihre Wärme und sah, wie ihre Lippen sich bewegten.
»Ich bin immer allein gewesen«, sagte sie, »als Kind und als Mädchen und als Frau. Es war immer das gleiche. Ich war allein mit dem Schlag meines Herzens. Und seit ein paar Tagen habe ich Angst, daß du einmal nicht mehr zurückkommst. Es ist, als hätten sie mich mein ganzes Leben lang auf eine Folterbank gefesselt. Immer Angst und Haß und ein bißchen Hoffnung. Und jetzt nur noch Angst. Um dich.«
Er strich über ihr Haar und ließ die Hand auf ihrer Schulter liegen. »Wenn sie dahinterkommen, was in diesem Hause los ist«, sagte er, »dann werden wir alle drei in der gleichen Stunde sterben. An einer Wand hier im Dorf, an der man schon hundertmal vorbeigegangen ist. Oder an einer in dem Nest, in dem die Division ihr Quartier hat und die Feldgendarmerie.«
Sie ließ ihren Kopf auf seine Brust sinken. Er spürte, daß sie weinte, und biß sich auf die Lippe.
»Mein Gott«, flüsterte sie, »mein Gott im Himmel, wenn es dich gibt, warum machst du nicht diesem Irrsinn ein Ende!«
Er erinnerte sich plötzlich an die Pistole, die er dem Russen abgenommen hatte. Leise fragte er sie: »Wo hast du die Pistole hingetan?«
»Es waren zwei Pistolen«, sagte sie, »die eine steckt in deiner Tasche.«
»Und die andere? Die von dem Russen?«
»Ich habe sie ihm gegeben.«
Er lag ganz still. Er bewegte auch seine Hände nicht. Er fragte nur: »Er hat die ganzen Tage, als ich hier lag, die Waffe gehabt?«
»Ja«, sagte sie einfach, »er hat sie gehabt.«
Nach einer Weile fügte sie hastig hinzu: »Du brauchst keine Angst zu haben. Er wird dich nicht erschießen.«

»Ich habe keine Angst. Aber es war unklug, ihm die Waffe zu geben.«
Sie sagte leise: »Nein. Es war nicht unklug. Denn er wird nicht auf dich schießen und überhaupt auf niemanden. Er hat die Pistole, und er braucht sie, denn sie würden ihn quälen, wenn sie ihn erwischten. Deswegen braucht er die Pistole. Er weiß, daß du ihn nicht verraten wirst, und er wird nicht auf dich schießen.«
»Du glaubst ihm ziemlich viel.«
»Man kann ihm glauben.«
»Das ist es ja gerade«, sagte er gequält, »man kann ihm glauben, und man glaubt sich selbst nicht mehr.«
»Es ist eine grausame Zeit«, sagte sie. Er merkte, daß sie wieder weinte. Eine Weile preßte er ihren Kopf an seinen Körper, als könne er sie so beruhigen. Aber dann konnte er nicht mehr stille sein. Er konnte nicht mehr so mit ihr im Arm in der Dunkelheit liegen und spüren, wie sie weinte.
»Es ist eine verfluchte Zeit«, sagte er zornig, »schlimmer als alle Zeiten, die es jemals gegeben hat! Aber wer hat sie gemacht? Du? Oder ich? Ich habe mich schon als Kind nicht gern für Dinge schlagen lassen, die ich nicht getan hatte. Und ich habe weiß Gott nicht die Schuld, daß es diese mörderische Zeit gibt. Sieh mich an! Wie alt bin ich? Ich brauche noch die Genehmigung meiner Eltern, wenn ich heiraten will. Aber ich habe schon ein paar Dutzend Menschen getötet. Bin ich schuld daran? Bin ich denn ein solcher Weiser, daß ich als Kind etwa schon alles besser hätte wissen können als die, von denen ich erzogen wurde? Ich habe diese Zeit nicht gemacht und nicht den Krieg, und ich habe nicht die Menschen aufgeteilt in Christen und Heiden und Deutsche und Russen und Nationalsozialisten und Kommunisten! Ich habe noch das Abc gelernt, als das alles, was jetzt geschieht, beschlossen wurde. Ich habe die Alten in den braunen Fräcken herumlaufen sehen, und sie waren für mich der Inbegriff aller Lebensweisheit. Ich habe mit dem Abc gelernt, wer gut und wer schlecht ist. Und wie man die

Hand hebt, um den Führer zu grüßen. Sie haben mir alles erklärt, bis ich es lückenlos begriffen hatte. Sie haben mir vorgesagt, was ich nachsprechen mußte, und sie haben mir die Gedichte in die Hand gedrückt und am ersten Mai die Hakenkreuzfahne. Wo waren die Weisen dieser Zeit? Ich habe sie nicht gesucht, denn ich habe nicht gewußt, daß es sie gibt. Und sie sind nicht zu mir gekommen, bis ich reif fürs Militär war. Dort hat man einen Helden aus mir gemacht, ohne mich zu fragen, ob ich einer werden wollte oder nicht. Sie haben keinen von uns gefragt. Sie haben uns hierhergeschickt, ausgebildet und bewaffnet. Aber wer ist daran schuld? Ich? Oder du? Wer ist im Recht und wer im Unrecht? Die meisten von uns werden es nie erfahren, und wenn sie es erfahren, wird es zu spät sein, und deshalb werden sie nichts ändern können. So wie ich nichts ändern kann. Oder weißt du einen Ausweg?«

Sie schüttelte langsam den Kopf. Über ihnen war noch immer der Schritt des Russen.

»Frag mich nicht«, bat sie leise, »ich weiß keine Antwort. Ich kann dir auf nichts von allem eine Antwort geben ...«

An der Front wurde geschossen. Es mußten schwere Kaliber sein, denn das Gedröhn der Einschläge ließ die notdürftig zusammengeflickten Scheiben in den Fenstern erzittern.

»Schlaf«, sagte die Frau leise zu Bindig, »schlaf, wenn du kannst. Wir sind die, denen dieser Krieg und diese ganze verfluchte Zeit ihr Glück genommen hat. Wir und der da oben auch. Jedem ist es auf eine andere Weise genommen worden. Er hat es mir gesagt. Ihm haben wir es genommen. Ohne daß wir selbst es wollten. Wir haben anderen Unglück gebracht. Aber wir sind selber Unglückliche ...«

Sie lagen still. Über ihnen waren die Schritte und draußen das Gewummer der Artillerie. Und die weiße Nacht mit ihren blauen Schatten, ohne Sterne. Die Schreie der Verletzten waren in diesem Zimmer nicht zu hören und die verschwitzten Gesichter der Kanoniere nicht zu sehen. Das

Geratter der Maschinengewehre drang nicht bis hierher, und das Blut, das den Schnee befleckte, war weit entfernt. Und doch war alles in diesem Zimmer mit den zitternden Scherben in den Fensterrahmen und den Schritten des Russen, und der Frau, die lautlos an der Schulter des erschöpften Soldaten weinte.

Der blutige Schnee

Als Werner Zadorowski blinzelnd die Augen öffnete, sah er, daß sich jemand an Bindigs Gepäck zu schaffen machte. Es war noch nicht hell, und er konnte die Gestalt, die da herumhantierte, nur undeutlich erkennen. Er richtete sich langsam auf und zog die Knie an. Dabei merkte er, daß Paniczek neben ihm noch rasselnd schnarchte. Er hatte sich erst vor ein paar Tagen hier einquartiert. Auch der Obergefreite in der Ecke schlief noch. Er hatte am Abend eine Flasche Genever, zur Hälfte gemischt mit Rotwein, den sie zur Verpflegung erhalten hatten, ausgetrunken.
Zado setzte sich mit einem Ruck auf und sagte halblaut: »He, was suchst du da?«
In diesem Augenblick erkannte er Bindig. Er erhob sich schnell und reckte ein paarmal die verschlafenen Glieder.
»Nanu, Kleiner!« sagte er dann. »Das ist aber eine Überraschung! Ich denke, du kannst noch keinen Finger bewegen?«
Bindig begrüßte ihn und setzte sich auf den Strohsack. Er sah noch blaß aus im Licht der Stearinkerze, die Zado anzündete, und sein Gesicht war ziemlich schmal. Aber Zado verspürte ein Gefühl der Erleichterung darüber, daß Bindig überhaupt wieder da war. »Bleibst du«, fragte er, »oder bist du bloß gekommen, um was zu holen?«
Bindig schüttelte den Kopf. Er hockte auf dem Strohsack und kramte in den Taschen nach Zigaretten. Als er welche gefunden hatte, hielt er Zado eine hin und brannte sich selbst eine an. Dann sagte er: »Ich bleibe. Ich fühle mich wieder ganz gesund.«
Zado zog an der Zigarette und betrachtete Bindig. Sie

saßen einander gegenüber in dem gespenstischen Licht, das die am Boden stehende Kerze von unten her auf ihre Gesichter warf.
Es hat ihn verdammt mitgenommen, dachte Zado. Wie war das bloß möglich? Man weiß nicht einmal richtig, was ihm gefehlt hat. Nervenfieber? Jedenfalls war es keine Erkältung oder so etwas. Es hat ihn um ein paar Jahre älter gemacht. Man könnte glauben, jetzt einen richtigen Mann vor sich zu haben. Dabei ist er doch noch nicht viel mehr als ein bedauernswerter großer Junge, der sich in eine eigenartige Frau verliebt hat. Scheinbar nicht ohne auf Gegenliebe zu stoßen. Ob sie ihn nun wirklich liebt oder ob das so ein Verhältnis ist, das sich zwischen Bett und Waschbecken abspielt? Wer lehrt einen die Weiber kennen? Vielleicht hat sie doch nichts mit dem taubstummen Halbidioten, und es ist ihr ganz gelegen gekommen, daß Bindig sich in sie verliebt hat.
Die Weiber sind heute nicht viel mehr wert als irgendein Ausrüstungsstück, das man bekommt. Bloß, daß sie nicht ins Soldbuch eingetragen werden. Wer weiß, ob sie jemals mehr wert gewesen sind. Es ist vielleicht alles nur Einbildung, und sie sind genau wie wir, und dann braucht man kein Wort mehr darüber zu verlieren.
»Hat sie dich gepflegt?« erkundigte er sich.
Bindig lächelte. Dann sagte er knapp: »Sehr gut.«
»Kann ich mir denken«, sagte Zado und nickte. »Und jetzt?«
»Was jetzt?«
»Wie ich dich kenne, wirst du sie heiraten. Würde mich gar nicht überraschen. Ich war genauso. Das hat sich erst später gegeben.«
Bindig fragte nachdenklich: »Was hältst du davon, wenn ich sie heirate?«
Zado kniff die Augenlider zu einem schmalen Schlitz zusammen. Er zog an der Zigarette und sah Bindig dabei aufmerksam an. Er dachte, daß sie ihn doch jetzt schon eine

ganze Zeit in der Mache hätten, aber er hat trotzdem Vorstellungen von der Welt, wie sie ein Kind hat.
»Die Geschichte hat zwei Seiten«, sagte er langsam. Er polkte mit dem abgebrannten Streichholz an der Kerze herum. »Die eine Seite ist die, daß Alf deine Habseligkeiten nicht per Feldpost an sie zu schicken braucht, wenn du hops gehst. Er kann die paar Schritte zu Fuß gehen und ihr das Zeug persönlich überreichen. Die andere Seite ist die, daß sie sich in Zukunft ein bißchen wird vorsehen müssen, wenn sie einen anderen Mann zu sich nimmt. Kann sein, du kommst plötzlich und unerwartet vom Einsatz zurück und hast gerade noch eine schön lockere Hand.«
Bindig schüttelte den Kopf. Er sagte unwillig: »Mit dir kann man über solche Dinge nicht sprechen. Wenn es sich um Frauen handelt, bist du ein Schwein.«
»Das ehrt mich«, sagte Zado. »Würdest du einen Schnaps mit mir trinken?«
Bindig sagte nichts. Er wußte, daß man mit Zado nicht über Frauen sprechen konnte. Er wußte auch, warum das so war. Es kränkte ihn nicht, daß Zado Anna mit den gleichen Augen betrachtete wie die Huren, mit denen er sich abgegeben hatte. Aber er bedauerte es, daß er überhaupt mit niemandem über das sprechen konnte, was zwischen ihm und Anna war. Er sah, wie Zado aus seinem Gepäck eine Flasche hervorzog und Schnaps in zwei Trinkbecher einschenkte.
»Wo hast du den französischen Kognak her?« fragte er. »Habt ihr welchen bekommen?«
Zado hielt ihm einen der Becher hin und grinste. »Mein lieber Junge, im letzten Stadium dieses grandiosen Krieges, ganz kurz vor dem Endsieg, wird an einfache Soldaten kein Kognak mehr ausgegeben. Das müßtest du wissen. Das würde den Sieg verzögern. Um diese Zeit gibt es echten germanischen Zuteilungsschnaps und ein Produkt, das man fälschlicherweise als Rotwein bezeichnet, das aber viel besser als Rotwein ist, weil man es nämlich nicht trinken kann und sich deshalb die Füße damit wäscht. Das härtet die

Füße ab, und dieser Umstand erhöht die Marschleistung einer Truppe ganz beträchtlich. Prost!«
Sie tranken. Dann sagte Bindig: »Du hast dich überhaupt nicht verändert.«
Zado nickte. Er hatte den Becher zur Hälfte ausgetrunken und fühlte, wie der Kognak im Magen brannte. »Ich freue mich, daß dir das auffällt«, sagte er. »Ich bin überhaupt froh, daß du wieder da bist. Ich war regelrecht einsam.« Während sie tranken, rührte sich Paniczek. Er wälzte sich auf die andere Seite und murmelte ein paar leise Worte im Schlaf.
»Wie ist das überhaupt passiert?« wollte Zado wissen. Er war nur zweimal bei Bindig gewesen. Einmal hatte er im Fieber dagelegen, und beim zweitenmal war er noch zu schwach gewesen, um viel zu sprechen.
»Ich weiß auch nicht«, sagte Bindig nachdenklich, »mit einemmal war es eben zu Ende. Ich denke, es wird sich nicht so schnell wiederholen.«
Zado musterte ihn eine Weile. Dann fragte er: »Was war los mit dieser Harmonika? Du hast im Fieber fortwährend von einer Harmonika phantasiert.«
»Habe ich das? Wer hat es dir erzählt?«
»Wer schon! Anna.«
Sie hatte ihm selbst nichts davon gesagt. Nicht einmal, daß er überhaupt phantasiert hatte. Er wurde unsicher, aber er faßte sich schnell. Zado war nicht Timm.
»Du kannst das nicht wissen«, sagte er langsam. »Ich hatte keine Gelegenheit, es dir überhaupt zu erzählen. Wir haben eine Mine gelegt und einen Wagen hochgehen lassen.«
»Das weiß ich. Das hat mir Timm erzählt. Er ist sehr stolz darauf. Er hat gesagt, du hättest sehr geistesgegenwärtig gehandelt.«
»Hat er noch etwas erzählt?«
»Nein. Nur das. Er bekam gestern die goldene Nahkampfspange. Ich wette, er ist jetzt noch blau. Deine bronzene ist auch da. Vielleicht verleihen sie sie dir heute.«

»Das mit der Harmonika war so«, begann Bindig, »in dem Lastwagen saß eine Frau. Die spielte Harmonika, als die Mine den Wagen zerriß.«
»Habt ihr sie gefunden?«
»Ja. Nachher fanden wir sie.«
»Tot?«
Bindig schüttelte den Kopf. Er konnte jetzt wieder darüber sprechen. Es war vorbei. Es schien überwunden zu sein.
»Nein, nicht tot«, sagte er. Zado kratzte sich am Kopf. Er begann zu begreifen, was geschehen war.
»Und?« erkundigte er sich vorsichtig.
»Sie war schwer verletzt«, sage Bindig.
Zado nickte. Er fragte, ohne Bindig anzusehen: »Wer hat sie erschossen? Timm oder du?«
»Sie bekam ihre Pistole in die Hand«, sagte Bindig, »und sie wollte auf Timm schießen.«
»Ich verstehe«, nickte Zado, »jetzt ist mir das klar.«
»Nicht ganz.« Bindig blickte in den Trinkbecher, in dem noch ein Rest Kognak war. Er sagte: »Timm sah das genauso wie ich. Aber er ließ die Hände in den Hosentaschen und fragte nur, ob ich zusehen wolle, wie sie meinen Unteroffizier abknalle. So war das.«
Er trank den Rest Kognak und brannte sich eine neue Zigarette an.
Zado blickte düster auf die schmutzigen Dielen. Dann nickte er und sagte: »So ungefähr habe ich es mir auch vorgestellt. Jetzt ist mir klar, was dir gefehlt hat, als du zurückkamst.«
Er goß neuen Kognak in die Becher. Dann sagte er angeekelt: »Klaus Timm – dafür bekam er die goldene Spange. Er hat sie sich ehrlich verdient.«
Bindig fügte hinzu: »Und ich werde die bronzene dafür bekommen. Jedesmal, wenn ich sie ansehe, werde ich mich daran erinnern müssen.«
»Junge«, sagte Zado bedächtig, »du bist zu weich. Du bist nicht für diesen Krieg gemacht. Du bist zwar ein leidlicher

Soldat, aber du wirst trotzdem daran kaputtgehen. Ich kenne dich gut, du bist nicht der Mann dafür.«
»Möglich«, gab Bindig leise zurück, »und du?«
»Ich«, sagte Zado, »ich glaube, ich habe das hinter mir, was dich drückt. Bei mir ist es anders. Ich kann es auswischen. Einfach wie einen Satz, den der Lehrer in der Schule an die Tafel geschrieben hat. Es fällt mir nicht mehr schwer. Ich bin darüber hinweg. Aber du wirst es nicht schaffen.«
»Vielleicht geht es mir einmal ebenso«, meinte Bindig zögernd. »Manchmal glaube ich, daß ich auch eines Tages über gar nichts mehr werde nachdenken müssen.«
Aber Zado schüttelte den Kopf. »Du nicht. Du bist dafür nicht verdorben genug. Du bist einer von denen, die ihr Gefühl nicht ausschalten können. Ich weiß nicht, ob ich dich dazu beglückwünschen oder ob ich dich bedauern soll. Ich glaube, ich sollte dich beglückwünschen.«
»Sie haben wieder eine Gruppe drüben«, sagte er dann schnell. »Irgend etwas geht vor sich. Sie wollen unbedingt einen Gefangenen aus einem Stab im Hinterland haben. Mir kommt es so vor, als wollten sie fünf Minuten vor Toresschluß schon ganz genau die Leute kennenlernen, die von hier aus nach Berlin marschieren.«
»Und uns?« fragte Bindig. »Ob sie uns wieder einsetzen?«
Zado bewegte leicht die Schultern. »Sie werden erst wieder was unternehmen, wenn diese Gruppe zurück ist. Aber ich habe das Gefühl, als hätten sie einen Plan für eine ganz verrückte Sache. Timm weiß noch nichts, sonst hätte ich vielleicht ein paar Bemerkungen darüber aufgeschnappt. Aber jedenfalls haben sie etwas vor. Du wirst es sehen.«
Bindig sah nach der Uhr am Handgelenk. Der Tag war angebrochen.
Er fragte Zado: »Was gibt es für Dienst?«
»Leichte Sachen«, gab Zado zurück, »das sicherste Zeichen dafür, daß sie uns für ein verrücktes Ding brauchen.«
Bindig atmete tief. »Wie viele solche Dinge wird es noch geben?«

»Ich weiß es nicht«, sagte Zado leise, »aber die Russen wissen es. Ich wette, sie wissen heute schon den Termin, zu dem sie Berlin einnehmen werden.«
Paniczek wälzte sich wieder auf die andere Seite. Er hatte die Decke bis zum Hals gezogen. Die Haare hingen ihm wirr ins Gesicht. Der Mund war offen, und ein dünner Speichelfaden lief auf den Strohsack. Dann, als er sich herumgewälzt hatte, murmelte er halblaut: »Barbara ... und wird schon ... ich ... habe Barbara ... komm schon her ...«
»Halt die Fresse, du Trottel!« rief Zado ihn an. Als Paniczek sich regte, sagte er: »Du bist doch der größte Idiot in diesem ganzen Laden!«
»Ich ...« Paniczek richtete sich verschlafen auf und blinzelte in das Licht der Kerze. »Das war so ...«
»Ach«, sagte Zado, und Bindig wußte nicht, ob er wütend war oder scherzte, »das war deine Barbara! Hör auf damit. Sie schläft um diese Zeit gerade mit einem Leutnant von der Heimatflak oder mit einem uk-gestellten Parteibonzen. Sie kriegt bloß den Schluckauf, wenn du dauernd an sie denkst. Das ist in solchen Situationen verflucht peinlich, du solltest das wissen!«
Aus dem Nebenhaus kam das Geräusch einer zuschlagenden Tür. Dann knirschten Schritte über den Schnee, und der Posten, der die Tür aufriß, raunzte heiser: »Los! Auf, ihr Brüder! Hoch die Ärsche!«

Alf verlieh Bindig die Nahkampfspange persönlich. Er sagte ein paar Worte über seinen Mut, und dann heftete er ihm die Auszeichnung an die Uniform und drückte ihm die Hand. Die Kompanie war angetreten, und die Soldaten froren, weil sie während der ganzen Zeit stillstehen mußten. Alf zog schnell die Handschuhe wieder über. Ein wenig leiser, so daß es die angetretenen Soldaten nicht hörten, erkundigte er sich, ob Bindig wieder völlig gesund sei.
Bindig hob ein wenig den Kopf und antwortete: »Jawohl, Herr Leutnant. Ich fühle mich gesund.«

»Eine Art Fieber, was Sie da hatten. Haben Sie das öfter?«
»Ich hatte es zum erstenmal, Herr Leutnant.«
»Keine Nachwirkungen?«
»Ich denke nicht.«
»Ich will es hoffen. Sie werden gebraucht. Wir haben große Pläne.«
Am Nachmittag zog Timm mit seinem Zug ein paar hundert Meter hinter das Dorf zu einer Übung. Es hatte noch einige Nächte hindurch geschneit, und der Schnee war jetzt tief und weich. Er deckte die Felder völlig zu, so daß es nirgendwo mehr einen Fleck kahler Erde in dem weißen Einerlei der Landschaft gab. Darunter war der Boden steinhart gefroren.
Einmal hatte es getaut, aber nur einen halben Tag lang, und dann war der Frost wiedergekommen. Er hatte die letzte Feuchtigkeit aus den Ästen der Bäume gepreßt und sie mit einer dicken Schicht Reif überzogen. Die Krähenschwärme krächzten heiser über den verschneiten Feldern, und die Tiere hockten zuweilen in dichten Scharen am Boden. Mittags, wenn die Sonne den Schnee aufleuchten ließ, daß sein Glanz die Augen schmerzen machte, kamen die Flieger.
Sie waren nahezu unangreifbar, denn es gab kaum Flakgeschütze, nur ein paar verstreut aufgestellte Zweizentimeterkanonen. Aber die hüteten sich, auf die schnellen silbernen Vögel mit dem roten Stern unter den Tragflächen zu schießen, denn die Flieger wußten die Sonne auszunutzen. Hatten sie erst einmal Leben auf der Erde ausgemacht, dann stießen sie, mit der Sonne im Rücken, herab und schossen jede Abwehr zusammen. Niemand war sicher vor ihnen.
Sie griffen die Nachschubkolonnen an und die Postholer, sie ließen Raketen auf Artilleriestellungen und Etappendörfer herabzischen. Sie machten Jagd auf Maschinengewehrnester und selbst auf einzelne Melder, die sie auf der weißverschneiten Ebene unter sich erkannten. Timm verlangte an diesem Nachmittag nicht viel von seinem Zug. Er

ließ ausschwärmen und laufen und die Männer eine Stunde lang das lautlose Kriechen durch den lockeren Schnee üben. Er zog mit ihnen in ein Wäldchen, wo sie auf eiserne Kippscheiben schossen, und war zufrieden, wenn sie mit der Pistole bei drei Schüssen zwei Treffer aufzuweisen hatten. Er hetzte sie nicht und legte mehr Rauchpausen ein als gewöhnlich. Er ließ sogar eine Flasche billigen deutschen Wacholder, der nach Medizin und Kampfer schmeckte, reihum gehen und beendete den Dienst früher, als es im Plan vorgesehen war, den Alf aufgestellt hatte.
Das änderte sich auch in den folgenden Tagen nicht. Manchmal zogen sie nicht erst aus dem Dorf hinaus, sondern bekamen in einer Scheune, deren Dach halb abgerissen war, Unterricht im Minenlegen oder im Anbringen von Sprengkörpern.
Die Tage verflossen, ohne daß es größere Ereignisse gab. Es schien, als sei die Front eingefroren, als bestünde keine Aussicht darauf, daß sie in absehbarer Zeit an dieser Stelle zum Leben erwachen könnte.
Die Infanterie schoß wenig, und die schweren Geschütze brüllten nur selten auf. Am späten Nachmittag tasteten die sowjetischen Granatwerfer die deutschen Stellungen ab. Es waren immer einzelne Schüsse, die sie abgaben, und die Unerfahrenen schenkten ihnen keine Beachtung. Andere allerdings, die nicht das erste Jahr an der Front verbrachten, wußten, was diese vereinzelten Schüsse der Granatwerfer zu bedeuten hatten. Die Rote Armee schoß sich auf die deutschen Stellungen ein. Sie markierte ihre Ziele in der Hauptkampflinie und auf den Verbindungswegen, sie maß die Stellungen der deutschen Geschütze an und die nächsten Etappenorte. Die einzelnen Granaten krepierten wie zufällig in der Nähe von Abstellplätzen oder nicht weit von der Stelle entfernt, wo Panzer parkten.
In der klaren Luft über dem schneebedeckten Land kurvte die U2, jenes langsame Doppeldeckermaschinchen mit dem blubbernden Motor, von dem man glaubte, daß er je-

den Augenblick aussetzen müsse. Der Beobachter machte seelenruhig seine Aufnahmen aus dem Flugzeug, und dann und wann schwenkte er das Maschinengewehr auf dem Drehkranz herum und schoß eine Garbe zur Erde. Die Soldaten schossen nicht mehr nach ihm. Es war schwer, die Maschine zu treffen. Sie kam auch nachts, und dann war sie unberechenbar. Sie warf kleine Bomben, die manchmal nicht zündeten, und die Leuchtspur ihres Maschinengewehrs fiel wie eine grünliche Perlenschnur zur Erde. Sie nannten sie UvD. Aber es gab welche, die wußten, was es bedeutete, wenn diese Maschine Tag und Nacht mit dieser Beharrlichkeit über der Front kreiste und wenn zu gleicher Zeit die Granatwerfer sich einschossen und man hinter den russischen Schützenlinien das Gerumpel schwerer Motoren hörte.

In den ersten Löchern der deutschen Linie bekamen die älteren Soldaten besorgte Gesichter. Sie sahen sich nach einem Rückzugsweg um, und dabei merkten sie, daß die glatte Ebene hinter ihnen keinen Schutz und keine Deckung bot. Es gab vereinzelt Bäume und nur ab und zu ein paar Büsche. Erst weit hinten begann der Wald. Aber bis man dort war, hatten einen die Granatwerfer oder die Stalinorgeln schon erwischt. Die Soldaten in den zugewehten Löchern hatten keinen Zweifel mehr darüber, daß der Angriff von drüben zu jeder Stunde beginnen konnte. Und dieser Angriff bedeutete für sie Rückzug. Aber es waren sehr schlechte Rückzugsmöglichkeiten in dem Gelände zwischen der Front und dem Dörfchen Haselgarten.

Um diese Zeit gab es in der Aufklärungskompanie kaum einen, der nicht wußte, daß es in wenigen Tagen einen Großeinsatz geben würde. Bindig, der sich abends meist bei Anna aufhielt, sagte ihr nichts davon. Aber Georgi kannte die Angriffstaktik seiner Armee. Es war tiefer Winter, und über Nacht konnte es große Schneefälle geben. Dazu kamen die U2-Maschinen, die ununterbrochen das Gebiet überflogen, und es kamen die vereinzelten Einschläge

dazu, die Georgi von Haselgarten aus wahrnehmen konnte, weil es still war und nichts weiter an Geräuschen gab als diese einzelnen Detonationen.
Er hockte auf den Stufen zur Haustür, als Bindig kam. Er wollte ihm ausweichen. Aber Bindig hielt ihn zurück.
»Was ist los, Georgi?« fragte er ihn. »Warum sitzen Sie hier draußen?« Der Russe gab nur zögernd Antwort. Er hatte seit dem Zusammentreffen in seiner Kammer nur wenig mit Bindig gesprochen. Er hatte es vermieden, ihm zu begegnen.
Bindig hatte eines Tages noch erfahren, daß er Offizier gewesen war. Es hatte ihn nicht sonderlich überrascht, denn nicht nur der Umstand, daß dieser Russe die deutsche Sprache beherrschte, sprach dafür, daß er eine hohe Bildung besaß.
»Ich habe hier die beste Gelegenheit nachzudenken«, sagte er zu Bindig. »Man denkt über manches nach.«
Bindig zog aus seiner Hosentasche zwei Päckchen Zigaretten. Es waren billige »Möwe«, denn es gab seit einiger Zeit keine guten Zigaretten mehr für die Kompanie. Er hielt Warasin eine der Packungen hin und sagte: »Nehmen Sie. Oder rauchen Sie nicht mehr?«
Der Russe schüttelte den Kopf. Er lächelte ein wenig, als er sagte: »Doch, ich rauche schon.«
Er griff nicht zu, und Bindig legte ihm die Zigaretten einfach auf die Schulter. Da nahm er sie. Sie rauchten gemeinsam, vor dem Haus stehend. Anna hatte noch nicht bemerkt, daß Bindig da war.
»Worüber denken Sie nach?« fragte Bindig. »Über zu Hause?«
»Auch über zu Hause«, sagte Warasin einsilbig.
»Moskau?«
»Sie wissen, daß ich aus Moskau bin?«
»Ich habe es mir gedacht«, sagte Bindig, »zufällig stimmt es. Haben Sie Familie?«
»Ich bin verheiratet.«

Bindig sah ihn an, und Warasin fügte hinzu: »Meine Frau ist auch in der Armee. Ich weiß nicht, an welcher Front.«
Die Harmonika, dachte Bindig, so eine wie diese Frau, die dich mit Augen ansieht, die du mit dir herumschleppst, bis du alt und grau bist oder bis du jung krepierst. Das sind ihre Frauen. Er stäubte nervös die Asche von der Zigarette und wußte nicht, was er sagen sollte. Er wollte mit diesem Russen sprechen, aber immer, wenn er dazu ansetzte, spürte er die unsichtbare Mauer, die sich zwischen ihnen auftürmte.
Da stand Bindig, der zu Anna kam, um für ein paar Stunden Ruhe bei ihr zu suchen, bis er sich wieder von ihr trennen mußte, um das Handwerk weiterzuführen, zu dem sie ihn ausgebildet hatten. Und da stand ihm gegenüber Warasin, der ohne nennenswerte Erregung sagte, daß seine Frau in der Armee diente und er noch nicht einmal genau sagen könnte, an welcher Front. Er versuchte es, Warasin näherzukommen. Er sagte leise: »Es ist nicht gut, daß sie bei Ihnen die Frauen in den Krieg schicken. Es ist ...«
Er hatte es ganz anders sagen wollen, aber es gelang ihm nicht, denn in diesem Augenblick sah er so deutlich wie damals in der Nacht die großen schwarzen Augen der Harmonikaspielerin und verstummte.
Warasin bewegte leicht die Schultern. Dabei sagte er: »Sie schicken die Frauen nicht. Die Frauen gehen selbst. Es ist sehr nötig, daß alle gehen, die den Mut haben.«
»Frauen gehören nicht an die Front«, beharrte Bindig eigensinnig, »das ist kein Handwerk für Frauen. Sie kommen um dabei.«
Warasin widersprach ihm nicht Er sagte nur nach einer Weile, dem Rauch seiner Zigarette nachblickend: »Ich glaube, eine Frau, die bei der Armee steht, hat mehr Aussichten, am Leben zu bleiben, als eine, die in ihrem Heimatort die deutsche Besatzung ertragen muß.«
»Das glauben Sie?«
»Es ist erwiesen«, sagte Warasin. »Es lohnt nicht, darüber zu streiten, denn es gibt Leute genug, die sich in den Ge-

bieten umgesehen haben, die einmal von den Deutschen besetzt waren.«
»Haben Sie es selbst gesehen?«
»Ich bin durch ganz Belorußland gekommen. Sie werden nach dem Krieg Gelegenheit haben, Dokumente darüber zu sehen.«
»Nach dem Krieg?« sagte Bindig. »Für Sie ist das Ende des Krieges bereits beschlossen. Ist das nicht voreilig?«
Warasin bewegte leicht den Kopf. »Es ist sicher, daß dieser Krieg zu Ende geht. Die deutsche Armee wird zusammenbrechen. Das ist das Ende des Krieges und das Ende Hitlers. Ich hoffe, es mitzuerleben. Ich habe hart dafür gekämpft.«
»Sie können es hier abwarten«, sagte Bindig mit einer Nuance Spott, »Sie sind dann sicher, daß Ihnen bis dahin nichts geschieht. Oder stimmt es, daß man in Ihrer Armee diejenigen zum Tode verurteilt, die sich in Gefangenschaft begeben?«
Warasin warf den Zigarettenstummel in den Hof. Er blickte Bindig an. »Ich habe mich nicht ergeben«, sagte er. »Ich kann das, was ich getan habe, zu jeder Zeit vor meiner Heimat verantworten. Und überdies scheinen Ihre Offiziere nicht viel von unserer Armee zu wissen. Sie würden Ihnen sonst nicht solchen Unsinn erzählen.«
Bindig hörte Anna im Flur mit den Stalleimern klappern. Er wartete, bis sie wieder in der Küche war. Dann sagte er: »Es interessiert mich nicht besonders stark. Aber Sie werden sicher bald Gelegenheit haben, Ihre Leute hier zu begrüßen. Oder glauben Sie, daß Ihre Armee sich in den Stellungen, die sie hier angelegt hat, für die Ewigkeit einzurichten gedenkt?«
Zum erstenmal lächelte Warasin. »Ich bin überzeugt, daß sie kommen werden«, sagte er. »Es gibt nichts auf der Welt, was so sicher ist.«
»Alles ist bei Ihnen sicher«, sagte Bindig. »Es gibt nichts, was Sie nicht ganz sicher wissen und voraussagen können. Manchmal kommt mir das eigenartig vor.«

Warasin lehnte sich an die Tür und hob die Schultern. Er sagte: »Es ist gar nicht so eigenartig. Wir haben unser Bild von der Welt. Wir wissen, was wir wollen, und wir wissen auch, woran unsere Gegner zugrunde gehen werden.«

»Sie meinen Deutschland?«

»Ja, Deutschland.« Warasin fügte nach einer Weile hinzu: »Das Deutschland Hitlers.«

»Es wird zugrunde gehen?«

»Ich sagte es bereits.«

»Woran?«

Warasin lächelte. »Daran, daß wir es besiegen werden. Wir werden es gründlich tun.«

Er zeigte keine Überraschung, als Bindig sagte: »Möglich. Ich weiß es nicht. Sie haben die stärkeren Waffen. Sie haben mehr Menschen und den längeren Atem.«

»Das ist eine militärische Frage«, sagte Warasin ruhig. »Sie ist sicher eine entscheidende Frage, aber sie ist von einigen Dingen abhängig, die Sie nicht berücksichtigen. Oder vielleicht wollen Sie nichts davon wissen. Sie haben die Menschen nicht hinter sich.«

»Sie meinen, Hitler hat die Menschen nicht hinter sich.«

»Ich stimme Ihnen zu«, antwortete Warasin. »Es scheint, daß Sie sich von Hitler distanzieren wollen.«

»Hören Sie«, sagte Bindig, »Sie sind Russe, und ich bin Deutscher. Wir haben Krieg miteinander. Die Frage nach Hitler kommt erst ein wenig später.«

»Ganz recht, aber Hitler hat den Krieg begonnen.«

»Mag sein, daß Sie auch darin recht haben. Aber wie kommen Sie zu der Überzeugung, daß unsere Menschen nicht hinter Hitler stehen? Unsere Menschen führen schließlich diesen Krieg.«

»Leider. Aber ich bin trotzdem der Meinung, daß die Mehrzahl der Deutschen nicht hinter Hitler steht.«

»Das ist eine gewagte Behauptung«, sagte Bindig. »Bewahren Sie sich vor Illusionen.«

Warasin nickte. Dann fragte er plötzlich sehr leise: »Stehen Sie hinter Hitler?«
Bindig schwieg. Die Frage überraschte ihn nicht. Sie hatte kommen müssen, das Gespräch hatte sich auf sie zu bewegt. Aber er wußte trotzdem nicht, wie er antworten sollte. Schließlich sagte er: »Ich bin Soldat. Ich kämpfe gegen Ihre Armee. Zu wem ich stehe, spielt dabei absolut keine Rolle.« Er sah in das lächelnde Gesicht Warasins, der ihm antwortete: »Ich halte Sie für einen Menschen, der zwar in Hitlers Armee kämpft, aber mit Hitlers Kriegszielen nichts gemein hat. Ich habe erst, seit ich mich hier aufhalte, begriffen, daß es so etwas gibt. Früher habe ich mir das ein wenig anders vorgestellt. Ich habe geglaubt, daß es eine unzerstörbare Einheit zwischen dem System Hitlers und den Leuten gibt, die den Krieg für dieses System ausfechten. Aber ich habe begreifen gelernt, daß diese Einheit eine sehr brüchige Angelegenheit ist. Es gibt so etwas wie eine gewisse Trägheit des Denkens unter Ihnen. Sie hindert solche Menschen wie Sie daran, einfach mit dem System, für das sie kämpfen, zu brechen. Und dann gibt es die Vorstellungen, die man Ihnen über unser Land und unsere Menschen eingehämmert hat. Wenn es die Deutschen fertigbrächten, selbst zu denken und sich von dem, was sie glauben, und von der Richtigkeit dessen, was sie tun, selbst zu überzeugen, dann täten sie sehr gut daran.«
Bindig hörte ihm unbewegt zu. Insgeheim bewunderte er den Russen, denn es gehörte Mut dazu, in seiner Situation derartiges zu sagen. Doch vielleicht war das gar kein Mut, sondern nur die Sicherheit, die in der Überzeugung ihren Ursprung hatte, daß Bindig ihn nicht verraten konnte, ohne Anna zu gefährden.
»Was wollen Sie?« fragte er. »Wollen Sie mich dazu bewegen, daß ich zur Sowjetarmee überlaufe?«
Der Russe sagte höflich: »Ich wünschte, ich könnte das.«
»Wenn es nach Ihnen ginge, dann sollte ich den Rest mei-

nes Lebens unter der Aufsicht eines Kommissars in Sibirien verbringen?«

»Sibirien hat heiße Sommer und eiskalte Winter«, sagte der Russe, »aber der Rest Ihres Lebens dürfte erheblich länger sein als der Rest von Leben, der dem Hitlersystem verbleibt.«

»Sie geben sich viel Mühe, mir Ihre Ideen zu erklären. Weshalb eigentlich? Ich bin Soldat. In Ihren Augen bin ich sogar ein unmittelbarer Feind. Sie wissen, warum ich Sie nicht ausliefern kann. Aber glauben Sie denn, ich hätte es nicht getan, wenn die Dinge auch nur ein klein wenig anders gelegen hätten?«

»Ich bin überzeugt, daß Sie es getan hätten«, antwortete der Russe. »Aber trotzdem halte ich Sie für einen Menschen, bei dem es sich lohnt, ihm zu erklären, daß er für eine unrechte Sache kämpft. Erinnern Sie sich an den Abend, an dem Sie versuchten, mit Ihrem Messer die Fleischbüchse zu öffnen? Sie sind einer von denen, die noch nicht an Hitlers Gift zugrunde gegangen sind. Sie sind ein kluger Mensch. Die Anstrengungen, die Sie für eine schlechte Sache unternehmen, sind einer besseren wert. Sie sollten rechtzeitig aufhören, einer verlorenen Sache zu dienen, und sich einer besseren zuwenden.«

»Und wenn ich das nicht tue?«

»Ich habe versucht, Ihnen einen Rat zu geben.«

Nach einer Weile fügte er hinzu: »Aber über Ihr Leben und Ihre Zukunft entscheiden Sie natürlich selbst.«

Bindig brannte sich eine neue Zigarette an. Er blickte über den Hof und sah die Häuser des Dorfes weit hinten sich in den Schnee ducken. Eine U 2 tuckerte von Osten her auf das Dorf zu. Sie flog nicht hoch. Beim Dorf angelangt, zog sie eine Kurve und schoß eine Trommel aus dem Maschinengewehr leer.

»Jetzt schießen sie schon am hellen Tag in die Häuser«, murmelte Bindig undeutlich.

Der Russe schien es verstanden zu haben, aber er ließ sich

nichts anmerken. Nach einer Weile fragte er unvermittelt: »Haben Sie einmal Schiller gelesen?«
»In der Schule. Es ist eine Weile her.«
»Sie sollten ihn jetzt lesen.«
»Ich könnte ihn mir in der Frontbuchhandlung kaufen«, sagte Bindig, »für eine Mark fünfundneunzig. Die Feldpostausgabe von ausgewählten Werken Schillers. Was versprechen Sie sich davon, wenn ich das jetzt lese?«
Der Russe zuckte mit den Schultern und schwieg.
»Hören Sie«, sagte Bindig nachdenklich, »als ich ausgebildet wurde, hatte ich einen Offizier, der Bücher las. Der erfuhr, daß ich mir auch etwas aus Büchern mache. Da empfahl er mir, wenn ich einmal an der Front sein würde, immer zwischen zwei schweren Gefechten in einer ruhigen Stunde Schiller zu lesen. Das würde mir Kraft und Mut geben. Ich habe es unterlassen, das zu tun.«
Der Russe folgte schweigend mit seinem Blick der U 2, die hoch über dem Dorf eine Schleife zog und mit den Tragflächen wackelte. Dann sagte er: »In unserer Armee gibt es Leute, die Schiller lesen, um sich von ihm Kraft dafür zu holen, die Deutschen von Hitler und seinem System zu befreien.«
Bindig bewegte leicht die Hand. »Lassen wir das«, sagte er, »es führt zu nichts. Warum haben Sie eigentlich nie den Versuch gemacht, über die Front zu Ihren Truppen zurückzukommen?«
Der Russe schwieg eine Zeitlang. Er war nicht verlegen. Er beobachtete die U 2, die aus der Höhe herabglitt und mit surrendem Motor über dem Dorf kreiste, ab und zu ein paar Schüsse abfeuernd.
»Da ...«, sagte er schließlich, auf das Flugzeug deutend. »Unsere Piloten nehmen Maß ...«

An einem der nächsten Tage war es, als bei der Kompanie die fünf Russen eintrafen. Sie kamen eines Morgens zu Fuß anmarschiert, die Mantelkragen mit dem Reif ihres Atems bedeckt, müde, aber mit flinken Augen. Kleine, nicht mehr junge Männer mit breiten Gesichtern. Der deutsche Gefreite, der sie begleitete, lieferte sie bei Alf ab und entfernte sich wieder. Er schlug den Weg ein, den er mit den Russen gekommen war, und er marschierte durch das Dorf in Richtung auf die Straße, die nach Westen führte. Zado war unterwegs gewesen. Er hatte Kaffee geholt und Brot empfangen. Er stand mit einem Arm voller Brote vor seinem Quartier, als der Gefreite herankam. Zuerst merkte er nicht, daß sich ihm von hinten Timm näherte. Aber dann hörte er die Schritte des Unteroffiziers und drehte sich zu ihm um. Timm hatte die Russen von seinem Quartier aus über die Straße marschieren sehen. Er hatte sofort gemerkt, daß es Russen waren, obgleich sie deutsche Uniformen trugen. Er rief den Gefreiten an, der unwillig stehenblieb: »He, was bringst du da für Beutegermanen angeschleppt?«

»Fünf Mann«, gab der Gefreite zurück, »sind bei eurem Chef.«

»Das habe ich gesehen«, brummte Timm ärgerlich, »oder meinst du, ich könnte nicht zählen?«

Der Gefreite grinste. »Zählen können ist heutzutage wichtig. Zum Beispiel die paar Zigaretten, die es zur Verpflegung gibt.«

»Reg mich nicht auf!« fauchte Timm. Aber er griff in die Tasche und warf dem Gefreiten eine Zigarette zu. Es war ein alter Mann, der nicht sehr gerade ging, und sein Gesicht war wie braunes Leder. »Russen«, sagte er, als er die Zigarette angebrannt hatte, »damit euer Haufen endlich mal lernt, wie Krieg geführt wird.«

»Jesus Maria«, knurrte Timm gereizt, »spätestens bei der nächsten solchen Antwort verlierst du ein paar Backenzähne, wenn du noch welche hast! Was sollen die Kerle hier?«

»Schwager«, sagte der Gefreite gemütlich, »ich bin nicht Jesus, und ich weiß nicht alles. Ich hab sie nur hierherge-

bracht. Was sie hier sollen, weiß euer Chef. Die Zigarette ist gut. Habt ihr mehr davon?«
»Verschwinde!« riet ihm Timm wütend. »Hau ab, ehe dich die Schweine beißen!« Dann schlug er den Weg zu Alf ein, und Zado stieß mit dem Ellenbogen die Tür zur Unterkunft auf. Er ließ die Brote auf den Tisch fallen und stellte das Geschirr mit dem Kaffee daneben. Dann sagte er zu Bindig: »Es geht wieder los, Kleiner. Eben sind fünf Wlassow-Russen angekommen. Das gibt wieder eine Himmelfahrt. Wenn ich bei dem Einsatz krankschieben könnte, wäre mir wohler ...«

Eine Stunde später standen sie angetreten, und Timm blätterte in seinem Notizbuch. Er las vor: Zadorowski, Bindig, Paniczek ...« Danach las er noch sieben andere Namen.
»Raustreten!« befahl er dann. »An der Schreibstube auf mich warten.«
Sie stapften davon, während er den Rest der Kompanie zum Dienst einteilte.
Vor der Schreibstube spuckte Zado geräuschvoll in den Schnee und schob sich die Mütze ins Genick. Während er sich das verfilzte Haar kratzte, sagte er gleichgültig zu den anderen: »Jungens, seht euch unser Nest noch einmal genau an. Mir scheint, wir unternehmen eine Reise mit wenig Gepäck. Wenn wir nicht zurückkommen und tot sind, dann sind wir in der verkehrten Richtung gefahren.«
Timm kam wenige Augenblicke später. Er rief schon von weitem: »Los, los, steht nicht da herum wie die Kaffern! Antreten! Oder glaubt ihr, ich will Geburtstag mit euch feiern?«
Die zehn stellten sich auf, und Timm lief an ihnen vorbei in das Haus.
Alf saß in der Schreibstube und sprach mit den fünf Russen. Sie beherrschten alle ein paar Brocken Deutsch und verstanden vor allem die militärischen Kommandos. Einer

von ihnen dolmetschte, was die anderen nicht verstanden. Es waren Männer, die im Vergleich zu den Soldaten der Aufklärungskompanie sehr alt zu sein schienen. Timm versuchte, während er sie musterte, zu ergründen, was hinter dem eigenartigen Ausdruck ihrer Gesichter steckte. Es waren keine ängstlichen, auch keine mißtrauischen Gesichter, und doch waren sie beides zugleich.

Timm überlegte insgeheim, was diese Männer zu leisten imstande wären.

Wartet, dachte er, ich werde mir euch genau ansehen! Ich werde euch hetzen, bis ihr die Lunge aus dem Hals verliert, und wenn ihr nicht ohne Lunge weiterrennt, könnte ihr wieder hingehen, wo ihr hergekommen seid, so wahr ich Klaus Timm heiße!

»Fertig?« fragte Alf. Timm legte die Hand vorschriftsmäßig an die Mütze und erwiderte: »Fertig, Herr Leutnant. Die zehn Mann sind draußen angetreten.«

»Danke.« Alf wandte sich wieder an den Russen, der den anderen dolmetschte: »Sie werden nun in eine Gruppe der Kompanie eingegliedert und machen heute Ihren ersten Dienst mit. Auf Abruf werden wir zum Übungsplatz fahren und von dort aus zum Einsatz.« Der Russe übersetzte es den anderen. Sie zeigten keine Bewegung.

»Versuchen Sie«, sagte Alf, »mit den übrigen Soldaten der Gruppe bekannt zu werden, so gut es geht. Sie werden aufeinander angewiesen sein. Es ist gut, wenn einer den anderen kennt. Vereinbaren Sie untereinander einige Worte, mit denen Sie sich in bestimmten Fällen schnell verständigen können. Unteroffizier Timm wird Ihnen dabei Anleitung geben. Die übrigen Soldaten, mit denen zusammen Sie eingesetzt werden, sind erfahrene Leute. Achten Sie immer darauf, was sie tun, sie werden nicht zum ersten Male eingesetzt. Sie kennen sich aus.«

Der Russe übersetzte wieder. Dann fragte Alf: »Haben Sie noch irgendwelche Nachrichten an jemand zurückzulassen, bevor Sie zum Einsatz gehen?«

»Nein«, antwortete der Russe, »wir haben niemand etwas zu bestellen.«
»In Ordnung.« Alf erhob sich. »Dann treten Sie draußen mit den übrigen Soldaten zusammen an.«
Als sie die Stube verlassen hatten, erkundigte sich Timm familiär: »Leutnant, was sind das für Figuren? Sie machen mir den Eindruck, als ob sie entweder große Ganoven sind oder reingefallene Drückeberger.«
Alf lächelte mit einem gelangweilten Ausdruck im Gesicht. Er ging auf Timm zu und blieb vor ihm stehen.
»Ehrlich gesagt, beneide ich Sie nicht um diesen Einsatz.«
»Wo kommen die her?« wollte Timm wissen. Er steckte die Daumen hinter das Koppel und sah Alf fragend an. »Und wozu brauchen wir sie?«
»Sie kommen von diesem Wlassow-Haufen«, gab Alf zurück. »Ich habe nur eine kurze Mitteilung von der Division. Ehemalige Häftlinge, die bei uns Dienst leisten. Sind von uns befreit worden und tun das aus Dankbarkeit oder Haß gegen den Bolschewismus, ich weiß es nicht.«
»Häftlinge?« fragte Timm gedehnt. »Politische?«
Alf zuckte die Schultern. »Man gibt uns darüber keine so genaue Auskunft. Vermutlich weiß die Division das selbst nicht so genau. Es ist wohl kaum noch zu kontrollieren. Kann uns auch gleich sein. Die Tatsache, daß es sich um Leute handelt, die von den Bolschewiken strafrechtlich verfolgt wurden, gibt uns die Sicherheit, daß sie auf Biegen und Brechen zuschlagen werden.«
»Strafrechtlich verfolgt ist gut!« bemerkte Timm grinsend. »Und was sollen ausgerechnet wir mit ihnen anstellen?«
»Abwarten«, riet ihm Alf, »spätestens heute abend ist der Einsatzbefehl zu erwarten. Ich vermute, daß es eine Sache ist, bei der wir Leute brauchen, die Russisch sprechen.«
Wieder grinste Timm. »Das habe ich mir beinahe gedacht. Aber da schickt man sie uns erst einen Tag vorher?«
»Nehmen Sie die Brüder heute noch einmal richtig ran«, sagte Alf, »verlangen Sie etwas von ihnen.«

»Darauf können Sie sich verlassen!« grinste Timm gemütlich. »Ich werde ihnen die Knochen weich machen. Die werden noch mit Sehnsucht an ihre Zellen zurückdenken!«
Er trat mit Alf vor die Tür, und die Männer standen still. Timm musterte sie eine Weile, dann fauchte er ganz plötzlich und unerwartet: »Hinlegen!«
Die Russen waren die letzten, die sich zu Boden warfen. Sie hatten das kurze, scharfe Kommando nicht verstanden und erst reagiert, als sie sahen, daß sich die deutschen Soldaten in den Schnee fallen ließen. Timm stemmte beide Arme in die Seiten. Dann sagte er ganz leise: »Auf!«
Als sie standen, ging er dicht an die Reihe der Männer heran und sagte drohend: »Ihr seid lahm geworden. Zu lange gebummelt. Wollt ihr eigentlich zu einem Tanzabend mit Nachrichtenmädchen, oder wollt ihr zum Einsatz, he?«
Es blieb still. Da fuhr Timm blitzschnell herum und schrie den Dolmetscher der Russen an: »Vielleicht machen Sie Ihr Maul auf und erklären den anderen, was ich sage! Oder haben Sie mich auch nicht verstanden?«
»Jawohl«, sagte der Russe forsch.
»Jawohl ... jawohl ...«, äffte Timm ihn nach. »Hat der Mensch Töne? Wie heißt das?«
»Jawohl, Herr Unteroffizier.«
»Das üben wir noch!« versprach Timm. »Los, übersetzen Sie schon!« Der Russe sprach zu den anderen. Sie hörten ihm unbewegt zu.
Alf stand ein paar Schritte entfernt und sah mit auf dem Rücken verschränkten Armen zu. Als der Russe mit dem Übersetzen fertig war, wandte sich Alf an Timm und sagte: »Ich komme nachher zu Ihnen. Rücken Sie ab.«
»Jawohl, Herr Leutnant!« erwiderte Timm. »Rechts um, ohne Tritt marsch. Richtung Flußufer.«
Er ließ sie auf der verschneiten Wiese am Fluß halten und blieb selbst zwanzig Schritt entfernt stehen. Dann befahl er Zado zu sich. Der lief heran und baute sich vor ihm auf. Die anderen waren zu weit entfernt, um verstehen zu können,

was Timm sagte. Er grinste Zado an und sagte leise: »Um zu vermeiden, daß ihr mich für übergeschnappt haltet: Ich werde heute was mit euch anstellen. Wir haben die Russen dabei, die müssen dressiert werden. Ihr habt Pech, daß ihr mitmachen müßt. Aber das gleichen wir später aus. Verstanden?«
»Wie immer!« grinste Zado. »Fliegen die mit?«
»Wenn sie nicht in den nächsten paar Stunden sterben, ja«, sagte Timm. »Und du sagst den anderen Bescheid. Strengt euch an. Verstanden?«
»Verstanden«, antwortete Zado. Timm warf einen Blick auf die Soldaten, die abwartend am Ufer standen. Dann brüllte er Zado plötzlich an: »Hinlegen!«
Zado ließ sich gehorsam in den Schnee fallen. Als Timm ihn aufstehen ließ, war er von oben bis unten weiß.
»Wie heißt das?« brüllte Timm.
»Verstanden, Herr Unteroffizier!« brüllte Zado zurück.
»Eintreten!«
Zado lief zu den anderen zurück, und Timm zog die Trillerpfeife aus der Rocktasche. Er schlenderte langsam auf die Soldaten zu. Als er vor ihnen stand, erklärte er mit seiner hellen Stimme:
»Herrschaften! Ihr seid die Gruppe, die den nächsten Einsatz macht. Es wird ein harter Einsatz, das weiß ich jetzt schon, und es werden harte Männer gebraucht, keine Waschlappen. Ihr habt lange Ruhe gehabt, und die Knochen sind eingerostet. Unterwegs brauchen wir aber anständige Knochen, und die werde ich euch heute noch schnell machen, bevor es abgeht. Harte Knochen und eine starke Lunge. Wenn ihr die nicht habt, werdet ihr drüben liegenbleiben, und keiner kann euch helfen. Ihr werdet mir noch dankbar für das sein, was wir heute machen. Und wenn sich einer über die Behandlung beschweren will, dann soll er das schriftlich tun und bei mir abgeben. Ich leite es an den Kompaniechef weiter. Der früheste Termin, eine Beschwerde abzugeben, ist übermorgen abend. Noch Fragen?«

Der Russe übersetzte gedämpft. Timm wartete, bis er damit fertig war. Dann sagte er ruhig: »Stahlhelm auf. Handschuhe aus. Laufschritt ...«
Er ließ sie im Kreis laufen. Nach einer halben Stunde setzte er zum erstenmal das Fernglas an und betrachtete ihre Gesichter. Es war neun Uhr. Er ließ die Gasmasken aufsetzen.
Zado murmelte, während er die Maske umband, zu Bindig, der neben ihm stand: »Bis zum Mittagessen sind wir fertig.«
Timm ließ sie mit aufgesetzten Masken durch den Schnee kriechen. Er achtete darauf, daß sie immer durch frischen, unberührten Schnee krochen, der noch nicht festgetrampelt war. Er erwischte nacheinander drei, die ihre Gasmaskenfilter gelockert hatten. Es waren zwei Russen dabei. Er bestimmte drei andere, unter ihnen auch Bindig, und befahl: »Ihr seid verwundet.« Dann ließ er die Männer, die ihre Filter gelockert hatten, um besser Luft zu bekommen, die drei anderen auf den Rücken nehmen und tragen. Der erste brach nach zwanzig Schritten zusammen, aber er raffte sich wieder auf und schleppte seine Last weiter. Nach weiteren zwanzig Schritten torkelte er gegen einen anderen, und sie stürzten in den Schnee. Der dritte blieb keuchend bei ihnen stehen und setzte seine lebende Last ab.
Timms Stimme war in diesem Augenblick wie die eines keifenden Weibes. Er ließ die anderen eine Pause machen und hetzte die drei mit den Gasmasken hinunter zum Fluß. Das Wasser war dick gefroren, es hatte darauf geschneit, und es war wieder gefroren. So bestand die Oberfläche aus rauhem, körnigem Eis, dessen Risse und Kanten messerscharf waren. Timm blieb am Ufer stehen, die Trillerpfeife im Mund, die Hände hinter dem Rücken. Er kniff die Augen zusammen, und dann hetzte er die drei Männer über das Eis. Er gab keine Kommandos mehr, er pfiff nur noch, ohne die Hand an die Trillerpfeife zu legen. Pfiff er einmal, so bedeutete das für die Männer, daß sie zu laufen hatten. Pfff er

zweimal, hatten sie sich hinzuwerfen und vorwärts zu kriechen. Timm pfff in regelmäßigen Abständen von einer halben Minute. Um zehn Uhr waren die Kombinationen der drei Männer an den Knien und an den Ellenbogen zerfetzt. Timm kommandierte: »Achtung!« Er ließ die Männer ein paar Minuten auf dem Eis stehen. Sie schwankten.
»Los!« sagte Timm zu den anderen. »Das Kommando heißt ›Unsichtbar machen‹.« Er wies ihnen ein Stück der ebenen Schneefläche zu, an die sich im Westen der Wald anschloß.
»Einzeln unsichtbar machen. Die Maschinenpistole muß auf meine Gestalt hier am Ufer zielen, der Mann darf nicht zu sehen sein. In einer Viertelstunde nehme ich das Glas. Wer zu sehen ist, tanzt mit auf dem Eis. Ab!«
Er drehte sich um und ging zum Ufer zurück. Die drei Soldaten standen noch auf dem gleichen Fleck.
»Laufen! Ihr Bettpisser!« Er stemmte die Fäuste in die Seiten, und die Trillerpfeife klemmte wieder zwischen den Zähnen. Er pfiff, und die Soldaten liefen oder krochen über das Eis. Er nahm die Pfeife nur aus dem Mund, wenn er ihnen ein Schimpfwort zuschrie. Nach zehn Minuten brach einer der Russen zusammen und blieb auf dem Eis liegen. Er bewegte schwach den Kopf, war aber nicht in der Lage, sich zu erheben. Timm machte einen Satz auf das Eis, und dann stand er vor dem am Boden Liegenden.
»Auf!« schrie er. »Hinlegen!« Er wiederholte es mehrmals, ohne daß der Mann den Befehl befolgte. Timm kniff die Augen zusammen. Er schob das Kinn vor und brüllte den Mann ohne Unterbrechung an. Er hämmerte mit der ganzen grausamen Suggestionskraft seiner Stimme so lange auf ihn ein, bis sich der Mann bewegte. Zuerst machte er nur den schwachen Versuch, die Beine anzuziehen. Sofort schrie Timm: »Auf, marsch!« Der Mann erhob sich mühsam. Aber er stand kaum auf den Beinen, als Timm ihm zu laufen befahl. Der Mann lief. Er torkelte ein Stück, doch dann lief er wieder normal. Timm grinste mit verkniffenem Gesicht hinter ihm her. Als der Mann nach dem ersten Hinle-

gen verhältnismäßig schnell wieder auf die Beine kam, wußte Timm, daß er gesiegt hatte. »Vorwärts, ihr Drecksäcke!« Er ging ans Ufer zurück und rief ihnen von da aus zu: »Gasmasken ab! Und jetzt will ich Bewegung sehen!«
Sie liefen ihm zu langsam. Sie sparten mit Kraft, er merkte es. Sie wollten sich nicht bis zum Äußersten verausgaben. Aber er sprang zwischen sie, und seine Stimme gellte: »Wenn ihr jetzt nicht bald anfangt zu laufen, lasse ich euch wegen Befehlsverweigerung einsperren!« Dann pfiff er zweimal, und die Männer krochen.
Um halb elf erinnerte er sich an die anderen. Er suchte mit dem Glas oberflächlich das Gelände ab und konnte sie vorerst nicht entdecken. Er erinnerte sich stolz daran, daß das seine Schule war. Aber im gleichen Augenblick dachte er verschlagen: Wartet eine halbe Stunde! Dann wird euch kalt, und dann wird Timm euch ausfindig machen, wenn ihr die Knochen rührt!
Einige Minuten vor elf Uhr krochen die drei Soldaten auf dem Eis mit nackten Ellenbogen und Knien vorwärts. Die Kleidung war von den rauhen Eissplittern zerfetzt, und nun schürfte das Eis ihnen langsam die Haut auf. Timm ließ die Männer ganz dicht am Ufer entlangkriechen, wo stellenweise noch scharfes, dürres Schilf über die gefrorene Oberfläche ragte.
Als er auf dem Eis die ersten Blutspuren bemerkte, sah er nach der Uhr. Es war elf Uhr dreißig. Sofort nahm er das Glas und suchte die übrigen Männer. Aber es war niemand von ihnen zu sehen. Timm wußte nicht, ob er ärgerlich sein sollte oder ob er Grund hatte, sich zu freuen.
Er pfiff sie aus ihren Verstecken herbei. Dann pfiff er den drei Männern auf dem Eis und ließ sie alle zusammen antreten. Er ließ sie die Waffen ablegen, dann sagte er gleichgültig: »Pause. Es kann geraucht werden.«
Zado klaubte seine Zigaretten aus der Tasche. Er hockte neben einem der beiden Russen, die vom Eis zurückgekommen waren, im Schnee. »Setz dich nicht«, riet er ihm,

»morgen früh hast du einen wunden Arsch und kannst nicht laufen.« Der Mann folgte wortlos dem Beispiel Zados, nahm den Stahlhelm ab und hockte sich darauf.
»Rauch!« sagte Zado. Er hielt dem Russen eine Zigarette hin und gab ihm die Streichhölzer. Der Russe nahm beides, aber seine Hände waren so ungeschickt, daß er drei Hölzchen abbrach, ehe die Zigarette brannte.
»Bißchen müde, was?« erkundigte sich Zado. »Das macht nichts. Das ist bei uns so üblich.« Der Russe zog an der Zigarette und schluckte. »Verstehst du Deutsch?«
»Ich verstehe alles«, antwortete der Mann, »aber nicht gut sprechen.«
»Ich heiße Zadorowski«, sagte Zado feierlich und hielt ihm die Hand hin. Der Russe nahm sie. Er fragte leise: »Pole?«
»Nein. Düsseldorfer.«
Er blinzelte Bindig zu, der nicht weit entfernt auf seinem Helm hockte.
»Na, geht's wieder?«
»Wenn's nicht schlimmer kommt!« antwortete Bindig.
»Er war krank«, sagte Zado zu dem Russen, »er macht heute zum erstenmal wieder Dienst.«
Der Russe nickte. »Kann noch schlimmer machen?« fragte er flüsternd. Zado hielt ihm die Uhr hin und sagte gleichgültig: »In einer Stunde ist erst Mittag.«
Alf kam erst zehn Minuten vor dem Ende des Dienstes. Er warf einen flüchtigen Blick auf die Männer, und als er die roten, verschwitzten Gesichter sah, wandte er sich an Timm, der abwartend neben ihm stand: »Zufrieden, Unteroffizier?«
»Die Leistungen sind zurückgegangen, Herr Leutnant«, erwiderte Timm, »aber das kriegen wir schon hin.«
»Männer«, sagte Alf unvermittelt, »ihr werdet heute nacht noch in Marsch gesetzt. Es wartet eine wichtige Aufgabe auf euch. Es bedeutet für euch alle eine große Auszeichnung, bei dieser Aufgabe eingesetzt zu sein. Nicht jeder ist in der Lage, das zu leisten, was ihr in den nächsten Tagen zu

leisten habt. Ihr seid sozusagen die Elite der Kompanie. Von eurem Einsatz hängt eine Menge ab, aber ihr habt auch die besten Möglichkeiten, eure Aufgabe zu erfüllen. Wir haben die bolschewistische Gefahr vorläufig zum Stehen gebracht. Jetzt gilt es, ihr den Todesstoß zu versetzen. Männer wie ihr werden das schaffen. Zum erstenmal sind russische Kameraden unter euch. Gemeinsam mit ihnen werdet ihr kämpfen und siegen. Die Heimat setzt große Erwartungen in euch. Kämpft so, daß ihr euch einmal nicht vor euren Kindern zu schämen braucht.«
Er legte die Hand an die Mütze und wandte sich mit einer feierlichen Geste um. Dabei sagte er zu Timm: »Lassen Sie abrücken. Heute nachmittag ist dienstfrei. Abfahrt bei Einbruch der Dunkelheit.«
»Rechts um«, kommandierte Timm mit ruhiger Stimme, »ohne Tritt, marsch.« Er ging neben dem Leutnant her, ein Stück vor den Soldaten, die müde durch den Schnee schlurften.
»Eure Kinder …«, grunzte Paniczek, »weiß ich gar nicht mehr, wie man welche macht …«
Aber Zado hörte nicht auf das, was er sagte. Er trottete mit gesenktem Kopf zwischen Bindig und Paniczek und sagte mehr zu sich als zu den beiden anderen: »Jetzt ist es endlich 'raus, wer die Erlaubnis bekommt, den Russen den Todesstoß zu versetzen. Himmel, das ist eine Ehre! Eigentlich hätte ich das ganz gern jemand anderem überlassen …«
»Ruhe im Glied!« rief Timm von vorn. »Ein Lied, ihr lahmen Krieger!« Einer stimmte »Fern bei Sedan« an. Aber sie kamen nicht dazu, es zu singen, denn Timm wandte sich um und rief: »Ihr seid wohl zum Heulen aufgelegt, was? Singt bloß was Schmissiges und keine Trauermärsche!«
Nach einer Minute sangen sie einen Schlager, der mit »Oho, Señorita …« anfing und etwas mehr als acht Minuten später mit »… komm zu mir in die kleine Gondola!« aufhörte. Der Gesang war wie das Krähen stimmbrüchiger

Kinder. Aber Timm drehte sich nicht mehr um. Der Leutnant fragte ihn: »Wie ist die Stimmung?«
»Leidlich«, antwortete Timm. »Nicht besonders, aber das wird wieder besser.«
»Wenn wir mehr Zeit hätten!« sagte Alf. »Man muß sich mehr mit den Leuten beschäftigen.«
Timm nickte. Dann sagte er: »Denen fehlt was anderes. Es gibt keine Mädchen hier. Das müssen wir ändern. Sie werden uns sonst bockig.«
»Mädchen ...«, sagte Alf peinlich berührt, »das ist ein kompliziertes Problem. Man kann da nicht so einfach ...«
»Eben«, unterbrach ihn Timm, »und deshalb muß man dafür sorgen, daß sie auf irgendeine Weise wieder mal an Mädchen kommen. Ich kenne das. Es wirkt Wunder. Ich habe meine Erfahrung.«
»Es gibt noch Schnaps heute mittag«, teilte ihm Alf mit.
Timm nickte zustimmend: »Das wirkt auch Wunder.«
Hinten fragte Zado einen der Russen: »Habt ihr wenigstens schon mal ein Messer in der Hand gehabt?«
Der Russe blickte ihn mißtrauisch an und sagte dabei: »Messer, ja. Schon gehabt.«
»Zu Hause? Oder jetzt bei uns?«
»Jetzt. Und zu Hause.«
»Zu Hause?«
»Ja. Zu Hause«, der Russe nickte, »gutes Messer. Hat Miliz abgenommen. War eiserner Griff. So was man in Deutschland sagt Schlagring. Zusammen mit Messer. Kombination. Schade. Sehr gutes Messer.«
»Na also«, brummte Zado. Er spuckte geräuschvoll aus. »Dann seid ihr ja bei uns richtig. Sogar goldrichtig. Unsere Kompanie ist nämlich die Elite der Division. Und unser Haufen hier ist die Elite der Kompanie.«
»Großes Ehre«, sagte der Russe. »Sehr großes Ehre.«
»Eben!« knurrte Zado. »Ich habe mein ganzes Leben von so großes Ehre geträumt. Mein ganzes Leben ...«
Der nächste Morgen war fahl und grau. Es hatte in den

frühen Tagesstunden ein wenig geschneit, aber es war nur dünner, körniger Schnee gewesen. Er hatte die Spuren der vergangenen Nacht zugedeckt, und die weiße Decke auf dem Land zwischen den Fronten schien unberührt. Stellenweise lag Stacheldraht, aber es gab große Lücken, denn es schien keinen Stacheldraht mehr in Deutschland zu geben. Der Nachschub konnte keinen auftreiben.

Die Vögel waren noch nicht wach. Sonst hörten die Soldaten sie jeden Morgen, aber heute war es noch zu früh für sie. Es waren Krähen, die sich über Nacht in das Geäst einiger bereifter Bäume hockten und am Morgen unter mißtönendem Gekrächze aufflogen, wohl um Nahrung zu suchen. Es gab Soldaten, die Angst vor diesen Krähen hatten, und manchmal schossen sie nach ihnen. Es hieß, daß sie den Leichen die Augen aushackten und überhaupt das verwesende Fleisch fraßen. Der Posten in dem Flankenloch der Stellung, die sich auf der Höhe des Dörfchens Haselgarten dahinzog, war müde. Er war einer von denen, die vor den Krähen Angst hatten. Er hieß Puhlwitz und war von Anfang an dabei. Fünf Jahre hatten ihn die Krähen nicht gestört, aber nun begann er, sie zu fürchten. Er beobachtete in der farblosen Dämmerung einen Baum, der unweit seines Loches stand. Dort hockten ein halbes Dutzend, regungslos, zusammengeduckt und still.

In einer halben Stunde fangen sie an zu lärmen, dachte der Soldat. Aber bei Gott, ich knalle ihnen heute zur Begrüßung eins dazwischen, daß sie diesen Baum den ganzen Tag meiden werden wie die Pest! Schrot müßte man haben. Eine Krähe mit dem Karabiner zu schießen ist lächerlich. Da könnte man ebensogut mit dem Granatwerfer Maulwürfe bekämpfen. Mit einer Handgranate kriegt man sie nicht. Die hören sie kommen, und ehe sie detoniert, sind die aufgeflogen. Das ist nicht so wie bei den Fischen.

Himmel, was haben wir damals in Polen mit Handgranaten Fische gefangen! Aber das ist vorbei! Wer weiß, ob es überhaupt noch einmal so eine ruhige Zeit gibt, in der

man Fische fangen kann. Es sieht jedenfalls nicht danach aus.
Er gähnte und schlug die Füße zusammen. Es war kalt. Er griff nach dem Karabiner und fuhr ein paarmal gedankenlos über den kalten Lauf. Sie haben noch nicht einmal für die Flanke ein Maschinengewehr, dachte er. Was soll hier werden, wenn es losgeht? Ich mit meinem Karabiner und den sechs Handgranaten, und dann die Russen! Links liegt hundert Meter niemand, und dann kommt ein Maschinengewehr von der Nachbarkompanie. Wenn die Russen hier loslegen, bleibt kein Auge trocken! Hoffentlich schicken sie dann wenigstens von hinten noch Leute. Wenn nicht, gibt's bloß eins: Boden gewinnen! Aber die freie Fläche dahinten, bis an den Wald?
Er griff nach einer Zigarette und zündete sie an. Er trug einen Übermantel und den Kopfschützer unter dem Stahlhelm. Sie hatten ihm am Abend zwei Panzerfäuste in das Loch gebracht, und seitdem fühlte er sich darin nicht mehr wohl. Diese Panzerfäuste sind unberechenbar, dachte er: Weiß man, ob sie nicht doch losgehen, wenn man sie aus Versehen zu hart aufsetzt? Oder ob sie schon losgehen, wenn man das Visier hochklappt? Nebenan hat neulich einer eine Handgranate abgezogen, und sie ist ihm in der Hand explodiert. Aber die anderen haben gesagt, er hätte den Zünder selbst eingesetzt, und es war bestimmt einer mit der blauen Kappe für die Verzögerung. Was ist, wenn man einen blauen Zünder einsetzt, und er hat trotzdem keine Verzögerung? Sie haben die Kappe nicht mehr gefunden, da drüben, und den Mann konnten sie auch nicht fragen. Aber sie hatten dieser Tage gar keine gelben Zünder.
So geht man drauf, dachte der Soldat. Entweder so oder wenn die Russen kommen. Wir kommen hier nicht weg. Es ist unmöglich. Er stützte sich auf den Gewehrlauf und beobachtete das Niemandsland. Es rührte sich nichts. Ein Streifen Land, in dem ein paar verlorene Ausrüstungsge-

genstände lagen, zerhackt von den Granatwerfern, längst zugeschneit. Dann kam die Linie der Russen. Wenn man genau hinsah, konnte man die Schneeaufwürfe an den Löchern erkennen. Die Russen hatten ihre Stellung direkt vor dem Wald angelegt. Sie können sich das leisten, dachte der Soldat, sie wissen, daß wir hier keine Artillerie haben. Wo haben wir überhaupt welche? Er spähte zu dem Wald hinüber. Ich wollte, ich wäre so eine dreckige Krähe und könnte mich da umsehen. Was mögen sie alles dahinten stehen haben? Er blies den Rauch der Zigarette nach unten. Das Loch war eng. Wenn er sich umdrehte, stieß er an die Panzerfäuste. Bewegte er die Füße, trat er auf die Handgranaten.

Verdammt, dachte er, ein Glük, daß sie endlich diesen Staubsaugervertreter eingezogen haben, der nebenan wohnt. Die Luise ist zwar nicht gerade das, was man als eine Schönheit bezeichnet, aber weiß man denn, ob dieser Bruder nicht doch anzubändeln versucht? Daß er ein windiger Bursche war, konnte man sehen. Diese Vertreter überhaupt! Und die Luise ist schon auf eine ganze Menge Männer 'reingefallen, bevor ich kam. Weiß man, was so eine Frau anstellt, wenn man jahrelang nicht nach Hause kommt? Es wird verdammt Zeit, daß dieser Scheißkrieg zu Ende geht. Er hat lange genug gedauert, und jetzt ist sowieso nichts mehr zu gewinnen. Jetzt ist bloß noch zu verlieren.

Er legte das Gewehr auf die Brüstung und zielte gelangweilt nach den Krähen. Aber er dachte nicht daran, auf sie zu schießen. Es war Morgen, und morgens war Ruhe an der Front. Ein Schuß würde alles in Aufregung versetzen, und dann würde das Gemecker der Maschinenpistolen von drüben und das Gewehrfeuer und alles das eine halbe Stunde lang nicht abreißen. Lieber Ruhe halten, dachte er. Ruhe ist gut. Man müßte so einen Posten hinten beim Stab haben. Die wissen, was Ruhe ist. Himmel, warum ist man nicht Kraftfahrer geworden. Die Brüder haben ein Leben …

Er horchte auf. Weit hinter der Front der Russen war ein Abschuß zu hören. Er blickte schnell auf die Uhr und schüttelte den Kopf. Es war zu früh für das bißchen Feuer, das immer gegen Morgen kam. Da hörte er die Granate weit rechts heranjaulen. Er zog instinktiv den Kopf ein, und das letzte, was er wahrnahm, bevor er sich in das Loch duckte, waren die Krähen, die wie auf ein Kommando aufflogen. Die Granate schlug ein paar hundert Meter weiter rechts ins Niemandsland. Aber noch bevor sie detonierte, begann hinter der Front der Roten Armee ein Grollen von vielen Abschüssen, das nicht abzureißen schien. Puhlwitz lauschte mit weit aufgerissenen Augen. Er hörte die ersten Granaten herankommen. Sie lagen näher. Wenn sie detonierten, gab es einen kreischenden, metallischen Laut, wie wenn zwei Stahlplatten aneinanderschlugen. Und die klare, kalte Luft verlieh diesem Laut etwas Dröhnendes. Es war wie bei einem Gewitter, wenn der Blitz mit dem Donner zusammenfällt. Puhlwitz zog den Kopf immer mehr ein. Sein Gesicht bekam einen angstvollen, ratlosen Ausdruck, denn der Soldat Puhlwitz wußte aus Erfahrung, daß diese Art Feuer nur geschossen wurde, wenn man angriff.

Er lebte noch, als die Granatwerfer in das Feuer eingriffen. Zuerst waren es die großkalibrigen, deren Geschosse gurgelnd und zischend fast senkrecht aus großer Höhe herabfielen. Und dann gab es ganz in der Nähe den ersten prasselnden Schlag eines Salvengeschützes. Da hob Puhlwitz blitzschnell den Kopf und sah hinüber zur Gegenseite. Er hatte richtig vermutet.

Auf den Brüstungen der Schützenlöcher erblickte er die Stahlhelme. In jedem Loch mindestens drei. Er zog den Kopf schnell wieder ein, denn neben seinem Loch prasselte die letzte Reihe einer Serie Werfergranaten in den Schnee. Zweiunddreißig Einschläge, dachte er. Oder sind es mehr? Der nebenan ist hin. Der muß schon mehr Glück als Verstand haben, wenn er das überlebt. Diese Granaten haben ziemlich kleine Zwischenräume. Sie fallen dicht wie Regen. Sie explodieren nur wenig über dem Boden und verspritzen eine Unmenge Splitter. Mein Gott, dachte Puhlwitz, die machen uns fertig! Wie komme ich bloß hier 'raus? Nach den Granatwerfern fiel eine Batterie Raketengeschütze ein, die größere Kaliber verschossen. Die Raketen kamen heulend heran, mit einem grausigen, erschreckenden Laut, der etwas Menschliches zu haben schien. Es war, als krepierten sie mit einem Aufschrei. Aber das Heranheulen war schlimmer als der Einschlag. Puhlwitz merkte, wie er zu schwitzen begann, und riß sich den Kopfschützer herunter. Er wagte nicht mehr, den Kopf über die Brüstung zu stecken, denn die Gegend schien unter den Einschlägen zu kochen. Das Gedröhn riß nicht mehr ab, und die Einschläge verschmolzen miteinander. Er verlor das Gefühl dafür, ob eine einzelne Granate unmittelbar auf ihn zukam.

Nach einer halben Stunde begannen die großen Geschütze zu schweigen. Nur die Werfer schossen noch. Und plötzlich hörte Puhlwitz zwischen den Abschüssen der Werfer und den Einschlägen, wie drüben Motoren anliefen. Er konnte es ganz deutlich wahrnehmen, denn es wurden viele Motoren zugleich angeworfen. Panzer! Puhlwitz war lange genug im Osten, um das herauszuhören. Einen T 34 erkennt man von weitem am Klang seines Motors und an seinem Auspuffgeräusch.

Das Feuer schwieg nicht, aber es wurde schwächer, und die schweren Waffen schossen jetzt auf Ziele, die weiter hinten, im Wald oder hinter dem Wald, liegen mußten. Hinter Puhlwitz lief jemand durch den zerwühlten Schnee und schrie langgezogen: »Paaanzer von vooorn!« Es war der Leutnant, der den Abschnitt kommandierte. Er war schmutzig, und im Gesicht hatte er eine blutige Schramme. Er lief von Loch zu Loch und schrie nach Panzerfäusten. Puhlwitz legte die beiden Panzerfäuste, die in seinem Loch waren, mit unsicheren Griffen auf die Deckung. Er warf einen Blick hinüber, und im gleichen Augenblick zog er blitzschnell den Kopf ein. Sie hatten drüben begonnen, mit den Maschinenpistolen zu schießen. Er kam ganz langsam wieder mit dem Kopf hoch, um zu sehen, was geschah. Nur seine Augen waren über der Deckung. Aber das genügte, um den ersten Panzer zu sehen, der aus dem Wald brach. Es war ein weißgestrichener, stählerner Koloß, und er walzte ein paar Bäume nieder, als er ins Freie fuhr. Die Kanone war nach vorn gekurbelt, beinahe waagerecht. Der Panzer machte einen Satz über eine verschneite Bodenwelle und fuhr schaukelnd auf die Schützenlöcher zu. Hinter ihm stiebte der Schnee, den die Ketten hochwarfen. In dem Nebel von aufgewirbeltem Schnee erkannte Puhlwitz die kleinen braunen Gestalten, die hinter dem Turm hockten. Er bekam es fertig, die Visiere der beiden Panzerfäuste ordnungsgemäß hochzuklappen. Als er aufblickte, rollte der Panzer bereits zwischen den sowjetischen Schützenlöchern, und aus dem Wald brachen die anderen hervor. Die Motoren kreischten. In das Geblubber der Auspuffrohre mischte sich das Gewehrfeuer. Dann zuckte aus der Kanone des Führungspanzers der erste lange gelblichblaue Feuerstrahl, und die Granate fauchte heran. So breit, wie sich der Wald drüben dehnte, war die Kette der Panzer. Und aus den Kanonen aller dieser Panzer zuckten im gleichen Augenblick die Mündungsflammen. Die Panzer mochten fünfzig oder sechzig Meter entfernt sein, als Puhlwitz sich aufrichtete und eine Panzerfaust abschoß. Er schoß nur die eine ab, denn als ihr Geschoß neben dem Führungspanzer in den Schnee fiel und sich ein paarmal überschlug, zuckte aus der Kanone dieses Panzers die Granate, die Puhlwitz eine halbe Sekunde später tötete.

Bindig hockte neben dem Telefonisten und hämmerte mit den Fäusten auf den Tisch, auf dem die drei Apparate standen. Er war so, wie er vom Übungsgelände weggelaufen war, in der durchnäßten Kombination, den Stahlhelm auf dem Kopf und die Maschinenpistole quer über der Brust.

Der Telefonist zündete sich mit Bedacht eine neue Zigarette an. Das Streichholz ausblasend, sagte er zu Bindig: »Schlechte Aussichten. Wenn sich ein Haufen so lange nicht meldet, ist irgend etwas faul. Du mußt dich schon gedulden, bis die Vermittlung wiederkommt ...«
Es war Abend. Am Nachmittag hatte Bindig erfahren, daß vor Haselgarten ein massierter Angriff stattgefunden hatte. Kein Mensch konnte ihm sagen, wie die Lage war. Sie hatten ihre Übung abgeschlossen. Diese Nacht war der Abflug vorgesehen. Aber Bindig war mit keinem Gedanken bei dem Einsatz, der ihm bevorstand und der ganz ohne Zweifel ein Himmelfahrtskommando war. Er dachte nur noch an Anna.
»Los!« forderte er den Telefonisten ungeduldig auf, »ruf die Vermittlung noch mal. Die müssen doch wissen, was los ist!«
Der Telefonist war ein langweiliger, unlustiger Gefreiter. Er zog an seiner Zigarette und sagte: »Gleich. Aber nicht so schnell hintereinander. Die schnauzen mich sonst an. Vielleicht ist deine Frau längst evakuiert.«
»Wer soll sie wohl evakuieren!« fuhr Bindig ihn an. »Du hast vermutlich noch keinen russischen Angriff erlebt. Das Dorf liegt einen Katzensprung von der Front entfernt.«
»Lag!« sagte der Gefreite. »Schön blöd von deiner Frau, sich so nahe bei der Front hinzusetzen. Meine sitzt in Bayern. Da wissen sie überhaupt noch nicht, daß Krieg ist.«
Bindig wollte etwas sagen, aber in diesem Augenblick klingelte es in einem der Telefonkästen, und der Telefonist schob die Kopfhörer über die Ohren.
»Schwalbenschwanz«, sagte er in die Muschel, die an einem Riemen auf seiner Brust hing, »wo bleibt Siebenschläfer? Kommt? Ich küsse deine Hand, Liebling!« Er machte eine linkische Verbeugung vor dem Mädchen, das durch den Draht sprach. Dann hielt er die Hand über die Muschel und sagte zu Bindig: »Jetzt ist's soweit. Habt ihr eigentlich eure Schokolade schon bekommen?«

Aus dem Kopfhörer kam eine ferne Stimme. Dann ein Knacken, und dann war die Stimme lauter. Der Telefonist konnte sie gut verstehen und fragte: »Siebenschläfer? Hier Schwalbenschwanz. Ich bitte Sie um Auskunft über den Angriff von heute morgen.«

Er betätigte schnell einen Knopf an einem der anderen Apparate und deutete auf ein Paar Kopfhörer, die daneben auf dem Tisch lagen. Bindig nahm sie hoch, aber er hatte den Stahlhelm auf, und das merkte er erst jetzt, als er den Bügel der Kopfhörer überstreifen wollte. Mit einer hastigen Bewegung riß er den Helm vom Kopf und warf ihn hinter sich. Dann kam die Stimme so deutlich durch den Draht, als wäre sie nur ein paar Häuser weit entfernt.

»Meine Auskunft ist nicht sehr umfassend, Kamerad. Es ist bisher nur wenig bekannt. Der Angriff begann im Morgengrauen. Eine halbe Stunde Feuer, dann Panzer und Infanterie. Die Panzer sind ziemlich weit durchgebrochen, haben sich aber gegen Mittag bis Haselgarten zurückgezogen. Dort wird noch gekämpft. Soviel bekannt ist, haben wir noch Stützpunkte im Dorf. Noch Fragen?«

»Frag ihn, ob jemand evakuiert wurde!« verlangt Bindig hastig.

Der Telefonist stäubte die Asche von der Zigarette und fragte gleichgültig: »Ist bekannt, ob jemand evakuiert wurde?«

»Evakuiert?« hörte Bindig die Stimme sagen. »Das Dorf war geräumt. Dort lag bis zu dem Angriff eine Kompanie Luftwaffe, die gegen Mittag herausgezogen wurde. Dafür kamen andere Einheiten hin. Panzerjäger und Infanterie.«

Der Telefonist sah Bindig an. Bindig überlegte schnell, aber er stellte keine Frage mehr. Der Telefonist sagte gleichgültig in die Sprechmuschel: »Danke, Siebenschläfer. Das war alles.«

Dann streifte er die Kopfhörer ab und sagte zu Bindig: »Mach dir keine Sorgen. Wenn deine Frau wirklich noch in dem Dorf war, als sie die Luftwaffe abgezogen haben, dann wird sie mitgefahren sein. Du mußt eben warten, bis sie sich meldet. Schick sie nach Bayern. Du kannst dir nicht vorstellen, wie die in Bayern ...«

Bindig erhob sich und nahm seinen Helm auf. Er warf dem Telefonisten ein Päckchen Zigaretten auf den Tisch und ging zur Tür. Der Gefreite verzog anerkennend das Gesicht und rief ihm nach: »Wenn du vielleicht später noch mal versuchen willst ...«

»Danke«, sagte Bindig an der Tür, »ich werde keine Gelegenheit mehr dazu haben. Aber wenn du erfahren solltest, ob sie evakuiert wurde, dann sag es mir, wenn ich zurückkomme ...«

Der Telefonist nickte. Er steckte die Zigaretten ein und rief über die Schulter zurück: »Meld dich bei mir, wenn du zurück bist!«

Draußen begegnete Bindig auf dem Weg zu der Baracke, in der sie lagen, Timm.

»Was ist los?« fragte der Unteroffizier. »Du schleichst herum wie der erste Mensch.«

»Nichts«, antwortete Bindig, »es ist nichts zu erfahren.«

Timm legte den Kopf schief und kniff ein Auge zu. Dabei sagte er: »Es muß verdammt schnell gegangen sein. Möchte wissen, was aus unserem Haufen geworden ist.«

»Gegen Mittag hat man die Kompanie abgezogen.«

»Abgezogen?« Timm zog die Augenbrauen hoch. »Du sagst abgezogen?«

Bindig nickte. »Mehr war nicht zu erfahren.«

»Hoffentlich haben sie wenigstens unser Gepäck mitgenommen«, sagte Timm. »Hau dich noch eine Stunde hin. Nachher werdet ihr eingekleidet.«

Durch den aufgewühlten Schnee der Landstraße, die Haselgarten durchquerte, schob sich ein kleiner Personenwagen. Es war ein Jeep, aber er war mit einem Aufbau aus Holzgestänge und Zeltplanen versehen. Die Soldaten, die darin saßen, trugen die olivbraunen Uniformen und die

Pelzmützen mit dem fünfzackigen roten Stern. Es waren drei Männer: der Fahrer, der fluchend den Granattrichtern auswich, ununterbrochen Sonnenblumenkerne knackend und die Schalen seitlich aus dem Wagenfenster spuckend, und zwei Offiziere, die hinter ihm saßen, sich an den Griffen festhielten, weil das Fahrzeug schaukelte und schwankte. Der eine von beiden hatte ein schmales, helles Gesicht mit hellen Augen. Die Augenbrauen waren blond. Der andere, ein behäbigerer, untersetzter Typ mit kleinen, runden Augen und sehr dunkler, lederfarbener Haut, schüttelte ärgerlich den Kopf. Er sah seinen Begleiter von der Seite an und erkundigte sich nicht besonders interessiert: »Wie fühlen Sie sich, Genosse, nach so langer Zeit wieder in der alten Familie?«

Der Angeredete lächelte. Es gelang ihm trotz der Kapriolen, die der Jeep vollführte. Dann erwiderte er: »Gut. Ich habe lange auf diesen Augenblick warten müssen.«

Der andere verzog das Gesicht, weil er schmerzhaft mit dem Kopf gegen die Verstrebung des Verdecks gestoßen war. Er griff mit der freien Hand an die Schläfe und brummte unwillig: »Man geht unverletzt aus einer Menge von Kämpfen hervor, aber ein einziger solcher Straßenflitzer kann einem alle Knochen brechen!«

Der Fahrer, der zuweilen einen Fluch losgelassen hatte, sagte nun vernehmlich, so daß die beiden hinter ihm es trotz des Lärms, den der Motor des leichten Fahrzeuges verursachte, hören konnten: »Der Satan soll sie holen! Demolieren die Straße, daß man jeden Augenblick denkt, die Achsen brechen! Ich habe es schon immer gewußt: Diese Panzerleute nehmen keine Rücksicht auf das, was hinter ihnen kommt.

»Auf das, was vor ihnen auftaucht, auch nicht«, beruhigte ihn der untersetzte Fahrgast. »Fahr langsamer, wir wollen mit diesem Auto noch bis Berlin kommen!«

Im Dorf hatte sich kaum etwas verändert. Nur die Uniformen der Soldaten waren anders, und neben den vielen

Löchern in der Straße gab es neue in den noch stehengebliebenen Wänden der Häuser. Das Gefecht war vorüber. Im Dorf lagen ein paar Versorgungseinheiten und Stäbe. Wenige Kilometer westlich hatte die Rote Armee neue Stellungen bezogen. Die Panzer sicherten dort noch, aber man brauchte sie kaum. Es gab keine nennenswerte Konzentration deutscher Truppen auf der Gegenseite, die einen überraschenden Angriff hätten wagen können. Und man hatte das Vordringen nicht gestoppt, weil die Abwehr zu stark war, sondern weil man das befohlene Ziel erreicht hatte. Die Rotarmisten hatten sich eingegraben und ihre Stellungen befestigt. Es war schwer gewesen, in dem gefrorenen Boden ein Schützenloch auszuheben, aber sie hatten es tun können, ohne unter Feuer zu liegen, denn die Panzer waren ein Stück weitergefahren und hatten den Stellungsbau abgeschirmt. Nun war Ruhe eingetreten.

Der untersetzte Mann stieß zum zweitenmal mit dem Kopf an das Eisengestänge des Verdecks. Er gab einen Fluch von sich, über den der Kraftfahrer beifällig mit dem Kopf nickte. Dann rieb er sich ächzend die schmerzende Stelle und sagte: »Himmel, was für ein Krieg! Wenn das bis Berlin so weitergeht, werde ich mit verbundenem Kopf dort ankommen. Wie machen Sie das, Warasin, daß Sie nicht anstoßen?«

Der Angeredete lächelte und sagte: »Sie hätten den Stahlhelm aufsetzen sollen, Genosse Politleiter.«

»Stahlhelm!« fauchte der zurück. »Ich werde nicht im tiefsten Hinterland einen Stahlhelm aufsetzen! Was sollten die Soldaten von mir denken?«

Der Fahrer fragte: »Ist es noch weit?«

»Nein«, gab Warasin zurück, »noch ein paar hundert Meter. Das Gehöft, das Sie da vorn sehen.«

»Die Frau ist die einzige, die von den Deutschen hiergeblieben ist?« fragte der Politleiter.

Warasin nickte.

»Hm ...«, machte der andere, »es wird guttun, diese Frau zu sehen und sich dabei vorzustellen, daß sie eine Deutsche ist. Kann man ihr auf irgendeine Weise helfen?«
»Ich glaube kaum«, sagte Warasin. »Es ist eine sehr tatkräftige Frau. Sie wird sich zurechtfinden. Man sollte die Truppen im Dorf trotzdem auf sie aufmerksam machen. Außerdem wäre es gut, wenn man ihr ein paar Lebensmittel geben könnte.«
Der Politleiter faßte vorsichtig an die schmerzende Stelle am Kopf. »So dumm«, brummte er, »morgen ist das eine Beule. Es ist eine Schande! Lebensmittel sind so weit vorn nicht gerade üppig, mein Lieber. Aber wir werden etwas tun. Sie können das selbst tun. Sie werden öfter Gelegenheit haben, sie zu besuchen.«
Warasin schwieg einen Augenblick. Er sah am Kopf des Fahrers vorbei auf die Straße. Dann sagte er: »Ich habe gebeten, zu meiner Einheit zurückkehren zu dürfen. Sie liegt in der neuen Stellung, weiter westwärts.«
Der andere lächelte gemütlich. Er versuchte, Warasin freundschaftlich die Hand auf die Schulter zu legen, aber er zog sie schnell zurück, denn der Wagen rutschte in ein Loch, und er mußte sich festhalten. Als der Wagen wieder ruhiger fuhr, sagte er: »Man behält Sie aus gutem Grund hier im Dorf. Der Stab wird Sie brauchen. Nicht jeder hat so lange hinter den deutschen Linien gelebt. Und diese Stellung da vorn ... Reden wir nicht davon, sie wird nicht alt werden. Wir haben jetzt eine sehr gute Ausgangsposition. An dieser Stelle hier haben wir eine kleine Beule in die Front getrieben. So eine Beule, wie ich sie morgen früh an meinem Kopf haben werde. Aber diese Beule in der Front ist entscheidend. Ich wette, die Deutschen haben das noch gar nicht begriffen ...«
Warasin blickte unbewegt geradeaus. Dabei sagte er leise: »Ich habe immer an der Front gekämpft. Warum soll ich das nun nicht mehr tun können? Es war meine Hoffnung, es hat mich aufrechterhalten. Oder meinen Sie, es wäre mir

leichtgefallen, diese lange Zeit den Taubstummen zu spielen und nichts zu tun?«
»Warten Sie«, war die Antwort. »Sie werden früh genug wieder eine Kompanie führen. Es ist noch Zeit. Wenn wir erst marschieren, dann werden Sie Ihren Wunsch erfüllt bekommen. Im Augenblick braucht man Sie hier. Gedulden Sie sich.«
Während das Fahrzeug langsam weiterschaukelte, erkundigte sich der Politleiter leise, so daß der Fahrer es nicht verstehen konnte: »Ich habe nur eine Frage noch an Sie, Genosse Warasin. Es ist eine Angelegenheit, über die man nicht so fragen kann wie über andere Dinge. Man muß dabei ...« Er griff sich ans Kinn und massierte dort einige Zeit die blaurasierte Haut.
Warasin blickte ihn erwartungsvoll an. »Sprechen Sie!« forderte er ihn auf.
Der andere zeigte ein ernstes Gesicht. Er sah angestrengt auf die Knöpfe seines Mantels und fragte dann: »Die ... diese Frau, zu der wir fahren ... Verstehen Sie mich richtig, haben Sie ... sind Ihre Beziehungen in Anbetracht der ...«
»Gestatten Sie«, unterbrach ihn Warasin ruhig, »das ist leicht zu beantworten. Die Frau hat mich bei sich untergebracht. Sie hat einen ehrlichen Charakter und ist keine Faschistin. Sie ist auch keine Kommunistin. Aber ich bin Kommunist. Ich habe eine Frau, die ebenfalls an der Front steht. Und ich bin nicht der Mann, der aus unserem Kampf ein galantes Abenteuer macht. Wenn das Ihre Frage beantwortet ...«
»Danke«, sagte der andere, »verzeihen Sie. Ich mußte Sie danach fragen. Es ist meine Pflicht.«
»Ich verstehe«, erwiderte Warasin. »Ihre Frage ist mir nicht unangenehm gewesen. Ich habe nichts zu verbergen.«
Während Warasin schwieg, sagte der andere: »Man lernt die Deutschen immer besser kennen. Eine Frau wie diese wird man achten müssen. Warum mag sie das alles getan haben?«

Warasin biß sich auf die Lippen. Er hatte nichts zu verbergen. Aber er hatte doch nicht alles vor dem Genossen ausgebreitet, was sich abgespielt hatte, während er hinter der Front der Deutschen lebte.
Er hatte Bindig verschwiegen, er wußte selbst nicht, weshalb eigentlich. Er hatte nichts zu verbergen. Auch nicht seine Begegnung mit Bindig. Aber er hatte sie verschwiegen, und das begann ihn schon jetzt zu quälen.
Während er auf die Straße blickte, hörte er neben sich den anderen sagen: »Noch einen Monat vielleicht, dann werden wir marschieren. Rollen werden wir. Sie werden eine neue Kompanie führen. Den Rest Ihrer alten Leute hat man aufgeteilt. Und was für ein Deutschland werden wir vorfinden? Was für ein Deutschland wird das sein, nach dem, was wir allein in diesem einzelnen Falle für Erfahrungen machen?«
Als der Wagen mit einem Ruck vor dem Gehöft hielt, erhob sich der Politleiter ächzend. Während er ausstieg, sagte er zu dem Fahrer: »Du hast meine Gesundheit auf dem Gewissen! Nur ein halber Mensch bin ich noch nach dieser Schaukelei. Komm mit und wärm dich ein bißchen auf. Damit du auf dem Rückweg besser den Löchern ausweichen kannst!«
Anna stand vor der Tür. Sie hatte das Fahrzeug kommen hören. Sie kam den Männern einen Schritt entgegen, und als Warasin die Hand an die Pelzmütze legte, sagte sie leise: »Georgi, mein Gott, ich kann das noch gar nicht glauben. Bleibt ihr jetzt, oder müßt ihr wieder zurückgehen?«
»Wir bleiben«, sagte Warasin lächelnd, »wir werden nach Westen marschieren. Zurückgehen werden wir nicht mehr.«
Er deutete auf den anderen und sagte: »Ich möchte Ihnen den Politleiter meines Regiments vorstellen, Anna. Er ist das, was man in Deutschland einen Kommissar nennt. Er ist gekommen, um die Frau zu sehen, die der Roten Armee einen Offizier erhalten hat. Es ist der Genosse Balaschow.«
Sie tauschte einen Händedruck mit dem kleinen, unter-

setzten Mann im braunen Mantel. Dann trat sie beiseite und wies ins Haus. »Kommen Sie«, forderte sie die Soldaten auf, »ich habe etwas warmen Kaffee auf dem Herd, Gerstenkaffee. Ich hoffe, Sie trinken ihn ...«

Sie hockten auf Bänken in einem Raum, vor dem ein Posten stand. Sie durften den Raum verlassen, aber sie durften sich nicht auf dem Flugplatz sehen lassen. Kein anderer als sie durfte den Raum betreten. Von hier aus würden sie, wenn die Maschine bereitstand, zum Einstieg marschieren. Es würde dunkel sein, und keiner würde sie sehen. Wahrscheinlich würde nicht einmal der Pilot sie sehen, weil das Schott zwischen der Pilotenkabine und dem Laderaum des Flugzeuges geschlossen sein würde.

Sie waren sechzehn Soldaten, und wenn sie so, wie sie jetzt aussahen, über den Flugplatz gegangen wären, hätte jeder Posten vermutlich ohne Anruf auf sie geschossen. Sie waren in die erdbraunen Uniformen der Roten Armee gekleidet. Es fehlte nichts an diesen Uniformen, weder die breiten Schulterstücke noch der rote Stern.

Die Uniformen waren nicht neu. Es gab eine Menge Flecke auf dem Tuch. Ölflecke, Schmutz und getrocknetes Blut. An mancher Uniform waren die Löcher der Schüsse, die den letzten Träger getötet hatten, noch nicht gestopft.

Die Männer achteten kaum darauf. Es war die stumpfe, spannungsgeladene Stunde vor dem Start. Es war die Zeit, da die Uhren zu stehen schienen. Die fünf Russen, die in einer Ecke beisammensaßen, stierten schweigend auf den Fußboden. Sie hatten, seit sie mit den anderen zusammen in diesem Raum hockten, noch kein Wort gewechselt.

Zado beobachtete sie aus den Augenwinkeln. Als er aufblickte, merkte er, daß Bindig, der neben ihm saß, ebenfalls zu den Russen hinübersah. Er stieß ihn an.

»Du ...«, sagte er leise, »ich möchte wissen, was die jetzt denken.«

Die anderen Fallschirmjäger dösten vor sich hin oder spielten Karten. Sie stritten sich über die Haarfarbe irgendeines Weibes, einer gemeinsamen Bekannten, rauchten nervös oder bissen von der Schokolade ab, die sie mitbekommen hatten. Timm lag ausgestreckt auf der Bank, den Kopf gegen die Wand gestützt, und schien zu schlafen.
»Ob sie überhaupt denken?« fragte Bindig.
Zado bewegte die Schultern. Während er nach einer Zigarette griff, sagte er nachdenklich: »Ich glaube, sie denken. Was denkst du? Anna?«
»Hör auf davon«, antwortete Bindig nach einer Pause, »ich denke darüber nach, was daraus werden soll.«
»Woraus?«
»Daraus!« sagte Bindig und deutete mit einer Handbewegung auf die Uniform. »Daraus und aus dem, was kommt.«
Zado verzog das Gesicht. Es bekam einen weichen Zug, der nicht mehr zu der Schärfe seines Profils paßte. Er legte ganz langsam eine Hand auf Bindigs Knie und sagte: »Junge, hör auf zu denken. Es ist zu spät zum Denken.«
Der Obergefreite, dem die halbe Kiste mit dem Bols gehörte, schlug sich krachend auf die Schenkel. »Hab ich's doch gewußt, daß ich heute gewinne! Wie immer! Kurz vor dem Abkratzen verspielt ihr Scheiche euer Geld an mich, und wenn ich kassieren will, seid ihr krepiert! Diesmal wird vorher bezahlt!«
Bindig schüttelte den Kopf. Er hatte die Pelzmütze verwegen schief aufgesetzt. Man konnte ihn für einen unternehmungslustigen Rotarmisten halten. Aber sein Gesicht paßte nicht zu diesem Eindruck. »Es gefällt mir nicht«, sagte er, »keiner soll von mir verlangen, daß mir das gefällt.«
»Sie haben keinen gefragt, ob es ihm Spaß macht«, knurrte Zado, »oder kannst du dich an so was erinnern?«
»Zweimal As!« rief der Eigentümer der Bolskiste. »Runter mit den Hosen!«
»Wenn so der Krieg aussieht, dann bin ich nicht mehr dafür zu gebrauchen«, sagte Bindig zu Zado.

Der schnaufte unwillig. »Gib dich zufrieden. Es ist scheißegal, in welcher Uniform man krepiert.«
»Aber ich sage dir, wir sind keine Soldaten mehr«, erklärte Bindig, »wir sind Gauner. Mit dieser Uniform auf dem Leib sind wir nicht mehr Soldaten, sondern Gauner.«
»Und ich sage dir: Hör auf nachzudenken! Du bekommst unsichere Hände davon. Unsereiner stirbt daran.«
»Wir sollten das nicht machen«, sagte Bindig gedämpft, »es ist nicht zu verantworten.«
»Du tust, als ob du es zu verantworten hättest. Wer hat die Idee ausgeknobelt? Wir oder der Stab?«
»Noch eine!« schrie der Obergefreite. »Immer noch eine! Papa holt dich schon heim von der Hochzeit!«
»Es widert mich an«, sagte Bindig, »es hat mich noch nie so angewidert wie jetzt.«
Zado schüttelte den Kopf. Dabei sagte er leise: »Jesus Maria, wenn du doch bloß einsehen würdest, daß sich niemand dafür interessiert. Du hast nur eins zu tun, nämlich das, was Timm befiehlt. Mehr nicht. Du hast weder die Verantwortung für irgend etwas, noch interessiert es jemand, ob du unglücklich bist oder nicht. Wenn du doch das bloß einsehen würdest.«
»Was macht man bei uns mit einem Russen, den man hinter unserer Front in deutscher Uniform aufgreift?« fragte Bindig.
Zado bewegte müde die Hand. »Friß deine Schokolade und denk nicht darüber nach. Oder hast du Angst?«
»Ist das Angst, wenn ich sage, daß ich es für eine Gaunerei halte?«
»Sie würden es dir als Angst auslegen. Und du könntest noch froh sein, wenn sie nur das täten und nicht sagten, es sei Hochverrat.«
»Es ist keine Angst.«
»Nein. Vielleicht Dummheit.«
»Zado«, sagte Bindig, »du kannst mir nicht erzählen, daß es dir nichts ausmacht. Ich weiß, was du denkst. Du

brauchst mir nichts zu sagen, ich weiß genau, was du denkst.«
»Auf den Tisch deine lumpigen drei Könige!« brüllte der Obergefreite. »Los, los! Das kostet was!«
»Denken ist für uns ein unerlaubter Luxus«, sagte Zado. Er brannte eine neue Zigarette an und stieß nachdenklich den Rauch aus, den Spiralen nachblickend, die er in der stickigen Luft zog. »Ich dachte immer, du hättest dich ebenso daran gewöhnt wie ich. Was willst du? Ich weiß alles, aber was willst du? Wir stecken drin und müssen weitermachen. Das ist die Chance durchzukommen. Alles andere, was du tust, verhilft dir nur dazu, todsicher zu krepieren. Durch die Feldgendarmerie, bei den Minenlatschern oder sonstwo. Kannst du mir da sagen, wozu man nachdenken soll?«
»Kinder, zieht Karten!« grölte der Obergefreite. »Es sind noch zwei Asse in dem Haufen! Es ist noch alles zu gewinnen!«
»Verstehst du das?« fragte Zado. »Ich bin darüber hinweg. Es gibt keinen Ausweg außer dem, daß du drüben bleibst. Und davor habe ich Angst.«
»Angst?«
»Ja. Angst davor, daß sie mich nach Kriegsrecht erschießen, wegen dieser Uniform. Und ebensoviel Angst davor, daß sie es nicht tun. Ich weiß nicht, ob du das verstehst. Aber das ist nicht nötig. Nur eins ist nötig: Du mußt begreifen, daß wir eine Generation von Jawohlsagern sind, die sie langsam zu Dünger verarbeiten. Unsere einzige Chance ist, es zu überstehen. Dann werden wir das Maul aufmachen können. Vielleicht. Aber das ist nicht gewiß ...«
»Wir sind Feiglinge«, sagte Bindig, »das ist gewiß.«
»Schnauze halten!« brüllte Timm plötzlich. Er richtete sich ein wenig auf und zog die Stirn in Falten. »Macht euren verfluchten Krach sonstwo! Schlaft euch lieber aus!«
Er ließ den Kopf wieder sinken, und die Kartenspieler spielten weiter Siebzehn-und-vier. Sie sprachen etwas ge-

dämpfter dabei. Die Russen zündeten Zigaretten an. Sie hatten etwas Unheilvolles, Ängstliches in ihren Gesichtern.

»Wir Feiglinge«, sagte Zado bitter, »wir großen Feiglinge werden ihnen heute oder morgen nacht wieder ein Ding drehen, genau wie sie es haben wollen.«

»Eben deshalb«, sagte Bindig. »Ich weiß es jetzt. Weil wir zu feige sind, es nicht zu machen, tun wir es. Wir beide. Wir wissen genau, was los ist, aber wir sitzen hier und warten auf Timms Befehle. Das ist es.«

»Was werde ich froh sein, wenn ich diesen lebensgefährlichen Unsinn hinter mir habe«, sagte Zado düster, »was werde ich froh sein! Vom ersten besten Zirkus lasse ich mich anstellen. Als Beleuchter meinetwegen. Oder als Stallreiniger. Ist egal, wenn ich das alles bloß hinter mir habe ...«

Ein Posten steckte den Kopf durch die Türöffnung. Er sagte ihnen, daß sie sich fertigmachen sollten, weil in einer halben Stunde die Maschine starten würde.

Aber sie waren fertig, und es gab nichts mehr zu tun für sie. Sie hatten alles empfangen, was zu empfangen war. Waffen, Sprengladungen, Handgranaten, Brandladungen. Sie hatten weißes Zeug an den Koppeln hängen, und sie würden es überziehen, wenn es erforderlich war. Sie brauchten nur ihre Schirme zu nehmen und in einer Reihe zum Flugzeug zu marschieren. Es war das letzte, was sie zu tun hatten.

Timm erhob sich und rückte sein Koppel zurecht. Er sah verwegen aus in der Rotarmistenuniform.

»Auf, Jungens«, rief er, »es wird ernst!«

Er wartete einen Augenblick, bis es still geworden war. Dann sagte er knapp: »Jungens, wir gehen jetzt 'rüber, um ihnen zu zeigen, was wir können. Keiner weiß, wie es ausgeht. Jeder von uns kann fallen. Aber das ist gleichgültig. Wir haben eine schwierige Aufgabe, die viel von uns verlangen wird. Aber wir haben die letzten Tage hart trainiert. Wir haben so hart trainiert, daß einige von euch noch Binden um die Knie tragen. Mit der gleichen Härte werden wir

unseren Auftrag erledigen. Jeder, der hart ist, wird zurückkommen, denkt daran. Wir werden ihnen zeigen, daß wir ebensogut schlagen können, wie das Heer laufen kann. Wetzt die Messer, Jungens, heute nacht bleibt keiner am Leben, der uns in die Finger läuftl Heute nacht wird der Schnee blutig! Auf, macht euch fertig!«
Die Kartenspieler steckten ihre Karten weg. Der Obergefreite hielt mißtrauisch den Zettel gegen das Licht, auf dem er seine Gewinne notiert hatte. Die Russen erhoben sich und fingerten an ihrer Ausrüstung herum.
»Das ist es«, sagte Zado leise zu Bindig, »immer, wenn er so anfängt, ist alles vergessen. Dann merke ich, was sie aus mir gemacht haben. Dann ist Klaus Timm mein bester Kamerad, und ich spüre den Luftzug an der Kabinentür und den Ruck, wenn die Leine anzieht, und den, wenn der Schirm sich öffnet. Dann fühle ich, wie die Maschinenpistole in der Hand zuckt, und ich möchte laut schreien. Ich höre alle Kommandos, und ich sehe uns in Kreta durch das Gebirge klettern, mit aufgekrempelten Ärmeln, die Zigarette im Mundwinkel. Ich sehe alle Mädchen, die uns jemals gewinkt haben – ach, was sind wir doch für Jammerlappen!«

Es flog nur eine Maschine. Sie saßen sehr eng darin. Einer war gegen den anderen gepreßt, und jeder von ihnen hatte den Gedanken: Wenn sie uns zurückholen, werden wir nicht so dicht sitzen.

Unternehmen »Friedhof«

Die beiden Straßen, die sich wenige hundert Meter von dem Seenkomplex entfernt kreuzten, kamen von Berziniki und Zegary. Es waren zwei gewöhnliche Landstraßen, eingebettet in das verschneite Grün der Wälder, die hier dunkel und undurchdringlich waren. Die ganze Gegend hatte etwas Urwüchsiges, von Menschen scheinbar Unberührtes. Die Schneewehen lagen weiß und rein. Das Eis der Seen war von einer dichten Schneedecke überzogen, und über den unberührten Schnee zog ab und zu eine Wildfährte. Nur die beiden Straßen verrieten, daß es Menschen gab. Sie waren befahren. Der Schnee war beiseite geschoben, und stellenweise war unter den Rädern und Ketten der Fahrzeuge die Erde aufgewühlt worden, wodurch der Schnee eine schmutzige Färbung erhielt. Es mochte am starken Verkehr auf den beiden Straßen liegen, daß die Gegend um die Kreuzung unberührt erschien. Die Soldaten hatten keine Zeit, aus den Fahrzeugen auszusteigen. Sie mußten ihre Aufmerksamkeit darauf verwenden, die verschneite Straße so schnell wie möglich hinter sich zu bringen und ihre Fahrzeuge in die Nachschuborte in der Gegend um Sudauen zu bringen. Hier war der gelegentliche Donner der Geschütze als sehr schwaches Murmeln zu hören, und auch das nur, wenn größere Kaliber schossen. Es war so still, daß man hätte glauben können, der Krieg sei längst vergessen. Aber wenn dann wieder eine Kolonne die Straße entlangpreschte oder wenn sich ein paar schwere Fahrzeuge mühsam durch frische Schneewehen mahlten, wußte man, daß der Friede in den verschneiten Wäldern nur scheinbar war.

Klaus Timm hatte sich nicht lange an der Kreuzung aufgehalten. Dort war alles so, wie er es aus der Übung vor dem Einsatz kannte. Er zog sich deshalb bald wieder zurück in den Wald, der westlich der Kreuzung lag. Er ging nahe am Versteck seiner Soldaten vorbei und winkte dem Posten ab, als dieser auf ihn zugehen wollte. Im Weitergehen schlug er den Mantelkragen hoch. Ihn fror. Er wußte selbst nicht, weshalb ihm mit einem Male so unbehaglich zumute war. Er hatte nie eine Malaria gehabt, aber er spürte, daß er fieberte, seit er in die Maschine gestiegen war.
Während er zwischen den schneebeladenen Ästen der Tannen vorwärts schlich, versuchte er sich jede Einzelheit der Gegend genau einzuprägen, damit er sie in ein paar Stunden, wenn es dunkel war, gut genug kannte, um sich zurechtzufinden. Er sah seinen Schatten vor sich herlaufen, als er eine Lichtung überquerte. Die schrägstehende Sonne zeichnete seinen Oberkörper und den Kopf mit der plumpen Pelzmütze deutlich in den Schnee. Mach einen Sprung, dachte er einen Augenblick lang, spring über den Schatten hinweg! Er lächelte dabei, und sein Lächeln galt der Redewendung von dem eigenen Schatten, über den zu springen niemand in der Lage ist.
Dann hatte er den Seitenweg gefunden.
Es war ein verhältnismäßig breiter Weg. Timm hatte keinen Zweifel, daß die Fahrzeuge ihn, ohne zu zögern, einschlagen würden. Er zweigte in sanftem Übergang von der Straße ab und schlängelte sich durch den Wald. Timm folgte ihm, bis er an dem Holzplatz angelangt war, von dem sie bei der Division gesprochen hatten. Er besichtigte den Platz eingehend und fand, daß es keinen besseren geben konnte für das, was sie in dieser Nacht vorhatten.
Der Wald war menschenleer und still. Es war kalt und sonnig. An den Ästen der Bäume waren vor Tagen kleine, blitzende Eiszapfen entstanden. Timm griff sich im Vorbeigehen einen und steckte ihn zwischen die Zähne. Die Kälte des Eises tat wohl. Aber sie löschte den Durst nicht, und

Klaus Timm hatte Durst. Am jenseitigen Rand des Holzplatzes hockte er sich auf einen Baumstumpf, der ein paar Zentimeter aus dem Schnee ragte, und brannte sich eine Zigarette an. Blinzelnd schaute er dem Rauch nach, der in sanften Spiralen emporstieg und sich langsam in der klaren Luft verlor. Das Licht des Tages wurde rötlich. Die Schatten nahmen an Tiefe und Schwärze zu.

In Ordnung, dachte Timm. Er verzog das Gesicht zu einem Grinsen, als habe er soeben einer Frau eine Zote erzählt. Dann spuckte er kräftig aus und sagte zu sich selbst: »Auf, der Friedhof will hergerichtet sein!« Er stapfte ohne sonderliche Eile den Weg zurück. Die Soldaten hockten unter den herabhängenden Zweigen und rauchten. Sie rückten erwartungsvoll zusammen, als er zu ihnen trat. Bis auf die beiden Posten waren alle beieinander. Timm schob die Pelzmütze ins Genick und sagte: »Raucht weiter. Ich sage euch jetzt, was jeder einzelne zu tun hat.«

Er sah ein wenig plump aus in dem dicken Mantel mit dem großen Kragen, aber wenn er das Koppel mit dem Sowjetstern darüber schloß, dann wurde dieser Eindruck etwas gemildert. Timm hatte einen trockenen Hals. Er griff sich die Flasche, die er in der Hosentasche stecken hatte, und nahm einen Schluck Schnaps. Während er die Flasche wieder in der Tasche unterbrachte, sagte er: »So, jetzt geht's los. Wir gehen alle, mit Ausnahme der beiden Posten, zu dem Holzplatz. Wenn wir dort fertig sind, beziehen wir unsere Posten.«

Er erklärte ihnen noch einmal den Ablauf des Unternehmens in allen Einzelheiten, und als keiner mehr Fragen stellte, zog er mit ihnen zum Holzplatz. Sie hatten nicht viel zu tun. Sie untersuchten die Umgebung genau, und dann bestimmte Timm die Plätze, an denen jeder einzelne zu stehen hatte. Er bereitete alles so umsichtig vor, als arrangiere er ein großes Fest und habe dafür zu sorgen, daß seine Gäste den besten Eindruck bekämen.

Als die Dämmerung kam, war auf dem Holzplatz alles getan. Die Posten standen an ihren Plätzen. Timm brach mit den übrigen Männern auf. Die Hälfte davon ließ er auf halbem Wege zwischen der Straße und dem Holzplatz zurück. Es waren zwei Russen dabei. Mit den anderen ging er bis zur Straße. Er stellte zwei von den Russen an der Kreuzung auf. Der eine davon entrollte sofort zwei kleine Fähnchen, ein rotes und ein gelbes.

Im Gebüsch gegenüber der Kreuzung postierte Timm den Obergefreiten, dem die Kiste mit dem Bols gehörte. Er sagte leise zu ihm, so daß es die anderen nicht hören konnten: »Die beiden sind die zuverlässigsten Leute von den fünf. Aber du behältst sie im Auge. Wenn ihnen Gefahr droht, schießt du auf die Führerkabine des Wagens, den sie anhalten. Wenn sie andersherum abschieben wollen, schießt du auf sie. Verstehst du?«

»Ich verstehe«, antwortete der Obergefreite. Sein Gesicht sah verschwitzt aus unter der dicken Pelzmütze. »Hör mal«, sagte er, »ich werde schon mit ihnen fertig. Aber dieses ulkige Schallplatten-MG gefällt mir nicht. Wir hätten wenigstens eins von unseren mitnehmen sollen ...«

Timm wandte sich zum Gehen. Er sagte zu dem Obergefreiten: »Du kannst nicht als Russe mit einer deutschen Flinte herumspringen. Das MG ist gut. Ich habe selbst damit geschossen. Laß die Magazine nicht im Schnee liegen.«

»Schon gut«, brummte der Obergefreite, »ich sehe schon zu ...« An der Abzweigung des Weges von der Straße in den Wald ließ Timm den letzten der fünf Russen zurück. Er postierte sich zur Probe mitten auf der Straße und winkte mit zwei Fähnchen von der gleichen Art wie der an der Kreuzung. Timm nickte befriedigt und hieß ihn, sich seitwärts der Straße im Wald zu verstecken. In einiger Entfernung, auf einer Böschung am jenseitigen Waldrand, postierte er Bindig und Paniczek. Er suchte selbst den Platz aus, an dem sie liegen sollten. Sie überblickten die Straße und die Einfahrt des Waldweges. Es war eine günstige Stellung.

Timm sagte: »Paßt auf den kleinen Iwan auf. Man kann diesen Stinkern nicht über den Weg trauen.«
Paniczek brummte etwas vor sich hin und legte seine Maschinenpistole vor sich in den Schnee. Es war eine russische Waffe, wie sie sie alle bei diesem Einsatz trugen. Paniczek schaufelte mißmutig eine kleine Grube fürdie runde Munitionstrommel. Dann zeigte er auf zwei Kästen, die er bisher getragen hatte, und erkundigte sich: »Soll ich die Strippe jetzt legen?«
»Leg sie«, befahl Timm kurz, »aber nicht zu nahe an der Straße. Und sag denen an der Kreuzung noch einmal, daß sich vor elf Uhr keiner auf der Straße blicken lassen darf.«
Paniczek nickte schläfrig und zog mit einem der Kästen und einer Rolle dünnem Telefondraht los. Timm wollte gerade wieder hinunter zur Straße steigen, als er die Motoren hörte. Er zog beunruhigt die Stirn in Falten, aber seine Besorgnis war unnötig. Ein Dutzend Fahrzeuge kam langsam durch den Schnee herangekrochen. Es waren Lastwagen mit angehängten Granatwerfern. Die Wagen waren mit Munition vollgestopft, man sah die Kisten unter den nachlässig festgeknüpften Planen.
Als die Fahrzeuge verschwunden waren, sagte Timm zu Bindig: »Das wäre schon was für uns gewesen. Bloß ein bißchen viel auf einmal. Wir müssen sie einzeln haben. Wenn so ein Haufen auf einmal kommt, verliert man die Übersicht.«
»Wo ist Zado?« erkundigte sich Bindig.
Timm wies nach dem Waldweg. »Hinten am Holzplatz.« Er warf noch einen Blick auf die Stellung und stieg dann zur Straße hinab. Er schärfte dem Russen ein, sich nicht eher als um elf Uhr blicken zu lassen, und der Mann nickte eifrig.
»Und die Nerven behalten«, sagte Timm, »wenn von der anderen Seite was gefahren kommt. Nicht nervös werden. Den einen in den Waldweg winken und dem andern seelenruhig winken, daß er auf der Straße in Richtung auf die Kreuzung weiterfahren kann.«

Der Russe nickte wieder und sagte ein paarmal hintereinander hastig: »Jawohl, jawohl.«
»Nicht die Nerven verlieren«, sagte Timm wieder, »das muß alles verdammt amtlich aussehen, denn davon hängt es ab, ob einer was riecht oder nicht. Du mußt so amtlich winken, als hätte dich Stalin persönlich hierhergestellt. Und wenn einer was fragt, brüllst du ihn an, er soll den Verkehr nicht behindern. Du weißt doch, wie ihr das macht. Du weißt es besser als wir.«
»Jawohl«, sagte der Russe. Timm verschwand in dem Waldweg, und der Russe verkroch sich unter die Zweige am Straßenrand. Es wurde wieder so still wie zuvor.
Die Nacht kam, und sie war klar und sternenhell. Eine schwache Mondsichel segelte über den Wäldern. Auf der Straße schnauften ab und zu Fahrzeuge. Einzelne Lastwagen, Motorräder, Kolonnen, die mit abgeblendeten Lichtern aus dem Hinterland zur Front fuhren. Starke, vollbeladene Fahrzeuge mit dröhnenden Motoren. Sie schleppten Munition und Verpflegung. Zuweilen waren sie mit Infanteristen besetzt. Aber die meisten beförderten Lasten und hatten kleine Geschütze angehängt, Feldküchen oder Granatwerfer, die auf ihren Gummirädern hinter den schweren Wagen hertanzten.
Auf dem Holzplatz verminten die Soldaten eine Fläche von annähernd fünfzig Quadratmetern. Sie taten es nach einem bestimmten System, und die Minen waren nicht auf Druckzündung eingestellt, sondern an eine Leitung angeschlossen, die in einem Schaltkästchen endete, das ein paar hundert Meter entfernt im Walde stand.
Zado lehnte an einer Fichte, als Timm an ihm vorüberging. Er hatte die Pelzmütze in der Hand, und sein Haar hing ihm verschwitzt ins Gesicht. Timm stieß ihn vor die Brust und fragte: »Müde?«
»Nicht die Spur«, antwortete Zado grinsend, »ich könnte Bäume ausreißen. Alles, was an Bäumen hierherum steht. Wann geht denn unser Bus?«

»Um vier Uhr.«
»Bißchen spät«, meinte Zado, »schaffen wir es in zwei Stunden bis zu diesem See oder nicht?«
»Wir schaffen es«, sagte Timm. »Wir brauchen keine zwei Stunden dafür, aber wir sehen zwei Stunden vor. Das heißt, daß wir für unseren Friedhof hier drei Stunden haben. Nach meiner Rechnung können wir in der Zeit gut und gerne fünfzehn Fahrzeuge kapern. Vielleicht sogar mehr.«
»Vielleicht«, sagte Zado. »Aber vielleicht reißen sie uns auch den Arsch auf.«
»Eben«, nickte Timm ungerührt, »deswegen haben wir dich ja mitgenommen. Damit du endlich wieder mal zu einem Vergnügen kommst.«
Als es elf Uhr war, stellten die beiden Russen an der Kreuzung sich mitten auf die Straße. Der Obergefreite nahm den Telefonhörer und sagte gedämpft: »Achtung, Motorgeräusch.«
Es war ein einzelner Tankwagen. Ein schweres, dreiachsiges Fahrzeug. Der Russe mit dem roten Fähnchen hielt es an und brüllte dem Fahrer heiser zu: »Umleitung, zweihundert Meter rechts. Entgegenkommende Panzer. Der nächste Posten weist dich in den Umgehungsweg ein. Beeil dich, damit du von der Straße kommst ...«
Der Fahrer entgegnete etwas Unfreundliches, und der Beifahrer neben ihm hob schläfrig den Kopf. Sie hatten erst vor einer halben Stunde die Sitze gewechselt.
Dann fuhr der Tankwagen an, und der Obergefreite sagte in die Telefonmuschel: »Geht in Ordnung. Achtung, er kommt zu euch ...«
Der kleine Russe an der Abzweigung des Waldweges winkte mit seiner roten Fahne seitwärts, und der Tankwagen drehte nach rechts ab. Als er an dem Russen mit der Fahne vorbeifuhr, fragte der Fahrer unmutig: »Wie weit geht das auf diesem komischen Weg?«
»Hundert Meter entfernt steht ein Posten, der weist dich weiter«, erwiderte der Soldat mit dem Fähnchen.

Der Wagen fuhr an, und der Fahrer knurrte mißmutig: » … deine Mutter!«
»Jawohl!« rief der Posten ihm nach. »Aber schieb endlich deine Kiste von der Straße. Die Panzer kommen gleich!«
Hundert Meter weiter winkte einer der Russen dem Wagen, langsamer zu fahren, während der andere, die Füße aneinanderschlagend, danebenstand. Am Rand des Weges standen die Gestalten zweier anderer Soldaten, die der Fahrer jedoch nicht sehen konnte. Er steckte den Kopf aus dem heruntergekurbelten Fenster, und der Beifahrer wachte von der hereinströmenden Kälte auf und erhob sich. Der fünfte Russe erklärte dem Fahrer, wie er zu fahren hatte. Dabei kletterte er auf das Trittbrett des Führerhäuschens, und dann schob er seine Maschinenpistole etwas höher. Er betätigte den Abzugshahn, der das Dauerfeuer auslöste, etwa eine Sekunde lang, und danach betätigte er noch zweimal kurz hintereinander den Hahn, der Einzelfeuer auslöste.
Klaus Timm sprang aus dem Schatten der Bäume auf den Weg und riß die jenseitige Tür des Führerhäuschens auf. Der Beifahrer fiel ihm entgegen.
»Meine Herren«, sagte Timm, »ein Tankwagen. Und das gleich zu Anfang! Gibt das ein Feuerwerk!« Während einer der Soldaten sich auf den Führersitz schwang und den schweren Wagen auf dem Waldweg weiter zum Holzplatz fuhr, sagte er rauh zu den beiden Russen: »Los, schafft sie weg! Und laßt sie nicht so dicht beim Weg liegen!«

Der Urlaub für Leutnant Alf war sehr plötzlich gekommen. Zuerst hatte Barden angerufen und ihm mitgeteilt, daß er noch am selben Tag ein Urlaubsgesuch einreichen solle. Das hatte er sofort getan. Und bereits am Tag darauf war er zur Division beordert worden. Er übergab die Kompanie einem noch jüngeren Offizier aus dem Stab, nahm seine Urlaubspapiere in Empfang und wartete auf Barden. Der brachte es fertig, zwei Plätze in einem Flugzeug zu be-

schaffen, und so flogen sie noch am Abend desselben Tages mit einer Transportmaschine nach Berlin. Auf Alfs Frage, wieso er so schnell Urlaub bekommen habe, zumal er bereits im Sommer zu Hause gewesen war, antwortete der Onkel nur mit einem gemütlichen Lächeln.
Sie stiegen in Berlin zwischen zwei Luftangriffen in einen der wenigen fahrplanmäßigen Züge, und am nächsten Tage waren sie im Schwarzwald. Es war ein Idyll von Tannen, Schnee und gleißendem Sonnenlicht.
Sie brachten die Hochzeit schnell hinter sich.
Bardens Tochter war froh, als ihr Vater sich am anderen Tag verabschiedete. »Dienstreise, Ernestine. Auf dem Rückweg kommen wir noch mal vorbei. Laß es dir gutgehen inzwischen!«
Sie wußte natürlich, daß das nicht stimmte, denn sie hatte eine Schulfreundin in dem Ort, in dem sich Barden aufhielt, wenn er eine dieser Dienstreisen machte. Barden ließ zwei große Koffer, die er mitgebracht hatte, in das Auto laden, das ihn und Alf nach St. Georgen brachte. Er hatte zuvor telegrafiert, und die Zimmer waren reserviert. Als sie noch ein paar Kilometer von dem kleinen Kurort entfernt waren, wandte sich Barden leise, damit der Fahrer es nicht verstehen konnte, an Alf.
»Ich nehme an, du hast nichts gegen ein paar vergnügte Tage. Oder ...«
»Nichts«, sagte Alf gelassen, »nicht das geringste. Ich kann sie brauchen. Die Front kostet Nerven.«
»Eben«, nickte Barden, »außerdem sind da in St. Georgen zwei sehr interessante Damen. Das wird dir auch nicht unangenehm sein.«
»Damen?« erkundigte sich Alf.
»Ja, Damen. Ab und zu muß der Mensch ausspannen. Ein bißchen Wald, ein bißchen Skilaufen und ein warmer Grog am Abend, das sind Dinge, die wir brauchen. Keine langweiligen Familienfeste. Diese Hochzeit hat lange genug gedauert.« Er beugte sich noch näher zu Alf und raunte ihm

lächelnd zu: »Außerdem war sie eine Formalität. Man soll um solche Dinge nicht so viel Geschrei machen.«
»Bist du öfter in St. Georgen?« erkundigte sich Alf.
Barden nickte. »Es ist ein schönes Städtchen. Auf irgendeine Weise zieht mich diese Gegend an. Die Ruhe und die Einsamkeit, und dabei ein gewisser Komfort, den ich schätze. Und außerdem ist es angebracht, ein bißchen weiter zu blicken. St Georgen ist ein Nest, in dem es sich leben läßt. Du verstehst?«
»Ich verstehe«, bestätigte Alf. »Was ist das für ein Hotel, in dem wir wohnen?«
»Ein gutes«, antwortete Barden. »Ich kenne den Besitzer sehr lange.«
»Und die Damen?«
»Alice hat ein eigenes Haus«, erklärte Barden, »aber es ist besser, in einem Hotel zu wohnen.«
»Ich verstehe.« Alf nickte.
Barden lächelte väterlich. »Ich wußte doch, daß du ein gescheiter Junge bist. Übrigens vergaß ich ganz, dir zu sagen, daß Alice Witwe ist. Eine hochgebildete Frau. Gisela ist eine ihrer Bekannten. Sie verbringt ihre Ferien in St. Georgen. Ich glaube, sie hat ziemlich oft Ferien.«
»Gisela ...«, sagte Alf vor sich hin. Er versuchte, sich das Mädchen vorzustellen. Es gelang ihm nicht. Er hatte überhaupt keine Vorstellung davon, wie ein Mädchen aussehen konnte, das auf ihn wartete.
Draußen tauchten die ersten Häuser von St. Georgen auf. Es waren kleine, an die Abhänge gekuschelte bunte Häuschen im Gebirgsstil, mit schrägen Dächern und weißgestrichenen Fensterkreuzen. Der Schnee säumte in hohen Wällen die Ränder der Straße. Die Bäume waren bis an die Kronen in diesen Schneewällen verborgen.
Barden sagte: »Wir bekommen im Hotel ein paar Zivilanzüge. Solche Skianzüge, wie sie hier jetzt jeder trägt. Es gibt da einen Ausleih ... Läufst du eigentlich Ski?«
»Leidenschaftlich«, sagte Alf.

Dann fragte der Fahrer: »Kennen Herr Oberst die Straße, in der das Hotel ist?«
Barden kannte sie.

»Hallo, Leutnant!« rief das Mädchen. »Haben Sie Angst?« Sie stand unten, zwischen den ersten, kleinen Tannenbäumchen am Waldrand, und Alf bastelte ein Stück weiter aufwärts an seinem Ski. Sie war noch nicht alt, aber sie hatte die schlanke, ausgereifte Figur einer Frau. Ihr Haar war ein wenig zu blond, doch das störte Alf nicht.
»Gisela«, rief er zurück, »ich bitte Sie: Sagen Sie nicht immer Leutnant zu mir! Außerdem ist meine Bindung nicht in Ordnung,«
»Darf ich Bubi sagen?« neckte ihn das Mädchen, den Kopf auf die Hände legend, die die Skistöcke hielten.
»Ich warne Sie!« rief Alf. »Gleich ist meine Bindung in Ordnung, dann lernen Sie Bubi kennen!«
»Ich kenne ihn aber schon!«
»Hat Ihnen das der Oberst verraten?«
»Er hat mir sogar ein Bild von Ihnen gezeigt. Es ist schon einige Zeit her. Damals war er ein paar Wochen hier. Kommen Sie jetzt?«
»Ich komme!« kündigte Alf an, und dann stieß er sich ab. Er schoß hinter dem Mädchen her in den Waldweg hinein, und sie ließen die Skier auslaufen. Alf versuchte das Mädchen einzuholen, aber sie lief ihm davon. Sie war eine gute Skiläuferin. Während Alf überlegte, wer es ihr beigebracht haben mochte, liefen sie ein Stück durch einen dichten Waldbestand, und dann waren sie wieder an einem Abhang, der zum Ort hinabführte.
Unten brannten schon die ersten Lichter. Sie verbreiteten die anheimelnde Atmosphäre des nahenden Abends. Der Abend war das schönste an diesen Gebirgsorten. Dann blitzte der Schnee unter den Laternen, und der Holzrauch aus den Schornsteinen würzte die Luft. Man traf sich in der Hotelhalle, die nach Tannennadeln und Bohnerwachs, nach

Rotweinpunsch und Zigarren roch. Oder in der Bar, wo die Hocker mit bunten Figuren bemalt waren und die Gläser mit Edelweißblüten. Es war ein Frieden von eigener Art. Alles drückte die Gewißheit aus: Bis hierher wird der Krieg nie kommen. Dieses Nest in den Bergen ist eine Insel der Geborgenheit. Und dann gab es die anderen Gäste.

Alf hatte sich mit Gisela in der Bar verabredet. Er überprüfte im Spiegel seines Zimmers noch einmal den Sitz der dunklen Skihose, bevor er hinabstieg. An der Tür erinnerte er sich daran, daß er sich nach seiner Heimkehr von der Skitour für eine Weile auf dem Bett ausgestreckt hatte. Er ging noch einmal zurück und zog sorgfältig die Steppdecke glatt. Er tat es mit einem verstohlenen Lächeln und kam sich dabei sehr verwegen vor. Das Mädchen Gisela hatte alle Unsicherheit in ihm mit ein paar geschickten Wendungen im Gespräch beseitigt. Alf fühlte sich mit einemmal wie ein Draufgänger. Er hatte dieses Gefühl bisher nie gehabt, ja, er hatte nie geglaubt, daß er auf diese leichte, spielhafte Weise mit einer Frau umgehen könnte. Es war eine verhältnismäßig kurze Zeit vergangen, seit er Gisela kennengelernt hatte. Aber er hatte die Zeit genutzt.
Unten in der Halle setzte er sich in einen der breiten Plüschsessel und zündete sich eine von den englischen Zigaretten aus Bardens Koffer an. Er legte die Packung mit dem Feuerzeug vor sich auf den niedrigen Rauchtisch, während er zur Tür schaute, wo in einer Nische, halb hinter einem schweren Vorhang versteckt, der Portier vor sich hin döste.
Dieser Portier kennt seine Kundschaft, dachte Alf. Er hat einzig und allein die Aufgabe, im richtigen Augenblick schläfrig zu sein und die Augen zu schließen. Er tut das für zwei Zigarren am Tag, ich glaube kaum, daß Barden ihm mehr gibt.
»Donnerwetter, Beuteware?« sagte in diesem Augenblick eine ziemlich helle, wenig sympathische Stimme hinter ihm.

Alf blickte sich um und erkannte den Leutnant, der ein Zimmer auf dem gleichen Flur wie er bewohnte. Der Leutnant war in Uniform. Seine kleine, ein wenig untersetzte Gestalt steckte in gut nach Maß geschneidertem graugrünem Tuch, von dem sich die ockerfarbenen Kragenspiegel leuchtendhell abhoben. Diese Nachrichtenleute, dachte Alf, wie die nur zu den Auszeichnungen kommen! Der Leutnant trug das Deutsche Kreuz an der Brust. Er roch nach einem bitteren, französischen Parfüm, das an den Weihrauchduft in Kirchen erinnerte. Alf erhob sich, um den anderen zu begrüßen, und dann bot er ihm aus der Zigarettenschachtel an. Aber der Nachrichtenoffizier lehnte ab.
»Ich bevorzuge Zigarren. Früher rauchte ich meine dreißig Zigaretten am Tag. Von der Zeit habe ich noch das Aroma dieser Players in Erinnerung. Wir erbeuteten sie zum erstenmal bei Dünkirchen. Sind Sie an der Westfront?«
»Nein. Im Osten«, gab Alf Auskunft. Barden hatte ihm den Nachrichtenmann vorgestellt. Er schien ihn zu kennen. Der Leutnant war Alf nicht besonders sympathisch, aber es schien, als sei mit ihm auszukommen. Er war außer ihnen der einzige Offizier, der gegenwärtig in diesem Hotel wohnte.
»Im Osten ...«, sagte der Nachrichtenmann, »das ist eine harte Sache. Sie sind nicht zu beneiden. Ich hörte, Sie sind bei der Luftwaffe?«
»Luftlandetruppen«, sagte Alf, »eine Fallschirmjägereinheit.«
»Die zu Fuß geht ...«, lächelte der andere nachsichtig.
»Nicht gerade«, sagte Alf verbindlich. »Wir sind eine der wenigen Einheiten, die noch am Schirm hängen.«
»Ah ...«, machte der Nachrichtenoffizier, »interessant! Davon müssen Sie mir erzählen, Kamerad! Darf ich Sie einladen? An der Bar gibt es vorzüglichen ...«
»Ich ...«, unterbrach Alf ihn. Gisela kam durch die Tür auf sie zu. Alf blickte ihr entgegen und von ihr auf den Nachrichtenmann.

»Oh, Pardon!« sagte der, sich vor Gisela verbeugend. »Ihr Fräulein Braut! Ich dehne meine Einladung auf Sie beide aus, wenn Sie gestatten ...«
Als sie auf den Hockern saßen, sagte er leutselig: »Ich vergaß völlig, mich vorzustellen, meine Dame. Riebeck, Leutnant Riebeck. Zuletzt in Italien. Warte jetzt auf neuen Einsatz. Bevorzugen Sie einen Likör, oder halten Sie bei einem männlichen Kognak mit? Dreistern, garantiert ...«
»Kognak«, sagte Gisela, »diese Liköre sind fade.«
»Ausgezeichnet!« Riebeck freute sich. »Eine Frau, wie sie ein Offizier braucht. Von männlicher Festigkeit, selbst in den Getränken, haha ...« Er hielt sein Glas mit gekrümmtem Arm steif vor die Brust und schob den Kopf ruckartig nach vorn. »Auf ihr Wohl! Auf Ihre glückliche Ehe nach dem Sieg!«
Der Barmixer stellte gleichmütig Gläser zurecht. Er war ein kleiner, spinniger Kerl mit einem Spitzmausgesicht. Während er eine Flasche Martini öffnete, nickte er Gisela zu.
»Wieder mal bei uns?«
»Es ist Winter«, sagte Gisela. Sie warf ihr blondes Haar zurück, daß es lang und in sanften Wellen über das dunkle Seidenkleid fiel. Dann lächelte sie: »Im Winter braucht man St. Georgen ... und eure Bar hier und das, was es zu trinken gibt!«
Der Mixer wischte grinsend Gläser aus. Er sah Alf, der sich mit Riebeck unterhielt, von der Seite an, aber er sagte nichts. Ihn interessierte nur, daß Alf sein Glas ausgetrunken hatte und hinstellte.
»Das gleiche?« erkundigte er sich. Alf nickte.
Gisela hielt die Hand über ihr Glas. »Nicht so schnell, Fips. Die Nacht ist lang.«
Die beiden Offiziere unterhielten sich wieder. Fips beugte sich ein wenig über den Tisch und flüsterte: »Davon bin ich überzeugt. Sie sehen bezaubernd aus, Gisela!«
Er hatte ein Holzbein. Bei einem Fliegerangriff in Frank-

reich hatte er sich nicht schnell genug in Sicherheit bringen können. Er ging schlecht, aber man sah es nicht, wenn er hinter der Bar stand. Er kannte seine Leute. Im späten Frühjahr bediente er Giselas Vater. Dann machte er der Dame, die mit ihm war, Komplimente. Im Hochsommer kam Giselas Mutter, und der Mann, der mit ihr war, bestellte meist gequirlten Sekt. Gelegentlich erkundigte sich dann Fips nach den Geschäften. Im Herbst kam Gisela. Manchmal kam sie im Winter noch einmal. Fips kannte sich aus. Leute, die eine Bank besitzen, müssen gelegentlich ausspannen. Und diese Leute besaßen nicht gerade eine der unbedeutendsten Banken in Köln.

Riebeck hob wieder sein Glas. Sie tranken, und Alf überlegte, daß es noch sehr früh war und daß er nicht im gleichen Tempo weitertrinken durfte.

»... und dann gingen wir aus unserer Stellung ein paar hundert Meter den Berg hinab und tauschten Zigaretten mit den Amerikanern ...«, erzählte Riebeck. »Damals rauchte ich auch noch Zigaretten und war ganz wild auf diese amerikanischen Stäbchen. Sie gaben sie stangenweise ab. Gegen Sachen, auf denen ein Hakenkreuz drauf war. Und gegen Schallplatten mit ›Lilli Marlen‹. Dafür gaben sie das meiste. Sie waren rein närrisch darauf. Wir konnten gar nicht so viel heranschaffen. Und was sie an Winterhilfeabzeichen sammelten!« Er lachte und schüttelte den Kopf. Er sah gut aus, so auf dem Barhocker, die Knie leicht angezogen, den einen Arm nachlässig auf die Nickelstange der Bar gestützt, in der anderen Hand das Glas. Ein lachendes Gesicht mit einem guten Gebiß und sehr hellen Augenbrauen. Auf seiner Uniform fand sich kein Stäubchen. Es war, als habe er sie eben erst vom Schneider geholt.

»Haben Sie alten Bestand in Ihrer Kompanie, oder sind es neue Leute?« erkundigte er sich bei Alf. Der nippte an seinem Glas, dann antwortete er: »Relativ viel langgediente Soldaten. Ausgesuchte. Aber auch Ersatz.«

»Der Ersatz taugt nichts mehr«, stellte Riebeck trübsinnig

fest, »die jungen Kerle sind verweichlicht. Unzuverlässig. Viel zu kurz ausgebildet.«
»Mag sein«, sagte Alf, »aber ich habe gute Leute bekommen. Jung, aber in Ordnung. Ich kann mich auf sie verlassen. Man muß sie allerdings anders anfassen ...«
»Am Ehrgeiz packen«, nickte Riebeck. »Ja, das hilft manchmal noch. Aber insgesamt gesehen ... Kamerad, ich sage Ihnen nichts Neues: Das Menschenmaterial taugt nichts mehr.«
»Die Damen wünschen?« fragte Fips, der Mixer. Es waren zwei nicht mehr junge Frauen mit schlaffen Gesichtern. Sie benutzten die Hocker nicht, auch nicht, als Fips sie dazu aufforderte. Sie blieben vor der Bar stehen und wählten einen Zitronenflip. Der Mixer musterte sie, während er in jedes Glas eine halbe Zitrone ausquetschte. Er machte es auf einer verchromten Presse und achtete sorgfältig darauf, daß nicht eine Faser von dem Fruchtfleisch mit ins Glas geriet. Während er in den Eiswürfeln wühlte, um zwei kleine Stückchen herauszusuchen, hörte er eine der beiden Frauen sagen: »Unerhört, uns das zuzumuten! Als ob wir nur hergekommen wären, um uns über die Schulter behandeln zu lassen ...«
Pech, dachte Fips. Er kannte seine Leute. Er war lange genug in diesem Hotel, und als er noch sein Bein hatte, war er in Baden-Baden an einer Bar gewesen. Er stellte die Flips zurecht und verbeugte sich. Es ist unnütz, dachte er, diese Sorte läßt sich auf den Pfennig herausgeben. Aber da sind ja noch die beiden Leutnants und die blonde Tochter des Bankdirektors. Und die wirklichen Gäste kommen erst später.
»Eigentlich dreht sich alles nur noch um das Aushalten!« erklärte Riebeck mit großem Ernst. Er hatte so viel getrunken, daß er imstande war, ohne Unterlaß zu reden. Er lächelte Gisela zu und entschuldigte sich: »Sie dürfen nicht böse sein, aber der Gedanke an den Sieg läßt selbst im Urlaub unsere Phantasie nicht los. Sehen Sie«, wandte er sich

dann wieder an Alf, »ich zweifle beispielsweise nicht daran, daß man über kurz oder lang mit den Westmächten zu einer Art Übereinkommen gelangen kann. Man wird sie dazu zwingen können, denn sie merken längst selbst, wie weit sich der Kommunismus in ihr Einflußgebiet vortastet. Darüber gibt es kaum Sorgen, das werden unsere Diplomaten schaffen, obwohl man darüber heute besser noch nicht redet, weil es zu viele Leute gibt, die ein zu eng begrenztes Denkvermögen haben. Und die Russen muß man mit andern Mitteln ausschalten. Man hört da so einiges. Ich rechne damit, daß wir auf dem Gebiet der Kriegstechnik eine umwälzende Änderung erleben werden. Unsere Chance ist die Massentötung. Was aus dem Osten anmarschiert kommt, kann man nicht mit den herkömmlichen Waffen bekämpfen. Der Führer weiß das, und er wird seine Maßnahmen längst getroffen haben. Eines Tages wird man uns damit überraschen, daß man vermittels einer neuen Waffe, über deren Beschaffenheit man sich heute noch gar keine Vorstellungen machen kann, ganze Frontabschnitte der Russen im Zeitraum von Sekunden ausradiert. Das ist unsere Chance. Wenn der Westen dann nicht klein beigeben will, wird er damit rechnen müssen, daß man ihm gegenüber die gleichen Waffen anwendet wie gegenüber den Horden aus Asien. Das wird den Westen gefügig machen, darüber gibt es keinen Zweifel. Trinken wir doch, Kamerad! Gnädiges Fräulein!«
Er hob sein Glas, aber es war nicht mehr viel darin. Es sah kurios aus, wie er den Tropfen mit einer feierlichen Handbewegung zum Mund führte.
Als er das Glas absetzte, erkundigte sich der Mixer höflich: »Bleiben die Herren bei derselben Sorte?«
»Bei derselben …«, sagte Alf über die Schulter und stellte ihm das Glas hin. Er hatte Lust zum Trinken bekommen. Er beobachtete mit einer gewissen Freude, daß Gisela ihm immer näher gerückt war. Sie lehnte leicht an seiner Schulter, und er roch ihr Parfüm. Eigentlich wollte er diesen

Leutnant von den Nachrichten los sein, aber es war schließlich gleich, mit wem man an der Bar trank. Als der Mixer begann, ihre Getränke unauffällig aufzuschreiben, weil er die Zahlen nicht mehr im Kopf behalten konnte, erklärte Alf dem Nachrichtenmann mit gehobener Stimme: »Eines Tages werde ich mit meinen Leuten heimkehren! Wir werden am Sieg keinen geringen Anteil haben! Meine Leute sind tapfer, ich habe sie dazu erzogen. Mit Härte. Und mit dieser Härte werden wir auch siegen ...« Er schwieg und nahm feierlich sein Glas. Er war betrunken, und mit einemmal erinnerte er sich an das, was ihm in der Nähe der Front klargeworden war. Er wollte nicht mehr daran denken. Er hob verwirrt sein Glas. Dabei verschüttete er ein wenig von dem Inhalt. Der Mixer beobachtete es mit unbewegtem Gesicht.

»Trinken wir auf den Sieg. Er bedeutet unser Leben!« sagte er einigermaßen fest. Riebeck hob sein Glas. Er saß kerzengerade. Gisela tat ein wenig gelangweilt mit.

Der Mixer füllte die Gläser unaufgefordert wieder. Jetzt kommt der Verdienst, dachte er. Jetzt muß man an die Rechnung denken. Er schrieb bei jedem Glas, das er von nun an ausschenkte, zweimal den Preis auf das Papier unter dem Schanktisch. Auf den Sieg, dachte er. Immer drauf auf den Sieg. Das gibt einen Anzug für mich. Die Stoffe sind verflucht teuer geworden, und mit diesem Holzbein macht man sich alle paar Monate eine Hose zuschanden. Dann beugte er sich zu Gisela und flüsterte ihr ins Ohr: »Ich empfehle Ihnen, einen Kaffee zu bestellen. Es ist welcher da. Ich gebe Salz daran, das bringt ihn wieder auf die Beine. Sie müssen ihm einreden, daß er ihn trinken muß!«

Aber Alf wurde nicht mehr nüchtern. Auch nicht, als der Mixer von irgendwoher eine Flasche Schaumwein herbeizauberte und Alf ein Getränk zusammenbraute, das aus Sekt, aus Bier und Fruchtsaft gemischt war.

»Schade«, sagte er bedauernd, als die beiden Offiziere immer lauter wurden, anstatt zu ernüchtern, »diese Mixtur

hat schon Leuten geholfen, die das Delirium hatten. Er muß an gar nichts gewöhnt sein.«
Aber Gisela konnte selbst nicht mehr genau begreifen, was der Mixer sagte. Sie tranken weiter. Abwechselnd auf Gisela, auf die Nachrichtentruppe, auf Alfs Kompanie, auf die Methode, Massentötungen vorzunehmen, und auf den Sieg.
»Das ist ...«, brabbelte Alf unsicher, »... unser Leben, oder auch nicht! Die einzige Chance ist, zu siegen ... ganz überraschend zu siegen ... noch dieses Jahr ...« Er fühlte nicht, daß er so viel von dem Alkohol auf die Hose geschüttet hatte, daß sie durchnäßt war. Er legte den Arm um Gisela und fuhr mit der Hand unter ihre Achsel. Der Nachrichtenmann beobachtete es mit schläfrigen Augen.
»Gisela«, lallte Alf, »noch eine ... Woche! Dann bin ich ... nicht mehr bei dir ...«
Der Mixer brannte sich eine Zigarette an. Es war ein flauer Betrieb heute. Eine Bar, an der sich nichts weiter abspielte, als daß sich zwei Männer und eine Frau systematisch betranken, war langweilig.
»Sehen Sie diesen Mann an ...«, begann Riebeck feierlich, »sehen Sie ihn an, wie er hier sitzt und Sie im Arm hält! Er kommt aus der Hölle! Und er wird wieder dort hingehen. Für Sie! Das dürfen Sie ihm nie vergessen! Mit seinem Leib schützt er Sie. Für Sie wird er den Sieg erringen! Das ist die heilige Lebensauffassung eines deutschen Soldaten ...« Er rülpste und entschuldigte sich ungeniert.
Das mit dem Sieg wird schwerhalten, dachte der Mixer. Sie sollen Osnabrück bombardiert haben. Und Schweinfurt und Darmstadt. Wird wohl nicht mehr viel davon stehen. Verdammt, Zeit, daß es aufhört, sonst kommen sie womöglich auch noch hierher. »Noch einmal dasselbe?« erkundigte er sich.
»Haben wir jemals etwas anderes getrunken als immer dasselbe?« lallte Alf ziemlich laut.
»Nein, zu Befehl!« grinste der Mixer.

»Ha …« Alf zog die Augenbrauen hoch. »Soldat gewesen?«
»Jede Menge!« grinste der Mixer.
Alf schüttelte den Kopf. »›Jede Menge‹, antwortet der Mensch! Und so was war Soldat! Seien Sie froh, daß wir es bald geschafft haben! Aus Ihnen hätten wir einen … einen Soldaten gemacht, einen richtigen! Nicht so was mit ›jede Menge‹! Österreicher, was? Ostmärker? Klare ostmärkische Schlamperei! Hätten wir schon hingekriegt …«
»Davon bin ich überzeugt, Herr Leutnant!« grinste der Mixer. Er stellte ihnen die Gläser hin und schrieb zwei Runden an. Heute komme ich dem Anzug ein Stück näher, dachte er. Dann sagte er höflich: »Jawohl, Herr Leutnant. Bin überzeugt davon, Herr Leutnant.«
»Alles keine Soldaten mehr …«, stellte der Nachrichtenmann traurig fest, »alles keine Soldaten. Schäbige Zivilisten … keine Ahnung …«
»Bubi …«, flüsterte Gisela Alf ins Ohr, »es ist so … das ist langsam zuviel …«
Alf rief mit erhobenem Glas: »Meine Jungens solltet ihr sehen! Kerle! Meine Jungens, wenn sie hier wären …«
Jawohl, dachte der Mixer, wenn sie alle so viel saufen würden, dann bekäme ich den Anzug an einem Tag zusammen.
Plötzlich schüttelte Alf den Kopf. »Wo ist … der Oberst? Wo ist er, wenn hier exerziert wird? Immer die Frauen … Gisela, ich glaube …«
»Ja«, sagte das Mädchen schnell, es klang einigermaßen nüchtern, »wir wollen uns lieber noch ein bißchen ausruhen. Morgen wollen wir hinauf in die Berge.« Sie schob das Glas zurück und winkte ab, als der Mixer es erneut füllen wollte.
Das ist unfair von ihr, dachte er, während er schnell noch eine Runde auf den Zettel schrieb. Es ist unfair, denn heute bekommt er sowieso nichts mehr fertig, und wenn sie ihn hiergelassen hätte, wären noch ein paar Runden herausgekommen. Sie hat das letzten Winter nicht gemacht, als sie mit dem von der Waffen-SS hier war. Aber der vertrug auch

mehr als dieser komische Fallschirmonkel. Dabei sollen die ganz schön saufen, habe ich gehört …
Er nahm ihnen eine Menge Geld ab, aber sie merkten nicht, daß er sie betrog. Er war äußerst zufrieden, als er die beiden Offiziere davonwanken sah. Es hatte sich gelohnt. Er genehmigte sich schnell einen Kognak.
Er war ein schlechter Soldat gewesen, und in seiner Rekrutenzeit hatten sie ihn geschunden, daß er manchmal nahe daran gewesen war, sich auf der Latrine zu erhängen. Fips bleibt euch nichts schuldig, dachte er, Fips läßt euch dafür zahlen! In solchen Augenblicken waren der ganze Jammer seines Soldatenlebens und das Holzbein vergessen. In solchen Augenblicken war Fips, der Mixer, stolz darauf, wie furchtlos er Rache nahm, und in solchen Augenblicken hatte er das erhabene Gefühl, mit seinem zerstörten Körper Herr über alle Offiziere der Armee, der Luftwaffe und der Marine zu sein.
Alf fand sich auf seinem Zimmer wieder, wo er in einer höchst unbequemen Stellung neben Gisela auf dem Bett lag. Er fühlte mit einem Male, wie sein Magen sich zusammenkrampfte, und das machte ihn einigermaßen nüchtern. Er stolperte nach der Toilette, und als er nach längerer Zeit ein wenig erleichtert wieder ins Zimmer trat, hatte er plötzlich Augen für Gisela. Sie lag quer über dem Bett so wie er sie verlassen hatte. Das Kleid hatte sich verschoben, und es gab eine Schulter frei. Alf ließ sich neben ihr nieder und fuhr unsicher mit der Hand in den Ausschnitt. Das Mädchen stieß einen unwilligen Laut aus. Sie hatte unter dem Kleid nicht viel an, aber Alf hatte unsichere Finger. Sie wälzte sich ärgerlich auf die Seite.
»Was ist, Liebling?« fragte er einfältig.
»Schade um mein Kleid …«, murmelte sie, ohne die Augen zu öffnen.
Er näherte sich ihr wieder, aber sie stieß ihn lustlos beiseite. »Das wird nichts, Bubi. Du bist betrunken. Du ruinierst nur mein Kleid. Das ist die Geschichte nicht wert …«

»Liebling …«, bettelte Alf.
Sie erhob sich schwankend und streifte mit verwunderlicher Geschicklichkeit das Kleid über den Kopf. Er hob es auf und legte es auf einen Stuhl. Als er sich umdrehte und wieder zu ihr wollte, lag sie bereits in seinem Bett und hatte sich die Steppdecke übergezogen. »Leg dich hin …«, sagte sie sanft, »schlaf dich aus. Du hast viel zuviel getrunken …«
»Aber … es ist doch …«
Sie rückte beiseite und machte ihm Platz. Schließlich ließ er sich unbeholfen neben ihr nieder und streckte sich aus. Er vergaß, sich auszuziehen, und erst als er die Steppdecke ein wenig anhob, merkte er, daß das Mädchen tatsächlich am Einschlafen war. Er berührte sie ein paarmal, aber sie bewegte unwillig die Schultern und sagte abweisend: »Sei kein Kind! Es muß nicht heute sein. Wir haben noch ein paar Tage.«
Es kränkte ihn, denn er fühlte sich stark und nüchtern. Er hatte von der Toilette her noch den bitteren Geschmack im Mund und wagte nicht, sie zu küssen. Er streckte sich neben ihr aus und fühlte ihren Körper, und das einzige, was sie ihm erlaubte, war, seine Hand auf ihre Brust zu legen. Nach einer Weile zog er sie fort und verschränkte beide Arme unter dem Kopf.
»Du kennst unser Leben nicht«, sagte er, »du weißt nicht, was wir durchmachen müssen …«
»Nein«, sagte sie schläfrig, »und wenn ich es wüßte, würde sich heute nacht auch weiter nichts mehr abspielen, mein Lieber. Aber erzähl noch ein bißchen von dem, was ihr durchmachen müßt. Dabei schläft es sich schön ein …«
Er war beleidigt und überlegte, ob er sie vor die Tür setzen sollte. Aber er besaß keine Kraft, so etwas zu tun. Er zog nur die Stirn in Falten und sagte: »Keiner weiß, was wir leisten. Keiner wird es je erfahren. Auch du nicht. Tag für Tag und Nacht für Nacht sein Leben einsetzen …«
Sie rekelte sich behaglich. Ihr blondes Haar lag gelöst über dem Kissen. Er sah sie nicht an. Er starrte an die Decke. Er

fühlte sich beleidigt und verlacht, abgewiesen. Er hatte sich diese Nacht anders vorgestellt.
»Erzähl ein bißchen, wie ihr euer Leben einsetzt ...«, brabbelte sie, »das ist ganz schön, so vor dem Einschlafen ...«
Er reagierte nicht darauf, aber er sprach trotzdem weiter. Er sah die Kompanie so deutlich vor sich, als stünde er mitten unter den Soldaten, jetzt, in diesem Augenblick, während er neben dem blonden Mädchen im Bett lag.
Er sah das Raubvogelgesicht Zados, die fragenden Augen Bindigs und den verkniffenen Blick Timms. Er erinnerte sich, daß sie unterwegs waren, eingesetzt am selben Tag, an dem er seinen Urlaub begonnen hatte. Und er begann, von ihnen zu erzählen. Er erzählte der betrunkenen Frau alles, was er selbst nicht gesehen, nur gemeldet bekommen hatte. Die Nächte, bewegungslos in irgendeinem Gehölz verbracht, der blitzschnelle, lautlose Mord an einem Posten und das trockene Bellen der Pistolenschüsse. Die Angst, entdeckt zu werden, und die Verzweiflung, wenn man entdeckt war. Er schilderte die Detonation einer Sprengladung und den Todesschrei eines Russen, das Blut, das an den Uniformen der Männer klebte, und ihre bleichen, eingefallenen Gesichter, wenn sie zurückkamen. Er schilderte es so brutal und grausam, daß er selbst daran zu glauben begann, es erlebt zu haben. Er wollte die Frau treffen mit all dieser Grausamkeit, er wollte ihr Achtung vor sich einflößen, und es war ihm ein beinahe sadistisches Vergnügen, ihr zu beschreiben, auf welche Weise man Menschen töten kann. Er hatte nie einen toten Russen gesehen, aber er beschrieb ihn sehr genau.
Einmal hatte Zado ihm geschildert, wie sie einen Posten zurückgelassen hatten. Er beschrieb auch das alles und spürte, wie ihm das Blut dabei zu Kopfe stieg, wie er immer nüchterner wurde, immer wütender in seiner Hilflosigkeit. Er wollte sie treffen und ihr Angst einflößen und Achtung. Hier lag nicht ein Leutnant wie dieser andere von den Nachrichten. Hier lag Alf, der eine Truppe führte, die zu tö-

ten gewohnt war, kalt und brutal, der ein Mensch nicht viel mehr wert war als eine verlorene Patrone, eine Frau soviel wie die wertlose Abzugsschnur einer Handgranate.

»Gnade Gott, wer uns in die Finger gerät ...«, sagte er. Seine Stimme begann, vor Erregung zu beben. »Manchmal möchte ich das allen Leuten sagen. Es wird eine Zeit kommen, da werden wir von jedem Rechenschaft fordern über das, was er selbst getan hat, während wir unser Leben einsetzten ... Dann wird mancher, der es heute noch nicht weiß, merken, wer wir sind ... und ...«

Es war warm im Zimmer. Der Schweiß trat ihm auf die Stirn. Er bewegte sich impulsiv. Er wollte ihr irgendeine Kränkung zufügen. Er wollte ihr eine Verletzung beibringen, die sie an ihn erinnerte und an diese vertane Nacht, und er suchte nach Worten, während sie neben ihm ruhig atmete, mit geöffnetem Mund, die Lippen noch rot vom Lippenstift, und mit dem vollen, gebleichten Haar, das sie älter machte, als sie in Wirklichkeit war. Er reckte sich und setzte von neuem an, bemüht, alle Sinne auf das zu konzentrieren, was er sagte. Und während er sich reckte, noch bevor er wußte, was er weiter sagen wollte, hörte er sie leise und unwillig murmeln: »Mein Gott, du hättest wenigstens die Schuhe ausziehen können. Ich habe meine besten Strümpfe an, und du kannst mir aus diesem lausigen Osten nicht einmal ein paar neue schicken, wenn du sie zerreißt ...«

Als sie das sechste Fahrzeug angehalten und von der Straße nach dem Holzplatz gefahren hatten, war Bindig auf seinem Posten so durchgefroren, daß seine Zähne aufeinanderzuschlagen begannen. Es war schon ziemlich viel Zeit vergangen, und bis jetzt hatte es keinen Zwischenfall gegeben. Es schien, als träte für einige Zeit Ruhe ein. Bindig erhob sich langsam. Er stand unsicher auf den Beinen und machte eine Weile Bewegungen, um das Blut schneller durch die Adern zu treiben.

Paniczek lag mißmutig in den Schnee gepreßt und hauchte in die Hände.
Bindig ging ein wenig abseits, um sich die Füße zu vertreten. Er wäre gern zur Straße hinab und über den Waldweg bis zum Holzplatz gegangen, aber er wagte es nicht, seinen wichtigen Posten zu verlassen. Denn Timm hatte ihm eingeschärft, die Abzweigung des Weges von der Straße keinen Augenblick unbeobachtet zu lassen. So bewegte er sich nur ein paar Schritte rückwärts in den Wald hinein und schlug die Füße in den kalten Stiefeln aneinander. Er trug zum erstenmal Stiefel; sonst, wenn sie in der deutschen Uniform gesprungen waren, hatten sie stets die elastischen Schnürschuhe angehabt. Er hatte, wie die anderen auch, die Knöchel besonders gut bandagiert, aber die Bandagen saßen ein wenig zu fest, und er hätte sie gern gelockert. Er überlegte, ob er es wagen konnte, die Stiefel auszuziehen und die Bandagen neu zu wickeln, aber er unterließ es dann doch, denn es würde zu lange dauern, und jeden Augenblick konnte es an der Straße Alarm geben.
Durch die verschneiten Bäume fiel ein fahles, kraftloses Mondlicht. Die Nacht hatte nichts von dem fließenden Silber anderer Nächte. Sie hatte keinen Zauber. Vor dem Mond schwamm eine dünne Wolkenwand. Bindig überlegte, daß es in den nächsten Nächten viel Schnee geben würde. Es ging auf Weihnachten zu.
Er wußte selbst nicht, weshalb er mit einemmal den weißen Tarnumhang, der zusammengerollt an seinem Koppel hing, aufknüpfte und überwarf. Er zog ihn über die Schultern und klappte die Kapuze über den Kopf.
Paniczek schnaufte und spuckte in weitem Bogen in den Schnee, als er wieder zu ihm trat. »Du hast dich zurechtgemacht wie ein Nachtgespenst«, sagte er halblaut. Dann holte er eine Zigarette aus der Manteltasche und brannte sie an. »Wenn ich das heute hinter mir habe, wird mir wohler sein«, sagte er dabei.
Er meinte es ehrlich. Er hatte zum erstenmal Angst. Ihm

war nicht wohl in der Nachbarschaft der Toten, die drüben, jenseits des Weges, im Wald lagen. Hoffentlich haben sie wenigstens ein bißchen Schnee drübergeworfen, dachte er; wenn irgendwas schiefgeht, und sie finden die Toten, dann ist der Teufel los. Aber der Teufel ist überhaupt los, wenn etwas schiefgeht. Wir sitzen hier wie die Maus in der Falle. Nicht sie haben die Falle gebaut, sondern wir. Sie bekommen uns auf jeden Fall. Sie brauchen sich nicht sehr anzustrengen. Er sah schnell auf die Uhr, aber die Zeit, die die Zeiger ihm wiesen, befriedigte ihn nicht. Es war noch zu lange hin bis zu der Stunde, da die Maschine sie abholen sollte. Es war, als habe jede Minute in sich den Tod eingeschlossen und als habe nichts mehr einen Sinn, weder das stille Verharren in der Dunkelheit unter den Bäumen noch das Warmhalten der Finger oder das aufmerksame Lauschen auf jedes Geräusch. Er zog hastig an der Zigarette, nicht darauf achtend, daß er sie dabei hell aufglühen ließ. Er drückte sie halb aufgeraucht aus und tastete nach der Schokolade, die er in der Tasche hatte. Er aß davon ein Stück, und als er die Schokolade weggesteckt hatte, griff er nach dem Keks, der lose im Mantel steckte. Der bärenstarke Paniczek war so unruhig, daß Bindig schließlich sagte: »Was ist bloß mit dir los? Geh mal nach hinten und mach dir ein bißchen Bewegung, ich glaube, du frierst!«
Paniczek fühlte sich erleichtert, als er aufgestanden war und ein paar Schritte machte. Er ging an der dünnen Kabelleitung entlang, denn Timm hatte ihm aufgetragen, von Zeit zu Zeit die Verbindung zu kontrollieren. Es war unnütz, denn auf dem Weg zwischen Paniczeks Posten und der Kreuzung, wo der Obergefreite neben dem Telefon lag, geschah nichts.
Bindig griff mechanisch nach dem Telefon und zog es zu sich heran. Er sah zur Straße hinab, aber er konnte den kleinen Russen nicht entdecken. Der hielt sich am anderen Rand versteckt, bis von der Kreuzung die Anweisung kam, die Paniczek aufnahm und ihm zurief.

Neben dem Telefon hockend, in den weißen Umhang gehüllt, horchte Bindig in die Nacht. Vom Holzplatz waren bis vor einiger Zeit noch ab und zu Motorengeräusche gekommen, aber jetzt war es auch dort still. Sie stellten auf dem Platz, den sie vorher vermint hatten, die Fahrzeuge zusammen und verminten auch über der Erde die Fahrzeuge noch einmal. Unternehmen Friedhof, dachte Bindig, das gilt für die Fahrzeuge, die sie zusammenstellten. Aber es gilt auch für die Fahrer, die irgendwo abseits im Walde liegen.

Paniczek lag neben dem Obergefreiten an der Kreuzung und brannte sich eine Zigarette an, als das Autogeräusch aus der Ferne hörbar wurde. Er überlegte, ob er jetzt zurücklaufen sollte, aber es schien dafür zu spät zu sein, und so drehte er nur schnell an der Kurbel, bis sich am anderen Ende Bindig meldete. Er sagte ihm, daß ein Fahrzeug heranrolle, und Bindig antwortete: »In Ordnung, das mache ich schon. Bleib so lange da, bis es vorbei ist.«

Dann war der Wagen auch schon zu sehen. Er fuhr ziemlich schnell auf die Kreuzung zu, wo die beiden Posten standen. Es war ein Jeep, trotz der kalten Nacht ohne Verdeck fahrend und mit vier in Mäntel gehüllten Personen besetzt. Der Russe an der Kreuzung hob die Signalflagge, und der Jeep rollte langsamer. Er hielt genau zwischen dem Posten mit der Flagge und dem anderen, der mit hochgeschlagenem Mantelkragen, die Maschinenpistole über der Brust, am Straßenrand stand. Im gleichen Augenblick, als der Russe mit der Signalflagge an den Wagen herantrat, erkannte er die Abzeichen des Generals auf der Uniform eines der Männer. Er stand automatisch stramm und hob die Hand an die Pelzmütze.

Es war der Mann, mit dem Zado zuletzt über das Messer gesprochen hatte, und er hätte jetzt das sagen müssen, was Timm ihm für solche Fälle eingeschärft hatte, nämlich daß einige Schleppfahrzeuge mit defekten Panzern auf der Straße unterwegs waren und der Jeep vorsichtig fahren solle, weil die Schlepper ohne Licht fuhren. Dann hätte der General genickt, der Fahrer hätte gleichmütig Gas gegeben, und dann wäre der Jeep weitergefahren, ohne sich weiter um die beiden Posten zu kümmern.

Er tat das nicht, sondern er sagte, immer noch die Hand an der Pelzmütze, das gleiche, was er den Fahrern der sechs Fahrzeuge gesagt hatte, die jetzt bereits auf dem Holzplatz standen. Er blickte den General dabei an, und seine Augen zogen sich sehr schmal zusammen. Diesen General zu töten, das war etwas Einmaliges. Es war der Versuch, Rache zu üben. Der Fahrer fuhr langsam wieder an, und während der Jeep davonrollte, gab der Posten dem Obergefreiten das vereinbarte Zeichen. Bindig hob den Hörer ab, und zwei Sekunden später gab er dem Russen an der Abzweigung des Waldweges das Zeichen. Der trat auf die Straße und hob die Signalflagge.

Der Fahrer lenkte den Wagen an die rechte Straßenseite und während der Posten mit der Flagge herantrat, fragte der General unwillig: »Wer hat denn diese Umleitung verfügt?«

»Verfügung vom Armeestab, Genosse General!« antwortete der kleine Russe.

Der General schüttelte den Kopf und sagte: »Eigenartig.« Dann wandte er sich an den Offizier, der neben ihm saß, und sagte ärgerlich: »Hier ordnet irgendeiner Unsinn an. Die Straße ist breit genug für zwei T 34.«

»Ich denke auch«, antwortete der Angeredete mit einem Blick auf die Straße. »Übrigens sind diese Waldwege hier oft sumpfig. Es ist nicht sicher, ob wir ...«

»Haben Sie den Weg kontrolliert?« fragte der General den Posten mit der Signalflagge.

Der ahnte, daß hier etwas begann, was nicht glatt ablaufen würde. Er erklärte, daß der Weg in Ordnung sei, aber der General klopfte ungeduldig mit den Fingern, die in dicken Wollhandschuhen steckten, auf die eiserne Lehne des Vordersitzes. Er dachte an die Panzerkolonne, die ein

paar Minuten hinter ihm heranfuhr, und erinnerte sich daran, daß die Fahrt der Kolonne mit dem Armeestab vereinbart war. Niemand hatte von einer Umleitung gesprochen.
Ganz plötzlich befahl der General dem Fahrer ärgerlich: »Zurück. Zum Funkwagen zurück. Wir werden sehen, wer hier auszuweichen hat.« Der Fahrer wendete den Jeep mit einer eleganten Kurve. Der Schnee wirbelte unter den Rädern hervor, und dann rollte das Fahrzeug seinen Weg zurück, auf die Kreuzung zu. Es fuhr schnell, und die beiden Russen an der Kreuzung hielten diese Schnelligkeit für das Zeichen der Entdeckung des ganzen Unternehmens. Paniczek konnte aus seinem Versteck neben dem Obergefreiten nicht erkennen, wer von den beiden zuerst auf den Jeep schoß. Aber er hörte die Salve aus der einen MP und kurz darauf die der zweiten. Er sah, wie der Jeep auf der Straße im Zickzack zu fahren begann, wie aus ihm Mündungsfeuer kam und er schließlich stehenblieb. Im gleichen Augenblick fiel einer der beiden Russen an der Kreuzung langsam zu Boden. Da griff Paniczek schnell nach dem Telefonhörer und rief Bindig durch den Draht ein paar Worte zu. Er ließ den Hörer achtlos fallen, denn der Obergefreite neben ihm hatte das Maschinengewehr hochgerissen und sprang auf die Straße. Paniczek griff sich die beiden Munitionstrommeln, die neben dem Telefon lagen, und sprang ihm nach. Aus dem Jeep, der schräg auf der Straße stand, schossen vier Maschinenpistolen mit geradezu unglaublicher Präzision. Noch bevor Paniczek den Obergefreiten erreichte, der hinter dem Maschinengewehr lag, spürte er den Schlag auf der Brust. Er machte einen unbeholfenen Satz nach vorn und schaffte es bis zu dem Obergefreiten, aber als er neben dem Maschinengewehr hinfiel, hatte er die Munitionstrommeln aus den Händen verloren, und hinten, wo die Straße sich in der Dunkelheit verlor, tauchte der erste Panzer auf.

Bindig lauschte auf die Schüsse. Es war nicht zu unterscheiden, wer schoß, denn sie hatten dort vorn an der Kreuzung alle russische Waffen. Der Posten mit der Flagge war von der Straße verschwunden. Bindig rief ein paarmal nach ihm, aber es meldete sich niemand. Dann hörte er die Panzer. Zuerst war nur das dumpfe, hohle Gedröhn der Rohölmotoren zu hören, aber dann klirrten Ketten, und gleich darauf krachte der erste Abschuß aus einer Panzerkanone. Der Schuß war kurz gezielt, denn der Einschlag verschmolz mit dem Abschuß. Es folgte ein zweiter, ein dritter.

Plötzlich huschte eine Gestalt aus dem Waldweg. Sie verhielt ein paar Sekunden lang an der Straße und huschte dann zu Bindig hinüber. Es war Timm. Er warf sich, ohne zu zögern, neben Bindig und drehte wild an der Telefonkurbel. Er schüttelte den Hörer und blies in die Muschel, aber es meldete sich niemand am anderen Ende. Da fluchte er leise und spähte auf die Straße.

»Wo ist der Iwan, der hier unten stand?« fuhr er Bindig an.

»Weg«, sagte Bindig, »ist er nicht zu euch gelaufen?«

»Das Schwein!« schimpfte Timm. »Er ist weg. Und einer von den beiden anderen auch. Hättest ihn umlegen sollen ...«

Er horchte auf den Feuerwechsel an der Straße, aber das war schon kein Feuerwechsel mehr, denn das Maschinengewehr, mit dem der Obergefreite geschossen hatte, schwieg. Es gab nur noch einzelne Abschüsse von Panzerkanonen und dazwischen das bösartige Bellen der Maschinenpistolen. Die Motoren schienen gedrosselt zu sein. Die Panzer wußten nicht, was sie noch erwartete, sie hielten an.

»Wir müssen fort!« sagte Timm. Es klang eigenartig gepreßt, Bindig hörte ihn zum erstenmal so sprechen, aber er war sich nicht darüber klar, ob es vielleicht daran lag, daß er flüstern mußte.

»Wohin?« fragte er. Vor ihm lag die Maschinenpistole. Daneben ein paar bereitgelegte Magazine. Timm merkte den Blick.

»Damit hältst du sie nicht auf. Das sind mindestens ein halbes Dutzend Panzer.«
»Es sind mehr«, sagte Bindig, »jetzt hört man sie nicht, aber vorhin, bevor die Schießerei anfing, hat man es merken können. Es sind mehr als ein halbes Dutzend.«
»Los!« forderte Timm ihn auf. »Wir hauen ab, ehe sie heran sind. Jeder einzeln versuchen, den See zu erreichen, wo die Maschine landet.« Er erhob sich und beobachtete die Straße. Er hatte die Pelzmütze tief in die Stirn gezogen. Mit dem Lauf der Maschinenpistole schob er die Zweige beiseite. Dann drehte er sich noch einmal um und befahl Bindig: »Wir lassen jetzt die paar Kähne hochgehen und hauen ab. Du wartest, ob von denen da vorn noch einer zurückkommt. Dem sagst du Bescheid. Wenn du den ersten Panzer siehst, haust du ab. Dann kommt keiner mehr.«
Bindig wollte etwas antworten. Er öffnete den Mund. Aber Timm hatte sich schon durch die Zweige geschoben und sprang auf die Straße. Bindig sah, wie er nach der Kreuzung lauschte, wo der Lärm für Sekunden verstummte. Dann machte Timm einen Satz über die Straße und huschte lautlos, wie er gekommen war, in den Waldweg.
»Es kommt niemand mehr«, sagte Bindig zu sich selbst, »es kommen nur noch die Panzer.«
Er duckte sich wieder und hockte sich neben die Maschinenpistole. An der Kreuzung fiel ein vereinzelter Schuß. Bindig konnte sehen, wie hinter dem Wald der Himmel für den Bruchteil einer Sekunde seine Färbung veränderte. Es war, als zuckte ein heller Schein unter den Spitzen der Bäume entlang. Dann war wieder das Geräusch von Ketten und Motorengedröhn. Mit einemmal überlief Bindig ein Schauer. Er spähte durch die Zweige dorthin, wo sich die Straße aus dem verschneiten Geäste der Fichten herauswand. Mechanisch nahm er die Maschinenpistole auf und machte sie schußbereit. Die Panzer rollten wieder, es war zu hören. Bindig vermeinte, sie vor sich zu sehen, wippend und mit auf und nieder tastenden Kanonen, die Luken ge-

schlossen, eine Fahne von hochgewirbeltem Schnee hinter den Ketten. Er sah gleichsam durch die Panzerplatten hindurch in die Gesichter der Soldaten an den Lenkhebeln. Er sah den Richtkanonier durch die Optik spähen, die schwarze Kappe mit den Polsterwülsten auf dem Kopf. Er sah unter diesen Kappen alle die vielen Gesichter, die er wachsbleich und totenstarr gesehen hatte. Sie schienen zu leben. Und er sah auch das Gesicht der Frau aus dem Lastwagen, die helle Haut mit dem dünnen Blutfaden, und hörte den knirschenden Laut, als Timm ihr die Bluse über der Brust aufriß. Er blickte sich um, als stünden sie jetzt schon alle um ihn herum und hielten die Maschinenpistolen auf ihn gerichtet. Da schlug die Glocke des Telefons an. Einmal, leise. Er wandte sich hastig um, griff nach dem Hörer und rief leise: »Hallo, Paniczek ... Was ...«
Es kam eine tiefe, gutturale Stimme durch den Draht. Sie war sehr heiser und aufgeregt, und sie rief etwas. Immer wieder dasselbe. Einmal und noch einmal, dreimal, viermal. Es war nicht Paniczeks Stimme, auch nicht die des Obergefreiten. Bindig ließ den Hörer fallen. Er verschwand in dem lockeren Schnee, und die Klingel schlug erneut an. Die paar Schritte am Draht entlang ... dachte Bindig gehetzt. Da schoß drüben über dem Holzplatz eine steile gelbrote Flammengarbe hoch, und die krachende Explosionswelle fuhr wie ein Windstoß in die Zweige, den Schnee herabfegend. Der Flammenschein blieb, und in den Flammensein mischten sich die unregelmäßigen Detonationen der Munition, die in den Fahrzeugen gewesen war. Eine Kiste Leuchtspurgeschosse zerplatzte und zauberte sekundenlang ein Feuerwerk aus wirren grünen Linien über die Baumwipfel. Ein Hauch von brennendem Treibstoff, von angekohltem Gummi und Lack wehte herüber.
Es war, als habe die Explosion Bindig geweckt. Er mußte fort von hier. Hinüber und hinter den anderen her. Er packte die Maschinenpistole und raffte den weißen Um-

hang hoch. Er sprang auf die Straße und rutschte aus, aber er fing sich und begann zu laufen. Doch im gleichen Augenblick schob sich der erste Panzer zögernd aus dem Wald. Es war ein weißgestrichener T 34.
Bindig spürte den Schlag am Kopf, dicht über der Stirn, wo das Haar ansetzte, und dann hörte er das Geprassel der Maschinengewehrgarbe; während er torkelnd über die Straße glitt, sah er wie durch einen milchigen Schleier den Panzer anhalten und die Kanone herunterkurbeln. Er war benommen von dem Schlag, und das Blut lief ihm in die Augen. Er hatte die Pelzmütze verloren, vielleicht hatte der Schuß sie fortgerissen. Es waren nur winzige Bruchteile von Sekunden, in denen er dachte: Ist das der Tod? Kommt er jetzt und so? Aus dieser Kanone? Oder ist es schon vorbei, seit dem Schlag gegen die Stirn?
Das Maschinengewehr spie eine neue Salve. Er sah das Mündungsfeuer aufzucken, aber die Geschosse fegten über ihn hinweg in den Schnee. Jetzt kommt die Kanone, dachte er, jetzt wird dort in der Mündung die gelbe Flamme aufleuchten, und dann ist es vorbei. Er bewegte die Augenlider. Das Blut tropfte in den Schnee. Da merkte er, daß er sich bewegen konnte. Er raffte sich mit einer unerhörten Anstrengung auf und sprang auf die Füße. Der Boden schwankte, aber Bindig stand, und dann machte er einen Satz vorwärts und floh in den Waldweg hinein. Er war ein paar Schritte weit gekommen, als aus der Mündung der Kanone die Flamme zuckte und die Granate über die Stelle, an der er gelegen hatte, hinwegfuhr, weiter hinten in den Schnee schlug und explodierte. Der Luftdruck schleuderte ihn gegen einen Stamm, aber er fing sich, verwundert darüber, daß er noch immer lebte, daß er gehen konnte, denken. Er lief ein Stück den Weg entlang. Hier konnte der Panzer ihn nicht mehr sehen. Jeder Schritt verursachte ihm einen bohrenden Schmerz am Kopf. Er brachte die Kraft auf, sich mit dem weißen Stoff des Tarnumhanges das Blut aus den Augen zu wischen, während er weiterlief. Und

dann hörte er, wie der Motor des Panzers aufheulte und die Ketten wieder zu klirren begannen.
Es waren viele Ketten, Bindig hörte sie. Er wußte, daß sie jetzt alle, einer nach dem anderen, dort zwischen den Bäumen hervorkriechen würden. In fünf Sekunden oder etwas mehr konnten sie an der Abzweigung des Waldweges sein. Bindig sah an der linken Seite des Weges plötzlich eine lichte Stelle zwischen den Fichten. Weiter vorn prasselte das Feuer, dort, wo die brennenden Fahrzeuge standen. Bindig nahm Anlauf und sprang mit einem Satz zwischen die Fichten links des Weges. Er taumelte weiter, in das Gewirr der verfilzten Äste hinein. Nach ein paar Dutzend Schritten fiel er auf das Gesicht und blieb liegen. Er atmete keuchend, und zu dem bohrenden Schmerz im Kopf kam das Blut, das in den Augen brannte. Er wischte es wieder ab, aber es half nichts. Da erinnerte er sich des Verbandpäckchens. Er tastete sich mit der Hand dorthin, wo es verstaut war, und riß es mit klammen Fingern auf. Er konnte die Wunde nicht genau fühlen, aber er fühlte das klebrige Blut und einen zentimeterlangen Riß in der Haut. Mit großer Anstrengung gelang es ihm, den Mull in die richtige Lage zu bringen und die Enden der Binde am Hinterkopf zusammenzuknoten. Der Schmerz, das dumpfe Bohren, ließ nicht nach. Bindig zog das Blechröhrchen mit den Schmerztabletten aus der Hose. Er ließ, ohne zu zählen, ein paar von den kleinen weißen Pillen in die blutige Handfläche fallen und führte sie zum Mund. Als er die schwache Bitterkeit der Tabletten empfand, stopfte er schnell eine Handvoll Schnee hinterher.
Da bremste der erste Panzer vor der Mündung des Waldweges und schwenkte auf einer Kette herum. Aus seiner Kanone fuhr ein langer Blitz, und das Geschoß schlug irgendwo, weit hinten, in der Nähe der Flammen auf dem Holzplatz ein. Dann fuhr er an und mahlte sich durch den tiefen Schnee am Rande des Weges, dort, wo die Spuren der Kraftfahrzeuge liefen. Er preschte an Bindigs Versteck

vorbei, und die anderen folgten ihm, einer nach dem anderen, mit donnernden Motoren, Schnee und aufgewühlte Erde hinter den Ketten in die Luft wirbelnd. Bindig kroch weiter. Zuerst fiel es ihm schwer. Aber dann nahm er alle Kräfte zusammen und schob sich zwischen den Bäumen vorwärts.

Der Verband über der Stirn sog das Blut auf. Bindig konnte jetzt besser sehen, aber um so stärker quälte ihn der Schmerz im Kopf. Es war, als habe ihm jemand mit einem schweren Gegenstand die Schädeldecke eingeschlagen. Er tastete immer wieder in der Nähe des Verbandes, ob da nicht noch eine Wunde war, aber er fand keine. Hinter ihm rasselten die Panzer. Noch waren sie nicht auf seiner Spur, aber sie hetzten ihn trotzdem. Ihr Gerassel spornte ihn an, die letzten Kräfte zusammenzunehmen und vorwärts zu stolpern. Er rannte, nicht darauf achtend, daß die Zweige sein Gesicht peitschten und er mit dem Tarnumhang an den Ästen hängenblieb. Dann fiel hinten am Holzplatz der erste Schuß. Es gab einen kurzen, schmetternden Krach, und Bindig lauschte im Weiterlaufen auf die nächsten Schüsse. Doch die Kanonen der Panzer schwiegen. Aber dafür kamen hastige, rauhe Kommandos herüber, Rufe, die Bindig Angst einlößten. Er spürte nicht, wie die Äste ihm das Gesicht aufrissen, wie der Schnee ihm von oben her in die Stiefel drang, immer wenn er hinfiel und sich kriechend wieder aufraffte. Er hörte die Stimmen und den Pfiff einer Trillerpfeife, und er wußte, was das bedeutete. Er wußte, jetzt würden die Soldaten von den Panzern abspringen, wo sie zusammengekauert, die Waffen zwischen den Knien, gehockt hatten. Jetzt würden sie sich zu einer Kette formieren und in den Wald eindringen. Einer in Rufweite des anderen, die Maschinenpistole vorgestreckt. Ihm war, als kämen sie auf ihn zu, aber in Wirklichkeit gingen sie nicht in seiner Richtung. Sie folgten dem Fluchtweg der anderen, ausgeschwärmt und mit wachen Augen, sicher, daß sie die Flüchtigen einholen würden. Sie kannten nicht genau die Zu-

sammenhänge, aber sie hatten begriffen, was geschehen war.
Bindig stolperte über einen Weg, und dann kämpfte er sich wieder durch verfilztes Fichtendickicht. Es fiel ihm schwer, aber er wußte, daß er hier am sichersten war. In diesem Dickicht konnte man ihn schwer ausfindig machen.
Die Geräusche hinter ihm waren leiser geworden. Die Panzermotoren liefen noch. Aber sie liefen im Stand, und die Kanonen schwiegen. Nur die Maschinenpistolen bellten. Bindig fuhr mit dem Ärmel über die Stirn. Der Verband war durchgeblutet, und das Blut lief ihm wieder in die Augen. Er holte im Laufen das zweite Verbandpäckchen hervor, und dann hockte er sich in den Schnee und wickelte es über das erste. Er hatte keine Schmerzen, wenn er den Mull über der Wunde berührte, und die Benommenheit hatte ein wenig nachgelassen. Die Tabletten wirkten schnell. Er knotete die Binde fest und erhob sich. In diesem Augenblick hörte er weit hinten ein Maschinengewehr tacken. Es waren schnelle Serien von Schüssen. Sie klackerten bösartig durch die Nacht, und Bindig wußte, daß die ausgeschwärmten Rotarmisten die anderen eingeholt hatten. Das war das Ende. Er spuckte den bitteren Nachgeschmack der Pillen aus und lief weiter. Er hatte kein Ziel, es war auch keine Zeit, sich zu orientieren. Er lief nur immer weiter in den Wald, weg von dem Lärm der Schüsse und dem dumpfen Gemurmel der gedrosselten Panzermotoren. Er preßte eine Hand auf den Verband, und mit der anderen holte er die Pistole aus der Tasche. Er hatte die Maschinenpistole auf der Straße verloren, ohne es zu merken. Er besaß nur noch die Pistole und zwei Handgranaten.

Etwa um die Zeit, in der sie sich für den Rückflug bereithalten sollten, sah Bindig auf die Uhr. Er erinnerte sich sofort an die Maschine und sah ein, daß es aussichtslos war, auf sie zu hoffen. Sie würde den See überqueren, und wenn die Landelichter nicht gesetzt waren, würde sie eine oder zwei

Schleifen ziehen und zurückfliegen. Sie würde nicht wiederkommen, auch keine andere Maschine. Die Verbindung war zerrissen. Bindig überlegte, daß es kaum einem der Gruppe gelungen sein konnte, zum Landeplatz durchzukommen. Die Gruppe war verloren; das Unternehmen Friedhof war gescheitert. Und die paar Fahrzeuge, die sie gesprengt hatten, würden keine wesentliche Lücke in die Bereitstellungen der Roten Armee reißen.
Er war weit gelaufen. Von der Schießerei war nichts mehr zu hören, der Ort lag mehrere Kilometer weit hinter ihm. Bindig wußte nicht einmal, ob es dort noch Widerstand gab oder ob bereits alles vorbei war. Er war gelaufen, so schnell ihn seine Füße trugen, mit dem bohrenden Schmerz im Schädel und mit der Binde um die Stirn, auf der das Blut inzwischen gefroren war. Seine Nerven hämmerten. Er hatte die Pistole längst wieder gesichert aus Angst, sie durch irgendeine unbeabsichtigte Bewegung abzufeuern. Er fühlte sich schwach und zerschlagen. Ihm war, als müsse er jeden Augenblick zu Boden fallen und liegenbleiben. Aber er wußte, daß es sein Ende bedeutete, wenn er jetzt hinfiele und liegenbliebe. Vielleicht würde er so, wie er war, ein paar Stunden schlafen können. Aber wenn er erwachte, würde er nicht mehr die Kraft aufbringen, sich zu erheben und weiterzumarschieren. Davor hatte er Angst.
Schließlich fragte er sich, wohin er überhaupt marschierte. Er wußte es nicht. Er war geflohen, aber ohne Ziel. An einen Baum gelehnt, rauchte er eine Zigarette. Sie machte ihn hungrig, und er aß ein paar Kekse. Er wurde nicht satt von dem, was er in den Taschen hatte. Die Schokolade war das letzte. Er sparte sie auf, aber er wußte nicht genau wofür. Dann ging er weiter, eine Hand an den Verband am Kopf gepreßt, in der anderen die Pistole. Als es im Osten zu dämmern begann, öffnete sich der Wald, und vor ihm lag eine Straßengabelung. Er hockte sich an den Rand des Waldes und beobachtete die Straße lange. Sie zeigte Spuren von Fahrzeugen, aber gegenwärtig war sie still. An der Ga-

belung stand ein Wegweiser. In halber Höhe war unter ihn ein blauweißes Schild mit einer russischen Aufschrift genagelt. Vorsichtig näherte sich Bindig der Tafel und entzifferte die Namen. Er prägte sie sich ein und schlich zurück in den Wald. Auf dem Schnee breitete er die Landkarte aus, die er in der Tasche trug. Es dauerte eine Weile, bis er die Stelle gefunden hatte, an der er sich befand. In der beginnenden Morgendämmerung beugte er sich über das auf dem Schnee ausgebreitete Papier und entzifferte die Namen von Ortschaften, Flüssen, Vorwerken.
Er war nach Westen gelaufen. Auf die Front zu. Aber er war der Front noch nicht nahe gekommen, denn er hatte, ohne es zu merken, viele Bogen geschlagen. Undeutlich formte sich in seinem schmerzenden Kopf die Absicht, weiter auf die Front zuzulaufen und sie zu überqueren. Er wußte, daß es vielleicht möglich sein würde, aber er sah, daß der Weg noch sehr weit war. Und er kannte die Wälder nicht, die sich bis dahin erstreckten. Es war Leben in diesen Wäldern dicht an der Front. Sie waren vollgestopft mit Bereitstellungen, mit Infanterie, Artillerie. Sie waren gefährlich und hatten tausend Augen. Tausende von Gewehrläufen lauerten in ihnen. Leute, die ihn fragen würden, wie er zu der Kopfverletzung kam, die ihn überhaupt ansprechen würden und denen er nicht antworten konnte. Er sah an sich herab.
Unter dem zerfetzten, blutbespritzten Schneehemd trug er die Uniform der Rotarmisten. Er biß sich auf die Lippe und sah auf die Wälder, die in die Karte eingezeichnet waren. Diese Wälder waren nicht für einen Mann wie ihn gemacht. Für einen, der die falsche Uniform trug und der nicht wußte, ob die Wunde am Kopf es ihm in ein paar Stunden noch erlauben würde, aufrecht zu gehen.
Dann entdeckte er, daß er sich in der Nähe von Haselgarten befand. Er legte den Finger auf die Karte und fuhr von der Stelle, an der er jetzt stand, über das Papier bis nach dem Dorf und von da bis an die Linie, auf der die Front ver-

lief. Es war eine gerade Linie, die er mit dem Finger zog. Er tat es einmal und dann, nach einer Weile, noch einmal. Dabei sah er, daß sein Finger und überhaupt die ganze Hand blutig war, und er betastete instinktiv wieder die Binde am Kopf. Sie fühlte sich steifgefroren an, aber an den Rändern war sie feucht. Dort quoll langsam das Blut nach, und es lief Bindig auch jetzt noch die Stirn herunter und in die Augen. Aber es lief langsamer, und er brauchte es nicht mehr so oft abzuwischen.
Haselgarten, dachte er, vielleicht ist es da einfacher, weil man die Gegend kennt. Aber wie werde ich über die Front kommen? Bis ich dort bin, werde ich nur noch schwach auf den Beinen stehen. Und sie werden ein System von Schützenlöchern eingerichtet haben. Aber ich bin nicht mehr der Bindig, der sich lautlos und schnell mit dem Kappmesser eine Gasse macht. Bis ich dort bin, werde ich ein schlappes Gespenst in sowjetischer Uniform sein. Oder ich werde es vorher schon aufgeben. Er ließ den Kopf sinken und schloß die Augen. Sie sind alle tot, dachte er. Timm ist tot, und Zado ist tot. Paniczek auch, und der mit dem Bols. Und die fünf Russen und die anderen ebenso. Ich bin der letzte. Und zur Front führt diese gerade Linie, zwischen den beiden kleinen Seen hindurch, über das Grasland, bis zu dem Gelände, in dem einmal früher die Front verlief, bevor wir Haselgarten verloren. Dann kommt Haselgarten, und weit dahinter verläuft jetzt die Front. Westlich davon. Es ist nicht sicher, ob sie das in die Karte richtig eingezeichnet haben. Als wir abflogen, war ein ziemliches Durcheinander da vorn.
Der Himmel im Osten wurde hell, Bindig konnte sich nun genau orientieren, als er weiterging. Er schlich über die Straße und schlug den Weg nach Haselgarten ein.
An der nächsten Straße, die er zu überqueren hatte, mußte er eine Stunde lang seitlich im Wald kauern, bis er es wagen konnte, die Fahrbahn zu überschreiten. Es war heller Tag, und Fahrzeuge flitzten über den glattgefahrenen Schnee.

Sie nahmen keine Rücksicht auf deutsche Flieger, denn es gab keine, die sie hätten beschießen können. Zuerst hatte Bindig geglaubt, das ganze Hinterland würde in Aufregung versetzt sein durch den Überfall in der Nähe des Holzplatzes. Er hatte angenommen, daß alle Straßen abgesperrt seien und Infanterie systematisch das Land abkämmen würde. Er spürte nichts davon. Es war, als habe sich weiter nichts ereignet. Die Jeeps flitzten geschäftig hin und her, Lastwagen dröhnten in unablässigen Kolonnen. Dazwischen Panzer und Artillerie, immer wieder Artillerie, Pferdefahrzeuge mit vermummten Gestalten auf den Kutschböcken, oft in langen Kolonnen. An manche der Pferdewagen waren Schlitten gebunden. Kleine, einem flachen Boot ähnelnde vollbepackte Transportmittel. Bindig lag im verschneiten Gehölz, und es bereitete ihm Mühe, alles in sich aufzunehmen, was auf der Straße vor sich ging. Der Schmerz bohrte in seinem Kopf; manchmal mußte er minutenlang die Augen schließen. Als er eine Stunde an der Fahrbahn gelegen hatte, begriff er, wie wenig das Unternehmen Friedhof einen Aufmarschplan dieser Armee erschüttern konnte. Er hatte noch nie so direkt und so nahe an einer Nachschubstraße gelegen. Es war das erstemal, daß er die fremden Soldaten aus so geringer Entfernung betrachtete, ohne einen Auftrag zu haben, der ihm einen bestimmten Weg wies. Endlich, als der Strom der Fahrzeuge für kurze Zeit – abriß, raffte er sich auf und wagte den Sprung über die Straße. Der Schweiß brach ihm aus den Poren, als er auf der anderen Seite im Geäst der Bäume verschwand. Er glaubte noch lange, entdeckt zu sein, und manchmal blieb er stehen, die Pistole in der Hand, um seine vermeintlichen Verfolger zu erwarten. Sie kamen nicht.
Er bekam überhaupt den ganzen Tag keinen Soldaten mehr zu Gesicht, denn jedesmal, wenn er Anzeichen für die Ansammlung von Truppen entdeckte, schlug er einen großen Bogen. Am Nachmittag war sein Hunger so stark, daß er die letzte Schokolade aß. Nun hatte er nichts mehr in den

Taschen als das Pervitin und ein paar Zigaretten. Haselgarten war nur eine Kleinigkeit näher gekommen. Er hatte zu viele Bogen gemacht, und er hatte zu oft, erschöpft vom Blutverlust, ausruhen müssen. Aber er schleppte sich weiter, bis die Dämmerung kam. Das war um die Zeit, als er eins der Dörfer umgehen mußte, die auf seinem Weg lagen. Er schlich sich in weitem Bogen seitwärts daran vorbei, aber das Dorf dehnte sich weit aus, und es lag voller Truppen. Aus den Kaminen stieg Rauch in den Himmel. Bindig beobachtete das Treiben zwischen den Häusern eine Weile vom Rande einer Sandgrube aus. Die rauchenden Kamine und die Lichter in den Fenstern riefen in ihm die Erinnerung an Wärme und Geborgenheit wach. Er starrte auf das Dorf, und zum erstenmal überlegte er, was wohl geschehen würde, wenn er jetzt einfach dorthin ginge und sich gefangengäbe. Er dachte den Gedanken nicht zu Ende, er sah nur auf seine Stiefel und auf die braungelbe Uniform, die er trug. Er sagte sich, daß es nicht möglich war, einfach dort hinzugehen, ohne sich damit abzufinden, daß man getötet wurde. Und er wollte leben, er hatte noch nie zuvor sich so mit aller Kraft an das Leben geklammert. Er wollte es retten. Sie töten dich, dachte er. Du hast ihre Uniform an, das ist verboten. Sie haben das Recht, dich einfach an die Wand zu stellen, und niemand wird dich bedauern, wenn sie es tun. Du hast den Einsatz gekannt, und du bist mitgegangen. So sieht das Ende aus. Du mußt weitermarschieren.

Später machte er im Wald einen Weg ausfindig, der schnurgerade nach Westen führte. Der Weg war verschneit, und Bindig ging ihn, bis er kurz nach Mitternacht wieder aus dem Wald herauskam.
Da lag vor ihm eine ziemlich weite, freie Fläche, ein See, an dessen rechtem Ufer eine Straße entlanglief, auf der die Scheinwerfer von Fahrzeugen herumtasteten. Links schloß sich ein Dorf an das Seeufer an. Eins von den kleinen, ge-

duckten Dörfern mit ihren verschneiten Häusern. Bindig sah, daß in einigen der Fenster Licht brannte, und er wußte, daß er zwischen der Straße und dem Dorf den See überqueren mußte. Es war dunkel. Man würde ihn auf diese Entfernung weder von der Straße her noch vom Dorf aus sehen können. Er trat noch einmal in den Schatten der Bäume und brannte den Stummel einer Zigarette an, die er mittags zur Hälfte geraucht hatte. Dabei betrachtete er den See und schätzte die Entfernung ab. Er würde einen Kilometer oder mehr zu laufen haben, bis er am anderen Ufer war. Und dort begann Buschwerk, das zuletzt in einen nur undeutlich erkennbaren Wald überging. Es war eine weite Strecke.

Das Eis war nur mit einer dünnen Schneedecke überzogen. Der Wind hatte den Schnee fortgetrieben. Nur zuweilen türmte sich eine einzelne Wehe höher auf. Bindigs Stiefel waren mit Leder beschlagen. Das verlieh ihm einen sicheren Halt auf der glatten Eisfläche. Aber sein Gang war schwankend. Er war müde und hungrig. Der Schmerz im Kopf war noch immer da. Er hatte zwar nachgelassen, aber die Tabletten, die Bindig von Zeit zu Zeit nahm, konnten ihn nicht ganz beseitigen.

So kam es, daß er mehr glitt als ging und die Stelle im Eis nicht bemerkte, die unsicher war. Vor Tagen hatte hier jemand gefischt. Er hatte das Eis aufgehackt oder auch aufgesprengt, hatte ein paar Handgranaten ins Wasser fallen lassen und die nach der Explosion mit zerrissener Schwimmblase oben treibenden Fische aufgelesen. Einige von ihnen, die ihm zu klein gewesen waren, hatte er liegenlassen. Sie waren nach Stunden, als sich die geöffnete Stelle wieder mit einer neuen Eisschicht überzog, in diese Schicht eingefroren.

Das alles sah und begriff Bindig erst viel später.

Er trat auf die neue Eisschicht, und sie gab unter seinen Füßen nach. Er warf sich zurück, aber die Bewegung fiel zu schwach aus. Er brach ein in das klare, eiskalte Wasser, und

während er versank, schlug er mit der verletzten Stelle am Kopf hart an die Kante des Eises. Er schrie auf, aber er war bereits mit dem Kopf im Wasser, und es war weiter nichts zu hören als ein undeutliches Gurgeln. Bindig hatte noch Kraft genug, um ein paar Schwimmbewegungen auszuführen, die ihn an die Oberfläche brachten. Er konnte sich über Wasser halten, aber wohin er griff, um sich auf das Eis zu ziehen, bröckelte es ab, und er tauchte bei seinen Versuchen immer wieder mit dem Kopf unter.
Er schluckte das eiskalte Wasser und spürte, wie es langsam seine Kräfte lähmte. Seine Finger erstarrten. Er konnte die Beine in den schweren Stiefeln kaum noch bewegen. Der Entschluß zu schreien kam ganz plötzlich. Bindig rief um Hilfe, ohne zu überlegen, was geschehen würde, wenn jemand ihn hörte. Doch es hörte ihn niemand, denn aus seiner Kehle kam nichts als ein Krächzen, das schon wenige Meter neben der Einbruchstelle nicht mehr vernehmbar war.
Er spürte, daß ihm dadurch keine Hilfe gebracht wurde, und er packte mit verzweifelten Anstrengungen nach den dünnen Eisrändern, die abbrachen und neben seinem Kopf im Wasser trieben. Er merkte nicht, daß er die Binde verloren hatte und daß die Wunde wieder blutete; denn es war dunkel, und er konnte das blutig gefärbte Wasser nicht sehen. Meterweise brach das Eis ab wie sprödes Glas. Aber dann war Bindig am Rand der alten, dicken Eisfläche angelangt. Er spürte es, denn sie gab unter seinem Griff nicht nach. Sie war fest und hielt sein Gewicht aus, als er sich anklammerte, erschöpft von den Bewegungen, mit denen er sich über Wasser halten mußte.
Es gelang ihm, sich so weit aus dem Wasser herauszuarbeiten, daß er die Ellbogen auf das Eis stützen und sich ausruhen konnte. Dabei spürte er, wie sein Unterkörper langsam erstarrte und wie es immer schwerer wurde, die Glieder zu bewegen. Aber in dem erschöpften Körper lebte noch ein Teil der früheren Zähigkeit, und Bindig, der den Schreck

überwunden hatte, begann zu rechnen. Er schob die Ellbogen zentimeterweise so weit auf das Eis, daß er mit dem Kopf weit über dem Rand der Scholle lag. Alles hing davon ab, ob das Eis dieses Gewicht trug. Aber das Eis war dick. Es war das alte Eis aus den Tagen des strengen Frostes.
Bindig merkte, daß ihm aus dem Haar Wasser über das Gesicht lief. Aber dieses Wasser erschien ihm seltsam warm, und als er mit der Zunge über die Lippen fuhr, schmeckte er, daß es Blut war. Fast im gleichen Augenblick nahm er den Schmerz wahr, der erneut in der Wunde bohrte und der ihm erst jetzt wieder bewußt wurde. Das trieb ihn zu einer letzten, verzweifelten Anstrengung. Er hob erst eine Schulter an und dann die andere. Er spürte, wie er dabei Zentimeter vorwärts rutschte. Er wiederholte es einmal und noch einmal. Die Kante des Eises preßte sich gegen seine Brust, dann war es, als ob diese Kante immer tiefer rutschte, die Brust hinab bis in die Magengegend, tiefer und weiter, bis das Übergewicht des Körpers über der Kante lag, bis Bindig, sich auf den Unterarmen langsam vorwärts bewegend, die Füße aus dem Wasser ziehen konnte.
Er blieb bewegungslos liegen und ließ den Kopf auf die Hände fallen. Nach einer Viertelstunde klebten die eisigen Kleidungsstücke an seiner Haut, und nach einer weiteren Viertelstunde waren sie steifgefroren. Das Blut, das auf seine Handflächen rann, war warm. Er hob müde den Kopf und sah sich um. Weit und breit war kein Mensch. Niemand hatte ihn gehört oder gesehen. Da vorn ging der See zu Ende, das waren noch ein paar hundert Meter.
Er arbeitete sich hoch, bis er auf den Knien lag. Er fühlte sich schwindlig und kraftlos. Jede Bewegung verstärkte den bohrenden Schmerz am Kopf. Wenn er sich bewegte, raschelten die gefrorenen Kleidungsstücke. Auf den Knien liegend, riß Bindig von dem einstmals weißen Schneehemd, das zerfetzt und schmutzig geworden war, einen Fetzen ab. Er mußte ihn in der Hand auftauen, denn er war gefroren. Er band den Fetzen, so gut es ihm gelang, um den

Kopf, und dann bekam er es fertig, sich mit großer Kraftanstrengung auf die Füße zu stellen. Die Knie knickten ihm ein, als er sich weiterschleppte, aber er schleppte sich bis an den Rand des Sees und von dort weiter, durch das halbhohe Buschwerk, durch knöcheltiefen, leicht verharschten Schnee, bis zum Wald. Im schwachen Mondlicht zog er aus der Tasche die Karte, aber er konnte kaum etwas darauf erkennen. Er nahm die Richtung nach Westen auf und schleppte sich weiter. Manchmal drohte er umzufallen, und dann lehnte er sich minutenlang an einen Stamm. Die Kälte stach in seinem Körper, und dort, wo die gefrorene Kleidung an der Wärme des Körpers auftaute, verursachte sie ihm Frostschauer.

Am Morgen sah er wieder auf die Karte. Er befand sich in der Gegend um Haselgarten. Er stand an einen Baum gelehnt und beobachtete das Land.

Weit im Westen lag das Dorf. Er konnte es sehen. Es lag im Morgendunst, und Bindig zweifelte daran, daß er noch die Kraft aufbringen würde, sich bis dahin zu schleppen. Von Haselgarten aus konnte es nicht mehr weit bis zur Front sein, und Bindig rechnete damit, daß später, wenn die Artillerie zu schießen begann, er auf diese Weise die Richtung gewiesen bekommen würde. Aber was nutzte die Richtung, wenn es ihm nicht mehr möglich war, die Entfernung zurückzulegen? Er mußte jetzt sehr vorsichtig sein. Öfter als sonst bewegten sich Kolonnen auf Straßen und Nebenwegen. Hier und da waren Geschütze abgestellt. Es war alles in Bewegung. Es war ein emsiges Hin und Her, und Bindig zweifelte langsam daran, daß er es überhaupt bis zur Front schaffen würde. Das, womit er hier zu rechnen hatte, war nicht mehr ein einzelner Posten, den er bei Nacht überfiel. Das war eine ganze Armee mit allem, was sie für die nächste Offensive aufbot. Es war ein Heerlager von riesigen Ausmaßen, dessen Dichte Bindig unglaublich erschien.

Der weiße Umhang war so zerrissen, daß er hinter Bindig

auf dem Schnee schleifte. Er zog ihn ab und ließ ihn einfach liegen. Während er sich weiterschleppte, merkte er, daß seine Kräfte zu Ende waren. Seine Schritte wurden immer unsicherer, und die Schmerzen zermürbten ihn, seit er keine Tabletten mehr dagegen nehmen konnte. Er besaß noch zwei Zigaretten, aber sie waren ebenso wie die letzten Schmerztabletten im Eiswasser des Sees aufgeweicht und unbrauchbar geworden. Das Feuerzeug hatte er irgendwo verloren. Er bedauerte es nicht. Er hatte überhaupt nicht mehr die Kraft, etwas zu bedauern. Er schleppte sich vorwärts. Das einzige, wozu er sich aufraffte, war die Aufmerksamkeit, mit der er die Gegend beobachtete. Es war die Angst, die ihn dazu trieb, aber das merkte er nicht.
Gegen Mittag brach er das erstemal zusammen und blieb zwischen den lichten Büschen des Graslandes, das er überquerte, eine Stunde liegen. Er fühlte sich nicht gestärkt, als er aufwachte, aber es gelang ihm, wieder auf die Beine zu kommen. Als der Tag zu Ende ging, lag er auf einer Böschung am Rande des Hohlweges, der einmal von Haselgarten zur Front geführt hatte, und sah hinüber nach dem Gehöft, in dem Anna gewohnt hatte.
Es bereitete ihm ein wenig Schmerz, diese Gegend noch einmal zu sehen, aber seine Fähigkeit, etwas zu empfinden, war in den letzten beiden Nächten abgestumpft, und er bestand nur noch aus einem Bündel Knochen und Muskeln, das schlaff und kraftlos dem Lebensinstinkt folgte. Er konnte das Gehöft deutlich sehen. Es schien nichts verändert zu sein. Offenbar hatte das Haus bei den Kämpfen keinen Treffer abbekommen. Auch der Zaun stand noch, aber das Hoftor war offen. In den Fenstern saßen noch die alten, zusammengestückelten Scherben. Nach einer Weile schien es Bindig, als steige aus dem Schornstein eine feine Rauchfahne empor. Aber er konnte es nicht genau erkennen, denn hinter dem Haus stand eine dunkelgraue Wolke, von der sich der Rauch, der aus dem Kamin stieg, nicht abhob. Die Frau erschien ganz plötzlich auf dem Hof. Sie trat aus

der Haustür und stellte einen Eimer mit Futter ins Freie, so wie sie es oft getan hatte, wenn Bindig bei ihr gewesen war. Sie trug ein rotes Kopftuch und hielt sich nicht lange im Hof auf. Sie stellte nur den Eimer ab und ging ins Haus zurück. Hinter der grauen Wolke lag Westen. Aus der gleichen Richtung kam gedämpftes Gewummer von Geschützen. Ein paar einzelne Schüsse, die wenig Bedeutung hatten. Die Schneefläche um das Dorf war zerwühlt und schmutzig. Sie war mit Granatlöchern übersät. Da und dort lag zerschossenes Gerät. Es hatte die letzten Tage nicht mehr geschneit.
Bindig sah ungläubig, fast erschrocken auf das Gehöft. Es war ihm, als täuschten ihn seine Sinne. Er blickte nach der anderen Seite, zum Dorf. Die Soldaten mußten wohl in den Kellern hausen, denn über der Erde gab es nach den letzten Kämpfen kaum noch ein heil gebliebenes Gebäude. Zwischen den Ruinen standen Fahrzeuge. Bindig sah von dort wieder auf das Gehöft, und dann begriff er, daß er keiner Täuschung zum Opfer gefallen war. Dort stand der Eimer vor der Tür. Es gab keinen Zweifel: Hinter der Tür, in derselben Küche, in der Bindig zum erstenmal zusammen mit ihr an einem Tisch gesessen hatte, war Anna. Er versuchte aufzustehen. Es gelang, aber er brauchte fast alle seine Kräfte dazu. Er rutschte aus und fiel die Böschung hinunter. Als er sich am Boden des Hohlweges wieder aufgerafft hatte, torkelte er schrittweise vorwärts. Er wußte plötzlich, daß dies die letzte Anstrengung war, zu der er sich zwingen konnte.

Es war stockdunkel, als er das Gehöft erreicht hatte. Das Hoftor war noch immer offen. Als Bindig es passiert hatte, begann das Haus vor seinen Augen zu schaukeln und zu kreisen. Mit Mühe gelang es ihm, die Haustür zu öffnen. Er tastete sich mit halbgeschlossenen Augen durch die Dunkelheit des Flurs. An der Küchentür nahm er einen Lichtschein wahr. Er wußte nicht, daß sein Gesicht und seine

Kleider blutverschmiert waren, daß seine Hände voller verkrustetem Blut und Schmutz waren, daß sein Gesicht bleich und hohlwangig aussah und der Fetzen, den er um den Kopf gewickelt hatte, einem roten Fahnentuch ähnlicher sah als einem Stück weißer Leinwand.
Er tastete nach der Türklinke und drückte sie herunter, und als die Tür nachgab, stürzte er der Länge nach in die Küche.
Er hatte den Offizier, der am Tisch saß, noch wahrgenommen, aber weder ahnte er, daß es Warasin war, noch, daß er gekommen war, um Anna eins von den großen, in Formen gebackenen Kommißbroten und ein paar kleine Säckchen mit Hirse und Bohnen zu geben. Er hörte die Frau nicht mehr aufschreien und sah nicht mehr, wie Warasin aufsprang und zu ihm eilte.
Die Frau schlug die Hände vor das Gesicht. Warasin rüttelte Bindig. Dabei fragte er aufgeregt: »He … hören Sie! Wie kommen Sie … in diese Uniform …«
Dann sah er unter dem verrutschten Fetzen Stoff die Wunde am Kopf. »Mein Gott!« schrie Anna. »Mein Gott, was ist … was ist nur …«
»Eine Kopfverletzung«, sagte Warasin leise, »geben Sie mir ein paar saubere Tücher und warmes Wasser. Schnell … geben Sie …«

Es starben alle Träume

Er trug den schwarzen Konfirmandenanzug zum zweitenmal. Zum erstenmal hatte er ihn bei der Konfirmation angehabt, und nun wurde der Vater begraben.

Er stand neben der Mutter und hörte ihr Schluchzen. Er sah auch die verweinten Gesichter der drei anderen Geschwister. Es waren alles Mädchen. Kleine, rotznäsige Mädchen mit Zöpfen. Es wollte ihm nicht so recht gelingen zu weinen. Er erinnerte sich, daß er in der Volksschule, wenn er Prügel bekam, niemals vor den anderen geweint hatte. Immer erst später, wenn ihn keiner sah.

Der Anzug war ihm zu eng, aber er würde ihn noch lange tragen müssen.

Der Vater war Werkmeister in der Gummifabrik gewesen, aber jetzt gab es keinen Vater mehr, und er war der Älteste in der Familie. Während der Pfarrer die Trauerrede murmelte, überlegte Thomas Bindig, woher er jetzt das Schulgeld für das Gymnasium nehmen sollte. Und dann zu Hause, als er allein war, weinte er.

Es war Sommer, die Klasse traf sich jeden Nachmittag im Freibad. Die Ferien waren eben erst angebrochen. Auch für das Lyzeum. Da gab es Sabine. Sie holte ihn fast jeden Tag ab, aber er sagte ihr eine Woche lang jedesmal: »Heute nicht, Sabine. Vielleicht nächste Woche wieder.« Das war seine Trauer. Den schwarzen Anzug legte er bald ab. Er war zu warm, und die Nähte krachten.

Das Mädchen Sabine trug ein hellblaues Fähnchen und Schuhe mit Korkabsätzen. Manchmal, wenn sie sich trafen, brachte sie ihm eine Büche Ölsardinen mit oder einen Karton Gebäck. Der Vater handelte damit. Sie lagen nebenein-

ander auf dem Gras des Rasens im Schwimmbad und versuchten, sich vorzustellen, wie es sein würde, wenn sie Mann und Frau wären. Sie Kinderärztin und er Jurist. Das lag noch weit in der Ferne. Der eine dachte über den anderen nach, unter der heißen Glocke des Himmels, während des Lärms der Kinder, die das Planschbecken bevölkerten, und während die Musik aus dem Lautsprecher ertönte. Sie hatten beide sehr braune Haut und sahen gesund aus, und die anderen wußten längst, daß sie unzertrennlich waren.
Aber das Leben hat seine Gesetze. Eines Tages sagte er zu Sabine: »Ich werde doch anfangen müssen zu arbeiten. Wir schaffen es nicht, wir sind fünf, und Mutter verdient nicht viel. Wenn ich mir was suche, wird es gerade ausreichen.«
Das Mädchen war hellblond. Es hatte sehr dunkle, große Augen. Es fiel ein wenig auf in diesem Schwimmbad. Es hatte einen zierlichen Gang und die Angewohnheit, im Gehen das Haar zurückzuwerfen.
Sie stellten Bindig in der Stadtbibliothek ein. Er verdiente nicht viel, aber Bücher waren ihm nicht fremd. Nach ein paar Wochen schon beriet er die Leute, und es gab welche, die sich nur von ihm bedienen ließen und die gingen, um ein andermal wiederzukommen, wenn er einmal zufällig nicht anwesend war.
Als Sabines Vater das Auto kaufte, sah Bindig sie seltener. Sie vertröstete ihn auf später. Manchmal ging er nach der Arbeit an ihrer Wohnung vorbei in der Hoffnung, sie anzutreffen. Aber er traf sie nicht. Er begann, seine Zeit über Rilke zu verbringen. Manchmal auch über Hölderlin.
Dann war er siebzehn. Er hatte Geld gespart und leistete sich mit Sabine einen Ausflug ins Bergland an der Weser. Sie trug ein buntes Kleid, das ihr der Schwager aus Paris geschickt hatte, und er hatte es fertigbekommen, einen neuen Anzug zusammenzusparen. Aber sie hatten Pech, denn die Gegend, die sie sich ausgesucht hatten, wimmelte von Fahrtengruppen der Hitlerjugend, und sie konnten keine hundert Schritt gehen, ohne daß ein paar von den Uniformier-

ten ihnen entgegenkamen oder sie überholten und sich über die »Sonntagsknilche« lustig machten.
Sie hatten beide ihre Mitgliedsbücher zu Hause, und bevor sie sich angefreundet hatten, waren sie beide ebenso wie diese Uniformierten sonntags in den Wäldern umhergelaufen, hatten Lagerfeuer abgebrannt und in Zelten übernachtet, und sie kannten beide noch die Strophe auswendig, die erklärte, daß jeder durch ihre Fäuste fallen würde, der sich ihnen entgegenstellte. Aber das lag weit zurück.
Schließlich fanden sie weitab von der Weser einen einsamen Weg, an dessen Rand sie sich für eine Weile ausruhten.
»Nächste Woche muß ich zur Musterung«, sagte er.
Sie machte: »Oh …« Das klang erschrocken. Dann griff sie nach einem Grashalm und zerknickte ihn nervös. »Wirst du mir bald ein Bild schicken, wenn du eingezogen bist?« fragte sie.
Er schickte ihr das erste Bild aus dem Arbeitsdienstlager. Er war dort drei Monate, und sie schrieb ihm zwei Briefe. Er schrieb jede Woche. Dann kam die Kommission, und der Führer erklärte ihnen: »Meldet euch freiwillig zu einem Truppenteil. Euer Vorteil ist, daß ihr auch zu diesem Truppenteil kommt. Wartet ihr, bis man euch holt, müßt ihr dort hingehen, wohin man euch steckt.«
Und dann bot der von der Luftwaffe ihnen seelenruhig die besten Verpflegungssätze, den interessantesten Dienst und die besten Aufstiegsmöglichkeiten an. Er sagte, daß es eine einzige Truppe in der ganzen Wehrmacht gäbe, in der ein Mann beweisen könne, daß er wirklich ein Mann sei, das wären die Fallschirmjäger. Er sprach noch eine Weile darüber. Bindig hatte sich bereits entschieden, ehe noch die Offiziere von den anderen Truppengattungen erklärten, welche Vorteile sie zu bieten hatten.
Er bekam Urlaub, aber nur vierzehn Tage, denn sie drückten ihm gleich im Lager den Einberufungsbefehl in die Hand. Dann lag er noch einmal neben Sabine im Gras, so wie sie oft nebeneinander gelegen hatten.

»Es ist schade, daß ich gerade jetzt fort muß«, sagte er, »es wäre sehr schön geworden. Ich verdiene ein bißchen mehr, und ich habe schon sehr viel Sehnsucht nach dir gehabt.«
»Es ist schade«, sagte sie, »ja, schade.«
»Aber ich komme zurück«, sagte er schnell, »ich komme sicher zurück. Wir schaffen das schon. Schließlich kann man sich nicht drücken, wenn ganz Deutschland kämpfen muß. Wenn ich zurückkomme, heiraten wir.«
Er sagte das so, als gäbe es nichts Selbstverständlicheres zu sagen. Es war sein Ernst und sein fester Entschluß. Er hatte das Mädchen gern, und er wußte mit Sicherheit, daß sie die Geduld aufbringen würde, auf ihn zu warten. Er sah, wie sie nickte, und dann saßen sie noch lange irgendwo in einem Café und hörten die Schlager aus dem Schallplattenkasten. Es war Sonnabend, aber es tanzte niemand. Es war verboten zu tanzen.

Sie bildeten ihn gründlich aus. Sie zermürbten seine Muskeln in den ersten Wochen so, daß er sich ebenso wie die anderen Rekruten am Treppengeländer anklammern mußte, wenn er abends in der Kaserne zu seiner Stube hinaufstieg. Sie lehrten ihn das Schießen und das Autofahren, das Töten mit allen Waffen und mit jedem beliebigen Gegenstand. Sie brachten ihm bei, wie man einen Schirm zusammenlegt und wie man eine Wunde verbindet, wie man sich abzustoßen hat, wenn man aus der Kabinentür springt, und wie man ein Feuer so anlegt, daß ein Dutzend Männer es nur in stundenlanger, mühsamer Arbeit löschen können. Bald war er völlig überzeugt davon, daß kein Soldat in der ganzen Welt so sorgfältig ausgebildet wurde wie sie und daß die Waffen, die sie führten, jeder anderen Waffe überlegen waren. Er hörte die politischen Vorträge über die Kriegsziele der Alliierten und über die geniale Strategie Adolf Hitlers. Bald begriff er, warum Rückzüge sein mußten, und er fühlte sich stark im Bewußtsein, daß es irgendwo in der Heimat, sicher verborgen, Waffen gab, die jetzt schon imstande waren, den Krieg binnen weniger Tage zu entscheiden. Er ging mit diesem Gefühl an manchem Sonntag aus der Kaserne, und er schrieb sehr zärtliche Briefe an Sabine. Sie schrieb ihm zurück, und sie schrieb jetzt ebenfalls jede Woche.

Am Tag der Besichtigung, als die Rekrutenzeit zu Ende war, fühlte sich Bindig sehr wohl, denn sie hatten gut abgeschnitten, und nun war der strenge Dienstbetrieb zu Ende. Die Front winkte für sie wie eine Erlösung, denn die Alten erzählten, daß an der Front die Hauptbeschäftigung das Schlafen sei.

Er wurde gegen Abend, als er sich zum Ausgehen fertigmachte, zu seinem Unteroffizier befohlen. Der fragte ihn nach seinem Heimatort, und als Bindig ihn nannte, nickte er und fragte weiter: »Haben Sie dort noch jemand?«

»Jawohl«, sagte Bindig.

Der Unteroffizier erklärte ihm langsam: »Herr Major Brandt muß dringend in diese Stadt fahren. Er ist ebenfalls dort zu Hause. Wir haben keinen Fahrer zur Hand. Deshalb werden Sie den Herrn Major fahren. Melden Sie sich sofort bei ihm.«

Der Major wies ihn nur kurz an, er solle sich mit dem Auto vertrautmachen und sich auf Abruf bereithalten. Bindig fuhr den Wagen ein paarmal im Kreis um den Kasernenhof. Er machte ihm keine Schwierigkeiten. Der Major fragte ihn, als sie die Kaserne verließen: »Wissen Sie, wohin wir fahren?«

»Jawohl«, antwortete Bindig.

»Wissen Sie auch, warum wir dahin fahren?«

»Nein, Herr Major.«

»Sie haben nicht Radio gehört. Gestern nacht hat die Stadt einen schweren Fliegerangriff erlitten. Ich hoffe, meine Familie lebt noch ...«

»Oh ...«, entfuhr es Bindig. Sekundenlang fuhr er unsicher, denn er dachte an Sabine und ein klein wenig auch an die Mutter und die Geschwister.

Der Major war Studienrat gewesen. Bindig hatte ihn nicht

mehr als Lehrer kennengelernt, denn jetzt war er schon viele Jahre Soldat. Aber Bindig kannte die Gegend am Stadtrand, in der die Villa des Majors stand. Er erinnerte sich sogar an das Haus, und er fand es, ohne zu fragen. Es stand so, als habe sich in der Stadt nichts ereignet, und die Frau des Majors lud ihn ein, in das Haus zu kommen. Er bat sich die Erlaubnis aus, nach seinen Leuten sehen zu dürfen, und der Major überließ ihm den Wagen.

An manchen Stellen der Stadt schwelten noch Brände. Die Menschen liefen verstört durch die Straßen. Es war am frühen Morgen, er mußte viele Umwege machen, denn ein Teil der Straßen war nicht befahrbar. Aber er kam doch ans Ziel. Er fuhr zuerst an der Wohnung der Eltern vorbei, weil die am nächsten lag. Als er in die Straße einbog, nahm er unwillkürlich den Fuß vom Gashebel und begann zu überlegen, wo das Haus gestanden hatte. Die Leute gaben ihm nur unwillig Auskunft. Aber dann erfuhr er, daß der Keller bereits freigelegt wäre und sie die Leichen noch in der Nacht beerdigt hätten. Der Zigarettenhändler an der Ecke, dessen Laden noch unzerstört war, nahm ihn bei der Schulter und zog ihn in seinen Laden. Dort goß er ihm ein Glas Kognak ein und sagte väterlich: »Laß sein, Junge, du mußt nicht so oft daran denken.«

Bindig ließ den Kognak stehen und raste mit dem Wagen weiter, an den schwelenden Trümmern und an den Gruppen der verwirrten Menschen vorbei, zu Sabine.

Das Haus mit der Feinkosthandlung, das Sabines Eltern gehört hatte, war ausgebrannt. Seine Mauern standen noch, und an der rückwärtigen Seite stand eine Kette von Pionieren. Einer von ihnen oder auch mehrere mußten im Keller des Hauses sein, denn der Pionier, der dem größten Kellerfenster am nächsten stand, nahm durch die Lücke in der Mauer die Eimer entgegen, die man ihm von unten heraufreichte. Er gab sie weiter, und sie wanderten durch die Kette, bis sie der letzte Mann mit einem Schwung in einen Lastwagen entleerte.

Bindig hastete um das Haus herum und versuchte irgend etwas zu entdecken, was darauf hinwies, daß Sabine noch lebte. Er sah, daß eine Sprengbombe das Haus vom Boden bis zum Keller durchschlagen hatte, ohne zu krepieren. Ihre Hülle lag in dem dunklen Kellerraum. Es war ein Ausbläser gewesen. Sie war unten aufgeschlagen, und anstatt zu explodieren, war die Ladung schnell und mit großer Hitze verbrannt. »Das gibt's auch«, sagte einer der Pioniere gleichmütig, als er Bindig herumlaufen sah, »spar dir die Mühe, Kamerad, die Leute sind verbrannt. Und Knochen sehen alle egal aus.«

Von unten, aus dem verkohlten Loch, rief eine Stimme: »Gebt mal 'ne Schaufel runter. Ich kriege das nicht in den Eimer!«

Es gab nichts mehr in der Stadt, was Bindig hätte suchen können. Es gab niemand, mit dem er hätte sprechen wollen. Er steuerte den Wagen durch die mit Trümmern übersäten Straßen und legte sich irgendwo hinter den Villen am Stadtrand so lange ins Gras, bis es Zeit war, den Major zu holen.

Der Major war aufgeräumt und zuversichtlich. Es wiederholte sich selten ein Angriff wie dieser. Seine Familie hatte den Krieg, soweit er aus der Luft kam, überstanden.

Er sagte mit einem zugekniffenen Auge zu Bindig: »Diese Schlumpschützen! Unsere Fabriken wollten sie treffen! Das Gummiwerk und die Autofabrik, und was haben sie getroffen? Ein paar lumpige Wohnhäuser! Es hat nicht gelohnt, daß sie die vielen Kilometer geflogen sind.«

»Sollten sie so weit danebengezielt haben, Herr Major?« fragte Bindig. »Die Werke liegen ziemlich weit außerhalb. Nichts ist aus der Luft besser zu erkennen als diese Werke.«

»Banditen!« brummte der Major. »Die Banditen hatten zuviel Angst, um richtig zu zielen! Ist in Ihrer Familie alles in Ordnung?«

»Tot«, sagte Bindig.

»Oh«, machte der Major. Dann sagte er: »Ich werde dafür sorgen, daß Sie Urlaub bekommen. Sofort, wenn wir zu-

rück sind, werde ich veranlassen, daß Sie Urlaub bekommen. Mein Beileid, Junge, das ist sehr hart für Sie …«
»Danke«, antwortete Bindig.
Er nahm keinen Urlaub, denn er wußte nicht wozu. Es würde keine Begräbnisse in der Stadt geben, denn es wußte niemand mehr, wer sich da gerade in dem Häufchen von Überresten befand, die verscharrt wurden.

Dann kam der erste Einsatz. Bindig dachte nun nicht mehr daran, daß der Krieg ja eines Tages vorbei sein würde und er wieder heimgehen konnte. Für ihn war jeder, gegen den er kämpfte, einer, der Sabine getötet hatte, und das war so lange der Fall, bis er Zado näher kennengelernt hatte und bis er so viele Tote gesehen hatte, daß er sich zu fragen begann, ob das jemals ein Ende nehmen würde. Irgendwo, in dem Hinterzimmer einer Spelunke, nahm er zum erstenmal ein Mädchen. Es hatte schlaffe, spitze Brüste und einen spinnigen, dürren Körper, aber es war ihm gleich. Er nahm sie, und er nahm später die Witwe, die ihn zum Kaffeetrinken einlud, und die andere, deren Mann vermißt war, und eine mit blondem Haar, ohne daß er dabei an Sabine erinnert wurde. Ihr Bild verblaßte schnell, wie oft die erste Jugendliebe sehr schnell vorbeigeht. Die Erinnerung versank, und er tötete längst nicht mehr, weil er sich einbildete, Sabine zu rächen, sondern weil er es gelernt hatte wie ein Handwerk. Manchmal sehnte er sich nach seinen Büchern zurück und nach seiner Bibliothek. Aber diese Gedanken zwischen der Todesangst der Einsätze und dem erschöpften, bleiernen Schlaf nach der Rückkehr waren blaß und kraftlos. Sie verflogen wie die Erinnerung an Sabine. Und da war Timm. »Macht es euren Weibern noch mal richtig«, sagte Timm, »morgen nacht hüpfen wir.«

Sie lagen in einem Ort, in dem es noch Frauen gab. Manchmal hatten sie in einem Quartier, in dem sie zu fünft lagen, alle zusammen eine Frau oder zwei. Einmal war es eine

Mutter mit ihrer Tochter, und sie drehten das Licht nicht ab dabei. Die Frauen hatten in diesen Dörfern gewohnt, und sie kamen zu den Soldaten, weil sie wußten, daß in ihrem Gepäck noch holländischer Eierlikör war und amerikanische Beutezigaretten. Sie wußten, daß die Soldaten Schokolade bekamen und Bananenschnitten und Zucker. Und mancher von denen, die im Westen gewesen waren, hatte in seinem Gepäck noch ein seidenes Halstuch.

»Das ist es, wofür wir kämpfen!« sagte Zado. »Das und der Schnaps sind unsere Kriegsziele, Kleiner. Wir krepieren für eine gute Sache.«

Einmal antwortete ihm Bindig: »Es geht nicht darum, wofür wir kämpfen, sondern darum, was aus Deutschland wird.«

Zado grinste, und dann hieb er Bindig die Hand auf die Schulter. »Genau das, Kleiner!« sagte er. »Das haben sie mir auch erzählt. Bloß, ich habe es nicht geglaubt, und seit ich Timm kenne, weiß ich ganz genau, daß es nicht stimmt.«

»Du weißt nicht, was sie mit dir machen, wenn sie es hören.«

Zado nickte traurig: »Das ist es. Sei vorsichtig, du weißt nicht, was sie mit dir anstellen, wenn sie merken, daß du einen Kopf statt einer Kohlrübe hast. Das wird aus Deutschland. Und langsam wünsche ich mir, daß wir den Krieg verlieren, nur damit das nicht aus Deutschland wird. Damit das aufhört.«

Sie stiegen in die Maschinen, und sie verließen sie in der dunklen Nacht und sprangen ins Ungewisse. Dann lagen sie wie damals hinter den Sträuchern, die das Mondlicht siebten, und Zado sagte, als er langsam die Pistole am Handgelenk festband: »Wir wissen nur die Hälfte von der Welt. Wir liegen hier, und in einer halben Stunde wird dieser Posten, der da vorn unter der Kastanie steht, uns vielleicht erschossen haben. Dann werden wir hier verfaulen mit all unseren Hoffnungen und Träumen, und zu Hause werden zur gleichen Zeit die Bonzen ihren Weibern helfen, die Perlenketten am Hals festzumachen, und die Herren Direktoren

werden im Maybach zum Wintersport nach Garmisch-Partenkirchen fahren und sich einen Dreck darum scheren, was hier vorgeht. Sie werden höchstens in ihren Klitschen Gasmaskenbüchsen statt Suppentöpfen herstellen lassen. Und die Gasmaskenbüchsen werden besser bezahlt, garantiere ich dir, denn sonst wäre der Krieg längst aus.«
Timm und die anderen waren weit hinten. Sie warteten darauf, daß Zado und Bindig den Posten beseitigten, damit der Weg frei würde.
»Vielleicht hätte das alles nicht zu sein brauchen ...«, sagte Bindig.
Zado nahm das Kappmesser in die Hand und sagte: »Er hat bloß das Käppi auf, keinen Helm. Da hören sie verdammt gut. Gib acht. Wenn ich die Hand über den Kopf hebe, kommst du. Dann schaffen wir ihn drüben zwischen die Büsche ...«

Einmal hockten sie im Funkwagen, als sie schon in Haselgarten lagen, und da gab es einen Sender, der Nachrichten brachte und Kommentare. Sie hockten beide nebeneinander. Zado lüftete seinen Kopfhörer und grinste: »Das istdie andere Feldpostnummer. Paß auf, daß nicht einer dazukommt!«
Später schüttelte Bindig den Kopf und sagte: »Man kann kaum für möglich halten, was sie sagen. Ob es wahr ist?«
»Mir scheint, es ist wahr«, antwortete Zado.
»Und wenn es wahr ist, warum ist dann niemals ein einziger Mensch gekommen und hat mit mir darüber gesprochen. Warum nicht?«
»Du fragst, als ob zu mir einer gekommen wäre«, sagte Zado, »aber zu mir ist auch keiner gekommen. Das ist nicht meine Schuld und nicht deine. Leute, die wirklich gesagt haben, was los ist, haben sie nach Auschwitz gebracht. In Auschwitz gibt es keinen Rundfunksender, den wir hören könnten. Wer frei ist, schweigt. Es gibt eine ganze Menge, die sich so ihr Leben erschweigen. Willst du ihnen das verübeln?«

»Nein. Aber dieser Mann im Radio tat so, als ob er es mir verübelte, daß ich Soldat bin.«
»Nicht ganz. Er hat dich aufgefordert überzulaufen.«
»Das ist beinahe das gleiche.«
»Wenn du meinst«, sagte Zado leise.
Bindig brannte sich eine Zigarette an. Er hatte ebenso wie Zado die eine Kopfhörermuschel beiseite geschoben. Aus der anderen klang Musik in sein Ohr. Es waren deutsche Lieder.
»Aber ich höre nicht gern auf den Rat solcher Leute, die ich nicht kenne und nicht einmal sehe. Weiß ich, ob es nicht bloß Leute sind, die reden, um Geld zu verdienen? Deshalb höre ich nicht gerne auf sie«, sagte Bindig.
Zado nickte. Er stützte den Kopf in die Hände und sagte, ohne Bindig anzusehen: »Das ist es. Wir hören nicht auf die, die wir nicht kennengelernt haben. Aber wir hören auf die, die wir kennen. Auf Timm. Keiner von uns weiß, ob es richtig ist oder falsch. Wir tun, was uns befohlen wird. Wenn wir das überleben sollten, dann wird es vielleicht welche geben, die uns fragen werden, warum das so war, aber wir werden ihnen kaum eine Antwort geben können.«
»Doch, eine!« sagte Bindig. »Daß jeder Mensch das tut, was er gelernt hat und für richtig hält.«
»Eben«, sagte Zado. »Wir haben verdammt unangenehme Dinge gelernt. Sie werden uns einmal danach fragen, ob wir keine Augen hatten und keine Ohren und kein Herz. Ob wir das vielleicht bei der Einkleidung auf der Kammer mit abgegeben hätten.«
»Wenn wir es überleben. Wenn wir rauskommen ...«
»Ja, dann. Und wenn wir diesem Mann im Radio glauben und beim nächsten Einsatz verschwinden und überlaufen, dann werden sie uns ebenso danach fragen, nur ein wenig früher als sonst. Was würdest du ihnen antworten?«
»Ich weiß nicht«, sagte Bindig langsam, »ich habe mir mein ganzes Leben anders vorgestellt. Es fing damit an, daß sie mein Mädchen ...«

»Nein«, sagte Zado schnell, »es fing damit an, daß Hitler den Krieg erklärte, ich erinnere mich genau an den Tag. Ich hatte Halsschmerzen, und alle anderen, die mit mir in einer Bude lagen, waren sternhagelvoll besoffen. Aber nicht einmal da fing es, genau besehen, an, sondern schon viel früher. Und nicht erst damit, daß die Flieger kamen.«
»Ich habe mir alles anders vorgestellt. Auch den Krieg. Aber jetzt bin ich nicht mehr mit dem Herzen dabei. Nur noch mit den Händen. Und mit dem Kopf.«
Die Musik in den Kopfhörern lief unentwegt weiter. Es war ein Konzert ohne Unterbrechung. Es war deutsche Musik. Einmal sagte eine Stimme dazwischen: »Macht Schluß, Kameraden! Zu Hause warten eure Frauen auf euch. Macht Schluß mit dem Krieg, dann könnt ihr heimgehen zu euren Frauen ...«
Zado sagte abwesend: »Unsere Frauen ... Da fallen mir die beiden ein, die wir gestern in unserem Quartier hatten. Die eine hat gesagt, seit wir hier liegen, tut sie es nur noch für Schokolade. Sie hat drei Kinder. Hättest du ihr das angesehen?«
»Es ist alles ganz anders gekommen«, sagte Bindig langsam, »was man sich so vorgestellt hat, wovon man geträumt hat.«
»Unsere Träume?« Zado zog müde die Kopfhörer ab und hängte sie an den Einstellknopf des Gerätes. »Wir haben alle einmal geträumt. Und jetzt hocken wir hier und sind feige. Wir sind so feige, daß wir nicht einmal uns selbst eingestehen, wie feige wir sind. Was haben wir nicht einmal alles geträumt. Aber die Träume sind gestorben, Kleiner. Wir werden auch sterben. Dann wird Timm nach Hause schreiben, daß wir Helden gewesen sind. Oder Alf wird es tun.«

Die Zeit verging. Sie stiegen in die Maschinen und glitten an den Schirmen zur Erde. Sie kehrten zurück und tranken und schliefen, und da waren die Frauen und Timm, der manchmal durch die Unterkünfte ging.

»Ihr habt Langeweile, was? Euch juckt es in den Fingern, Bindig, he? Einen umlegen? Leichen machen? Abwarten, bald geht's wieder los!«
Und die Gespräche im Dunkel. Über die letzte Frau des einen und über die erste des anderen. Ob die Bordelle Hollands besser waren als die in Frankreich, und was man mit der Frau zu Hause tun wird, wenn man merkt, daß sie einen anderen gehabt hat. Und die Methoden, aus Genever ein trinkbares Gesöff zu brauen. Mit Honig und Zimt. Und wer wird wohl bei den Mädchen von der Theatergruppe Glück haben, die morgen kommt?
»Es sind Puppen dabei ...«, sagte einer schlaftrunken.
Die unruhigen Nächte, wenn der Schlaf federleicht ist und wie ein Spiegel, aus dem einen die Augen der Toten anblicken. Wenn die Träume kommen und die Schreie, von denen man erwacht, schweißgebadet, verwirrt. Und dann die Stunden, in denen man wach liegt und die Augen der Toten sieht, ob man sie sehen will oder nicht. Am Morgen beim Antreten das Schafsgesicht Alfs und der Geruch nach Leder und Schweiß, und ostwärts in der Ferne das Gemurmel der Geschütze.

In der nächsten Nacht sind sie wieder östlich dieses Gemurmels. Sie sind zahlreich diesmal. Sie greifen ein Munitionslager an, eins von den kleinen, die weitab von den Hauptstraßen liegen und deren Wachpersonal nicht sehr zahlreich ist. Da ist ein Graben und ein bißchen Stacheldraht. Sie lauern am Saum der Büsche, und da steht der Außenposten, von dem sie wissen, daß er in einer Viertelstunde abgelöst wird. Dann geht er heim, und der nächste beginnt seine Wache. Sie dauert zwei Stunden. Diese zwei Stunden sind sicher, in diesen zwei Stunden wird niemand danach fragen, ob der Posten noch lebt. In diesen zwei Stunden werden sie ihn töten, und sie werden sich über das Lager ergießen wie eine Legion, die aus der Hölle kommt. Es wird keinen Überlebenden geben. Nur Tote.

Das Lager wird nicht mehr sein, wenn sie es überfallen haben.
Aber der Krieg wird weitergehen, denkt Bindig. Es wird sich nichts ändern, denn dieses lumpige Lager ist so lächerlich unbedeutend für die Armee in den Pelzmützen, daß sie es kaum spüren wird, wenn es ausfällt.
Timm ist dabei. Timm ist immer dabei. Er sieht auf die Uhr, und dann hebt er den Arm. Es geht schnell, denn es darf nicht sehr lange dauern, wenn sie davonkommen wollen. Bindig läuft neben Zado, als sie im Wald verschwinden, keuchend, mit geschwärzten Gesichtern, die Maschinenpistolen mit den halb leergeschossenen Magazinen in der Hand. Sie laufen nebeneinander, als hinter ihnen die Ladungen explodieren und die Stapel der Munition zerreißen. Es ist ein höllisches Konzert. Der Himmel ist für lange Sekunden taghell erleuchtet, bis diese Helle dem rötlichen Widerschein des Brandes weicht, der das letzte zerstört, was einmal ein Munitionslager war.
Sie laufen an Timm vorbei, der zurückbleibt, um die letzten anzuspornen.
Es gibt ein Lied, das sie zuweilen singen. Über die, die in Spanien waren als Legionäre. Timm, der sie an sich vorbeilaufen läßt, steht mit geschwärztem Gesicht, die Maschinenpistole in den schwarzen Händen, am Rande des Waldweges. Er steht halb gebückt, gleichsam sprungbereit, noch erhitzt von dem Überfall. »Vorwärts, Legionäre!« ruft er ihnen grinsend zu. Mit jenem Grinsen, das zugleich Anerkennung und eigene Befriedigung ist. Er ruft ihnen den Kehrreim des Liedes zu. Das tut er manchmal.
»Wir sind schon eine Legion ...«, sagt Bindig schwer atmend, als sie im Schritt weitergehen.
Es ist alles genau auf die Minute ausgerechnet wie immer. Ihre Chance liegt darin, genau auf die Minute am Startplatz zu sein. Sind sie das nicht, fliegt die Maschine heim. Dann haben sie die Verfolger auf der Fährte, die jetzt gerade erst aufbrechen.

»Eine Legion …«, sagt Zado. Er wirft die Maschinenpistole über die Schulter. »Das sind wir. Wir sind eine verflucht höllische Legion. Eine, die aus der Nacht kommt und die Hölle zurückläßt, wo sie gewesen ist.«
Sie fliegen nach Haselgarten zurück. Tage später sagt Bindig zum erstenmal zu Zado: »Da ist diese Frau in dem einsamen Gehöft hinter dem Dorf … eine eigenartige Frau …«
Sie sind leer. Sie sind ausgepumpt wie immer, wenn sie zurückkommen. Sie sind müde und trotzdem schlaflos. Wenn sie schlafen, finden sie keine Ruhe im Schlaf.
Sie spielen Karten und trinken. Schreiben Briefe nach Hause oder an die Bräute. Gehen zu den Weibern, die in der Gegend herumlungern, oder holen sie in die Quartiere.
»Eine eigenartige Frau?« wiederholt Zado schläfrig. »Sie kommt dir eigenartig vor, weil sie nicht für Schokolade mit uns schläft, nicht einmal mit Alf. Sie ist wirklich eine eigenartige Frau, aber eigentlich ist sie gar nicht so eigenartig, es kommt dir nur so vor …«

Er ist jetzt zwei Tage in dem Zimmer. Die Kopfwunde schmerzt noch, aber der Schmerz ist nicht mehr unerträglich. Die Wunde heilt. Er hat viel geschlafen. Es ist dunkel im Zimmer, aber es ist so, wie es sonst war. Nur Warasin ist dabei. Er sieht gut aus in der Uniform. Und er hat ein anderes Gesicht. Das ist nicht mehr der grinsende Schwachsinnige, der Taubstumme. Das ist auch nicht mehr der Mann, den Bindig zusammenschlug.
»Ich mache jetzt etwas zu essen«, sagt Anna. Sie hat ein Tuch um die Schultern gelegt, als fröre sie. Sie zieht es über der Brust zusammen, als sie die Stube verläßt. Sie läßt die Männer allein. Sie weiß, daß sie Warasin und Bindig allein lassen kann.
Bindig hat einen klaren Kopf. Ein wenig benommen ist er noch immer, aber er kann denken. Er macht keine Fehler dabei. Er weiß, daß er in einiger Zeit wieder völlig gesund sein wird. Das gibt ihm einerseits Zuversicht, aber es gibt

ihm auch eine Menge Rätsel auf. Er liegt auf dem Bett und raucht Zigaretten von Warasin. Welche mit langen Pappmundstücken. Man darf sie nicht ganz aufrauchen, sonst verbrennt man sich die Zunge. Und man muß die Pappmundstücke zusammendrücken.
Er sieht das Gesicht Warasins, dann sagt er langsam: »Ich bin in einer Situation, die aufs Haar der gleicht, in der Sie sich vor ganz kurzer Zeit befanden. Und Sie sind in der gleichen Situation, in der ich mich damals befand. Keine einfache Sache ...«
Es dauert eine Weile, bis Warasin etwas antwortet. Er zieht an seiner Zigarette und blickt dem Rauch nach, der für ein paar Sekunden im Halbdämmer zu sehen ist, das durch das Fenster hereinkommt.
»Es ist eine einfache Sache«, sagt Warasin dann. »Sie ist sehr unkompliziert. Und ganz anders als die, von der Sie sprechen. Für Sie ist der Krieg zu Ende, bevor Ihre Armee endgültig besiegt ist. Sie haben Ihr Leben gerettet. Sie werden in der Gefangenschaft Gelegenheit haben, zu überlegen, wie Sie Ihr Leben in Zukunft besser nutzen können. Wenn der Krieg aus ist und Sie zurückkommen, werden Sie manches wissen, was Ihnen vorher unbekannt war. Sie werden neu anfangen. Eine sehr einfache Sache für Sie. Sie haben Glück gehabt.«
Bindig lächelt. Er kennt das. Warasin spricht es zum erstenmal aus, aber es hat in der Luft gelegen, seit sie einander vor zwei Tagen wiedergesehen haben.
»Eine einfache Sache?« fragt er lächelnd. »Sie vergessen, daß Sie Offizier sind. Was geschieht in Ihrer Armee mit Leuten, die einen Deutschen, der sich in ihrem Gebiet versteckt hält, nicht ausliefern? Was geschieht mit einem Offizier, der ihn sozusagen in Sicherheit bringt, anstatt seinem Kommandeur Meldung zu erstatten?«
»Tue ich das?« fragt Warasin zurück.
Bindig stützt sich auf die Ellbogen. Er sieht nur die Umrisse des Russen. Ab und zu, wenn Warasin an der Zigarette

zieht, ist sein Gesicht für eine Sekunde lang rötlich erleuchtet. »Hören Sie«, sagt er, »machen wir uns nichts vor. Sie hätten einen Orden bekommen, wenn Sie mich erschossen hätten, als ich hier ankam. Aber das konnten Sie nicht, denn da war Anna, und Sie sind ihr verpflichtet. Und nun überlegen Sie, was zu tun ist, denn Sie wissen natürlich, was für Sie auf dem Spiel steht, wenn ich hier entdeckt werde, denn es wird bekannt sein, daß Sie gelegentlich Anna besuchen. Aber Sie können jetzt nicht mehr so einfach zu Ihrem Kommandeur gehen und mich ausliefern, denn man wird Sie fragen, weshalb Sie das nicht schon längst getan haben. Was mit Anna geschieht, brauche ich Ihnen nicht zu erklären. Sie würden den Rest Ihres Lebens nicht mehr den Gedanken loswerden, daß Sie einen Menschen ausgeliefert haben, der Ihnen einmal das Leben rettete. So ist die Sache. Nicht so einfach, wie Sie sie sehen.«

Sie hörten Anna über den Hausflur gehen und mit Geschirr klappern. Sie ging in den Stall, um das Vieh zu versorgen. Warasin drückte seine Zigarette aus. Dann sagte er nachdenklich: »Ich glaube, Sie machen einen Fehler. Sie machen ihn, weil Sie nicht wissen, daß unsere Armee anders ist als die, in der Sie gekämpft haben. Deshalb ist es beispielsweise für Sie unverständlich, daß ich keine Angst zu haben brauche, das zu verantworten, was ich getan habe. Es wird weder mir etwas geschehen noch Anna. Es wird auch Ihnen nichts geschehen, wenn Sie in Gefangenschaft kommen. Sie werden dort bis zum Ende des Krieges arbeiten und dabei das lernen, was man Ihnen bisher zu lernen verwehrt hat. Ich muß Ihnen das sagen, denn sonst machen Sie sich von der Lage, in der Sie sich befinden, falsche Vorstellungen.«
Eine Weile war es still. Bindig ließ sich zurücksinken und schwieg. Er hatte geahnt, daß Warasin etwas Ähnliches sagen würde. Er hatte es gefürchtet, aber es war ihm nicht so recht möglich erschienen. Nun war es klar gesagt. Es gab nichts zurückzunehmen.

»Sie sind sehr zuversichtlich, was Ihre Kommissare betrifft …«, sagte er leise. »Sind Sie sicher, daß Sie sich nicht irren?«
Warasin mußte daran denken, was Balaschow sagen würde, wenn er vor ihm stand und das alles hier zu erklären begann. Der untersetzte, ächzende Balaschow würde ganz still sitzen und zuhören, wenn Warasin das bekannte, was er verschwiegen hatte. Er würde ihn ansehen und den Blick aus seinen kleinen, beweglichen Augen über Warasins Gesicht wandern lassen. Er würde sich kräftig am Kopf kratzen und in den Taschen nach Streichhölzern für seine Zigarette suchen. Er würde den Kopf schütteln wie jemand, der nicht genau versteht, was man ihm sagt.
»Ich bin sicher, nicht zu irren«, sagte Warasin. »Ich kann Ihre Lage sehr gut verstehen. Ein wenig kenne ich den Geist, in dem Sie erzogen wurden. Ich glaube wenigstens, ihn jetzt besser zu kennen als früher. Ich möchte Ihnen helfen, diese Erziehung zu überwinden. Aber ich muß Ihnen die Illusionen nehmen, die Sie haben. Bauen Sie nicht darauf, in mir einen Mann vor sich zu sehen, der in einer Zwangslage steckt. Was ich in den letzten beiden Tagen getan oder nicht getan habe, geschah weniger in meinem Interesse. Es geschah in Ihrem Interesse. Aber das ändert nichts an Ihrer Zukunft. Die Rote Armee wird Sie wie jeden anderen Gefangenen behandeln und Ihnen die Möglichkeit geben, das Leben von vorn anzufangen. Das brauche ich Ihnen nicht besonders zu versichern. Das ist unser Prinzip gegenüber den Soldaten Ihrer Armee, die gekämpft und nicht gemordet haben.«
»Gekämpft?« fragte Bindig. »Wenn Ihre Kommissare mich verhören, werden sie erfahren, wie wir gekämpft haben. Sie werden auch erfahren, in welcher Uniform ich hier ankam.«
»Sie haben keine Angst gehabt, alles das zu tun, was man Ihnen befohlen hat«, sagte Warasin, »aber Sie haben Angst, es zu verantworten.«

Ein Streichholz flammte auf. Dann sagte Bindig, den Rauch der Zigarette zur Decke blasend: »Was täten Sie, wenn Sie morgen oder übermorgen hierherkämen und mich nicht mehr vorfänden? Was würden Sie dann tun?«
Warasin antwortete, ohne zu zögern. »Es würde eine Gruppe ausrücken, um Sie zu suchen. Ich würde diese Gruppe anführen.«
»Und Sie würden auf mich schießen, wenn Sie mich zu Gesicht bekämen?«
»Ich würde Sie töten, wenn Sie Widerstand leisteten.«
»Ich habe es erwartet«, sagte Bindig, »aber warum geben Sie sich dann eigentlich soviel Mühe, mich in die Gefangenschaft zu locken?«
»Weil ich glaube, Sie zu kennen«, sagte Warasin langsam, jedes Wort betonend, »und weil ich glaube, daß man nicht nur Ihnen, sondern einer großen Anzahl deutscher Soldaten in Ihrem Alter wird helfen müssen, damit sie begreifen, wofür sie ihren Mut und ihre Gesundheit eingesetzt haben und was daraus entstanden ist. Man wird vielen helfen müssen, die Wahrheit zu begreifen und im Besitze dieser Wahrheit neu anzufangen. Auch Ihnen. Es lohnt sich, und es ist notwendig. Wir glauben daran. Denn nicht Sie haben den Faschismus in Deutschland herbeigeführt. Sie sind nur von ihm erzogen worden und haben für ihn gekämpft. Er hat Ihr Leben zerstört, indem er Sie ausschickte, unser Leben zu zerstören. Es wird sich erweisen, ob Sie imstande sind, die Wahrheit zu begreifen. Sind Sie ein Faschist, wird man Sie als solchen behandeln. Sind Sie ein Mensch, der den Willen hat, es in Zukunft besser zu machen, dann wird man Ihnen dazu alle Möglichkeiten geben.«
Die Zigarette glimmte auf und beleuchtete Bindigs Gesicht. Er sprach leise, während draußen auf dem Flur wieder Anna vorbeiging, die aus dem Stall zurückkam.
»Das sagen Sie, ohne zu wissen, ob der Krieg damit endet, daß Sie in Berlin einmarschieren oder wir in Moskau?«
Warasin war aufgestanden und ans Fenster getreten. Er

drückte eine neue Zigarette zurecht und steckte sie zwischen die Lippen. Nachdem er sie angezündet hatte, blieb er eine Weile am Fenster stehen und blickte nach draußen. Der Schnee überzog die Erde wie ein Teppich. Auf den Ästen der Obstbäume in Annas Garten lagen schwere Batzen der weißen Kristalle. Es war kalt geworden, und die Nacht war sternenklar.
Warasin dachte an Balaschow. Er hörte, wie Anna die Küchentür öffnete.
»Sie haben noch Zeit, nachzudenken«, sagte er zu Bindig, »denken Sie gut nach. Der Weg, den ich Ihnen beschrieb, dient dazu, Ihr Leben zu erhalten und Ihnen eine Zukunft zu sichern. Vielleicht auch Anna, denke ich. Denn wir werden nach Berlin marschieren und den Faschismus ausrotten. Wenn Sie Gelegenheit hätten, unsere Armee zu sehen, würden Sie keinen Augenblick daran zweifeln. Ich werde morgen abend kommen. Bis dahin werden Sie sich entschließen.«
In der Tür stand Anna. Sie trug Geschirr in beiden Händen und sagte: »Georgi, auf dem Fensterbrett steht die Kerze. Zünden Sie sie an, und ziehen Sie die Decke vor die letzten beiden heilen Scheiben …«

Die Stunde der Wölfe

Wenn Timm den Kopf um ein paar Zentimeter hob, konnte er sehen, wie Zado auf die Mühle zuschlich. Da war ein Graben, an dessen Seite eine Reihe Büsche stand. Die Büsche hatten den Schnee abgefangen und zu einer Wehe aufgetürmt, hinter der sich Zado verbergen konnte. Timm sah ihn undeutlich, denn Zado hatte noch immer das Schneehemd an, und manchmal verschmolz das beschmutzte Weiß des Schneehemds völlig mit dem Schnee des Grabens.

Es war ein weiter Weg, aber Zado kroch unentwegt vorwärts. Er schien keine Müdigkeit zu kennen. Sie waren jetzt zwei Tage unterwegs, ohne zu schlafen und zu essen, aber Zado war außer dem bärtigen Gesicht nichts anzumerken.

Während Timm sich aufrichtete, um den Vorwärtskriechenden besser beobachten zu können, schmerzte seine Schulter wieder. Die Kugel mußte den Knochen zerschmettert haben. Timms linker Arm hing in einer Schlaufe, die Zado aus einem Streifen des Schneehemds geknüpft hatte. Er versuchte nicht, ihn zu bewegen, auch nicht die Finger, denn er wußte, daß dann der Schmerz unerträglich wurde. Wenn ich nicht spätestens morgen in ein Lazarett komme, dachte er, dann kriege ich den Brand in die Wunde. Das ist das Ende. Er zog die Beine näher an den Körper und lagerte sich etwas bequemer. Er hatte noch die Maschinenpistole, und er konnte sie zur Not mit der einen Hand bedienen. Er legte sie in die Astgabel vor sich und dachte daran, wie die Panzer auf dem Holzplatz ankamen.

Es war mit der Sprengung nicht so schnell gegangen, wie es

vorgesehen war. Zuerst hatten sie den Mann suchen müssen, der an der Zündung saß. Sie fanden ihn mit heruntergelassenen Hosen hinter einem Baumstumpf und trieben ihn zu seinem Zündmechanismus. Aber irgendeiner von den anderen hatte eins der Kabel beschädigt, und die Zündung funktionierte nicht. Der Mann band sich die Hosen fest und lief auf den Holzplatz hinaus, während die anderen sich im Wald verkrochen und Timm den Befehl erteilte, daß sich jeder selbst in Sicherheit bringen und die Front zu Fuß überqueren solle. Dann hockte er sich selbst an die Zündanlage und drehte ohne Erfolg ein paarmal an dem Griff, während der Soldat auf dem Platz noch immer die Unterbrechung im Kabel suchte. Er fand sie in dem Augenblick, als Zado über die Lichtung gerannt kam. Er kam aus dem Waldweg, von dort, wo sie die Fahrer aus den Wagen gezerrt hatten, und Timm rief ihn an. Auf der Straße waren die Geräusche der Panzer zu hören.
Zado ließ sich neben Timm fallen, und Timm sagte hastig: »Los, fort! Sieh zu, wie du durchkommst!« Aber in diesem Augenblick preßte der Soldat auf dem Holzplatz die beiden Enden des zerrissenen Drahtes aneinander, um sie wieder zu verbinden. Er wußte nicht, daß der Hebel an der Zündanlage eingeschaltet war. Die Explosion warf ihn in die Luft und zerriß ihn, bevor er einige Meter über dem Erdboden war. Sie schleuderte Timm mit dem Kopf gegen einen Baumstamm und warf Zado halb betäubt ins Unterholz. Als die beiden wieder zu sich kamen, erschien der erste Panzer auf dem Holzplatz und schoß eine Salve aus seinem Maschinengewehr in den gegenüberliegenden Waldrand. Timm preßte die Hand gegen die Schulter, als er getroffen wurde, und stolperte im Schatten der Bäume weiter. Immer hinter Zado her und immer an der Außenseite der Lichtung, auf der sich der Holzplatz befand, bis er im Rücken der Panzer war, an der Straße, ein paar hundert Meter jenseits der Abzweigung des Waldweges. Er sah die festgefahrenen Spuren auf der Straße und sah weit vor sich Zados

Schatten verschwinden. Hinter ihm waren das Feuer und das Geknatter aus den Waffen der von den Panzern abgesessenen Soldaten, die den Wald durchkämmten. Er hörte das Sägen der Maschinenpistolen und das leise Zirpen, wenn die Geschosse in seiner Richtung flogen. Dazwischen die Detonationen der Handgranaten und die Kommandorufe, die Trillerpfeifen der Zugführer. Dann hörte er den Abschuß einer Panzerkanone und sah, daß die Straße vor ihm frei war. Er dachte: So weit du kannst, auf dieser Straße, und dann seitwärts verschwinden. Das ist die Chance! Und er lief.

Er merkte bald, wie das Feuer hinter ihm immer leiser wurde, aber er spürte auch, wie der Schmerz in dem zersplitterten Knochen zunahm. Als er eine Zeitlang gelaufen war, verfiel er in einen langsameren Schritt, und von nun an brachte er es nicht mehr fertig zu laufen. Wenn er einen schnellen Schritt machte, biß er sich auf die Lippen. Er sah Zado nicht mehr vor sich. Aber Zado sah ihn.

Zado hockte in einem Fichtengestrüpp und beobachtete, wie Timm mit weichen, nicht mehr sicheren Schritten auf ihn zukam. Als er an ihm vorüberging, rief er ihn an. Sie krochen hintereinander weiter in das Gestrüpp hinein und waren bald außer Hörweite der Straße. Sie kamen nur langsam vorwärts, aber sie krochen keuchend weiter, bis sie keinen Laut mehr vernehmen konnten, weder die Schüsse am Holzplatz noch ein Fahrzeug, das auf der Straße vorbeifuhr.

Da sagte Zado: »Ich glaube, wir haben sie abgehängt.«

Timm ließ sich schwer atmend, mit dem Rücken an eine Fichte gelehnt, nieder. »War Zeit«, quetschte er heraus. »Es hat genau noch bis hierher gereicht.«

Zado griff nach der Kognakflasche in der Knietasche. Er trank und reichte Timm die Flasche. Dabei beugte er sich ein wenig zu ihm herüber und sah, daß der Unteroffizier verwundet war.

Als er ihn verbunden hatte, nahm er einen weiteren

Schluck und sagte: »Wenn ich das gewußt hätte, dann hätte ich dich vorbeilaufen lassen. Es kommt nichts dabei heraus, wenn man mit einem halben Krüppel zusammen zu türmen versucht.«
Timm sah ihn an, aber er sagte nichts. Sie hockten und lauschten und warteten darauf, daß ihr Pulsschlag sich beruhige.
»In diese Richtung sind sie gar nicht gekommen«, sagte Timm langsam, nachdem er lange Zeit stillgesessen hatte, »sie haben nicht damit gerechnet, daß einer um den Holzplatz herum auf die Straße zuläuft. Ich denke, jetzt werden sie langsam alle haben ...«
Es klang ängstlich. So als fürchte er, die Suche könnte sich auch noch auf die Gegend erstrecken, in der sie sich aufhielten.
»Alle, außer Timm und Zado«, brummte Zado. »Wie kam das überhaupt? Welcher Idiot ist daran schuld?« Er schüttelte den Kopf, als er hörte, wie es zugegangen war.
Es war eine Weile still. Sie lauschten beide, aber es war um sie herum nichts zu hören. Dann wischte Zado den Schnee vom Lauf seiner Maschinenpistole und sagte nachdenklich: »War Bindig nicht jenseits der Straße?«
Timm nickte.
»Ich kann mir immer noch nicht vorstellen, daß sie ihn erwischt haben ...«, sagte Zado.
»Ob wir eine Zigarette rauchen?« fragte Timm. Zado bewegte gleichgültig die Schultern. Dabei sagte er: »Sie kriegen uns so und so, ob wir rauchen oder nicht.« Er zog eine Zigarette heraus und steckte sie an. Während er Timm das brennende Zündholz hinhielt, fragte er: »Kannst du noch laufen?«
»Ja, ich kann.«
»Wie lange?«
»Bis ich umfalle«, antwortete Timm, »hier bleibe ich jedenfalls nicht.«
Zado zog seine Landkarte aus der Tasche. Er schlug sie auf

und fuhr mit dem Finger über das Papier. Er konnte die Schrift nicht lesen, denn durch die dichtbeschneiten Äste fiel nur ein schwacher Schein Mondlicht.
»Und wann wirst du umfallen?« fragte er gleichmütig. »Wir haben drei Tage zu laufen, bis wir in der Nähe der Front sind.«
Er suchte auf der Karte, und dabei beugte er sich tief über das Papier, um besser sehen zu können. Schließlich fand er die Straße, und dann stellte er Berechnungen an, wie weit sie bereits nach Westen gekommen waren. Er merkte, daß seine Finger, die die Karte hielten, zitterten. Aber er zwang sich dazu, nicht an das zu denken, was auf dem Holzplatz geschehen war, auch nicht daran, daß jeden Augenblick eine Streife diesen Teil des Waldes durchkämmen konnte. Er suchte so lange, bis er glaubte, sich zurechtzufinden, und entdeckte dabei gleichzeitig, daß es einen Fluchtweg gab, der einigermaßen aussichtsreich erschien. Aber er war weit, und wer konnte wissen, wie lange Timm durchhielt?
Dieser Timm, dachte er, man wird ihn mit einer Zaunlatte erschlagen müssen, sonst stirbt er nie. Wenn wir zurückkommen, gibt es außer mir keinen mehr, der mit ihm zusammen angefangen hat. Aber ob wir zurückkommen? – Er kniff die Augen zusammen und stierte auf die Karte. Dieses verfluchte Land, dachte er, es hat zu viele Schlupfwinkel. Für uns, aber auch für die anderen. Und in jedem dieser Schlupfwinkel steckt etwas anderes. Da ein Munitionslager, dort ein Fahrzeugpark, da Panzer und dort Stalinorgeln. Es gibt hier mehr Bereitstellungen als Bäume. Und wir zwei wollen durchkommen. Das ist eine Sache, die keine Aussicht hat. Aber wir müssen es versuchen. Es bleibt uns nichts anderes übrig.
»Los!« sagte er rauh zu Timm. »Mach dich auf, wir wollen weiter. Hier wird es in einer halben Stunde von Patrouillen wimmeln!«
Timm hielt sich überraschend gut. Er ließ nicht merken, daß es ihm schwerfiel zu laufen. Aber manchmal sah Zado,

daß er die Lippen zwischen die Zähne gezogen hatte. Zado führte, und sie schlichen nach Westen aus dem Wald heraus. Es war gegen Morgen, als sie eine buschbewachsene Ebene erreichten, auf der sich nur in sehr großen Abständen ein paar Baumgruppen befanden. Zado starrte in die Dämmerung und versuchte zu erkennen, ob in dem Gelände vor ihnen Menschen waren. Es war nichts zu sehen und kein Laut zu hören. Der Schnee vor ihnen war unberührt, aber sie konnten nicht weit sehen.

»Gehen wir …«, schlug Timm vor.

Zado hielt ihn zurück. Diese Ebene hatte ihre Tücken, und sie würden sich erst zeigen, wenn es genug Licht gab, alles zu erkennen.

»Mir ist nicht wohl«, sagte Zado und sah auf den braunen Mantel, der unter dem weißen Umhang hervorsah. »In diesen Sachen ist mir nicht wohl. Ich komme mir nicht mehr wie ein Soldat vor.«

»Aber es hat sie ein halbes Dutzend Fahrzeuge gekostet«, sagte Timm, »und das ist auch was.«

Zado blickte eine Weile geradeaus, als suche er etwas im Morgendunst. Dann sagte er: »Glaubst du noch im Ernst daran, daß ihnen das etwas schadet? Daß es sie aufhält?«

»Es bringt Durcheinander in ihr System«, sagte Timm. »Es war nicht die beste Aktion. Sie war nicht gut genug vorbereitet.«

»Ich weiß nicht«, sagte Zado zweifelnd, »ob das nur an der Vorbereitung gelegen hat. Ich glaube, diese ganze Art von Kriegführung hat nichts mehr mit Krieg zu tun und ist außerdem aussichtslos. Das ist es.«

Timm brannte sich eine Zigarette an. Er war so müde, daß er jeden Augenblick hätte umsinken können. Er spürte, daß aus der Wunde viel Blut gelaufen war. Es hatte seine Unterwäsche mit einer steifen Kruste versehen, die jetzt scheuerte. Mit dem Blut schien die Energie aus seinem Körper geflossen zu sein. Er zog an der Zigarette und sagte müde zu Zado: »Red nicht soviel Unsinn. Wenn wir zu

Hause sind, wirst du dich nicht mehr gern daran erinnern. Laß uns erst mal drüben sein, dann wirst du sehen, wie es weitergeht. Im Frühjahr machen wir aus allem, was uns gegenüberliegt, Hackfleisch für die Konzentrationslager.«
Die Sonne schob sich sehr langsam im Osten über den Horizont. Die beiden Männer konnten sie nicht sehen, aber sie gewahrten den schwachen Schein, der über die Erde huschte, den fahlen Schimmer des Morgens auf dem Schnee. Weit lag die Ebene vor ihnen. Nichts als dickverschneites Buschland. Weiter hinten gab es wieder Seen, aber die waren nicht erkennbar. Zado erhob sich und beobachtete lange Zeit aufmerksam das Gelände. Seinem Auge entging keine Einzelheit, aber es gab auf dieser Ebene nichts, was den beiden Soldaten hätte gefährlich werden können. Sie lag weit von den Verkehrswegen ab, und die Dörfer waren hier nicht sehr dicht gestreut.
»Komm«, sagte Zado, »wir wollen nicht vom Frühjahr reden. Wir müssen jetzt ein paar Stunden ohne Deckung marschieren. Halt die Augen offen.«

Das war vor zwei Tagen gewesen. Zado erinnerte sich nicht mehr genau daran, denn er vergaß schnell, was sich in diesen angsterfüllten Stunden abspielte. Er achtete nicht darauf, er strebte nur mit der unglaublichen Energie eines Tieres vorwärts, dem einzigen Gedanken folgend, hinter die Hauptkampflinie zu gelangen, alles zu überstehen. Timm wußte, daß er ohne Zado niemals durch die Schützenlinie der Roten Armee kommen würde.
Diese Überlegung verlieh ihm Kräfte, die dazu ausreichten, sich Kilometer um Kilometer weiterzuschleppen, immer hinter Zado her, der wie ein Wolf auf der Fährte vorwärts trottete, mit den Augen argwöhnisch alles ringsum beobachtend.
Zado sah sofort, daß die Mühle unbesetzt war. Sie hatte leergeschlagene Fensterhöhlen an der einen Seite. Ein paar Granaten hatten sie getroffen. Sie schienen von Panzern zu

stammen, die daran vorbeigefahren und sicherheitshalber einmal hineingeschossen hatten. Zado sah einen Schwarm Krähen hinter der Mühle auf dem Schnee hocken. Er beobachtete sie eine Weile, dann kroch er weiter, die letzten paar Meter in dem angedeuteten Graben. Die Krähen blieben auf dem Schneefeld hocken. Sie wußten, daß in der Mühle kein Mensch wohnte, der sie hätte aufscheuchen können, und den herankriechenden Soldaten nahmen sie nicht wahr. Zado überquerte den Platz vor der Mühle gebückt, die Maschinenpistole schußbereit, wie eine Katze sich vorwärts bewegend. Seine Augen suchten das Mauerwerk ab, aber sie fanden keine Öffnung, durch die ihn jemand beobachtet hätte. Er verließ sich nicht auf Timm, der hinter den Büschen lag und ihn schützte. Er traute nur seinen eigenen Augen, seinem Instinkt, denn Timm stand nicht mehr fest auf den Beinen. Timm war ohne Energie, er war die letzten Kilometer hinter Zado hergewankt, der unbarmherzig ausgeschritten war, rücksichtslos. Hier an der Mühle war Timm nahe dem Zusammenbrechen gewesen. Er hat längst den Brand in der Wunde, dachte Zado, aber man kann nichts dagegen tun. Man kann ihn nur noch so weit mitschleppen, wie ihn seine Füße tragen, und wenn es vorbei ist, muß man ihn liegenlassen.
Hier gibt es keine andere Überlegung, hier muß sich der retten, der noch die Kraft dazu hat. Wer sie nicht hat, muß verrecken.
Zado lächelte grimmig in sich hinein. Du wirst krepieren, dachte er, und ich werde dich liegenlassen wie einen Hund. Denn ich werde durchkommen. Ich bin bis hierher gekommen und werde es die letzten Kilometer auch noch schaffen. Diesmal komme ich durch, nicht du, Timm. Der Gedanke daran, daß Timm es nicht schaffen würde, verlieh ihm eine große Befriedigung. Mit einem Satz sprang er durch eine Mauerlücke ins Innere der Mühle, sich dabei mit vorgestreckter Pistole einmal im Kreis drehend. Aber es war niemand da.

Er untersuchte das zerschossene, halb verfallene Gebäude bis zum Dach und fand manches, was darauf hindeutete, daß Soldaten hier gehaust hatten. Doch sie waren nicht mehr da. Sie hatten hier einen Haufen leerer Konservenbüchsen hinterlassen und dort ein Häufchen Exkremente, in einer Ecke eine zerrissene Zeltbahn und in einer anderen einen leergeschossenen MG-Gurt. Die Räume waren von den Granaten verwüstet. Balken hingen frei in der Luft, und stellenweise gähnten in den Dielen riesige Löcher. Als Zado sicher war, daß kein Lebewesen die Mühle bewohnte, schob er den Oberkörper durch ein Loch in der Mauer und winkte Timm. Der Unteroffizier erhob sich mühsam und kam auf die Mühle zu. Er ging gebückt, eine gebrochene Gestalt, deren Augen allein noch daran erinnerten, daß Leben und Bewußtsein in ihr waren.
»Hau dich hin«, sagte Zado zu ihm, als er sich durch die Lücke im Mauerwerk zwängte, »hau dich irgendwo hin und schlafe. Du siehst aus, als ob du schon gestorben wärst.«
Timm schüttelte den Kopf. Aber in seiner Gebärde war nicht mehr die alte Kraft. Aus seinen Augen glänzte das Fieber, und seine Bewegungen waren ohne Energie.
»Timm ist noch nicht tot«, sagte er, ohne die Zähne zu öffnen. »Mitternacht sind wir zu Hause. Dann werden sie mich schon wieder zurechtflicken.«
Zado warf die Maschinenpistole über die Schulter und wandte sich ab. Er sagte: »Ich krieche aufs Dach. Muß mir die Gegend genau ansehen, solange es noch hell ist. Hau dich solange hin, wir haben ein paar Stunden Zeit.«
Er ging, ohne sich weiter um den Unteroffizier zu kümmern. Er kletterte über die zertrümmerten Reste einer Stiege und gelangte in das obere Stockwerk. Ein kalter Zug kam durch die Lücken im Mauerwerk, die von den Granaten gerissen worden waren. Zado stieg weiter, eine schmale Leiter hinauf, die mit Kabeldraht geflickt war. In einer Ecke lag eine Rolle angekohltes Telefonkabel. Es war kein Stäubchen Mehl irgendwo zu entdecken, aber es roch noch

immer nach dumpfigem Mehl. Es roch nach Staub und angekohltem Holz.
Als sich Zado durch die Luke auf das Dach zwängte, sah er im Südwesten das Dorf liegen. Er stemmte sich mit den Ellenbogen in die Luke und zog die Beine nach. Als er sicher saß, zog er die Karte hervor und rechnete.
Das war Haselgarten. Er erkannte es, obwohl er es zuvor nie aus dieser Perspektive gesehen hatte. Er war nie in dieser Mühle gewesen. Aber er erkannte das Dorf auf den ersten Blick, obwohl es sein Aussehen geändert hatte. Die Straße war mit Fahrzeugen vollgestopft, und von den Häusern stand nach dem letzten Artilleriefeuer nicht mehr viel. Es herrschte um das Dorf herum eine emsige Betriebsamkeit, die Zado beunruhigte. Über die Feldwege preschten Kolonnen mit kleinen, wendigen Gefechtsfahrzeugen. Im Schutz von Buschwerk lagerten Artillerieabteilungen. Panzer standen bewegungslos am Straßenrand, vollgepackt mit Gepäck und Munition, die die Mannschaften mit Stricken auf den Panzerplatten festgebunden hatten. Zado hatte nur eine vage Vorstellung davon, wo sich gegenwärtig die Front befand. Er rechnete aus, wie weit sie noch zu laufen hatten. Es mochten einige Kilometer sein. Doch hier spürte man noch nichts von dieser Front. Vorn war eine unheimliche Ruhe eingezogen, hinter der dieses Leben pulsierte, das sich seinen Augen in Haselgarten bot. Er hatte ein unbehagliches Gefühl dabei, denn er wußte, daß diese Ruhe trügerisch war. Er wußte, daß sie beide die Front erreichen mußten, ehe diese Ruhe ihr Ende hatte, weil sich im gleichen Augenblick das Ziel ihres Marsches unweigerlich um viele Kilometer weiter nach Westen verschieben würde. Vielleicht so weit, daß sie nicht mehr imstande waren, es noch zu erreichen. Einen Augenblick lang fragte er sich: Warum machst du überhaupt diesen Weg? Warum bringst du es nicht übers Herz, Schluß zu machen? Du siehst, wie es endet, aber du läufst zurück. Dorthin, wo das Ende dich mit großer Wahrscheinlichkeit zerschmettern wird. Wozu

das? Doch er konnte sich auch jetzt keine genaue Antwort darauf geben. Er wußte selbst nicht, ob er nur Angst hatte, so wie er war, in dieser Uniform, mit erhobenen Händen auf den nächsten Soldaten zuzugehen und zu sagen: »Ich mache Schluß!«, oder ob es daran lag, daß er mit einem Fünkchen Hoffnung noch darauf baute, daß das, was sich hier ankündigte, doch noch nicht das Ende sei und daß es ein anderes Ende geben würde. Eins von der Art, wie es die Frontzeitungen prophezeiten.

Er starrte unschlüssig auf die Karte in seiner Hand und dann wieder hinüber zur Straße, zum Dorf. Weitab von den anderen Häusern lag das Gehöft, in dem Anna gewohnt hatte. Er erinnerte sich an sie, ohne sich danach zu fragen, was aus ihr geworden sei. Er beobachtete die Gegend um das Gehöft eine geraume Zeit und konnte dort niemanden entdecken. Es war ruhig um das Gehöft.

Überhaupt schien es in dieser Richtung eine Lücke zu geben. Zado rechnete wieder. Wenn sie den Weg über das Gehöft oder an dem Gehöft vorbei nahmen, konnten sie, am Rande einer großen Viehkoppel vorbei, immer seitlich des Waldes bis dahin gelangen, wo er die Front vermutete. Die Entfernung war ein wenig größer, aber der Weg schien Zado sicherer zu sein.

Er dachte darüber nach, ob Timm es schaffen würde, als weit hinten im Westen ein vereinzeltes Grollen aufstieg, dumpf und langsam verebbend, mit dem harten Schlußton der einschlagenden Granate.

Zuerst blickte Zado nicht auf. Aber das Grollen kam wieder. Es riß nicht mehr ab, und nach Minuten war es in ein dumpfes Gemurmel übergegangen, in dem Abschüsse und Einschläge verschmolzen.

Zado ließ die Karte sinken. Seine Augenlider zogen sich zu einem schmalen Schlitz zusammen. Sein Gesicht bekam wieder den alten raubvogelhaften Zug, der durch die in den letzten beiden Tagen eingefallenen Backen verstärkt wurde. Er horchte angestrengt und beobachtete, wie alles,

was im Dorf und um das Dorf herum war, in Bewegung geriet. Auf der Straße wimmelte es von Soldaten, die die Fahrzeuge erkletterten, die Panzer ruckten an, Knäuel von Qualm aus den Auspuffrohren hinter sich lassend. Gespanne und Schlitten fuhren an, alle nach einem offenbar vorher genau festgelegten System. Und alle rollten auf der Landstraße, auf den Seitenwegen oder direkt über die verschneiten Felder westwärts, als hätte man einzig noch auf den Beginn des Artilleriefeuers gewartet.
Zado hörte ein Scharren unter sich. Timm stand an der Leiter und sah zu ihm hinauf. Er fragte mit den Augen, was draußen geschähe. Er hielt eine Panzerfaust in der Hand. Zado konnte sich nicht erklären, wo er sie gefunden hatte.
»Ein bißchen Feuer«, sagte Zado, »irgendwas ist los, aber ich weiß nicht was.«
»Unsere greifen an ...«, sagte Timm heiser. Er hatte fiebrige, blutunterlaufene Augen. »Ich hab's gewußt, daß unsere eines Tages angreifen. Sie kommen! Paß auf, was jetzt passiert!«
»Wo hast du die Panzerfaust her?« wollte Zado wissen. Der Unteroffizier strich leicht über das gelbgespritzte Rohr. Dann sagte er: »Sie ist scharf. Bloß das Visier hochklappen und aufs Knöpfchen drücken. Das kostet einen Panzer das Leben.«
»Und dir!« brummte Zado. »Wo hast du sie her?«
»Sie lag hinter der Mühle. Ich bin um die Mühle herumgegangen und habe sie im Schnee gefunden. Ich habe den Schnee abgewischt. Sie ist scharf ...«
»Da vorn liegt Haselgarten«, sagte Zado, »ein paar Kilometer dahinter muß die Front sein. Dort, wo jetzt das Artilleriefeuer ist. Wirst du es bis dorthin schaffen?«
In Timms Augen leuchtete es auf. Er schob das Kinn vor, und dann sagte er leise: »Ich schaffe es. Seit ich die Geschütze höre, bin ich wieder ein Mensch. Unsere greifen an, ich habe es gewußt! Sie kommen uns entgegen, wir werden nur den halben Weg zu machen brauchen ...«

Es dämmerte. Die Konturen der Bäume auf den Viehkoppeln verschwammen im Zwielicht. In der Ferne, dort, wo die Fahrzeuge verschwanden, die aus dem Dorf aufbrachen, stieg der blaugraue Dunst dieser Winterabende auf.
»Du machst mir Spaß«, sagte Zado, die Landkarte einsteckend, »weißt du überhaupt, wer da schießt? Weißt du, wer angreift? Wenn du gesehen hättest, was hier in der Gegend herumsteht, würdest du ganz still sein.«
»Sie kommen! Bloß du willst nicht, daß sie kommen! Ich glaube, du überlegst die ganze Zeit, wie du am bequemsten in Gefangenschaft gehen kannst«, sagte Timm lauernd. »Mach dir keine Illusionen, sie legen dich um, du hast ihre Uniform an. Damit kann man dir garantieren, daß sie dich umlegen. Du hast keine Chance, aber unsere Leute kommen jetzt. In einer Stunde werden sie vielleicht schon dasein ...«
Zado musterte ihn wortlos ein paar Sekunden. Dann setzte er kurz entschlossen den Fuß auf die Leiter und forderte Timm auf: »Red keinen Unsinn zusammen. Leg dich in die Ecke und schlaf dich aus. Wenn es finster ist, marschieren wir. Ich verspreche dir feierlich, daß ich dich im nächsten Wald liegenlasse, wenn du nicht weiterkannst. Sie werden uns nicht entgegenkommen, wir müssen nach Westen gehen. Und nun nimm die Panzerfaust beiseite, ich habe keine Lust, mit dem Ding hochzugehen, wenn du aus Versehen auf den Knopf drückst!«
Das Feuer wurde stärker. Noch immer war nicht zu unterscheiden, ob es die Batterien der Roten Armee waren, die da feuerten, oder ob der Beschuß von der deutschen Seite kam. Aber nachdem die beiden Männer eine halbe Stunde wartend hinter den Mauern der Mühle gehockt hatten, hörten sie, wie das Feuer plötzlich anschwoll und zum Orkan wurde.
Timm horchte auf. Sein Gesicht bekam einen gespannten, erwartungsvollen Ausdruck. Er erhob sich, obwohl es ihn große Anstrengung kostete, und trat vor die Mühle. Es war

dunkel geworden. Im Westen war der hin und her flackernde Widerschein der Granateinschläge am Horizont. Die Luft war erfüllt von dem dumpfen Gedröhn, und Timm glaubte auch Gewehrfeuer zu hören. Er strengte sein Gehör an und stand lange mit vorgestrecktem Kopf an der Mauer der Mühle. Dann löste sich aus dem Getrommel in der Ferne langsam ein tiefer, brummender Ton, der heller und immer heller wurde. Vom Westen her kamen ein paar Flugzeuge. Timm konnte sie am wolkenverhangenen Himmel nicht erkennen, aber er hörte ihre Motoren immer lauter werden. Die Maschinen zogen eine Kurve. Dann heulten ihre Motoren plötzlich auf, und sie schossen herab, in geringer Höhe über das ebene Land rasend. Das Motorengeheul schreckte Zado auf. Er sprang aus dem Dunkel der geborstenen Mauern zu Timm hinaus und suchte am Himmel die Maschinen.
»Eine Staffel Me's ...«, flüsterte Timm erregt, »es geht los! Jetzt geht's ihnen schlecht!«
Plötzlich waren die Maschinen dicht über ihnen. Sie flogen unter der Wolkendecke, und die beiden konnten sie nun erkennen. Es waren vier Maschinen, deren Silhouetten einander ähnelten. Aber die eine versuchte, sich von den anderen drei Maschinen zu lösen. Es gelang ihr nicht, denn die drei anderen jagten hinter ihr her, und aus ihren Tragflächen züngelten die Flämmchen der Bordwaffen.
»Da ...«, sagte Timm. »Jetzt ...«
Die gejagte Maschine zog steil aufwärts. Es war der letzte Versuch, zu entkommen. Einer der Verfolger ließ seine Maschine aufbäumen und zog mit hämmernden Maschinengewehren hinter der entschwindenden Maschine her in die Wolken. Von dort kam Sekunden später ein Aufflammen, und dann raste der Rumpf der ersten Maschine brennend in die Tiefe. Die Tragflächen flatterten wie schaukelnde, welke Blätter hinterher.
»Aus!« rief Timm. Aber in diesem Augenblick zog die Kette der drei Maschinen, die sich wieder vereinigt hatten,

heran und preschte mit jaulenden Motoren dicht über die Mühle hinweg. Die Unterseite ihrer Tragflächen war hell gestrichen. Zado sah dort die großen, roten fünfzackigen Sterne. Er blickte zu Timm und sagte: »Aus ist der Traum von deinen Messerschmitts. Die eine Messerschmitt, die sich blicken ließ, liegt hinten im Wald.«

»Sie kommen trotzdem ...«, antwortete Timm verbissen. Er zog die Unterlippe zwischen die Zähne. Es klang wie das Knurren eines gereizten Tieres, als er heiser flüsterte: »Sie kommen einmal! Du wirst es sehen, daß sie kommen! Noch haben wir sie an der Kehle. Und bald werden wir ihnen die Kehle zuschnüren ...«

Während er in das Flackern der Explosionen im Westen starrte, zog sich Zado das beschmutzte Schneehemd aus. Er ließ die Fetzen einfach liegen. Dann steckte er die Pistole in die Manteltasche und nahm die Maschinenpistole schußbereit in die Hand. Er war müde und hungrig, und das Feuer im Westen ließ seine Nerven beben.

»Los!« forderte er Timm barsch auf. »Laß jetzt das Phantasieren. Nimm dich zusammen. Wir müssen es während dieses Angriffs schaffen. Danach liegt die Front zwanzig Kilometer weiter westlich. Das schaffen wir nicht mehr.«

Er setzte sich in Bewegung. Er ging geduckt, nach allen Seiten spähend, langsam und katzengleich. Timm klemmte sich die Panzerfaust unter den gesunden Arm. Er murmelte leise vor sich hin: »Wir kriegen euch alle noch. Wir kriegen euch. Wir werden euch alle umlegen, es wird nicht mehr lange dauern ...«

Er meinte die Flieger in den Maschinen mit den roten Sternen und die Artilleristen, die nach Westen schossen, er meinte die Fahrer, die mit ihren Lastwagen Munition zur Front transportierten, und die Schlittenlenker mit den langen Peitschen. Er schleppte die Panzerfaust, und die Maschinenpistole baumelte über seinem Rücken. Der Schmerz bohrte in dem zerschmetterten Schulterknochen. Aber Timm ließ die Panzerfaust nicht fallen. Er torkelte

unsicher hinter Zado her, und der Schmerz stachelte ihn zu einer wahnwitzigen, sinnlosen Wut an, die seine Finger zucken ließ.
Sie erstiegen im Schutz einer Baumreihe einen sanften Hügel, von dem aus sie die Straße sehen konnten, die ins Dorf führte. Jenseits der Straße lag das Gehöft, in dem Anna gewohnt hatte. Timm erinnerte sich in diesem Augenblick an sie. Er glaubte eine Bewegung im Hof zu erkennen, aber er war noch zu weit entfernt, um sicher sehen zu können. Der Wind hatte die Schleier der leichten Wolkendecke stellenweise zerflattern lassen, und ein mattes Mondlicht lag über dem Land. Sie konnten sich bis auf etwas mehr als hundert Meter an die Straße heranarbeiten, aber dann mußten sie zwischen verschneiten Büschen versteckt liegenbleiben und warten, denn auf der Straße bewegte sich eine Kolonne. Sie war lang und bestand aus Schlitten, auf denen Infanteristen hockten. Die Kolonne hielt an. Ihre Spitze hatte das Dorf erreicht und bog dort nach Westen ab, auf die Front zu, wo noch immer die Geschütze brüllten und die Schlaglichter der Explosionen flackerten.
»Wenn wir über die Straße sind, haben wir das Schlimmste hinter uns ...«, flüsterte Zado. Er warf sich neben Timm. Der lag mit verzerrtem Gesicht an einen Stamm gelehnt und starrte hinüber auf die Kolonne, auf die Soldaten, die in den flachen Schlitten hockten, und auf das Gehöft, aus dessen Kamin eine dünne, kaum wahrnehmbare Rauchfahne stieg, die er jetzt plötzlich ganz deutlich sah.

Balaschow war gerade damit beschäftigt, sich zu rasieren, als das Artilleriefeuer einsetzte. Er hauste in einem Kellerverschlag, der durch eine Stallaterne erhellt war und vor dessen Eingang eine gescheckte Zeltplane hing. In einer Ecke des Verschlages befand sich eine rechteckig angeordnete Schütte Stroh. Daneben lagen das Gepäck Balaschows, seine Maschinenpistole und sein Mantel. Unter der Zeltplane, die den Eingang verdeckte, lief ein Telefonkabel

hindurch, das in einem Feldtelefon in einer Kiste endete. Vor dieser Kiste saß auf einer anderen, kleineren Kiste Balaschow und schabte mit einem nicht sehr gepflegten Messer an seinem Kinn herum. Die große Kiste war sein Schreibtisch. Er hatte alte Zeitungen darübergelegt, und auf diese Weise war die Oberfläche einigermaßen glatt. Als das Gerumpel im Westen vernehmbar wurde, ließ Balaschow das Rasiermesser sinken und sah neugierig auf die Uhr am Handgelenk. Doch er besann sich und rasierte weiter. Als das Telefon klingelte, nahm er den Hörer mit der linken Hand und hielt ihn vorsichtig ans Ohr, um nicht den Seifenschaum abzuwischen. Er brummte etwas in die Muschel und nickte dazu. Dann sagte er mehrmals »jawohl« und warf schließlich den Hörer auf die Gabel zurück. Er fuhr mit dem Messer noch schnell ein paarmal über das Gesicht, aber er kratzte nur den Schaum ab, der Bart blieb zum größten Teil stehen.
Balaschow sprang auf und beugte sich über eine Schüssel mit Wasser, die in einer Ecke auf einer anderen Kiste stand. Er wusch sich die Seifenreste vom Gesicht und tastete es unbefriedigt mit den Fingern ab. Während er sich abtrocknete, griff er bereits nach der Feldbluse. Er warf sie über und setzte den Stahlhelm auf. Zuletzt nahm er seine Maschinenpistole auf und überprüfte mit einem schnellen Blick das Magazin. Während er das tat, schob sich der Posten durch den verhängten Eingang und sagte: »Leutnant Warasin will zu Ihnen, Genosse Politleiter.«
»Soll reinkommen«, forderte Balaschow kurz. Er sah Warasin entgegen, und als der Leutnant vor ihm stand, musterte er ihn erstaunt.
»Sie haben Sorgen, ich sehe es Ihnen an«, sagte er kurz und deutete auf die Kiste vor der Lagerstatt, wo eben noch die Schüssel mit dem Wasser gestanden hatte. »Es ist Gefechtsalarm«, sagte er dabei, »setzen Sie lieber Ihren Stahlhelm auf.«
Warasin nahm den Helm vom Koppel und setzte ihn auf.

Balaschow hielt ihm eine Zigarette hin, aber Warasin dankte. Er sagte: »Ich bin zu Ihnen gekommen, Genosse Balaschow, um Ihnen eine Mitteilung zu machen, die mich betrifft und einen versprengten faschistischen Soldaten, der sich im Dorf aufhält.«
Balaschow öffnete ein wenig den Mund und blickte Warasin neugierig an. Als er Warasins Gesicht sah, zogen sich die Lider über seinen kleinen, runden Augäpfeln ein wenig zusammen. Auf seiner Stirn erschienen die gleichen Falten wie vorhin, als das Telefon ihn beim Rasieren unterbrochen hatte.
»Berichten Sie«, forderte er Warasin auf, »aber fassen Sie sich kurz, es kann jeden Augenblick ein Befehl kommen, der unser Gespräch beendet.«
Er hörte zu, während Warasin sprach, und unterbrach ihn nicht. Er blickte ihn unablässig an, und die Zigarette, die in der Kellerluft feucht geworden war, ging ihm mehrmals dabei aus. Er schüttelte einige Male nachdenklich den Kopf, aber er sagte nichts, bis Warasin schließlich am Ende war und schwieg. Da erhob er sich, ging auf den Leutnant zu und blieb vor ihm stehen. Er griff sich mit der einen Hand ans Kinn, aber er fühlte dort den Bart und ließ die Hand ärgerlich wieder sinken.
»Warum berichten Sie mir erst jetzt davon, Warasin?« fragte er. »Weil vorn angegriffen wird?«
Warasin begriff ihn nicht sofort. Zuerst nickte er verwirrt, aber dann berichtigte er sich schnell: »Nein, ich war auf dem Weg zu Ihnen, Genosse Balaschow. Der Angriff hat nur meine Überlegung etwas verkürzt.«
Balaschow ging ein paar Schritte in der Stube hin und her. Er war ein kleiner, beweglicher Mensch, der seinem Aussehen nach eher einem Mathematiklehrer ähnelte als einem Politleiter in der Armee.
»Diese Sache ist eigenartig«, sagte er dann. Er blieb stehen und rieb sich wieder mit der Hand das Kinn. »Es ist nicht neu, daß sie uns hinter der Front solche Stechmücken ab-

setzen, und es ist auch nicht neu, daß wir sie aufstöbern. Aber daß dabei eine Situation wie diese entsteht, ist einmalig. Sie hätten mir früher davon berichten müssen. Über solche Dinge darf man nicht schweigen, Warasin. Sie sind Offizier und lassen es zu, daß dieser Mensch sich hier im Dorf verbirgt ...«

»Der Mann ist ungefährlich«, sagte Warasin schnell, »aber ich sehe ein, daß mich das nicht entschuldigt. Ich habe falsch gehandelt, weil es mir zu schwerfiel, richtig zu handeln.«

Balaschow winkte ärgerlich ab. »Sie haben es nicht fertiggebracht, den Mann einfach gefangenzunehmen, weil es diese Frau gibt, der Sie dankbar sein wollten. Aber das ist nicht die richtige Form von Dankbarkeit.«

»Sie hat mich verborgen gehalten, Genosse Balaschow«, sagte Warasin, »und der Soldat wußte davon.«

»Ich verstehe. Ein Grund, in dieser Frau keine Faschistin zu sehen. Und der Soldat?«

Warasin blickte auf seine Stiefel. Er schwieg einen Augenblick. Von draußen war das ferne Grollen der Geschütze zu hören. Über dem Dorf waren Flugzeuggeräusche.

»Ein ziemlich junger Mensch«, sagte Warasin langsam, »ohne Lebenserfahrung und ohne Maßstäbe. So bekamen sie ihn in die Hände. Das richtige Material, um einen Soldaten daraus zu machen, der bedenkenlos das tut, was ihm befohlen wird. Er tat es, ohne nachzudenken, und es gab wohl niemanden, der ihm erklärte, was wirklich in der Welt geschieht. Erst als es sich zeigte, daß er den kaltblütigen Mord, zu dem sie ihn befohlen hatten, nicht mehr durchhalten konnte, begann er zu überlegen, was sie aus ihm gemacht haben. Er tut es widerwillig. Er hat Angst vor uns. Er reagiert wie ein in die Enge getriebenes wildes Tier. Anfangs war ich mir nicht schlüssig, ob dieser Mensch wirklich eine Gefahr für die Rote Armee bedeutet ...«

Balaschow brannte eine neue Zigarette an. Er rauchte hastig. Er stieß den Rauch aus und zog die Stirn in Falten.

Dann sagte er: »Ein Versprengter, der von der Nichteinmischung träumt. Solche Versprengte nehmen wir gefangen, Genosse Warasin.«
»Ich sehe ein, daß ich diesen Grundsatz verletzt habe.«
»Es ist so«, sagte Balaschow, indem er mit der Zigarette in die Luft stach, wie um seine Worte zu bekräftigen. »Wir nehmen sie gefangen. Wir erklären ihnen, was sie getan haben und wofür man sie mißbraucht hat. Wir lassen sie arbeiten und lernen. Sind Sie Verbrecher, dann wird man so mit ihnen verfahren, wie sie es verdienen. Sind sie aber nur Soldaten gewesen, denen die Fähigkeit fehlte, zu unterscheiden, was richtig und was falsch war, dann werden wir ihnen die Fähigkeit beibringen, das zu unterscheiden. So verfahren wir mit ihnen. Und ihren Frauen sagen wir, daß dieser Krieg alles andere war als ein Familienidyll und daß die Gefangennahme ihrer Männer die Folge des Krieges ist. Sie sollen sich damit trösten, daß ihre Männer klüger sein werden, wenn sie aus unserer Gefangenschaft heimkommen, und das wird ihren Familien auch wieder nützen. Verstehen Sie mich?«
»Ich verstehe«, antwortete Warasin. »Es erschien mir in diesem Falle zu hart, deshalb habe ich gezögert. Ich hätte das nicht tun dürfen.«
»Sie haben uns hart angegriffen, und wir schlagen hart zurück. Bis wir gesiegt haben. Dann kann man über Milde sprechen.«
Ein paar Flugzeuge heulten über das Dorf und ließen ihre Maschinengewehre tacken.
Balaschow hob den Kopf und sagte leise: »Noch ist der Krieg nicht aus, Warasin.«
Warasin nickte. Er sah Balaschow an, und der sagte mit unbewegtem Gesicht: »Dieser versprengte Held und ein Dutzend anderer solcher Stechmücken haben uns in einem Wald zwischen Berziniki und Sudauen zehn Soldaten getötet. Ich denke, auch die Frau wird begreifen, daß es gerechtfertigt ist, wenn wir ihn gefangennehmen.«

»Zehn Soldaten?« wiederholte Warasin. »Ich verstehe nicht ...«
Balaschow nickte heftig. »Man hat uns heute früh im Stab darüber informiert. Sechs Fahrzeuge und zehn Mann. Alle mit Pistolen auf kurze Entfernung erschossen. Im Schnee verscharrt. Man hat sie gefunden. Die Fallschirmspringer konnte man erwischen. Sie trugen die Uniformen unserer Armee. Sie haben sich damit außerhalb der Kriegsgesetze gestellt. Und überdies wird die Sache untersucht, denn es gibt da noch einige andere Vermutungen.«
Warasin biß sich auf die Lippe. Er sagte kaum hörbar: »Der Gefreite hat dazugehört.«
»Ich habe nicht daran gezweifelt.«
»Man wird ihn bestrafen.«
»Man wird ihn für nichts verantwortlich machen, was er nicht getan hat.«
Warasin erhob sich. »Ich will ehrlich sein, Genosse Balaschow. Es fällt mir schwer, der Frau das beizubringen.«
Balaschow ging auf ihn zu und blieb vor ihm stehen. Er mußte sich beinahe auf die Fußspitzen stellen, um Warasin die Hand auf die Schulter zu legen.
»Warasin«, sagte er leise, »noch ist der Krieg nicht zu Ende. Sagen Sie das der Frau. Und sagen Sie ihr auch, daß der Mann auf diese Art und Weise am Leben bleiben und zu ihr zurückkommen kann, während es andernfalls sehr wahrscheinlich ist, daß er als Spion betrachtet und erschossen wird. Es ist ...«
Das Feldtelefon klingelte. Balaschow sprang schnell zu der Kiste. Er riß den Hörer ans Ohr und meldete sich. Als er den Hörer wieder auflegte, sagte er zu Warasin: »Gehen Sie jetzt und erledigen Sie, was zu erledigen ist. Beeilen Sie sich, wir haben Alarmbereitschaft. Wir werden zwar nicht eingesetzt, aber diese Sache muß erledigt werden, und zwar sofort.«
»Wir werden nicht eingesetzt?«
Balaschow lächelte. »Wir haben diesen Angriff erwartet. Wir haben vorgesorgt. Es geht ihnen um die Ausgangsposi-

tion, die wir an dieser Stelle der Front haben. Die wollen sie zurückgewinnen. Ein ziemlich massiver Angriff, aber wir fangen ihn mit ein wenig Elastizität auf und lassen ihn totlaufen. Es besteht kein Grund, besorgt zu sein. Gehen Sie jetzt. Nehmen Sie Leute mit und erledigen Sie diese Sache gründlich. Verlieren Sie keine Zeit. Bringen Sie den Mann zu mir. Ich werde ihn vernehmen und für seinen Abtransport sorgen.«

Als Warasin die brüchige Kellertreppe hinaufstieg, über sich den blanken Himmel, hetzte eine Kette Nachtjäger in geringer Höhe über das Dorf. Es waren kleine, schnelle schwarze Maschinen. Sie huschten vorbei, nach Westen. Warasin sah ihnen nach. Sie verschwanden im Geflacker des Artilleriefeuers, das noch immer andauerte. Einmal war noch eine von ihnen im Schein einer Explosion zu sehen, die schlagartig den Horizont blaß erhellte, dann war es vorbei. Auf der Straße stand eine Schlittenkolonne. Die Männer saßen rauchend, in ihre Steppjacken gehüllt. Sie hatten Maschinengewehre und zerlegte Granatwerfer auf ihren Schlitten. Ihre Maschinenpistolen funkelten matt in dem schwachen Mondlicht.
Im Dorf war es still. Die Soldaten der Kompanie lagen in ihren Unterkünften und warteten auf Befehle. Manchmal schien es, als rückten die Granateinschläge näher, als wären die Detonationen nicht mehr so weit entfernt wie vorher. Als Warasin am Ende des Dorfes anlangte, merkte er, daß diese Vermutung richtig war. Von der deutschen Seite schossen ein paar schwere Geschütze ins Hinterland. Die Einschläge waren vom Dorfrand aus zu sehen. Die Schlittenkolonne riß ab, und die Straße war mit einemmal frei. Warasin beschleunigte seine Schritte. Der Schnee knirschte unter seinen Füßen. Es war kalt in dieser Nacht. Immer wenn die Wolken verschwanden und die Nächte klar und voller Sterne waren, kam die Kälte und ließ den Schnee hart werden unter den Stiefeln.

Hinter dem Dorf gab es keine Soldaten mehr. Eine Stille umgab Warasin, die durch den fernen Lärm der Geschütze nur noch betont wurde. Warasin schritt aus. Er klappte den Kragen des Mantels hoch und stapfte mit gesenktem Kopf über den festgefahrenen Schnee der Straße, bis er an den Weg kam, der zu Annas Gehöft führte. Von hier aus war es nicht mehr weit, und bald konnte Warasin den Rauch erkennen, der aus dem Schornstein stieg.

Das Hoftor war nur angelehnt. Die Haustür war offen. Warasin schloß sie hinter sich und trat in die Küche.

Anna hörte ihm geduldig zu, bis er alles gesagt hatte, was zu sagen war. Sie stand am Herd, das Haar sorgfältig wie immer im Nacken geknotet, ein Wolltuch über den Schultern. Sie hatte traurige Augen, aber ihre Stimme war genauso wie immer, als sie sagte: »Er ist weggegangen. Er wollte mit sich allein sein und nachdenken. Wir hatten darüber gesprochen. Ich habe nicht viel gesagt. Ich bin immer allein gewesen, und wenn er fort ist, werde ich wieder allein sein. Wie immer. Es ist eben mein Leben. Es ist so sehr mein Leben gewesen, daß ich nicht einmal mehr die Kraft aufbringe, dagegen zu kämpfen.«

Sie sagte es mit einer Bitterkeit, die Warasin noch nie bei ihr beobachtet hatte. Er saß am Küchentisch und sah ihr zu, wie sie hinten am Herd hantierte.

»Wird er zurückkommen?« erkundigte er sich zögernd. Er war verwirrt. Von der einen Seite stürmten die Worte Balaschows auf ihn ein, von der anderen Seite blickten die Augen Annas, kam ihre Stimme mit dieser Nuance von Bitterkeit und Vorwurf.

Sie wandte den Kopf und sah ihn an. »Er hat mir gesagt, daß er sich draußen irgendwo darüber klarwerden will, was er tun wird. Er ist eigenartig in solchen Sachen. Er läßt Ihnen sagen, wenn er zurückkommt, wird er mit Ihnen gehen. Wenn er nicht zurückkommt, dann sollen Sie die Patrouille nach ihm ausschicken.«

Warasin schwieg. Draußen grummelten die Geschütze.

»Was ist das?« fragte Anna leise. »Kommen sie etwa wieder? Wenn sie wiederkommen und erfahren, daß ich Sie versteckt hatte, werden sie mich erschießen.«
»Sie werden nicht wiederkommen«, sagte Warasin, »Sie brauchen sich nicht mehr vor ihnen zu fürchten. Sie kommen nicht wieder.«
»Haben Sie mit Ihrem Kommandeur gesprochen?«
»Ja.«
Sie atmete tief. Dann sagte sie, mehr zu sich selbst als zu ihm: »Wenn jetzt Thomas nicht wiederkommt, dann werden mich eure Leute dafür an die Wand stellen.«
»Das werden sie nicht tun«, sagte Warasin schnell.
Aber die Frau machte eine müde Handbewegung. »Es ist mir gleich. Dieser Krieg zerreibt jeden zwischen seinen Mahlsteinen, zuerst die, die in der Mitte stehen wollen zwischen den beiden Fronten. Ich bin darauf gefaßt. Wenn Thomas fort ist, werde ich hier sitzen und darauf warten, daß ich sterbe. Einmal habe ich geglaubt, stärker zu sein als alles, was um mich herum stark zu sein schien. Das ist vorbei.«
»Hören Sie doch, Anna«, sagte Warasin, »er wird nach dem Krieg zurückkommen. Er ist Soldat, und er wird Gefangener sein, und nach dem Krieg wird er zurückkommen. Hierher.«
»Nach dem Krieg«, sagte die Frau, »dann werde ich eine alte Frau sein mit weißem Haar. Und auf den Feldern wird vor lauter Melde kein Korn mehr gedeihen. Die Pflüge werden verrostet sein und zerbrechen. Auch wir werden zerbrochen sein. Wir sind es jetzt schon.«
Er stand auf und trat ans Fenster. Er zog den Vorhang in der Mitte ein wenig auseinander und blickte durch den Schlitz hinaus in die Winternacht. Nach einer Weile ließ er den Vorhang achtlos zurückfallen und drehte sich um. Das Tuch bedeckte die Scheibe nicht mehr, aber er kümmerte sich nicht darum. Er setzte sich wieder an den Tisch und sagte: »Einmal werden Sie das alles viel bes-

ser verstehen, Anna. Auch Thomas Bindig wird es verstehen.«
»Wenn er zurückkommt!« sagte die Frau. »Wenn er in einer Stunde nicht zurück ist, können Sie die Patrouille losschicken. Er hat es mir gesagt. Es ist mir gleich.«
»Aber mir ist es nicht gleich«, sagte Warasin.
»Ihnen?«
»Ja. Ich kenne ihn besser, als er glaubt. Er ist zu jung, um für die Bande zu sterben, die ihm eingebleut hat, daß er ein Held sei, wenn er für sie stirbt. Und er ist klug und kann ein anderer Mensch werden. Unsere Leute werden ihm dabei helfen.«
»Ihr werdet euch andere suchen müssen als ihn. Welche, die nicht durch die Hölle gegangen sind, aus der er kam.«
»Wir werden uns auch andere nehmen«, sagte Warasin, »bei manchen anderen wird es leichter sein, sie Recht und Unrecht unterscheiden zu lehren. Aber wir werden Bindig nicht auslassen und alle anderen nicht, die seinen Weg gegangen sind. Es wird uns schwerfallen, wenn wir uns erinnern, was sie getan haben, aber wir werden Geduld mit ihnen haben, wenn sie es wert sind.«
Die Frau setzte sich auf einen Hocker in der Ecke hinter dem Herd. Sie stützte den Kopf in die Hände und sagte: »Ihr nehmt euch viel vor. Noch habt ihr nicht gesiegt, aber ihr macht schon Pläne für später. Man weiß nicht, ob man euch belächeln soll oder bewundern …«
Warasin nickte leicht mit dem Kopf. Er stand am Tisch, mit dem Rücken zum Fenster, die Augen auf die Tür gerichtet, und wartete darauf, daß Bindig eintreten würde.
»Den Sieg wird uns niemand mehr nehmen«, sagte er leise, »Bindig und so viele andere Bindigs sollen bis dahin lernen, ein besseres Deutschland zu bauen. Mein Gott, sie können es lernen, wenn sie den Willen dazu haben …«
Das Artilleriefeuer dauerte an. Manchmal lagen ein paar Einschläge so nahe, daß man sie deutlich aus dem allgemeinen Grollen heraushören konnte.

»Es nimmt gar kein Ende«, sagte die Frau, »es ist, als wollten sie aus der ganzen Erde einen einzigen Brei von Blut und Dreck machen. Sie geben keine Ruhe, bis alles tot ist, was sie töten können …«

Wo ich bin, wird gestorben

Seinen ersten Lebenslauf schreibt dieser hagere Mann mit den kalten Augen, als er zur Unteroffiziersschule kommandiert wird. Er ist sechsundzwanzig, und er ist verheiratet mit einer Frau, die in jeder Nacht weint, die er bei ihr verbringt. Timm schreibt nicht gerne, aber es bleibt ihm nichts anderes übrig, als zum Federhalter zu greifen. Er holt sich drei Flaschen Bier aus der Kantine, und dann beginnt er. Auf dem Zettel, den er abgibt, steht:

»Ich heiße Klaus Timm und wurde 1912 geboren. Mein Vater, Max Timm, war Schuhmachermeister, und auch ich lernte dieses Handwerk. Ich war in Hanau in der Lehre. Habe zwei männliche Geschwister. Gehöre seit 1930 der SA an. In der Kampfzeit war ich bei vielen Kämpfen dabei. 1931 habe ich zum erstenmal den Führer gesehen. 1932 verlor ich die Arbeit wegen nationalsozialistischer Betätigung. Sollte wegen Körperverletzung bestraft werden, der Prozeß wurde aber eingestellt, als der Führer die Macht übernahm. Danach bin ich beim Westwallbau gewesen und bis zur Wehrmacht im Reichsarbeitsdienst als Truppführer. Mein Ziel ist die Unteroffizierslaufbahn.«

Klaus Timm war aus dem Material, aus dem man Unteroffiziere macht. Er stand noch aufrecht, wenn die anderen schon keuchend am Boden lagen. Wenn er auf dem harten Boden der Turnhalle seine Fallübungen machte, zogen die anderen die Köpfe ein. Er war als erster auf den Beinen, wenn vom Turm gesprungen wurde. In der Maschine, wenn sie über den Exerzierplatz flogen, saß er mit eisernem Gesicht, bis gesprungen wurde. Er lief bereits mit vorgestreckter Maschinenpistole vorwärts, wenn die anderen noch ihre Schirme unterliefen. Er wurde nicht müde. Seine Schuhe waren genauso geputzt, wie die Ausbilder es wünschten, und auf seinem Spind fand sich trotz genauester Untersuchung nicht das geringste bißchen Staub. Er tat alles gewissenhaft und vorschriftsmäßig. Als er sein Patent in der Tasche und die Litzen auf den Schulterstücken hatte, ärgerte er sich, weil sie ihn nicht nach Spanien ließen. Aber er wurde wenig später entschädigt. Das war, als Conrath seine Besichtigung abhielt. Conrath war General. Er war der Chef der Truppe und ihr Schrecken. Wenn er kam, ließ er den Soldaten Ausgang geben und ließ dafür die Unteroffiziere über den Exerzierplatz robben. Er tat es mit System, aber nur wenige dachten darüber nach. Jeder wußte: Wenn Conrath erscheint, gibt es einen Tag lang keine Gnade.

Timm stand vor seinem Zug und kommandierte: »Rührt euch!«

Er ging ein paar Schritte näher an die Soldaten heran und musterte sie. Dann blieb er stehen und stemmte die Arme in die Seiten. »Herrschaften«, sagte er gemütlich, »morgen früh kommt Conny. Ihr wißt, wer das ist. Eine Besichtigung mit Conny ist kein Tanzvergnügen. Ich warne jeden, aufzufallen. Meinetwegen könnt ihr die ganze Nacht durch an euren Klamotten herumschrubben, aber wenn mir einer mit einem Knopf auffällt oder mit Schuhen, dann wird er noch an mich denken, wenn er schon im Grab liegt. Wenn einer mit Waffen auffällt, wird er noch länger an mich denken. Ich mache jeden fertig; ihr wißt, wie es aussieht, wenn ich euch fertigmache. Aber so, wie ich euch fertigmache, wenn einer von euch bei Conny auffällt, seid ihr noch nie fertiggemacht worden. Der ganze Haufen ist dran, wenn einer auffällt. Das ist alles. Mehr hört ihr nicht von mir.«

Sie liefen mit aufgesetzten Gasmasken im Kreis, als der Heilgehilfe erschien und sich bei Timm meldete.

Timm hörte sich an, was er ihm mitteilte, dann fragte er lauernd zurück: »Untersuchung? Wer hat die angeordnet?«

»Der Regimentskommandeur, Herr Unteroffizier«, sagte der Heilgehilfe, »es muß unbedingt heute noch gemacht werden.«
»Bei mir ist niemand krank«, erklärte Timm. Er wandte sich an die Soldaten, die immer weiter im Kreis liefen.
»Jemand von euch krank?«
Es kam keine Antwort.
»Haben Sie was gehört?« fragte Timm den Heilgehilfen.
»Nein, Herr Unteroffizier.«
»Dann verschwinden Sie.«
Aber am Nachmittag wurden sie doch untersucht. Der Kompaniechef befahl Timm persönlich, seinen Zug zum Revier zu führen. Im Revier hatten sie sich auf Massenbetrieb eingerichtet. Das bedeutete irgend etwas. Die Männer standen nackt in einer Reihe nebeneinander, und Timm ging vor ihnen auf und ab, bis der Stabsarzt kam. Es war keine sehr gründliche Untersuchung, aber es war auch nicht nötig, gründlich zu untersuchen, denn diese Männer waren das gesündeste Material, was man hatte auftreiben können. Sie waren ausgesucht. Eine einzige Untersuchung führte der Stabsarzt gründlich durch. Er drückte das Geschlechtsteil jedes Soldaten und befahl zu husten.
Timm stand mit gerunzelter Stirn dabei.
Nach dem Stabsarzt kam der Oberarzt vom Revier. Er ging die Reihe der Männer entlang und sah ihnen in den Mund. Bei dem einen oder anderen klopfte er mit einem Nickelinstrument gegen die Zähne. Dann wiederholte er dasselbe, was zuvor schon der Stabsarzt getan hatte. Timm wippte mit den Fußspitzen. Nach dem Oberarzt kam der Revierarzt. Er besah sich die Augäpfel der Männer, indem er die Lider herunterzog. Dann wiederholte er das gleiche wie die beiden anderen vor ihm. Die Männer grinsten. Timm trat näher. Er blieb neben dem Arzt stehen und fragte: »Was ist eigentlich los? Ist morgen Besichtigung oder wird ein Bordell gestürmt?«

Der Arzt lächelte. Dann sagte er zu Timm: »Unteroffizier, das hat mit der Besichtigung nichts zu tun. Das ist eine andere Sache. Sie werden davon zu gegebener Zeit erfahren.«

Es war die kürzeste Besichtigung, die Conrath jemals abgehalten hatte. Er kam und nahm die Meldung entgegen. Sein Gesicht blieb unbewegt, als die Kompanien den Präsentiergriff ausführten. Conrath ordnete an, daß keine Übung stattfand. Er trat in das Viereck, das die Truppe bildete, und erklärte mit seiner etwas heiseren Stimme: »Soldaten der Fallschirmtruppe! Eure Ausbildung ist zu Ende. Ihr seid jetzt mit allen Waffen vertraut und für alle Aufgaben vorbereitet. Die erste Aufgabe erwartet euch in wenigen Tagen. Ich erwarte von euch, daß ihr sie ehrenhaft erfüllt. Der Führer blickt auf euch. Denkt immer daran, wenn ihr in den nächsten Tagen euren Standort wechselt und auf einen Posten gestellt werdet, auf dem wir harte, unüberwindliche Männer brauchen. Ich erwarte von euch, daß ihr eure Pflicht tut. Der heutige Tag ist dienstfrei.«

Der September war heiß. Die polnische Landschaft bestand aus Wald und flimmerndem Staub. Die Kompanie marschierte. Wenn einer den Mund öffnete, um etwas zu sagen, brachte er nichts weiter heraus als ein Krächzen.
Die Fallschirme lagen irgendwo in Deutschland. In diesem Land wurden keine Fallschirme gebraucht. Hier wurde marschiert.
An den Fluß kamen sie gegen Mittag. Es führte nur eine leichte Holzbrücke über das Wasser. Offenbar war es nicht mehr möglich gewesen, sie zu sprengen. Das Feuer kam von der anderen Seite. Es tötete die beiden Soldaten, die zuerst die Brücke betraten.
Timm lag eine Weile im Gehölz, ein paar hundert Meter vom Ufer entfernt, und preßte das Glas an die Augen. Es war ein einziges Maschinengewehrnest, aber es lag günstig und war mit zwei Maschinengewehren besetzt. Als Timm

genug gesehen hatte, kroch er zurück und sprach eine Minute mit dem Leutnant. Der nickte und tippte an die Mütze.
»Ein Spucker!« rief Timm nach hinten. Er krempelte sich die Ärmel hoch und wählte sechs Männer aus, die mit ihm gingen. Dazu kam die Bedienung des Granatwerfers.
Sie gingen flußab. Dort war niemand mehr, der von der anderen Seite schoß. Eine Dreiviertelstunde später lagen sie jenseits des Wassers im Rücken des Maschinengewehrnestes. Sie hatten es ein wenig tiefer vor sich liegen und konnten die Stahlhelme der Soldaten sehen. Es waren fünf. Sie hockten um die beiden Maschinengewehre und beobachteten das andere Ufer.
Als der Granatwerfer aufgestellt war, sagte Timm zu der Bedienung: »Der dritte Schuß muß sitzen, verstanden?«
Die Männer brachten es fertig, mit dem zweiten Schuß bereits so nahe an das Maschinengewehrnest heranzukommen, daß dort zwei von den Polen starben. Die anderen drehten die Waffen herum und schossen zurück. Der Granatwerfer spuckte seine Geschosse auf das Loch. Die Einschläge saßen immer nur wenige Meter neben dem Rand, und es starben dort zwei weitere Männer. Der letzte schoß noch eine Weile, aber er kam gegen das Feuer der sieben Deutschen und gegen den Granatwerfer nicht an. Er deckte sich ausgezeichnet. Wenn Timm dachte, er sei tot, ließ er wieder das Maschinengewehr aufbellen. Sie hatten keine Granaten mehr für den Werfer, und Timm befahl anzugreifen. Er selbst blieb in der Deckung hocken und zielte genau auf die Stelle, an der stets der Kopf des Polen auftauchte. Die Männer waren ein paar Schritte gelaufen, als dort der Kopf auftauchte und das Maschinengewehr wieder zu rattern begann. Timm schoß, und das Maschinengewehr schwieg, aber Sekunden später ratterte es wieder. Die Männer warfen sich jedesmal hin und schossen. Auch Timm schoß. Aber er traf den Polen nicht, weil der zu geschickt war. Das ging einige Minuten so. Doch Timm war nicht der

Mann, der das mit ansehen konnte. Er sprang ganz plötzlich auf und schrie den Männern zu: »Los, schießen! Nicht aufhören!«

Es waren hundert Meter oder etwas mehr zu laufen. Nur einmal kamen ein paar Schüsse aus dem Maschinengewehr, aber die trafen Timm nicht, weil der Pole nicht wagte, weit genug aus dem Loch herauszublicken. Er erwartete Timm mit der Pistole in der Hand. Doch Timm war schneller. Seine Maschinenpistole traf sicherer als die kurzläufige Pistole des MG-Schützen. Der Leutnant drückte ihm die Hand, als er die Kompanie über die Brücke geführt hatte.

Sie hatten keine Lust, die beiden Maschinengewehre mitzunehmen, die in dem Loch lagen, vom Blut der Polen bespritzt und von einzelnen Kugeln getroffen. Als die anderen weiterzogen, warf Timm vier zusammengebundene Handgranaten in das Loch. Die polnischen Soldaten waren danach nicht mehr zu erkennen und die Maschinengewehre unbrauchbar. Im nächsten Dorf, durch das sie marschierten, erschoß er im Vorbeigehen einen Hund, der neben der Kompanie herlief. Es war ein kleiner, spitznasiger Dorfköter. Die Kinder, die noch nicht geweint hatten, als sie die Soldaten hatten kommen gesehen, weinten nun, nachdem sie durchmarschiert waren. Zwei Tage vor Ende des Feldzuges verlieh der Leutnant Timm das Eiserne Kreuz. Dann wurden sie verladen, und die Ausbildung ging weiter. Die Kompanie wurde verstärkt. Sie bekamen neue Schirme, obwohl sie die alten noch nicht einmal benutzt hatten.

Bei Eben Emael nahm Timm einen Major gefangen. Es war ein alter Mann, der mit erhobenen Händen aus einem der Forts geschlichen kam und unsicher ins Sonnenlicht blinzelte. Es ging alles sehr schnell, und als es vorbei war, ärgerte sich Timm, daß es keine Ziele mehr für seine Maschinenpistole gab. Dafür gab es Mädchen. Dort und später in Frankreich. Und in Frankreich kam der Wein dazu.

Einmal ging Timm mit einer ganzen Gruppe in ein Bordell.

Sie stellten einen Posten an die Tür, der jedem erklärte, hier fände eine Razzia statt. Sie hatten in der Gruppe einen, der war erst vier Monate Soldat. Ein stiller Gärtnergehilfe aus Kassel. Er war so unvorsichtig, zu sagen, daß er in diesem Bordell zum erstenmal eine ausgezogene Frau sähe. Sie schleppten ihn mit Hallogeschrei in den Raum, wo um das breite Bett die Stühle für die Zuschauer standen, und als er sich verschämt weigerte, brüllte Timm mit vom Wein geröteten Augen: »Ausziehen, marsch! Dienstlicher Befehl!«
Das Mädchen lag auf dem Bett und kicherte. Ihr fehlten zwei Schneidezähne im Oberkiefer.
Gegen Morgen, als sie grölend heimzogen, versprach Timm dem Gärtnergehilfen gönnerhaft: »Für dich ist heute dienstfrei, mein Lieber!«

Er trainierte seinen Zug drei Wochen, bevor sie in Kreta abgesetzt wurden. Um diese Zeit begannen die Männer Timm zu hassen, aber er lachte sie aus. Er wußte, was sie brauchten, um den Haß wieder zu vergessen. Am letzten Tag der Ausbildung ging er mit ihnen in eine Kneipe am Rand der Lüneburger Heide. Einen Kilometer von dieser Kneipe entfernt lag ein Arbeitsdienstlager, in dem zweihundert Mädchen untergebracht waren. Die Mädchen bekamen nur Ausgang, weil Timm eine Kiste Wein zu der Lagerführerin hatte schaffen lassen. Er lud die Mädchen zu einer weiteren Kiste Wein ein, die noch aus Frankreich stammte. Als er dreimal mit der stillen, blonden Apothekerstochter aus Barmen getanzt hatte, sagte das Mädchen: »Ich habe sehr viel Achtung vor Ihnen. Sie haben ein gefährliches Leben. Ich hätte nie gedacht, daß ich einmal mit so vielen Fallschirmjägern zusammentreffen würde. Es gibt sicher nicht sehr viele von ihnen?«
Timm bemerkte, daß sie noch zuwenig Wein getrunken hatte. Er goß ihr ein und sagte gelangweilt: »In vierzehn Tagen wird es noch weniger von uns geben. Trinken wir einstweilen einen darauf.«

Als das Mädchen betrunken war, erzählte es von ihrem Verlobten.
»Oh«, machte Timm, »das ist ja ganz neu. Sie tragen doch gar keinen Ring ...«
»Nicht nötig«, sagte das Mädchen, »den trage ich im Herzen. Er ist bei der Infanterie.«
»Wunderbar!« lachte Timm. »Bei der Königin der Waffen! Trinken wir einen auf ihn!«
»Er schreibt mir oft«, sagte das Mädchen. »Er ist auf dem Balkan. Ich weiß nur nicht genau wo.«
»Trinken wir einen darauf, daß es ihm gut geht.«
Hinter der Kneipe lag der Garten, und hinter dem Garten begannen die Büsche. Sie säumten den Weg, der zum Lager der Mädchen führte. Der Weg war lang. Es war eine warme Nacht. »Ich heiße Ursula ...«, flüsterte sie, als Timm sie untergefaßt neben sich herschob.
»In Ordnung«, gab er zurück, »ich heiße Klaus. Bist du auch so müde wie ich?«
»Furchtbar müde.« Sie war betrunken.
»Laß uns ein bißchen ausruhen, nachher geht's besser.«
Sie waren nicht das einzige Paar. Als er das Mädchen losließ, torkelte es zwischen die Büsche. Er fing es rasch auf und ließ es behutsam zu Boden gleiten. Es war weicher, ein wenig staubiger Heideboden. Es roch nach Heidekraut und Schafgarbe.
»Du ... das darfst du nicht ...«, flüsterte das Mädchen. Es sprach sehr leise, als müsse es darauf achten, daß niemand es hörte.
»Ich darf das nicht«, sagte Timm, »aber es ist ganz schön, wenn man es tut. Himmel, habt ihr alle so viel an bei dieser Hitze?«
Das Mädchen bewegte sich schwach. Es hatte Angst und wollte das alles nicht mittun, aber es war viel zu spät, das zu überlegen, und Klaus Timm wußte genau, wie spät es war.
»Aber ich kann ... nein ...«, stotterte das Mädchen. Timm brummte irgend etwas Beruhigendes zur Antwort. Er war

mit seinen Gedanken woanders. Und doch flogen seine Gedanken ganz plötzlich zu diesem Mädchen zurück, das er hielt. Mit geschlossenen Augen dachte er eine Sekunde lang: Zwei Kisten Wein und ein Mädchen, das noch keinen Mann gehabt hat. Später, als er mit ihr in der Nähe des Lagers angelangt war, wo ringsum die anderen von ihren Mädchen Abschied nahmen, fragte er sie: »Sag mir, ist das wahr gewesen mit deinem Verlobten, oder ...«
Das Mädchen sah ihn nicht an, aber sie nickte ein paarmal, und dann kamen ihr die Tränen. Sie sagte schnell und sehr leise: »Ja ...« Dann drehte sie sich um und lief davon. Timm sah, wie sie den Kopf senkte und das rote Kopftuch unter dem Kinn zusammenhielt.
Er lachte lautlos und brannte sich eine Zigarette an. Er rauchte sie halb auf, dann fiel ihm plötzlich ein, daß er allein stand. Er sah sich um. Hier und dort erblickte er ein paar Gestalten, die beieinanderstanden. Da zog er das Koppel stramm und schrie unvermittelt mit seiner hellen, schneidenden Stimme: »Los! Auf, ihr Scheiche! Macht Schluß, wir marschieren ab!«
Acht Tage später saß er mit den anderen in der Maschine, und die Hupe ertönte. Er erhob sich und blieb am Schott stehen, auf den nächsten Hupenton wartend.
»So«, sagte er dabei, »jetzt werden wir denen da unten zeigen, was Krieg ist, bis sie nicht mehr wissen, ob sie das Vaterunser in der Schule gelernt haben oder im Hurenhaus!«
Unter ihnen lagen die Gebirge von Kreta.
Timm durchstreifte diese Gebirge, nachdem in den Tälern und um die Stützpunkte herum der Kampf beendet war. Er haßte die Ruhe. Er wußte, daß es in den Gebirgen noch Wild zu jagen gab. Menschliches Wild.

Mittag. Keine Wolke über dem Blau des Himmels. Jeder Stein ist so heiß, daß man glaubt, auf einem geheizten Ofen zu liegen. Timm hat längst die Orientierung verloren. Er hat auch keine Zeit, jetzt die Karte zu betrachten. Er ist auf

der Spur. Die anderen folgen ihm in langen Abständen. In den Bergen darf man nicht zu dicht beieinander sein.
Unten, an der verlassenen Wasserstelle, hatten sie die Corned-beef-Büchsen gefunden, und ein Stück weiter westlich, im Gestrüpp zwischen den Oliven, das Motorrad. Die Büchsen waren leer gewesen, und im Tank des Motorrades war kein Benzin mehr. Timm wußte genau, daß er die beiden Engländer, denen das Motorrad gehörte, heute noch ausfindig machen würde. Er hatte keinen Anhaltspunkt wohin sie sich gewandt haben konnten. Überall waren die Felsen glatt, es gab keine Spuren, nichts. Aber Timm brauchte keine Spuren. Zwei Männer, die sich verstecken müssen, wählen dafür die günstigste Möglichkeit. Und Timm tat weiter nichts, als sich vorzustellen, daß auch er sich verstecken müsse.
Zwei Stunden später fiel der erste Schuß. Er kam aus einem Gewirr von Geröll und halbhohem Krüppelholz. Er traf niemand. Timm ließ sich sofort zu Boden gleiten und blieb regungslos auf dem heißen Gestein liegen. Der Schuß hatte nicht ihm gegolten, sondern einem Soldaten seiner Gruppe, der weiter links ging. Nun lauerte Timm. Er lag hinter einem Felsbrocken und schob die Maschinenpistole langsam nach vorn. Er lehnte sie seitlich an den Felsen und legte zwei Handgranaten daneben. Einer von den anderen kam zu ihm herangekrochen. Es war Zado. Er war braungebrannt. Der Schweiß tropfte von seiner Stirn. »Zurück«, fragte er, »und dann vielleicht um dieses Geröllfeld herum?«
Timm schüttelte den Kopf. Leute wie diese beiden Engländer mußte man belagern, bis ihnen die Nerven ausgingen. Man mußte sie im unklaren lassen über das, was man tat.
Das Geröllfeld, das vor ihm lag, stieg steil an. Irgendwo dort mußten sie liegen. Sie überblickten den Abhang, aber sie waren eingeklemmt zwischen den Verfolgern und der steilen, nackten Wand, die über ihnen lag. Die Wand war der eine Tod, die Verfolger waren der andere. Timm grin-

ste. »Nimm dir zwei Mann«, sagte er zu Zado, »geht zurück und raucht eine Zigarette. Laßt euch Zeit. Dann steigt ihr seitwärts von dieser Geröllhalde so hoch, bis ihr über der Wand seid. Ihr könnt dann hinuntersehen, denn wenn sie nach euch schießen wollen, müssen sie aus der Deckung, und dann erwischen wir sie. Seht euch genau an, wo sie liegen, und dann laßt Handgranaten hinunterrollen.«

»In Ordnung«, sagte Zado. Ein zweiter Schuß bellte im Geröll auf. Das Geschoß klatschte weit hinten gegen einen Stein, hinter dem einer der Jäger lag. Es traf nicht.

Zado rollte sich seitwärts und kroch zurück. Er suchte sich zwei andere, und sie klommen, nachdem sie sich ausgeruht hatten, an der Seite der Wand aufwärts. Timm verlor sie aus den Augen. Er legte das Kinn auf die verschränkten Hände und gähnte. Er war müde von der Hitze, und die Augen schmerzten ihm von dem grellen Licht.

Einer von seinen Leuten schoß in das Geröll. Das Geschoß prallte ab und sirrte mit hellem Ton davon. Ein paar Sekunden später kam die Antwort. Es war ein einzelner Schuß, aber der Schütze hatte gute Augen, und er schoß dem letzten Mann der Gruppe in den Ellbogen. Timm beobachtete mit verkniffenem Gesicht, wie zwei andere ihn nach hinten schleppten. Dann entsicherte er die Maschinenpistole und sah auf die Uhr.

Als eine Stunde vergangen war, hatten Zado und die zwei anderen sich hinaufgearbeitet. Sie tauchten mit einemmal sehr weit oben auf, und Timm konnte sehen, wie sie einander Zeichen gaben. Sie konnten sich frei bewegen, denn die beiden Engländer durften es nicht wagen, sich aufzurichten und nach ihnen zu schießen.

Zado rief sie von oben an. Er erinnerte sich an ein paar Brocken Englisch und forderte sie auf, sich zu ergeben. Er bekam keine Antwort. Timm lag mit der Maschinenpistole im Anschlag. Jetzt wußte er, wo die beiden versteckt waren. Zado zeigte es ihm mit dem ausgestreckten Arm. Es waren zwei große Geröllbrocken vor einem struppigen Busch, dessen Zweige verdorrt herabhingen. Zado ließ drei Handgranaten hinabrollen. Sie rollten über die Felswand und hüpften auf die beiden Geröllbrocken zu. Eine blieb unterwegs hängen und explodierte, ohne Schaden anzurichten. Die beiden anderen krepierten ein paar Meter über dem verdorrten Busch. Von dort kamen schnell hintereinander noch ein paar Schüsse, denn einer von Timms Leuten hatte sich aufgerichtet und war ein paar Schritte nach vorn gesprungen. Die Schüsse trafen ihn nicht. Sie waren unsicher gezielt, denn der Schütze mußte das Gewehr mit einer Hand festhalten, weil die andere von der Handgranate verletzt war.

Die nächsten drei Handgranaten töteten den einen der Engländer und rissen dem zweiten den linken Fuß ab. Sie waren direkt zwischen die Geröllbrocken gerollt und explodiert. Der Verletzte warf zwei kurze Automatgewehre aus der Deckung heraus und winkte mit einem Taschentuch. Es war ein hagerer, rötlichblonder Mann mit ordentlich gestutztem Schnurrbart. Er verzog vor Schmerz das Gesicht, als Timm hinter die Deckung trat. Timm nahm ihm die Pistole ab, aber sie war leer geschossen. Dann untersuchte er den Toten. Er nahm nur ein Päckchen Papiere, die er in der Brusttasche fand. Dann sah er auf die Uhr. Sie mußten sich beeilen, wenn sie vor Einbruch der Dunkelheit zum Stützpunkt zurückkommen wollten. Er besah sich den Fuß des Verletzten. Die Handgranate mußte wenige Zentimeter neben dem Fuß explodiert sein, denn der Fuß war dicht über dem Knöchel abgesplittert. Unter dem zusammengekrümmt daliegenden Soldaten bildete sich eine Blutlache. Der Mann hatte dicke Schweißtropfen auf der Stirn stehen, aber er sagte keinen Ton, er biß nur die Zähne in die Lippen.

Von oben stieg Zado herunter. Er hatte eine Zigarette zwischen den Lippen hängen. Timm griff, ohne ein Wort zu sagen, nach den Papieren in der Brusttasche des Verwundeten. Der Mann sah ihn mit schmerzverkniffenem Gesicht an, aber er tat den Mund nicht auf.

»Gib ihm eine Zigarette ...«, sagte Zado, als er neben Timm stand, »er macht nicht mehr lange.«
Er brannte selbst eine seiner Zigaretten an und steckte sie dem Soldaten zwischen die Lippen. Der Mann zog ein paarmal daran, aber er war bereits zu schwach, die Zigarette zu halten. Sie fiel ihm aus dem Mund.
Timm befahl seinen Leuten kurz: »Los, haut ab! Ich komme nach.«
»Willst du ihn allein schleppen?« erkundigte sich Zado. »Man könnte ihm den Fuß abbinden. Vielleicht ...«
»Haut ab!« sagte Timm noch einmal. Er hielt die eine Hand in der Hosentasche, wo er die beiden Handgranaten hatte. Die anderen entfernten sich langsam. Sie stolperten über das Geröll abwärts, und ihre Schritte verklangen.
Als Timm nach dem Verbandpäckchen griff, leuchtete es in den Augen des Verwundeten schwach auf. Timm erhob sich und ging mit dem Verbandpäckchen hinter den großen Steinbrocken. Er nestelte an der Verschnürung herum, aber er öffnete es nicht. Hinter dem Stein konnte der Engländer ihn nicht mehr sehen. Er zog die eine Handgranate aus der Tasche und schraubte die blaue Kapsel ab. Es war eine von den gekerbten Eierhandgranaten. Timm zog langsam den Zünder ab und zählte. Dann drehte er sich um und warf dem Engländer die Handgranate auf die Brust. Während er sich hinter den Stein duckte, explodierte die Granate. Timm schüttelte den Kopf und öffnete ein paarmal den Mund, um den Druck auf den Trommelfellen loszuwerden. Dann ging er hinter den Stein, warf noch einen Blick auf die beiden Toten und folgte seinen Leuten den Hang abwärts. Er holte sie auf halbem Wege ein. Sie sagten nichts. Nur Zado erkundigte sich: »Hätten wir ihn nicht lieber mitnehmen sollen?«
Nach ein paar Sekunden, während sie schweigend nebeneinanderher gingen, fragte Timm: »Hättest du ihn tragen wollen?«
Zado schwieg.

»Hätte ihn irgendeiner von euch tragen wollen?« fragte Timm die anderen.
Als keine Antwort kam, sagte er langsam: »Die beiden werden bis morgen mittag ganz schön stinken.« Mehr sagte er nicht.
Sie stiegen abwärts und ließen in den Tank des Motorrades eine Handgranate fallen. Sie kehrten zum Stützpunkt zurück wie eine Gruppe von Jägern, die gute Beute gemacht haben.
»Himmel, ist das ein Krieg!« lachte Timm, wenn sie durch die Berge streiften. Manchmal sahen sie in den Dörfern ein Mädchen. Dann wurden ihre Augen groß. Aber die Mädchen in den Dörfern waren spröde wie dünnes Glas. Sie sahen mit ausdruckslosen Gesichtern den Soldaten nach und sprachen kein Wort.
»Dieses Pack ist stolz«, stellte Timm erbost fest, »warte, nach einem Vierteljahr werden sie wissen, wer ihr neuer Herr ist. Dann werden sie um ein halbes Kommißbrot betteln kommen.«
Die Mädchen kamen nicht. Aber Timm bekam Urlaub.

Die Gespräche in der Kneipe an der Straßenecke. Sie kannten ihn dort noch aus der Zeit, in der er einmal mitgeholfen hatte, den Saalbau gegenüber auszuräumen, in dem eine sozialdemokratische Versammlung stattfand. Sie feierten ihn. Es waren die, von denen alle Soldaten gefeiert wurden, die auf Urlaub kamen. Die Rentner aus dem ersten Krieg, die zwei Leute vom Luftschutz, die Weiber von der NSV und eine, deren Mann verschollen war.
»Erzählen Sie mir, wie es da draußen zugeht ...«, bat sie Timm.
Er hatte etwas getrunken, aber er sah, daß die Frau buschige, schwarze Augenbrauen über sehr dunklen, großen Augen hatte.
»Sie wohnen wohl noch nicht lange in dieser Gegend?« erkundigte er sich. Um ihn herum tranken die anderen das

dünne Bier und rauchten von den Zigaretten, die er auf den Tisch gelegt hatte.
»Ich wohne seit zwei Jahren hier«, sagte die Frau. Sie sagte es nicht sehr laut. Und noch etwas leiser sagte sie: »Ich habe eine sehr nette kleine Wohnung. Viel zu nett für mich allein.«
Timm sah die Wohnung zwei Stunden später. Die Frau hatte nicht übertrieben. Sie knipste eine Stehlampe hinter der Couch an und stellte ein paar Gläser und eine Flasche Kognak hin.
»Stürze dich nicht in Ausgaben«, sagte Timm grinsend. Die Frau trug einen Morgenrock. Timm sah, daß sie lange, schlanke, gut geformte Beine hatte.
»Ich habe nicht oft Besuch«, sagte die Frau. Sie goß ein und erhob das Glas: »Auf unsere Bekanntschaft!«
Timm prostete ihr zu. Er überlegte, wie lange er noch Urlaub hatte. Dann sagte er zu der Frau: »Wenn du einverstanden bist, können wir noch genau elf Abende miteinander trinken.«
Die Frau stutzte einen Augenblick. Dann lachte sie leise. Sie verstand. Aus dem Morgenrock schob sie ihr Knie. Sie trug sehr dünne, teure Strümpfe. »Und deine Frau?« fragte sie lächelnd.
»Meine Frau?« sagte Timm. »Sie bezieht meine Löhnung.«
Die Frau kochte Kaffee. Es war außerordentlich guter Kaffee, und Timm wunderte sich, woher sie ihn hatte. Aber sie lächelte nur zur Antwort.
»Bist du schon lange allein?« erkundigte sich Timm.
»Sagen wir, ich bin öfters allein«, gab die Frau zurück.
»Oh ...«, machte Timm, »das ändert den Stoff nicht. Nur die Farbe.«
Die Frau war unruhig. Sie hatte schon zu lange gesessen und getrunken. Sie erhob sich. An den Knöpfen des Radios drehend, fragte sie über die Schulter: »Mußt du nach Hause, oder kannst du dir erlauben fortzubleiben?«
»Ich habe noch nie eine Einladung ausgeschlagen«, sagte

Timm. Er band den Schlips auf und brannte eine Zigarette an. Er sah gut aus in der nach Maß geschneiderten Uniform. Er hatte auch hier, in dem Sessel, noch etwas von der Elastizität, mit der er über die Steine Kretas gesprungen war, von der Gewandtheit, mit der er sich aus der Maschine schwang. Das Hemd spannte über der Brust. Er war sehr glatt rasiert heute.
»Dann werde ich nämlich jetzt die Haustür abschließen gehen«, sagte die Frau. Sie erhob sich aus der knienden Stellung vor dem Radio. »Ich bin diese Woche dafür verantwortlich.«
Sie ging. Aber sie kam noch einmal zuruck und gab Timm einen Bademantel. »Mach es dir bequem. Diese Uniformen sind eine scheußliche Erfindung.«
»Ist er von deinem Mann?« fragte Timm.
Sie ging aus dem Zimmer. An der Tür sagte sie: »Wenn du dich ein bißchen frisch machen willst – im Bad ist eine Brause.«
Zu Hause lag er an den Vormittagen im Bett und schlief einen schweren, traumlosen Schlaf. Manchmal hockte sich seine Frau neben ihn auf die Bettkante und sah ihn mit einem traurigen, nachdenklichen Blick an. Sie ging stets fort, wenn er erwachte. Sie bereitete Essen für ihn und brachte seine Wäsche in Ordnung. Sie war eine schmale, reizlose Frau. Einmal war sie ansehnlich gewesen, aber das lag lange zurück. Sie schlich um Timm herum und sah ihm selten in die Augen. Es war ihm unbehaglich, längere Zeit mit ihr allein zu sein, und er brachte oft tagsüber Freunde mit. Dann spielten sie Skat oder tranken. Aber gegen Abend kleidete sich Timm sorgfältig und ging aus.
»Klaus«, sagte die Frau eines Abends, als er wieder fortging, »die Leute reden schon. Es ist mir ja egal, aber vielleicht solltest du lieber ...«
»Jesus Maria ...«, sagte Timm. »Wozu habe ich dich bloß geheiratet? Dafür, daß du mir erzählst, was die Leute reden, oder wofür sonst?«

»Ich dachte nur …«, wandte die Frau schüchtern ein. Sie war geduckt, zaghaft. Sie war das kraftlose Überbleibsel einer Frau, die zehn Jahre mit Klaus Timm verheiratet war.
»Laß die Pferde denken«, sagte Timm gleichmütig, »du weißt, daß sie größere Köpfe haben als du …«

Als es bekannt wurde, daß die Truppe nach der Ostfront verlegt werden sollte, sagte Timm nachdenklich: »Das gefällt mir nicht. Ich kann nicht behaupten, daß mir das Freude macht. Das hätte ich mir gerne erspart.«
Zado war der letzte von denen, die damals die Siege der Kompanie miterlebt hatten. Er kannte noch die Forts von Eben Emael und die französischen Mädchen. Er wußte um die Abenteuer in Holland und erinnerte sich an die aufgekrempelten Ärmel in Kreta. Es war vorbei. Hier war der Osten. Sie lagen an der Straße, ein paar Kilometer hinter der Front der Roten Armee. Im Westen grummelte die Artillerie. Der Frost biß in Timms Wunde. Zado lag neben ihm, ausgepumpt und erschöpft wie er. Das ist unsere letzte Station, dachte Timm. Hier haben sie uns fertiggemacht. Nirgends sonst haben sie uns so fertiggemacht wie hier. Mit Sonnenblumenkernen im Magen und Machorka in den Manteltaschen haben sie uns fertiggemacht und mit Stalinorgeln und T 34 und Granatwerfern und mit allem, was die anderen auch hatten. Die anderen haben es nicht geschafft, aber sie sind dabei, es zu schaffen. Irgend etwas ist vorgegangen. Irgend etwas hat sich verändert. Nicht bei uns. Wir sind immer so gewesen. Die Gegner sind anders geworden. Und wir haben keine aufgekrempelten Ärmel mehr wie in Kreta. Wir haben Löcher im Fell und Zähneklappern.
Er fluchte leise vor sich hin. Zado reagierte nicht darauf. Vor ihnen lag die Straße und dahinter, in einiger Entfernung, das Gehöft Annas. Die Straße war leer. Es war kein Fahrzeug zu sehen. Nur eine Gestalt kam aus dem Dorf und ging mit schnellen Schritten hinüber auf das Gehöft zu. Es war ein Russe, Timm erkannte ihn an der Uniform und an

der Pelzmütze. Er trug kein Gewehr. Ein Offizier, dachte Timm. Das Gehöft dort drüben scheint sein Quartier zu sein. Es ist zu still für einen Stab. Er sah der Gestalt nach, die sich undeutlich von dem matt beleuchteten Schnee abhob. Diese einzelne Gestalt, die quer über die verschneiten Felder auf das Gehöft zuging, flößte ihm wieder den Gedanken ein, daß diese Armee und ihre Front so stabil waren, wie die deutsche Armee vielleicht niemals gewesen war.

Er überlegte, wie sie diese Front überschreiten könnten, aber die Zuversicht, die er noch vor Stunden gehabt hatte, war nicht mehr da. Er fühlte, daß es ihm schwerfallen würde, sich zu erheben. Der Schweiß trat ihm auf die Stirn, als er überlegte, daß er es vielleicht nicht mehr schaffen könnte. Als der Soldat in dem Gehöft verschwunden war, erhob sich Timm mühsam und sagte zu Zado: »Los, komm! Entweder schaffen wir es jetzt, oder ...«

»Oder wir schaffen es nicht«, gab Zado zurück. Ihm war alles gleichgültig, was nun noch geschehen konnte.

Timm schleppte sich vorwärts. Manchmal torkelte er und hielt sich nur mit Mühe aufrecht. Nach einigen hundert Schritten wußte er, daß er es nicht mehr bis zur Front schaffen würde. Er nahm diese Erkenntnis mit einem gewissen Gleichmut hin, aber zugleich saugten sich seine Augen an dem Gehöft fest, in dem der Offizier verschwunden war. Bis zu diesem Gehöft wird Klaus Timm noch marschieren, dachte er. Bis zu diesem Gehöft. Und dort wird er den Krieg beenden. Sie werden in diesem Dorf merken, daß Klaus Timm hier den Krieg beendet hat. Die letzten hundert Meter stolperte er mehrmals, und einmal fiel er mit dem Gesicht in den Schnee. Zado keuchte neben ihm. »Ich kann dich nicht schleppen«, sagte er, »ich bin fertig.«

»Mich braucht keiner zu schleppen«, antwortete Timm, »mich hat noch nie einer geschleppt.« Er torkelte weiter, aber er gab die Panzerfaust nicht aus der Hand. Als er nach

dem Gehöft einbog, sagte Zado: »Was willst du um Himmels willen dort drüben? Da ist der Russe drin ...«
»Genau den will ich«, knurrte Timm. »Wo ich bin, wird gestorben. Das war schon immer so ...«
Er schleppte sich durch das Tor, an dem der erschöpfte Zado stehenblieb, sich an den Pfosten lehnend, überlegend, was er jetzt tun sollte. Timm klappte das Visier der Panzerfaust hoch. Er hatte sich davon überzeugt, daß sie scharf war. Er brachte es fertig, lautlos bis an das Fenster zu gelangen, aus dem ein schmaler Lichtschein nach draußen drang. Vor dem Fenster stand ein umgekippter Futtertrog. Timm stieg hinauf und sah durch den Spalt im Vorhang in die Küche. Er sah den Rücken des Russen vor sich, der am Tisch saß, den Kopf in die Hände gestützt. Eine Sekunde lang sah Timm ihn so sitzen. Dann stieß er mit einer schnellen Bewegung, die seine Schulter schmerzen ließ, die Panzerfaust durch die zusammengeflickte Scheibe. Sie fuhr zwischen die beiden Kanten des Vorhanges. Timm drückte auf den Knopf und ließ sich fallen. Er schrie auf, denn er fiel auf die zerschmetterte Schulter. Über ihm schoß ein greller Lichtschein aus dem berstenden Fenster. Die Welle der Detonation fegte Splitter und Fetzen über Timm hinweg. Dann war es still. Zado stand gehetzt am Tor. Die Gedanken wirbelten in seinem Kopf. Dahinten war das Dorf. Aber es war fraglich, ob sie dort die Explosion gehört hatten. Die Artillerie schoß, und auf diese Entfernung würde kaum einer darauf kommen, daß diese Explosion nicht von der Artillerie herrührte. Die Straße war still. In der Ferne rumorten Motoren, aber sie schienen nicht näher zu kommen. Fort! hämmerte es in Zados Kopf. Er lief am Zaun entlang, geduckt, keuchend. Nach ein paar Schritten sah er die Gestalt, die von der anderen Seite heranhetzte und in den Hof sprang. Er sah sie auf das Häufchen Mensch zulaufen, das unter dem Fenster lag, aus dem ein Fähnchen Rauch stieg, und er hörte die Stimme, als die Gestalt sich über dieses Häufchen beugte. Die Stimme rief nur ein Wort. Sie rief: »Timm!«

Dann sprang die Gestalt durch die Tür ins Haus. Zado erhob sich langsam und ging zurück in den Hof. Er blieb stehen und wartete, bis die Gestalt langsam aus der Haustür trat. Dann sagte er: »Kleiner …«, und noch einmal, leiser: »Kleiner …« Er stolperte auf Bindig zu.

Flamme

Die Höhe war kahl. Es gab keinen Baum, nur ein paar kniehohe Büsche. Der Schnee war seit Tagen verharscht. Nun war er schmutzig. Die Granaten hatten ihn umgepflügt. Die Erde war hochgeflogen, und aus den kleinen braunen Flecken war schließlich das neue Muster des Bodens entstanden: Dreck mit weißen Tupfen.
Einmal, noch vor Stunden, war hier die Front der Roten Armee verlaufen. In den Löchern am westlichen Fuße des Hügels hatten die Rotarmisten gelegen, als das Feuer begann. Aber dann waren die Panzer gekommen, und man hatte die Männer aus den Löchern bis auf den Kamm des Hügels zurückgezogen. Dort oben lagen sie jetzt, an den östlichen Abhang geschmiegt, und warteten das Feuer ab. Hier konnte es ihnen nichts anhaben. Die Granaten mußten über den Hügel hinweg, wenn sie ihnen gefährlich werden sollten. Fauchten sie aber über die Kuppe, dann schlugen sie erst weit unten ein, weil der Boden steil abfiel, und die Splitter erreichten die Soldaten nicht mehr. Meist fuhren die Geschosse jedoch in die Vorderseite des Hügels, und auch dann blieben ihre Splitter unschädlich. Gegenüber dem Hügel, an einem unübersichtlichen Waldrand, standen die beiden Panzer und das Sturmgeschütz der Deutschen. Von dort schossen sie, aber sie waren schwer zu treffen, denn sie wechselten nach jedem Schuß die Stellung.
Die Soldaten hinter dem Hügel schossen selten zurück. Sie hatten ein paar Panzerbüchsen aufgestellt. Sie wußten, daß die Panzer ihnen nichts anhaben konnten. Kamen sie aus dem Wald heraus, dann würde man sie bis dicht an den Hügel herankommen lassen und abschießen. Blieben sie im

Wald, dann blieb auch die Front so, wie sie war. Die Soldaten hatten sich an das Feuer gewöhnt. Sie duckten sich nicht mehr, denn sie wußten, daß sie sich in einer ausgezeichneten natürlichen Deckung befanden. Manche rauchten Zigaretten. Einer mit dem Sprechfunkgerät hockte bei ihnen. Er war von ein paar anderen umringt, aber er konnte ihnen nichts weiter sagen, als daß die Front so war wie vorher. Es war keine Gefahr mehr. Wenn von drüben aus dem Wald Infanterie kam, dann würden sie auf die Kuppe des Hügels ein paar Maschinengewehre stellen. Weiter als bis an den Fuß des Hügels würde die Infanterie nicht kommen. Außerdem hatten die Panzer nur eine gewisse Menge Munition bei sich, das wußten die Soldaten. Sie kauten Sonnenblumenkerne.

Dann schwiegen die Panzer plötzlich. Lange Zeit fiel kein Schuß am Waldrand. Die Soldaten warteten länger als eine Viertelstunde. Dann stiegen sie auf die Kuppe des Hügels und brachten ein Maschinengewehr in Stellung. Sie hoben sich dabei gegen den Nachthimmel ab, denn auf der Hügelkuppe gab es kein Gebüsch. Als sie die Trommel auf das Maschinengewehr setzten, blitzte es am Waldrand auf. Die Granate rauschte knapp über die Köpfe der Männer hinweg und schlug weit hinten ein. Sie zogen das Maschinengewehr wieder zurück. Nach einer weiteren Viertelstunde wiederholten sie es noch einmal. Es kam wieder ein einzelner Schuß, der über ihre Köpfe fegte, und sie versuchten es nun nicht zum drittenmal, auf der Kuppe in Stellung zu gehen.

Es würde Tag werden. Dann würde man die Panzer sehen. Dann würde man ein paar Granatwerfer holen und sie zusammenschießen. Das war vor einer Stunde gewesen. Und nun lagen unten, am westlichen Fuße des Hügels, Bindig und Zadorowski.

Sie hatten sich durch die Artilleriestellungen, vorbei an abgestellten Fahrzeugen und bereitgestellter Infanterie, bis hierher geschlichen. Es war nicht schwer gewesen, denn es waren viele Melder unterwegs, Verletzte humpelten zurück, und Fernsprechleute suchten die Leitungen nach Störquellen ab. Die beiden waren nicht von den Soldaten zu unterscheiden, denn sie trugen noch immer die braunen Uniformen. Irgendwo hatte Zado eine neue Pelzmütze aufgelesen, die einer der Rotarmisten verloren haben mußte. Er trug jetzt Timms Maschinenpistole. Sie waren bis hierher an den Fuß des Hügels gekommen. Nun hockten sie nebeneinander in einem alten Schützenloch, das eine Granate getroffen und aufgewühlt hatte. Als sie den Hügel umgingen, hatte das Feuer geschwiegen. Sie hatten nicht gewußt, daß drüben am Waldrand die Panzer standen. Aber als sie an dem Loch vorbei wollten, in dem sie jetzt hockten, hatten die Rotarmisten oben auf der Hügelkuppe zum zweiten Male versucht, das Maschinengewehr aufzustellen. In diesem Augenblick war vom Wald her der Schuß gekommen, und die beiden hatten in dem Loch Schutz gesucht.

Sie hatten keine Ruhe, sie wollten weiter. Zado drängte dazu. Als sie ein paar Minuten gewartet hatten, erhoben sie sich und arbeiteten sich langsam vorwärts. Sie waren ein paar Schritte von dem Loch entfernt, als es am Waldrand aufblitzte. Die Granate fauchte über ihre Köpfe und schlug wenig hinter ihnen am Abhang des Hügels ein. Der Druck der Explosion schleuderte sie ein paar Meter vorwärts. Im Jaulen der Splitter hörte Bindig, wie Zado einen Fluch ausstieß. Er packte ihn und zog ihn zurück. Als sie sich wieder in das Loch schwangen, blitzte es am Waldrand erneut auf. Die Granate galt ihnen, aber sie schlug diesmal weiter links ein, und die Splitter zischten über das Loch hinweg. Bindig spürte die warme Feuchtigkeit, als er Zados Mantel anfaßte. In dem ungewissen Licht sah er, daß auf der Hand dunkle Flecke waren.

»Aus!« hörte er Zado leise sagen. »Auf dem Hügel die Russen und am Wald unsere. Einer von beiden wird uns den Rest geben.« Es klang heiser, gepreßt.

Bindig riß ihm den Mantel auf und suchte die Wunde. Sie lag dicht unter dem Brustkorb. Sie war nur klein, aber der Splitter steckte im Leib.
»Er hat mir die Därme zerrissen, glaube ich«, sagte Zado, »es wird eine Weile dauern, ich habe lange nichts gegessen.«
Bindig öffnete die Jacke und trennte mit dem Messer ein Stück von dem verschwitzten Unterhemd ab. Keiner von beiden besaß mehr ein Verbandpäckchen. Als er Zado den Fetzen auf die Wunde gedrückt hatte, griff er in dessen Uhrtasche und zog die Kapsel mit den Schmerztabletten heraus. Er ließ ihm den Inhalt einfach in den Mund fallen. Vom Rand des Loches nahm er eine Handvoll Schnee und gab sie Zado. Der Schnee war schmutzig, aber Zado schluckte ihn.
»Schmerzen?« fragte Bindig.
»Es geht«, antwortete Zado. Er war sehr ruhig. Er lehnte mit dem Rücken an der Wand des Loches, die Beine weit ausgestreckt. »Es wird noch schlimmer werden«, sagte er. »Wenn du willst, kannst du abhauen. Du kommst vielleicht noch durch.«
Seitlich von ihnen nahm das Feuer wieder zu. Aber das waren nicht mehr die deutschen Geschütze. Aus den Artilleriestellungen, an denen sie vorbeigeschlichen waren, schoß es auf die Infanterie, die in der Nähe des Waldrandes steckengeblieben war. In den hellen, blubbernden Ton der Granatwerfer mischte sich das Jaulen der Raketengeschosse, die wie Kometen, sprühende Schweife hinter sich ziehend, herangerast kamen. Die Feuerschläge erhellten für Sekunden das umgepflügte Niemandsland zwischen dem Hügel und dem Waldrand. Drüben am Wald brachen die Granaten in die Bäume und schleuderten Äste und trockenes Gezweig hoch. Die Panzer schossen nicht. Erst als nach einiger Zeit auf dem Hügel plötzlich das Maschinengewehr zu schießen begann, krachte aus dem Dunkel der Bäume wieder der harte Schlag einer Panzer-

kanone, und auf der Kuppe des Hügels spritzte die Erde hoch.
Zado lehnte mit geschlossenen Augen an der Wand des Loches. Er preßte eine Hand gegen den Leib und hielt sich mit der anderen am Wurzelwerk eines Strauches fest, den die Granate zerrissen hatte, von der das Loch getroffen worden war.
Bindig sah eine Weile zu, wie Zado in dieser Stellung an der Wand lehnte. Er beobachtete sein Gesicht, in dem sich der Schmerz abzeichnete, den ihm die Wunde verursachte. Dann sagte er plötzlich: »Wir müssen hier raus, du! Ich werde es versuchen. Wenn ich es bis zu den Panzern schaffe, können sie die auf dem Hügel eine Weile eindecken und inzwischen ein paar Träger herschicken. Es muß gehen ...«
Zado bewegte kaum die Augenlider. Er sagte nur leise: »Geh! Sieh zu, daß du es schaffst. Ich bin sowieso fertig.«
Um Bindigs Kopf lag noch die Binde. Die Wunde heilte. Sie hatte überraschend schnell aufgehört zu schmerzen. Bindig zog die Pelzmütze tief in die Stirn, um das Weiß der Binde zu verdecken. Als das Feuer für Augenblicke nachließ, sprang er mit einem Satz aus dem Loch und begann zu laufen. Er kam ein paar Schritte weiter. Dann blitzte drüben am Wald das Mündungsfeuer eines Maschinengewehrs auf, und er warf sich hin, den bösartig surrenden Ton der Geschosse im Ohr, die über ihn hinwegflogen. Er wollte eben wieder aufspringen und weiterlaufen, so weit, bis er auf Rufweite an den Wald herangekommen war, aber da zuckte die Mündungsflamme aus dem Panzergeschütz, und die Granate fuhr über ihn hinweg. Eine Welle heißer Luft drückte ihn an die aufgewühlte Erde. Sekundenlang nach der Detonation hörte er die Splitter um sich herum in den Boden klatschen. Er versuchte zu winken. Aber es war zu dunkel. Am Wald begann ein Maschinengewehr zu hämmern. Er blickte sich ängstlich um und sah nach dem Hügel. Dort war alles ruhig. Er legte die Hände trichterförmig an den Mund und rief einmal, zweimal zum Wald hinüber,

sie sollten ihn herankommen lassen. Doch seine Stimme war zu schwach. Sie drang nicht weit genug. Das Maschinengewehr sägte langsam weiter. Sie mußten ihn gesehen haben. Das Maschinengewehr tastete die Gegend ab, in der er lag. Er erinnerte sich daran, daß er die russische Uniform trug.

»Hallo« rief er noch einmal. Der Ruf ging unter in einer Serie Granatwerfereinschläge, die hundert Meter vor dem Wald lagen. Mit einemmal hing eine Leuchtkugel über dem Hügel. Sie hing an einem kleinen, seidenen Schirm und trieb langsam auf den Wald zu. Ein weißer Ball, der den Schnee zwischen den Granatlöchern aufleuchten ließ und in deren Licht sich jede Einzelheit auf der Erde scharf abhob. Sie schwebte weiter und weiter. Bindig duckte den Kopf tief an die Erde. Er erstarrte gleichsam, und während er auf dem Boden lag, fuhr aus dem Rohr des einen Panzers am Waldrand der nächste Schuß. Er schlug zwischen Bindig und dem Loch ein, wo Zado lag. Bindig sprang auf und lief auf den Wald zu. Er schrie und winkte, schwenkte die Arme über dem Kopf. Die nächste Panzergranate schlug dort ein, wo er im Licht der Leuchtkugel gelegen hatte. Die Erdbatzen flogen bis zu Bindig. Er spürte, wie ihm der Luftdruck ins Genick fuhr. In diesem Augenblick ratterte wieder das Maschinengewehr am Wald los. Wenige Schritte vor Bindig spritzten die Geschosse in die Erde und warfen kleine Klümpchen von Dreck und Schnee hoch. Es war Leuchtspur, Bindig sah die schwachgrünen Fäden in der Luft hängen. Er ließ sich fallen und rollte ein Stück zur Seite. Über ihm zogen die Fäden der Leuchtspur.

»Kameraden …«, schrie er plötzlich. »He … Kameraden … Nicht schießen!« Seine Stimme brach heiser ab. Es hörte ihn niemand. Es kam auch keine Antwort. Nur ein paar Meter vor ihm, auf dem Kamm einer kleinen Welle im Boden, zerspritzten die Geschosse des Maschinengewehrs. Bindig rief noch einmal. Er rief immer wieder dasselbe. Er schrie sich die Kehle so heiser, daß er keinen Ton mehr her-

ausbrachte. Es kam keine Antwort. Wenn er sich erhob, bellte am Wald das Maschinengewehr auf. Der Panzer schoß noch einmal in seine Nähe, dann schwieg er wieder. Das Feuer ließ nach. Einige Augenblicke lang war es völlig still. Erst dann jaulten wieder von weit hinter der sowjetischen Front ein paar Siebzehnzwo heran, die sich in den Wald bohrten. Bindig versuchte noch einmal, auf die Beine zu kommen und nach dem Wald zu laufen. Er sprang auf und lief, mit krächzender Stimme schreiend, daß sie nicht schießen sollten. Aber sie schossen. Der Schlag am linken Fußknöchel warf Bindig zu Boden. Er wälzte sich herum, und dabei spürte er den Schmerz. Der Fuß gehorchte nicht mehr. Der Knöchel war zerschmettert. Langsam ließ Bindig den Kopf sinken. Er preßte sich ganz dicht an die Erde und schloß die Augen. Er begriff, daß er den Wald nicht mehr erreichen konnte. Langsam begann er zurückzukriechen.
Er war noch nicht sehr weit gekommen, als von dem Hügel her das russische Maschinengewehr zu tacken begann. Es war ein langsames, bösartiges Geratter. Das Gewehr zielte auf Bindig. Er merkte es daran, daß die Geschosse ununterbrochen über ihn hinwegsurrten. Aber es konnte ihn nicht treffen, denn es stand zu hoch, und es konnte nicht weiter nach unten schwenken, weil es sonst in den Bereich des deutschen Maschinengewehrs am Waldrand gekommen wäre. Bindig hinterließ eine dünne rote Spur, wo er über Schnee kroch. Er arbeitete sich langsam auf den Unterarmen vorwärts und zog den Körper nach. Der Fuß schmerzte. Am Wald schoß wieder der Panzer. Die Granaten schlugen auf dem Hügel ein. Die Geschosse der Siebzehnzwo rauschten in regelmäßigen Abständen über den Hügel hinweg weit hinten in den Wald. Dazwischen schoß eine Batterie Werfer, deren Granaten gurgelnd zwischen die Bäume am Waldrand prasselten. Bindig erreichte das Loch, ohne noch einmal getroffen zu werden. Zado hatte sich aufgerichtet und blickte ihm entgegen. Er griff nach ihm, aber in seinem Griff war keine Kraft. Bindig schaffte

es allein. Er wälzte sich über den Rand des Loches und ließ sich langsam hinabgleiten.
»Aus ...«, sagte Zado müde. »Heb den Fuß hoch, vielleicht kann ich wenigstens einen Fetzen drumwickeln ...«
Bindig legte sich mit dem Rücken an die Wand des Loches und hob das Bein, bis er es Zado auf das angezogene Knie des rechten Beines legen konnte. Zado hielt einen Fetzen in der Hand. Er konnte den Oberkörper nicht bewegen, er konnte sich auch nicht bücken, aber er schaffte es; Bindig den Knöchel zu verbinden. Eine Leuchtkugel flammte auf. Sie glitt wie vorhin, leicht vom Wind abgetrieben, auf den Wald zu und warf ihr Licht bis in das Loch, in dem die beiden hockten. Für ein paar Sekunden verzog Zado das Gesicht zu einem Grinsen.
»Schön, daß sie Licht machen ...«, quetschte er zwischen den Zähnen hervor, »das hätten wir uns nicht träumen lassen!«
Er hatte viel Blut verloren. Sein Gesicht war gelblich geworden. Er wußte, daß in ein oder zwei Stunden die Schmerzen unerträglich sein würden, weil dann die Schmerztabletten nicht mehr wirkten. Er erinnerte sich sonderbar deutlich an den Tod des kleinen Oberkellners aus Stuttgart, wenn er die Maschinenpistole anblickte, die neben ihm lag.
Als die Leuchtkugel erloschen war, ließ Bindig den Fuß sinken und sagte leise: »Ich habe noch Zigaretten. Wir können uns welche anstecken. Es hat keinen Zweck mehr, sie aufzuheben.«
Sie brannten Zigaretten an und rauchten. Es waren Zigaretten von Warasin. Lange Pappmundstücke und wenig Tabak.
»Ob sie Timm gefunden haben?« fragte Zado.
Bindig antwortete nicht. Er zog an der Zigarette und blickte auf die Glut.
»Es tut mir leid, daß du nicht wenigstens Timm erschießen konntest«, sagte Zado langsam. »Es tut mir verdammt leid.

Er hat Anna getötet, und du konntest ihn nicht dafür erschießen. Es hätte dir nicht so weh getan, wenn du es hättest tun können …«
Die Granatwerfer streuten den Waldrand ab. Die Geschosse prasselten in das Gezweig und zerplatzten mit puffenden, hohlen Detonationen. Dazwischen tackte wieder das Maschinengewehr auf dem Hügel.
»Er war schon tot«, sagte Bindig, »einen Toten kann man nicht noch einmal töten. Er hatte einen riesigen Glassplitter im Hals, die Hälfte davon hing heraus. Man kann selbst Timm nicht zweimal töten.«
»Er hätte es verdient. Ich weiß nicht, wie es gekommen ist, daß ich Timm so hasse. Ich hätte es ihm gegönnt, sechsmal zu sterben. Zwölfmal.«
»Wir wissen manches nicht. Und wir werden manches nicht mehr erfahren«, sagte Bindig.
Der Panzer schoß ein paar Granaten auf den Hügel. Das Maschinengewehr dort oben schwieg wieder.
»Und manches wissen wir«, sagte Zado, »aber das nutzt uns nichts mehr.« Er zog an seiner Zigarette, und sein Gesicht war sekundenlang von der Glut angeleuchtet. Es war ein blasses, sehr schmales Gesicht mit Falten um die Mundwinkel. Er sagte: »Es ist egal, wie lange wir hier noch liegen. Irgend jemand wird uns finden. Sind es die vom Wald drüben, unsere, dann werden sie mit Sicherheit annehmen, daß wir Russen sind. Sie werden sich freuen, daß sie uns erwischt haben. Sind es die Russen, die oben auf dem Hügel liegen, dann werden sie nachforschen, wer wir sind. Sie werden Timm finden und den Offizier. Für sie wird es die Gerechtigkeit sein, daß wir tot sind. Ich möchte wissen, ob es jemals Leute gegeben hat, die gestorben sind, wie wir sterben.«
Bindig ließ achtlos das Pappmundstück mit dem Rest Glut fallen. Es fiel in die zertrampelte Erde zu Zados Füßen, und die Glut erlosch in dem Gemengsel von Erde und Schnee.

»Noch sind wir nicht tot«, sagte Bindig. »Hör auf, davon zu reden.«
»Ja. Noch sind wir es nicht.« Zado warf seinen Zigarettenrest neben den Bindigs. »Ich wünschte, wir kämen durch. Wir würden Krüppel sein, aber sie würden keine Freude an uns haben ...«
»Heutzutage gibt es schon vernünftige Prothesen«, sagte Bindig zögernd, »und ein geschickter Arzt kann deine Därme vielleicht wieder zusammenflicken.«
Zado lächelte, aber Bindig sah es nicht. Er fragte leise: »Was würdest du machen, wenn du hier noch einmal herauskämst?«
Dicht hinter dem Loch barst eine Siebzehnzwo-Granate. Sie sollte wohl dem Waldrand gelten, aber offenbar war das Geschütz zu kurz eingerichtet gewesen.
Während Zado sprach, tackte ununterbrochen das Maschinengewehr auf dem Hügel. Der Panzer schickte ein paar Granaten hinauf, aber sie hatten das Gewehr jetzt sicher eingegraben, und es schoß weiter.
»Wenn ich mir hier in diesem Loch überlege, was ich tun würde, dann sind das solche Sachen, die mir gut und gerne drei Hochverratsprozesse einbringen würden«, sagte Zado.
»Hier in diesem Loch merkt man, was man alles hätte tun können und was man nicht getan hat. Man stellt sich vor, was man würde tun können, wenn man es übersteht«
Er atmete und preßte die Hand fest auf den Leib dabei. Dann sagte er: »Man müßte nach Hause kommen, und dann müßte man die Leute, die uns hierhergeschickt haben, an die Laternenpfähle hängen. Damit würde man anfangen. Dann die von den Zeitungen, die die Helden fabriziert haben, und die vom Radio. Man müßte die Garnisonen ausräumen und die Stäbe. Bis der Generalstab nur noch über seine Ordonnanzen befiehlt und über niemand sonst. Und dann müßte man ein paar gute Laternenpfähle für den Generalstab suchen und für alles andere, was sonst noch regiert und befehligt hat. Danach wäre der Dreck vorbei. Was

dann kommt, weiß ich nicht. Ich habe keine Vorstellung davon. Vielleicht sind wir überhaupt nur hier in diesem Loch gelandet, weil wir keine Vorstellung von dem haben, was danach kommt ...«

Wieder schlug eine Granate in der Nähe des Loches ein und überschüttete die beiden mit einem Regen von Dreck und schmutzigem Schnee.

»Phantasie«, sagte Zado, »alles Phantasie. Wir werden hier nicht mehr davonkommen. Wir hätten uns das alles eher überlegen müssen. Jetzt ist es nur noch Phantasie.«

»Ich weiß nicht, was ich tun würde, wenn ich hier davonkäme«, sagte Bindig, »ich glaube, ich würde zurückgehen in meine Bibliothek, wenn es sie noch gibt Ich würde wieder Bücher ausleihen. Bücher lesen. Musik hören. Vielleicht einmal wieder ins Kino gehen. Ich weiß es nicht genau, aber ich glaube, das würde alles sein. Was es sonst noch gibt, würde ich denken, nicht tun.«

Er brannte eine neue Zigarette an und gab sie Zado. Dann nahm er selbst eine.

»So ist es«, sagte Zado, »genau so. Pläne haben wir. Aber am Ende würden wir die ganzen Pläne vergessen. Stell dir vor, es hätte uns nicht hier erwischt und wir wären drüben angekommen. Ohne daß es mir die Därme und dir den Knöchel zerrissen hätte. Denke nach und sei ehrlich dabei. Sie hätten uns nach hinten geschickt. Zurück zu unserem Haufen. Weit hinten. Dort, wo du keine Granate mehr hörst und kein Maschinengewehr. Und dann hätten wir uns ausgeschlafen und hätten unsere Verpflegung empfangen und Schnaps und Zigaretten. Es hätte Schokolade für uns gegeben, und wir hätten sie zu den Weibern mitgenommen. Und alles wäre so gewesen wie immer zuvor, nicht anders. Wenn du ehrlich bist, dann wirst du zugeben, daß es so gekommen wäre.«

Bindig nickte. »Ich glaube, ja. Ich hätte nicht gewußt, was sonst zu tun wäre. Ich wäre froh gewesen, noch zu leben, und ich hätte wieder Angst gehabt, das Leben zu verspielen.«

Er schwieg und lauschte dem Maschinengewehrfeuer, das wieder aufgeflackert war. Er hörte Zado sagen: »Das sind wir. Eine Generation, der sie das Rückgrat gebrochen haben. Wir haben es erst gemerkt, als wir uns aufrichten wollten. Wir können uns nicht allein aufrichten. Wir sind zerbrochen. Ich glaube, es ist nie zuvor eine Generation so zerbrochen gewesen wie wir.«
»Warasin hat mir gesagt, daß sie unsere Kriegsmaschine zerschlagen werden. Und danach müßte in Deutschland das Volk lernen, selbst zu regieren. Ich kann mir keine Vorstellung davon machen.«
»Es ist nicht nötig«, sagte Zado, »wir werden das nicht mehr erleben. Vielleicht hätte es sich gelohnt. Aber jetzt ist es egal.« Er sprach sehr langsam und sehr leise. Er holte mehrmals Atem zwischen den Worten.
»Hast du Schmerzen?« fragte Bindig.
»Vorhin, als du fort warst«, sagte Zado, »da habe ich überlegt, was sie aus uns gemacht haben. Sie haben uns genommen, wie wir von unseren Müttern kamen, und haben uns befohlen, was wir zu tun haben und was wir denken dürfen. Sie haben uns gesagt, wer zu töten ist und auf welche Weise. Sie haben uns Orden gegeben und Marketenderschnaps. Sie haben uns in ganz Europa herumgehetzt, so lange, bis uns ganz Europa verflucht hat. Sie haben uns getötet. Lange bevor wir hier in diesem Loch krepieren werden, haben sie uns getötet ...«
»Sie?« sagte Bindig.
»Ja, sie.« Zado verzog das Gesicht. Er hustete ein paarmal und keuchte dabei, denn der Husten ließ das Blut aus der Wunde im Leib quellen. »Später wird einmal jeder wissen, wer sie gewesen sind. Wir haben nur eine ziemlich schwache Vorstellung davon. Aber später ...«
Drüben am Waldrand war mit einem Male Motorengeräusch. Zuerst war es nur das hohle Blubbern leer laufender Panzermotoren. Aber dann brüllten die Motoren auf, und in das Aufbrüllen der Motoren mischte sich das

Geratter von Maschinengewehren. Es war, als würde plötzlich. das ganze Feuer noch einmal zusammengerafft. Die Schüsse hackten die Erde auf dem Hügel in Fetzen. Von der Kuppe kam die Antwort und fuhr zwischen die Bäume, die Dunkelheit mit den zerfließenden Fäden der Leuchtspur zerschneidend. Dann krachten dort die äußeren, dünnen Stämme, und die verborgen gewesenen Panzer krochen schaukelnd, sich wiegend, ins Freie. Es waren zwei »Tiger« und ein Sturmgeschütz. Das Sturmgeschütz feuerte aus seinem kurzen Rohr auf die Hügelkuppe. Aus den beiden anderen Panzern kamen die Fäden der Leuchtspur. Das Gebell der Maschinengewehre ging unter im Gerassel der Ketten.

In weitem Bogen fuhr das Sturmgeschütz um den Hügel herum. Die beiden Panzer kurvten im Zickzack heran. Aus den Kanonen in den Türmen schossen die Flammen der Abschüsse.

»Jesus, sie wollen den Hügel haben ...«, murmelte Zado, »sie wollen den Hügel ...«

Von der Kuppe kam der dumpfe Abschuß der Panzerbüchsen. Dann hingen mit einemmal ein paar Leuchtkugeln in der Luft, und alles war in ihr weißes, kaltes Licht getaucht.

Hinter den Panzern schoben sich ein paar Schützenpanzerwagen aus dem Wald. Es waren kleine, wendige Fahrzeuge, die mit großer Geschwindigkeit herankamen. Und dann sprangen die ersten Infanteristen heran, in den Granatlöchern Deckung suchend, sich immer wieder hinwerfend, und schossen aus ihren Gewehren auf den Hügel. Zwischen ihnen tauchten kleine rötliche Flämmchen aus dem Boden. Die Granatwerfer hinter dem Hügel schossen unablässig. Eine der Panzerbüchsen hatte das Sturmgeschütz getroffen. Es gab einen scharfen, metallischen Krach und eine grelle Stichflamme, von einer schmetternden Explosion gefolgt. Bindig richtete sich auf und hob die Schultern über die Kante des Loches. Mit der einen Hand winkte er dem

Schützenpanzerwagen zu, der hin und her kurvte und im Zickzack herankam. »Ich will nicht hier krepieren!« schrie Bindig in das Gehämmer der Waffen. »Ich will nicht ... ich ...«

Kurz hintereinander gab es zwei schmetternde Detonationen. Die beiden Panzer waren in das Schußfeld der Pak gekommen, die seitwarts des Hügels stand. Qualm und Flammen hüllten sie ein. Sie blieben liegen. Die Panzerbüchsen auf dem Hügel schossen ohne Hast auf die herumkurvenden Schützenpanzerwagen. Immer, wenn sie einen davon trafen, platzte er gleichsam auseinander, und die Leiber der Soldaten, die in ihm hockten, wurden im Schein der Explosion durcheinandergewirbelt.

Zado war zusammengesunken. Er hielt noch immer die Hand auf den Leib gepreßt, und seine Augen waren weit offen.

Bindig sah den Schützenpanzer auf das Loch zukommen. Er war weiß getarnt. Wenn er Zickzack fuhr, war das schwarze Balkenkreuz deutlich auf der weißen Farbe zu erkennen. Es waren wieder Leuchtkugeln in der Luft. Bindig sah, daß es ein Wagen mit einem Flammenwerfer war. Von der Seite konnte er den Stahlhelm des Soldaten sehen, der den Flammenwerfer bediente. Er hätte ihn aus dieser Entfernung mit einem einzigen Schuß aus der Maschinenpistole abschießen können. Das Fahrzeug kam näher und näher. Einmal platzte dicht vor seiner Schnauze ein Werfergeschoß, aber die Splitter taten der Panzerung nichts. Bindig hob sich aus dem Loch und winkte. Er war jetzt sehr gut zu sehen in dem Licht der Leuchtkugeln. Er lag halb außerhalb des Loches und schwenkte den Arm über den verbundenen Kopf. Hinter ihm fiel Zado seitlich um. Seine Hand gab den Verband auf dem Leib frei. Bindig sah, wie der Soldat den Flammenwerfer schwenkte. Aus dem Rohr sprühte das Flammöl, und dann leuchtete ein winziger Funke an der Mündung des Rohres auf. Die Hitze schlug Bindig entgegen, als das Öl aufflammte. Er sah die Flamme auf sich zukommen. Es war eine grellgelbe, an den Rändern bläuliche Flamme, die schwarzen, fettigen Qualm aufsteigen ließ. Der Wagen war der letzte. Die anderen brannten zwischen dem Wald und dem Hügel. Aber das konnte Bindig nicht mehr wahrnehmen, denn die Flamme, die auf ihn zusprang, nahm ihm die Sicht und den Atem.

Inhalt

Die Deutsche Bibliothek – CIP-Einheitsaufnahme

Thürk, Harry:
Die Stunde der toten Augen: Roman/Harry Thürk. – 4. Auflage
– Halle: mdv, Mitteldt. Verl., 2001
ISBN 3-89812-062-7

ISBN 3-89812-062-7

6. Auflage 2003

Schutzumschlaggestaltung: Peter Hartmann, Leipzig
Schutzumschlagfoto: Sebastian Kaps, Dessau
Printed in Germany